张帅奇　著

上海社会科学院出版社
SHANGHAI ACADEMY OF SOCIAL SCIENCES PRESS

图书在版编目(CIP)数据

芯声 / 张帅奇著 .— 上海 ：上海社会科学院出版社，2024
ISBN 978－7－5520－4405－8

Ⅰ.①芯… Ⅱ.①张… Ⅲ.①长篇小说—中国—当代 Ⅳ.①I247.5

中国国家版本馆 CIP 数据核字(2024)第 110477 号

芯声

著　　者：张帅奇
责任编辑：霍　覃
封面设计：霍　覃
出版发行：上海社会科学院出版社
　　　　　上海顺昌路 622 号　邮编 200025
　　　　　电话总机 021－63315947　销售热线 021－53063735
　　　　　https://cbs.sass.org.cn　E-mail：sassp@ sassp.cn
照　　排：南京展望文化发展有限公司
印　　刷：江苏图美云印刷科技有限公司
开　　本：890 毫米×1240 毫米　1/32
印　　张：13
字　　数：360 千
版　　次：2024 年 8 月第 1 版　 2024 年 8 月第 1 次印刷

ISBN 978－7－5520－4405－8/I · 531　　　　定价：58.00 元

序

　　一开始，作者请我给他作序时，我是抗拒的。很难想象一位在芯片一线工作的工科生，可以完成一部三十多万字的小说，更别提小说的质量、思想以及更深层次的意义。但朋友一直给我推荐这本小说，言语之中的夸赞让我对自己潜意识的判断产生了怀疑，于是，我怀着好奇的心思翻开了这本小说。在我阅读的过程中，心态也慢慢发生了变化，好奇、惊讶、赞叹、怀疑、不可思议。

　　听作者说，"写一本小说"这种想法其实早在读初中时就已经在他脑海中产生了。当时他还曾尝试着写一本科幻小说。在那个电脑还是稀罕物的年代，作为初中生的他，拿起纸和笔，就开始了写作。奈何腹中墨水有限、人生阅历几无，再加上学业的加重，在写了三万多字之后，只得作罢。彼时的他对"小说"的理解是极为肤浅的，认为写小说就是编故事，却不知，即便是编故事，也是需要生活阅历的。

　　无论什么类型的小说，都少不了对真、善、美的追求，对爱情、亲情、友情的描述，对信仰、信念、信心的坚守。然而，究竟何为真、善、美？如何处理爱情、亲情、友情？又该如何坚守信仰、信念、信心？这些都需要对真实生活的经历与体察。

　　无论什么类型的小说，都是在通过讲述某种故事而展现某种情感，体现某些精神。有的小说通过描述一个人或者一个家庭所经历的生活中的酸甜苦辣，来着重展现人的某种精神，例如，人对苦难的承受能力，对世界的乐观态度等。有的小说则在一个大时代甚至跨时代背景下，通过描述一个人或者一个家庭所经历的生活中的酸甜苦辣来讲述时代故事，既着重展现人的某种精神，也通过人的精神来展现时代精神。

呈现在读者面前的这本小说，是作者根据他在芯片行业十六年的市场与研发经历，并结合着他身边发生的人和事，而写就的。虽是小说，但一定程度上也在写实。小说描述了几位大学毕业生在上海闯荡和打拼的故事。故事的时间跨度为 2008 年到 2018 年，十年时间。以芯片行业为主题主线，小说描述了几个主人公在上海拼搏过程中对爱情、亲情、友情的渴望，坚守与执着，不仅如此，该小说恰到好处地对芯片产业链的各个环节都进行了详细的描述，让我，一个文艺工作者，对芯片行业也有了初步的了解，这是要感谢作者的。

这本小说是截至目前国内为数不多的以芯片行业为题材和背景的小说。小说故事结构完整、情感描述细腻、画面刻画到位，足见作者的文字功底是非常强的！尤其是，作者是一位理工科出身、从事芯片工作的年轻人，能够在工作之余抽出时间写出这本三十多万字的小说，可见作者对写作的热爱！是为序。

叶辛（著名作家，中国作协原副主席，
上海文联、上海市作协原副主席）
2024 年 7 月

自序

　　故事一直在发生，在各个行业、各个城市中。故事被记录在书籍报刊和影视节目中，流传在街头巷尾人们的闲言碎语中。故事有关于警察、医生和消防员的，有关于房产中介、司机和快递员的，等等。但却极少有故事讲述半导体，尤其是与芯片相关的从业者。2019 年"华为事件"发生之后，从国家顶层到普通大众，大家都对半导体和芯片充满了好奇，并通过多种媒介意识到我们在半导体核心领域与西方强国仍然存在巨大差距。但大家对该行业从业者的了解还是过于片面，借此机会，本人以一个半导体（芯片）从业者的身份，从工程师的角度构思本篇小说。小说名字初定为《穿梭》，蕴含了芯片工作最基础单元——电子与空穴的自由穿梭、农村到城市的穿梭、贫穷到富有的穿梭、卑贱到高贵的穿梭和不同观念的穿梭。后改为《芯声》，为芯片发声，听芯片人之声。从收集行业相关故事和芯片项目素材到小说提纲的完成花费了大概三个月时间，小说起笔于 2022 年 2 月。与宏大的商业斗争和前沿科技的讲述不同，本书着重描写小人物工程师的点滴细节。希望通过此小说，可以让大众对半导体从业者的工作和生活状态有一些基本了解，可以给初入半导体职场的新人带去一点借鉴。不足之处还请多多包涵。

目录

第一章

陈松涛按照固定格式保存了芯片测试数据，并在旁边那本书的第 96 页做了标记，合上书本，粗陋的封面上印着 *Advanced Programming Manual*。走出办公楼，他用衣角擦拭了眼镜上的污渍，抬头仰望星空，额头上的焦虑和挫败感已然褪去，终于给清爽的月光腾出了一片柔和的落脚点。

他已记不清这是第几个工作至凌晨的夜晚。面对毕业后的第一份工作，芯片行业的快节奏和高强度已悄然弹落了附着在忙碌外衣上关于校园的舒惬记忆。

在回家的出租车上，在半梦半醒之间，报到第一天的无数帧清晰画面透过车窗——投射进来，陈松涛仿佛看到了自己稚嫩的模样。

2008 年 2 月 18 号，到达上海的第三天，陈松涛一大早便踏上了穿梭于浦江两岸的地铁。

来得太早，公司门关着，正对着玻璃门的前台灯也没有开，门口显得有些昏暗。陈松涛在心里盘算，都 8 点半了，竟然没有一个人来，原来工作也没那么累嘛！在门口等了一会儿，终于有一位中年模样、略带沧桑的人走了过来。只见来人左手提着一只塑料袋，里面装着手抓饼和豆浆，右手握着斜背在右肩膀上的背包的带子，头发油腻并往一边偏，还有几缕冲天翘，眼神迷离，充满半睡半醒的颓废感，棕色羽绒服中传出周杰伦的歌《发如雪》，深灰色牛仔裤搭配一双好似布满灰尘却又像刚踏雪归来的运动鞋，俨然一副对生活充满疲倦的状态。难道衣服是心灵的装扮？

"你找谁?"来人先说话。

"你好，我是来报到的，好像还没开门。"陈松涛谨慎地回答。

"里面有人，你应该按这个门铃的!"他指了指玻璃门左侧的门铃，并从包里拿出卡，刷卡开门。

"进来吧! 你找个空位子先坐着，等一会儿人事来，你是哪个部门的?"他放下包，问陈松涛。

"我在测试部门实习，对了，我叫陈松涛，不知你怎么称呼?"陈松涛突然觉得外表粗鄙的人心灵却可以很美。他对这位同事突然有了好感，衣服只是衣服，不是心灵的装扮。

"我叫钱学伟，那以后你会跟我搭伙的! 他叫张秉亮，昨天晚上通宵了!"说话的同时，钱学伟指了指角落里的一张简易折叠床。

此时，陈松涛才注意到有轻微的鼾声传来，这鼾声是对通宵达旦的清梦诉说! 刚才在门外对这份工作的美好印象和愿望瞬时被击得粉碎。望着那躺在折叠床上背对着自己的同事，陈松涛无法想象他颓靡的样貌，竟不自觉地深深吸了一口凉气。

此时，前台的灯亮了起来，一位穿着标准职业装、手拿着羽绒服的女士已经绕过前台，正要往走廊的另外一个方向走去。

"Selina，这是新来要报到的。"满口嚼着手抓饼的热心同事钱学伟向那位女士介绍。

陈松涛赶紧站起身，这位 Selina 也走了过来。清新别致的中分齐肩发型搭配修身裁剪的黑色套装，彰显着成熟女人的稳重干练、气质高雅。

"你好，这么早啊! 跟我过来吧。"在 Selina 转身的一瞬间，陈松涛又发现了她的风韵和柔美。

等办完手续已经过了9点，回到刚才的座位，陈松涛看到有同事陆陆续续进来。刚坐定，突然有人拍了他一下，回头看，是当初的面试官，也是他以后的 mentor（“导师”）孟云卿，陈松涛赶忙站起来。

“一会儿带你去 IT 那儿领一台电脑，这几天可能会有关于产品和程序开发的基础培训，到时候叫你参加，你先看下这个 manual（“手册”），有个基本的概念。”简单的寒暄过后，孟云卿递给陈松涛一本厚厚的平装书，书名为 *Fundamental Programming Manual*（《基础编程手册》）。

整个上午，陈松涛这位 mentor 都在替他忙活着，拉他去向公司领导报到，接着去 IT 那儿领了电脑，还帮忙装了必要的开发软件，又把测试部门的同事一一做了介绍。正是由于师父的帮忙，他初入职场的紧张感才得以在短时间内消除，并开启了他对团队氛围和同事关系的良好认知。

此刻，陈松涛才意识到刚进门时的那位同事钱学伟和自己并不是一个部门。同时，他望了一眼角落，简易床折叠床已经被收了起来，陈松涛猜测坐在钱学伟旁边、跟他有同样发型的同事或许就是张秉亮，他的电脑屏幕上游动着如彩色贪吃蛇一般的电路图。后来，陈松涛才知道此项工作叫 PR（“电路布局布线”），张秉亮与钱学伟同属于设计部门。

中午，孟云卿带着他熟悉了一下公司所在的科技园的情况。整个下午，他都遨游在那本 manual 的知识海洋，一个没有浅滩的深邃海洋。偶尔还能简单扑腾几下，但马上就被咆哮的激流淹没，这里没有晴空万里、碧云蓝天，前方迎接他的是黑风孽海、巨浪滔天。知识的匮乏让陈松涛感到窒息，大学里的散装知识点构建起的一叶扁舟刚要扬帆起航就被巨浪掀翻，击得粉碎，他需要更加努力去建造系统的艨艟来迎接滔天巨浪。

就这样，陈松涛怀着复杂的心情结束了第一天的工作，但他依然踌躇满志，待从头，抽刀挽弓东南望，射天狼。

在接下来的两个月时间里，陈松涛利用公司已有的项目进行

offline（"离线"）程序编程练习，并做了三次 presentation（"技术汇报"），得到部门全体同事的合格评价。这表示他已经掌握了那本基础编程手册的知识，意味着他可以从实习生转为正式员工，开始学习进阶版的程序编程，即将接触实际项目，而不再只是做一两个小实验程序而已了。陈松涛请师父孟云卿吃了顿饭，感谢他这段时间对自己的照顾。

公司的一款芯片要在 7 月份回片，孟云卿安排陈松涛负责该芯片的测试工作。在 5 月份，陈松涛就已经开始利用公司已有的产品和测试程序，在现有的 ATE（"自动测试设备"）上进行学习和测试全流程的复现，信心满满地为新项目做准备工作了。但"纸上得来终觉浅，绝知此事要躬行"，当他真正接手一个新项目时，又不知所措了。而且，由于是新一代的产品，修改并增加了很多新的内部模块和产品特性，整体设计几乎是推翻重来，所以，上一代产品的测试程序可提供的参考微乎其微。在研发前期，设计人员的主要精力都集中在芯片的设计开发上，相关设计文档的整理就变得相对滞后，这给陈松涛的前期准备工作带来了不小挑战。遇到不懂之处，他常常求助于师父孟云卿，同时也会和设计人员讨论，最终，在芯片规格书不完善的情况下制订了前期的测试计划和测试项。忙碌的工作使他充实，简单的几乎两点一线的生活方式也使他的思维保持着高效和纯粹。

随着工作的不断深入，陈松涛越发觉得自己知识欠缺，他几乎每天都是第一个到公司，有太多的东西需要学习了。他所负责的测试工作主要依托于 ATE 实现。

ATE 全称为 Auto Test Equipment，在半导体芯片制造领域所需的设备中占据重要的一环。它的主要作用是通过测试筛选出晶圆（wafer）制造和封装（package）过程中产生的残次品，从而保证产品的良率。ATE 主要由主控电脑、开发软件、产生测试信号的板卡和机体构成，通过自带软件编程把测试代码导入到测试硬件（板卡）的存储单元，测试硬件根据测试代码提供不同的电信号，这些电信号通过专用的硬件转接器与芯片相连，再利用测试程序控制芯片的单项测试或者全流程自动化测试，这其中还包括以高低温测试来检测芯片在不同温度下的功能和性能。

通过模拟不同温度和湿度的极端环境，可以让芯片的缺陷提前暴露出来。所谓高低温是相对于常温或室温而言，通常把室温定义为25℃，不同级别的芯片对正常工作的高低温范围要求各不相同。商业级芯片温度范围：-10℃~70℃；工业级芯片：-40℃~85℃；汽车级芯片温度范围：-40℃~125℃；军用级芯片温度范围：-55℃~125℃。芯片的高低温测试需要借助专用设备完成。通常一颗芯片的三个测试温度分别为极端低温、极端高温和室温。当然，在不同的测试温度下，测试项也会有所不同。

测试代码和测试程序都是通过 ATE 自带的编程软件完成的，软件又分为 online（"在线"）和 offline（"离线"）两种。在线软件指的是安装在测试设备上的、可直接用于芯片测试的版本，而离线软件指的是可以和测试设备分开、安装在个人电脑上的版本。离线软件的主要目的是便于在前期程序开发的过程中与测试设备脱离，从而让稀缺的测试设备资源达到利用最大化、效益最大化。当然这两种版本在功能上没有差别，离线版本的测试程序在前期开发完之后可以直接移植到测试设备上进行调试。

当前，全球的 ATE 市场包括中国市场在内主要被国外几家主流公司垄断，即美国的 T 公司、V 公司以及日本的 A 公司。陈松涛他们采用的是市场主流的机型 J7××，由美国 T 公司提供。因为该机型在下游封测厂拥有有绝对优势的装机量，从而可以保证他们的封测需求有更多的选择余地。

陈松涛已经于 5 月份去 T 公司在上海金桥的办公地点进行过专门的培训，之后也在师父的帮助下利用离线软件进行了程序开发。在 7 月初芯片回来之后，他几乎就常驻在 T 公司，原因无他，动辄千万级别的设备不是每个公司都能负担得起的，尤其是像陈松涛他们公司这样小规模的设计企业，只能依靠租赁的方式来完成测试程序的开发和调试工作。租赁一般分为两种类型：一种是设备租赁，往往以月或年为单位买断测试设备的使用权，该设备可以放在出租方也可以运至租赁方；另外一种是机时租赁，以小时或者天为单位，短暂地将设备的使用权转给租赁方，该设备仍放在出租方。陈松涛他们采用了第二种租赁方式，准备在最短时间内完成芯片量产所需的全流程自动化程序的调试，从而可以尽早地把量产程序转移到下游的封测厂，进行规模量产。

前面的几项测试比较顺利，陈松涛在四天之内完成了回路、电学特性和部分简单的功能测试。但接下来的测试项却陷入了停滞，这使他开始对自己开发的程序以及自己的能力产生了怀疑。经过几乎一天一夜毫无进展的煎熬后，他终于向师父发出了求救信号。

"师父，你明天几点到公司？我想跟你请教几个问题，有几个测试项卡死了！"陈松涛在晚上将近12点离开T公司时给孟云卿发了个短信。

"明天直接去T公司吧！咱俩9点碰头。"陈松涛没想到孟云卿的回复这么迅速，不知他的熬夜是为了工作还是为了生活。

"师父，你来得这么早啊！"陈松涛8点半到T公司时，孟云卿已经坐在了机台边上。

"我也是刚到，刚跑了一下程序，是卡在这几个测试项吧？"孟云卿有的放矢，他在翻阅着技术文档，想找到答案。

两个人根据文档上的规格描述进行了各种调试，最终发现问题出现在控制timer（"计数器"）产生PWM（Pulse Width Modulation，"脉冲宽度调制"）波形的那一段程序上。

问题在中午前解决了，陈松涛除了对师父再次表达感激之外，也反思了自己做事的态度和认真程度。在接下来的几天时间里，他们陆续完成了全部的功能测试，电流、电压、频率等性能测试。

借助于孟云卿的帮助，在7月的最后一天，在这个仍然闷热的凌晨，陈松涛完成了量产自动化测试程序的开发和调试。

"小伙子，是这里吧，到了。"出租车司机唤醒了陈松涛疲惫的回忆。

回到位于高行镇的出租屋时，女朋友王丹谊早已进入梦乡。她已习惯陈松涛现在的这种工作状态，但一直提醒他注意身体。其实王丹谊自己也时常忙得晕头转向，外在的环境压力和内心对品质生活的追求是她在沐雨梳风中找寻快乐的精神图腾。陈松涛轻轻亲吻她的额头，也快速进入了梦乡。

第二天到公司，内部开完会，陈松涛把测试程序交付给了负责量产的同事。回顾这过去的一个月，虽然忙碌中掺杂的技术问题曲折从没停止过，但屏障也被一一击破。第一个项目的完成要比想象中顺利，经历的挫折和失败的经验将是他后续成长路上的一块始于起点的垫脚石。

在同一屋檐下的四个人也终于将在周五的晚上让时间凝固，静静地吃一顿晚饭。

这是一套两室一厅的房子，除了陈松涛和王丹谊，隔壁房间住着丁鹏和幕雨珊。陈松涛和丁鹏是河南大学物理学院的同学，王丹谊和幕雨珊是河南大学工商管理学院的同学。幕雨珊和丁鹏在学校那会儿并不认识，两人是在来上海之后才走到了一起，当然，这其中必定有另外两位友人的相助。

虽然四个人合租在一起，但除了周末，每天能碰到一起的时间屈指可数。陈松涛的加班越来越多，丁鹏也慢慢习惯了销售的工作，相对于陈松涛，他的时间更加不固定。王丹谊和幕雨珊偶尔还能在一起上班或者下班之后一起吃饭。四个人的时间轨迹就像相位不同的正玄波，只有在周末掉电时才能归零交集在一起，好不容易等到一个周末，陈松涛还时常加班，就好比电路漏电一样，非要产生一个毛刺，与地平线分离。

当初一道来上海的还有另外两名同学文杰和邵文勇，只不过邵文勇在工作三个月后选择了回去复习考研，文杰现在住在离公司不远的闵行某个地铁站附近。

当初到上海的第二天，六人就结伴游玩了陆家嘴和外滩。

置身于陆家嘴这一大上海最繁华的地段，六个人就像刘姥姥进大观园一样，无不被周围的繁华景象所震撼。高峰期的陆家嘴肩摩毂击，可以让所有形容拥挤和繁华的辞藻汗颜。前方的东方明珠电视塔身披华彩，身后的环球金融中心和金茂大厦在璀璨的夜景中显得尤为壮观，带着这座城市的繁华直插云霄，化作琼楼玉宇。

几人乘坐轮渡从东昌路渡口过江。黄浦江上各色的游船和豪华游轮全都霓虹闪烁，与宽大黝黑的货轮形成了鲜明的对比。空中的汽笛声惊起的不知是游轮的奢靡还是货船的朴素，江面泛起的浪花不知是源于船的暴躁还是风的温柔。渡轮上拥挤着行人和各式各样的两轮车，与穿梭于黄浦江上的船只形成 90°的交汇，错综复杂却又游刃有余，仿佛江面上矗立着穿行的红绿灯。没多久，轮渡就到达了对岸。现在想来，这轮渡或许是早些年黄浦江两岸最主要的交通工具吧。

大江映明月，梦回西北方。这几位即将离开校园奔赴职场的大学生，斜靠着栏杆，静静地欣赏着璀璨的黄浦江，风从水面拂过，掀起粼粼波纹。彼时，他们想到的是将与大学安逸生活的告别，以及在未来工作和生活中未知的挑战；想到的是与家乡的渐行渐远，以及每年可以待在家的屈指可数的时间；不曾想到的将是观念、生活习惯的变迁，思想的转变以及方言的忘却，甚至到后来竟然没有丝丝的挂念。

每个人面对着黄浦江都勾勒了一幅模糊的未来画卷，他们需要努力的就是找到那支让这幅画变得清新明亮的彩笔。

把测试报告整理完，陈松涛便提前下班。在回家的路上，他顺道去菜市场买了食材，晚饭他要亲自下厨，在这难得的空闲时间犒劳一下自己，也在大家忙碌的时空平面上撕开一条缝隙，让轻松愉悦肆意挥洒，对酒当歌，疏狂图醉。陈松涛刚把一盘酸辣土豆丝摆在桌上，丁鹏就回来了。

"今天回来这么早，都准备做啥?"丁鹏用好奇和惊喜的语气问道。

"好几个菜呢！你下去买点饮料，一定要买瓶可乐！刚才只顾着买酒了。"陈松涛说完又进了厨房。

　　新闻联播关于奥运会准备工作的报道刚刚结束，王丹谊和幕雨珊便推门而入，就像两位从现场归来的礼仪小姐。一位肌肤胜雪，双眸宛如一泓清水，温柔可人；一位轻柔的长发披肩，天使般的笑容荡漾在青春的脸庞上。

　　"这太阳不是从西边出来的，太阳是从你公司出来的吧！"两个人看着满桌子的菜，同时惊叹道。

　　"一个月出来一次，要不然太阳也会暗淡的。"陈松涛说着话，把做可乐鸡翅剩下的那点可乐一饮而尽。

　　"两位司令员，收拾一下，准备开饭了！"说话的同时，丁鹏已经把碗筷摆好。

　　很快，四个人围坐一桌，桌上摆着酸辣土豆丝、可乐鸡翅、小炒牛肉、木耳炒肉、番茄鸡蛋汤。

　　"鄙人初下灶台，咸啊淡啊的就多包涵啊！"陈松涛给自己和丁鹏开了两瓶酒，把饮料给两位女生满上。

　　"这顿饭就是没放盐，我也把它吃完！"王丹谊说着话也拿起一瓶啤酒。

　　"你也喝酒？"陈松涛略显惊讶。

　　"庆贺你第一个项目顺利完成，少喝点。雨珊，你也来点吧！"王丹谊说着又拿了一个杯子给幕雨珊倒满。

　　三杯两盏淡酒，万里长烟悠悠，几个人推杯换盏。王丹谊和幕雨珊不胜酒力，在气氛的烘托下，两个人喝下了两瓶啤酒，酒盏酣来满满，醉后好梦入眠。剩下陈松涛和丁鹏扯着往事，聊着现在，畅想着未来。两个人的职业从起点开始就仿佛画出了垂直的两条线，而线拉长的速度却在慢慢发生着变化。

　　丁鹏似乎有做销售的天分，他沉稳的外表下藏着缜密的心思和机敏的洞察力，试用期内已经连续开单多次。每个公司都有自己不同的销售体制，但有一条几乎通用，那就是在试用期内，销售人员可以不用承担销售压力。这是因为试用期期间新员工对公司产品、市场、客户需求等都要有一个熟悉和过渡的过程，所以试用期期间没有硬性的销售指标。试用期因而又被称为"蜜月期",蜜月过后就是血雨腥风的战场。丁鹏直接在蜜月期内驰骋,并且一举打破了公司销售人员在蜜月期内的销售业绩纪录。在老板的夸奖和同事的艳羡面前,他却显得异常平静。

2007年,苹果公司推出了第一代iphone手机,并拓展了人们对手机的认知,开始在全球范围内掀起智能机的浪潮。但当时的国内科技,尤其是电子领域的发展,从技术本身和市场反应来讲,都处于追赶阶段,并且节奏始终慢一拍。2008年,主导国内手机市场的依然是以诺基亚和摩托罗拉以及后起之秀HTC等品牌为代表的功能机,虽然后来证明HTC只是昙花一现,但它花开正当时,搅动了整个手机市场,给当时的手机霸主带去了巨大挑战。除了这些品牌机之外,所谓的"山寨机"方兴未艾,并且依然占据着当时国内一半的手机市场。

山寨机,顾名思义就是模仿当时市面上主流的品牌手机,以更加低廉的价格实现类似,甚至完全相同的功能。更甚者,有些山寨手机厂商可以做到以假乱真的程度,但价格却降了6成甚至更多。更低的价格要求整个供应链需要发生重大改变,BOM(Bill Of Material,"物料清单")表上那些价格昂贵的芯片将会被逐一替代,甚至到后来,BOM表上几乎所有的芯片都需要找到价格更低廉的替代品。这就催生出了国内很多的芯片研发企业,同时也兴起了多家专门做手机设计方案的公司,为山寨手机厂商提供从某个模块到整机的设计方案。在这种完整且高效供应链的簇拥下及庞大市场规模的刺激下,当时在深圳、上海等城市产生了上百家山寨机厂商,可谓百花齐放、百家争鸣。面对上百家山寨机厂商组成的手机客户群,很多刚成立的芯片供应商往往都会选择采用代理的渠道,因为芯片代理商接触客户群的深度和广度是芯片原厂所不能比拟的,尤其是对于山寨机厂商极度追求替代品的价廉优于质量的诉求来说,耕耘更深、更广的芯片代理商的作用就显得更加突出。在这种天时地利人和完美的契合下,在自己更加敏锐战斗力的加持下,丁鹏能取得这样的业绩也就顺理成章了。

　　两个人的拉闲散闷、谈天论地全都倒进了 10 个空瓶中。夜已深，浊酒淡，人将寐，空留醉。

　　陈松涛在项目结束之后和大家一起分享了在整个测试过程中遇到的棘手问题以及解决方法。虽然目前测试部门只有 4 个人，平时也一直保持着技术的沟通，但孟云卿还是坚持在每个项目结案之后都要进行一次技术分享。技术分享的目的主要是总结经验、分享解决问题的思路，以便提升团队中每名成员的技术能力，最终，要把经验书面总结下来，为以后扩充的团队提供更全面的技术参考。

　　大部分的芯片设计公司都是同时研发多款芯片，满足不同的应用场景和市场需求，或者至少是采用 pipeline（"流水线"）的方式，即在当前芯片完成设计并开始生产之后就立即开始下一颗芯片的研发。这样做，既可以对在上一颗芯片研发过程中存在的不足加以修正，同时又可以根据市场的反馈增加新的功能，实现产品的快速迭代，从而在保证公司产品对市场和客户持续渗透的同时，也可以让不断迭代的产品占领更高的市场份额。如果有一款完全新开发的产品，并且当前市场对该产品的需求并不明确，公司往往会采取 MPW 的流片方式，即 Multiple Project Wafer（"多项目晶圆"），与此相对应的是 Full Mask（"全掩膜的流片方式"）。

　　Foundry 即晶圆代工厂会根据客户提供的集成电路版图对晶圆进行加工，包括氧化、化学刻蚀、离子注入掺杂、金属淀积等诸多复杂的流程，在整个加工过程中会用到大量各种形状的遮光罩，这些光罩决定了在半导体平面上各个层次的图形形状，在集成电路制造中被称为"Mask"，即"光罩"或"掩膜"。

　　Full Mask 是在一片 wafer 上面掩膜生产同一个设计服务（即芯片）。设计成熟的芯片在量产阶段往往都采用 Full Mask 的流片方式以节省费用，降低每片晶圆进而降低每颗芯片的成本。以 40 纳米进程为例，单次 Mask 成本为 40 万美元左右，单片晶圆的价格为两千美元左右，仅以 Mask 和晶圆的成本为计，如果要生产 10 张晶圆，每片晶圆的生产成本等于（40 万+2 万）/10＝4.2 万，如果要生产 1 万张晶圆，每片晶圆的生产成本将会降为（40 万+2 000 万）/10 000＝0.204 万，再加上其他制造和研发等费用，大规模量产的优势将会更加明显。

而 MPW，顾名思义，是在一片 wafer 上面掩膜生产多个设计服务，即一片 wafer 上面包含多款不同芯片。由于设计和市场的不确定性，一些初代芯片通常会采用这种流片方式，以共享一套 Mask 来分摊前期的研发和流片费用。这些芯片既可以来自同一家公司，也可以来自不同公司，每家公司会根据选定的晶圆代工厂年度 MPW 计划表来提前安排自己的设计方案和计划，以便能及时赶上 MPW 生产。

总之，芯片设计公司会根据对自己产品的信心和对市场的判断来决定采取哪种流片方式。

陈松涛负责测试的这颗芯片虽然是上一款的迭代产品，但设计的复杂程度完全可以称得上是一款全新芯片，但即使这样，公司根据市场的反馈依然决定采用 Full Mask 的流片方式。

当忙碌成为一种常态，并且认真对待时，生活就变得无比简单，心无杂念，旁无琐事，奢侈的空闲就会撑起快乐的一片天。但在同样的一片天空下，这边碧空如洗，云淡风轻，不远处却风卷云涌，凝愁万里。

2008 年 8 月 8 日，北京奥运会盛大开幕，陈松涛、丁鹏和幕雨珊早早下班，守在电视机前，零食、饮料摆满了桌面，共同庆贺这举世瞩目的荣耀时刻。王丹谊却有事要临时加班，到家时正赶上中国队入场。

"你回来得正是时候，快！快！中国队入场了！"陈松涛兴奋地叫着，顺手拉出了一个凳子。

王丹谊没有回话，把包放进房间，然后坐在陈松涛身边。

"你一会儿在电脑上回看一下吧，太震撼了！你错过了太多惊艳的画面！"陈松涛完全沉浸在精彩纷呈的开幕式中。

"哦。"王丹谊只回了一个字,并没有引起陈松涛的注意。中国队入场仪式还没结束,镜头依然聚焦在满屏的"番茄炒蛋"时,她起身进了屋。

"不看了?"陈松涛此刻才发现王丹谊的异样。

"困了,先睡了,你们看吧。"王丹谊关上了门。

"估计是遇到了啥烦心事,一会儿安慰下。"幕雨珊指了指关上的门,跟陈松涛小声说道。陈松涛点点头,但他此刻的注意力全在电视屏幕上,右手里的啤酒瓶不一会儿已见底,垃圾桶边上的瓜子皮铺满了地。

开幕式结束后,当陈松涛回房间躺下,王丹谊已经入睡,但他发现枕头却湿了一大片。他这才意识到事情的严重性,没想到心爱的人会哭得如此伤心。想问她缘由,却又不忍心把她唤醒,陈松涛轻轻侧卧躺下,他在昏暗中搜寻前方一处微弱的光,但很快又被黑暗吞没。

窗外雨棚滴滴答答,树梢上深绿的叶子挂着一串串水晶般的雨珠,泛起青色的朦胧。转身发现王丹谊斜靠在床头,两眼呆滞地望着窗外时,睡眼惺忪的陈松涛顿时清醒过来。

"你咋了?昨天晚上还哭了,看你睡着,就没敢吵醒你。"陈松涛赶忙折起身来,但王丹谊并没有回答。

"你这是生我的气啊!是因为我最近一直加班没有顾得上你吗?还是你工作出了什么问题?"陈松涛的语气中充满了担心和自责。

窗外密集的滴答声响开始变得断断续续,陈松涛把王丹谊揽入怀中,僵硬的身体这才慢慢柔和下来。

"我可能过不了试用期了。"王丹谊用平静的语气表达着伤心欲绝,像是暴风骤雨过后的湖面,没有丝丝微风,不起片片涟漪,似乎她已经做好准备,接受这个现实。

"为什么?发生了什么事情?!"暴风骤雨飘向了陈松涛这片天空。

对于一个非重点大学毕业的本科生来说,在这座金融城找到一份金融类的工作实属不易，王丹谊自然倍加珍惜这个机会，未曾想到自己会过不了试用期。陈松涛需要了解具体是哪里出了纰漏，再想办法挽回。虽然这对于两个无背景、无人脉、无经验的年轻人来讲困难重重，但陈松涛不愿放弃，因为没过试用期而丢失这份工作将会给王丹谊高傲且脆弱的心灵带去沉重的打击。爱，让他们燃起了新的斗志。

王丹谊所在的是一家金融服务公司，面对的客户主要是一些基金公司，涉及客户的募资、投资、管理和退出等不同阶段的业务。她隶属财务部，刚进公司时，领导安排了一名有经验的员工带她熟悉相关工作。整个财务部千娇百媚，清一色的香屏朱颜，空气中弥漫的香水味落下沉甸甸的荣宠，恰巧砸到桌上绿萝的羞涩。

王丹谊的师父叫 Jessica，是一位精致的职场女性，活出了黄浦江江水流入大海的气质。当部门领导 Louisa 介绍王丹谊时，Jessica 展现出的热情如炙热的烈焰，立刻融化掉初次相见的尴尬和冰冷，让王丹谊顿觉春风和煦、暖阳拂面。但这种暖阳只在 2 月的某一天出现，之后的日子里都是阴雨绵绵、疾风不断。

"丹谊，帮我看看今天这身裙子怎么样，这是我老公上个月去英国出差时帮我带的！"Jessica 每天都能在自己身上找到一处可以炫耀优越感的地方。

"太漂亮了！肯定很贵吧，我回去也得跟我男朋友讲讲，让他也给我买一条。"王丹谊慢慢习惯了违心的奉承，她那羡慕的眼神让 Jessica 得到了极大的心理满足。

"哎哟，那可贵哦！2 000 多英镑呢！你男朋友不得心疼死了！"Jessica 的炫耀中永远带着嘲讽。

"那我可舍不得，够我一年的房租了！对了，Jessica 姐姐，你帮我检查下这个报表吧！明天要发给客户。"王丹谊对她的这种冷嘲热讽已经习以为常，便顺道提起了工作的内容。

"你不是都做过好几份了嘛，还需要我帮你检查啊！公司都有现成的模板，你把数据厘清就行了，我这边还有很多事情忙着啦！" Jessica 的脸色从晴转阴，没有经过哪怕一秒的过渡，瞬间完成，仿佛除了裙子之外，她老公把伦敦的天气也给带了回来。

"之前做的几份都是我们内部审核用的，这是第一次要发给客户，我担心……"还没等王丹谊讲完，Jessica 就转身走开了。

庆幸的是，在这片灰色的阴霾旁边有彩云相伴。王丹谊时常请教别的同事，在这些同事们的帮助下，她的业务能力和工作表现都得到了大家的认可。

这周有位同事请假几天，她负责的一份客户投资标的净值报告的工作就临时交给了王丹谊，这份报告要在本周四下班之前发给客户的投资经理。公司有一套程序可以根据手动输入的数据产生净值报告，但为了确保报告的完整度和准确性，仍需要对报告进行初审和再审，通过这两道人工关卡。王丹谊对数据进行了整理，并生成了净值报告的初稿，她仔细检查了报告上的原始数据，确保准确无误后生成了再审稿，里面又增加了新的条目和内容，并在下班前把再审稿发给了 Jessica，让她帮忙审核一下。这是公司对生成最终报告的流程规定，参与审核的必须是两个人，而 Jessica 是王丹谊的师父，所以再审的任务非她莫属。

"Jessica 姐姐，那份净值报告你帮忙看过了吧？没有问题吧？我们需要下班前发给客户。"这已经是王丹谊在周四上午第二次问 Jessica。

"还没呢，你看我这边也有这么多事情的，我一会再看，不要催这么急好不啦！" Jessica 已经有点不耐烦了。

"好的，你今天抽时间帮忙看下，Louisa 交代的，今天下班前我们务必发给客户！"王丹谊压着心中的怒火，特别强调了这份报告的重要性。

"Jessica，那份报告你看过了吧……"下午 3 点时王丹谊又催了 Jessica 一次。

"看过了！看过了！没问题，你发吧！"还没等王丹谊把话问完，Jessica 就回了她一股怨气。

"好的。"王丹谊却要假装和善，镇定地走开了。轻盈的脚步带风，吹散了头顶那片阴霾。

按照约定，王丹谊于下班前把净值报告发给了客户的投资经理，一朵浪花终于在波澜不惊中归于大海。

"王丹谊，你怎么搞的?! 发给客户的报告你没有检查吗?"周五早上，王丹谊还在地铁上时，Louisa就打来了电话把她一顿骂。

昨天的报告出问题了，要不然领导不会一大早发这么大火，一种压抑的感觉顿上心头，让人窒息。自己仿佛被一件重物绑着沉下水，想大声呼救却无法张口，拼命挣扎却无济于事，身旁无一人可伸手拉她一下，水面上的声音越来越弱，深邃阴森的黑暗将她吞没。

王丹谊进公司时刚好与Louisa和Jessica撞个正着，她们手里拿着一叠资料急匆匆地往外走。

"下午我们找个时间谈一下。"Louisa已经走出公司几步远了，又回头对王丹谊说。Jessica一脸阴沉、面色蜡黄，看着王丹谊的眼神中充满了怨恨和嘲讽。

坐在工位上，王丹谊心不在焉、思绪乱飞，完全不在工作状态，像一个犯了错误的学生，等待着老师的批评。时间在一秒一秒地流逝，但眼前的画面却没有划过一帧，自责和负罪感也在逐渐加深，她似乎在等一个答案，更像一名罪犯在等待最终的审判。将近下午3点，Louisa和Jessica才回到公司，之后，与对外业务相关的同事全部被叫到大会议室里开会，只剩王丹谊一人，会议一直持续到5点半。

"王丹谊，到我办公室来一趟。"会议一结束，王丹谊就被Louisa叫了过去。她像是听到了将被行刑的信号，挪动的每一步都是如此沉重。

"王丹谊，你平时工作表现都很稳妥的，为啥这次出现这么严重的纰漏?"还没等王丹谊关上办公室的门，Louisa就直接批评道。

"领导，这次都怨我! 现在还有什么挽救的机会吗?"王丹谊关上门，站在 Louisa 的办公桌前。

"这个你先不用管，你难道不知道发给客户的净值报告需要固定的流程吗？这是我们公司一直强调的规范，你也参加过培训，怎么还犯这样的错误？你为啥不把报告发给 Jessica 审查一遍？"王丹谊从 Louisa 的话中似乎明白了点什么。

"Louisa，我不知道 Jessica 都给你讲了什么，我是严格按照公司的流程来做的。我收集和整理数据产生了初稿并仔细比对过，确保没有问题之后又生成了再审稿，并在周三下班前发给 Jessica 让她帮忙查看的，我昨天还催了她三次！"看着 Louisa，王丹谊坚定地说道，语气急促，眼神中凝固着诚实。

Louisa 靠在椅子上，手里拨弄着精巧的滑盖手机，空气中的紧张气氛突然停止。

"行，你把手头的工作整理一下，包括你发给 Jessica 的报告，下周一上班一块发给我。"思考了大约 30 秒后，Louisa 从椅子的靠背折起，严肃地对王丹谊说。

回到座位上，Jessica 已经下班，只有马克杯上的米老鼠在对着王丹谊微笑。Louisa 走出办公室，朝这边看了一下，关上灯，消失在王丹谊紧绷的思绪和慌乱的想象中。

窗外的霓虹璀璨，高架上闪烁的车灯斑驳陆离，与对面车道的光亮交相辉映，多彩的车身滴滴点点地装扮着静如画的车水马龙。王丹谊在键盘上弹奏着杂乱的音符，窗外动得如此稳定，而屋内却静得这般奔腾。

"我觉得事情没有你想得那么糟糕，你老板那句话就是一个信号，要不然她干吗让你把发给 Jessica 的报告再发她一次呢？这其实就是让你证明自己。"陈松涛讲出了自己的判断。

当然，王丹谊也曾这样想过，但老板同时也让她整理自己手头的工作，一个路口两个方向，现在没有外力的导航，她自己的判断和争取将会决定往左还是往右。两人把逻辑重新梳理一遍，立刻行动起来。

陈松涛陪着王丹谊去公司，除了那封发给 Jessica 净值报告的邮件之外，他们还把在 MSN 上面与 Jessica 有关这份净值报告的聊天记录也都保存下来，同时，王丹谊把自己在做这份报告时咨询过哪位同事、哪些问题全都记录下来，以备后用。从公司出来，她本来想与另外一位同事打电话提前沟通一下，被陈松涛拦了下来。倘若老板想要跟同事去确认这件事情，她自然会去，现在跟同事打电话有刻意之嫌，而且也不知道这位同事与 Jessica 的关系如何，总结起来，这通电话弊大于利。把自己该做的和能做的事情做到尽善尽美，剩下的就交给两端分别挂着命运和良知的天平。

王丹谊周一一早就赶到了公司，把所有的资料归类，发给了 Louisa。之后，王丹谊便一直注视着她的办公室，盼望着她能开门朝这边招手。但整个上午，Louisa 的办公室门紧闭，除了续一杯咖啡的短暂时刻。能隐约听到她在办公室里电话不断，却听不清她在讲些什么。王丹谊六神无主，不知等待自己的是分岔路口的哪个方向。直到下午 2 点多，Louisa 终于把她叫到了办公室，再一次让她确认所有信息的准确性，王丹谊言之凿凿，可 Louisa 仍旧没有做任何表态。直到下班，王丹谊所期待和所惧怕的事情都没有发生，稀松平常的一个工作日在她的惶恐不安中悄然流逝。

王丹谊仍然每天正常上下班，办公室也平静如常。Jessica 还是恰如其分地在同事面前炫耀，除了没有工作交流之外，王丹谊仍旧可以感受到她的盛气凌人和矫揉造作。每天下班到家，陈松涛都要关心她的情况，他们对这一如既往的平静毫无头绪，完全打乱了之前的判断。

周五中午，王丹谊和同事从外面吃饭回来，刚踏进办公室的门，就听到 Louisa 办公室里传出歇斯底里的喊叫，是 Jessica 的声音，她和 Louisa 发生了激烈的争吵。而 Jessica 桌子上的东西却被收拾一空，连那只微笑着的米老鼠都被装进了袋子中。王丹谊用惊恐的眼神与同事会意，对于究竟发生了什么事情，彼此都心领神会。

　　下班前，公司全体员工收到一封邮件，大体内容是：由于Jessica 工作上的严重失职，给公司造成了重大损失，根据公司相关规章制度将 Jessica 开除。事发突然，所有人都瞠目结舌，旁敲侧击地互相打听事情的缘由。王丹谊更是觉得不可思议，这个结局让人始料未及。而更出乎她意料之外的是，周一上班时，人事给她了办理转正手续，Louisa 让她直接负责 Jessica 留下的工作。

　　同事们议论纷纷，王丹谊也从中知晓了答案。Jessica 仗着是老员工、资历深，对 Louisa 两面三刀，时常在同事面前讲她的不是。Louisa 想开掉 Jessica 很久了，奈何没有合适的机会和理由，而这件事情恰好给了她借题发挥的余地。好一个借刀杀人，Jessica 万万没想到她在 Louisa 面前对王丹谊的搬弄是非最终却砸了自己的脚。或许 Louisa 安排 Jessica 做自己的师父就是整个计划的开始，王丹谊不敢往下想，此刻她才对 Louisa 有了真正的认识。

　　Louisa 没有倾国倾城的容貌，娇小的身材更是让她看上去弱不禁风，一双眼睛永远被卷曲的刘海遮盖着，让人无法透过心灵的窗户看透她真实的想法。但稳重干练的作风弥补了她身材的缺憾，她要求下属有令则行、令行禁止，同时，她也很少回应下属的质疑，她要求的是绝对服从。

　　王丹谊不寒而栗，此刻她才真正意识到职场的倾轧、猜忌和残酷。

　　生活被这个跌宕起伏的工作插曲撞了一下腰，揉搓揉搓，抬起头，继续往前奔跑。

　　国庆期间的火车堪比春运，车厢内比肩接踵。虽然与车厢一端的厕所只有 10 米远，但拥挤的人群足以让你望而却步，有人横卧在过道上，有人斜靠在椅背上，有人坐在行李箱上，你似乎找不到任何一块可以落脚的地方。只能等到售货员推着小车过来，他在前面左右腾挪，你在后面紧追不舍，终于到了厕所，门却关着，原来有人选在这一闹中取静之处睡着了。

陈松涛下火车后又转了一辆大巴和一辆公交车，到家时已近中午，妹妹在村口早早等着他。

"哥！"妹妹欢呼雀跃，老远就迎了过来。

远远望去，妹妹个子长高了，也剪去了心爱的双辫，留着齐耳的短发；等走近了，妹妹那稚气明媚的一双眼睛望着哥哥，宛如两颗水晶葡萄，嘴瓣儿似一弯恬静的新月，瘦小的脸蛋上嵌着一双浅浅的酒窝。

陈松涛抚摸着妹妹的头，看着她黝黑的脸蛋和双臂。

"等了多久了？咋变黑了？"陈松涛关心道。

"参加了一周的军训，这两天又跟咱妈一起下地收玉米、翻红薯瓢。"妹妹一只手拎着哥哥的包，一只手欢快地挥舞着。无论是学业、贫瘠还是劳苦，都没有让她沾染任何愁闷，妹妹依然沉浸在甜蜜的无忧无虑之中。

"哦。"听到妹妹的回答，陈松涛沉默了。

看着妹妹那灿烂的笑脸，他内心充满了自责和愧疚，妹妹承担了本属于自己的那份家庭责任，一份自己已经忘却的责任。

自从父亲过世之后，幼小的妹妹突然变得懂事起来。她从6岁就开始帮母亲洗碗、扫地，跟母亲一起下地干农活。上小学之后，破旧的文具盒里永远只有一根铅笔、一块橡皮，放学写完作业之后，她会牵着家里那只羊去地里放羊，那条忠诚的小黑狗则陪伴在她的左右。读高中时，陈松涛一个月才回家一趟，上大学之后回家的次数更少了，完全错过了妹妹天真烂漫的童年。或许妹妹的童年里就没有天真烂漫，她用幼小的心灵、稚嫩的身躯分担了母亲的担子，也撑起了哥哥在窗明几净的教室里的琅琅读书声。

陈松涛突然觉得自己亏欠妹妹太多，欲言的感谢哽咽住。转望眼，一片落叶泛黄，坠入这银河垂地的飘香季节，毫无声响。

"哥，你咋了？"看着哥哥一直没说话，妹妹关心地问道。

"没事儿，想工作的事情了，跟我讲讲你上初中的感觉，有啥不一样？"陈松涛赶忙转移了话题，他不想让妹妹感受到自己的情绪。

妹妹一路叽叽喳喳讲个不停，恨不得把学校里欢乐的每一刻都描述给哥哥。对于妹妹能快速适应初中的学习和生活，陈松涛很欣慰，这一路上他也给妹妹描绘着大学的美好，以此鼓励她的学业。

"哥，跟你说个事情。咱妈最近经常头晕，昨天下地干活时差点栽倒，我让她去医院，她不当回事儿，你劝劝她，带她去医院看看吧!"妹妹语重心长地向哥哥讲了母亲的近况，更像是一种嘱托。

拐过那棵粗壮的老槐树，就看到了自己的家。房屋的破败让陈松涛为之一颤，顿生伤感。这座房屋与陈松涛同岁，是在他出生那年，由爷爷和爸爸在亲戚邻居的帮忙下盖起来的。现在爷爷和爸爸早已远去，屋脊两端的飞檐翘角也已消失不见，屋顶两侧原本灰色的瓦片经过风霜雨雪洗礼，留下淡黑色的岁月沉淀，几株顽强的野草在错峰堆叠的瓦片缝隙间疯狂生长，随风摇曳，像是欢迎孩童的归来。院内那两棵父亲分别在陈松涛和妹妹出生时种下的椿树，叶子已开始掉落，高耸的枝干越过屋顶望向远方，有几片落叶被风吹至屋顶上的野草旁。院墙外侧的水泥已经脱落，漏出红色的砖块和沙土，像镌刻在这座老房子上的深深皱纹，不知经历了多少的风吹雨侵。大门两侧的杏树早已花落果没，被泛黄的叶子包裹着，秋风吹过，飒飒作响，犹如金色的擎盖庇护着这座房屋的主人。擎盖下面站着母亲瘦弱的身影。

最近几年，每一次回家，陈松涛都能感受到母亲在慢慢变老。虽然母亲还不到 50 岁，身体已经略显佝偻，两鬓也添了白发，脸上的皱纹越来越多，一双黝黑的手长满了老茧，越来越粗糙，平常吃饭走路也越来越快，似乎有干不完的活。母亲很少笑，也从不对外人诉说生活的苦恼，她只希望一双儿女快些长大，在他们陪伴自己追赶夕阳落下的日子里，有机会于安详的余晖中，身披彩霞，幸福地遥望星空。

"妈，我们回来了!"妹妹大老远就向母亲招手，叫喊声将陈松涛从回忆中惊醒。

门外空地上、平房顶上铺满了玉米。

开门进入院子时，陈松涛发现大门上的门闩已经生锈，红色的门漆也鼓起了层层褶皱。

"妈，屋顶上的玉米你咋弄上去的？那么高！"母亲已经不再年轻，陈松涛一直担心她的身体。

"我在的时候，妈在上面拉，我在下面绑；我不在的时候，妈绑好了再上去拉。"妹妹见了哥哥之后，话就一直不断，好似一位解说员。

"就你话多，赶紧洗洗脸，准备下饺子了。"知道儿子要回来，母亲一早就准备好了他爱吃的饺子。

陈松涛放下包，把王丹谊买的礼物拿出来给妈妈和妹妹看，两个人不停地夸赞。陈松涛洗了把脸，端详着这座院子，院子的每个角落都在展示着秋天的苍凉，只有绳子上挂的粒粒饱满、颗颗金黄的玉米提示着这是一个收获的季节。

"妈，你最近咋老是头晕？别不当回事，明天我们一起去医院看看。"陈松涛端起热气腾腾的饺子，边吃边跟母亲说。

"瑜涛，就你嘴快。没啥大事儿，最近一直忙着收玉米也没睡好，不用去医院。"母亲一边埋怨着女儿，一边跟儿子解释。

"瑜涛都跟我讲了，都差点栽倒还不当回事！你看看村上都有几个了，平常不注意也不检查身体，一出事儿要么偏瘫要么就直接没了。我现在已经开始赚钱了，瑜涛上学你不用担心了，只有你身体好好的，我们才好安心工作和学习。听我的！明天我们去医院查查。"陈松涛用埋怨的语气关心着母亲。他明白母亲不愿意去医院的原因，这让他更加心疼。

跟父亲一样，陈松涛也羞于爱的言语表述，他也只会用行动来表达对母亲、对这个家庭的爱。

下午，陈松涛和妹妹去爷爷、奶奶和爸爸的坟前祭拜。爷爷、奶奶都是在妹妹出生之前过世的，一路上陈松涛都在给妹妹讲述三位已故亲人的往事，妹妹努力在脑海中搜寻关于父亲的片段记忆。

晚上，妹妹一直缠着哥哥给她讲大学的校园，讲王丹谊，讲上海的繁华。直至深夜，连蚊子都已经疲倦，她才在陶醉中进入了甜蜜的梦乡。在梦中，爸爸送她上大学，又带着妈妈一起去上海看望哥哥和嫂子。

医院检查的结果正如陈松涛担心的那样，母亲患有慢性脑血管病并伴有高血脂和高血压，他也庆幸能够及时带母亲来医院检查。陈松涛把医生的嘱咐和注意事项写在一张纸上，放在母亲的床头边，让母亲时刻留意，并叮嘱她一定要按时吃药，自己每个月都会寄药回来。

在家这几天，陈松涛把地里的玉米秸秆全都砍完拉回家，以用作冬天的柴火，并雇人犁掉了 3 亩地，把晾晒的玉米也都给剥掉卖了，得空又辅导了妹妹的作业。

6 日走的时候，母亲和妹妹眼眶湿润地为陈松涛送行。公交车开出老远，他仍看到母亲和妹妹依然站在村口，久久地望着车离开的方向。

经过最近几个项目的锻炼，陈松涛有关 ATE 的经验和能力得到了提升，但对产品细节缺乏了解也在此过程中暴露出来。与此同时，通过在测试程序的调试过程中与设计人员的不断合作，陈松涛与钱学伟也慢慢熟络起来。

一个完整的芯片开发流程包括规格制定、架构设计、详细设计、仿真验证、逻辑综合、STA（"静态时序分析"）、形式验证、布局规划、布线、CTS（"时钟树综合"）、寄生参数提取、版图物理验证等步骤。规格制定是在前期根据市场或者产品的应用场景对产品进行详细的规格设定，大体上把详细设计、仿真验证、逻辑综合、STA 和形式验证合称为芯片前端设计，其余部分称为后端设计。

钱学伟是东南大学硕士毕业，三年前，公司创始人以高薪将他从别的团队聘请过来。他目前主要负责芯片的详细设计，也称为 RTL 设计，同时还兼顾着仿真验证、逻辑综合和形式验证等。

陈松涛在和钱学伟一起工作的接触中慢慢对这些前端设计领域有了初步概念，经过半年时间的工作观察和对比，他萌生了一个想法：要从芯片测试转向前端设计。除了前端设计的薪水要比测试高出不少之外，陈松涛想要转岗的另外一个原因是，测试在芯片设计公司往往是一个边缘化的岗位，或者叫不受重视的岗位。

知识分子的清高孤傲在芯片这个行业被展现得淋漓尽致。每个人都对自己负责的产品和项目持有舍我其谁的态度，坚信自己的作品完美无瑕，容不得别人半点挑剔。扩大到整个半导体行业，不受待见的测试岗位都处于行业鄙视链的前端。故此，陈松涛还跟孟云卿和另外一个同事聊过类似的话题，大家都有同感，但每个人的性格和想法不同，有人乐于偏安一隅、无求无争。凡人一枚的陈松涛却逃不过自尊和世俗的牵绊，他想逃离这个鄙视链，往上爬。因此，在闲暇之余，他开始学习一些前端设计所用到的语言和工具，比如 Verilog（一种流行的芯片 RTL 设计语言）和 Systemverilog（一种常用来搭建芯片验证环境的基础语言），以及 S 公司和 C 公司的综合及验证工具。工欲善其事，必先利其器。除了学习设计语言和工具之外，陈松涛还利用已经成功流片的 RTL 和验证环境进行模拟练习，不懂之处再向钱学伟请教。

精诚所至，金石为开。元旦后，有名验证工程师提出了离职，在钱学伟的推荐下，陈松涛终于成功转岗。有人欢喜就有人愁，孟云卿对此表达了不满，这种不满倒不是源于陈松涛的"背叛"，而是因为公司并不打算填补陈松涛留下的这个坑位。

金融危机早已蔓延到国内，亦传导到芯片行业。公司第四季度的销售额出现了明显滑坡，而明年的预测也不容乐观。因此，在市场前景不明朗的情况下，公司暂时冻结了新员工的招聘计划。

在得知自己成功转岗后，陈松涛特意请孟云卿和另外测试部门的两位同事一起吃了顿饭，表达了谢意和歉意，四个人内心的想法各不相同，无以名状。

从饭店出来，天空竟飘起了雪花，随风乱舞，不知是因为狂欢还是悲怆。2009年1月9日，陈松涛看了看手机，记下了这个职业转折的日子。

"外面下雪了，冻死了！"陈松涛到家时，王丹谊已经躲在了被窝里。

"希望明天起来雪还在！都搞定了？"王丹谊知道他要转岗的事情，尤为关心。

"嗯，刚吃饭时，师父还是有点不高兴。哎！总感觉像个逃兵一样。看后面他那边有啥需要帮忙的，我再帮一下吧！"话语间，陈松涛又想起了孟云卿失落的表情。

"你也管不了那么多啊，毕竟人往高处走，水往低处流。对了，刚才雨珊和丁鹏在吵架。"

"为啥？"

"好像是因为今年过年要去谁家的问题，我觉得丁鹏太着急了，毕竟在一起还不到一年！"王丹谊的话突然提醒了陈松涛，快要过年了。

"反正都在一个省内，也还好了！距离这么近。对了，我们今年怎么打算？"陈松涛把这个话题引到了自己身上。

"要不先回你家？去年让大雪给耽误了，没去成。今年我们提早回去，在你家待3天，我年二十九再回南阳。"王丹谊提出了自己的计划。

"还是我媳妇儿好！不过你得做好思想准备，农村不比城里啊！还没有暖气，十一回去时，房屋的破败连我都震惊！"

"现在不也没暖气！你这是视觉反差，再破那也是你家，狗还不嫌家贫呢！"

"得得，我错了！我先替我妈，还有我妹谢谢你啊！"陈松涛看着王丹谊的眼神中充满了爱意。

他们规划好了回家的行程，王丹谊叫陈松涛早点上床给自己暖脚。这边打情骂俏、其乐融融，隔壁房间却正颜厉色、死气沉沉。

幕雨珊的确还没有做好要跟丁鹏回家过年的准备。他们真正交往的时间不过半年，她还没告诉过自己爸妈丁鹏的存在。丁鹏也问过几次何时可以见一下她的爸妈，但每次幕雨珊都避而不谈或以各种理由搪塞过去。丁鹏本来的计划是趁着这次回家，先到郑州看望幕雨珊的爸妈，然后再决定她是否跟自己回家过年，而幕雨珊是直接拒绝，她既不想让丁鹏见自己的爸妈，也不愿意跟他回家。

"为啥啊?! 趁这次机会不是挺好嘛! 你不想去我家那就不去了。但到了郑州，我去看望下你的父母，这也不行啊?!"丁鹏变得有些歇斯底里。

"我都没跟他们提过你，这冷不丁的见面太尴尬了!"幕雨珊极力解释。

他们一个晚上反反复复的争吵就围绕这两句中心思想展开，漫无天际。最后，雪花落，寒声碎。

他们的感情早已出现裂痕，只是丁鹏不愿意相信而已。而此刻，过年回家这把利剑在加速这条裂痕的破裂。

当初，他们相遇在一趟临时拼凑的行程中，初到一座陌生城市的落寞孤单让幕雨珊接受了丁鹏的追求。他们的情感是在同伴的闻琴解佩神仙侣和周围的沙上并禽池上暝的渲染和烘托下快速迸发的，并没有经过时间的打磨、岁月的沉淀。爱，仅仅浮于表面，一阵暖风吹过，爱起涟漪，潮起潮落。

幕雨珊正在被公司的一位同事疯狂追求，即使在她明确告知自己有男朋友的情况下，那位同事仍然锲而不舍。时间如水，慢慢滴穿了自以为牢靠的感情防护盾，幕雨珊开始情不自禁地在丁鹏和这位同事之间做着对比。

同事叫郑若文，是去年毕业的海归硕士，是杭州人。大家在私底下议论称，这家外贸公司只不过是他们家族企业的一家分公司而已，他来这边只是做底层锻炼，过不了多久就会接管该公司或者回总部报到。于是，公司的单身姑娘个个趋之若鹜，都想攀上这根高枝，从此乌鸡变凤凰。

每天都会有几名女同事浓妆艳抹、搔首弄姿地围绕在郑若文身边，加以各种言语和肢体的挑逗，而郑若文倒也习惯了这种万花丛中一抹红的优越感。幕雨珊却特立独行，简洁朴素的衣装，清淡典雅的妆容，朱粉不深匀，闲花淡淡春，除了工作上的沟通，她与郑若文很少有其他交流。当所有的女同事都围绕着郑若文奉上谄媚之时，幕雨珊却安静地坐在自己的工位上，这让郑若文对她产生了浓厚的兴趣和强烈的好奇心。狗血的电视剧情慢慢拉开了序幕。

郑若文开始制造各种工作上的机会，使自己与幕雨珊产生更多的交集。短暂相处下来，幕雨珊的淳朴善良、果敢要强以及敢于拒绝的性格给郑若文留下了深刻印象。然而，幕雨珊跟他依旧只是有工作上的来往，不掺杂任何个人情感，这让平时众星拱辰的郑若文产生了深深的挫败感，同时也激起了他强烈的征服欲。

郑若文展开了更加猛烈疯狂的追求，幕雨珊也渐渐在言语和肢体上都做出了回应，虽然有时是被动，却也情不自已。那顿在"外滩十八号"的晚餐像一束火苗，点燃了她内心的一片荒野枯草，烧掉了禁锢认知边界的篱笆，释放了贪婪的饕餮猛兽。

每次晚归，幕雨珊都以加班为由敷衍丁鹏的关心。睡梦中，她锦衣玉带地坐在悬崖边的秋千上，望着骏马轻裘的翩翩少年向自己飞奔而来，而身后壁立千仞，一抹夕阳越过秋千，坠入了万丈深渊，掀起金黄色的滔天波浪。

那份属于道德范畴的、对于爱情的忠贞在甜美誓言和贪享诱惑的笼罩下变得越来越单薄，只待微风吹散晨雾，露出它真实的面目。

丁鹏对此并不是没有任何察觉，他只是在默默观察，同时也在努力挽回这份即将断了线的感情。他也曾尝试制造更多的浪漫，而幕雨珊却像例行公事一般简单回应，除此之外没有任何惊喜表现。

趁这次回家过年，丁鹏想再尝试一次。面对幕雨珊苍白的解释，短暂的歇斯底里后，他又回归了平静，他不愿意现在就把事情挑明。

"行吧，你要是不愿意就不勉强了，先睡吧!"丁鹏假装镇定，内心却已经勾勒好了最后一次努力的计划。

第二天一起床，丁鹏就问陈松涛他们回家的计划，想着还是尽量一起走。陈松涛和王丹谊看到他们两个"床头吵架床尾和"，脸上都充满了笑意。

"那中午一起吃火锅吧! 就当提前过年了!"丁鹏建议道，他开始了计划的第一步。

"好啊! 中午喝点白的吧，那一会儿去超市买菜去。"陈松涛爽快地答应了。

"那行，两位女士没啥意见吧! 你们想吃啥?"丁鹏心里默默感谢着陈松涛的配合。

"多买点蔬菜、粉丝，肉你们看着办!"王丹谊吩咐道。

"雨珊，你呢? 想吃啥?"丁鹏转身问幕雨珊。

"我都行，你们看着买吧。"

从超市回来，几个人就开始忙活，主料、佐料、配料、蘸料、饮料齐刷刷摆满了一桌，一直忙活到12点。

"来，咱先干一杯! 庆贺来上海的第一个春节!"丁鹏给两位女士倒满了饮料，然后持酒举杯，开始了计划的第二步。

几个人一饮而尽。

"想想真快! 当初六个人一起来上海。对了，你最近跟文杰和邵文勇有联系吗? 不知道他们咋样?"陈松涛扯开了话题问丁鹏。

"我最近没跟他们联系，希望邵文勇考研顺利! 文杰这家伙也不联系我们，不知道他咋样了。"丁鹏说着，顺手拿起漏勺捞起煮熟的牛肉片。

几个人边吃边聊，话题又是从学校开始，还没出校门，丁鹏和陈松涛已经二两下肚。

"其实想想，好像我们也没有受什么挫折，都比较顺利。我们有几个同学到现在都还没有稳定的工作，几个城市跑来跑去。"王丹谊补充道。

"是啊。当时也就丁鹏找工作的时间长一点，不过好事多磨，看现在多风光。对了，还记得当时去陆家嘴外滩的情景吗？农民工进城一般！"陈松涛的话像启明灯，挽救了这艘即将迷失航道的话题轮船。丁鹏心存感激，终于等到有人提及了那个浪漫的初识场景，这是他计划第三步的引子。

"是啊，真是井底蛙上岸，被一棵树亮瞎了眼。我还得好好感谢那位卖花的上海大妈呢！"丁鹏开启了情感重温之旅，借以唤醒幕雨珊对他们感情的眷顾。

氤氲的醉意在屋中飘荡，燃起几重愁肠。从当初在开封火车站踏上离别火车的那一刻开始，丁鹏几乎把所有与幕雨珊相处的甜蜜细节像电影一般回放在众人面前，讲到动情处，酒满泪垂，无言凭阑意，心似双丝网，中有千千结。幕雨珊除了劝他少喝点，只是盯着餐桌发呆，两眼无光，没做任何回应。陈松涛和王丹谊察觉到了异样，他们想把气氛变得欢快起来，就附和着丁鹏，补充了一些难忘的欢乐瞬间。但丁鹏却沉浸在自己的世界，久久不能释怀。

他知道最后一次努力已付诸东流。纵然如此，他也没有道出昨天吵架的缘由，没有倾诉心中的烦扰。他想用酒精来麻醉自己，宣泄所有的苦闷，发出所有的质疑，奈何却败给了强大的意志力。

锅里的汤已经变得黏稠，露出半个鱼丸。王丹谊起身加了水，丁鹏也结束了孤独的表演，最后一眼清醒留给了幕雨珊，然后低头不语，陷入了自我麻醉的冷静状态。

屋内突然变得安静，锅里的水翻滚起来。

王丹谊往锅里丢了点蔬菜，她不知道丁鹏和幕雨珊之间到底发生了什么事情，但女人的直觉告诉她，面对这坠落的爱情托盘，丁鹏在努力，而幕雨珊却任其下坠。

"没事吧？"陈松涛拍了拍丁鹏的肩膀，送来男人之间的安慰。

"没事，快过年了，有点想家了。"丁鹏抬起头，眼角渗出的两滴泪水打碎了他强装的微笑，落入酒杯，惊起淡青色的辛辣。他举杯与陈松涛相碰，不留任何花间残照。

"你少喝点啦！"坐在对面的幕雨珊起身夺过了丁鹏手中的酒杯，她自己也不知道这是出于爱意还是怜悯。

他们此刻的爱情就像那涓流的沙，单向的沙漏已经决口，时间只是在等那最后一粒。幕雨珊想要跟大家说明事情的真相，跟丁鹏友好分手，但她的勇气被禁锢于那一份被道德牵绊的羞耻心。她欲言又止，最终也没有开口。

"好了，把锅里的菜吃完，结束！"王丹谊想要早点结束这窘境，眼神划过幕雨珊那冰冷的表情。

主角的冷淡寡言让丁鹏的策划变成了悲剧，群演也无能为力。一部浪漫的爱情电影由五彩缤纷变成了黑白，甚至只剩下了内心的独白，最后一帧画面即将上演。

之后几天，陈松涛问了几次，丁鹏都表现得平淡如常，他不愿意谈感情的事。

周五，丁鹏给陈松涛发了条短信，他要去苏州出差，当天可能回不来，如果陈松涛要买回家的火车票就替他带一张。陈松涛跟他再三确认，得到的回复是只买一张。

丁鹏此行的目的很明确，年前拜访一遍苏州和昆山的几家重要客户，同时酬谢几位关键的合作伙伴。

苏州和昆山有多家为众多电脑品牌商代工生产电脑的电子厂。除了要和这些上游的电脑品牌商搞好关系之外，丁鹏还要服务好下游的代工厂。对于一些低端电脑产品，电脑品牌商往往会把电脑主板的部分甚至全部设计交给代工厂来完成，除了一些关键部件由上游客户决定外，下游代工厂拥有大部分芯片和电子元器件的自主选择权。这就给了芯片代理商很大的腾挪空间，而客户的一些关键人物也乐于在这片空间内自由翱翔。

丁鹏先拜访了苏州新区和园区的两家客户，汇报了一下自己公司的近况，并咨询了客户来年的产品规划、生产计划等，同时也给予自己在工作上有业务往来的设计、测试和采购人员等送上了新年的礼物和贺卡。之后，一路向东来到昆山，又先后拜访了四家代工厂，直到下午 5 点才结束。然后便直接赶往人民路上的一家饭店，这是他和几位关键合作伙伴约定好的聚会地点。

这些关键人物虽然职位不高，却可以影响 BOM 表中成千上万个元器件的选择，他们对于芯片供应商来说至关重要。灯红酒绿常常使他们流连忘返，真可谓玉勒雕鞍游冶处，四通八达章台路。

"不好意思哈！让你久等了，哈哈。"来人是 Allen Liu，R 工厂的一名资深设计经理，他很自觉地坐在了丁鹏的对面。

"没有了！我也是刚过来没多久，茶还没喝几口呢。"给 Allen 倒上一杯茶，丁鹏继续关心道："今年过年回台湾吗？"

"不回了！过年还要加班，刚好攒一块留着节后休假用，一次可以一个月时间，好好陪一下家人。"

"不好意思！来晚了。"包厢的门被打开，Derry Zheng 走了进来，后面还跟着一个陌生人。

丁鹏赶忙起身与 Derry 和那位陌生人握了手。Derry 是 F 公司的一名产品经理，他把来人和大家做了介绍。来人叫廖仲祥，上个月 Derry 刚把他从台湾的一家工厂介绍过来。

虽然这种商务宴请往往会涉及一些关于业务往来的敏感信息，但丁鹏仍然可以把他们从不同客户那里叫出来聚到一起，主要原因还是他们之间都存在着某种联系。由于彼此公司的高度关联性和同质化，再加上他们所处的级别，即使几个人聚到一起也没有特别的顾忌。他们都秉持着一种默契，谈话的内容只涉及各种八卦自嘲和黄段子，纵然丁鹏问起公司的敏感信息，也都见怪不怪。

"幸会幸会！后面 Derry 会转到质量部门，马上要升协理，我会接替他的位子，以后合作愉快！"廖仲祥刚坐下就自报了家门，他和 Derry 是大学同学外加前同事。

他的话打消了丁鹏和 Allen 的顾虑。

"哎哟！Derry，恭喜了！今天这顿酒给你庆功了，你看下菜单再加点菜。"丁鹏起身，借口上厕所出去了。吩咐服务员把刚才点的獭祭三割九分换成了二割三分。

一杯杯琼浆下肚，带有颜色的语言艺术顺着酒意在脑海中狂妄地发散。有人激动地拍着桌子，有人放肆地仰后合，吐出的烟圈在橘色的灯罩下化作一段曼妙身姿，妩媚地转身后，浓馥沉溢的香气飘过，细腻绵长，眼角被拭去的两滴泪珠不知是芥末的刺激还是遐想的挑逗。1.8升的清酒已经见底，廖仲祥却意犹未尽，他提议去第二场，Allen 和 Derry 同时望向了丁鹏。

起身结账，一辆出租车将载着 4 个人去老地方，约见旧相识。坐在前排的丁鹏摸了摸口袋里的钱包。

从 KTV 出来时已经凌晨 2 点。门口停满了各式各样的小黑车，形形色色的男女鱼贯而出，酩酊大醉的男人被女人搀扶着送上车，千娇妩媚的女人挽着男人的手一起上车。那些孤独的男人们吞云吐雾，各自挥手告别，孑然一身的女人褪去了刚才搔首弄姿的轻盈薄纱，此刻像一粒坠入凡间的尘埃，寻找一座夜的归宿。

丁鹏已经意识模糊，但仍旧坚持把东倒西歪的客户送上车。到酒店之后和衣而睡，混沌的宇宙旋转了没多久，胃里就开始翻江倒海。他跟跟跄跄，刚到卫生间，那滚烫的江河湖海就倾泻而出，搅动了马桶里平静的水面，哗哗啦啦的流水冲走了模糊的孤独感。丁鹏这才意识到自己此刻在哪里，都做了什么事情。他只觉得头昏脑涨，仿佛整个宇宙都在摇晃，将要被撕裂。

回到床边，拿起手机，时间显示是凌晨 5 点半。外面依然如墨染一般，黎明还在躲闪。打开床头灯，翻起跟幕雨珊的聊天记录，丁鹏是多么希望能看到有未读的短信，可空空如也。幕雨珊的冷淡让他心灰意冷，她的绝情和冷漠如秋霜冬雪，覆盖了之前所有的澎湃激情。

自从上周那次吵架之后，两个人已形同陌路，一张双人床上分割出了两份孤独。那三个字在下面的输入框里被反反复复删除了无数次，最终还是没有发出去。

残灯明灭枕头敧，谙尽孤眠滋味。夜过也，东窗未白凝残月。

丁鹏到家时已经是下午 4 点，陈松涛和王丹谊刚从外面回来，买了一堆过年带回家的东西。

"买这么多东西啊！对了，火车票买到了吧，几号的？"丁鹏看到摆在桌子上的大包小包，失落感油然而生，但依然假装镇定。

"农历二十六，我们都请好假了，你没问题吧？买的时候我还问了一下雨珊，她不跟我们一块，要晚两天再回去。你们，还没和好？"看到丁鹏垂头丧气的状态，陈松涛便关心地问。

以女人的直觉，王丹谊知道事情没那么简单，所以这几天她也问了幕雨珊几次，想从当事人这里得到一些真相，主要目的还是要劝和。但幕雨珊一直在回避这个问题，她默认了自己和丁鹏之间存在矛盾，却不愿意道出缘由。而且，自从上周六那顿火锅之后，幕雨珊对待王丹谊的态度也发生了微妙的变化，两人之间像是突然产生了隔阂，她们的沟通没有了之前的无话不谈，而是变成现在的一问一答。王丹谊感觉到幕雨珊在刻意提防着自己什么事情，这已经不是自己认识四年多的同窗好友。

种种迹象更加剧了王丹谊的猜测，她也把这个猜测告诉了陈松涛。但丁鹏和幕雨珊两人至少现在还是住在一起，陈松涛希望这仅仅是一种猜测。所以，面对萎靡不振的丁鹏，陈松涛特意提起了幕雨珊，想借机打开他的心扉，帮他们破镜重圆。

"哦，我没问题的，到时候一起走。她可能比较忙，那也没办法。对了，她去哪里了？啥时候出去的？"丁鹏依然在回避。

"她好像上午就出去了。我们 11 点多出门的，那时候她已经不在屋里了。她没跟你说啊？！"面对丁鹏的问题，王丹谊和陈松涛都略显惊讶。

丁鹏只简单回了一个"哦"字，然后拉着箱子进了自己的房间。

"一会儿做饭带你的份儿不？"过了一会儿，陈松涛朝丁鹏的房间问道。

"不用管我了，我得睡一会儿，昨天晚上喝得太晚了，现在还有点头晕。"这句话含有多少真情、多少心酸或许只有丁鹏自己知道。

这一觉直接睡到了晚上 10 点。旁边空荡荡，幕雨珊还没有回来。丁鹏心中的困惑、愤怒、感伤交织在一起，开始升腾。他起身去厨房煮了一碗泡面，在客厅刚吃下第一口，门被打开了。虽然经过了一天时间，但幕雨珊出门时的浓妆艳裹犹存。

"回来了！"丁鹏看到幕雨珊还是情不自禁地打招呼。

"嗯，你咋吃泡面?"幕雨珊关上门，边说边往房间走。

"你喝酒了?"丁鹏吃惊地问道。

"嗯！"幕雨珊的回答极其简短。

丁鹏的困惑不解在加剧。认识将近一年来，除了那两次聚餐之外，幕雨珊几乎滴酒不沾。他匆匆几口，还剩下半碗面就跟着进屋了。

"你跟谁喝酒了？还这么晚！"丁鹏压制着内心的怒火，尽量让自己显得平静。

"跟同事。"

"跟哪个同事啊？这都出去一整天了，还穿得这么花枝招展！"

"就一般的同事。"

"你要是有啥事情就直说，没必要藏着掖着！"面对幕雨珊的冷淡和疏远，丁鹏的忍耐到了极限，所有的情绪都将在这一刻随着一腔怒火迸发而出。

面对丁鹏淳朴却无所保留的爱，幕雨珊曾无数次自责，也曾想过要跟丁鹏坦白并请求他的原谅，两个人再和好如初。但面对珠围翠绕的现实诱惑、郑若文的甜言蜜语和对美好未来的期盼，所有的道德观念都被贪婪虚荣一一攻破。幕雨珊希望丁鹏可以对她进行无情的嘲讽和谩骂，好让她找到唯一的理由去掀掉牵累自己的那块遮羞布。但丁鹏一直保持着克制，没有半句毒言恶语，这反而让她在自责的泥潭里越陷越深。

面对丁鹏此刻的质问，幕雨珊犹豫了、沉默了。她想要跟丁鹏说明一切，两人可以就此结束，但她不知如何开口。羞耻心，是她在面对丁鹏的怒火拷问时依然保持冷静或者叫冷漠的唯一支撑。

丁鹏靠窗站着，脑海中所有关于两人的美好回忆都开始变得冰冷，即将被燃烧的火焰融化，滚滚东流，摧枯拉朽般打破了这夜的寂静。

"你说话啊！"丁鹏继续愤怒地追问。

虽然所发生的事情都已指向了自己所猜测的方向，但固执的他只想从幕雨珊口中得到最终答案。他愿意承受雪崩带来的灾难，唯有见到裸露的山脊才算心甘。但幕雨珊依然沉默，雪花还在飘，安静地落在高耸的山脊上，而他又奈雪山何！

"你说话啊！"丁鹏在怒吼，拳头重重地砸在拐角的衣柜上，隔壁的两个人也听到了这一声喊叫。

"我们分手吧！"继续沉默了片刻之后，幕雨珊终于说出了丁鹏想要的答案。她在静静地等待丁鹏愤怒的火山爆发。

孤零零的电闪没有惊雷伴随，雪花被编织成了柔软的绒被，安详地披在山脊之上。丁鹏终于验证了自己的猜测，得到了想要的答案，但他却沉默了。

脑海中所有的思绪突然被清空。他站在无垠的旷野中，寂静的夜将他包围，空茫茫一片，无法逃离也无处躲藏。

他的爱已经死亡，在这个黑暗尽头即将烟花绽放的时刻。

"对不起！都是我不好，请你原谅！我不是一个好女孩。"幕雨珊看着痛苦的丁鹏，说出了自责的话。

"他是谁？为什么？为什么？"丁鹏发出声嘶力竭的咆哮，他得到了答案，还要知道原因。

这时，王丹谊和陈松涛敲了两下门直接进来了。该发生的事情终究还是发生了。

"丁鹏，你冷静点！"陈松涛把丁鹏拉出了房间。

他要帮丁鹏放松紧绷的神经，不愿意看到兄弟陷入如此崩溃的状态。而在屋内，面对这即将结束的感情，幕雨珊也不再隐瞒，她向王丹谊道出了事情的经过。

"你可能会看不起我，但事实已经如此。我现在才发现当初和丁鹏的相处不是源于感情而是感动……"幕雨珊的解释苍白无力，王丹谊从心里重新认识了这位相处四年多的姐妹，那个淳朴的幕雨珊从此只存在于校园的记忆中了。

王丹谊没有正面回应，面对离自己渐行渐远的昔日好友，她只想知道幕雨珊后面的打算，以便对丁鹏有个正面交代。

"我不知道，你帮帮我！"幕雨珊以邪恶、卑微、无辜的眼神望着王丹谊。

"丁鹏的优点和对你的好我们都看在眼里，我最后再问你一次，非得分吗？"王丹谊像一位公正的法官，做最终判决前，再给被告最后一次改过自新的机会。

"嗯，都走到这一步了！他是一个好人，但我们不合适。"幕雨珊的决绝让王丹谊痛心。

"那行，既然已经决定了，只能祝福你了，那你们再住在一起就不合适了吧?!"王丹谊对幕雨珊的态度已经由讨厌转向了憎恶，但她的语气依旧平缓，想让幕雨珊知情识趣地离开，留下最后的自尊。

"我本来就打算明天搬出去。丹谊，你没必要这样！难道我们以后不能做朋友了吗？"幕雨珊了解王丹谊刚毅的性格，也羡慕她与陈松涛淳朴却又唯美的爱情。

她知道对爱情的背叛已经严重拉低了自己在王丹谊心中的形象，明天走出这扇门的那一刻或许就是两个人的永别，一段同窗友情、两个不同价值观的永别。

"行！你收拾一下，我去找下丁鹏。"王丹谊在回避幕雨珊的问题，她的内心充满了矛盾，理性和感性在激烈斗争，她只能把这个选择权交给幕雨珊，交给时间。

　　推开门，客厅已经烟雾缭绕，桌子上摊着一包花生米和一包兰花豆，丁鹏和陈松涛面前各摆着一杯白酒。两人无言，只有酒杯的撞击声划破了这夜的寂静。

　　男人容易感伤，而化解感伤的方式却又极其简单，只需一瓶雪中孤独的酒，一根深夜燃尽的烟。脚下数不尽的烟头燃尽了丁鹏所有的理性，愁肠任酒疏，即使酩酊大醉依然解不了他那份孤独和伤感。第一段感情就这样匆匆收场，在离别时不曾回眸，模糊的身影把美好的回忆带走，在启航的青春纪念册上留下一串灰色的痕迹。

　　陈松涛不知如何相劝，也无意相劝，男人之间的宽慰就是你醉任你醉，孤独我相陪。刚才把丁鹏拉出房间之后他就直接下楼，只对丁鹏说了一句话："我去买酒。"

　　"都少喝点吧！就这一会儿你们抽了几包烟了？先冷静冷静！"王丹谊拉了一下陈松涛。

　　她需要陈松涛一起帮忙劝丁鹏，度过这煎熬的一夜，待明朝云开雾散，又会是崭新的一天。陈松涛掐灭了烟，把未喝的酒收起，拍了拍伏在桌上的丁鹏。

　　"丁鹏，你少喝点！今天晚上，松涛你们两个去外面找个宾馆睡吧！"陈松涛不知王丹谊的意思，向她投去了疑惑的眼神，正要发问，王丹谊急忙向他眨了一下眼，陈松涛这才领会其中之意。

　　"丁鹏，走！咱去外面住，眼不见心不烦！"陈松涛说出了一个无奈且牵强的理由。

　　丁鹏像一只被霜打过的茄子，萎靡不振。陈松涛搀扶着他，两人被吞噬在朦胧的黑夜中，远处微弱的一道光随树影婆娑，在摇曳刹那的芳华。

　　清晨，王丹谊习惯性地在楼下阿姨们的吵闹声中醒来，又在晨练的舞曲中睡去。没过一会儿，她又被客厅的谈话声和桌椅碰撞声给吵醒。

　　推开门，客厅站着一名陌生男子。一头淡黄色的碎发，高高的鼻梁，上身酒红色的皮夹克，灰青色的卷角休闲裤搭配棕色的尖头皮鞋，一副明星般的侧面容颜。王丹谊知道，这就是幕雨珊为之而抛弃丁鹏的人。如果他仅仅是一名陌生人，王丹谊肯定会多看几眼，欣赏这貌赛潘安的极致容颜，但此刻，她内心充满了厌恶。

"丹谊，我要走了！"幕雨珊提着一只拉杆箱走出了房间，拉着王丹谊的手说。

不管是真情还是假意，临别时道出的不舍往往也能让自己感动。

"嗯，我没想到你们这么早！也好，省得一会儿……"王丹谊把将说的话收了回去，在这个不合时宜的场合。

王丹谊拉着幕雨珊的箱子，想把她送到楼下，却被幕雨珊婉拒了。

"丹谊，我走了！希望我们还是朋友，以后还可以再见面。替我向丁鹏道歉！"在关上门的那一刻，幕雨珊转身对王丹谊做了最后的告别，湿润的眼眶中落下一丝伤感和两分愧疚。

王丹谊挥了挥手，道了一声珍重和祝福。她望向窗外，一辆宝马 X5 缓缓驶出了视线。过了一会儿，她发信息，把幕雨珊的离开告诉了陈松涛，好让丁鹏有个思想准备。

两人到家时，王丹谊已经把饭做好。丁鹏走进自己的房间，整理了所有与幕雨珊相关的物品，连带回忆，统统扔掉。他坐在床上，目光深邃，没有任何叹息，内心的伤感在被慢慢清理。

"没事吧！"陈松涛走进来，拍了拍丁鹏的肩膀。

"没事，都过去了！"丁鹏的回答既是自我劝慰，又像是安抚陈松涛对自己的担心。

在饭桌上，陈松涛和王丹谊的话很少，他们尽力回避与幕雨珊有关的话题，反倒是丁鹏主动提出来，他想知道幕雨珊离开的真正原因。

"你们不用担心我，我自己慢慢会调节好的，我就想知道真正的原因。"面对王丹谊善意的拒绝，丁鹏再次发出了请求。

无奈之下，王丹谊只能不加修饰地把事情的经过讲述一遍。听完之后，丁鹏只简单地说了一句："挺好的，祝她幸福！"然后默默地把饭吃完。

丁鹏是幸运的，他有陈松涛这样的兄弟相伴，分担自己的落寞无助；丁鹏又是孤独的，他总是望向落红满径的方向，内心那支桔梗花却从不向外人开放。他的豁达友善总向朋友敞开，而孤独的自己总留给夜的寂寥。这份感情的挫伤点燃了一束微弱的火苗，在一段孤独的沉默中蓄势，在奋进的征程中燎原。

虽然将近年关，陈松涛的工作却并没有变得轻松。转到设计部门的这一周时间里，他又接触到了新的资料、技术和工具，不用钱学伟传递压力，他自己已经感觉到任务的艰巨。所有浮于表面的技术储备都是一叶障目不见泰山，不过好在有现成的项目可以供他参考练习。钱学伟也已经跟他交代过，年后开始就会把一部分的验证工作交给他完成。对新知识的渴望和对工作负责的态度再一次激发了他奋进的斗志，工作的效率以分钟为计，加班也恢复如常，他想趁着年前这段时间，通过自学加同事辅导以掌握尽量多的技术。

如果时间有声响，那它一定震耳欲聋；如果时间有密度，那它一定密不透风。

陈松涛每天下班时，路上的车流已经散尽，将少有的安静归还给了这座城市，如列兵般的路灯守护着在这座城市打拼的夜归人。

今天是腊月二十四，南方的小年。陈松涛终于赶上了末班的公交车，望了一眼车上稀稀散散的乘客，每个人都靠窗而坐，身前放着一个相似的背包，或是闭目休憩以缓解一天的疲倦，或是目及窗外去构想那美好的未来。陈松涛也临窗而坐，看着路两旁树上挂起的参差不齐的灯笼，上海平淡的过年气氛让他感到惊讶。这种平淡不是指上海对过年不重视，没有火树银花、喜气洋洋的场面。恰恰相反，这里无时无刻不在展现着霓虹璀璨、热闹非凡的国际大都市气息。正是由于这种时空上无差别的繁华景象，让陈松涛觉得少了一种过年的仪式感和敬畏心。

在一定的时空界限内，当生活的基础被财富装扮得越来越接近于极致时，添加的每一份千娇百媚、姹紫嫣红对幸福带来的冲击感，也将越来越趋向于平和，这或许就是边界效应在心理上的作用。但当贫穷占据生活的主要节奏时，偶尔的花团锦簇与平常的寡淡无奇形成强烈的反差，浅施粉黛都能给美丽重新加一层修饰，浓浓的仪式感和敬畏心也在寥若晨星的节日中显得更加庄重和恭谨。

下车走到小区门口时，陈松涛发现往日营业至凌晨的麻辣烫已经关门，卷帘门上也贴了一副鲜红的对联，浓浓的思乡情油然而生。身心的疲倦被轻盈的脚步抖落，西北方的一弯新月向他微笑，红砖黛瓦的魅影冲他招手，那一盆冬日的烈焰已经燃起，熊熊炭火照亮了前方回家的路。

当丁鹏、陈松涛和王丹谊到达火车站的那一刻，三个人才真正体会到春运的艰辛与快乐。

联排的帐篷已经搭起，把空旷的上海火车站南广场变成了室内空间，从入站口引出蜿蜒曲折的栅栏，往东西两个方向延伸。有慌慌张张的旅客拉着行李箱往前赶，似乎要错过即将驶向远方的列车；有三三两两结伴同行的伙伴在某个角落抽着烟、侃大山；有肩扛手提的行人在栅栏中匆匆忙忙地前行。这里的每个人都带着沉重的行囊，行囊里装着他们一年的收获和对家乡亲人的思念。

站内候车厅里人山人海，接口的抽烟处烟雾缭绕，窗沿上的泡面热气腾腾。好不容易挤到一个靠墙的角落，刚一站定就发现有一个行李压在你脚上，还没来得及把脚抽出，后面行人往前挤，背包突然甩到你身上，差点来个定点扑倒。所有的座椅都被抢占一空。调皮的孩童在自己父母怀中，一手拿着玩具，一手往嘴里送着零食；美艳的姑娘在整理着自己的妆容，用手拂了一下飘逸的长发；对面的小伙把眼镜摘下，放在嘴边哈上一口气再用纸巾擦净，戴上眼镜的同时目光已经凝固，他在此起彼伏的嘈杂声中凝神思考，面向对面的姑娘。这里是视觉、嗅觉、触觉、听觉的河清海晏，放眼望去，好似一幅多维度的几乎静止的灰色画卷。不时有星星点点的彩色粉饰出现，但很快又被淹没在涌动的人潮中。有一股队伍聚集和移动的速度突然加快，你会发现队伍尽头的电子显示屏变成了绿色——已经开始检票。每个人都辗转腾挪，使出浑身解数往前挤，谁也不想落后，不是怕拥挤上不了车，而是为了那无处安放的行李。

从上车的那一刻起，三个人就开始鹅行鸭步般往前挪动，等找到自己的座位时，行李架已变成了一脉层峦叠嶂的山丘，一片树叶都显得多余。他们只好把大件行李塞到座椅下，背包就放在脚下。虽然上海是始发站，但几个车厢已经坐满，没有买到座位票的乘客早早就把马扎、折叠小板凳准备好，抢占了有利的位置，车厢的出入口处成了他们的首选。

火车发车时，外面下起了雨，淅淅沥沥的雨滴拍打声唤起了丁鹏的伤感和回忆。坐在对面的陈松涛手里拿着一本书，王丹谊翻了一下绿色的书皮，上面显示了一串醒目的英文单词"System Verilog"。她斜靠在陈松涛的肩膀上，也渐渐进入了梦乡。

早上 8 点半，火车到达郑州。丁鹏转乘了另外一辆火车，王丹谊和陈松涛到对面的长途汽车站乘坐汽车回家。

为了迎接王丹谊的到来，陈松涛的母亲和妹妹吃过早饭后就开始在村口等候。他们刚下车，母亲和妹妹就迎了上来，陈松涛把箱子和背包放在妹妹骑来的自行车后座上。

"坐了一夜的车，累不累啊？有没有吃饭？"母亲拉着王丹谊的手关心地问道，把她提着的大大小小的袋子递给了瑜涛，袋子里装满了过年的礼物。

"阿姨，没事的！我们在郑州转车的时候吃了点，你等很久了吧？"第一次见到未来的婆婆，王丹谊还是略显紧张。

"等了一个多小时！"走在前面的妹妹俏皮地回头答道。

"就你话多！"母亲瞪了妹妹一眼。

"瑜涛，等了这么久，冷不冷啊？东西有点儿多，来，我拿点儿!"

"嫂子，一点儿都不重!"听到瑜涛叫"嫂子"，王丹谊脸泛红晕，看了一眼旁边的陈松涛。

母亲对儿媳的疼爱洒满了回家的路，俊俏的妹妹不时在旁边叽叽喳喳，初见的热情驱赶了冬日的严寒，连路旁堆积的干枯落叶都感受到了要燃烧的温暖。一路上，陈松涛不停地跟村上的街坊四邻打招呼，递上一根烟，送上一句问候。

"妈，这是啥时候弄的?"到家时，陈松涛发现院子外墙粉刷一新。

这是为迎接儿媳的到来，母亲上个月特意让邻居帮忙翻新的。当然，母亲准备的远不止如此。院内一下雨就坑洼的路面铺上了砖块，房梁下面也被重新粉刷一遍，房顶上面的杂草也被清理一空。母亲是个细心的人，她不想让儿媳第一次进家门就感到失落。她还用今年新产的棉花打了两床新铺盖，也换了一套新厨具。

"丹谊，农村不比城里，家里破旧了些，你别见怪啊!"母亲略显激动，似乎这家的破旧都源于她的过错。

"阿姨，哪里啊! 您别这样说! 我老家也是农村的。这是给您买的衣服，您试一下。瑜涛，这是你的，过来试一下。这里还有一些补品和吃的。"王丹谊不是嫌贫爱富的人，否则她也不会跟陈松涛走到一起。

母亲激动之余望了一眼挂在墙上的丈夫的画像，泪光闪烁。

"我还跟松涛讲了，不要买东西，家里啥都有! 你们刚工作，哪有那么多钱! 这吃的东西过两天给你爸妈带回去吧!"这是一种责备的爱，母亲已经在心中认下了这个儿媳。

这时候，妹妹跑进来，拿起衣服说了声："谢谢嫂子。"

"妈，东西又不多，你都收下吧! 这都是丹谊的心意，给你寄的药都按时吃了吧? 现在咋样了?"陈松涛下车时就想问的问题这才得空问起，他对家的挂念就是母亲的身体。王丹谊也在一旁说道："阿姨，您那是慢性病，千万别不当回事! 药要按时吃，不贵的，以后松涛每年回来再带你去做一次体检。"

这些年来一个人所受的苦难此刻已被儿子、儿媳的关心给冲淡，母亲再一次看到了生活的美好和期望。

母亲去厨房忙活了，陈松涛和王丹谊两个人整理着行李，都不约而同地望向了挂在墙上的照片。"要是我爸还在，他该有多高兴啊！"陈松涛感叹道。妹妹却在一旁打岔，顺道把期末考试的成绩给哥哥和嫂子汇报了一遍，脸上洋溢着得意的神情。她缠着王丹谊，左一句右一语，觉得发生在嫂子身边的事情都是那么新奇，眼神中闪烁着向往和憧憬。

这时，母亲在院子里喊"下雪了"，她把火盆也端到了走廊下面。屋里的三个人应声走向屋外，如米粒般的雪珠迎面扑来，打在脸上留下点点疼痛，妹妹立刻跳到院子里，任凭那风刀雪剑寒，粒粒沾满全身。陈松涛把火盆里的木柴点燃，火苗在柴火的噼里啪啦声响中越烧越旺，走廊的边沿形成了一道在冬日里温暖的屏障，屏障外雪已漫天。树枝上、屋檐边，整个院落被铺上了一层银色绒被，轻盈的绒花垂下一条幕天雪帘，在这个银装素裹的舞台上翩翩起舞，放肆飞扬。

"阿姨，我们自己来吧！不能麻烦您！"看到陈松涛母亲端着两碗饺子往这边过来，王丹谊赶忙起身迎接。妹妹在一边撒娇："怎么没有我的份儿？"

"你们趁热吃，锅里还煮着呢！瑜涛，过来，自己端！"母亲的区别对待让陈松涛和王丹谊哭笑不得。

院子里的积雪已经厚厚一层，火盆里的柴火也添了一茬，碗里的饺子冒着热腾腾的香气，浪漫的白色精灵依然在潇洒地飞舞，下雪天的饺子和炭火更配。

晚上，母亲拿出一个厚厚的红包作为见面礼，递给了王丹谊。王丹谊百般推辞，母亲却执拗坚持。最后，在陈松涛的劝说下，王丹谊还是收下了未来婆婆热忱的认可，也感受到了她朴实的疼爱。

第二天，大家都起了个大早，陈松涛带着妹妹和王丹谊去爷爷、奶奶和爸爸的坟前祭奠。

三位亲人的坟墓位于离家一公里外的庄稼地里，这是埋葬爷爷时爸爸和叔叔特意请风水先生选的一块墓地。这或许是中国传统习俗中对亲人最后的尊重，也是把后世子孙的命运和机遇寄托于这一块风水宝地，奶奶和爸爸也就葬于此地了。

雪下了一夜，这座小小的村庄变成了一个童话世界，孩童还在梦中没有醒来。

一条弯曲小径穿村而过，错落有致的农家小院披上了统一的银色着装，院中高耸的毛白杨和榆楸树奏响了冬日的赞歌。几声震耳的狗吠惊起在枝头休憩的斑鸠和燕雀，弹落了棉花状的雪团。远处一缕炊烟升起，不知哪位母亲在灶台旁开启了一天的忙碌。

那棵老槐树宛如一位白发苍苍的年迈老人，安详地坐在村口，给每一位孩童讲述着这座村庄的过往。一望无垠的皑皑白雪把大地覆盖住，给单薄的麦苗盖上一层厚厚的棉被，把寒冷的空气隔开，待春暖雪融，又会是一片生机勃勃的绿油油模样，所谓瑞雪兆丰年。一两座供抽水浇地的机井房作为历史的产物分布在田间地头，彼此遥望。旷野凛冽的寒风吹落了路边桐树上绽放的每一朵雪树银花，剩下光秃秃的枝干。远处那条颍河支流的河床已经见底，只有几处散落的冰层见证了这里曾经忙碌的生产队时代。

这片原野的疾风从未停歇，它从远方而来，乱拨弦，宝筝前，古韵悠悠，沧海桑田，弹奏了一曲慷慨激昂的历史序曲，回荡在天地之间；这片原野的雪花晶莹飘逸，用优美的舞姿，不着浓墨，不染华彩，缓缓勾勒出一幅静谧和谐、渗透着中国风的淡淡灰白色的乡村画卷，在晨曦破晓前，展卷。

走到自家地块的时候，陈松涛往田里走了几步，平躺在雪地里，陶醉于恍惚之间，感受着大地的宽容、寒酥的厚重、泥土的芬芳，还有那麦苗苦涩的香。妹妹赶紧抓起两个雪球，往哥哥身上扔去。

　　陈松涛起身想拉着王丹谊一块躺下，王丹谊见势不好，赶紧躲开往后退了几步，也抓起了一团雪朝他扔了过去。三个人边走边闹，欢乐的笑声在空旷的田野中谱成了一曲杂乱的乐章。前方那三座隆起的雪丘就是亲人的安详之地。

　　陈松涛用脚步丈量了三座坟的面积，拔掉了周围的枯枝干草，露出青涩的麦苗，围成了一圈，也隔绝了两个世界。他拿出篮子里的祭品：两个苹果和一盘煮熟的肉，放在坟前，给爷爷和爸爸点了两支烟，敬上了两杯酒，然后跪在坟前把纸钱点着，用一根树枝轻轻拨动这厚重的火苗，让它们充分安静地燃烧，有一两片纸灰腾空而起，在不远处落入泥土的怀抱。妹妹跪在一旁向三位亲人讲述着半年来发生的故事，描述着嫂子的模样。王丹谊扶着陈松涛的肩膀眺望远方，眼角淌下一汪清泓。待纸钱烧尽，王丹谊也跟着陈松涛和妹妹一起给三位亲人磕头以表追思。妹妹掏出纸巾递给哥哥和嫂子，三个人擦干泪水。这时，河边的荒草中突然蹿出一只野兔，望向这边，短暂的停留过后便消失得无影无踪。

　　农历二十九，在帮陈松涛贴完春联后，王丹谊就启程回南阳自己的家了。临行时，陈松涛的母亲拎着一只鼓鼓囊囊的袋子，要让王丹谊带走，说是给她父母的礼物。王丹谊不知道袋子里面装的是什么，也不想让这位淳朴善良的母亲破费，在她的坚持下，母亲只好把礼物留下。

　　"嫂子，你下次啥时候再来啊？"坐上公交车的那一刻，妹妹扒着窗户向这位相处了三天的亲人道别。

　　"等放假的时候，我再跟你哥哥一起回来。阿姨，我走了啊！过年好！您一定要保重好身体！"王丹谊隔着车窗抚摸瑜涛的头，又向站在后面的母亲挥手告别。

　　"路上慢点，替我向你爸妈问好！到家了给松涛来个电话！"母亲叮嘱着，转身扬起了手。

　　车已经缓缓开出，瑜涛看见母亲在偷偷擦拭眼泪。在这个离别的村头，在这个分别的时刻，这位淳朴善良的农家妇女，自丈夫去世之后第一次感受到家庭重聚的喜悦，过去在黑暗中挣扎的日子终于迎来了曙光。她为这个家即将增加新人而高兴，为在无数个孤独日夜里的隐忍和付出而感动，为可以找到这样一位优秀的儿媳妇而欣慰。

"我刚看你妈哭了！挺不好受的！"王丹谊说着，头歪向一侧，靠在了陈松涛的肩膀上。

"哎！她就是这样。每回我走，她也要哭，她这是舍不得你，你已经是我们家的一员了。你往回看下，她跟瑜涛还在村口站着呢！"陈松涛讲完，发出一声愉悦的感叹。

"还真是！她也挺不容易的。你想想，自从你爸去世之后，一边要供应你上学，一边还要照顾你妹妹，这几千块钱要不你再还给她吧？我有点不忍心！"王丹谊扒着车窗看了看。

"你拿着吧！这是我们这边的风俗，儿媳妇第一次进家门都有红包的。"陈松涛拉着王丹谊的手，两人又重新规划了未来，在他们幸福的期盼中给母亲腾出了一块重要的地方。

陈松涛给王丹谊买了一些零食，消耗这三个小时的车程，在上车的那一刻，两个人紧紧拥抱在一起。他感谢王丹谊对自己的支持，对自己母亲和妹妹的爱，对自己家庭的包容和谅解。这三天的相处使王丹谊感受到了一个普通农村家庭的艰难和倔强，以及一位勤劳母亲的辛苦和坚强。她对这个家庭充满了感动和热爱。

走出车站，陈松涛看见数不清的雪堆把道路两旁的合欢树和柳树包围了，虽然已经染尘变成了灰色、黑色，但这个丑陋的外表下却蕴藏了抵御严寒的温暖，待雪消融，又是一片春意盎然。他深吸一口气，感受着冬日的清新和冰冷，贫穷和苦难如这雪堆一般曾将他包围，磨炼了他的意志，培养了他勤奋、自省、坚强、勇敢的性格，待雪消融，将会洋溢幸福的笑容。

第二章

陈松涛又投入激情的工作中，春节后的第一个工作日，他就开启了加班模式。到家时已经晚上 8 点多。王丹谊学着妈妈的样子，把从家里带来的炸酥肉、炸豆腐、粉条等作为食材给陈松涛做了一碗烩菜，在上海延续过年的味道。

这座大都市的繁华从未停歇，简短的安宁之后又迅速恢复了忙碌的喧嚣，但这个喧嚣中却弥漫着忧虑和不确定性。

在 2 月份，大家都收到了公司的年底双薪，与此同时，还有多位同事收到了公司的劝退邮件和谈话。城门失火，殃及池鱼，社会中飘浮的每一粒微小尘埃随时都有可能被疾风吹落、被暴雨冲刷，即使他们是无辜的存在。

这些同事虽然分布在各个部门，却有一个共同点，就是他们都拥有所在部门相比较高的薪水。即使只有三个人的测试部门，公司也决定劝退其中一位同事。现在看来，公司没有同意填补年初由于陈松涛转岗而空出来的职位，是因为公司当时已经在未雨绸缪了。

作为一家 50 人左右的芯片设计企业，在市场需求下降、项目略发不足、资方投资随时可能断裂、需要开源节流的背景下，由劝退十多名高薪员工而腾出来的资金可以对冲短期的风险，每个部门只保留一名主管和完成项目的最低员工配置，可以以静制动，期待市场的复苏。如果短期内市场好转，公司项目临时增加，在既有员工的配置下，可以通过与外包公司合作的方式来紧急补充技术人员，这在芯片设计公司是普遍存在的现象。

这些被劝退的同事对于公司没有补偿的做法大为震惊和不满，有几位联合起来投诉到了劳动局，同时还咨询了劳动仲裁机构。迫于压力，公司最终还是根据工作年限的不同给予这些同事数额不等的补偿。

这场看似闹剧的裁员风波最终以波澜不惊收尾，其中曲折的过程和残酷的结果让陈松涛在成长、成熟的道路上迈出了一大步。在这个利益至上的社会中，公司不是慈善机构，都是以追逐利益为最终目的。公司在困境时做出的每一个选择都是一种市场行为，充满了决绝与无情，往日的友善、祥和在面对压力时荡然无存，雪崩时没有一片雪花是无辜的。而个人需要做的是使自己变得更加强大，危机无处不在，唯有实力可处之或避之。

与王丹谊公司的变化相比，这边的风波只是几个调皮的孩童在盈盈的湖面上扔下的几颗石块，仅仅泛起了叠叠縠纹。而那边波涛汹涌，在无边无际的大海中航行的一艘帆船，桅杆已经被拦腰折断，海在呼啸，风在怒吼，一层滔天巨浪打来，船体被击得支离破碎。

作为一名底层的普通员工，王丹谊的信息是滞后的，她在春节后才知道公司即将被一家国外的私募基金和投资管理机构收购，以加强在中国本土的业务能力。这本身是一个喜从天降的利好消息，但没过多久却变得风声鹤唳，一个流言开始在内部传播——被收购后公司会进行架构重组，很多员工将面临被裁员的风险。

3月初，公司被正式收购，当天举行了盛大的庆祝仪式和晚宴，空降的总经理也进行了简短的开场祝词。但是，现场有几位领导却显得愁眉不展、士气低落，于是甚嚣尘上，每个人都惶恐不安，整个庆祝仪式也黯淡无光。但半个月过去了，公司平静如常，没有发生任何变化，裁员的谣言即将被人忘却，也似乎要不攻自破了。

3月27日，3月份的最后一个周五，大家像平常一样地上班，依然愉快地谈论着周末的游玩计划和某个明星的八卦，其乐融融地沉浸在一派祥和的办公室氛围之中。但这份祥和很快就被打破了，疾风骤雨将至。

从上午10点开始，陆续有同事被叫进会议室里谈话，里面坐着两位HR和一位法务，与此同时，有身着保安制服的陌生人将该员工的工作电脑关机并带走。办公室顿时炸开了锅，气氛紧张到了极点，每个人都坐立不安，恍如惊弓之鸟。王丹谊的手心在冒汗，心跳在加速，她甚至不敢抬头，担心与走出会议室的HR眼神碰撞，自己就是不幸的下一个。会议室的门不停地被打开和关闭，每一位走进去的同事都是战战兢兢，出来时心灰意冷，手里还拿着一个档案袋，走到自己的座位收拾好私人物品，然后被陌生的保安护送着离开公司，连跟同事告别的机会都没有。

直到下午4点，整个财务部就剩下Louisa和王丹谊两个人了，而此时Louisa正在会议室里。往日温馨融洽又热闹非凡的办公场面现在变得如此冷清凄凉，王丹谊心中五味杂陈、感慨万千。她已经把电脑里的私人文件清理完毕，准备接受最后的审判。Louisa在会议室里交谈的时间超过了其他所有同事，一个小时后才结束。她推开会议室的门，面带微笑，正好与王丹谊相望。她走向自己的办公室，拿起早已收拾好的物品，离开了自己已经服务五年的公司。王丹谊本想站起来跟她挥手告别，但Louisa并没有回头，只留下了洒脱的背影。

王丹谊还是站了起来，她在等待，等待一个体面的告别。这时，手机收到一条Louisa发来的短信"丹谊，下班一起吃个饭，我在一楼大厅等你，6点见！"她正要回复，会议室的门打开了，两位HR和那位法务都走了出来，跟尽职的陌生保安交代了什么，之后他们就离开了。看着HR总监向自己走来，王丹谊内心惴惴不安，假装的镇定也即将如天崩地裂一般坍塌。

"王丹谊，你也看到了！公司进行了比较大的架构重组，你是财务部留下的唯一员工，下周你就会见到新的财务总监。"

王丹谊惊愕地站在原地，她不敢相信自己竟然是那个幸运儿，不知是喜还是悲。恍惚过后，她正要向人事总监表达谢意，对方拍了拍她的肩膀，留下了一句"你是幸运的！"便转身离开。她赶忙拿起手机向 Louisa 回复了确认的消息。

"Louisa，不好意思！我下来晚了！"王丹谊到一楼大厅时，Louisa 已经在等她了。

"没事，走吧，要不还去旁边的那家店？"其实 Louisa 没有离开，她把物品放到车里之后就在大厅坐着了。

两个人从公司楼下步行到东方路的一家店，平常 15 分钟左右的路程，他们晃晃悠悠走了将近半个小时。与上下班的匆匆忙忙相比，王丹谊终于得空，第一次近距离地感受到了这一段弄堂里市井小市民的生活。一条狭窄而悠长的石板路穿梭于两侧低矮且局促的石库门建筑，晚风吹起的飘香炊烟与周围高楼的玻璃幕墙上反射的落日霞光相遇，好一个人间烟火气。

"刚才 HR 找你没？都说了啥？"刚点完菜，Louisa 便问王丹谊。

"没说啥，只是让我留下来。Louisa，是不是你帮我说了什么？"王丹谊这一路都在猜测 Louisa 找她吃这顿饭的目的，她一直对 Louisa 怀着敬畏之心。

"我的确帮你说了，但这不是最重要的，你知道为啥只有你自己被留下吗？"Louisa 的话让王丹谊更加疑惑，她摇了摇头，表示不知道答案。于是，Louisa 自问自答道："其实在举行晚宴的当天，总经理已经跟几个部门的负责人谈过了。由于公司给出的补偿方案还算仁义，所以大家也就保持了沉默，没有再闹。她当时还收集了几乎所有人的简历信息，同时还留了一个问题：如果你的部门只留下一个人，作为有担当的部门负责人，你会推举谁？"这时候服务员端上了一道菜。

"你推荐的我？谢谢 Louisa 姐姐！"王丹谊听出了话里有话，

赶紧向 Louisa 道谢。

"其实我的推荐仅仅是一个参考。这位总经理是空降的，你想想看，我们财务部可是核心部门，为啥只留下你一个，而那几位比你资历更深、经验更丰富的却没留下来？"Louisa 停顿了一下示意王丹谊边吃边聊。

王丹谊仍旧摇摇头，她不是谦虚，而是真不知缘由。

"你记住，有人的地方就有江湖！一个公司被收购之后，通常会进行人员的再调整，空降的公司领导必然会借机安排自己的人进来。在这个过程中，那些拥有盘根错节的人际关系的老员工必然会成为这个空降领导的眼中钉，反倒是那些资历浅的员工可能会逃过空降领导的屠刀，成为幸运儿！所以，知道你为什么被留下了吧！"Louisa 像一位老师在教导自己的学生一样。

她的分析使王丹谊惊喜交加。庆幸的是自己这一年来都尽量保持和每位同事若即若离的关系，从不在背后议论任何人，只谈论与工作有关的事情；惊惶的是自己以后跟新同事、新领导相处时要更加谨慎，尽量避免任何的瓜田李下。想明白了这些之后，王丹谊告诉自己，应该努力寻找机会进入总经理的核心圈子。当然，她只在心中快速闪过这些思考，脸上依然挂着惊愕的表情。

"谢谢你，Louisa。我感觉自己就像一个提线木偶，知道得太少了，也不会思考。"王丹谊仍然表现得很谦卑。

"不用谦虚了。你是外柔内刚的人，会成大事的！既然留下来了，就想办法进入老大的核心圈。反正对她来讲，你现在近乎一张白纸，就看后面怎么着色了。"王丹谊没想到 Louisa 也会有同样的想法。

"嗯，我后面有很多事情还得请教你。你后面什么打算？"王丹谊已经知道了自己所想知道的，她把话题转移开，真诚地向这位前领导表示了关心。

"走一步看一步吧。好在公司给的补偿还算可以，也没那么着急！"Louisa 放下筷子，用餐巾纸擦了下嘴，又主动提到 Jessica。她的讲述进一步验证了当时 Jessica 被开除的谣言非虚。

"丹谊，你……"两人在饭店门口分别时，Louisa 突然叫住了王丹谊，欲言又止。等王丹谊回头走近时，她却又只说了一句："保重！"

王丹谊能够明显感觉到她在回避些什么，而且她今天晚上的状态跟平常相处时也大相径庭。平时，Louisa 时刻注意在同事面前保持领导威严，即使在公司聚餐时也对工作三缄其口。但是今天晚上，她却主动讲了这么多。王丹谊一路上都在诧异和思考——被"保重"二字替换掉的那句话是什么？今天晚上 Louisa 跟自己吃饭的目的是什么？

生活中总是充满着各种疑问，工作本身就是发现问题、分析问题、解决问题的循环往复，生活盼安逸，工作非洒脱。对于王丹谊的困惑，时间会给她答案。

裁员风波发生后，陈松涛却发现办公室的气氛异常和谐，这种和谐不是浮于表面，每位同事都乐于其中。晚上 7 点，办公室已经空空荡荡，满屏的光亮只照耀偶尔勤奋的那一个，放在角落里的折叠床在很长时间内一直保持着折叠状态，连张秉亮放在办公室的牙具也布满了灰尘，增加了时光的重量。原定于 4 月底流片（tape out）的一款芯片被推迟到 8 月份，春节前流片的那款芯片已经回来，公司当前的主要任务是这款芯片的测试和调试，孟云卿和另外一位负责 FPGA 的同事成了聚光灯下最耀眼的星。

新项目的延期给了刚转岗的陈松涛足够的时间来补充技能。之前的验证工作都是由芯片设计人员一并完成，既做运动员又做裁判，整个验证环境比较慵散。陈松涛刚好借此机会，建立起一套完整的验证流程和更加完善的验证环境。他从分别建立底层分散的模块开始，通过堆积木的方式把不同模块经过不同的接口连接到一起，形成了层次化的验证环境，并设定了数据流的流动方向和端口信号的连接关系，建立了验证项目自动运行和数据自动比较的机制。

他几乎每天都是最后一位离开办公室，那被满屏光亮照耀的孤寂化动力，启发了他每一次面对挫折的思考，终于在 5 月初，他完成了之前与钱学伟共同制定的所有验证项目的前仿工作，即将开启后仿流程，而这一套完整的验证流程和验证平台已然作为模板被保留了下来。

所谓前仿和后仿，都是根据芯片的功能，通过验证平台来模拟实际的应用场景而产生多种不同的数据流，这些数据流会被转换成端口信号连接到芯片硬件代码的输入端口，再通过输出端口的信号来判别芯片的功能正确与否。芯片硬件代码最终都要转换成芯片制造所需的版图文件（GDS）才可以被成功制造出来，通常所说的流片就可以简单地理解为把版图文件发给芯片制造工厂。在提取版图文件之前要先完成芯片后端的设计，这其中就包括通过综合（synthesis）和布局布线（place & routing）等工具把芯片硬件代码转换成由以晶体管为基础单元组成的实际电路结构，之后再通过其他工具对这个实际的电路结构进行优化，在此优化的电路结构基础上抽取出反映时序特性的标准延时格式（SDF，即 Standard Delay Format）文件。后仿指的是把这个标准延时格式文件反标到芯片硬件代码之后进行的仿真，而前仿指的是不带这个延时文件的仿真。

综合之前的芯片前端设计由钱学伟负责，布局布线等后端设计由张秉亮负责，这是一个循环往复的过程。在此过程中，每个环节都可能需要进行修改，然后再重新跑必要的流程。陈松涛也有了第一次跟张秉亮合作的机会。

硕士毕业于复旦大学的张秉亮，已经有五年的工作经历。除了开会或者和大家讨论问题，他永远待在自己的角落里，不苟言笑。即使在楼道里与他打了个照面，你扬手微笑，他回应你的永远是用孤傲的眼神冷漠地轻微颔首，或者是眼角上扬直接无视。冰冷的气息在他经过的每一个地方凝固，他在办公室里是一个特立独行的存在。

"亮哥，最新版的 SDF 文件抽了没？"面对公司前辈，陈松涛表现得很谦卑。

因为钱学伟对设计进行了部分修改，需要张秉亮更新 SDF

文件，陈松涛走到他的座位前礼貌地询问最新进展。令人感到惊讶的是，张秉亮的工位上竟然每天都可以保持如此干净整洁、纤尘不染，桌上的东西摆放得井井有条。左上角平铺着一块大约长20厘米、宽10厘米的桌布，桌布上面摆放着一只盛满水的太空杯，他每天进办公室的第一件事情就是去洗手池清洗这块桌布，然后把整个工位擦拭一遍；右上角靠近格栅的地方摆放着用书夹固定的专业书籍，显示器后面放着一只笔筒和一块方形的内嵌各种形状的玻璃饰品，饰品用于遮盖略显突兀的电源线和转接线。桌面上再无其他任何修饰，远远望去就像一幅用单调素雅的线条勾勒的简笔画。

戴着耳机的张秉亮此时左右手正在键盘和鼠标上紧密地配合，根本没有注意到站在身后的陈松涛。无奈，陈松涛又拍了一下张秉亮的肩膀。

"要死啊！"全神贯注的张秉亮猛地转身，看到陈松涛站在背后，又问了一句："怎么了？"

"亮哥，问一下，最新的 SDF 文件好了没？"陈松涛依旧谦卑。

"已经好了！"张秉亮惜字如金，就回了四个字。

陈松涛继续等着，以为他会告诉自己文件存放的路径，但张秉亮却回头转向了屏幕并且重新戴上了耳机。陈松涛一脸无奈地站在那里，连呼吸都充满了尴尬的气味。他只能重新拍了张秉亮的肩膀。

"又咋了？"张秉亮摘下耳机，一脸不耐烦地转身。

"亮哥，SDF 文件的路径在哪儿？"周围充满了陈松涛压抑的气息。

"我路径下，你自己找下，最新的那个就是！"张秉亮又戴上了耳机。

陈松涛的内心有一万句问候飘过，他想继续追问，既然你傲慢也就别怪我跋扈，但面对这位孤僻得如千屈菜一般的存在，他只能无奈地愤然离开。理性告诉他，需要寻找合适的方法与这位特殊的同事相处。但此刻，陈松涛却异常敏感，感性的缠绕让他有一种自尊心受辱的错觉，他喘着粗气，咽下一口滚烫的水。

"伟哥，你知道最新的 SDF 文件的路径吧，一会儿发我下。"中午去食堂吃饭时，陈松涛和钱学伟一道。上午的工作完全被混乱的思绪打乱，他想了想，干脆直接问钱学伟得了，顺道再打听下张秉亮的为人。

"张秉亮没告诉你？"钱学伟并不感到惊讶，只是很平淡地问。

"我问他了，只说了在他文件夹下，最新的，让我自己找，这哥们……"陈松涛还是保留了对张秉亮的形容词描述。

"呵呵，他就是这样。"钱学伟的回答简单扼要，却又模糊不清。

陈松涛不清楚他对张秉亮的态度，也就没有继续这个话题。钱学伟不清楚 SDF 文件存放的目录，也没有要去问张秉亮的意思。下午，陈松涛只好按照正常的思维逻辑，在张秉亮的工作目录下通过全局查找的方式，终于找到了这个文件。但在后仿的编译阶段报出了时序违例的错误（Timing Violation）。所谓时序违例，指的是电路结构中某些数据通路的建立（setup）或者保持（hold）时间不够，从而影响数据采集的准备度，有可能会造成数据接收或者发送错误，进而造成整个芯片的功能紊乱，严重的会造成芯片对任何数据输入都没有反应，从结果看就像一块石头。在验证工作中，后仿这一环节是无法规避的。所以，无奈，还需要继续与张秉亮磨炼心智。这次，陈松涛拉上了钱学伟一起讨论这个问题。

"伟哥，后仿报了很多 Timing Violation，setup 和 hold 的都有，你帮忙看下。"陈松涛把问题抛给了钱学伟。他需要首先排除是电路设计的原因造成的时序违例，然后再与张秉亮讨论具体的解决方法。当然了，这个过程又是循环往复的，即使是因为后端布局布线，也可以通过修改电路设计的方法绕开，就看哪个更容易实现了。

"好的，仿真的路径发我一下，我看下 log 文件。"钱学伟狼狈地关掉了满屏绿莹莹的股票软件，回头望了一眼陈松涛。

或许是因为离流片还有两个多月时间，或许是认为还要延期，大家现在的工作状态明显松弛了下来。之后的几天里，陈松涛又问了几次，电路的改动仍然没有完成。他的兢兢业业开始显得与众不同，却又孤鸿缥缈、独木难支，无意中变成了那根秀于林的木。他开始加深对 perl 脚本语言的学习，把之前对数据的分散处理统一整合起来，不断完善验证的自动化流程。合照之木生于毫末，此刻的点滴积累都将汇成涓涓细流，涌入浮天沧海，迎接暴风骤雨的洗礼。

之后的一周多时间里，芯片设计经过了几轮改动，每次都是因为后仿验证发现的问题，但后端解决相对麻烦，只能通过电路的改动来完成。在钱学伟的参与下，陈松涛与张秉亮已经经历了几轮较量。陈松涛执着负责的工作态度让张秉亮刮目相看，他已经感受到陈松涛态度的转变，没有了以前的谦卑，语气也更加直接。但张秉亮傲慢的性格无法改变，依然故我，较量无法缓和，只看沉默首先被谁打破。

入梅的第一场雨让人们对闷热的忍耐有了短暂的停歇，路两旁、小河边散布着的花草在争奇斗艳，娇艳雍容的红色蔷薇跃出了栏杆，趴在枝头欣赏着熙熙攘攘的人群，连挂在办公室隔板上的绿萝也在朝着窗户的方向疯狂生长，娇娘待梳妆，羞花沐雨露。

这几轮芯片前端和后端设计循环往复的改动过后，时序违例的数量非但没有减少，反而呈数量级增加，使每个人都闷闷不乐，一腔怒火无处发泄，就像梅雨时节的桑拿天面对窗外的阴雨绵绵。

"秉亮，你又产生了新的 SDF 文件？"陈松涛隔着几个工位直接问道。

"咋了？"声音飘过几米的空间，淋漓尽致地展现了对方的傲慢和生无可恋。

"我这边 file list 中 SDF 直接映射的是你目录下的，我正在修改仿真选项。本来十几个的 violation 突然增加到几百个，我还以为我环境哪里出错了呢！你改动的时候能通知一声不？"陈松涛的语气变得强硬且带着愤怒。

"谁让你映射的！"张秉亮的回答虽然简单却毫不示弱。

"我不映射你的目录，难道我要 copy 到本地目录吗?！那你每次产生新的文件就更不知道了，出了差错你担责吗？"陈松涛的声音越来越大，传遍了整个办公室。

"吼什么吼！你不会定时更新吗？"张秉亮也提高了嗓门。

两个人用声调、语速进行了隔空拼杀，溅起的炮弹落在自己身边，却在同事之间喧腾起来。

"好了，都消消气。"最终还是由钱学伟从中斡旋，炮弹没有射出一米开外的距离。"这样，秉亮，你每次更新的时候把邮件发出来，同时附上路径，这样可以保持及时有效的沟通。松涛，你就以邮件为主，每次 copy 到你本地目录，没有更新的话就是以当前的版本为准。这样你们都没有意见吧？"钱学伟还是以资历和芯片设计负责人的身份劝解了两人。

挂在玻璃上的月牙形雨珠有序排列，形成了一幕青色蹙帘，把空气中渗进每一粒毛孔的闷热和陈松涛的怒火隔绝。他听从了钱学伟的意见，而张秉亮也果真开始按照这个规定在执行，每次更新之后都会有邮件通知，但两个人的直接交流几乎为零。在接下来的将近一个月时间里，办公室的气氛就像 6 月的天气，微晓风细梅雨，阴沉沉雾蒙蒙极压抑，但只此而已，没有电闪雷鸣和疾风骤雨。但 7 月酷暑卷起的热浪却掀开了轻盈的面罩，裸露的滚烫让矫饰伪善的人群无处躲藏。

当前所有的进展都比较顺利，钱学伟又通过电路的完善压缩了单颗芯片的面积，这带来的直接收益是单颗芯片成本的降低。因为每片晶圆上的芯片数量会随着芯片面积的减小而增加，芯片面积越小，每片晶圆上芯片的数量越多，由于每片晶圆的成本是固定的，所以芯片的数量越多，单颗芯片的成本就会越低。当然，前端电路的压缩会对后端布局布线和时序带来挑战，但为了压缩成本，挑战必须被攻坚。离芯片流片还有一个月时间，大家暂定下周二开会，讨论一下项目进展，是否可以最终定版，或者还需要哪些修改，所以，这周大家都在准备各自负责的工作。陈松涛需要把所有验证项目和对应数据整理成报告，同时还要把后仿的验证条件列举清楚。

会议开始，钱学伟首先介绍了最近改动的几个模块和对应功能的优化，然后陈松涛开始介绍新增加的验证项目，汇报验证报告，整个前仿验证都是按照之前既定的验证项目和规则进行的，结果也符合预期。但当他汇报后仿验证时，钱学伟却发现了问题。

"你这几个 Case 的仿真时间怎么感觉不对哦，你把波形打开一下。"钱学伟站起身来，走向了投在屏幕上的表格。

由于后仿反标了 SDF 文件，增加了很多相对时间的延迟，因此对于同一个验证项目，后仿的仿真时间要比前仿时间长，甚至可能会长很多。所以，往往只从前仿验证中挑选一部分具有代表性的验证项目来进行后仿验证。对于最近新修改的几个电路模块，钱学伟特别注意，在降低了芯片面积的同时，芯片内部时钟和信号的连接通路却变得更加密集，整体的连线也会变长。所以基于此，他对相关的后仿验证项目尤其谨慎，除了直接看验证报告的结果之外还需要看仿真时间，通过仿真波形追溯具体模块的信号变化。可在陈松涛介绍后仿验证数据时，他却发现这几个相关验证项目虽然结果是正确的，但仿真时间与前仿对比变化并不明显，所以这才决定让陈松涛把波形文件打开。

所谓波形文件，是以时间轴为坐标，在仿真过程中收集信息，并通过编码压缩等处理方式产生的二进制文件。可以通过多种参数的设置来采集数字电路端口和内部不同的信号，也可以收集验证环境中使用的数据。波形文件有多种格式，可以通过不同的工具打开。因为需要在整个仿真周期采集信息，所以产生波形文件需要耗费大量时间，因此，在后仿的验证过程中往往通过设置来规避掉波形文件，这样可以节约时间，而仅仅在前仿调试阶段才产生波形文件。对于这几个后仿验证项目，陈松涛只好重新跑仿真以产生波形文件。

"等下，你用的是哪几个 SDF 文件？"在仿真过程中，软件会通过主页面不断更新前期编译的信息，看着电脑屏幕上快速闪过的一行行信息，钱学伟突然想到了什么。

"我找一下。"陈松涛的键盘敲击声持续了几秒，他打开了存放 SDF 文件的本地目录。

"你 SDF 文件怎么没有更新啊？这几个还是之前的。"钱学伟发出了质问。

"啊？我这边是最新的！我没有收到更新邮件哦！"陈松涛说完，和钱学伟一同望向了张秉亮。

"我上周五发的邮件，临下班时才发现邮件没有抄送你，后来经过你位子时不是还特意跟你讲了一下吗？"张秉亮望着陈松涛，满脸若无其事。

可陈松涛压根不记得有这回事，他同时也打开了邮箱，收件箱里根本没有上周五来自张秉亮的邮件。

"你啥时候跟我说过？而且为啥你发的邮件里面单独没有我？"陈松涛脑海中快速闪过上周五下班前的所有记忆，确定张秉亮跟他没有言语的交流。他开始怀疑这是张秉亮刻意针对他的伎俩。

"不是说了嘛，上周五下班时跟你讲的，你肯定忘了！"说话时，张秉亮的目光望向陈松涛，然后快速移开，神态也显得不自然。

肢体的不协调和眼神的飘忽不定让张秉亮之前所有的心理建设崩塌，也撕下了他虚与委蛇的面皮，藏污纳垢的轮廓图穷匕见，简单明了。

"你说啥了？重复一遍！咱俩快一个月没有说过话了，你会突然跟我讲话？还有，请正面回答，为啥邮件里没有我？"面对张秉亮的原形毕露，陈松涛也不再客套。既然你不客气，三番两次为难于我，那今天就抛开虚情假意，斗你个穷原竟委、翻天覆地，让你知道君子坦荡荡，小人长戚戚；让你明白在谁的世界里岁寒见后凋，一览众山小。

"小赤佬，事情真多。"张秉亮的声音很小，更像是自言自语，但依然被所有人听得清清楚楚。

陈松涛怒目切齿，两个腮帮子鼓起了后槽牙的轮廓。自尊受辱的怒火如野马脱缰般瞬间爆发，他拎起桌子上的本子直接砸向了对面。张秉亮没想到陈松涛会反应这么剧烈，躲闪不及，扔过来的本子刚好砸到他的额头。此时，愤怒也向他咆哮而来："妈的，你再说一遍！"陈松涛已经站起身来，握紧的拳头象征着宣战，重重地砸向桌面。

"你骂谁啊！想打架啊！"张秉亮的嘴依然在逞强，身体却被懦弱死死地拴在椅子上，居然那么敦实。

陈松涛根本没有理会他，已经绕过办公室那张将近五米长的桌子拐角，快要走到张秉亮面前，只说了一句话："刚才的话，你再说一遍！"坐在陈松涛旁边，负责FPGA验证的那位同事赶紧拉住了他。坐在对面的钱学伟，也站起身来说："松涛，冷静一下，别激动，你先坐下。"眼看着事态在恶化，作为和事佬的钱学伟再一次勇敢地站了出来，他回头又对张秉亮讲："秉亮，你发邮件为啥把松涛给漏掉了？"

"忘了，上周五也跟他讲过了。"张秉亮依然在狡辩。

"行了，别说了！知道怎么回事就行了，这次是你做得不妥。既然我们定了规则，就按照这个规则来执行。"钱学伟的话讲完，会议室里突然安静了下来。

张秉亮的思绪在翻滚，还没从刚才箭在弦上的慌张中恢复过来。他已经做好了准备，如果陈松涛过来打他，他会立刻报警，借助外力给自己的怯懦加持一层英勇的外衣。陈松涛也终于冷静下来，但如果刚才张秉亮依然絮絮叨叨，他的情绪会完全不受控制，冲突一触即发。

会议就在尴尬紧张的气氛中结束了。这个狭小空间内持续不到 5 分钟的危机却迅速在公司传开，并成为之后很长一段时间内人们在茶余饭后的八卦谈资，又经过层层加码和粉饰，最终传到了公司领导层那里。

经过这次摩擦之后，张秉亮严格执行了之前制定的规则，但他和陈松涛之间依然毫无交流。这是一个无解的谜题，谜底和谜面都已经摊开，但却无法和解。当一个性格使然的问题触碰到另外一个性格使然，冲突也就在所难免，人为的干预只是无限拉长了这个冲突的边界而已，根除这个冲突的唯一途径就是其中一个性格使然消失于两者交叉的时空之外。

芯片最终在 8 月底流片，并没有延期。陈松涛虽然在这段时间内经历了各种困惑和烦恼，但任务最终顺利完成，技能也在磨炼中得到了提升，千淘万漉虽辛苦，吹尽黄沙始到金。在大家都认为终于可以得到简短的放松时，新的项目却即将立项（kick off）。市场团队已经跟客户进行过深入沟通，根据客户具体的应用场景，产品经理和芯片设计团队正在确定具体的设计方案和目标，而且，据产品经理讲，新项目可能不止一个。

望着下班路上的各种娱乐会所的笙歌鼎沸、灯红酒绿，路边大排档一半繁华、一半朴素的喧闹，陈松涛在心里感叹，或许金融危机带来的负面影响已经消退了。人群熙来攘往，道路车水马龙，黄浦江两岸依旧是彻夜的星光璀璨，仿佛，金融危机从未到来过。

验证工作只能等到产品规格确定之后才能展开，所以陈松涛拥有了一个短暂的空闲期。周三下班时，他突然接到了文杰的电话。

"文杰，很久没联系了啊！最近咋样？"自从去年那次黄浦江相聚之后，大家还没见过面，虽然偶尔也有电话沟通，但同学的关系却渐行渐远了。这半年多来第一次接到他的电话，陈松涛多少觉得有点突然。

"咱有一年多没见面了！……"文杰热情的回话瞬间打破了陈松涛的心理障碍，把思绪迅速拉回到了一年多前。两人在电话里就开始怀旧了，几分钟的通话之后，两个人约定周末大家一起聚餐，陈松涛负责通知丁鹏。

周六中午，几个人在来福士广场见了面，如果不是文杰招手，陈松涛很难认出他来。与刚来上海那会儿相比，如今的文杰从衣装、外貌到神态都发生了巨大的变化。之前瘦弱脸庞上鲜明的棱角已消失不见，爽朗的笑声从他挥手开始一直持续到几个人面对面，周围混杂着黄浦江淤泥的腥味和淡雅清新的男士香水味，连坚持了四年的短寸也变成了流行的碎发，飘逸着被海风吹过的造型。如今的文杰，面目一新，蜕变成了令人向往的精英模样。

"文杰，一年多没见，你咋胖成这样？"丁鹏首先开口，旁边的陈松涛也在打岔："要搁平常，我肯定认不出你来。"

"唉，谁知道呢！加班多，应酬多，又不运动，不就成这样了！"文杰的回话像是在描述工作状态，他向站在陈松涛身旁的王丹谊微笑着以示问候。

"你还那么多应酬啊！你现在做啥的？你这一身，真让人羡慕！"丁鹏一边说着一边用手拍着文杰那撑起帆船的肚腩。陈松涛抬起他的左手，装出仔细研究手表的样子，嘴里还不停地发出形容嫉妒的拟声词，旁边的王丹谊也咯咯地笑出声来。

"得得，别拿我打岔了，走吧，这会儿估计人多，咱得先排队了。"文杰甩开丁鹏和陈松涛两个人的手，露出含蓄的笑容，拍了拍两个人的肩膀，在转身的那一刻突然问："丁鹏，你女朋友呢？是叫幕雨珊吧，我差点忘了。"

丁鹏被这突然一问给愣住了，旁边的陈松涛和王丹谊也不好说什么，片刻的迟疑之后，丁鹏只回了一句："都是过去式了。"便推着文杰往前走，只听他发出了一句感叹。

同学聚会往往就两个基本话题——怀旧和攀比。而此刻，坐在一起的四个人并没有攀比的硬件基础，并不会带来比者的优越感和被比者的心理落差，所以话题就落在了怀旧之上。

"丁鹏，你们咋分手了啊？之前不是好好的吗？"文杰八卦个不停。

"都说是往事了。你呢，谈了没有？来，走一个！"丁鹏不愿意提及幕雨珊，端起酒杯，赶紧转移了话题。

"一人吃饱全家不饿，你们要有合适的帮忙给介绍一个呗！"没人知道这是文杰的谦虚还是实情。

"你这精英人才，哪还需要我们介绍啊，身后都排成排了吧！"陈松涛见缝插针地恭维道。

几个人在互相嘲讽和嬉闹中回顾了这一年多来的工作和生活，桌子上的菜没动多少，六瓶啤酒却已被清空。王丹谊静静地享受着美食，独自欣赏他们拙劣的表演。

"对了，说个正事。"文杰放下杯子，脸上的表情介于庄重和轻佻之间，让人对他即将所说的正事产生了怀疑，几个人也尽量保持严肃的态度，但嘴角却不自觉地上扬，都在努力控制笑声的崩裂。王丹谊拿起一张餐巾纸，双手摊开，做出擦嘴的姿势，却久久没有移开。

"都严肃点，你们……"文杰刚一开口，王丹谊扑哧一声，借故去卫生间走开了。

陈松涛端起酒杯，转头望着王丹谊的背影，赶紧让笑声闷在了琼液中。"好好，你继续。"他对文杰说。

"松涛，你现在是做芯片测试还是设计？丁鹏是卖芯片的，对吧？"听完文杰这句无头无尾的问话，陈松涛和丁鹏面面相觑，不知他葫芦里卖的什么药。当听到两人的确定回复后，文杰这才开始讲述此次相聚的真实目的。

文杰工作的公司是一家在照明控制领域处于中等规模的厂商——鑫达工业集团，产品主要以工业和家用照明设备为主，同时也在拓展其他产品种类，公司最近三年的销售额和利润增长率都远超同行业平均水平，即将迈进行业第一梯队。种类繁多的终端产品需要款式各异、功能不同的芯片，其中作为主力产品的照明设备对 LED 控制芯片和电源管理芯片的需求量最大。虽然公司已经有固定的采购渠道和品类，但依然还是有众多知名芯片原厂和代理商一拥而来，谁都不想放弃这一个具有重大潜力的客户。

八面玲珑的性格使文杰在公司内部左右逢源，同时深得一位运营副总的信任。虽然进公司才一年多，但他已经成为负责多款产品的产品经理，拥有这些产品所需的各类芯片的选择权。因此，在工作中，他需要与众多供应商接触，也免不了接受他们提供的各种类型的商务宴请和私人馈赠，而周晨只是这众多供应商中排在队尾努力追赶的那一个。

周晨比文杰大三岁，拥有远超这个年龄的成熟与稳重。大学时做过各种兼职工作，也开过店面，倒腾手机和电脑，毕业后在一家知名芯片公司做销售工作，一年之后就通过积攒的人脉和资源，自己做起了芯片代理业务。由于工作的接触，文杰与周晨慢慢熟悉起来，两人有类似的家庭和教育背景，都来自普通的小县城，念的是普通的大学，站在普通的起点，却都有"他日若遂凌云志，敢笑黄巢不丈夫"的宏伟志向。文杰欣赏周晨的为人和处事风格，两人已经从单纯的客户与供应商的关系，转变成了可信任的朋友关系，虽然两人之间仍然存在着一定的利益交换，但那可能正是周晨仗义疏财的体现。

最近，周晨和文杰在私下的沟通中萌生了一个分两步走的大胆计划。第一步，内外配合，使周晨的公司在两年内成为文杰所在公司最大的芯片供应商，同时，拓展优质客户群，形成稳定的销售脉络。第二步，在条件成熟的情况下，招兵买马自研芯片，从代理商变成原厂。周晨还建议鑫达集团这条线要找一位值得信任的朋友过来维护，并且会给这位朋友分配股权份额，大家一起创业，有了鑫达集团这条主营业务线，他自己将会去开拓其他优质客户。文杰思来想去，并未发现周晨这个提议的弊端，恰恰只从中看到了利益的诱惑，从而也萌生了自己的一点小心思。自以为精明的文杰，却并未想到周晨隐藏了自己的真实意图。于是，在两人达成一致意见之后，周晨主动提出让文杰来推荐合适人选。

　　文杰在传递这个信息时，陈松涛和丁鹏渐渐收起了嬉皮笑脸，都庄重地聆听着。文杰讲完后，两人并没有立即表态。

　　"你俩有啥想法？"文杰主动问。

　　"我是做技术的，这个丁鹏合适。"陈松涛看了看若有所思的丁鹏。

　　"做技术也可以转销售的，就看你个人的想法了。如果你现在一直坚持做技术，两年后那边发展顺利，你也可以过来撑起一个技术团队。"文杰在鼓励陈松涛，同时也望向了旁边的丁鹏。

　　"你跟这位周晨的关系真的到这种程度了？"丁鹏问出了一个让文杰陷入沉思的问题。

　　的确，文杰也曾无数次地思考：周晨这么做的目的是看中了自己当前职位所拥有的权力？还是出于朋友的信任？两人的关系确实是在利益输送的基础上巩固起来的，但朋友的信任和利益关系并不冲突，朋友之间不就是应该互相衬托、互相成就吗？最近每次单子完成之后周晨送来的红包，文杰都没有再收，他想以此诠释两人属于朋友关系，而非客户与供应商的关系，周晨也心照不宣，一瓶酒分作两杯，酣饮而下。

　　"我有时也怀疑过，但经过这么多次的合作，我宁愿相信他的为人！"沉默了片刻之后，文杰回答了丁鹏的疑问，并继续说道："约个时间，大家一起见个面，你可以当面了解一下。"

　　"行，下周啥时候约个时间吧。不过，你有想过他为啥让你来推荐人选吗？"丁鹏的每一个问题都值得仔细推敲。文杰若有所思，但并未透露自己真实的想法，他准备私下与丁鹏单独交流。

　　接下来的一周内，丁鹏、文杰和周晨见了三次，谈话内容也从一开始的寒暄矜持进阶到后面的未来规划和实施步骤等。没想到，周晨有着与其粗犷外表背道而驰的缜密与细心，丁鹏已经被他的激情所感染，为美好的憧憬而心潮澎湃。三个人也开始研究具体的合作细节，公司章程、股权协议等文件也陆续由周晨草拟完成，每个人在公司内承担的责任和义务、所占的股份比例等涉及切身利益的问题也开始一一摆到台面上来讨论。每个人的想法和主张不同，产生了激烈的碰撞，这是一个谈判的过程，不能一蹴而就。由于文杰目前的工作情况，为了规避嫌疑和不必要的纠纷，他不会在公司担任任何职务，虽然如此，他起到的作用却至关重要，尤其是在公司初期阶段，他是维持公司正常运转的架海紫金梁。他提议自己的那部分股权由丁鹏代持，这也是他找丁鹏加盟的初衷。周晨和丁鹏都同意他的提议，只是对于每个人所占的股权份额，大家仍然存在分歧，谈判只能继续。

9月的天气明媚娇艳，挥别了身后的沉闷与浮躁，带给人间绚丽的微笑，轻拾一汀阑珊，浅酌一杯淡茶，在广袤无垠的天地间，在多彩壮丽的山水中，感受这被颜料染过的秋。有人张开双臂，在这胜似春朝的秋日里偷得浮生半日闲；有人继续奔跑，沿途风景的炫彩在负重前行中乏成了灰色；有人却借着秋风搅动了一代青少年的认知，闹出了一幅拙劣的画面，却也开辟了一条崭新的跑道，改变了多少人的职业轨迹。

从9月下旬开始，作为网红鼻祖之一的"蜜蜂姐"印制了上万张征婚启事，在陆家嘴、火车站等上海人流量密集的地方，后又转至多个大城市，开始了她作为初代网红的表演——替自己征婚。她自称9岁博览群书，20岁臻至化境，前后三百年无人可以超越，只有高学历、高收入、高颜值的三高成功人士才能与她般配。这种与世俗观念里内敛谦虚背道而驰的张扬作风使她迅速走红，大大小小的门户网站都在追踪和转载蜜蜂姐的消息，关于她的各种评价和争吵诸见诸各种论坛，办公室里也无时无刻不充斥着对她的讨论，随后全国各地出现了无数的模仿者。妖风一时兴起，三观落地，重重砸向泛黄的落叶。

丁鹏、文杰和周晨依然保持着每周至少碰面三次的默契。丁鹏是准备在所有合作细节确定和合作协议签订之后才从目前的公司离职，虽然他没有明说，但大家已然明了。

"现在各个论坛和网站对于蜜蜂姐的评价还是负面居多，我觉得有点太片面了，这里面还有很多值得思考的地方。"见面寒暄过后，周晨借着"蜜蜂姐"这个热点首先抛出了话题，想借以引导到大家合作的积极面上。

"晨哥，你有什么高见？我们洗耳恭听。"文杰赶忙回应周晨。

"我想，你们也都看过蜜蜂姐的出身背景。开句玩笑话，从家庭、教育、相貌等各个方面来讲，她应该都处于社会鄙视链的顶端。出生在山村的一户普通人家，只有大专的学历，相貌用普通来形容都有夸大的嫌疑，但你看，她却有敢与天下为敌的勇气。当然了，这其中不乏背后商业团队的炒作，但我想，被炒作的候选人绝非她一个，而最终蜜蜂姐脱颖而出，却有她内在的原因。如网上说的那样，被儿时穷苦的生活折磨，想要改变冥冥中已经被划定好的命运路线，不甘于平凡，而敢于为人先……"周晨慷慨激昂地陈述着自己的观点，文杰和丁鹏已经猜透了他的用意。

"晨哥，明白你的意思，我们的斗志肯定不比她差啊，只是各自的观点和想法差距有点大，但大家的目的很明确，也是努力朝着一个方向去奋斗的，现在所做的事情都是先小人后君子，希望你不要介意，我们这周把股权协议搞定吧，的确拖得有点久了。文杰，你觉得呢？"丁鹏首先表态。

"嗯，是拖得有点久了。晨哥，我们再想想是否有其他方案，反正尽快搞定吧。"文杰的回答显得有点勉为其难。

他一直在坚持自己的那部分股权占比，不愿意退让，他觉得自己所要的股权是远远低于将来自己对公司所做的贡献的。周晨当然听出了他的固执。一番讨论下来，又回到了原点，大家各抒己见但依然坚持自己的利益至上。无奈，这又是一次无效的沟通。文杰和丁鹏的驱动力是对公司长远良性发展的寄托和信赖，他们可以继续等待，拥有选择主动权，而周晨却处于被动局面。

整个芯片代理市场鱼龙混杂，而且不断有新玩家入局。所谓代理，就是在客户与原厂供应商之间架起一座桥梁，代理商是一种利益再分配的存在，可以在客户和原厂供应商不能触及的灰色地带纵情游走。比如，很多大型原厂供应商是不允许对客户进行超过一定数额的商务宴请和礼品赠送的，而客户方往往也是把禁止收受供应商的礼品和商务宴请明确写进公司的规章制度里面的，这其中涉及行贿和腐败的问题。但贪婪是人性本能的欲望，在同质化的产品竞争中，利益的输送和再分配就成了商战江湖的一把利刃，击退对手的同时也给自己套上了一层枷锁，而解锁的钥匙不知被多少人掌握，却唯独不在自己手中。代理商一手提着利刃，一手把着枷锁，在客户和原厂之间来回游走，他至少与利益链条两端中的一端保持着非同寻常、不可名状的关系。

周晨之前主要的客户是鑫达集团的一个竞争对手，他的精力也主要集中在这家客户身上。通过与该客户的一位采购和另外一名产品负责人的利益交换，他维持着相当可观的收入。虽然他也与鑫达和其他客户保持着联系，但更多的是关系的疏通和为后续发展做铺垫，周晨坚信，不谋万世者，不足谋一时；不谋全局者，不足谋一域。

但由于贪婪过度，年初那位采购被人举报，丢掉工作的同时还摊上了官司。公司对采购部门进行了调整，采购人员施行轮岗制，同时成立供应链管理委员会，成员除了采购人员外，还包含采购物品使用部门的代表和财务部门代表。每次超过30万元的采购需求都需要上报供应链管理委员会，委员会的所有成员都会从价格、交期、质量、售后等多个方面对每个入选的供应商进行综合评分，得分高者自动获取该次采购的订单。这一套流程从制度上规避了采购与单个供应商可能存在的长期不变的利益关系，公司法务部门也专门分拨一名员工负责公司内部的受贿问题。一时间风声鹤唳，那位产品经理从此也变得谨小慎微，不止一次跟周晨表示过歉意，之前的合作关系到此结束。周晨也明白他独木难支，没有采购的配合，这场灰色的演出连帷幕都无法打开，更何况现在还有公司新制度的高压监督，所以周晨也知难而退，转而投向了与之交好的文杰。当然，之前故事的曲折和离奇，文杰无法得知。

　　现在周晨的困境除了没有稳定优质的客户之外，还有来自其他代理商的竞争和原厂的压力。周晨同时代理了多家原厂的产品而且不是独家代理商，由于规模和资金的受限以及客户关系的拖累，这种小规模的代理商往往会受到竞争对手的打压和排挤。根据代理协议，如果代理商的销售业绩在一个季度或者一年时间内达不到预期目标，原厂有权解除代理合同，他们有太多的选择空间。

　　每次见面，周晨都保持安之若素、谈笑自如的神情。他明白，绝对不能把现在的遭遇传递给文杰和丁鹏，相反，要继续保持作为代理商的那份阔绰和豁达，并且要不断强调公司的光明前景。他极度克制内心的惶恐，镇定自若，避免表现出任何异样，他不想丢掉谈判的筹码，更甚者是完全失去谈判的主动权。但环顾周遭每况愈下的处境，面对文杰对自己利益的坚持，他只能选择妥协，他要以退为进，屈伸而蕴蓄以待后发制人。

　　两周后，三人最终就股权和合作协议达成了一致，主要内容可概括为：

　　一、周晨股权占比61%，负责公司整体运营。丁鹏股权占比7%，负责主要客户的销售工作。文杰股权占比8%，不在内部担任职位，所拥有的股权由丁鹏代持。另24%的股权作为股票池，根据每个人对公司所做贡献的大小，将来由三人共同协商该股票池的再分配，同时也作为以后吸纳优秀人才的激励。

　　二、以注册资金为基数，每人按照股权份额等比例出资，须在一年内出资完成，暂由周晨垫付。

　　三、每个人享有与股权份额等比例的利润分红。

　　四、周晨和丁鹏每月从公司领取固定额度的工资，文杰没有。

　　五、合伙人如有下列情形之一的，经其他合伙人一致同意，可以将其除名：

（一）个人丧失偿债能力；

（二）一年内没有履行出资义务；

（三）因故意或重大过失而给公司造成经济损失；

（四）从事损害公司利益的活动；

（五）参与或经营与本公司相似或有竞争的业务。

六、被除名的合伙人的股权被自动收回，清退所出资金。如若因为经营与本公司有相似或竞争的业务被除名，还需赔偿公司一年内经营所得利润的月平均利润的 12 倍的违约金。

七、规定了具体的股权转让细则。

八、其他一些规定。

文杰对股权的坚持最终得以实现，只是他对工资的觊觎在周晨和丁鹏的劝说下被转移到了更具诱惑力的股权池里。周晨对每一个细则的设定都藏巧于拙、深谋远虑，为未来的每一个重要选择都预先埋伏了分叉路的路标。

丁鹏提交了辞呈，将与下月 1 日正式开启筚路蓝缕、披荆斩棘的创业之路。当翻越座座巍峨的高山，淌过条条湍急的河流，苦尽甘来，他却未曾享受片刻，只望着来时的陡峭蜿蜒，高声呐喊。

周六，陈松涛把文杰叫到了家里一起聚餐，庆贺他们即将踏向新征程。

"丁鹏，我真的佩服你，有魄力！"陈松涛再一次向丁鹏表示了敬佩，桌角的空瓶倒映着他微醺的模样。

"哪来的魄力啊。就看着这俩人都还不错，大家一起搏一把了！"丁鹏坚信自己的选择，也明白陈松涛的由衷之言，但他依然保持着谦逊的状态。

"你就不会偶尔高调一次，张扬一次?！服了你了！不过话说回来，还是文杰你牛啊！我觉得你才是成功人士，这以后不敢叫你文杰了，得叫文总！"陈松涛又开了一瓶酒，给三个人斟满。

"得得，别拿我开涮了，这不还是平台好啊！如果没有这个平台，咱算哪根葱啊！"文杰端起酒杯，三人一饮而尽。

"你说这个我同意，毕竟大树底下好乘凉，我也去找一棵大树抱抱！"陈松涛嘻嘻哈哈地说道。

"真有这个打算？"丁鹏将信将疑。

"说说而已，走一步看一步了。"陈松涛摇摇头，举起酒杯，屋里响起低沉的玻璃碰撞声，这声音与陈松涛飘零的思绪产生了谐频共振。

自从上次发生了与张秉亮在会议室的那场纷争之后，陈松涛明显感觉到了大家对自己的态度变化。中午大家一起去餐厅吃饭时，不再有人主动叫他；钱学伟跟他也不再有技术和项目的沟通，除非陈松涛自己主动询问；就连在办公室打趣嘲弄的氛围中，揶揄都与他无关。自己已经身处被孤立的旋涡中，四面边声连角起，千嶂里，长烟落日孤城闭。

作为公司最勤奋的员工，陈松涛每天勤勤恳恳工作，既为自己，更为公司。他不知道为何大家对自己的态度会出现如此变化。难道是因为自己打破了留给同事和善作风的印象？但面对为难自己、阻碍项目进展的同事，难道不应该据理力争？难道是因为自己这两次被称为鲁莽的表现给同事造成了不好的印象，破坏了办公室和谐的氛围？难道这就是冲动的惩罚？他的郁郁寡欢被同事们尽收眼底。他想寻找答案。他给这个困惑列举了无数个假设，想找同事一一确认，可胆怯使他却步，除了偶尔的寒暄和工作的简短沟通，他在公司几乎无人可以交流。

面对丁鹏和文杰在事业上的进步，陈松涛内心充满了嫉妒和彷徨。初入职场渐失意，愁来惟愿酒杯深，却了心中苦闷事，醉后狼藉残红意阑珊。他进入了混沌的醉梦中，飘浮在漫无边际的黑暗中，紧握着的、想要探寻任何触点的双手，只把一空。

王丹谊看出了他的异样。第二天醒来时，面对心爱人的关心，陈松涛选择了隐瞒，他用善意的谎言来消弭了王丹谊对自己的担忧，让工作的烦恼只留在公司，爱和温存弥漫在家。

丁鹏开始了疯狂的工作模式，他每天像鑫达集团的员工一样准点到公司报到，跟产品经理学习产品，跟技术人员了解设计，跟采购小姐姐聊生活八卦，手中永远提着几杯咖啡和奶茶，中午跟工程师一块在工厂吃饭，晚上跟客户领导在外面聚餐，就连门口的保安大哥，丁鹏都会抽空跟他一块抽烟。一个多月时间下来，他能接触到的几乎所有人，都对他产生了同事般的认同感。面对丁鹏，他们持有的对供应商傲慢的防备心理正在慢慢消散。当然，在鑫达集团内，文杰与丁鹏表现出来的关系与其他同事一样，都是从一杯咖啡、一根烟到一段时间的接触才慢慢熟悉起来。丁鹏每次来到几个产品经理所在的办公室里，文杰永远不是第一个跟他打招呼的人，丁鹏与他的照面也是嘻嘻哈哈，尽量避免整冠纳履之嫌，两人配合默契，表演炉火纯青。

跟客户吃完饭通常已经很晚，有时下班之后，周晨、文杰他们三人还要在办公室开会。办公室离浦东又远，所以丁鹏经常住在办公室里。

办公室位于离地铁五号线颛桥站一公里远的一个工业园内，面积约80平方米。进门的屏风上嵌着一串蓝色大字"上海菲特普电子科技有限公司"，右上角有一个形似希腊字母阿尔法的公司标志（logo），左面的一扇玻璃墙上陈列着代理的各种类型的芯片模型和众多合作伙伴的logo，屏风后摆着一套拐角沙发和茶几，用于临时接待，后面是一间会客室，再往里走，右边空旷的区域配置了六个固定的工位，靠窗的两个归财务和物流使用，尽头是一间会议室。

丁鹏只打开角落的一盏台灯，萤然的微光给这狭小的黑夜披上了一层淡黄色的朦胧，夜的寂静蕴涵一泓思考的泉水，涓滴细润。记录当天接触到的客户的穿衣、脾气、态度的变化，整理客户生活和工作中的诉求，并以此准备明天的谈话内容和寄送的小礼物，提前演练与采购的谈判以及可能要涉及的返点问题。生活和工作的充实以每分每秒来计算。

元旦时，他在浦东休息了两天。趁着简短的假期，终于可以放松下紧绷的神经，痛痛快快地睡个天昏地暗了。一觉醒来，陈松涛已经把午饭做好。

"要不要考虑搬家？你这样太折腾了。"陈松涛在劝丁鹏，也为自己后续的选择做铺垫。

"年后再说吧，现在还没考虑这个，住办公室也挺好。"丁鹏对生活并没有过多的挑剔。

"那行吧，年后再看看，你这一觉睡得够沉啊，真牛！"陈松涛一边端菜一边说。

"超过了12个小时。"正在刷牙的丁鹏搅动了几下大舌头。

"你们几个都是这么拼吗？"面对丁鹏案牍劳形、夜以继日的忙碌，陈松涛对他们的公司充满了好奇。

"差不多吧，白天忙完，晚上回去还要开会，是真的充实啊！"丁鹏无奈地自嘲，脑海中瞬间闪过几次开会至深夜的场面。

过去这两个月，他主要守在鑫达集团，而周晨终于腾出手来，开始利用之前的人脉关系拓展其他客户。他们开会时偶尔会就开发新客户遇到的问题展开讨论，但主要的议题还是围绕鑫达集团展开，主要包括：第一，鑫达集团产品发展方向和新产品导入的更新，依据产品而制订的芯片采购计划的更新，这些都按照月、季度和年来进行分类，周晨他们会根据这些采购计划来制定自己的销售目标；第二，关于竞争对手的讨论，不论在鑫达集团内外，三个人都会通过各种关系来搜集各个竞争对手的最新动向，实时调整销售策略；第三，丁鹏制作了一个鑫达集团内部跟自己有业务往来的组织架构图，大到副总、小至某一个技术员，他标识出每一个人的兴趣爱好和工作的动力，以及他们对实际业务的影响系数。这些人生活和工作的变化，甚至谁与谁之间有哪些矛盾，都是讨论的重点。他们需要分析这些细节，以便对平时沟通和交流的话题以及对哪些人拜访和拜访的频率做出适当调整。创业的激情可以摧毁任何关于懒惰的冠冕堂皇的理由，即使讨论至深夜，三个人还是热血澎湃。

"哈哈，这样看，那文杰才是最累的，除了你们这边，他还要在公司做卧底，当演员。"陈松涛说完，两个人不约而同地笑起来。旁边的王丹谊却一脸严肃地讲道："这可能就是创业的魅力吧。"陈松涛和丁鹏不约而同地看着王丹谊，露出惊讶和敬佩的神情。

"你也想创业啊?"陈松涛问。

"有机会谁不想啊，那才是人生的意义嘛!"王丹谊收拾了自己的碗筷，端向了厨房，还不忘轻轻地肘击了陈松涛的后背，"你们别大男子主义! 巾帼不让须眉，红颜更胜儿郎!"

陈松涛没有丝丝防备，对女人固有的那点傲慢被王丹谊霸气的回复击得粉碎。那个曾经躺在自己怀里撒娇的娇羞女孩儿，竟有如此的豪情壮志!

经过将近两年的社会历练和环境熏陶，陈松涛并没有改变多少。他总是身披一件无形的盔甲，防备任何诱惑的攻击，拒绝任何新鲜事物的尝试，唯有时间的冲压才能击穿这件盔甲，而当他被动接受时，新鲜早已坠落成陈旧。他每一处个性的棱角几乎都没有发生任何改变，都被完整地保留了下来，他乐于在自己固有的世界观里自由翱翔。但他却不曾想，身边那个娇羞的女孩已拆除横亘在不同世界观之间的高墙，她心中那个渺小的世界已经融入浩瀚的社会宇宙中。自己之前生活的那个贫瘠小县城和这座繁华大都市在每一个层面的对比和落差，都对她产生了极大的心理冲击。周遭环境的变化、同事对工作严谨的态度和对生活极致的考究、自己工作中所接触的客户在起步时的艰辛和对事业的坚持与追求等，王丹谊从中看到了所有人生态度的积极面。小富即安、逆来顺受慢慢从她的观念里消散，她告诉自己奋斗是青春最靓丽的底色，她开始坚信奋斗之于人生就如生命之于身体的理念，她要通过奋斗拼搏来改变人生、改变那贫瘠的信念。丁鹏和文杰加入周晨，身边朋友的创业再一次激励了她。当初陈松涛直接拒绝文杰，王丹谊是有些许抵触心理的。虽然她也不同意陈松涛现在就加入他们，但是当面对一次创业机会时，他不假思索地拒绝却让王丹谊感到了一丝失望。两人曾无数次讨论过奋斗的目标，陈松涛给出的奋斗目标永远是在这座城市安家落户，至于奋斗的过程和方向，他的诠释就是努力工作，跳出这个常规的奋斗路径可能从来不是他的选项。王丹谊也曾想找机会跟他认真讨论一下这个话题，但每次看到陈松涛加班回来一副疲惫的躯壳躺在床上时，她都无法开口，她不想给心爱的人增加额外的心理负担。他已经足够努力，只是努力的方向可能需要做些调整。两个人都还年轻，有足够时间改变自己，强大自己，先利其器，再善其事。但当面对陈松涛的质疑时，王丹谊潜意识地认为那是对自己的否定，霸气的回复也就不由自主。

陈松涛背对着王丹谊露出尴尬的笑，在丁鹏面前多少有些沮丧。

"你后面怎么打算？要换工作吗？"丁鹏又想起上次陈松涛喝醉时说过的话。

"还不确定，看下周公司的绩效评估和加薪情况吧。"陈松涛把目前的处境简单地给丁鹏介绍了一遍。

"如果是这样，那我建议你直接换工作吧，很明显是有人直接针对你，而且是团伙作案。"丁鹏帮陈松涛做了一个果断的决定。

陈松涛又何尝没有想过用跳槽来逃避现在这种尴尬且被动的局面，但他认为，自己工作时间太短，技术也处于刚起步阶段，项目历练还不够，归结起来就是缺乏足够的跳槽筹码。他不愿离开还有一个更深层次的原因，就是他一厢情愿地希望现在这种被动局面会有所缓和。

在元旦后接连的几个工作日里，陈松涛进公司的第一件事情就是登录内部网站查看自己的绩效评分，但都没有结果。直至周四，登录内部网站后，一个刺目的英文单词 disqualified（"不合格"）让他顿感恍惚，头脑一片空白，在座位上呆坐了十几分钟。

办公室开始了一天的喧嚣，陈松涛也从幻想中醒来。此刻，他才体会到自己所处的工作环境何等陌生，而自己竟是如此孤单的存在。

绩效的不合格意味着没有奖金和加薪，这不仅仅是丁鹏所讲的团队在针对自己，也是来自领导的宣判。自己被孤立的状态不会停止，离开便成了捍卫尊严的唯一选项。他轻点鼠标，眼前出现一幅芳草连天、碧波万里的壮美画卷，重拾心情，整理行囊，仰天大笑出门去，我辈岂是蓬蒿人。

当天晚上，他就整理了简历并开始疯狂投递。当他把决定告诉王丹谊时，除了劝说和宽慰之外，王丹谊没有任何责备，她在等一个合适的时机，跟陈松涛真诚地沟通。

接下来的几周时间里，陈松涛参加了多次面试，也陆续收到了几份 offer。他时常不在办公室，心猿意马的工作状态，每个同事都心知肚明，但却没有一位领导找他谈话，哪怕解释一下被定义为不合格的原因。当他跟领导提出离职时，对方像例行公事般回了一句"哪天哦？这段时间找钱学伟交接一下吧"；当他跟钱学伟提出自己准备离开时，对方只是平淡地问了一句"准备去哪家"。他们没有任何的惊讶和挽留，或许自己的离开是他们早有的预谋和计划中的一部分，陈松涛心中仅存的那点不舍也荡然无存。

"今天提了？"下班到家时看到摆在桌上的菜，王丹谊望着厨房问道。

自从决定离职之后，陈松涛每天都会准时下班，做好饭等她回来一起吃。

"提了，真让人心寒！"陈松涛的语气中带着不甘。

王丹谊久久没有回应，她在心里重新组织可以与陈松涛产生共鸣的话语，她需要跟陈松涛开诚布公地沟通，即使裹挟着对他心灵的打击。

"那你这一提公司都知道了吧，毕竟最近都不在状态。有没有人问你下家去哪里？"王丹谊想到了这次沟通的切入点。

"还没有，哎！挺失败的，是吧？"陈松涛余怒未平，自嘲又起。

"不一定，或许过两天就会有同事问你了。你有没有想过，他们为什么会如此冷漠？"王丹谊慢慢地把谈话带入了主题。

陈松涛用筷子夹起青菜放进嘴里，他用咀嚼的时间来再次思考这个令他愤怒和困惑的问题。

"说实话，我想过很多遍，但我不觉得自己有多大的过错，以至于得罪所有人。"陈松涛的回答在意料之中，却在感慨之外。

"每个人都有自己的弱点和缺点，我们的所作所为不是为了取悦所有人，也不可能让每一个人满意。但如果周围所有人都刻意地回避或者针对自己，我们是不是要换位思考一下，到底是自己的问题？还是周围环境的原因？"王丹谊委婉地开始讲述这段她在内心修改和演练了无数遍的独白。

"我们不是单独存在的个体，必然会跟周遭的环境有所接触。每个人都有自己独特的个性，在你与周遭环境接触的过程中，矛盾的发生也就在所难免。当你足够强大时，个性成了彪炳成功的优势，环境会依你而变，服务于你的个性；但是，当你还在挣扎奋斗时，个性如芒刺，你只能忍痛拔掉，磨平棱角，融入周围的环境中。你觉得我说的对吗？"她观察着陈松涛表情的细微变化，继续阐述她的观点。

陈松涛将筷子的一头咬在口中，一头握在手中，嘴角扭曲，王丹谊继续讲道："如果我说的话有伤到你的自尊，请你原谅！你知道我这样做的目的。职场不再是天真无邪的大学校园，职场就是职场，它是建立在利益基础之上的厮杀战场，它是友谊和仇视、羡慕和猜忌无处不在的名利场，所有封闭的个性都是职场上的大忌，我们要学会适当调整，尽量避免针尖对麦芒的事情发生，把真情留给自己，把圆滑洒向职场。"

看到陈松涛放下筷子，喉结向上翻动了一下，王丹谊停下来，想听听他的感触。

"你说的我都知道，但有时候就是控制不住情绪。哎，那时候已经忍了很久了！"陈松涛的语气已经舒缓下来。

"我相信你那位同事肯定有他鲜明的个性。但是，你想想看，为啥其他人都可以和他处得来呢？难道他的脾气只针对你吗？如果换种沟通和处理方式，是不是就可以避免那两次激烈的争吵？如果没有那两次争吵，你是不是就可以避免 disqualified 的绩效呢？！"王丹谊又是一连串的分析。

听完她的话，陈松涛陷入了短暂的沉思。钱学伟知道张秉亮的个性，而且还提醒过自己，但他却可以和张秉亮和谐相处，那位负责 FPGA 验证的同事也不受影响，为啥只有自己与众不同呢！

"既然已经选择离开，我坚决支持你。从一个陌生的环境重新开始，对之前发生的事情做一个总结，有则改之，无则加勉。"看到陈松涛的沉思和语气上的变化，王丹谊觉得今天的谈话已经发挥了作用，她把话题转向了陈松涛的新工作，做了一个开放式的总结。

"你也赶紧吃吧，别光顾着说，谢谢你啊，亲爱的！心里那块石头被你的暖流给冲走了！"陈松涛给王丹谊加了一勺汤，思绪在飘荡，目光凝视前方。

这还是曾经那个娉娉婷婷、娇羞欲滴，只觅浪漫、不问前程的姑娘吗？社会翻滚的浪花洗涤了她的稚嫩和彷徨，徐徐清风吹来的粒粒尘土裹挟着如丝细雨重新涂抹了她梦想的颜色。两年来，她跨出的每一步都在拓展认知的边界，她也将用认知来丈量蜕变的时间长度。

"看啥呢，你也吃啊！"看着陈松涛深邃的眼神，王丹谊脸色红晕，嘴角微微上翘，一边的脸颊鼓起荔枝状的凝脂，好一副娇羞的模样。

"哈哈，这还是我那楚楚动人的娘子吗?！"没等王丹谊送来温柔的触碰，陈松涛端起碗筷就进了厨房，碗碟的撞击和流水声弹奏起了他欢快的稻香。

　　两人狂躁了一阵朝云暮雨，被窝里的王丹谊靠在陈松涛的胸前，感受他战后的余温和快速的心跳。

　　"你觉得丁鹏和文杰他们公司怎么样，会发展起来吗?"王丹谊开始了另一个话题。

　　"不知道哦。如果只做代理，可能就比之前打工强点吧。如果要发财，还得自己做产品!"陈松涛一只手轻抚着王丹谊的头发，一只手在被窝里来回游走，被王丹谊捏一下赶紧收回。

　　"他们迈出了勇敢的第一步，不管结果如何，都是一次宝贵的经历吧!"王丹谊仰起头，看了一眼陈松涛。

　　"你是不是也想让我去?"陈松涛似乎突然意识到了什么，如梦中醒来一般坐了起来。

　　"没有了，你想去，我还要劝你冷静一下呢!我只是觉得他们的勇气和魄力是值得我们学习的。"王丹谊枕着陈松涛的胳膊，仰着脸对他说道。

　　"是啊，创业需要勇气，还得有机会啊!他们的结合也有点机缘巧合。"

　　"也不一定要创业了。只要我们搞清楚奋斗的方向和目标，打工也一样不差的。只是当面对一个新鲜事物的时候，不要那么着急做决定，要先深入思考一下。"

　　陈松涛抚摸着王丹谊的脸颊，浓情蜜意的眼神中掺杂着一丝诧异，他不明白王丹谊说这些话的真实目的。努力，自己从未停歇。奋斗，自己也一直在坚持。难道因为别人创业而自己没有加入，就让她失望了吗?不会，她不会天真地认为创业就等于成功。

　　"嗯，我没有加入他们创业，让你失望了吧?"陈松涛的话显得有些失落。

　　"你说什么呢!"听到他的话，王丹谊赶忙坐了起来，继续说道:"如果失望的话，当天我就会劝你加入他们的。我的意思是，不要轻言放弃!不管创业还是公司上班，我们都要甄别和珍惜每一次机会。勇敢和魄力除了创业之外还有很多的施展空间呢！像你说的，新公司在国内半导体领域属于 top 级别的，机会肯定也有很多！加油，好好干，你可千万别多想啊！"

"嗯，我可能没有多大成就，但我这里永远不会变！"陈松涛手指着胸脯，一副庄严宣誓的严肃表情。王丹谊含情脉脉地点头，再一次涌入了他的臂膀："我相信你！"

"对了，你昨天说要搬到张江去，这周末就要去看看了，马上过年了，不一定有合适的，你跟丁鹏讲了吧？"王丹谊又突然折起。

由于要跳槽的公司在张江，两人商量了一下，2 月份刚好房租到期，准备春节后就直接搬到张江去，这样王丹谊上班也方便了。

"讲了。原本以为他可能直接搬到他公司附近呢，可他还想合租在一起，等他周末回来一起去看看，赶紧睡吧，不早了。"陈松涛关了灯。

窗外的树影婆娑，随风摇曳，穿过枝头在窗帘上洒下斑驳的倩影，一丝无声的浅笑挂在王丹谊的脸上，没有被陈松涛察觉。伸手捧一束明月，送给心爱的人儿。

深冬的寒夜中，有多少琴瑟仰望星空许下美丽的誓言，有多少绚丽的烟火在色彩斑斓处华丽绽放。冷月弯眉披旧霜，星河垂影戏嫦娥，风已定，人初静。在这间狭小却温馨的居所，两人紧紧拥抱在一起，轻缓的喘息在彼此脸颊上留下暖意的温存，道一声晚安，怀着憧憬入梦，带着希望入眠。

第三章

　　爆竹声声作响，提着灯笼的孩童东奔西跑，在摆满烟花和玩具的商店里驻足，从口袋的压岁钱里挑出最破旧的那张，手中的战利品荧光闪烁，而此时南下的火车上灯光暗淡，车厢里已经弥漫着为生活奔波的辛酸。

　　农历初六，王丹谊和陈松涛就到了上海，对家乡年味有多么眷恋，离开时就有多么伤感。有谁不恨这短暂相聚匆匆分别，有谁不爱那柴门鸟雀久别重逢，但田家无闲，耕种犹起，生活就是在逐风踏浪中感受悲欢离合、喜怒哀乐。

　　到达上海的第二天，王丹谊就开始了工作，而陈松涛那些由加班换来的调休可以让他足足休息到元宵节——2月份的最后一天。他和丁鹏两人在金桥和张江之间奔波了一整天，终于完成了搬家的任务。

　　放假前，三个人花了两个周末的时间，打了无数个电话，几乎走遍了张江附近所有的小区，最终还是加入随波逐流的行列中，在高端打工人聚集的玉兰香苑，找到了一套完整的两居室。

　　这里有无处不在的二房东向你推租堪比豪华酒店的房屋，其实，那只是一间间被廉价三合板隔断的犹如蚁穴的隔间。有些隔间虽小，但厨房、卫生间样样俱全，而有些隔间就需要与同在一套房屋内的其他隔间共享厕所、洗澡间，仿佛是大学生活的延续，只是隔壁房间会时常响起大学宿舍里未曾听到过的狂躁的云雨之欢。这里散布着全国各地著名的小吃，灯火通明会持续到凌晨。有太多加班的高科技工作者到晚上 10 点、11 点才回到这个被称作家的临时居所，他们需要美食来犒劳饥肠辘辘的胃和望眼欲穿的眼。有时周末的晚上这里还会举行夜市售卖，各式各样的居家用品、工作装备在路两侧琳琅满目。夜市甚至还起到了相亲角的功能，毕竟有男生卖化妆品抱得美人归，有女生卖球鞋娇云觅得好归宿。但无论怎样，这里承载了太多初到上海的 IT 民工、芯片码农、生物医药技师的欢笑和泪水。

房东是上海本地人，在相邻两个小区拥有拆迁所得的六套房子，两套大户型留给自己和孩子居住，另外四套做了中等装修拿来出租。

当陈松涛在滴滴咔咔弹奏一曲苦闷的键盘乐章时，棋牌室里的机器却在噼里啪啦地转动，房东刚刚说了一句"和了"；当丁鹏头昏脑涨，却仍旧要保持清醒并谦卑恭顺地陪客户喝下一杯苦涩的酒时，房东躺在摇椅上，刚点了一根中华烟，旁边的洒水壶空落落地望着花园里娇艳欲滴的美人蕉和山茶花。生活就是这样，当你还在为晚饭要不要加一块牛肉而犹豫不决时，有人已经坐在了奢靡的酒店中；当你还在田里劳作，烈日把你晒成了黢黑的模样时，有人却漫步在海边，在落日的余晖中享受着清凉的海风。

2 月 26 日，陈松涛在第一家公司的最后一个工作日。上午办理完了离职手续，他没有跟任何人告别，所有人都在假装忙碌，目光却斜视着他离去的背影。

走出公司，晨霾已经散去，暖阳照，心花开，他挥一挥手告别了这段成长轨迹中的灰色记忆。

新公司位于祖冲之路上一座高层建筑内，是一家国内领先的芯片设计公司。从玉兰香苑到公司两公里左右的路程，这给了陈松涛足够多的选择通勤工具的空间。早上 8 点，玉兰香苑的几个公交站前人山人海，拥挤的上班族像是成群的蚂蚁扑向一块糖果，迎接每一辆公交车的到来，充满了体力和智力的比拼。当公交车走后，路边停着的挂着全国各地牌照的小汽车开始争抢客源，小汽车司机望着焦急的人群呼喊："五块了，五块了，地铁站，差一位，上车就走！"人群中匆忙地走出几位上车关门，独留路对面的出租车司机望眼欲穿、口吐芬芳。

错过两辆公交车之后，在强拉硬推之下，陈松涛和王丹谊终于挤了上去。公交车在盛夏路左拐，停在祖冲之路上的公交站台。陈松涛与零零散散的几个人下了车。公交车载着拥挤的乘客继续前行，熙熙攘攘的上班族将会在下一站下车，换乘地铁二号线。

淌过车流，刚到路对面，就看到了草坪上竖着一块印刻着公司名字的路标，抬头望去，高耸的四个蓝色大字"开迅科技"映入眼帘。来到研发大楼的大厅，所有的员工需要在闸机处刷卡才能进出，陈松涛尚未办理入职手续，没有员工卡，只能在前台登记。望着闸机处拥挤的上班人群，他陷入了沉思，这就是大公司对所有员工每天上班的第一道欢迎仪式。此刻，他脑海中又浮现出两年前第一次见钱学伟时的情景。站在闸机旁，陈松涛对自己做出的选择竟产生了片刻的怀疑。他正要向门外走去，想看看那紫色的花，呼吸下新鲜的空气，来缓解内心的紧张和沮丧的情绪。突然，一个女人的声音叫出了自己的名字。转回头，陈松涛看见当初面试时跟他有过沟通的 HR 小姐姐正站在闸机内向他招手，并示意他排队，自己帮他刷卡进入。

"谢谢你啊，Tina。"跟 HR 照面时，陈松涛赶忙致谢。

"别客气，你来得挺早的啊！"两人简短的交谈在电梯门打开的那一刻停止。

HR 先领着他办理了入职手续并领了工牌，然后带着他到了七楼。在左询右问中，终于找到了验证部门所在的片区，陈松涛也看到了当时的技术面试官。

"你好！"还没等 HR 开口，陈松涛先向这位同事打了招呼。

嘴里仍在咀嚼着包子的同事听到声音转过身，看着站在自己面前的陌生人，突然恍惚了，片刻之后，立马送来了热情的问候："哦，想起来了，你今天入职啊，欢迎欢迎!"连桌上的咖啡都飘来浓郁的香味。

"那你们接上了啊，我先走了。"HR挥了挥手，转身离去。

"先找个空位坐吧，等老大来了看他怎么安排。"同事指了指旁边的椅子对陈松涛讲。

"谢谢!"陈松涛刚坐下，又一脸尴尬地问道，"很惭愧，请问你叫什么名字? 面试时也没记住。"

"我叫樊斌。"同事拿着工牌对他讲，陈松涛也以同样的方式回应道："我叫陈松涛，请多多关照。"

电梯在七楼不停地打开、关闭，办公室的入口不断有同事背着包，拎着装满早餐的袋子进来，也有同事拿着电脑和水壶向外走去。容纳将近两百人的办公室像一节车厢，不时有旅客上下车，他们用脚步和时间来计算繁忙，车上每一位忙碌的旅客都在争分夺秒，为整列火车的驰骋保驾护航。

看到一人往自己这边走来，斜挎着背包，手里捧着一杯从超市买来的咖啡，步伐中带着北方严寒季节特有的流风回雪的飒爽时，陈松涛赶忙站起身来。

"啥时候到的?"还没等陈松涛开口，来人就已经走到了他面前，热情地跟他打招呼。来人叫时明瑞，是陈松涛所在的验证部门的经理，比陈松涛大六岁，健硕的身材搭配利落的寸头短发，显得神采奕奕，完全掩盖了经常熬夜留下的青黑眼圈带来的颓废状态。当初面试时，这位领导根本没有问陈松涛任何技术问题，他更像一个侦探，去了解候选人的兴趣爱好、生活习惯、感情状态等，如此这般，让陈松涛对这样一家高科技公司的企业文化产生了质疑。加入公司后，他才体会到被问这些私密问题的缘由，直到后来，当他成为领导时，也延续了这个传统，把质疑传导给他所面试的候选人。

"到了没多久。"陈松涛站在椅子前等待老板的指示。时明瑞叫了一下樊斌，说道："你们已经认识了吧!"

"刚简单聊了一下。"

"那行，以后你们要多多配合了。"时明瑞拍了拍樊斌的肩膀，又转身对站着的陈松涛说，"你有产品和技术的任何问题都可以请教我们樊老师，大牛！"

时明瑞的座位在樊斌的斜对面，中间用隔板隔开。他放下背包，把手里的咖啡一饮而尽，然后拉着陈松涛去找 IT 领取电脑，介绍相关项目的负责人和经常合作的设计人员，并申请开通不同项目的工作账户权限。一圈下来，除了知道每层楼的工位都座无虚席之外，陈松涛其他的啥也没记住。回到座位，时明瑞又把自己部门的同事一一介绍给他认识，他努力在心里记下每个人的名字。下午，在樊斌的帮助下，陈松涛安装了多款不同的技术软件和工具，并进行了简单的配置和调试，之后又参加了为一批新员工组织的欢迎大会和公司文化宣讲会。等到他再次回到七楼时，一眼望去，大部分的工位空空荡荡，只有零零散散的几个人坐在电脑旁，办公室的安静甚至能使他分辨出键盘敲击声传来的方向，喧闹的办公室顿时没有了活力。他看了看时间，6 点一刻，难道大公司的文化不包含加班？难道传说是假的？这是来自灵魂深处的质问，也是躬行实践的期盼。

此时，王丹谊发来了信息，她刚出地铁站，一会儿走到开迅公司门口，两人一起步行回家。陈松涛关掉电脑，检查一下上午报到时带来的各种证件，准备离开。七楼的电梯声响，时明瑞和另外几位同事陆陆续续走出电梯，回到自己的座位。

"准备下班了？"看到背起背包准备往外走的陈松涛，他还没记住名字的一位同事突然问道，语气中掺杂着惊讶和戏弄，脸上挂着鄙陋的笑意。

被他这一问，陈松涛竟然呆住了，似乎正常下班成了一种罪过。须臾间清醒过来，回了一句带着拖音的"哦"。在他转身的那一刻，身后传来肆无忌惮的笑声。

一轮玉盘初现，弥补了昨夜愁云对圆月的亏欠，风缓元宵夜，花灯忆乡思。

"第一天上班怎么样？大公司有啥不同？"两人刚碰面，王丹谊就关心地问道。

"太多不同了，一天都没喝几口水。"陈松涛边走边把这一天的见闻趣事讲给王丹谊听。

一路说说笑笑，时间很快消磨掉了两公里路程，两人走到了盛夏路益江路路口。

这里没有陆家嘴那种奢靡的璀璨霓虹装点着绚丽的夜空，只有昏黄的路灯照亮着普通前行者的脚步，林林总总的店铺为高级打工仔提供了多种多样的餐饮和娱乐享受。暮色降临，露天的折叠桌子、塑料椅子铺满了街道两侧，红色火焰上乒乒乓乓的声响奏起了大排档特有的曲调，十字路口的两辆小型货车上在售卖各式各样的水果，当你觉得这边没有你中意的水果而走向对面时，突然发现两个摊主极具夫妻相。一辆急匆匆的外卖电瓶车在缓慢的车流中迂回穿行，快速驶过，马路牙子上坐着的不知来自何地的小伙正在用方言通着电话，人行道上走着三三两两携手的璧人和疲惫的孤独身躯，旁边的栏杆上零零散散地绑着房屋招租的广告牌，不远处刚翻修完重新营业的理发店点亮了休闲广场最亮的光。一眼望去，一片尘世真模样，人间烟火气最抚凡人心！浩瀚寰宇中不知哪一颗星星在眨眼，俯瞰人间，一半繁华一半朴素，三分富足七分穷困，而幸福，正在被烦恼缠绕。

两人径直走向了休闲广场最里侧的一间小面馆。这是一间普普通通毫无特色的面馆，但对于热衷面食的陈松涛和王丹谊来说却珍如宝库。两人叫了一大一小两碗油泼扯面，然后在门口等着前面的食客散去空出桌椅。

年前找房子时，他们两个跟丁鹏在张江的多个小区之间犹豫徘徊。周六，三人找房至玉兰香苑处，在附近寻找饭店时发现了这个云集着全国各地美食的休闲广场，尤其是各色的面食小吃让他们眼前一亮，犹豫不决的心思豁然开朗。他们的眼神在形形色色的店铺间迷离，迟缓的脚步被多情的味蕾迷惑，看到写着河南胡辣汤和水煎包的招牌时如获至宝，但走近时却发现小小的店面在卖煎饼和肉夹馍。老板说，这是两家合租的店铺，另外一个租客只在早上 10 点前卖河南小吃，剩下的时间归他。三个人左拐右绕，终于在这一间不起眼的小面馆落座，陈松涛用吃面时呲溜的声响就着大蒜重新诠释了美味的含义，却引来了王丹谊侧身拍打的嫌弃。三碗面下肚，当他们穷尽了所有对美食的赞誉之词后，最终决定在此处租房。

而此刻，两人已落座，陈松涛放下背包，摊开一张纸巾，开始熟练地剥蒜，不到 10 秒，纸巾上已经斜卧着三片赤裸的蒜瓣。王丹谊咧着嘴，像见到情敌一般，目光仇视着三片蒜瓣对自己的挑衅。她抽出一张纸巾，收拾了散落的蒜叶，丢进了垃圾桶。

"你不会少吃点啊，难闻死了！"王丹谊再一次拍打着陈松涛的肩膀。

"回去刷牙，回去刷牙。"陈松涛笑嘻嘻地回应着，小心翼翼地把蒜瓣往桌子里面移。

"也没见你上学那会吃蒜啊，啥时候养成的臭毛病?!"王丹谊有点不依不饶。

"谁知道呢，那时候的确不怎么吃蒜，就是来上海之后才开始吃生蒜的，可能这就叫拥之不觉，弃之悔已，再拥则惜之。"陈松涛不知从哪里借用的古文来为自己狡辩。

"回去刷牙，刷两遍，要不然别上床睡觉！"王丹谊挪了一下凳子，坐到了对面。

在几次出乖弄丑之后，陈松涛终于记住和分清了部门所有同事的名字，也逐渐和他们熟络起来，融入了集体。他再也听不到走出办公室时身后的嬉笑，因为几乎没有任何同事见过他下班时的样子，陈松涛成了验证部门乃至整个七楼下班最晚的一个人。除了自身的勤奋之外，陈松涛也在默默遵守着公司没有行文于书的潜规则，即每个月至少 60 个小时的加班时间，加班时长也成了每年绩效评定和奖金发放的一个标准。大家会利用下午 5 点半到晚上 7 点左右这一个半小时的时间去吃饭和散步，来消磨一天当中保底的加班时长。同时，公司提供了专门的预算，给员工成立了多个运动社团，每周固定的运动时间成了那些为加班而加班的同事们的优选加班时间。虽然一部分员工的加班等同于浑水摸鱼，但不可否认的是，也确有不少员工言行合一、脚踏实地，通过加班的这段时间弥补了自身能力的不足，同时也加速了项目的进度。加班作为一种隐蔽的公司文化被传播开来，"你加了多少"便成了月底大家讨论最多的话题。

"你这才来两个多月，加班时间就这么多了，你够可以的。"饭后散步时樊斌开起了陈松涛的玩笑。

两个多月接触下来，樊斌与世无争、不求闻达的性格让陈松涛印象深刻。他比时明瑞年长五岁，是部门资历最深、技术最强的一位同事，大家都尊称他为樊老师。他几乎每天都是整个部门最早到公司的人，在大家都以各种姿态进入短暂的午休时，他的手指却依旧在键盘上飞驰；在大家都为如何加班、为何加班而陷入哲学般的思考和争论时，他已经完成了自己的那份任务，并帮同事写了一个新脚本，然后背起包，消失在下班晚高峰拥挤的浪潮中。他不愿意在跨部门开会时为了项目的进度而吵得面红耳赤、难解难分，也看不惯有些同事为博得上司的肯定而卑躬屈膝、摧眉折腰；他乐于享受技术带来的挑战，而有意忘却纷繁的人情世故。当公司整合成立新的验证部门并准备提拔他为部门经理时，他委婉拒绝，并推举了自己的徒弟时明瑞。今天晚上有个项目例会，他也就留下来加入了大家散步的队列。陈松涛认真负责、拒绝滥竽充数的工作态度令他刮目相看，他对陈松涛说的话蕴含了一位职场前辈对后生的肯定和鼓励。

"对啊，你这加班给我们带来了不小的压力。"还没等陈松涛谦虚回复，另外一位名叫尹正钦的同事却随声附和，语气中带着嘲讽，透过昏暗的灯光，陈松涛仿佛看到了他脸上嫉恨的表情。

整个部门加班的桂冠之前一直被尹正钦霸占，但大家都明白这顶桂冠的含金量。或许是因为家境比较殷实，尹正钦感受不到来自生活和生存的压力，所以，虽然已经工作多年，但他并不注重提升自己的工作能力和专业技能，多年过去了，他似乎仍然停留在原地。赖以生存的那点技术能力也被去年加入公司的应届毕业生慢慢超越，个人能力上的得过且过和对荣誉的争强好胜，让他陷入了进退维谷的焦虑状态，他只能通过加班桂冠这种虚无的荣誉来告慰自己那份争强好胜的进取心。而陈松涛的到来让他倍感压力，唯一可以洗涤由懒惰带来的羞耻心的溪流也被别人占据了上游。陈松涛不仅工作日加班，由于离得近，周末也会来公司。尹正钦调整了每天加班的时长，但仍旧没有见到过陈松涛下班时的模样。一位是无时无刻不在盯着电脑的右下角，数着每分每秒，时间到，一辆播放着劲爆音乐的沃尔沃驶向了南浦大桥；一位是翻阅了书籍、查阅了多个论坛网站，终于跑通了一个程序后看了一眼时间，太晚了，一辆披星戴月的破旧自行车停在路口等待红绿灯。

"钦哥，你这是挖苦我啊！咱这不是技术不精嘛，还得努力赚个房租钱。我要是有你那几套房子就直接去打麻将了，每个月收收租金，还上啥班啊！"面对尹正钦不止一次的嘲弄，陈松涛也不再客气，软绵绵的回复中夹带着锋利的钢针。

由于拆迁，尹正钦一家在川沙分得了三套房子，他目前和父母住在虹口的另外一套房子里，这也是同事们津津乐道的话题。每当大家谈论到生活的哲学命题时，都会将尹正钦作为某一方的论据。

"钦哥，啥时候带我们去你别墅轰趴啊！"旁边的同事徐留意也跟着起哄。

这位前年加入公司的应届毕业生跟陈松涛同岁，也租住在玉兰香苑，性格豁达，在完成自己分内的工作之余，刚好踏进加班指标的及格线。他和陈松涛每周都会参加公司的篮球活动，相比于部门的其他同事，两人还增加了运动场上的战斗友谊，年少的血气方刚使他看不惯尹正钦的矫揉造作。所以，在尹正钦阴阳怪气嘲讽陈松涛时，徐留意也接话对他进行了幽默的攻击。

"又来了，又来了。"面对大家似虚似真的羡慕，尹正钦每次都在语言上悻悻作罢，但心里却充满了洋洋洒洒的优越感。这个话题的讨论戛然而止，河边垂柳摇曳随风，飞絮濛濛。

忙了两个多月的丁鹏在周六的凌晨拖着疲惫的身躯回到了住处。趁着他在，陈松涛特意邀请了徐留意，一起聚餐。陈松涛一早就去了菜市场，回来时怒气冲冲，把一袋子菜摔到桌子上。

"咋的啦？"在房间里的王丹谊听到声响赶紧跑出来，正在刷牙的丁鹏也从卫生间探出脑袋。

"气死我了！被一个卖菜大妈鄙视了。"语气中明明带着愤怒，但陈松涛的脸上却浮现着笑意。

涉及民生的生活物资的价格在 2010 年上半年发生了巨大的波动，有些商品的价格呈指数式上涨，"蒜你狠""姜你军""辣翻天""豆你玩"成了流行的网络热词，用来讽刺通货膨胀和物价上涨。尽管已经在铺天盖地的新闻宣传中耳濡目染，但震撼永远在亲身经历之外。

来到菜市场，陈松涛按照心中盘算好的菜谱穿梭于各个摊位之间。当一位卖菜阿姨把称好的菜递给陈松涛并报完价之后，陈松涛用左手抿了一下嘴，退后一步，抬头看了一眼价目表，脑海中浮现的问号密密麻麻，组成了一个巨大的惊叹号。虽然他偶尔来一趟菜市场，也像其他年轻人一样买菜从不问价，但一块姜加一颗白菜将近 30 元的价钱还是让他瞠目结舌，所有对于白菜的认知全部被颠覆。白菜再也不是那颗随意让猪拱的白菜，此刻，它比花香、比树高、比肉贵，它拥有了翡翠般的晶莹、如玉般的洁白，它拥有了让你望而却步的高贵品质。当陈松涛松开紧握着的装满那颗玲珑翡翠和那块丑陋青姜袋子的时候，他猛然发现，站在菜摊后面的卖菜阿姨竟然也变得这般雍容华贵。

放下袋子，陈松涛说了一句："太贵了，不要了。"准备转身离开时，身后却传来了那位贵妇人恶毒的语言："还是不是男人啊？连一棵白菜都买不起！"雍容华贵和蛇蝎心肠之间，只差一句话的距离。

陈松涛的内心在挣扎，他想去跟这个阴毒的妇人大吵一架，告诉她："我买得起!"

等他再次转身,却看到了一个笑面人。只见这位妇人右手拿着一个洒水壶向菜叶上洒水,左手端着茶水壶往嘴里灌水,用咕噜噜的声响招揽过往的客人。当一口水咽下,她正要清晰表达时,旁边摊位更加高贵的妇人用迷离的眼神吸引了客人犹豫的步伐。哎!大家都是挣扎在生活的底层、被柴米油盐酱醋茶支配的小丑,怜悯之心骤然而生。陈松涛发现,在他和这座菜市场里所有摊主之间织成了一张命运的同心结,小丑不为难小丑,再次转身,离开。

听完他的描述,王丹谊笑得前仰后合,丁鹏被呛得漱口水直接下肚,陈松涛被他冠以白菜男的称号。

"你可真准时啊。"陈松涛刚把最后一个菜摆好,徐留意就踏着饭点来报到了。

"那可不嘛,都算好时间的。"徐留意把手里的瓜放在桌子旁边,一提啤酒放在桌子上,冲着丁鹏和王丹谊问好。

"都坐吧,准备开席。对了,介绍一下,这是丁鹏,这是徐留意,之前跟你们讲过的,这是我女朋友。"陈松涛洗了洗手,拉出凳子,招呼大家落座。

午醉醒来酒未醒的丁鹏谢过徐留意递来的啤酒,跟王丹谊一起倒了杯饮料。王丹谊简单吃了点就回了房间,留下三个满腔热血的青年批判现实,憧憬未来。虽然都是同龄人,但丁鹏沉稳的性格、敏捷的思维和对信念的坚守让徐留意印象深刻,而他也毫不掩饰地表达了对丁鹏的膜拜。丁鹏也欣赏徐留意耿直飒爽的作风,情到深处意渐浓,便也开了一罐啤酒,敬畏三个人的慷慨激昂。饭桌上,陈松涛和徐留意尽情地抒发对公司复杂的情感,而丁鹏只对行业和规则等做出自己的理解和判断,很少在外人面前谈起工作的内容和对公司的好恶,他给人的感觉永远是保持一种适度的矜持,不近不远,若即若离,就连陈松涛有时都能感觉到他的距离感。但这或许正是丁鹏的魅力所在,在适宜的距离保持最恰到好处的吸引力。

通过半年时间的努力，以及文杰的里应外合，菲特普公司不仅进入了鑫达集团芯片采购的完整供应商名单，而且从年后开始，每个月都会收到来自鑫达集团或大或小、不同种类的订单。即便如此，他们的策略依然是紧盯 LED 驱动和电源管理芯片，要把资源集中到需求最大、效益最好的目标上。因此，丁鹏的主要精力仍然在鑫达集团，一步步朝着既定的目标迈进。

在几周前的例会上，他们分析了鑫达集团的现状，分析了鑫达集团与自己公司当前的合作状态以及后续更深入合作所存在的机遇与挑战。在挑战方面，他们着重讨论了技术支持和售后问题。

通常来讲，原厂有限的技术支持资源基本都是在众多代理商的客户之间平衡轮调，其结果往往顾此失彼，导致技术问题不能及时得到解决。这必然会引起客户的不满，有些客户甚至会因此直接切断与供应商的联系，把该供应商从供应链合格名单中剔除。由于之前客户少、订单小，对于技术支持和售后服务，周晨还可以与原厂的技术支持人员共同协商应对。随着客户关系的深耕，公司获得的订单也在不断增加，技术支持和售后问题也越来越多。虽然公司已经招了一名售后工程师，但由于资历过浅，很多技术问题都超出他的能力范围。而周晨的精力已经全部用在客户开拓和公司运营上面，无暇再顾及售后问题。最近，鑫达集团已经抱怨过两次，说技术支持跟不上。虽然对于有些抱怨，文杰可以直接从内部平息下来，但这只是权宜之计。菲特普公司的目标绝不仅仅只是鑫达集团，而是要成为行业佼佼者，因而必须做好长远规划。从长远看，技术支持至关重要，撑起了与客户良好关系的半边天，决定了生意的长短。所以，如何解决这些问题，是丁鹏、文杰、周晨三人每周讨论的重点。经过两周时间的考虑，周晨提出新招一名技术专家的建议，并且，他已经物色好合适的人选，而这，只是他后续雄伟计划的起点。由此，一个绕开文杰和丁鹏、构思缜密的宏伟蓝图翘起了一角，徐徐展开。

"我已经物色好了一名资深应用工程师，准备把他拉过来，补充我们在售后这块的短板。"在例会上，大家又分析了鑫达集团在上周新增加的技术诉求，周晨适时亮出了解决难题的利器。

"这个工程师很有必要，杨圣俊还是欠点火候。"文杰巴不得这名资深工程师立马过来，他在内部承受了不小的压力。

杨圣俊是菲特普在年后新招的技术支持工程师，一年不到的工作经验在他身上似乎没有留下任何痕迹，不仅不能在客户现场解决技术问题，孤僻倔强的性格还时常引起客户的不满。文杰已经在鑫达集团内部多次替他解围，但因为过于偏袒供应商菲特普公司，他的一些行为已经引起了部分同事的议论。文杰曾意气用事地提出把杨圣俊开掉。但聊胜于无，在新工程师到来之前，周晨和丁鹏当然不能同意他这个想法。既然现在周晨已经找到合适的工程师，他便迫不及待地重申自己的观点。

"那杨圣俊怎么办？新来的那位工程师会要股票吗？"第一句话刚讲完，文杰又立马补充了两个问题，他突然怀疑这位工程师与周晨的关系，开始关心起自己的利益，同时也觊觎着股票池里的份额。

"丁鹏，你觉得呢？"周晨把问题抛给了丁鹏，想听听他的意见。

"我的建议是留着杨圣俊，等这位资深专家来了之后，让他带着杨圣俊。毕竟我们的客户在不断扩大，这两个人肯定不能满足后面的需求，估计还得招人。至于这位专家的股票，依据他的表现和对公司的贡献，再做决定吧。我持开放态度。"丁鹏迟疑了片刻，他也在猜疑这位新来的工程师与周晨的关系，与文杰的思路撞个正着。

"你看呢？文杰。"周晨又借着丁鹏的意见，再一次试探文杰，虽然他心里已经做好了决定。

"专家来之后给杨圣俊定一个目标吧，也不能一直这样拖沓下去。至于专家的股份，那到时候再说吧，依据功劳而定。"文杰故作姿态，仍然在坚持自己的主张，捍卫自己的权益。

见他没有退让的意思，周晨也不再隐晦曲折。

"那我说说我的观点。我觉得文杰刚才那个意见很好，这个专家来之后带着杨圣俊，要给他定一个目标，要不然他没有压力，我们也不能一直养闲人。至于这位专家，他能带给我们的价值，我就不用再赘述了。我主要说下这个专家的待遇问题。以我们目前的情况，如果公开招聘，我估计很难有资深的人才过来，所以只能通过其他途径来挖掘。另外，我们目前每个月可以开出的薪水毕竟有限，这你们都知道，跟其他大的代理商有不小差距，更别提那些原厂了。所以，我们只有拿出更具价值的东西，才能把他们吸引过来，才能留得住。要不然，即使来了，待不了多久也会离开。你们觉得呢？"周晨以守为攻，同意了给杨圣俊设定KPI（"考核指标"）的建议，同时又强调了这位专家对公司摆脱当前困境的重要性以及与此重要程度相对应的筹码。他首先占领道德制高点，把这个重要的选择权交给了丁鹏和文杰，以此考验他们的判断力和格局，同时也在告诉他们，如果公司后面经营不善发生什么意外，都是归结于他们的心胸狭隘和优柔寡断。

只有三个人的会议室此刻变得空旷寂寥，窗外的树木、建筑都已消失不见，为了同一理想聚集在一起的三位热血青年此时正站在黑色的原野中，却背对背朝向三个不同的方向。利益的镰刀在收割繁杂的灵魂，无风无感。

"晨哥，我想你已经有具体的安排了，你继续说吧，大家都开诚布公。"丁鹏借故倒了一杯水，打破了这略带隔阂的安静。

"行，那我继续，我先把想法说出来，如果你们觉得有不妥的地方，我们再一起讨论。"周晨说话的同时看了一眼文杰，"我物色的这个人是我之前的同事，比我大两岁，现在是P公司资深的应用工程师，主要负责LED驱动芯片和电源管理芯片。同时，他也support过鑫达集团，对于我们来讲正合适。我之前跟他简单聊过，他愿意过来，但起初开出的条件有点离谱。经过最近几次沟通，他也降低了要求，但还是坚持两个条件：第一，要五个点的股份；第二，每个月工资一万五。这个我不能自己做主，要跟你们商量一下。"

在周晨讲话的过程中，文杰愤怒的火苗就已经开始燃烧。周晨的话音刚落，他的质疑声随之而出："晨哥，你跟他熟悉吗？技术真有那么强？要的股份多不说，每个月的薪水是丁鹏的两倍了，虽然他资历比我们深，但未免也太牛了。"

文杰讲完，往左边看了看，丁鹏正转着手中的水杯，望着窗外，若有所思。

"他技术绝对过硬，你也是搞技术的，改天跟他聊聊也算做个考证。我跟他一直保持着联系，我离开 P 公司之后做的一些项目，他帮了不少忙，所以对他还算熟悉。"周晨讲完，又是一阵尴尬的寂静。

"我认为他薪水不能比丁鹏高，丁鹏的贡献肯定比他要多。至于股票，我们还要再讨论一下。"文杰心中的火苗在持续燃烧，没有熄灭的征兆，他忍受不了此刻不合时宜的寂静带给自己的压迫感。

"文杰，你先冷静一下。晨哥，要不你约个时间，大家一起见见，有个初步的认识，也让文杰对他的技术能力做一个判断。至于他的要求，我觉得可以这样：第一，同样给他设定一个KPI，月薪八千五，年底 KPI 完成了，奖金八万；第二，股票份额也类似，先给三个点的股份，另外两个点设定一个两年或者三年的 KPI，到时候完成了，再给这两个点的股份。"为了不让讨论朝着崩盘的方向发展，丁鹏想到了这一折中的方法。

听完他的建议，周晨额首低眉，眼珠下斜，而文杰却瞠目结舌地注视着丁鹏，眼神中充满了万般不解。此刻无论多么迫切地想得到解释，他也无法继续追问，如若不然，那将被另外两人视作一种纠缠和格局小的表现。周晨在心里斟酌着丁鹏的建议，盘算着下一步的计划，同时也在思考为什么他会做出如此让步。在周晨看来，丁鹏的胸襟和格局与文杰相比，有天地之别。因为丁鹏对公司极度认可，所以才会站在公司的角度去处理问题。大智若愚，以退为进，牺牲短期利益来谋求公司更长远的未来，除此之外，还有别的原因吗？周晨不得而知。丁鹏是一个城府深沉的人，他的所思所想难以窥测。但无论如何，他的这个建议完全符合公司的利益，也替自己在面对三个人的利益冲突时解了围。

"文杰，你没有意见吧！晨哥，你要不约一个时间，下周我们跟那位专家一起见个面，按照这个思路，你提前再跟他聊聊，别到时候尴尬。"丁鹏看着周晨和文杰的表情业已知道他们内心的想法，他顺着周晨的思路提出了这个顾全大局的方法，却没有给文杰任何反驳的机会。

凌晨的月亮已经酣睡，用漫不经心的光，把一切景物照进了它的梦乡。一片愁云飘过，一晖素影，绕过文杰，摇曳着婆娑的枝叶。

鑫达集团虽然是公司目前最主要的收入来源，也理所应当地成了丁鹏工作的重中之重，但他没有局限于此，也时常穿梭于几个客户之间，巩固这些之前建立起来的关系，希望从他们那里也可以得到突破。

代理商的核心竞争力就在于跟客户的关系，一名优秀销售人员的个人关系是增加客户黏性的重要砝码，他会把客户资源牢牢掌控在自己手中，客户也往往会因人下菜碟，代理商可以发生变化，但销售却是同一个。因此，对于一个小规模的代理商而言，重要客户资源都是掌握在老板自己手中，销售人员只是跟单和处理烦琐的售后事宜。得益于上一家公司强大的销售体系和庞大的客户网络，销售人员拥有一定程度的自由发挥空间。虽然目前丁鹏的工作经验和资历有限，距离成为一名卓越的销售精英还有很大的进步空间，但他攻心为上、攻城为下的与人为善的策略，使得他在一年多的时间里得到了一些客户的认可，即便他已经从前公司离开，这些竭力经营的关系却一直都在。虽然之前那些客户不是菲特普公司当前攻坚的重点，但面对这些颇具规模的代工厂对于各种芯片的庞大需求，丁鹏不可能无动于衷。他跟 Allen Liu 约好了时间，周五下午在办公室见面。

周五上午，丁鹏就到了昆山，提前见了一下 Derry Zheng，虽然他现在已经转去了质量部门，跟丁鹏没有直接的业务往来，但丁鹏仍旧跟他保持着联系。人走茶未凉，曲终人不散。中午，两人就在 Derry 工厂的二楼小食堂吃了一顿便餐，互相关心了一下彼此的境况。

"Derry 兄，你跟仲祥兄见面多不？也很久没见他了，不知他最近在忙啥？给他发信息没回，打电话也不接。"这是一个让丁鹏困惑已久的问题。

自从前年在饭局上跟廖仲祥认识之后，丁鹏再也没有单独与他见过面，每次都是例行的业务拜访，双方都是几个人一起开会。面对丁鹏的私下邀约，廖仲祥每次都以各种理由婉拒，这让丁鹏不明所以，处于销售的被动局面。好在当时那边的业务没有受到太大影响，况且他负责的客户面广，业务繁重，面对廖仲祥当时的疏远，他也就任之发展，没有刻意去补救。此一时彼一时，现在没有强大的公司做后盾，没有庞大的客户群做业务支撑，更重要的是从给别人打工到自己创业的心态的变化，使得丁鹏不得不重新梳理之前建立起来的每一条业务联系，整理每一条业务联系里面关键人物的信息，关系好的继续维持，而那些已经疏远或者被淡漠的关系就需要用心补救，廖仲祥就是其中一位。

"你这话问的，一个公司的，天天见，前天晚上还一块喝酒呢。他主要是跟你不熟，你之前是不是因为业绩太好就没怎么搭理人家。"Derry 的话说得比较含蓄，但丁鹏已经领会其中之意。

"惭愧啊！Derry 兄，之前是太忙了，你也知道，我哪敢怠慢仲祥兄呢！要不你帮忙叫上他一起？给我一个将功补过的机会。"

"行啊，我先问问他，应该没啥问题，你选好地方提前告诉我。"Derry 的回答在意料之中，悬念就落在 Derry 在廖仲祥面前的威望，以及其他供应商的竞争，毕竟周五时，灯红酒绿是所有甲方让供应商趋之若鹜的向往。

跟 Derry 分开时，丁鹏看了一下手机，还是没有收到廖仲祥的回复。

98

丁鹏打车到了 Allen 工厂门口，在保安处排队换取了入厂证，走到访客厅时，刚好与下楼接他的 Allen 碰个正着。

"丁总，大驾光临啊，好久不见！" Allen 首先打招呼，丁鹏加入新公司之后，虽然两人一直保持着联系，但见面还是头一次。

"Allen 兄，别寒碜我了，一直想来，主要是事情太多了。这不，现在稍微有点空，就来看你，先恭喜你升职啊。"丁鹏的回敬虽然略显浮夸，却句句实情，Allen 在去年底由资深经理升职为协理，过年拜年时丁鹏得知的这个消息。

两人握了手，丁鹏在会客厅服务处换取了可以进入办公室的挂牌，并对笔记本电脑进行了检查，把网口和 USB 接口都用特制的封条密封起来，刷过卡跟着 Allen 往里走。

办公室在二楼，东西两侧分布着各个部门的办公场所，中间部分的二楼和一楼打通，周围由特制材料形成一个密闭的防静电车间。走在二楼过道，透过玻璃可以看到整个车间，几条流水线一览无余，从 SMT（Surface Mounted Technology）上料、贴片、回焊炉、插件、ICT（In-Circuit Test）到组装、FCT（Function Test）等工位首尾相接，组成了一条现代化的流水组装线，各个工位上都有数量不等的操作员在履行自己的职责。这里 24 小时的灯火通明和永不停歇的机器运转是工业和信息时代最生动和具体的体现。科技的发展正在加速推进人类文明的变迁，从农耕时代到工业化时代经历了上千年的历程，而工业化时代到信息化时代的变迁不过区区百年，处于后信息化时代和即将步入智能时代的我们，能否幻想 50 年后社会的模样？

来到 Allen 的办公室，丁鹏打开电脑正式介绍了菲特普公司的情况，Allen 问起了几个他感兴趣的问题，包括公司目前的人数、销售额还有 PPT 上提到的这些芯片原厂提供的价格折扣等，丁鹏都一一做了回答。

"我记得你上次跟我说，你们有三个创始人，你股份占多少？" Allen 的问题越来越私密。

"哈哈，Allen 哥，你这是要把我内裤都给脱掉啊。"丁鹏尴尬地赔笑，想回避掉这个问题。

"就知道你小子不肯说，算了，这个太敏感了。对了，你们现在主要的产品还是 LED 驱动芯片？"Allen 也识趣地跳到了下一个问题，或许这不是一个问题，而是跟丁鹏的一次探讨。

Allen 分析说，在国内，目前 LED 灯的市场处于普及和爬坡阶段，而且主要的驱动芯片还是被国外垄断，所以目前的销路很好，毛利相对也比较高。但由于 LED 驱动芯片的技术壁垒比较低，国内已经兴起了几家设计公司。随着 LED 灯的应用趋向饱和，再加上国内驱动芯片的替代，整个供应链都将会受到影响，毛利会越来越低，最终能落到代理商手中的利润更是寥寥无几。在这种情况下，为了维持生存，除了低价走量这一独木桥模式，没有其他思路可言。

听完 Allen 的分析，丁鹏由衷地点头表示同意。所以，除了驱动芯片之外，周晨也在如火如荼地开拓电源管理芯片的市场，这是公司最重要的两个产品方向。

"如果一切顺利，我其实更看好你们对电源管理芯片的投入……"Allen 作为芯片应用领域的资深人士，有资格对丁鹏进行指导和劝诫。按照自己的理解，他向丁鹏普及了电源管理芯片从设计到应用的一系列事项。

听完他的分析，丁鹏陷入了片刻的沉思。公司成立时三人对未来做了两步走的规划，但第二步目前只是一个空洞的想法，还没有具体细节。虽然之前也经手过电源管理芯片，但它的分类和应用场景的复杂程度还是超出了自己的知识范畴。

"Allen 哥，你这个问题很好。实不相瞒，我们还没有具体的方案，我回去会再跟另外两位合伙人重新讨论一下。如果后面有需要咨询你的地方，还希望你不吝赐教。"丁鹏诚恳地向 Allen 请教道。

"你这个就客气了，到时候你们发财了，庆功宴上记着给我留个位子就行。"Allen 讲完，两人不约而同地笑出声来。须臾过后，他接着说："其实，我最看好，或者说所有人都看好车规级别的应用，利润高，但门槛也高，对比消费级三十个点甚至更低的毛利，车规的毛利可以到八十、九十甚至更高，当然了这都是后话，先做出消费级的产品来再说。"

"Allen 哥，我就喜欢跟你聊天，每次都能学到新知识。"丁鹏对 Allen 的恭维中带着真诚。

Allen 把他所能把控的芯片需求数量和种类透露给了丁鹏，两个人又对可能合作的方向做了探讨，当然丁鹏也对 Allen 的利益做了应允。

离开工厂时已经下午 5 点，丁鹏打车直接去了预定好的那家饭店，并把地址发给了 Derry。在车上，他一直思考着 Allen 的建议。他突然意识到，一个外人在听完自己公司的介绍之后，都能看出公司发展目标和路线的问题，而公司的三位合伙人怎么就没看出来呢？如果说自己和文杰由于经验少，或者疏忽大意，没有看出问题，尚说得过去。但是，周晨经验丰富、做事严谨、性格沉稳，他不可能没有意识到问题所在。他在提出两步走的规划时必定想好了具体的方案，但为什么只对第一步做了部署，而第二步只提了框架却隐瞒了具体方案。是周晨故意而为之还是另有隐情？抑或他告诉了文杰，而只有自己被隔绝了？丁鹏反复在心里做着推演。

根据公司成立后每次开会时的情景，和文杰对周晨提出的一些方案的反应，丁鹏推翻了文杰知道内情的猜测，他觉得周晨没有必要跳过自己而只告诉文杰，唯一的可能就是周晨对两个人都做了隐瞒。那原因又是什么呢？是有损于文杰和自己的利益而不敢透露？还是因为具体方案不成熟，不便提前透露？丁鹏思来想去，始终得不到答案。他想立刻跟文杰通个电话，把自己的疑惑跟他分享一下。以合伙人外加同学的关系，他笃定文杰会告诉他实情，或者跟他一起去问周晨。在激烈的思想斗争后，他还是放弃了这个想法。既然大家选择了一起创业，就等于选择了信任，就只有合伙人的身份，不应该在三个人当中再拉帮结派去孤立谁，那样只会加速三个人的分崩离析，导致公司的解体。他停止理性的思考，为了公司的发展，暂时回避这个问题，他宁愿相信周晨是因为方案不成熟才善意隐瞒。

下车时，丁鹏收到了 Derry 的短信，廖仲祥会一起过来，紧接着也收到了廖仲祥的短信，说最近太忙，都没空看手机和抱歉之类的话。丁鹏的嘴角上扬，露出鄙夷的笑，心里飘过一万句问候，也带走了那颗悬着的石块。

二楼包厢里，茶水已经续了一杯，丁鹏无聊地翻着手机，听到包厢外有人问服务员，他赶忙站起。

"Allen 兄，还是你准时，永远都是第一个。"丁鹏招呼 Allen 坐下。

"你这是夸我呢，还是损我呢？"Allen 说完，两人又不约而同地笑了起来。

他们闲聊了一会儿，便听到服务员带路的声音，Derry 和廖仲祥到了。丁鹏又赶忙站起来，包厢门打开，丁鹏伸出手与廖仲祥打招呼，然后又拍了拍 Derry 的肩膀，招呼两人落座。

"丁鹏，还是你面子大，仲祥最近很忙，为了见你，他推掉了另外一个已经约好的饭局。"Derry 做了开场白，当着 Allen 的面，既对廖仲祥冷落丁鹏的原因做了解释，又替丁鹏找回了自尊。丁鹏自然明白，这些说辞是他们来之前提前商量好的，至于推掉的那个饭局，大概率是子虚乌有。Derry 的话刚说完，廖仲祥又做了进一步的解释："部门有几个人离职，新人还没到，他们的活现在全压在我身上了，累啊！"

"仲祥兄，你这是高升的节奏啊！啥时候给你庆功哦，不知道你这么忙，都怨我，来得少，加入新公司后也没有及时跟你汇报。"丁鹏把廖仲祥的疏远都怪罪在自己头上，人敬我一枚圆月，我当送出一个太阳。

"不会啦，以后你常来就是了。"廖仲祥冲着丁鹏点头示意。Derry 又说了几句圆场的话就开始让服务员上菜了。

几个人推杯换盏、觥筹交错，热火朝天地交流着风花雪月的趣事，调侃着圈内某位知名人士的八卦，好不快活，包厢内回荡着没羞没臊的笑声，惹得送菜的服务员脸色泛红，放下盘子，羞怯离开。

酒意正酣，醉意渐浓，丁鹏觉得时机已到，准备进入正题。

"仲祥兄，单独敬你一杯，祝你早日高升，"丁鹏端起酒杯与廖仲祥一饮而尽，然后他接着说，"很惭愧，一直没有跟你正式介绍过我现在的公司，我先简单介绍一下。"丁鹏放下酒杯，把菲特普的成立日期、人员组成、代理的品牌和客户等一一给廖仲祥做了介绍。

"你厉害啊！年龄这么小就开始创业了。"廖仲祥当然明白丁鹏的意图，但他必然不会主动捅破这层窗户纸。

"都是小打小闹，跟朋友一起拼一把，后面成不成都很难说，还得依靠仲祥兄你多帮衬下。"丁鹏由前序的铺垫慢慢进入了正题。"不知道仲祥兄你那边的需求怎样，我这边是否有机会能够为仲祥兄你提供服务？"丁鹏尽量把意图说得委婉些，虽然大家都是明白人。

"有倒是有，不过，你也知道，我这边光原厂就有很多，更别提代理商了，公司对这块卡得比较严。"廖仲祥用正式的回复表现出一副为难的样子，丁鹏当然不会当真，但言语和表情上还要予以配合。

"都明白，咱也不能让你太为难，我相信以仲祥兄你的能力，处理这些问题都是驾轻就熟、游刃有余。"一来二去，在两个人的对话当中，丁鹏适时奉上了对廖仲祥的恭维，言语中充满了对他的尊敬，给足了他面子。但廖仲祥似乎并不受用，面对丁鹏的奉承，他只是寥寥几句，没有任何实质内容的表示，只有筷子在盘子和嘴巴间不停穿梭。

"来来，先干一杯，别光顾着谈生意。"Derry 的提议暂时缓解了丁鹏的尴尬，一杯酒下肚，廖仲祥依然无动于衷。

"仲祥兄，可能我们之前没有合作过，你有所顾虑，我觉得这大可不必，今天 Derry 和 Allen 都在，我们之前的合作都很愉快，不信你可以问问他们……"酒醉智混，丁鹏已经失态，他的话可能会让廖仲祥产生一种被逼迫的感觉。

　　丁鹏明确给廖仲祥传递了可以承诺好处的信息，但同时也把Derry和Allen拉下了水。Derry可能早就把他从丁鹏这边得到的好处告诉了廖仲祥，接替他产品经理位置的廖仲祥本想着也能从丁鹏这边获取对等的利益，却不曾想丁鹏再没搭理过他，这或许就是他不回丁鹏电话、短信的原因。

　　听到丁鹏的讲话，Derry没有任何反应，但Allen却坐不住了。尽管他与Derry认识多年，但收受好处的事情毕竟不能拿到台面上来讲，他宁愿从不被人谈起，更何况还有一个廖仲祥在场。所以，当他预感到丁鹏后面的话可能包含敏感信息时，赶忙制止了丁鹏。

　　"仲祥，丁鹏也说了半天了，都是朋友，有啥能帮忙的就照顾一下，丁鹏这哥们很够义气的。"Allen帮着丁鹏在劝廖仲祥，虽然表面上和和气气，但他内心对廖仲祥的装腔作势很不满意。

　　从他进门开始，丁鹏就一直在恭维奉承，可他倒好，端着架势高高在上就不准备下来了。都是苦命的打工仔，在这装什么大瓣儿蒜！他的话讲完，丁鹏和Derry同时看向了廖仲祥。包厢内的气氛略显尴尬，廖仲祥把玩着手中的酒杯，眼神盯着右前方的那瓶清酒，仿佛在思考着什么。

　　"这个瓶里估计还有五两左右，你一口闷，咱下周就开始合作。"廖仲祥看着丁鹏，脸上的笑容若隐若现，有一种复仇后的快感。

　　"仲祥，没必要，还挺多呢，我们四个均分了。"Derry听出了廖仲祥话中赌气的成分，赶忙劝道。

　　但他的话音未落，丁鹏已经端起酒瓶，仰头喝了起来，这出乎所有人的意料，包括廖仲祥。他本想试探一下，等下次丁鹏邀约时才开始谈合作的事宜，可没想到这小子这么有魄力，不带半点虚假。Allen和Derry在一旁相劝，可丁鹏并没有停止，他喝下最后一口，然后把空空的酒瓶摆到了桌子中间。

"仲祥兄，小弟我照做了啊，哈哈。"丁鹏说着言不由衷的话，脸上却绽放着灿烂的笑容，像一朵由层层酸苦、多重挤压堆叠在一起形成的六瓣紫色桔梗花。

"行，兄弟，我交你这个朋友了，有魄力！"廖仲祥说完，也端起自己的酒杯，一饮而尽，并给丁鹏倒了一杯茶，暖心地说道，"兄弟，先喝点儿水。"

"谢谢仲祥兄的认可。"丁鹏接过茶杯，Derry 也在一旁乐呵道："好了，刚好酒喝完，咱喝茶聊会儿。"

几个人又开始了荤素搭配，谈起天论到地，没羞没臊起来。廖仲祥、Derry 和 Allen 都在谈论着部门内哪位新来的同事漂亮，又有谁跟谁分了手，谁跟谁谈了恋爱。而丁鹏却满头大汗捂着肚子，他感到胃部持续不断地绞痛，紧咬着嘴唇赶忙起身，刚到卫生间门口，突然眼前一黑，眩晕、疼痛、恶心、呕吐混杂在一起奔涌而来，他瘫坐在角落，哪怕一丝丝的挪动都会给他带来无法名状的疼痛。站在过道的服务员赶忙跑了过来，扶着他艰难走到包厢门口。这时，他把信用卡递给了服务员。

"对不起了各位，我得去趟医院，可能是胃出血了，单我已经买过了。"丁鹏忍着剧痛，每说一个字都喘着大气，脸上挂满了汗珠。另外三个人赶忙站起，坐在外侧的 Derry 和 Allen 先后出去搀着丁鹏下楼。

丁鹏从廖仲祥手中接过背包，他婉拒了另外三人的陪同，一个人捂着肚子忍着剧痛打车去了医院，在临走的那一刻还不忘开玩笑，说省下了一晚房费。

第二天上午，Derry、Allen 和廖仲祥一起来看丁鹏。此次见面廖仲祥的态度与之前大相径庭，从家庭到感情生活，从大学到工作，他们聊了很多。下午，他又单独来找了丁鹏一次，两人沟通了以后的合作内容，并让丁鹏病好之后再到他公司一趟，把必要的供应商流程走一遍。丁鹏在心里感叹，真所谓不打不成交啊！如果能顺利进入 F 公司的供应链并在短期内获得订单，也不枉这顿酒局了。

　　周一，丁鹏给周晨和文杰发了信息，让他们临时取消本周的例会，两人这才知道了丁鹏的遭遇。当天下午，周晨就赶到了医院。文杰因为还要上班，只能在电话里问候。听了丁鹏的描述，周晨由衷地佩服眼前这个比自己小三岁的合伙人，他对公司的忠诚和热爱甚至超过了自己。周晨内心深处泛起了一刹那的波澜，对自己隐瞒并绕开丁鹏与文杰而秘密进行另外一套方案的行为产生了道德上的自责，但这个自责转瞬即逝，理智战胜了感性。

　　周晨走之后，就没有其他人来看丁鹏了。

　　丁鹏是孤独的，打开手机，翻遍了通讯录却找不到一个可以在此刻倾诉的人，不能告诉爸妈，怕他们担心；不能告诉陈松涛，怕打搅他繁忙的工作，如果他来一趟医院，自己会心生愧疚。当手机屏幕上那一道暗灰色横杠滑到 M 字母那一栏，落在幕雨珊这个名字时，丁鹏松开了手机键盘上的下滑键，盯着手机屏幕陷入了回忆。不知此刻她在干吗？不知她现在过得怎样？不知她是否还有一丝丝眷恋？所有的思绪透过房间内唯一的光亮，淹没在茫茫的黑夜中。孤独是人的常态，夜夜笙歌的喧嚣过后，黑夜才是长久的陪伴。

　　丁鹏在医院里住了五天，出院后又在浦东休息了几天。依照医生的叮嘱，几乎每顿饭都是各种稀粥，偶尔会配一个鸡蛋，一周下来，人瘦到可以让减肥教练下课的程度。周末，陈松涛做了鱼汤和鸡汤给他补充营养，饭桌上还不忘拿他瘦弱的身体开玩笑。

　　"你拿着一周前和现在的照片，可以去给那些减肥茶、减肥药做人体广告了。"陈松涛笑嘻嘻地调侃道。

　　"有些女生花钱去做抽脂手术还没瘦下来呢，要是看到你这样的，估计要气死！"王丹谊也在一旁补刀。

　　"气死？要想瘦得先忍受疼，我在出租车上那会儿疼得打滚儿。"丁鹏回忆着一周前的疼痛，看着眼前这对可爱的情侣，除了羡慕，更多的还是感激。

　　茫茫人海知音难觅，芸芸众生知己难求。在这个浮躁的功利社会，天下熙熙皆为利来，天下攘攘皆为利往，兄弟反目、朋友决裂的例子比比皆是，财富成了衡量成功的唯一标准，关系成了利益的代名词，友谊也被金钱的铜臭味所玷污，变得没那么纯粹。在这样急功近利的环境中，如若有那么一两个人不计较得失，不追逐名利，而单纯地以友谊之名相处，纯真的关系从大学保持至今，就显得弥足珍贵了。可能两人的友谊会在将来随着时空的变迁而消散变浅，甚至形如陌路，但此刻丁鹏感恩这段单纯的友情，感谢坐在对面的那位兄弟。

"对了，留意怎么没来？"饭都吃了一半，丁鹏在回忆完疼痛之后才突然想到徐留意。

"他去学车了，估计又得受教练的蹂躏。"陈松涛谈起徐留意的学车经历就情不自禁地笑起来。

上个月的一个周二下午，同一车的学员陆续来到了集合地点，可教练却没有到，他们只能闲聊继续等待。说了没几句，徐留意突然感觉到站在路边树荫下的那个身影似曾相识，等他转身想要看个究竟时，那人也正好看向这边，模糊的身影也随即变得清晰，不是旁人，正是公司的人事 Lisa。确认了眼神之后，两人又同时转过了身，想回避这尴尬的碰面。徐留意心里惴惴不安，毕竟自己是翘班来练车的，要是被 HR 盯上，回去查一下考勤记录……越想越忐忑，脑海中浮现出各种可能的尴尬场景。这时，同一车的另外一位学员也赶到了，手里还拿着一杯冰奶茶。徐留意睹物起意，走到路的对面，往 Lisa 的方向一路小跑，拐过马路，消失在众人的视线内。当他回来时，手里也拎着几杯奶茶，首先走到 Lisa 身边。

"Hello，你也在学车啊，之前怎么没见过你？"徐留意说话的同时，顺手递上了一杯奶茶，并仔细打量着这位平时在公司里经常偶遇，却从未刻意留意的同事。

一米六五左右的身高，与徐留意耳垂齐平，由于是练车，一身轻装附身，休闲的 T 恤衫搭配紧身的牛仔裤，清爽干练。她不属于美人定义的范畴，却依然引起徐留意无限的遐想。飘逸的秀发滑腻柔软，散发出淡淡的桂花香，眼眸如溪水般清澈，白皙的皮肤略施粉黛，品字形双唇如玫瑰花瓣娇羞欲滴，如云的刘海细垂至弯眉，多了几许温柔，阳光照在脸上，却有一副俊俏模样。

"我科目三挂科了，被安排到这里补学。"虽然两人离得很近，Lisa 却依然用挥手回应着徐留意的问候，然后赶紧摆手表示不能接这杯奶茶。

"哦哦，那加油啊！这个你拿着，我这买了好几杯呢。"徐留意伸了伸左手展示了一下手里的四杯奶茶，把右手里的那杯塞给 Lisa，直接走开了。

陈松涛停顿了一下，把杯子里的饮料一饮而尽。

"后来怎么样了？"听到故事中有女生的存在，王丹谊迫不及待地问道。

"你猜？"陈松涛故意卖关子。

"你别告诉我两人好上了。"故事也引起了丁鹏的好奇。

"我猜他今天是陪女朋友去学车的。"陈松涛一边"嗯"一边点头，惹得丁鹏冒出了一句经典的惊叹和王丹谊夸张的表情，眼神中充满了不可思议。

"他还有其他趣事呢！"陈松涛故弄玄虚，竟慢条斯理地吃起菜来，吊足了两人的好奇心。王丹谊掐了一下他的胳膊，催促他快点讲。

开始学车时，徐留意带了一包 20 多块钱的烟，递烟时，教练不情愿地接过，直到看到教练从口袋里掏出红色烟盒的那一刻，他才明白教练勉为其难的原因。自此，徐留意也换成了同一牌子的烟，可每次递烟时，教练仍然不满意，这让他无所适从，摸不着头绪。终于在第四次练车，当他准备从烟盒里抽出一根时，教练直接从他手中夺过了一整盒烟，嘴里还念叨着："真不懂事！"后来他才知道，给教练送烟，送中华烟，至少一条中华烟，是学车领域的潜规则，就像在练车期间学员请教练吃饭一样。也是在他的建议下，一车学员集资给教练买了一条中华烟。自此，每次练车时教练都笑逐颜开，即使有哪位学员不够认真，比较笨拙，教练的骂声中也带着欢笑，再也没有愁眉不展的时刻。

"看来潜规则无处不在啊。"听完徐留意的趣事，丁鹏发出了一声感叹。

他想到自己，想到了工作中所接触到的形形色色的人。有人的地方就有江湖，有江湖就有林林总总的规则，只是有些规则制定在昭昭日月中、朗朗乾坤下，而有些规则只能潜伏在难以示人的不欺暗室里。规则意识的缺失和人情世故的依赖，成了滋养潜规则的温床；对功名利禄的追求，又助推了潜规则的疯狂扩张。而那些明文规则、道德约束，则像一位被霸凌的少年，只能躲在角落里，黯黯生天际。它在呼喊，它在哭泣，它在召唤良知来廓清所有的乌烟瘴气，以正义的名义。

"那要是女教练怎么办呢？又不抽烟。"王丹谊思考了一会儿，突然发问。

"只能牺牲色相了。"陈松涛说完，胳膊上又招来了王丹谊凶残的问候，丁鹏在一旁哈哈大笑起来。

徐留意果真是去陪女朋友练车，现在两人的感情如夜空中那一弯上弦月，月盈只差柔情蜜意中彼此的冲动。

在家又休息了几天，丁鹏于周三下午去了公司办公室。周晨约了那位技术专家今天见面，他订了四盒便当放在会议室。祁永辉提前下班，在6点一刻来到办公室。灰色圆领T恤，休闲牛仔裤搭配一双运动鞋，背后斜挎着电脑包，一身张江IT男的日常穿搭，前额被不属于这个年龄段的智慧提前占领了高地，不戴眼镜，这是丁鹏对技术专家的初步印象。周晨为两人做了互相介绍。晚上7点，文杰赶到了。

从进入办公室的那一刻开始，文杰就对这位准同事产生了抵触心理。尽管如此，他仍然强颜欢笑，与祁永辉打过招呼，坐在了丁鹏旁边。

"都齐了，边吃边聊，我们也不用寒暄客气，直奔主题吧。经过沟通，永辉已基本同意我们之前的方案，所以他今天也是带着诚意过来的。"周晨首先发言，稍作停顿，他转身又对旁边的祁永辉说道："永辉，丁鹏和文杰也都非常欢迎你尽早加入，帮忙带新人，解决客户端的技术难题。之前大家都不熟悉，今天算正式见面，文杰、丁鹏，我们畅所欲言，问问题也好，提建议也罢，都是为了增加对彼此的了解，凡事有利于公司发展的话题，我们都可以拿出来讨论。"

周晨讲完又望向了对面的两人。他的意思很明确，祁永辉已经同意了之前他们三人讨论的薪酬方案，文杰你有问题就尽管问，如果你因为个人私利而阻拦祁永辉加入公司，那就太自私自利了，甚至有嫉贤妒能的嫌疑。

"热烈欢迎，应该早点邀请你加入，客户那边的技术问题以后就仰仗你了！"丁鹏道出了欢迎之词，也为文杰接下来的提问做一个铺垫，转身继续说道："文杰，你不是在工作中遇到了一些技术问题，包括你自己感兴趣的东西，需要跟永辉请教吗？这个机会难得啊！"

"是是是，你要不提，我都忘了，只顾着吃了。"文杰故作镇定，在脑海中快速回顾了一下已经准备好的技术问题。

"我们现在经常讨论的一个问题是选用哪种封装形式的芯片，争来争去，大家也没有一个定论。"文杰讲完，放下筷子，注视着祁永辉，摆出一副谦卑好学的姿态。

问了关于芯片封装选择和 PMIC 芯片选型两个问题之后，文杰就赶忙收场，祁永辉的对答如流、学富五车让他自愧不如，自己那半瓶的知识流量即将见底。

"谢谢，受教了，后面再有问题继续来请教哈。"文杰笑颜奉承道。

周晨看了一下丁鹏，两人进行了眼神的交流，而文杰却低头继续扒拉着已经见底的饭盒。虽然他可能还有其他想法，但周晨已经顾不得他的感受。

"那我们就正式欢迎祁永辉同学加入菲特普，让我们一起努力，创造一个属于我们的未来！"周晨慷慨激昂地说道。

文杰闻声抬眼，脸上的表情写满了千万个不情愿，但此刻他也只能保持沉默。随后，周晨简要介绍了他所负责的几个重要客户的情况和销售预期，文杰详细列举了目前在鑫达集团遇到的技术难题，并把问题列表通过邮件的方式发送给大家，丁鹏对鑫达集团的销售情况做了说明，同时也补充了其他客户的情况。大家畅所欲言，集思广益，对公司未来的销售业绩，对主要客户的销售策略，献计献策，而遇到的技术问题就落在了祁永辉肩上。

或许是对美好未来的展望冲淡了利益被分割却只能忍气吞声的苦闷，或许是两个多小时的短暂相处消除了对祁永辉的偏见，文杰脸上的笑容渐渐涂抹了真诚，狭小的会议室里除了笑声还弥漫着踔厉奋发的斗志。

最后，周晨列出了祁永辉获取股权的条件：一，保底 3% 的股份；二，在 2011 年底，如果菲特普在鑫达集团的 LED 驱动芯片和电源管理芯片的供应链中占据 80% 以上的份额，或者菲特普在鑫达集团的销售额突破一千万元，祁永辉自动获取额外的百分之二的股权份额。同时，他们也修改了合作章程，增加了祁永辉的权利和义务。自此，上海菲特普电子科技有限公司迈入了新的征程，为两年后顺利实施第二步计划奠定了经济基础。而此时，几个人的合作关系却开始发生了微妙的变化。

秋风凉，桂花浓，夜的寂静送来了不远处轻轨驶过的声响。谁在深夜，依然坚守对命运的倔强，天接幽梦，又将飘过哪一位的云烟晨窗。

加入公司已经超过半年，陈松涛坐稳了月加班冠军，年度冠军也将会是囊中之物，他成了时明瑞重点培养的对象，并开始接手一些重要项目。尹正钦也从一开始的嫉妒憎恶变成了置若罔闻，那里有他力所而不能及的高度，他对陈松涛有一种阳春白雪面对下里巴人的高高在上的优越感，除此之外，他依然继续着每天的矫揉造作，阴柔妩媚被一个男人表现得超凡脱俗。

进入 9 月，一年一度的校招拉开了序幕。时明瑞这一组新开了两个校招职位，樊斌和陈松涛每人一个名额。名额给樊斌是基于他的经验和技术能力，毕竟连时明瑞都是他的徒弟。名额给陈松涛是基于他半年来的工作表现，虽然部门内资历深的同事不在少数，但资历并不等于能力，把招聘名额交给他就是时明瑞对他表现的最大肯定。樊斌和陈松涛两人将会负责面试、招聘和培养新人，也是从这一刻开始，陈松涛偶尔被叫作涛哥。他对这个称谓欲拒还迎，一方面是觉得自己的付出和努力得到了老大的认可和大家的尊重，但另一方面他深知，老大指派的带新人的任务很可能会招致别的同事，尤其是比自己资历深的同事的猜忌。而且，今年应届硕士毕业生的年龄大概率会比自己大，一想到此，陈松涛便脸泛起羞怯，心中充满了忐忑。他向时明瑞做了请示，除了硕士之外，满足要求的优秀本科生也可以招聘。为此，他特意跟 HR 做了交代。

根据应聘者的职位诉求，HR 收集的简历如蒲公英般飘向了各个部门。樊斌和陈松涛首先根据学校、学历和项目经验等方面对收到的简历进行了初选，再通过电话沟通确定了可以进入正式面试环节的人选。两人前后面试了 13 个人，最终经过商定，樊斌挑选了毕业于西安电子科技大学的李欣妍，而陈松涛选择了跟自己同岁、毕业于英国南安普顿大学的刘景羽。李欣妍比陈松涛大一岁，由于明年才能毕业，她将以实习生的身份提前加入，等明年拿到毕业证和学位证之后再转正，而英国的硕士 9 月份毕业，所以刘景羽是正式员工。

在刘景羽报到那天，陈松涛领着他走遍了公司上下，熟悉了周边环境，就像自己第一天报到时那样，传承了时明瑞接待新人的风格。陈松涛请刘景羽吃了个饭，让他感受到师父欢迎徒弟的仪式感，虽然这个仪式略显单薄。

晚上 6 点半的研发大楼熙来攘往，进入闸机的员工远比出去的多，一副上班时的场景。东南两个停车场进出的车辆络绎不绝，在拐角处拥堵着，一片繁忙的景象。陈松涛让刘景羽收拾东西，可以按时下班，这是每名员工报到第一天的特权，如同他的第一天一样。刘景羽夸上背包，背后同样传来了同事们熟悉的爽朗笑声。

十一之后的第一个工作日，樊斌带着李欣妍入职报到，刘景羽因为参加培训错过了她在部门的介绍。当他回到自己的座位时，刚好看到旁边座位上李欣妍的侧影——蓬松的黑发在肩头散逸散开，耳如连璧，温润玉如，鼻梁上翘，带着玲珑有致的弧度，侧脸的轮廓清晰，棱角分明，柔美似水。随着椅子的转动，李欣妍撩拨了一下颈上的碎发，恰巧与刘景羽碰了个照面，仿佛她撩拨的不是自己的秀发，而是刘景羽的心弦。

"你好，我是刘景羽，你是刚来的李欣妍吧?"刘景羽紧绷的心弦慢慢舒展开，刚才脑海中闪过的对美丽的预期和赞美都消失得无影无踪，思绪快速穿越万千山水，回到理性的现实，工科女生的美更多的是在于知性和富有内涵的气质。

"你好，我是李欣妍。"李欣妍也意识到自己刚才的动作有些失态，面对刘景羽的问候，脸上竟挂起了羞涩。哪怕时光驻足和眼神交流只有零点一秒，她也已经把站在桌角边的刘景羽仔细端详。

他身形匀称，腰身挺直，跟自己说话时微仰着头，眉梢微微挑起，透过无框的镜片可以看见他深邃的眼眸，眉宇间透着一抹犀利之气，玉树临风和风度翩翩似乎与他无关，但一股傲气和洒脱却洋洋洒洒地写在脸上。她看了一下刘景羽丢在桌上的工牌，两人再无交流。李欣妍转过身，等樊斌开会回来带她去领电脑，刘景羽专注于陈松涛交给他的任务。此刻，平淡无奇的相逢退却了擦肩而过的怦然心动，在烂漫蓬勃的青春年华里，谁又能想到，时光修剪了轮廓的毛刺，照亮了纯洁无瑕的心灵，彼此竟会在对方心中描绘出那道最靓丽的风景线。

由于在学校里有实际项目的经验，在陈松涛的指导下，刘景羽学习公司验证环境的进度要比预期的快，在每周的汇报演讲中，他都能正确且顺畅地回答大家的提问。一个月前，当陈松涛得知自己要带徒弟之后，他就开始考虑以何种方式可以达到快速培养新人的目的。他回忆着自己经历过的三位师父的带徒之道，他们都有相似之处，把相关的资料丢给徒弟，让徒弟直接负责项目的某一部分。这种听之任之、完全靠自学的方式，对于那些天资聪慧、严于律己的佼佼者来讲，无可非议，但这种人杰翘楚又有多少呢？作为芸芸众生中的普通一员，陈松涛以身为度，以己量人，如何找到一个合适的带徒之道成了他苦思冥想的心结，毕竟短短一个多小时的面试无法确定一个人的天赋。

经过反复思考，陈松涛把自己的想法与时明瑞和樊斌进行了探讨，得到了两人的认可，并以此确定为部门内新人培养的流程和标准。陈松涛提前制作了相关项目和验证基础知识的PPT，并以此为基础和模板，随着项目的增多、新知识的加入，不断丰富新人的培训资料。在新人入职报到的前三天，师父会以这份PPT作为辅导资料为新人进行理论讲解，之后新人会以一个完整的小项目作为实践案例，完成整个验证工作并生成验证报告，每周进行阶段汇报，整个过程在两个月内完成，预留一周的缓冲时间。当然，在整个过程中，新人不是独立在战斗，师父会全程参与辅导。整个过程既完成了对新人的培训，又考核了新人的能力。

与刘景羽在完成项目过程中表现得游刃有余不同，李欣妍则显得有些力不从心，或许这跟她缺乏实际项目经验有关，从樊斌给她讲那份培训资料开始，她就感到所学的知识与实践应用的差异。由于也住在玉兰香苑，不用担心通勤时间，在压力和自尊的驱使下，她开始疯狂加班，她在用努力展现一个山东女孩的倔强。有几次看到她一脸愁容地对着电脑，发出几声叹息，陈松涛在离开办公室之前会主动帮助她答疑解惑。同时，陈松涛也提了一个建议，她应该多和刘景羽沟通，在面对同一个项目时，两位新人所遇到的问题和犯的错误会有一个最大公约数，既然刘景羽现在的进展比较顺利，那完全可以借鉴他的学习方法。同时，在两人的沟通中，或许会发现一些新的知识点和自己的不足。

当部门的同事都已经下班，周围的座位空无一人时，李欣妍会坐在椅子上旋转，仿佛灵感也在头顶盘旋，伸手可及。有时，她也会盯着旁边刘景羽桌子上黑屏的显示器发呆，就像那里有通往另外一个世界的暗门，心里那个刚毅顽强的小精灵会发出疑问：他为什么学得这么快！

当樊斌再一次在每周的阶段汇报上对她的学习进度表达不满之后；当她发现樊斌对她提出的问题表现出厌倦和反感之后；当她意识到自己的学习陷入了死循环，从而导致进度缓慢之后；当她经过思想斗争终于放下自尊的包袱之后，李欣妍终于采纳了陈松涛的建议，在一个加班的夜晚，当整个部门只剩下三个人时，她向旁边的刘景羽发出了第一个请求。

"刘景羽，你现在有空吗？帮我看看这个问题。"随着椅子的转动，李欣妍面向了背对着自己，思路正在键盘上肆意狂奔的刘景羽。

听到李欣妍在叫自己，刘景羽先是一愣，而后转身。自从上次在她报到那天有过简短交流之后，两人几乎再无其他沟通，即使他们的工位相邻。虽然在看到李欣妍面对问题一筹莫展时，刘景羽有过主动提供帮忙的想法，但他最后还是退却了，为了李欣妍潜在的自尊和可能的误会。而此刻，既然她主动提出了请求，刘景羽的帮忙也就顺理成章了。

"你帮我看下，这个 case 是我写的，现在一直无法正常退出，我怀疑是哪里有个死循环。"见刘景羽转过身来，李欣妍站起，把位子让出来，虽然姿态谦卑，但语气中却透露着豪爽。

从此，那道横亘在相邻座位之间的无形屏障涣然消失，两人关于项目的沟通越来越频繁，当然，更多的还是李欣妍向刘景羽请教，她被刘景羽缜密的逻辑思考所折服。

樊斌终于没有再对李欣妍表达不满。虽然他给李欣妍布置了任务，交代了流程，但在李欣妍看来，刘景羽俨然承担了她实际的辅导工作，成了她的师父，即使她比刘景羽还大一岁，即使两人都是应届生。

在刘景羽和李欣妍有条不紊地进行学习的同时，陈松涛和徐留意却忙得焦头烂额。

金融危机后，市场的快速复苏带动了整个产业链的蓬勃发展，对芯片以及终端产品的需求也在日益剧增。虽然一些通用芯片的功能多而全，但对于一些特定的应用场景来讲，却是一种浪费，而这些通用芯片的价格又居高不下。随着这些特定应用场景越来越多，对符合这些应用且价格又低廉的专用芯片的需求也越来越大。通过客户反馈、市场调研，以及对整个供应链的拜访和考察，公司决定推出几款专用芯片以快速响应市场需求。由于应用端的需求迫切，而且往往需求会随着整个消费风向的转变而发生急速切换，这就给公司产品的研发带来了不小的挑战，时间成了战胜一切的利刃。DTM（Design To Market，即"设计到市场"）成了最近一段时间公司里讨论最多的话题，相关部门都在做调整以满足 DTM 的时效要求。

验证是整个芯片设计流程中的关键一环，当前验证的流程有很大的改进空间，尽管效率比较低，但只要不耽误芯片正常的流片进度，也就没有谁愿意，也不敢轻易去改变一个已经被证明完善的验证环境，毕竟牵一发而动全身。虽然它冗余、复杂、笨拙，但它能正确完成任务，这才是关键所在。然而，当前形势紧迫，芯片投放到市场之前的每一个环节都需要为 DTM 做出贡献，况且设计总监已经明确提出验证部门应该承担部分责任，现在到了必须改进的时刻。经过综合考虑，时明瑞准备让陈松涛带着刘景羽和李欣妍来完成这项任务。时明瑞的考虑是，其他人目前手上都还有项目在做，最主要的是，这些老员工已经习惯于现有的验证环境，让他们去修改会有抵触心理并且可能会掉进固有思维的陷阱。

但陈松涛却表达了不一样的意见，他坚持让刘景羽和李欣妍完成目前的学习任务，不能因为有紧急项目就揠苗助长。他认为，虽然突破旧思维是做改进的关键，但仍需要一个熟悉现有环境的人来进行协助。于是，他提出由自己和徐留意来完成这个任务。经过讨论，时明瑞最终同意了他的提议。

"你说你，没事净给我找麻烦，现在又得加班了。"徐留意知道后一直在埋怨陈松涛。

"真不好意思，又耽误你谈恋爱了。"陈松涛也会借机戏弄徐留意一番。他和 Lisa 已经正式确立了恋爱关系，现在每一天都是花前月下。

当下主流的验证方法学是 OVM 和 VMM。OVM 全称为 Open Verification Methodology，由 EDA 三巨头之中的 C 和 M 公司提出；VMM 全称为 Verification Methodology Manual，由 EDA 三巨头中的另外一家 S 公司和 ARM 公司共同提出。从本质上讲，OVM 和 VMM 都是基于 Systemverilog 的一种验证方法学，目的都是以模块化来实现可重用性，从而提高验证的效率。与传统的硬件描述语言相比，Systemverilog 的最大不同和优势在于引入了 OPP，即面向对象的编程，这点对于学过 C++的码农来讲一点都不陌生。引入了 OPP 之后，Systemverilog 便可以在更高的抽象层进行仿真和验证了。对比而言，OVM 比 VMM 的结构复杂，但 OPP 概念的封装、继承、多态的特点也在 OVM 上有更好的体现了，所以 OVM 模块化的实现更加简单。

在这两种验证方法学之外，Accellera——一个由众多 IC 设计和软件自动化公司创立的业界标准组织，宣布他们正在开发一款新的验证方法学 UVM，全称为 Universal Verification Methodology。该方法学会融合 OVM 和 VMM 的优点，并在此基础上加入更多的库函数、API（Application Program Interface）和其他特色，以提高模块的精细化和复用性，从而建立起更加灵活、功能庞大的验证平台。Accellera 已于 2010 年 5 月推出了 UVM 1.0EA 版本，虽然只是单纯地替换掉 OVM 应用中的某些关键字，加入了极少的新应用，但他们已经宣布会在明年推出 UVM 1.0 版本，可完全替换 OVM 和 VMM，并会得到主流 EDA 公司的支持。陈松涛和同事们也咨询过三家 EDA 公司的技术人员，他们对新推出的 UVM 给予了肯定，并对后续的发展寄予了希望，认为 UVM 是完全有可能替换掉 OVM 和 VMM。

经过商量，陈松涛与徐留意制订了新的计划，他们要推翻之前那种以测试激励为主要手段的传统验证方法，完全引入验证方法学，以建立模块化、可重用、高效的验证平台。既然 UVM 后面会完全替代 OVM 和 VMM，那就一步到位直接上 UVM。在拿到新产品的规格书之后，两人开始了疯狂的加班模式。在设计人员争分夺秒编码 RTL 的同时，针对验证平台，他们按照模块划分了各自的任务，并行开启了验证平台的搭建。从各类 IP 到逻辑控制模块，从通信总线模块到存储模块，从数字信号处理模块到与外部通信接口模块等，他们从零开始，逐步搭建起了多层次的、包含模块级和芯片级的验证系统。

努力和勤奋浇灌的种子已经破土，萌芽开始茁壮成长。

"跟老大讲讲吧，再调个人过来，反正环境已经搭建得差不多了，过来也就是写 test case。再这么搞下去，人要归西了。"徐留意和陈松涛走出 24 小时营业的便利店，各自手里拎着作为夜宵的咖啡和零食。

两人在马路牙子坐下，东南望，幽静的夜空中，满天繁星已经入眠，那一弯下弦月被楼顶上公司的 logo 高高挂起，落寞和忧伤洒向了人间。狼吞虎咽之后，徐留意点上了一根带有薄荷味的香烟，再一次向旁边正在慢吞吞地享受着黑暗料理的陈松涛抱怨。这已经是一周内第二次通宵加班了，凌晨 2 点的上海归还了本属于夜的淳朴和宁静，而此刻，孤单的烟煴徐徐上升，给那落寞的玉美人披上了一层菀纱。两人却无心消受这夜的安详，迫切完成任务的疲惫感打碎了所有对美的幻想。

"是的，我也想了想，准备跟老大商量一下，把刘景羽叫过来。"陈松涛对徐留意安抚道。

上周他们加班到凌晨时，他已经在考虑这个问题了。刘景羽的学习进度超出预期，现在完全有能力承担一部分任务，相比而言，李欣妍虽然进步很大，但仍需要一段时间的锻炼。陈松涛只叫刘景羽的另外一个原因是避免让樊斌觉得自己越俎代庖，毕竟李欣妍是他的徒弟。

"明天跟老大提一下吧。"徐留意说着又续上了一根烟，顺便也给陈松涛递了一根。

路边车顶上亮着"空车"二字的出租车里，司机斜靠在座椅上，疲倦和困顿在诱骗他慵懒的身躯和朦胧的双眼，躺下入眠是一件极其容易且惬意的事情，兴许还有美梦相伴。但生活的压力容不得他有片刻松懈，他已经对世俗的偏见冷眼旁观，身体力行是对其家庭负责的最朴素和真挚的体现。徐留意用大拇指压着中指的指甲盖，中间夹着已经燃烧至烟嘴的烟头，轻轻一弹，划出一道微光的弧度，他望着不远处的出租车，轻声叹息，提出了一个与这漫长黑夜相宜的哲学问题："活着为了啥？"

"做有意义的事情，许三多告诉我们的。"陈松涛讲完，发出了自嘲的笑声。

如果两年前听到别人问这个问题，他肯定会嗤之以鼻，以为对方在矫揉造作、无病呻吟，但此刻，他却跟着徐留意一起陷入了沉思。他想为孤身一人在家的母亲营造一个舒适的晚年生活，想为正在努力备考的妹妹负担所有的学习费用，想为自己和王丹谊创造一个美好的未来。但丰盈的理想在这月夜照进现实，透过婆娑的枝叶，留下支离破碎的淡光疏影。

"滚犊子！"徐留意骂骂咧咧地推了一下陈松涛，然后站了起来，最后一口咖啡下肚，两个人又打起了精神，往研发大楼走去。

前台的保安大哥眼神迷离，一把椅子支撑了他的昏昏沉沉。当大厅的感应门自动打开，陈松涛和徐留意的脚步声传到他的耳边，出于职责的信念，他立刻折起身子坐正，惊恐地望向门外。当看到两人挂在脖子上的工牌时，保安大哥从紧张到松弛的心理活动，通过面部表情的变化展现得一览无余。

"你们上夜班啊！"保安大哥露出憨厚的笑脸，问出了自己的职业术语。徐留意想去更正，这是通宵，我们不上夜班。但看到保安大哥坚定的眼神，他转念，点头以示确定的答复，并向保安大哥传递了辛苦的问候。

电梯在七楼的第一声开合拉开了一天忙碌的序幕。进门左拐，当看到全然不顾形象、趴在桌子上的陈松涛和斜靠在椅子上的徐留意时，所有人都会情不自禁地发出独特的感叹词，向这两位兢兢业业、废寝忘食的同事致敬。验证部门的同事陆续到齐，但没有一个人忍心去叫醒他们。

放在桌上的手机开始震动，陈松涛定的闹钟响了。他仿佛感到自己正走在一条狭窄的山脊小道，一边是漫山的苍翠竹林，一边是峭壁生辉、怪石嶙峋的悬崖，正当小心翼翼通过时，突然被一只无形的手推了一下，朝着一边的悬崖跌了下去。他大声呼救却听不到自己的声音，明明伸手抓住了一根粗壮的树枝，但树枝却像空气一样，没有提供任何缓冲，身体仍然在下坠。他看到崖壁上布满了无数个英语单词和数学公式，而此时身体突然悬空，飘浮了起来，当他正在思考为什么崖壁上会刻着自己刚写过的验证平台的代码时，突然从半山腰的云雾中落下一块石头，重重砸向了自己的头部，身体抽搐了一下，瞬时没有了意识，陈松涛醒了。熟悉的办公室环境以低频和谐的分贝开始在耳边萦绕，可上眼皮似有千斤重，坠在虚掩着外面模糊世界的一扇薄窗上，久久不能打开。崖壁上的那片代码又重新浮现于脑海，却正在被一个个白色的小精灵肆意涂抹，天性和理智在疯狂地争吵，安逸和困倦在剧烈地争斗。手机再一次震动，长在山脊的藤蔓像是被施了魔法一般，开始疯狂生长，终于，陈松涛抓住了一根粗壮的藤条，往下试探地拉了几次，确定牢固之后，他沿着这根救命绳索慢慢趴到了山顶。

睁开眼，浓雾消散，山顶和现实切换，每个工位上的同事平静如旧、繁忙如常。陈松涛仰起头，发出了一声只有自己可以听见的叹息，扬起双臂，在空中停顿了几秒，做了一个90°到180°的旋转。大脑短暂放空，清醒了几秒之后，他站起来，走过几个工位，用力推了几次之后终于把还在山谷挣扎的徐留意给拽了上来。徐留意睁开眼，在迷迷糊糊之中发出了一个带着很长拖音的醒后呐喊，站起身来，双臂外张，伸了一下懒腰。在大家敬佩的目光中，两人肩并肩，拖着疲惫的身躯向卫生间走去，柜子的角落里摆放着两人的洗漱用品。

"你俩又通宵了啊！"开完会的时明瑞把两人叫到了一个会议室里，听他们的进展，做进一步的安排。

两人同时点头回应，陈松涛把新的验证平台的进展向他做了汇报，并提出让刘景羽加入进来的请求。

"你俩够拼的，一会儿回去休息，下午再来吧。"看着两人深深的黑眼圈和无精打采的状态，时明瑞起了恻隐之心，既然进展都还顺利，那就顺水推舟送一个上级对下属的体恤之情。

既然要加新人进来，那就索性把刘景羽和李欣妍都加进来，在实际项目中锻炼，不用再拿一个过去的项目练手。陈松涛理解时明瑞的用意，作为一个部门的负责人，除了培养新人之外，他更多的是要对项目负责，既然现在有这样的机会，那就干脆两步并作一步，何乐而不为呢。

"那关于李欣妍，还得老大你去跟斌哥讲一下了，毕竟是他的徒弟，我不太好去……"陈松涛省略了在场的三个人都明了的话语，他要把虚怀若谷展现在人情之中，把争强好胜摒弃于别人对自己的印象之外，徐留意看了一眼陈松涛，没说什么。

"行，我一会跟他讲下。"时明瑞讲完，端着电脑又去了另外一个会议室。

"既然老大提出来把李欣妍也加进来，你直接跟樊斌讲不就完了，还绕这么大圈子。"在回去的路上，徐留意对刚才陈松涛谨小慎微的作风嗤之以鼻。

"以前吃过亏，再者，我也不像你这样雷厉风行，活得这么洒脱，我的性格使然吧。"陈松涛也没有过多地解释，把发生的所有都归于性格。

通常，当一个人无意中给自己的某种行为做出归因，并划定了一个束缚牵绊的篱笆后，在不断被外人提及从而产生特定的引导和指向的心理暗示时，自己便会在潜移默化中强化这个归因，从而加固这座无形的篱笆。从围栏开始，一步步修筑成一堵高墙，所有不被外人理解或自己不敢苟同的万千种种，在纷乱的环境渗透中，在复杂的心理作用下，都将被送进这堵高墙长垣围蔽起来的内心世界。性格使然便是构筑这堵高墙的磐石玉珠。

再醒来时已经下午 3 点多了，陈松涛打了几个电话才把徐留意叫醒，空空如也的胃已经发出了预警。两人在路边的一家小店碰头，两人用狼吞虎咽评价了老板的厨艺。

出电梯，两人刚巧碰到准备下楼抽烟的樊斌，陈松涛随即转身跟着他下楼去了。

"斌哥，老大跟你讲了吧，他准备把李欣妍和刘景羽都调到新平台这个项目上来。"陈松涛以谦卑的姿态给樊斌递上一根烟。

"讲了。"嘴里衔着烟，正在全神贯注点火的樊斌，模糊地回答了两个字，隐晦地表述了他对这件事情的态度。

"我本来是先让刘景羽加入进来的，怎奈老大让俩人一起进来……"陈松涛试图把原因解释清楚，避免不必要的误解，可惜没等他讲完，樊斌就把话抢了过去。

"我知道的，这样挺好，在实际项目中锻炼效果更好。你不要多想，到时候别光顾着自己的徒弟哦，要雨露均沾啊！"樊斌用一句玩笑向陈松涛委婉地表达了他的豁达，两人又各自续上一根烟，深吸一口，芥蒂和忧虑即刻烟消云散。

面对一个全新的验证环境，刘景羽和李欣妍均感到手足无措。陈松涛和徐留意利用两晚的加班时间给他们做了讲解，对验证计划做了调整，并对四个人的任务做了重新分配。拿着一份简易的介绍文档和一个包含验证项的列表，刘景羽和李欣妍挑起了走出校园后的第一份担当。

每个工作日的晚上，当七楼的空旷可以传来回声时，四个人又在激烈地讨论着哪一个方法更节约仿真时间，哪一条逻辑的随机概率应该设为最大。努力的奋斗者在追赶星星的脚步，而星星却在催促这四人早点下班。走出研发大楼，回头望，每一层都是灯火通明，不管多晚，总有工作的守护者通宵达旦。

徐留意已经开始搭建后仿环境，此时在另外三人的努力下，所编写的验证项对设定的功能点全部覆盖，代码覆盖率也达到了 95%。

在合作过程中，刘景羽对于问题敏捷的思考和反应速度让陈松涛印象深刻，过不了多久，他将会是部门内技术能力最强者。这是陈松涛对刘景羽实力的判断，同时也让自己心生些许的妒忌，但他很快调整了心态，并不断给自己做心理建设，嫉贤妒能是一种怯懦的表现，向优秀者学习且不回避自己的弱点才是真勇士。鸟随鸾凤飞腾远，人伴贤良品自高。陈松涛的谦和与包容也给刘景羽留下了深刻的印象，专注和一丝不苟的工作态度更是让他肃然起敬。这是一种对人品的赏识、对个性的斟酌。短暂的合作共处让这两个同龄人感受到了友谊的价值和知己的芳香，虽然表面上刘景羽依然称呼陈松涛为师父，但两人已心照不宣，朋友二字早已取代了工作中的寒暄。

从之前的项目练手到自己真正开发项目，两位新人感到了困难的指数级增长，当项目结束时更发觉自己知识的欠缺，再回顾自己写下的一行行代码，发现有太多可以优化的地方。但无论如何，他们已经走出舒适的绿草芳香，迈出了征服巍峨险峻的第一步。抬头仰望，山脊还在遥远的地方。

繁忙暂告一段落，终于有了打球的空闲时间，虽然新项目会接踵而至，但人生及时须行乐，莫叫光阴负韶华。加上刘景羽，现在验证部门有三位篮球爱好者。虽然他们的能力距离健将还有很大差距，但在兴趣的召唤下，同一战壕里的凝聚力使三人在球场上锐不可当。胜利会给兴趣带来正反馈，所以只要得空，三人就会在球场上驰骋，丁鹏如果没有应酬，也会过来客串一把，然后再一起聚餐。

周五下午，刚过 6 点，球鞋在木地板上摩擦的吱吱声和篮球砸在木地板上的塔塔声已经冲出狭窄的球场门，冲进路对面那栋 11 层高的红色建筑，胡乱弹起键盘上的每一颗按键。

陈松涛从中线接过刘景羽的发球，他弯着腰，右手不停地拍着球，左晃一个假动作，想越过挡在前方的防守队员，可惜对方已经预判了他的进攻方向，于是向右前方撤步，同时伸出手去抢球，技不如人的陈松涛此时只能停下脚步，双手护球，背对着防守队员，观察另外两名队友的方位。之后，一个抛物线，陈松涛把球传向右底角，徐留意跳起接球，他沿着三分线左右运球，想找到一个突破口，可惜对方的防守队员一直紧盯，他只好运球至自己擅长的底角。只见他左右手连续拍打球，与地面形成一个等腰三角形，同时左右脚交叉变换，右手与左脚、左手与右脚保持同频的切换，球则穿裆而过。突然他身体往右前倾，成功吸引对方防守队员往左撤步，徐留意迅速变换脚步，右手从身后接球，后转身晃过防守队员，球落地又被左手拍起，两步运球至篮下，高高跳起，准备上篮。而此时，左底角防守刘景羽的队员已经回撤，挡住了徐留意前方，跳起并伸开双臂阻挡他的投篮。刹那间，那套被无数篮球爱好者奉为经典，也一直被模仿的拉杆动作在徐留意的脑海中疾速闪过。只见他高高举起双臂，右手托球左手护球，身体前倾，绕至球篮的另一边，身体和篮球入网的抛物线形成了一弯下弦月的弧度。篮球入网的那一声"嚓"是如此的清脆，得意的笑容已经在空中舒展，却即刻发生了扭曲，伴着猝不及防的咔嗒声，徐留意的腿和脚歪成了45°角，身体不由自主地倒在了地板上。他落地时，右脚踩到了防守队员的脚背上，一阵刺痛迅速传遍全身。场上所有人快速围拢过来，陈松涛小心翼翼地解开徐留意的鞋带，发现脚踝已经发生了明显的肿胀。大家七嘴八舌，讨论着临时治疗方法，作为事故另一方的那位硬件部的同事已经拿过电话准备叫出租车了。

"不用叫了，我车就停在这边，直接去医院了。"刘景羽跑到场边，拿起他的小黑包，往停车场走去。

陈松涛和同事把徐留意架到路边，他们谢绝了同事陪同去医院的请求，却收下了他诚恳的歉意。两分钟不到，一辆银色沃尔沃SUV停在他们身边，还在病痛中呻吟着的徐留意看了一眼陈松涛，望着下车的刘景羽，发出了一声经典感叹。陈松涛脸上也写满了难以置信的表情，他印象中这两个月来刘景羽都是地铁通勤，从未见过，也没听刘景羽讲过自己开车上下班，而且开的是一辆等价于自己三四年收入的车子，他也随即发出一声感叹，对刘景羽的刮目相看又加深了一个层次。

"你小子可以啊！不显山不露水，有豪车还不早点开来让哥几个见识见识。"徐留意用手揉着脚腕，还不忘调侃刘景羽。

"啥豪车啊！这辆车都是我妈开的，这几天她回老家了，我才有机会。"刘景羽轻描淡写地说道。

一路上，车内弥漫着笑声、感叹词和惊叹句，徐留意和陈松涛这才知道刘景羽优渥的家庭背景。

刘景羽的老家在宁波，爸爸拥有一家做机械加工的工厂和几座私营加油站，妈妈是大学的行政人员，已经提前退休，来上海照顾自己的儿子，现在居住的长宁区的房子是他在上海读大学时家里给买的。

听完他的故事，除了羡慕之外，找不到任何其他可以修饰坐在后排两人心情的辞藻。淡泊名利、视金钱如粪土，只是用来掩饰想要金钱而不得时的尴尬，用来表达态度的一种书面用语。

当清心寡欲的高贵被现实击碎，化作一粒粒物欲的尘埃坠落凡间，落在庄稼汉那面黄肌瘦、布满皱纹的黢黑脸颊时；滴入病榻旁看着亲人慢慢离去，而掏空家里的最后一分钱却依旧无力的眼泪时；洞穿蓬头垢面、破烂的衣服上沾满油漆的农民工望着橱窗里的漂亮小女孩被妈妈喂下一个蛋挞，而陷入对留守女儿的深深思念时，有谁能真正做到不为五斗米折腰。只恨此身非天命，需磨砺锋芒，淘漉苦寒，翻他一个面朝黄土背朝天。

"你这是家里有矿啊！干吗做芯片啊，受这个苦。"徐留意给刘景羽友情提示着芯片人的苦，他似乎忘记了自己的疼痛，陈松涛在一旁笑着。

"就是喜欢技术呗！不适应做生意那一套。"刘景羽的回答简单明了，却又像什么都没说一样。

两个人架着徐留意在医院里穿梭于不同楼层、各个科室，验血、拍 X 光片，在诊断为中度骨折后，徐留意的脚踝立刻被打上了石膏，陈松涛也随即在医院对面的医疗器械店里帮他买了一副拐杖。

"拐了拐了。"上车时，陈松涛还在开着徐留意的玩笑。

"走吧，回趟公司，还得把卡给打了。"

徐留意向公司请了一个月的病假，在自己租住的房间里被迫享受这难得的休息。上个月 Lisa 退了在川沙租的房子，搬来和他一起住，他们打算等这间房屋年底合约到期之后租一套干净的一室一厅。在休息的前几天里，生活充满了惬意，困了就睡，醒了就接着打游戏，中午饿了就打电话让楼下的小吃店送上门，晚饭由 Lisa 下班后顺道带回。但被工作压抑之后的狂欢和身心放纵很快就归于平静，没有了工作，生活变成了一摊死水，即使有女朋友陪伴，狭小的房间内依然充斥着寂寞空虚和无奈沮丧，这种情绪几乎等价于长时间繁忙之后突然空闲的失落感。陈松涛的每一次探望都会引爆这个沮丧的空间，各种各样的感叹词从徐留意口中蹦出，在这个长方体内壁的五个面之间反复折射，最后落于地板，化作一缕尘烟，被风带走。

"今年的评优肯定又没我的戏了。"徐留意又在叹气，陈松涛已经不知如何安慰他这颗被病体包裹着的脆弱的心。

"又来了又来了，你五大三粗的，之前咋没见你心眼这么小啊！"在多次劝说无果后，旁边的 Lisa 开始逆向操作，冷嘲热讽似地激将道。

根据公司年底绩效的评选规则，每个部门会有不超过 10% 的人选被评为优秀员工，并且至少有一位员工被列为不合格，剩下员工的绩效为良好或者合格。优秀员工除了获得满满的荣誉感之外，在来年的 2 月或者 3 月份会额外收到两个月的工资作为绩效奖励。良好和合格员工的绩效奖金从一个半月工资到半个月工资不等，而不合格的那位员工除了当年没有奖金之外，明年也很有可能继续佩戴这个耻辱的头衔。绩效评选的生杀大权全掌握在部门领导手中，至于选谁为优秀，除了以本年度员工自身的努力和为部门、公司做出的贡献作为基本评选条件之外，领导还会在员工之间做一个平衡，毕竟没有谁能天资聪慧到独领风骚、一枝独秀。而且，大家面对的都是类似的项目，每个人的努力同事们有目共睹，大家给公司带来的成果不存在数量级的差异，所以在这种情况下，领导往往也会把资历和在公司的工作年限作为另外一个考虑因素。结果是，除了特例之外，往往是员工轮流获得优秀的绩效。因此，9月初，当陈松涛拉上徐留意一块开发新的验证环境时，虽然徐留意表面上骂骂咧咧，但他内心已经盘算好了接下来自己努力和表现的方式和方向，要为年底的评选做铺垫，再加上这已经是他加入公司的第三个年头，所以他斗志昂扬，对自己可以获得优秀员工信心十足。虽然平时大大咧咧，对所有事情都表现出满不在乎的态度，但当一个自己努力一把就能触碰到的机会摆在眼前时，又有谁会真正拒绝呢！可正当他满怀豪情高歌猛进时，意外的骨折却成了他摘取桂冠的拦路虎，而至少一个月的休假直接葬送了他这两个月来坚持不懈的努力。

"天将降大任于斯人也……"陈松涛又想出了一个华丽的说辞来劝慰徐留意。

只要加班结束得早，陈松涛就会过来找他闲聊，周末时还会把他拽到自己家里，一起打牌解闷，再加上丁鹏讲的一些励志的故事，两周下来，徐留意失落的心情慢慢恢复了平静。得之坦然、失之淡然、争其必然、顺其自然。好在这一个月内没有新项目启动，所以徐留意休息这一个月并没有落下什么，除了增强的游戏技能外，他还增长了一身膘。

刘景羽是富二代的新闻在部门内甚至在整个七楼不胫而走，但这个消息并没有在清高的知识分子中间掀起什么波澜，除了些许的羡慕和好奇他为什么做苦闷的技术之外，大家的工作依然按部就班，毕竟别人的富有与我无关。

但凡事都有例外，唯独那一位浑水摸鱼的尹正钦莫名地感到了一种荣誉被别人夺走的羞耻感。上一次是加班时长的桂冠被陈松涛夺去，这才不到一年时间，富有的头衔再次被人抢走，所有维持他在人前显赫的资本都幻化成了泡影，最后一块遮羞布被刘景羽扯了去，他那自以为是的优越感被一股来自海上的风吹进了黄浦江，没有泛起一朵浪花。或许他早就明白平日里所有同事包括老大对他的客气只是逢场作戏，但他依然陶醉于此，即使那是充满虚情假意的海市蜃楼。而此刻，他感到了危机在迫近，他开始调整，让自己去适应真实的奋斗和努力，但痛苦，由内而外，呈现于他每一个浮夸的表情。只要时明瑞在工位上，他就会找各种技术问题向时明瑞请教或者跟身边的同事大声讨论，他要在领导面前表现出一副真实努力的姿态，还要把自己假装努力的声音传遍整个七楼。他的天真就在于，他天真地认为别人拥有跟他一样的天真。在这个人人都拥有一个面具、多副皮囊的时代，既然他喜欢假装，也就没有人愿意为他撤下面具。他的努力只有自己当真，别人只认为是一种游戏。

　　徐留意的脚伤恢复得比预期的要快，经过几次复查，在元旦前拆了石膏，大家都在开玩笑，说他的脚是为了迎接新年破茧而出。为了庆贺他逐渐康复，也为了迎接元旦假期，大家再次相约。元旦当天，陈松涛一大早就去了菜市场买菜，他特意从那位鄙视自己是一个买不起白菜的男人的恶毒大妈的摊位前走过，再次瞻仰了她的尊荣。

　　当陈松涛把最后一盘菜端上桌时，敲门声响起，Lisa 搀扶着徐留意开门而入。

　　"你们两口子都是踩点的人，不浪费一秒。"陈松涛招呼着Lisa 坐下，给大家互相做了介绍。

　　"一直听徐留意讲你是大厨，今天一见，果然名不虚传。"Lisa 挨着徐留意坐下。

　　由于徐留意还在恢复阶段，不能喝酒，陈松涛和丁鹏的饮品也从酒换成了饮料。因为 Lisa 第一次来，大家都还比较陌生，饭局一开始竟然发生了冷场。

　　"Lisa，你老家是哪?"陈松涛见 Lisa 一直没有说话，就以提问的方式让她融入这闲聊的氛围中。

　　"哦，我老家是南通的。"Lisa 回答完，徐留意又接过了话题，介绍了 Lisa 的老家。

　　经过徐留意的介绍，几个人这才第一次知道原来崇明岛不全属于上海，岛上还有一部分归属于南通启东。陈松涛、王丹谊和丁鹏三个河南人对启东的了解还停留在高中时那一摞摞印着启东中学的模拟考卷。

　　"你已经见过 Lisa 的父母了啊?"当徐留意讲到国庆假期和Lisa 一起回启东见她的父母时，陈松涛发出了惊叹。

　　"对啊，从地图上看就隔了一个崇明岛，坐大巴要绕一圈，等那个沪陕高速通车之后就好了……"徐留意谈论着他的启东之旅。

　　Lisa 是姐妹两个人，她的姐姐已经结婚，定居在南京，知道妹妹要带男朋友回家，姐姐也在十一赶了回去，替妹妹把关。Lisa 有一对开明的父母，他们从未干预女儿的自由恋爱，由于早年做小本生意攒下了些钱，所以没有缺钱养老的担忧。当大女儿结婚时，他们没有索要任何彩礼，相反，还给女儿准备了相当可观的嫁妆，以开明和大度送出对女婿的尊重和对女儿的祝福。所以，当 Lisa 提出要带男朋友回家跟二老见面时，他们问了徐留意的基本情况，便欢快地准备起了欢迎仪式。Lisa 的爸爸询问了徐留意后面工作和生活的打算，言外之意就是准备在哪里安家落户。和 Lisa 交往之后，徐留意认真考虑过这个问题，和家里商量之后，父母决定给他资助首付款，让他在上海买房。当得知徐留意的这个决定之后，Lisa 的爸爸——未来的岳父，当场就给这位准女婿满上了一杯，姐夫也开始给他斟酒，热乎菜没吃上几口，就醉倒了，从下午睡到傍晚。

　　讲到这些趣事时，徐留意脸上洋溢着得意的神情，旁边 Lisa 的脸上却泛着害羞。

　　"这是人家 Lisa 的父母开明。"陈松涛打着圆场，眼神却故意避开王丹谊。丁鹏举杯，提前祝贺两位花好月圆。

　　徐留意在 Lisa 的搀扶下，带着几个人的祝福，踉踉跄跄下楼去了，而绩效评选的忧愁已被别人口中夸大的幸福和羡慕的眼神冲散。

黑夜吞噬了这座繁华都市的忙碌和喧嚣，寂静馈赠给前行者短暂思考的时间。灯已熄，丁鹏侧卧在床上，无边的思绪在脑海里乱撞，冲破帘幕，在朦胧的月色中随风飘荡。刚才饭局上，对比两对情侣，孑然一身的孤独在这个寂寞的夜里被放大，幕雨珊，这个已经被忘却的名字再次出现，银白色的月光穿过枝头，在昏暗的墙壁上投下了她柔和的身影。他打开手机，手指在屏幕上滑动了几下，仰面望着空洞的天花板，飘荡的思绪从窗外飞进来，带回了多愁善感，都是月亮惹的祸。

隔壁房间里，陈松涛和王丹谊业已躺下，两人的心思如两人的姿势一样，背对背没有任何碰撞，房间内的气氛微妙且尴尬。

"徐留意他们两个真挺快啊！今天他要不讲，我还真不知道他都已经见过 Lisa 的父母了。"陈松涛转过身来抱着王丹谊。他的话无意中表露了自己羡慕的心声，同时也向王丹谊传递了两人目前关系的窘境。而王丹谊又何尝不明白呢，饭局上徐留意洋洋自得的神情，在她看来，那是对自己和陈松涛的炫耀与嘲讽，她只能用一杯杯饮料来浇灭心中的怒火和忐忑。

在大三时，借着来学校看望女儿的机会，王丹谊的父母见过陈松涛一面，王丹谊的爸爸产生了一种自己宝贝女儿被别的男人抢走的失落感，当得知陈松涛家里的情况之后，他对唯一的女儿的这段恋情感到了担忧，并最终提出了反对意见。但青春期的少女对自己的爱情充满了强烈的保护欲，它恰似一根弹簧，外界的压力越大，反弹就越大，即使这份压力来自至亲。王丹谊晓之以理动之以情，爸爸的反对慢慢有了松动，他不想在女儿心中落下一个嫌贫爱富的印象，同时，他认为随着年龄的增长，逐渐成熟的女儿会主动放弃这份懵懂的爱情。可事与愿违，大学毕业时，两人竟然要一起去上海工作，爸爸虽然心里反对，却并没有表露出来，想着女儿在外面吃过苦头之后自然会回到自己身边，可没想到女儿一条路上走到黑，与这穷小子越恋越深，无法分开了。而这一切都被王丹谊善意隐瞒，陈松涛并不知晓，直到去年春节，他才明白王丹谊在这份爱情里面承受了多少苦楚。

　　当时，春节前王丹谊在陈松涛家里住了几天，腊月二十九回到了南阳，原本计划是春节后陈松涛去南阳接她，同时给未来的岳父母拜年。可当陈松涛即将动身时，王丹谊却打来了电话，让他取消前往南阳的行程，两人改在了郑州碰头，再一起出发。在火车站碰面时，他们紧紧拥抱，疯狂亲吻，久久没有分开，任凭梨花般的雪开满眉梢。两人互相鼓励，谁也没有放弃，陈松涛明白也理解王丹谊的爸爸看不上自己的原因，除了更爱王丹谊之外，他只能不断提升自己，以可见的事实打消王丹谊爸爸对自己的顾虑和对女儿幸福的担忧。王丹谊也继续通过各种方式来劝说爸爸，向他传递陈松涛除了暂时贫穷之外的各种优点以及对自己深深的爱。父母的爱是世上最伟大的爱，却往往也是束缚最深、固执最彻底的爱。虽然爸爸那颗坚若磐石的心在女儿无数泪滴的浇灌下开始慢慢软化，但距离完全接受陈松涛不知还要经历多少雨侵风蚀。但王丹谊并没有放弃，她相信因为对女儿的爱，爸爸终有一天会接受陈松涛。

　　所以，在饭桌上陈松涛对 Lisa 父母的夸赞深深刺痛了王丹谊刚毅的内心，那一层自我保护的坚硬盔甲竟然这么不堪一击，被自己心爱人的一句随意言语轻易刺穿。恍惚之间，她像一个被丢弃在大海中的逐浪者，望着同伴划船而去，任凭自己大声呼喊，对方却视而不见。她突然对陈松涛产生了一丝埋怨和失望，在爱情的马拉松中，我在前面狂奔，为了清除前行道路上的障碍已经跌倒数次、伤痕累累，你为何还要拂开衣襟在我故意遮蔽的伤口上撒盐。可这个埋怨的念头只在王丹谊心中短暂停留，她选择相信那只是陈松涛无意中的一句玩笑，她不希望两人的感情出现任何裂痕。

　　但此刻，共枕的爱人，陈松涛，你为何却要再一次掀开这块伤疤呢！

　　"是啊。"王丹谊依然背对着陈松涛，简单的回答中已经暗藏怨气，或许他只是再次无意提起，但退却的怒火已经在王丹谊心中重新积蓄。

"你咋了?"陈松涛感到了王丹谊异样的语气,可他的手却愚蠢地在被窝里上下探索。

"睡觉吧!"王丹谊推开陈松涛,往床边挪动了一个身位,陈松涛几次尝试伸开胳膊想把她拥入怀中,都被她毫不犹豫地推开了。

"你干吗?"陈松涛不明白王丹谊为何生气,不知哪一点触怒了她,自己只是想要借题讨论一下两人后面的计划,如何让她的爸爸早日接纳自己。

"你说话啊!"见她没有任何反应,陈松涛提高了嗓门再次催促,语气中带着质问和怒火。

"行,你告诉我,在饭桌上你夸赞那个 Lisa 的父母开明是什么意思?行,就算你是出自真心替徐留意高兴,那你干吗揪着不放啊?干吗还要继续说呢?你知道这是我的痛楚,一个是我爸爸,一个是你,即使他再反对,去年回家时跟他大吵了一架,我仍然选择站在你这边,可他是我爸爸啊!我想通过我的努力让他慢慢接纳你,你不帮忙就算了,干吗还站在一旁嘲笑我,在我伤口上撒盐啊,我图啥啊……"王丹谊的呜咽断断续续,却声声如刺地深深扎进陈松涛的回忆里。他没想到自己的话会引起王丹谊的误解,让她产生这么大的心理波动,看着伤心的爱人,他为自己愚蠢的行为深深自责。

"我错了,我不该说那样的话,你误会我了……"陈松涛伸出胳膊想再次尝试拥抱王丹谊,却又一次被她推开。

陈松涛把自己的本意向背对着自己的王丹谊讲述了一遍,虽然她仍旧没有回应,但通过气息的变化,陈松涛已经判断出,她慢慢恢复了平静,自己需要想办法给这位心爱的人拉上一个台阶,让她以英雄的姿态走下战场。于是,陈松涛在被窝里挪动,躺到了另一头,一只手抱着王丹谊的脚放在自己胸口,另一只手轻轻挠动脚心,同时嘴里还嘟囔着:"我就不信你不笑。"

悲伤终究是短暂的,被窝里再次响起了没羞没臊的幸福声,在这个午夜月色中。

　　元旦假期过后又休息了几天，徐留意拄着拐杖就到公司上班了，成功地吸引了所有人的目光。在电梯里碰到 CEO，还被热情地关怀一番。

　　随着春节的临近，公司年会也在紧锣密鼓的筹备之中。每个部门都被要求表演一个节目，在大家闲聊的过程中不知是谁开玩笑，让徐留意拄着拐杖唱《星星点灯》，现场演绎身残志坚。说者无心，听者有意，徐留意果真主动请缨。他开始仔细研究《星星点灯》这首歌，推敲每一个细节，除了睡觉，他无时无刻不挂着耳机，一副以耳朵为武器全力冲刺的战斗姿态。

　　年会当天，徐留意成了聚光灯下最耀眼的星，众星捧月，一副拐杖筑起了他站至最高点的城墙，刘景羽还献上了桌上的塑料装饰花，玩嗨了的徐留意接过花，冲着 HR 围坐的那一桌送去一个飞吻，星星被他点成了朵朵浪漫爱情花。幸运总是眷顾乐观的人，在随后的抽奖环节，徐留意高中一等奖，他举起盛满可乐的酒杯畅饮而尽，仿佛那是八二年的拉菲，意犹未尽。

　　由于是周五，明天不上班，今晚可以尽情放纵。年会结束后，部门里的几个人一商量便又去了附近的 KTV。尹正钦鼓动徐留意再来一首《水手》，但 Lisa 拉了拉他的胳膊，他便知趣地坐在沙发的一角，嗑起瓜子，吃起水果，今晚功成身退，独留芳名在，盈盈绕余音。尹正钦守在点歌台前，整个房间里一直回荡着他摄人心魄的歌声，李欣妍独自坐在另外一边，偶尔也会接唱几句，刘景羽、陈松涛和另外一位同事摇着骰子，以啤酒为赌注，骰子在骰盅里撞击的声音与尹正钦的歌声碰撞在一起，凤鸣穿墙，刺破耳膜。

　　一会儿工夫，房间的门被推开，王丹谊走了进来，陈松涛招呼她坐在 Lisa 旁边。刘景羽从尹正钦手中夺过话筒，点了一首比较偏门的歌曲《画地为牢》，这是他第一次在大家面前展示歌喉，空灵的声音顿时惊艳了全场，陈松涛拍拍徐留意那只放在沙发上的腿，调侃他的歌声是以残缺取胜。

　　一首歌结束，屏幕上开始播放那首著名的对唱情歌《选择》，陈松涛准备起身拿话筒，看到李欣妍已经举起了话筒，就又坐了下来，刘景羽看在眼里，谦让了几次，陈松涛都没有接，最终还是由他和李欣妍合唱了这一首歌。当唱到"我选择了你，你选择了我，这是我们的选择"时，李欣妍竟感到脸在发烫，眼神也在迷离，庆幸这昏暗的灯光遮蔽了她脸颊上那羞涩的山柿红，而坐在吧台、手扶着话筒架的刘景羽，内心也一阵扑腾乱跳，眼睛紧紧盯着墙上的屏幕，生怕和李欣妍有不期而遇的眼神交织。

一种暧昧通过歌声在喧闹的房间内定向传播，两个心灵在画点成线的朝夕共处中情投意合。

年会的欢快气氛只做短暂停留，并没有延续到下周。春节放假前，各个部门的绩效评估都会上报并最终确定下来，但春节后才可以在公司内部网站上查询结果。即便如此，每个人结合自己工作的表现再加上领导对自己的态度基本都会有一个预估。这是陈松涛经历的第一次绩效评估，他还没有多少感触。徐留意也终于扔掉了拐杖，又恢复了往日的生龙活虎，在爱情的加持下，心花在每天怒放，管他什么绩效考核，统统与自己无关。

对比之下，有人却急得焦头烂额，尹正钦已经在招聘网站上更新了自己的简历，并投递了几家心意的公司。他没有了往日的矫揉造作和侃侃而谈，开始变得沉默寡言，中午一起吃饭的队伍里也见不到了他的身影，大家也都明白其中的缘由。饭后散步时有同事表达了对他的怜悯，把他现在的状态比喻成小丑失宠后的落寞无助，连一向看不上他的徐留意都觉得他此刻需要关怀，但大家只是口头上的支持，没有一人付诸行动。

当一个人的理想远超自己的能力时，理想就变成了幻想，而面对幻想，除了空谈不做任何身体力行的努力时，最初的理想就变成了一个笑话。

就在春节回家的前一天，陈松涛突然接到房东的电话，为了给儿子结婚凑钱买新房，准备把这套动迁房卖掉，春节后便要腾空房子，做一个简单的清理和装修以便卖一个好价钱。

结婚，这个幸福的代名词和具体实现，让陈松涛充满了向往。当听到房东的儿子要结婚时，他内心翻起了刹那的冲动，他要向王丹谊求婚，他要和王丹谊结婚。但冷静过后，当骨感的现实吹来凛冽的寒风，他拍打了一下肩头的落叶，朝着前方需要翻越的多座山顶继续前行。

当得知徐留意在和 Lisa 认识不到半年时间就要买房时，除了惊讶之外，陈松涛也重新审视了自己。对比别人，他对王丹谊的爱显得太过低廉，虽然他极其讨厌这个用词，但这却是现实，从陈松涛这个角度看，他和王丹谊之间几乎是柏拉图式的爱情。

认识至今，除了过生日时送出的花，他没有给王丹谊买过一件首饰，没有在平淡的日子带给王丹谊任何惊喜，而王丹谊却也不在乎这些，只是偶尔会向他撒娇索要浪漫，但浪漫却似乎与陈松涛格格不入。相反，除了关心陈松涛之外，王丹谊还经常挂念着他在老家的母亲和妹妹。在大学里众多的追求者中，她义无反顾地选择了这个穷小子，在外人看来，有太多的不可思议，而这可能就是爱情的力量，爱情是没有理由的冲动。在陈松涛心里，王丹谊早已从恋人变成了家人，那份保护家人、为家人创造幸福的责任深深埋在心底，成了他保持斗志的动力。

他想为王丹谊在上海买下一套房，把房子装修成她喜欢的模样；他想和王丹谊生一个孩子，把两人爱情的结晶呵护成她期待的模样；他想象着多年以后和王丹谊一起慢慢老去，坐在藤椅上翻看老照片，找出那张她最中意的模样。

第四章

妹妹在村口接到哥哥，问的第一句话就是："嫂子怎么没有一起回来？"陈松涛笑笑没有过多解释，只说一会儿到家让她跟王丹谊打电话。到家时，母亲没有看到王丹谊也略显失望，但作为长辈，她也完全理解，离家一年了，在这个团圆的日子里，谁不想念自己的家，哪个父母不想尽早见到自己的孩子。母亲还在劝导陈松涛，去年春节王丹谊大包小包地来家里拜年了，今年陈松涛应该也先去人家家里，这样才显得有礼数。陈松涛笑笑，表面说是自己的失误，没有安排周全，内心却在翻滚。他是多么想去王丹谊家里给两位长辈拜年啊！他是多么希望王丹谊的爸爸认可自己！但这些他不能跟眼前的母亲诉说，他不希望打碎母亲对儿媳妇的美好想象。

两人在郑州火车站分开时，王丹谊依偎在陈松涛的怀中，向他保证这次一定会说服爸爸，打破阻隔两人的唯一屏障。望着王丹谊那真诚的目光和对这份爱的坚定，陈松涛心中对她爸爸的愤怒与怨恨也涣然冰释。南下的火车缓缓驶出，他在站台上目送心中的期待消失于凝霜浓雾中。他在内心祈祷，希望这份真挚的爱情能够感动上苍。

回来之后，陈松涛的心思全在妹妹的作业和功课复习上，再过半年，她就要迎来人生的第一次大考。妹妹的学习成绩在班内一直名列前茅，在整个年级也能稳定地保持在前三名。但中考是来自全县两万名考生的同场竞技，面对的是全县的优秀选手。而且，乡村初中的教学质量与县城几个初中相比有很大落差，一所乡村初中一年考上高中的学生比例只有 20% 左右，甚至更低，远低于那些县城初中的升学率。所以，有钱有关系的父母会通过各种途径，提前把孩子送到那些著名的县城初中读书，在万人竞赛的长跑途中拉孩子一把。

每座高中都会变相地设立各种实验班、菁英班等，来招揽那些成绩优异的学生。这些班级配置了各科优秀的教师，从教学硬件、软件再到学习环境，都能确保是整个学校的顶级资源。这些学生像盈盈绿草中的一朵红，倍加呵护，他们也成了提高三年后学校高考升学率的期盼和保证。陈松涛对妹妹的期望不仅仅是考上高中，当然，他也从不担心这一点，他希望妹妹可以进入实验班，与更多优秀的同学为伴，向更加优秀的老师学习，以期三年之后兄妹两人可以在上海会合。

"学校里这几年有人考入过一高的实验班吗？你了解过没？"一高也是陈松涛的高中母校，他当时以两分之差错失了进入实验班的机会。

"去年没有，前年好像有一个。"瑜涛一边写着模拟考题，一边随意地回答，似乎她对这个实验班不屑一顾，也好像胸有成竹。

听到现在的升学率，陈松涛感到不可思议，毕竟当年他们班上就有两位同学各考上了一高和三高的实验班，但现在一所学校竟然考不上一名，为何退步得如此之巨。他的思绪已经飞过堂前，落在田间那棵孤独老桐树干枯的枝头，脚下是一片拂霜的麦田，远处升起几缕炊烟。思绪再次起飞，穿越时空，回望了这座村落在几年间的变化，他似乎从中找到了答案。

不知从何时开始，这座自己深爱着的村落也成了全国诸多留守村、老人村中的一个。平时在整个村子里很难看到年轻人，只有在村委会前那棵老槐树下依偎着的几位老人和旁边小学响起的铃声，还在印证这是一座有生气的村落。由于人口流出，隔壁两个村子的小学已经关闭，学生都整合在这同一所小学里，即使这样，学生的数量也在逐年减少。小学前方那条村里的主干道虽然已经从泥土路变成了柏油路，再到现在的水泥路，但坐落在路两旁的房屋却在逐年衰败，院子里和房顶上荒草丛生，一些历经岁月的土坯房也在岁月的洗礼中只剩下了断壁残垣和院子里一棵干枯的杨树，而房屋的主人已不知身在何处。

前天陈松涛碰到自己孩童时的玩伴，人家已经怀抱孩子，并且在县城里买了房，夫妻二人在县城开了一家汽修店，母亲帮忙照看着孩子，父亲在县城打一些临工，生活平凡但却幸福，老家慢慢变成了一种寄托，只是逢年过节走亲访友的地方。而现在结婚必须在县城置办一套房子的世俗标准，又在加速村落的衰败。当适应了城市生活的舒适与便捷之后，又有多少人会愿意返回质朴的农村呢?! 甚至现在春播秋收的农忙场景也一去不复返了，一亩田一年的收成不过千元而已，又有谁会守着这田地过日子呢?! 在大批劳动力进城务工之后，成片的农田就以个人或者集体的名义被承包出去，用作各种目的。

瑜涛没有听到哥哥的回音，便抬起头，果然看到哥哥在发愣，她叫了一声"哥"之后继续说道："你是不是觉得很惊讶，其实也没啥，我们学校的好老师都通过各种关系调到城里去了，现在城里新建了好几个高中，还有一些同学也转学了，所以也就这样了。"陈松涛终于明白妹妹的态度不是胸有成竹，而是无奈。

"那怪不得，人往高处走嘛! 你不要气馁，你想想看，我当时只差两分，你现在学习成绩比我当时好多了，肯定会轻松考上的。"陈松涛抚摸着妹妹的头，以示鼓励和信任。

"我没有气馁，我肯定能考上实验班的，只是觉得不公平，好老师都调走了，那农村的孩子以后还有啥机会? 差距不是越拉越大吗?"陈松涛没有想到妹妹的思路如此开阔，他正要开口解释，妹妹继续说道："你还记得你上学那会儿的任素民老师吧，他们两口子今年也调走了，现在学校里的老师很多都是刚毕业的。"

妹妹口中的这位任老师，从初一开始就担任她的班主任。巧合的是，任老师当年也是陈松涛的班主任。任老师教数学，在学生中有很高的威望，也是全校公认的教学标兵；任老师的夫人也是学校的老师，教政治。如果县城的学校通过各种方式征调乡村中学的优秀老师，那么在陈松涛看来，任老师离开这所他任教十年有余的学校也只是时间问题。对于新调来的这位比自己哥哥还年轻的班主任，无论是从教学水平还是个人情感来讲，瑜涛都感到了失落。陈松涛觉得一股负面情绪在影响妹妹的学习和判断。

"你觉得任老师离开你们去县城对不对？"陈松涛想以提问的方式引导妹妹，以此消除困扰她的负面情绪。见瑜涛没有回答，他继续说道："人往高处走，水往低处流，人只有自己优秀了才有机会认识更优秀的人，而且也应该去认识更加优秀的人。要不然，人人进步的动力在哪儿呢，你说对不？你可能对任老师去县城教学感到了失望，但你站在他的角度去想一想，他是否应该走？他只是一个平凡的老师，面对的是一群可爱的学子，他的职责是努力完成自己的教学工作，至于是哪里的学生，这不是他所能掌控的，他没有背负舍己为公的使命。同时，他还是一位丈夫、一个爸爸，他也想为家庭创造更好的生活条件，你觉得这样有错吗？"

"可是，跟任老师相比，新来的那位班主任太差劲了！"瑜涛像是在反驳，却又不找出合适的理由。

"你是不是主观地带着抵触心理去评判这位新老师的？你不能按照任老师的标准去要求一个刚毕业的大学生，谁也不是一口就吃成胖子的，你敢确定五年或者十年之后，这位老师的教学水平不会比任老师高吗？再说了，任老师也是从刚毕业一步步走过来的，我上学那会儿，他也是刚毕业没多久，是学校为数不多的本科生，所以学校才让他担任了班主任，几年下来，不也得到了你这么高的评价嘛！这位老师既然担任了你们的班主任，他自然有他的优势和特长，我相信学校的安排不会毫无道理。"看着妹妹低头不语，陈松涛停止了他的说教，在这个关键时期，他要尽量避免增加妹妹的心理负担。

圆珠笔在卷子上飒飒作响，院内飘荡着母亲在灶火旁剁肉的声响，干瘪的空气里被西北风送来松木柴火燃烧的浓香，陈松涛准备起身看看母亲是否需要帮忙。

"哥，我想好了，不管老师咋样，学习是我自己的事情。再说了，还有半学期我就毕业了，现在是突击各种模拟习题，我得调整好心态，为了实验班！"瑜涛放下手中的笔，望着哥哥的眼神中又恢复了灵光。

"对的，你要是这样想我就放心了，像你说的，学习是自己的事情，不要太在意外界的环境，加油啊！"陈松涛上前再次抚摸妹妹的头，心里突然放松了许多。

陈松涛坐在灶台旁，懒散地添着柴火，不时用一根木棍插在这些柴火中间上下撬动，以便让更多的空气流入，使它们可以更充分地燃烧。他再次打开手机，王丹谊仍然没有回复他在中午发出的那条打情骂俏的短信。他在心里安慰自己，王丹谊在走亲戚没空回复信息，或者她正在和同学聚会，还没来得及看手机。他假设了多种场景，却唯独回避了他不愿意看到的，而王丹谊却要独自面对的困境。可你越是要回避，它却越向你靠近，这可能就是墨菲定律的另外一种解读吧。

看到信息时，王丹谊刚和爸爸发生了争吵，根本没有心思回复陈松涛，和高中好友的聚会也被借故推辞，她把自己关在房间内，委屈和不解全在心头缠绕。

王丹谊知道爸爸的脾气，回来时给爸爸带了两瓶好酒，还特意强调这是陈松涛买的。在家的前几天她一直围绕着爸爸说说笑笑，父女俩的感情又回到了孩童时的亲密无间，这一切都是为在父母面前再次谈起陈松涛而做的铺垫。

"爸妈，我下午去和同学聚会，晚上不回来吃饭了。"一家三口围坐在一起吃午饭时，王丹谊提前跟爸妈报备了接下来的安排，这是她在父母面前作为一个乖乖女的表现。

"去吧去吧，女大不中留啊，就不会陪我逛逛街啊。"妈妈在自己女儿面前撒起了娇。虽然王丹谊已经回来了四天，但相聚总是短暂的，一想到过几天她又要离开，当妈妈的总觉得跟女儿相处的时间太短。

"我的妈妈呀，这都连续逛了三天了，就我们这个小县城，你说还有哪个商场、哪家店你不知道的。"王丹谊蹭到妈妈怀里，反撒娇道。

"你同学聚会都谁去啊，上学时跟你关系最好的孟凡晓去吧，她现在咋样了？"王丹谊爸爸的插话看似无心，但用意却极深。

"爸，去年她不是还来过咱家嘛，你忘了？"王丹谊给爸爸介绍了孟凡晓的近况，当她讲到最后时也终于明白了爸爸提出这个问题的目的。

孟凡晓是王丹谊的初中和高中同学，两人同窗六年，她们都是家长眼中别人家的孩子，都是老师重点培养的苗子。从初一坐同桌开始，两人就成了形影不离的好朋友和学习同伴。报考大学时，孟凡晓顺利地考入了浙江大学，而王丹谊以三分之差与心仪的中国人民大学失之交臂，被调剂到了河南大学。当得知录取结果之后，学校领导觉得可惜，特意登门拜访，劝说王丹谊的父母让她复读一年。王丹谊坐在妈妈身边没有答话，不甘、失落和所有复杂的情绪都顺着眼泪淌下。

一位花季少女心中那颗雪滴花即将盛开时，一场不怀好意的疾风骤雨不期而至。她梨花带雨，向天呐喊，向命运哭诉，她不需要这困苦对自己意志的考验，她只想向阳花开，春风和煦。

收到录取通知书时，王丹谊并没有兴奋欢愉，却陷入了失落的情绪。她想到了孟凡晓，想到了这位一起共同学习六年的好朋友在收到录取通知书时激动的泪水，想到了两人就此开始形成的命运反差和人生道路的不同，想到了两人可能渐行如陌路，甚至不再联系，想到了就此失去这位好朋友。擦掉录取通知书上的那颗泪滴，回想着老师家访的话，她萌生了复读的念头，她要与命运抗争，以尊严的名义。但妈妈坚决不同意她这个决定，这是一场赌博，有太多的学生复读一年，考试成绩不升反降，他们承受了本不属于这个年纪的心理压力，更有甚者，由于心理压力过大，复读的高考成绩一落千丈，不仅没有考入理想的大学，甚至连一般大学的入学资格都无法达到，学生还因此患上了心理疾病，一个家庭的命运就此发生了转变。妈妈担心自己的女儿，虽然发生这种事情的概率很低，但她依然坚持让王丹谊直接走，坚决不能复读，即使这不是女儿理想中的大学，母女二人为此陷入了冷战。

接到录取通知书的第二天，孟凡晓就来找王丹谊，她并没有分享自己的喜悦，而是梳理了各种理由来劝导这位失意的好友。其中有两条深深打动了王丹谊：第一，虽然现在的大学不理想，但自己本人不要气馁和放弃，大学四年之后可以继续考研究生，理想大学的校门始终为自己敞开；第二，大学并不是一个仅仅比拼学习成绩的地方，或许你到时遇到的一个人或一件事，会让你觉得高考做错的这几道题突然变得有意义。在孟凡晓的鼓励和妈妈的劝导下，王丹谊踏入了河南大学的校门。虽然分隔两地，但两人一直保持着书信和电话的联系，每年的寒暑假两个人再次聚到一起，彼此都有说不完的话、分享不完的趣事。只是王丹谊的考研计划被爱情搁浅，而孟凡晓和男朋友一起考取了国外的研究生，继续出国深造。

当得知王丹谊的爸爸反对她和陈松涛交往时，孟凡晓趁着去年回国探亲，还特意来家里劝导。但在强烈反差的刺激下，王丹谊爸爸的抵触心理不降反升。女儿从小就是爸爸的骄傲，家中整面墙的奖状是他内心骄傲自豪的最直接体现，他毫不掩饰女儿的优秀，他沉醉于别人对女儿的夸赞和对自己的羡慕甚至嫉妒之中。但自从女儿考入不理想的大学之后，别人的夸赞一点点减少，他那膨胀的虚荣也被层层盘剥。在王丹谊大学毕业之后，又有好事的人将她和别的同学进行对比，说什么有些小孩虽然高中学习成绩差，考的大学也不好，但毕业之后考上了哪里的公务员，早早地就结婚生子，比那些学习好、毕业之后却在外面打工的强多了。还说什么学习好有啥用啊，到头来不还是跟着一个穷小子，白瞎了那满墙的奖状。两年来，王丹谊的爸爸受尽了旁人甚至一些亲戚的冷嘲热讽，女儿渐渐成了自己被别人议论和嘲讽的笑柄，他开始意识到命运的戏弄和不公，除了重新让女儿成为自己的骄傲，他无力抗争。

"爸，你想提起陈松涛吧，我本来想过几天再跟你和妈妈聊聊呢。"王丹谊给爸爸盛了一碗汤，面带笑颜。

"大过年的，都好好说话啊。"妈妈似乎已经预测到了一场风暴即将来临，她放下碗筷，拍了一下丈夫的胳膊。

"是啊，大过年的，你看人家孟凡晓都没回来，自己优秀，男朋友更优秀，她爸爸哪来的这么好的福气。"爸爸说话的同时手里的筷子也没有停，他努力使自己的语气显得平静，神态显得自然，但他的话却像一尺钢锯把女儿的尊严锯成一截截、一段段。

王丹谊不明白为什么自己的爸爸会变得如此刻薄，每一次相聚时的慈祥体贴又如此变化无常？为什么爸爸要给自己强加繁重的枷锁？难道自己真的让他感到了失望，让他的幸福受困于外界的议论和指点？但幸福来自自己的努力和争取，是自我的感受，不用别人的评价。

王丹谊的妈妈重重地拍打了丈夫的肩头，示意他注意自己的言辞。这是一位弱势的妻子和母亲，她没有自己的主张，只在丈夫和女儿之间徘徊，但她了解女儿刚毅的性格，丈夫的话已经刺伤了女儿的尊严，她要劝阻丈夫，她想阻止这场激烈的争吵。

"爸，我让你丢脸了，对不起，有啥话就直说吧，不用拐弯抹角。"王丹谊的怒火已处在爆发的边缘，即使面对的是自己的爸爸，她也不知能否克制。

"说啥啊?! 都说过多少遍了，让你跟那个陈松涛分开，找一个像孟凡晓男朋友那样的人，你听吗？除了跟我作对，你还做啥啊!"爸爸放下碗筷,坐到沙发上去了。

"爸,你为什么看不上陈松涛?就因为他是农村的,家里穷,还是因为人家孟凡晓的男朋友是大城市的,家里有钱?对比起来,你觉得自己的女儿给你丢人了,让你在别人面前抬不起头,你这么折腾,到底是为我,还是为了满足你自己的虚荣心?"愤怒的火山已经爆发,王丹谊全然不顾自己的言语是否会给爸爸带去伤害。

"我为我自己?行!我为我自己!"爸爸站起身来,用颤抖的手指着王丹谊,他只能用急促的呼吸来排解内心的愤怒和对女儿的责备。他没想到女儿会讲出这么激烈且带有讥讽意味的言辞,再顽强固执的父亲,内心都有一块专属于女儿的柔软的地方。而此刻,这块柔软的内心被心爱的女儿深深刺痛,他关上门,自己疗伤。

"丹谊,你怎么能这样跟你爸爸说话!"妈妈试图劝说女儿向爸爸服软道歉,但在气头上的王丹谊又如何能听得了妈妈的劝说呢!她只觉得妈妈也站在爸爸一边来反对自己的爱情。她扔下吃了一半的饭菜,也走进自己的房间,重重地关上了门,只剩下妈妈一人收拾着碗筷,泪水和着洗碗水,顺着下水道一起流走。

陈松涛的短信像牛郎发来的一段情话,但隔着银河的织女却只能闻其声不能见其人,而情话也慢慢变成了笑话,无人应答。

直到王丹谊启程离开的那天,父女两人也没有讲过一句话,也没有谁再谈起陈松涛这个名字,姑姑来家里做客时问起王丹谊的感情,妈妈也以女儿大了随她去为由,搪塞了过去。

"你不去送一下女儿?"妈妈想要缓和一下父女二人的关系,不想让女儿带着情绪离开家。

爸爸又何尝不想呢!他早早地就起床给女儿买了路上的零食,然后坐在沙发上,眼睛一直盯着女儿的旅行箱。他感谢妻子给自己铺垫的这个台阶,话音刚落,他就站起身来走到了箱子旁边,虽然无言,但他已用行动向女儿示弱。

"爸,妈,你们不用送的,我一个人坐公交就行。"王丹谊接过了爸爸手中的零食袋，装进了箱子里。

世上没有什么东西可以阻隔这血浓于水的亲情，王丹谊心中的愤恨早已被冲淡，她想和爸爸拥抱，想对爸爸说声对不起，只是身体在迟疑，她站在行李箱的另一边，没有移动半步。

"没事的，一起走吧。"爸爸拉着箱子推开了门，妈妈跟在后面。

王丹谊坐在后座，一路上也没有说话。到了火车站之后，她让爸妈先回去，而爸爸坚持要跟她一起候车。直到检票的那一刻，当接过爸爸手中紧握着的行李箱时，王丹谊再也无法控制自己的情感，拥抱着爸爸说了声"对不起"，眼泪滴在了他的肩头。当王丹谊走过检票口回望时，看到爸爸正在用右手背在眼角擦拭对女儿的愧疚。虽然父女俩的关系在临行的那一刻得到了缓和，但爸爸对女儿情感的阻挠和期盼并没有解决，王丹谊不知如何面对陈松涛，更不知如何再次劝说固执的爸爸。

在去郑州的火车上，这位坚强的女孩愁容满面，笼烟眉下含情点点。窗外白杨的孤枝被风吹落了最后一片枯叶，绿油油的麦田却向风倾诉着它对雪的思念。王丹谊想起了去年陈松涛躺在雪地里的场景，脸上露出一宛浅笑，泪滴滑入嘴角，但很快，城市的喧嚣和疾驰而过的灰尘——拍打着车窗，压抑开始弥漫在车厢内外。王丹谊起身，拉着行李走向车厢一端，火车在减速，车厢连接处传来了车轮与钢轨碰撞的声响，也透过缝隙送来了一阵寒气，她整理了一下围巾，把不开心弹落，随风吹走。她相信自己和陈松涛的爱总能感动时间，那就让时间来替自己诉说。

丁鹏比他们提前到上海，本想着一两天就把房子找好，只可惜勤劳的二房东还没有做好接单的准备，他从网络平台上找到的也都是年前发布的租房信息，试着打了几个电话，结果都是二房东，得到的回复也是过几天才到上海，现在不能看房。第二天，三个人又沿着玉兰香苑和紫薇路上的几个小区转了一圈，发现没有一家房产中介开门营业，无奈只能等到上班之后再慢慢找，好在离2月底还有两周的时间。

　　芯片行业似乎没有所谓的假期缓冲，专业术语称之为"Buffer"。摩尔定律这个集成电路的无形推手，推动着整个行业强劲发展，同时，它也是众多芯片设计企业头顶上的一把达摩克利斯之剑，时间是它的利刃，在这个急速迭代的技术领域，不进则退，淘汰你往往与你无关。公司要想站在行业的顶端，谋求长远发展，必须在面对市场竞争的同时建立产品的快速迭代机制，以打破摩尔定律对于时间的禁锢。

　　陈松涛的忙碌从节后上班的第一天便已开始，时明瑞拉着他和樊斌，还有另外一名同事开了一上午的会。

　　几个人在会议室开会的同时，外面的同事也在热烈地讨论着今年的绩效考核和可能的绩效奖金。每个人的心态大相径庭，有人心态平和，淡然看待自己的成绩，即使他获得的是优秀；有人满脸欢喜，虽然他只是良好，但每一次的进步都值得庆贺。

　　刘景羽转动了椅子，他本想安抚李欣妍可能的伤感情绪，怎知她却平静如常。

　　"我还是有自知之明的，毕竟是新人，而且去年的表现确实不好，我自己都不满意，所以给一个合格我已经很知足了，今年要继续努力，向你看齐。"李欣妍向刘景羽竖起了大拇指，俏皮地眨了一下眼，像一抹暖阳，提前把春意送到了刘景羽身边。

　　"得，得，我这也是半吊子呢，你就别寒碜我了，一起加油吧。"刘景羽说出第一个字的时候，发音产生了变形，同时喉结也在蠕动，眼神故意躲开李欣妍，飘向了她背后的电脑屏幕，他莫名的紧张在李欣妍面前一览无余。

　　"怎么样？都还满意吧。"徐留意的突然出现缓解了二人的尴尬，他拍着刘景羽的肩膀，却发现李欣妍的脸上泛着一层红晕。

　　李欣妍赶忙转过身去，工位上响起了键盘的嗒嗒声。

　　"很满意了，你呢？你这脚没事了吧。"刘景羽嬉皮笑脸地答道。

　　"你可以的，才来半年，就拿了一个良好，我这三年老兵都实名嫉妒你呢。"徐留意是天生的乐观派，走到哪里都不忘自嘲和调侃别人。他拿起桌上的零食，嘴里发出万马奔腾的声响："要不这周开启年后的第一场，我这只霹雳脚要横扫球场。"

"你确定吗？万一旧伤未愈再添新伤怎么办？"刘景羽讲完，情不自禁地笑了起来。

"滚滚滚！"徐留意的叠声词产生了同频谐振的波段，不知被哪位专注的同事接收。他又拿起一块零食，临走时还不忘继续调侃："这周啊，我要打爆你。"

虽然徐留意和刘景羽有意压低了两人交谈的声调，但他们的嬉笑怒骂仍然像一根根钢针刺穿了尹正钦那颗脆弱的心。年后的第一个工作日，他早早地就到了公司，包还没来得及放下，便急匆匆地打开了查看绩效的页面，瘫坐是他看到成绩那一刻的反应。虽然已经做好了心理准备，这样的结果早已在预料之内，但当绩效那一栏的 disqualified 的结果映入眼帘时，尹正钦仍旧感到脑海一片空白，之前构筑的心理防线瞬间崩溃，自己仿佛站在万米高空，坠落时穿云而过，明知死亡即刻来临，可自己却又无能为力，一种绝望的无奈和压抑笼罩在他那狭小的座位空间。

他没有和任何同事沟通，也没有哪位同事与他分享自己的成绩，对于这样的结果，大家早有预期。他像是被一只无形的枷锁禁锢，手脚不能挪动，声音和神经却变得异常灵敏，他觉得全世界正与他为敌，外界的所有笑声都是对自己无情的嘲弄。他开始对公司、对时明瑞、对团队的每一个人产生愤恨之心，他努力保持克制，待头脑恢复冷静后，在电脑上直接打开了招聘网站，全然不顾在公司的影响，他想用这种对公司和同事的蔑视来回击全世界的嘲弄。

正当他屏气凝神专注于一家家公司、一份份岗位时，刘景羽和徐留意的欢笑像啄木鸟的叫声，再次撕裂他的伤口，还送来一块木屑的戏弄。他怒目转向刘景羽的座位，警告他们停止侵扰，可谁又注意到了他呢？谁又在乎他呢？直到徐留意从刘景羽的座位转身离开，经过他的座位时，都没有正眼看他，而除了无声的谩骂和自我麻痹式的抗议之外，他又能如何？谁立滩头说惶恐，唯有流水过江东。

由于陈松涛和丁鹏的忙碌，找房子的重任就落在了王丹谊的肩上。白天在公司浏览各个租房网站，下班后与房东打电话看房。经过一周的折腾，在元宵节当天晚上，三个人终于确定了心仪的房子。

房东是一位东北大哥，在上海二手租房市场深耕五年时间，现在手里有13套房子，每套房子根据房型不同被分割成数量不等的隔间，这位二房东每天的工作就是穿梭于不同的地方收房租、修缮房间、带新租客看房。如果你距离较远，他还会开车去接你看房。也正是通过与这位直爽的东北大哥的沟通，陈松涛他们才对二手租房市场有了真实的了解，才发现码农的高端民工称谓有多么贴切。

二手租房催生了专门服务于这个行业的装修公司和家电市场。据这位二房东介绍，他手里所有的房子都是从原房东那里毛坯租来，一般签订10年的租房合同，所以租金会相对便宜。一套四隔间的房子软硬装的费用3万元左右，房间内竟然还是木地板，每个隔间的租金八百到两千不等。粗略估算，这位房东大哥一年收入40万左右，再看看自己还停留在四位数的工资单，三个人陷入了集体的自惭形秽。当他们向房东转房租时，竟然产生一种佃户向地主交余粮的感觉，他们把沮丧的心情装进了行李，又是一次烦琐的搬家。他们租的这套房子原户型是一室两厅，房东把阳台的隔断打掉，客厅和阳台连起来又隔成了一个房间，虽然没有他们原来租住的房子宽敞，倒也有小的精致，只不过价格却与之前的一样。三个人从水果摊老板那里借来了一辆推车，花费了整整一天时间，才完成了沪漂者的再一次挪窝。

王丹谊依旧每周都会和爸妈通电话，但谁也不会主动提及陈松涛这个名字，谁也不会谈及王丹谊的感情问题，大家的配合默契到让人心酸。但工作可以消耗情感的悲伤，专注可以屏蔽来自外界的搅扰，忙碌起来的王丹谊完全沉浸在条理清晰的逻辑脉络中，一副忘我的状态。公司把新来的实习生交给了她来带，领导在分配这个任务时，言语中充满了对她的肯定和希望，她激动地回敬了领导的信任。

"丹谊，这是我上周跟你提到的实习生陈恺宏，你这段时间带带他，费点心。"周一上班时，王丹谊的领导 Tamara 把实习生带到了她的座位前，给她做了介绍，并转身说道："恺宏，这是你师父王丹谊，你要虚心向她学习，你就坐旁边的座位吧，方便你们沟通。"说罢便转身离开了。

"师父好！"陈恺宏站在自己的座位旁，向王丹谊礼貌地问候。

"你先坐下吧，我一会儿去看看你的电脑准备好没有。"王丹谊此时才把这位实习生看了个清楚。

约莫一米七五的身高，穿一身职业装，可能是为了表现得更加正式，头发上还涂抹了发胶，做了简单的打理，整个人显得清爽干练，已然看不出学生的模样。

"恺宏，给，你的电脑。"Tamara 带着一个未拆箱的笔记本电脑递给了陈恺宏，这使王丹谊惊讶不已。

按照公司之前的惯例，实习生所配的电脑一般都是别的同事用过的旧电脑，而陈恺宏享受的待遇却是总监亲自送来的崭新电脑，看来他与领导的关系非同一般，王丹谊开始在心中盘算着什么。

虽然陈恺宏表现得很积极，但王丹谊并没有着急给他布置工作，而是发一些资料先让他学习，有时中午还会跟他一起吃午餐，增加和他沟通的时间，王丹谊在仔细观察着陈恺宏的性格特点，为下一步的安排做铺垫。

陈恺宏不善言语，却特想要坚持自己的主见，而自己的知识储备常常使他的主见变得模糊，坚持也就失去了意义。王丹谊有了她的推测，但她并不直接询问陈恺宏，而是通过接下来的工作安排，让她的推测得到验证。她开始给陈恺宏安排任务，并且尽量做到具体且循序渐进，对陈恺宏不懂的细节，她并不会立刻解释，而是通过引导让他自己发现答案。对于他犯的错误，王丹谊也不会直接指出，而是选择与他沟通，在恰当的时机传递合适的信号，使他主动意识到自己的错误，而答案也早已在沟通的过程中浮现，错误变成了他进步的阶梯，王丹谊俨然一副严师的风范。

当意识到师父的善意和真心的帮助后，陈恺宏开始主动和王丹谊分享他的故事。

陈恺宏是江苏盐城人，父母在苏州经营一家生产电子领域自动化检测设备的公司，他从小就过着养尊处优、众星捧月的生活，并按照父母编辑好的剧本在一点点长大。但长大后，陈恺宏却产生了想要逃离父母管控的想法，所以在报考大学时，他没有听从父母让他在江苏或者上海读书的意见，而是选择了武汉的一所大学。按照剧本的演绎，大学毕业之后，他会在父母的安排下直接去公司上班，然后再一步步接管整个企业。但陈恺宏却有不同的打算，他想去国外继续读书，改变父母给自己制定的人生轨迹，在千番争吵之后，父母最终还是听从了他的想法。他考取了英国一所大学的研究生，暑假之后就去报到，同时他也接受了父母的意见，这段时间先在国内实习，熟悉一下真实的工作环境，但他依然拒绝去自家公司，无奈父母才安排他到了这里。到此刻，王丹谊才知道公司的总经理和陈恺宏的妈妈是大学同学，所有的事情也就顺理成章了。

实习结束时，陈恺宏邀请王丹谊一起共进晚餐，答谢师父这三个月来对自己的帮助，同时还送给了王丹谊一套某奢侈品牌的化妆品，在两杯红酒的作用下，他竟然向王丹谊表达了爱意，使得王丹谊诚惶诚恐、措手不及。

"恺宏，我觉得你这样做不合适。第一，我已经有男朋友了，而且我们的感情很稳定，希望你尊重我；第二，你还年轻，还要继续两年的学校生活，我相信这三个月的实习工作会给你接下来的研究生学习带去一定的参考作用。两年之后，当你再次踏入职场时，你一定会有新的想法和主张。如果你还认可我这个师父，那就收起来这份礼物，我觉得你更应该送给你妈妈，你之前很少送她礼物，刚好借此机会来弥补这个遗憾，同时让她深切感受到你的成长，也可以作为你短暂告别他们的一个回忆。等你毕业的时候如果还记得我这个师父，回到上海可以过来请我吃饭。"王丹谊巧妙地转移了话题，同时也给陈恺宏搭建了一个合适的台阶。

王丹谊知道陈恺宏的爱意只是心血来潮，他的生活被包裹于父母严苛的管教、爷爷奶奶的万千宠溺、朋友和同学的羡慕之中，从来没有人真实地指出他的问题并真诚地帮忙解决，直到王丹谊的出现，他枯燥的生活地平线上才亮起了一道别样的光。他已经习惯了周围颜色单调、波长固定的光束，当这道不一样的光亮出现时，他便被深深吸引。可王丹谊知道她散发的这道光和陈恺宏的迷恋都是短暂的，而陈恺宏未来的人生路途中还会被照进更多炫彩的光，经历了五彩斑斓之后，他才会做出恒久不变的决定。

"师父，不管怎样，谢谢你，我后面只要到上海，就一定会来找你。"在王丹谊的几轮劝导之后，陈恺宏的心态也渐渐发生了转变。

"好的，我可记着呢。"王丹谊说完，从包里取出了一本关于职场的书，作为送别的礼物，陈恺宏用双手郑重接过，脸上露出复杂的神情。

从饭店出来后，两人挥手告别，向不同的方向走去。虽然此刻王丹谊两手空空，她拒绝了陈恺宏送的化妆品，但她却觉得收获满满，陈恺宏的礼物终将会以另外一种方式兑现。

王丹谊并没有把这段工作中的小插曲告诉陈松涛，以免引起不必要的误会，而陈松涛自己却又陷入了自责的迷茫状态。

春节后，徐留意和 Lisa 换租了一套一室一厅的房子，之后便开启了幸福的看房买房之旅。由于是销售淡季再加上 2009 年那一波房地产盛宴已经落下帷幕，结果就造成了当前房地产市场的疲软且可选的新盘较多，只要你一个电话，房产销售便会殷勤地与你预约看房时间并派专车接送。因此，陈松涛也跟着他们两人一起看过几次。他们看房的足迹踏遍了张江附近的金桥、川沙、唐镇、周浦甚至航头等地，最终在综合考虑了价格和地理位置之后，他们看中了某大型央企在周浦的一个新盘，选择了一套100平方米的小三房户型，预计2012年底交房。交完首付、签订购房合同的那天晚上，徐留意和Lisa邀请陈松涛、王丹谊和丁鹏三人一起聚餐。

"你今天咋了？吃饭时不在状态啊。"两个人躺在床上，王丹谊关心地问道。陈松涛只是亲吻了她，没有言语。

"你到底咋了？"王丹谊越发地紧张，语气从关心变成了催促。

"我没事，就是觉得对不起你，你看人家徐留意刚认识Lisa才多久啊，就已经买房了，可我……"陈松涛没有继续说下去，但所有的情绪和心思已经不言自明。

"亲爱的，没有啥可自责的，他们现在有这个能力买就现在买，我们没有就以后再买。你傻了，你觉得我跟你在一起是图你啥啊？"王丹谊劝慰着陈松涛，最后一问完全不由自主。

她在问陈松涛，更像是在问自己。徐留意和Lisa认识不到一年就买房带来的触动，王丹谊无法回避，她也曾无数次地幻想两人的关系可以得到爸爸的认可，幻想可以在上海安家落户，拥有自己幸福的小家庭，可理想却被现实一次次地击碎。视野的开拓和身边同事朋友高品质的生活不可能不让王丹谊心动，而她也的确拥有可以获得这样生活的资本，她已经不止一次被同事介绍男朋友，已经不止一次在朋友的聚会上被搭讪和索要联系方式，但她拒绝了所有的诱惑，依然坚守着，可她在坚守什么呢？是道德的约束还是良知的禁锢？或者都不是，只是单纯地对陈松涛的依恋，可又在依恋什么呢？她在困惑，却畏惧去找寻答案。

面对王丹谊的反问，陈松涛没有任何怀疑，他坚信两人的感情固若磐石，不会因为外界的诱惑发生任何改变，他只恨命运的捉弄和贫苦的出身，不能为这份爱供给一个基础报障。虽然被现实的羁绊摔了一跤，陈松涛依然相信完美爱情的艳阳会照进虔诚的心灵，照在自己身上。

"嗯，我们一起努力，面包和牛奶都会有的。"陈松涛依偎在王丹谊的怀中，像一个撒娇的孩童。

历经了几个月的简历投递、面试、拒绝和被拒绝之后，尹正钦终于找到了一份合适的工作。以开迅公司的背景，尹正钦每次的简历投递都会获得面试机会，但由平时打铁摸鱼造成的自身能力的欠缺使他往往止步于面试第一轮，所以从去年底开始，虽然他面试多次，却没有得到一份满意的 offer。内心的屈辱像一串阴天搬家的蚂蚁，刺痛他待在公司的每一刻，心重诸事皆泰山，逃离的渴望无时无刻。即使新找的这份工作离自己的预期还有一定差距，但却已经是这几个月来接到的最优 offer，所以他毅然决然地提出了辞呈，以尊严的名义。

尹正钦以为自己的离职将以落寞收场，他收拾好了所有的私人物品，职场行囊被塞得满满当当，工作的交接已经完成，他只是在等待明天最后一个工作日的告别。桌面又恢复了最开始的模样，不知在等待哪位新员工的到来。当情绪的弯弓被拉满，烦扰的伤感即将离弦时，时明瑞通知大家晚上聚餐，给尹正钦践行。

"来来来，我们一起举杯，祝尹正钦同学前程似锦，没事多回来看看哦。"作为部门领导，时明瑞首先提酒。虽然对尹正钦平时的表现不甚满意，给予他不合格的绩效成绩也是理所应当，但真到他离开的这天，时明瑞心中还是升起了愧疚之感。

在这个验证部门成立之前，尹正钦和时明瑞同属于设计部门，后来为了应对日益复杂的产品，提高芯片流片的进度，公司决定成立单独的验证部门，并由时明瑞负责团队的搭建。时明瑞最初的想法是从设计团队抽调几名设计工程师作为验证团队的基础班底，毕竟之前所有的芯片验证都是设计人员自行负责，既当运动员又当裁判，如果由设计人员转行做验证，对产品的了解和验证流程的把控会使他们如虎添翼，再通过校招扩充团队规模，并由这些有经验的工程师一对一言传身教，这样传帮带会使整个团队的结构更加合理，验证团队的成熟也会在短期内实现。但上级领导对他的意见不置可否，毕竟对于一个芯片设计公司来讲，设计人员才是核心，而培养一名成熟的设计人员又需要昂贵的时间成本，抽调设计人员去做验证与公司成立验证部门的初衷本身就是相违背的。但时明瑞也把实际的困难摆在眼前，据理力争，他要为自己和团队的利益负责。通过讨论，最终领导同意了一个折中的方法，时明瑞与设计工程师商议，是否转去验证团队全凭个人意愿，公司不会强迫他们调岗。

无奈时明瑞只好与设计人员一一沟通，但即使他巧舌如簧，动之以情晓之以理，最终除了樊斌和尹正钦，没有其他人同意加入他的验证团队。原因有三：第一，大部分设计人员的资历与时明瑞相近，从之前的平级同事到向他汇报，拒绝的心态人人都有；第二，设计人员对于验证有一种天然的偏见，就像对待测试一样，他们对自己的设计有一种盲目的自信，觉得验证和测试的作用纯属附带；第三，芯片设计是整个半导体领域薪水最高的一个岗位，不论是在本公司的职位晋升或者跳槽，都拥有验证所无法比拟的优势。所以，当时明瑞发出邀请时，众人纷纷婉拒。至于尹正钦的加入，时明瑞当然明白其中的原因，即便如此，他仍然欢迎，毕竟不论是对产品还是验证流程，尹正钦的熟悉程度都要优于一名新人。聊胜于无，时明瑞感谢这位同事在最困难的时刻站在了自己这边。

而现在，这位自己坚定的支持者就要离开了，虽然他是主动辞职，但无可否认，却是自己间接造成的。时明瑞举起酒杯扫视一圈，却不敢直视尹正钦，内心产生了一种诸葛亮挥泪斩马谡的悲壮。时明瑞是自私的，他原本可以向领导争取自己团队可以不评选不合格的名额，但他还是斩断了保护尹正钦的意愿，维护了自己在领导面前尽职尽责的形象；时明瑞是公正的，他把唯一的不合格名额分给了自己坚定的支持者，即使他是团队的创始元老。

　　从绩效结果公布至今，他没有向尹正钦做过任何解释，他的确没有必要向下属解释自己的决定，他知道尹正钦的离开只是时间问题，或许他也认为尹正钦以后的人生道路不过如此，与自己不会再有交集，一句解释都显得多余和浪费。

　　"谢谢，离得不远，我会回来的。"不知尹正钦是逢场作戏还是把时明瑞的话当了真，他的脸上写满了异样的表情。

　　饭桌上祝福的对话只此两句，现场的气氛异常尴尬，没有了之前聚餐时的嬉笑怒骂、打诨插科，也没有同事调侃尹正钦，每个人都只顾着自己面前的餐盘，每一口都在咀嚼着职场的炎凉世态和人生的苦辣酸甜，谁又能保证明年这个聚餐的主角不是自己呢。

　　第二天，尹正钦办完离职手续，回到自己的座位又呆坐了许久，临近午饭时，他起身与同事一一告别，跨过七楼的玻璃门时又回望了时明瑞那空空的工位。尹正钦走进电梯，轻轻挥手，作别了门外的灰色身影。而此刻，时明瑞在七楼外沿平台的抽烟处刚续上了不知第几根烟，吐出的烟圈随风乱舞，呈现出轻蔑的姿态。

　　"我感觉老大在刻意回避尹正钦。"徐留意用公司的内部聊天工具向陈松涛发送了一条毫无头绪的信息。

　　陈松涛回了几个问号。

　　"我刚去抽烟时看到了老大，他的烟一根接一根，感觉就是不想回到座位上，就是为了回避尹正钦。"徐留意像一个侦探一样在分析案情。

　　"你这有点多虑了，虽然他有愧于尹正钦，那也是尹正钦自己放纵的结果啊，换谁都会这样，所以回避谈不上。"陈松涛的分析似乎更符合逻辑。在徐侦探的感召下，案情的分析慢慢演变成了人情的思辨，最后得出的结论是领导的心思深如海，外人莫猜。

　　生活还在继续，不会因为你心情的失落就停滞不前，团队的任务还在按部就班地往前推进，不会因为某一个人的离职就乱了方寸，况且在尹正钦离职之后的第三天，他留下的空位就被新来的同事给占据了。晚上 10 点的研发大楼依然灯火通明，在通明灯火的照耀下，刘景羽和李欣妍也终于冲破了暧昧的边界，两人正式确立了恋爱关系。

不知从何时起，李欣妍在刘景羽面前开始变得娇羞和矜持，不再有山东女孩的豁达与率真，和刘景羽讨论问题时都显得不自然。刘景羽也在时时刻刻地关注着坐在旁边的李欣妍，他几乎每天都会带来不重样的零食放在李欣妍的桌子上，克服的每一个技术难题，他都会和李欣妍分享；聚餐时，他会特意和李欣妍坐在一起，当李欣妍夹菜时，他会用手压着旋转餐盘，然后再为她倒上一杯饮料。在情人节那天，望着李欣妍桌上没有署名的 99 朵玫瑰和一盒精制包装的巧克力，所有同事都惊叹不已，纷纷投来羡慕的目光，只有刘景羽对着她会心一笑，而李欣妍红着脸小声地说了句谢谢，心像抹了蜜一样甜。刘景羽用脚本为李欣妍写了一个心形的验证程序结果标识，这是一个技术控、一位码农对爱的表达的另外一种诠释。

刘景羽每一次想要表达爱意的冲动都因理智和些许的胆怯而退却了，而每一次约会前都做好了心理准备的李欣妍再次面对刘景羽这临门一脚的畏怯时，都会在心里默默念叨："你这个笨蛋！"爱情的红绳早已将两人牵绕，李欣妍只等绳子那头的刘景羽轻轻一拉，自己就会投入他的怀抱。春风吹落秋千影，夏日池水鸳鸯戏，李欣妍在焦急等待，希望不至秋风萧瑟季。

又是一个晚饭后的常规散步，刘景羽和李欣妍，还有另外两位同事刚走到河边的那棵垂柳下，电话铃声突然想起，这两位同事被老大叫了回去，为明天临时增加的项目进度会议准备资料。

已经转身的李欣妍被刘景羽拉了一下，两人开启了溪边柳影下的浪漫。浪漫，开始得静悄悄，空气中的尴尬落在柳叶上，沙沙作响，两人就这样一直走，谁也没有说话，直至跨过银冬路的那座桥，来到小河的另一边。皎月当空，星光寥寥，不知躲在何处的青蛙在晚高峰的喧闹声中欢快歌唱，路过的一位小姑娘被奶奶陪着，手里拿着一根雪糕，来不及吸吮的奶油淌了下来，台阶上的两颗小草即使在黑夜里都显得无精打采，枝头的小鸟只能在夜晚暂时休憩，发出的鸣叫也显得有气无力，只有路边的绣球花依然娇艳。

　　一阵熏风掠过，片片柳叶飘落，洒在李欣妍的肩头，留下了毫无察觉的温柔，而刘景羽却觉得调皮的柳叶给这幅和美娟秀的移动画卷增添了一抹不和谐，追求完美的他决不允许瑕疵的存在，他要将那调皮轻轻拍打，恢复这画卷完美的原貌。但举起的右手又轻轻放下，李欣妍注意到了他的动作，心里顿起波涛：难道一直的期待竟然要在自己毫无准备的情况下发生？理性和感性在刘景羽的脑海中反复纠缠，他怕自己的行为被李欣妍误认为轻佻浮滑，从而错过身边的这位姑娘，甚至耳畔都响起了刀郎的那首名曲《冲动的惩罚》，但他又快速搭建了一套推理逻辑，佐证了两人爱情的火苗已经点燃，而尽情燃烧正需要冲动这台爱情的鼓风机。刘景羽脑海中又快速闪过那些爱情偶像剧的经典画面，理性和感性终于和解，他抬起手在李欣妍的肩上轻轻拍打了几下，那些调皮的小可爱随风落入溪流。此刻，李欣妍屏息凝神为即将发生的浪漫做着心理准备，她那信马由缰的思绪被这轻轻一拍快速拉回到了刘景羽的身旁。这是他给自己的暗示，这是爱情的召唤。于是她默默转身，急促的呼吸带着凸起的胸部刚好贴在刘景羽的身上，两人从未如此亲近，而此时刘景羽的手仍然搭在她的肩上。不知是因潮湿的热浪还是因刘景羽温暖的气息，李欣妍只感到脸颊发烫，心里乱撞的小鹿蹦蹦跳跳地已经越过了喉咙眼，呼吸仍然在加速，她紧张且羞涩地抬了抬眼，直接撞上了刘景羽那被满天星河吞没的黑色眼眸，那深邃的漩涡已将她卷入其中。就在这一瞬间，刘景羽把李欣妍紧紧拥入怀中，在爱情里既精明又木讷的刘景羽终于在这一刻释放了自己，勇敢地表达了爱意。所有的烦扰统统消散，青蛙在跳跃，鸟儿在欢呼，河水流淌着一曲爱情的音阶，连两人身上的汗渍都散发着乳酸菌的甜味，整个世界顿时兴高采烈。刘景羽亲吻着李欣妍略带桂花香的发丝，说出了那神圣的三个字，李欣妍伏在刘景羽的肩头，将他紧紧相拥。他捧起李欣妍的脸颊，两人深深凝望，他嘴巴微张，开出那条健硕的帆船，在黑夜里放肆地游荡，直到撞上另外一条娇羞的船，变得更加肆无忌惮。

"你小子可以啊，这不显山不露水地就把人家李欣妍拿下了。"徐留意又开起了刘景羽的玩笑。

"对啊，你这地下工作做得不错哦。"陈松涛接过话茬继续调侃道。

"地下工作不好做啊，哈哈。"刘景羽不喜欢议论别人，也尽量避免谈及不论自己还是别人的生活隐私话题。

每个人都有不同的家庭和教育背景、不同的生活习惯、不同的观念，不妄加议论别人是自身的一种修养，是对人性多样化的尊重。也正是因为秉持着这样一种观点，刘景羽在朋友和同事中的人缘极好，每个与他相处的人都会感到非常轻松。

晚上到家时，陈松涛正要和王丹谊分享这一段有趣的办公室恋情，手机铃声突然响起，是母亲的号码。

"哥，你们在干吗呢？"陈松涛感到差异，手机那头传来妹妹瑜涛的声音。

"刚下班，瑜涛，你怎么在家哦？今天又不是周末，家里是不是出啥事了？"陈松涛异常敏感，他害怕不好的事情突然发生。

"没事啊，后天不是要中考了嘛，现在回家休息两天，学校在腾教室呢。"妹妹的话让哥哥瞬间惊醒。

陈松涛感到愧疚，竟然把妹妹的中考忘得如此彻底，顿时觉得忙碌都失去了意义。王丹谊一直在旁边，她的神情也随着陈松涛的语气跌宕起伏。两人一起鼓励了瑜涛，让她放松心情，正常发挥就行，又和母亲聊了一会儿，关心了她的身体，问了家里的情况，让她不要太操劳。

"刚才挂电话时，我好像听到瑜涛在叫你，你要不要再回过去？"王丹谊提醒着陈松涛。

"没事儿的，估计她就是想让我回去，给她加油打气。"陈松涛以自己对妹妹的了解做出了判断，但妹妹在逐渐长大，心智的成熟已经超过了哥哥的判断。

此时，在遥远的家里，瑜涛正在责怪和心疼可怜的母亲。

夏天是农忙的季节，田间地头农民忙碌的身影正在为秋季的丰收蓝图泼墨。每一块田地都要精心打理，每一种庄稼都要倍加呵护。

在最热的三伏天，庄稼人一般会选择两个时间段下地干活，要么在东方未白时裹着一身露珠和朝阳争取时间，要么迎着夕阳听着各种飞鸟昆虫的鸣叫由星星作伴，为的是避开白天烈日的炙烤。在顾及自家农田之余，陈松涛的母亲有时也会帮别人采收烟叶，赚取每天50元的报酬，而采收烟叶的农忙时间段正好在三伏天。

上周，这位要强的母亲在上午帮别人采收烟叶回来之后，下午休息了一会儿，就又到自家地里继续忙活。月亮已经升起多时，一位勤劳的同村邻居经过陈松涛家的地头时，看到架子车就知道他母亲还在田里干活，想喊她一起回家，连叫了几声，都没有回音，顿觉奇怪的邻居打开手电筒发现她躺在几米开外的红薯地里。容不得多想，这位好心的邻居赶忙拉着她往村里的卫生所赶。幸亏及时赶到，在挂了几瓶点滴之后，陈松涛的母亲醒了过来。医生诊断后认为，她可能是中暑了，并提醒她注意自己"三高"的身体。

瑜涛昨天放假，经过村口时，刚好碰到这位热心的邻居，她把事情的经过告诉了瑜涛。瑜涛是跑着赶回家的，看到母亲没事也就放了心。她责备妈妈太不爱惜自己的身体，为什么不按时吃药？而母亲没有回答，还责怪起这位热心的邻居多嘴。最后还是耐不住女儿的责问加关心，母亲这才说了实情：药太贵了，为了给儿子省钱，根本没有按时吃药，最近一段时间直接断了药。瑜涛拉着母亲的手，不停地揉搓，眼泪在眼眶里转了几圈，化成了一朵爱心滴入母亲的手掌。

　　第二天，心情平复后，瑜涛给哥哥打了电话，她想让哥哥回来再带母亲去医院检查一遍，等她刚要开口讲时却被母亲挂断了电话。在责备的语气中，瑜涛忍不住心疼起母亲来。即使自己的身体变得越来越差，她也不想让儿子知道，怕给他带去不必要的烦恼，珍惜他在上海打拼赚来的每一分钱，担心他来回路上的劳累，还期盼着能早日看到他结婚生子。在瑜涛眼中，母亲像一根孤独的蜡烛，安静地燃烧，给黑夜里行走的一双儿女带去点点微光，望着他们前行的方向，自己默默流下幸福的泪滴。

　　柔软皎洁的月光洒下了一段甜美的回忆，自己学着爸妈的样子在田地里忙活，挑起一串串被截断的红薯瓢，向他们炫耀自己的战利品，妹妹在不远处蹦蹦跳跳，追着蚂蚱逃跑的方向。

　　趁着周末，陈松涛和王丹谊两人来了一次大扫除，清理了一些不常用的生活物品。陈松涛也顺道清扫了丁鹏的房间，屋内除了一个台灯没有其他任何装饰，衣柜里挂着几件衣服和一条被子，床单已经被叠起，将枕头一起包裹。

　　丁鹏是一名工作狂，生活却极其简单，他已经有两周没有回来，一直在出差的路上，酒店成了夜的常态归宿，这间房屋却变成了临时居所。

　　经过一年多的努力，菲特普已经成为鑫达集团重要的芯片供应商。由于 LED 芯片原厂和多个代理商的猛扑，菲特普在鑫达集团 LED 单项的供应占比没有超过 80%，但其他种类的芯片却多点开花，尤其是电源管理芯片和 MCU 芯片。在丁鹏的努力下，鑫达集团还与菲特普签订了大额采购框架协议，利用多种捆绑打包的销售策略，完全拓宽了在鑫达集团的芯片销售种类和范围。今年上半年在鑫达集团的销售额已经突破 800 万元，全年的销售额有望冲击 2 000 万元，远超去年制定的目标，再加上周晨客户的贡献，菲特普今年的销售收入会超过 5 000 万元。这是一个里程碑式的突破，一串串快速增长的数字正在回馈大家的努力，几个人奋斗的目标更加清晰，奋斗的动力也越来越具体。

　　除了鑫达集团之外，丁鹏的重点也慢慢转向开拓其他业务板块，几乎针对每一个有潜力的大客户，他都会向周晨汇报并和他一起讨论销售策略，但周晨只是定期公布自己的销售业绩，从不讨论自己手里的客户，丁鹏并不了解他的销售细节和客户的关系网，好像这是他有意避之。虽然丁鹏一如既往地向周晨汇报，没有表达任何不满，但对周晨的这一做法，他还是产生了怀疑，总觉得周晨有刻意隐瞒的计划，却找不到证据。

在祁永辉的带领和帮助下，杨圣俊不论是在技术还是在为人处世方面，都取得了进步，慢慢得到了客户认可，投诉也在逐渐减少，连文杰对他也变得越来越客气。

"今年的成绩我们都非常期待，但随着客户和产品种类的增加，我们的技术支持又开始捉襟见肘了。"在内部讨论会上，周晨没有寒暄，直接指出了公司再次面对的困境。

"我有同感，虽然鑫达集团 LED 的技术支持解决了，但其他芯片的问题又冒了出来，现在的需求量还处在爬坡阶段，等到后续产能增加，技术支持又变成了一个障碍，像去年这个时候一样。随着客户的增多，这个问题会越来越严重，原厂的支持非常有限，他们也一直跟代理商强调要自己培养工程师，我觉得我们是需要考虑这一点了。"丁鹏和大家分享了一些最近客户反馈的问题，也分析了后面可能面对的困难，然后看向了一旁的祁永辉。

"我这边得到的反馈还好，因为我们代理的电源管理芯片和MCU 都是鑫达集团一直在用的，工程师对这些老品牌都比较熟悉，再加上有原厂的支持，目前的反馈都还可以。"文杰抢在祁永辉之前发言，可等他讲完，并没有得到回应。

自从鑫达集团的业务趋向成熟，技术问题也慢慢得到了解决，文杰依稀感到自己在菲特普的地位下降了，很多时候即使讨论的话题不涉及鑫达集团的业务，他也会发表自己的意见，刷一下存在感，证明自己还是公司的合伙人。

"永辉，你怎么想的?"周晨问祁永辉，作为技术负责人，他的意见至关重要。

"我只从技术角度讲一下我的想法。既然你们两位销售都认为技术支持会变成后面业绩增收的一个瓶颈,那么我们就应该未雨绸缪。我之前也接触过电源管理芯片,这块业务应该问题不大,但 MCU 相对复杂一点,还需要嵌入式的能力。我的初步想法是这样的,LED 业务这块整体都交给杨圣俊,不论是鑫达集团还是其他客户,电源管理芯片交给我,同时,趁着目前 MCU 的业务量还没扩大,可以有时间请原厂工程师帮忙,给我来一个 MCU 的突击培训,具体的培训计划和时间由他们来定,这样我们就可以补全目前三款最主要芯片的技术支持能力。如果明年业务量继续攀升,我们就要考虑增加 FAE 的数量了。"讲完之后,祁永辉向周晨点头示意,长舒了一口气。

"丁鹏,文杰,你们怎么看?"虽然已经有了主意,但周晨仍然会表现出真诚的态度,征求他们的意见。

"虽然杨圣俊现在的技术能力提升了不少,但我还是担心他是否可以单独挑起这个重担,毕竟鑫达集团是我们的首要客户哦,哪个环节都不能出岔子。"文杰首先表明了自己的态度,表面上他是站在公司的角度去考虑这个问题,但大家都明白他的小心思,仍然没有人回应。

他讲完,周晨又转头看着丁鹏。

"我基本同意永辉的想法,我们不能只看眼前,要未雨绸缪,只是这个培训的时间,永辉,你看下能不能不要太长,要不然会出现技术支持的空档期。晨哥,如果你跟原厂那边关系好的话,跟他们工程师也拉近一步,除了培训之外,可以让永辉跟着他们一起去客户现场学习,这样提升的速度会不会更快?当然这个需要他们的同意,毕竟涉及客户的利益和隐私问题。"丁鹏讲完,主动权又交还给了周晨。

从刚才祁永辉和周晨的眼神交流中,丁鹏可以判断,关于这个问题,他们两个应该预先沟通过,现在只不过是侧面通知而已。纵然如此,丁鹏依然觉得祁永辉的提议符合公司的利益,于是便没有捅破,顺水推舟做一个知趣的人,只不过又向他们两人施加了一点压力。

"丁鹏这个提议不错，如果可行，就能起到事半功倍的效果，这个我去跟原厂那边沟通，永辉，你都 OK 吧。"虽然周晨的语气像是在征求祁永辉的意见，但大家都明白这传递的是一道命令。

"好的，跟那边提前沟通好，我们早点开始。"祁永辉给出了一个肯定的答复。

紧接着，丁鹏把手里几个重要客户的情况和大家做了汇报，包括每个客户芯片的需求种类和数量以及可能的采购时间、每个公司的组织架构图和关系网、菲特普的销售策略等。当然，主要还是周晨和丁鹏在讨论，涉及鑫达集团时文杰会分享一些公司的内部消息，涉及一些技术问题时，祁永辉也会发表一些自己的见解。丁鹏的每次汇报都提供了足够的数据支撑、多方面的信息汇总和逻辑推断，令在场的几个人折服。但除了常规的汇报，丁鹏这次另有目的。

"晨哥，你那边做得那么好，是否可以和大家分享一下成功经验啊？让我也学习和膜拜一下。"在汇报完自己客户的进展之后，丁鹏突然向周晨发问。

这是他第一次在例会上询问周晨客户的情况，虽然事发突然但却合情合理。即使周晨是公司的老板，但大家都是合伙人，有权知道他手里客户的情况，没必要藏着掖着，况且丁鹏已经给他抬高了一个台阶，现在是需要他分享成功经验，为了公司的发展。

"你这突然一问真把我问住了，可我这边没有像你那么完备的数据，我得回去整理一下。"周晨机灵的大脑飞速运转，挑选了这样一个符合逻辑的说辞，不知丁鹏是真心请教还是另有所图，无奈之下，只能先搪塞过去。

"好啊，我相信晨哥的成功经验更加丰富、更有内涵，让永辉和我也长长见识。"文杰在一旁奉承着周晨，又像是帮丁鹏添油加醋，惹得周晨心里好不痛快。

"行，我准备准备，后面大家再一起讨论。对了，永辉，你得跟圣俊讲一下，让他有个准备，要独自扛大梁了。文杰，后面圣俊在鑫达那边你得多照应一下。"周晨赶忙用工作的安排转移了话题。

对于周晨的回答，虽然丁鹏不甚满意，但却在意料之内。作为一名成熟的销售，周晨不可能对主要客户没有做过具体分析，即使资料没有带在身边，对于一些基本情况和成功的销售案例应该也是了然于心、信手拈来。拒绝回答只能证明一件事情，他在隐藏和回避，这也正是丁鹏所担忧的，至于在隐藏什么，他却一直未找到答案。

丁鹏对自己客户猝不及防的关心，令周晨措手不及。难道他从哪里打听到了什么消息从而产生了怀疑？不可能！不让他接触自己的客户也是为了隔绝消息的来源，周晨在反复思考，却没有找到一个可以消除丁鹏猜忌的办法。

会议临近结束时，丁鹏又假装不经意问起原计划两步走中的第二步进展如何，周晨仍然以时机尚未成熟搪塞了过去。猜忌已开始在两年来建立的信任大坝上楔入了第一颗钢锥，隔阂像一道道裂缝撕开牢固的根基，大坝是否崩塌就取决于构筑者何时来修复及用何种材料来修复了。

开完会，丁鹏直接拎着行李往机场赶，他搭乘晚上的飞机到深圳，明天上午见两位生意上的合作伙伴，下午要赶到中山拜会两位由廖仲祥介绍的重要客户。

去年那一次胃出血使丁鹏因祸得福，他与廖仲祥的关系突飞猛进，真性情构筑了两人友谊的桥墩。丁鹏每次去昆山必定找廖仲祥，而廖仲祥到上海也必然有丁鹏作陪，虽然两人相识的初衷并不纯粹，但时间慢慢冲洗掉了附着在交情上的浑浊杂质，在阳光的暴晒下，真情谊或是假利益便会露出真实面目。一年来，丁鹏在廖仲祥这边的生意寥寥无几，倒不是廖仲祥虚情假意、不愿帮忙，而是公司重新调整了供应链的布局，并且优化了采购流程，规避掉了之前大额采购过程中出现的"一言堂"情况。而且，菲特普在廖仲祥公司的供应商评分体系中得分较低，即使丁鹏给出的价格低，仍旧无法弥补评分低带来的不足，所以每次都扮演了陪标的角色。当然丁鹏也明白，针对这样的大客户，面对数不胜数的同行的竞争，再加上自己是众多供应商中的后来者，要在客户的供应链名单中站稳脚跟，除了人际关系，还需要时间和机缘巧合。廖仲祥只能尽其所能地把一些自己可以努力得到的零散的采购权利全部释放给丁鹏，但每次的采购金额都只在 10 万元左右，愧疚之感在廖仲祥心中升起。既然自己这里暂时无法开花结果，他便介绍了几位朋友帮丁鹏开拓业务。

今年春节过后，廖仲祥从台北返回上海时，把丁鹏叫到了浦东机场，给他介绍了两位同行的朋友。其中一位叫黄启明，是廖仲祥的高中同学，目前在中山经营着一家生产工控产品的公司；另外一位叫郑修睿，现就职于中山的一家代工厂，位至负责生产运营的协理，他和廖仲祥之前并不认识，通过黄启明的介绍，两人才知道他们之前就读于同一所大学，郑修睿是廖仲祥的师兄。当时几个人只是在机场简单碰了个面，这两位朋友要转机赶往深圳，而廖仲祥要去昆山，他们匆匆一别，直到 5 月份的 NEPCON China，即"中国国际电子生产设备暨微电子工业展"举办时，大家才再次见面。

NEPCON China 是专注于 PCBA（印刷电路板组装）产业的全球电子制造业展会，汇聚了全球电子制造领域的诸多专用设备供应商和品牌，覆盖 PCBA 制程、3C 自动化设计、测试等专用设备及技术解决方案，诸多来自消费电子、汽车电子、通信电子、工业控制领域的公司都会安排相关人员参加，包括管理、采购、工程、技术人员等。虽然菲特普公司并不参与展会，但这却是一个难得的与客户碰面的机会，丁鹏自然不会错过。

丁鹏和廖仲祥在展会第一天的下午碰了面。由于飞机晚点，郑修睿和黄启明临近傍晚才到，晚上几个人在世博园的一家餐厅把酒言欢。

"丁鹏，你明天陪着启明和修睿好好逛逛，我明天一早还得赶回去上班。"饭局接近尾声时，廖仲祥再一次给丁鹏牵线搭桥。

"你再请一天假呗，明天一起逛逛。"大家都在劝廖仲祥。

"打工人身不由己，假不好请。来来来，清杯了。"大家举起杯，一饮而尽。

在这个饭局上迷醉的酒精作用下，丁鹏才真正了解到黄启明和郑修睿的关系以及他们真正的实力。廖仲祥通过这样的方式让他们彼此了解，即尊重了黄启明和郑修睿，同时又拉高了丁鹏的正面形象。

黄启明的父亲是台湾一家著名电子企业的创始人之一，早已退隐江湖，坐享晚年生活，他的两个哥哥已移民美国，一位任职于某著名电脑品牌商，另外一位是康奈尔大学的教授，而黄启明自己则留在台湾陪伴着老父亲，同时经营着自己的公司。当2008年奥运圣火点燃时，黄启明陪着老父亲第一次踏上了祖国的土地，祖国如诗如画的壮美风景、经济腾飞的快速步伐、人民和谐上进的精神面貌让父子二人深深感动，其间他和父亲回到了祖籍地——河南省禹州市。黄启明的爷爷在当年那特殊的时代背景下随军去了台湾，直至过世，也没有回到过那个令他魂牵梦萦的故乡。他小时候一直听爷爷讲述老家的情况，讲述那个兵荒马乱的过往，讲述无法相见的爹娘和父老乡亲，讲述那冒着青烟的古窑，讲述堆满街道的色彩斑斓的瓷器。

爷爷的老家是中国五大瓷器（钧瓷、汝瓷、官瓷、定瓷、哥瓷）之首的钧瓷的发源地——禹州市神垕镇，这是一座因钧瓷而得名，因钧瓷而兴盛的古镇。

神垕的"垕"字，是古人为此宝地独造之字，传上古后土大神之德，承皇天厚土之意，字里行间尽显尊贵。历史上，神垕古镇曾受唐宣宗、宋徽宗、宋高宗和清慈禧太后的四次皇封，而如今神垕镇已成了中国钧瓷之都和"神火照天烧，瑰宝临天下"的火艺之都，因千年窑火不熄，它也被称为中国唯一活着的古镇。

钧瓷历来被称为"国之瑰宝",在宋代五大名瓷器中以"釉具五色,艳丽绝伦"而独树一帜。古人曾用"夕阳紫翠忽成岚"等诗句来形容钧瓷釉色灵活、变化微妙之美。传统钧瓷瑰丽多姿,釉质乳光晶莹,肥厚玉润,类翠似玉赛玛瑙,有巧夺天工之美。钧窑始于唐、盛于宋,徽宗时期,在钧州(明代改称今名禹州)设立官窑,专为皇家烧制宫廷用品,据传年产仅 36 件,多余的尽碎深埋,固有"黄金有价钧无价"之美誉。

爷爷讲过,过去他们整个村子都以烧制瓷器为业,近代又有来自五湖四海的商行来到神垕进行钧瓷贸易和技艺的学习,把亮彩的钧瓷传到世界各地。但无情的战火踏灭了徐徐的青烟,推倒了高耸的烟囱,老家的亲人也早已失去了联系。走在一条条质朴淳厚的古色长廊,黄启明才能身临其境地感受到爷爷讲述的过往。看到街边店铺堆满的琳琅满目、形态万千的瓷器,他便想起了爷爷描述过的钧瓷的特点——"入窑一色,出窑万彩"的瑰丽釉色和"蚯蚓走泥纹"的神奇釉面。每经过一个店铺,他都会进店,在每一件古品面前仔细端详,或许其中的某一件曾是爷爷和他的父母亲手烧制的,他要和未曾谋面的亲人进行跨越时空的面对面。

在飞往台湾的飞机腾空的那一瞬间,黄启明萌生了一个想法,他要把自己的事业迁移到祖国大陆。当他提出这个构想时,父亲非常认可,同时也得到了两位哥哥的支持。投资方向非常明确,但在选择投资目的地时,黄启明却犯了难。

从小被爷爷灌输的根深蒂固的故乡情结和对爷爷的思念,让黄启明一度想选择老家禹州作为投资目的地,但投资终究要回归理性,对客观条件进行初步分析之后,老家禹州首先被排除在外,电子行业生态系统的缺乏和交通的不便是它的两个硬伤,带着遗憾,黄启明只能另寻他处。山重水复疑无路,柳暗花明又一村。正当他一筹莫展之时,已在大陆工作多年,并在中山安家落户的表哥郑修睿回台湾探亲,见面后,黄启明便向他透露了要在大陆建厂的计划以及自己的顾虑。

郑修睿的妈妈是黄启明的二姨，他比黄启明大三岁，大学毕业参加工作后没多久就被总部派遣到中山的工厂，这一待就是将近十年。他在 2004 年迎娶了一位湖北姑娘为妻，同年 8 月便迎来了他们的小公主。

得知表弟的投资计划后，他首推自己熟悉的珠三角，并随即委托大陆的同事和朋友通过不同方式咨询各个城市的招商政策。郑修睿休假完毕，黄启明便随他一起飞抵中山，用了将近一个月时间穿梭于珠三角的几个城市之间。

深圳拥有最完备的产业链以及得天独厚的地理和政策优势，全球各地的投资蜂拥而至，周边的几个城市，如中山、珠海、东莞也不甘示弱，除了承接一部分深圳外溢产业链的投资之外，为了抢夺更优质的投资商，这几座城市纷纷推出了更优于深圳的招商政策。

当黄启明已经清晰地整理完各个城市之间的政策差异，却仍然在犹豫不决时，郑修睿把他叫到了家里，带着一定的倾向性和他一起分析探讨。伯仲之间，是郑修睿的酒后真言最终让黄启明选择了中山市。

"我刚来中山时，心里非常抗拒，一直想着有什么办法调回台湾。第一年经常失眠，后面又疯狂地酗酒，参加各种朋友聚会，想麻痹自己，直到后来遇到阿莲。"郑修睿端起酒杯，向卧室的方向做出了一个敬酒的动作，此时他的湖北姑娘正在房间里哼着催眠曲哄小公主入睡。

酒杯放在桌子上，里面的冰块发出清脆的撞击声，郑修睿拧开瓶盖，想自己倒酒，却被黄启明一把夺了过去，并趁着他上厕所的机会，往杯子里倒进去了多半的苏打水和少量的威士忌。

"认识了阿莲之后，我才有了安稳的感觉。你看，虽然现在已经一家三口，但我仍然感觉有点无助，你要是来了，我们好有个照应……"踉踉跄跄还没坐稳，郑修睿继续说道。

在那段孤独痛楚的回忆里漫游半程之后，由于脑力不止，郑修睿已经斜卧在沙发上迷迷糊糊，所谓的探讨也变成了他个人的

168

倾诉。

在回酒店的路上，表哥的那句"我们好有个照应"一直在黄启明的脑海中回响。可能郑修睿所讲的照应只涉及亲情和生活，但在黄启明看来，又多了工作这一层。表哥这十年来积累的人脉和对当地供应链的熟悉都是一笔无形财富，可以为他所用。同时，他也改变了原来的投资计划，准备一步拆成两步走。投资目的地已然明确。

黄启明在台湾的公司是一家品牌商，并没有自己的制造工厂，采用的是 OEM 模式。他原本的计划是在大陆投资一家工厂，采用自主经营的 ODM 模式，但现在他改变了策略。先轻资产运行，把生产交给代工厂，仍然采用 OEM 模式，然后根据产品在市场上的反馈，再决定是否需要以及何时进行自有工厂的建设。*

第二天，黄启明便把新的计划告诉了郑修睿，并征询他的意见。郑修睿自然明白他的用意，帮他出谋划策，并约见自己公司负责销售和运营的相关人员。一切安排妥当后，黄启明飞回台湾做相应的准备。2008 年 12 月 1 日，公司在中山市正式成立。

三年来，黄启明几乎走遍了所有客户所在的城市，造访了每一家客户，搜集更加具体的需求，包括产品设计、质量管理、交付时效和售后服务等。根据这些需求，团队有针对性地设计了更加本土化、定制化的产品，并在苏州、武汉、大连设立了办事处，提高了技术支持团队的服务辐射范围。三年来，公司的销售额翻了三倍，并且大陆市场的占比在逐年扩大，预计 2011 年底，

---

* 所谓 ODM 和 OEM 模式是两个相对的概念，在电子行业最为常见，两者最大的区别在于 OEM 是原厂委托制造，而 ODM 是原厂委托设计加制造。

OEM 全称为"Original Equipment Manufacture"，即"原始设备生产商"，工厂按照原公司（一般指品牌的设计公司）的产品设计进行生产且只负责生产，产品沿用原公司的商标，经营和销售也由原公司负责，所以 OEM 也被俗称为"代工"或者"贴牌生产"。

ODM 全称为"Original Design Manufacture"，即"原始设计制造商"，工厂拥有自己的设计能力，可以根据客户的需求进行设计、生产或者二者兼有，同时工厂也可能会有自己的品牌产品。

将会超过 70%。由于更贴近用户，公司的运营成本也下降了三成，这也夯实了黄启明开启第二阶段进程的信心。三年来，黄启明收获了忠实的用户，结交了真心的朋友，对祖国的热爱也变得更加深沉，但遗憾也随之而来，与他相恋五年之久的女友，以分手而终。

当初来中山时，他向女朋友发出邀约一同前往，但女朋友选择了留在台湾。因为忍受不了异地恋以及黄启明工作狂热而疏远，三年来，女朋友向他发出过无数个分手的威胁，两人分分合合，好不寂寞。终于在 2011 年春节前夕，女朋友向他发出了最后的通牒。这次春节回家除了省亲之外，他的另一个目的就是跟这段潦草的爱情做个了断。他没有做任何争取，任凭女朋友威逼利诱和花言巧语，最终，黄启明毅然决然地选择了钟爱的事业和向往的祖国。

丁鹏没有去黄启明的办公室，而是直接赶到了工厂的施工现场，工厂周围已经被两米高的围栏围起，透过缝隙可以看到诸多施工机械正在作业，一幅繁忙的景象。工厂位于中山市火炬开发区，上个月举行的开工奠基仪式，当时现场云集了上百位嘉宾，包括当地的政府官员和来自全国各地的生意合作伙伴，而丁鹏在其中就显得有些形单影只。不论以个人的江湖地位还是菲特普公司的影响力，在上百位的嘉宾中，丁鹏都属于边缘化的角色，而且到目前为止，黄启明和丁鹏的业务往来非常有限，只从菲特普采购了少量的 MCU 芯片作为样品使用而已。

由于整个工控板的设计都是基于 MCU 芯片，所以 MCU 的选型至关重要，该芯片也被称为主控芯片，每家厂商的 MCU 芯片都有一套独立的应用层面的生态系统，包括硬件和软件的应用。工控板上很多外围电路和器件的选择都是围绕这一颗 MCU 芯片展开，更换一颗 MCU 芯片和重新设计一套电路板的工作量相差无几，但带来的风险却是未知的。一款成熟的工控产品不会轻易改变芯片的组成结构，任何组件的改变都需要对工控板重新进行仿真、验证和测试，进而造成额外成本的增加并且影响产品的交付时间，这正是客户不会轻易更改 MCU 芯片的重要原因，同时这也是为什么每家厂商每推出一款新的 MCU 芯片，便要快速跑马圈地，就是要占领更多的应用场景。

由于黄启明的设计团队对 S 公司和 R 公司的 MCU 芯片比较熟悉，所以他们设计的几乎所有工控板上的主控芯片也是从这两家公司选择，除非客户有特别要求。而不巧的是，菲特普公司却偏偏只代理了 N 公司和 M 公司的 MCU 芯片，虽然黄启明有意想帮丁鹏，但他还要尊重设计团队的意见，权衡之下，暂时不换主控芯片，只从丁鹏那里采购了少量的 N 公司和 M 公司的 MCU 芯片以备不时之需。

所以，严格意义上讲，丁鹏还不是黄启明的合作伙伴。即便如此，工厂奠基时，丁鹏仍然到场祝贺，他坚信生意不是一蹴而就，而是在交朋友的过程中慢慢积累起来的，黄启明也热情地欢迎丁鹏的到来，并且在现场给他介绍了多位生意合作伙伴。

"你好，丁鹏，怎么跑这里来了？你应该在公司等我的，这里乌烟瘴气的，一会儿就把你弄得灰头土脸了。"黄启明惊讶地看到丁鹏正在和工地的保安沟通，便走了过来。

"哈哈，就知道你在这边忙，我闲着没事就过来了。"话语间，丁鹏已经和黄启明握了手，环顾了四周之后继续说道："启明哥，进度很快啊，你一个公司的 CEO 还要跑来监工啊。"

"哈哈，不放心，也好奇，每周都过来两三次看看，拍个照片，把每个阶段的变化都记录下来。"黄启明站在偌大的工厂规划图前面，向丁鹏仔细地介绍着每一处细节，言语中充满了对未来的期许和信心，丁鹏也感受到了他的真诚，自己并没有因为身份的悬殊而被疏远。

"走走，还是去办公室吧，这里又吵又脏的。"两人走出工地，黄启明发动停在路边的汽车，拉着丁鹏向办公室飞奔而去，后面扬起一路尘土。

黄启明的办公室极其简朴，四面墙上都保留着原始的乳白色，没有悬挂任何装饰字画和勤勉语录，办公桌上放着一座形似中国地图的盆景，办公桌后面立着一架简易的书柜，里面零零散散地摆放着一些历史书籍。与这些单调乏味的陈设形成鲜明对比的是，靠窗的位置摆了一张古朴典雅的中式茶桌，桌面纹理错落有致，色泽沉稳细腻，桌上内嵌了一套精美的茶具，桌子的左上角摆放着一件钧瓷柳叶瓶。与丁鹏认识的几位台湾朋友不同，黄启明不爱觥酬而好品茗。茶的本性，清淡而平和，茶如人生，甘醇的茶香会在喧嚣的尘世中拨开一道帘幕，凝结出一杯静静思考的时刻。这间办公室让丁鹏想到了刘禹锡的《陋室铭》，这里是大隐隐于市的真实写照。

"来来，丁鹏，别愣着，坐啊。"黄启明招呼丁鹏在茶桌前坐下。

玻璃茶碗里的水已经沸腾，里面的两枚茶盏在不停地翻滚，像是在洗去从工地带回的尘土。丁鹏想借机夸赞一下黄启明的人生品位，表达自己的钦佩之意，但恭维的话在他的脑海中转了几圈，最终伴着升腾的水蒸气随风而去。他明白，黄启明不喜奉承，这种无休止的虚假恭维只会引起他的反感，而真诚才是拉近彼此关系的一条纽带。

"丁鹏，估计这次又让你白跑一趟了，上周我跟设计团队沟通过，他们觉得现在更换芯片的风险还是太大。"黄启明给丁鹏斟上了一盏茶，并用手示意，然后继续说道："不过，我们新招了一名设计师，他对 M 家的芯片比较熟悉，后面会选择某一款成熟产品，然后用 M 家的芯片做一个功能完全一样的替代品，但你要给我时间哦，对不住了。"讲完，黄启明用抹布擦拭着从杯子里溢出的茶水。

"启明哥，很抱歉，让您误会了，我完全理解技术人员对于更换主控芯片的顾虑，也明白您的难处，我这次拜访不是来向您要订单的，希望没有给您带来压力。坦白讲，相比做生意，我更希望跟您和修睿兄交上朋友，您二位的阅历都比我资深得多，有许多值得我学习的地方，即使到最后生意没做成，我也希望可以得到您和修睿兄的认可。不赚生意赚交情，只要交情在，我们的合作就在。"丁鹏双手端起轻巧别致的茶盏，向黄启明做出了一个敬茶的动作，这枚小小的茶盏似乎盛满了冷暖人情的海洋。

"好一个不赚生意赚交情，我喜欢这句话，你觉悟比我高啊。"黄启明也举起茶盏回敬。

丁鹏向他请教了很多技术问题和客户的情况，以及工控领域的市场格局，两人又聊了一些私人话题。当得知丁鹏老家是河南洛阳时，黄启明对他的亲切感骤然而生，此前只是觉得丁鹏是众多供应商中比较诚恳和勤快的一个，但此刻有一种无形的力量让黄启明感到了热忱，或许这就是故乡情结。

"上次见面怎么没听你提起老家啊。"黄启明显得有些激动，和丁鹏兴奋地聊起了之前与父亲一起回祖籍时的所见所闻。

"启明兄，下次您抽时间，带着老父亲到咱洛阳转转，十三朝古都一定会让您切身地感受到祖国绵长厚重的历史，会让您流连忘返的，到时候我给你们做向导……"丁鹏讲起洛阳的文化底蕴时如数家珍，让黄启明听得如痴如醉。

黄启明如此强烈的祖国认同感，令丁鹏感动。在丁鹏心里，黄启明已经从一个普通的客户变成了一位令人钦佩的兄长。丁鹏倾其所能地介绍了所有自己知道的河南境内的山岳名川、古迹名胜，一遍描述下来，他自己发出了苦笑和感叹，老家这么多美丽的风景，自己却只闻其名而从未谋其面。

"很令人向往！你讲了很多我闻所未闻的历史古迹，抽时间一定得去参观，还有祖国这么多的名胜。"黄启明一声长叹，发出无限感慨。

他给丁鹏续上一盏茶，抬手看了一下时间。看到这个动作，丁鹏便意识到拜访应该结束了。

"启明哥，要不您先忙，我就先走了，晚上我们再见。"丁鹏说着就准备起身离开。

"丁鹏，不好意思啊，4点有个朋友过来参观，我得接待一下。晚上的饭店我已经订好了，你看是现在过去还是先回酒店休息一会儿？我跟修睿下了班直接过去，我们6点半见。"黄启明把饭店的预订信息发给了丁鹏，并把他送到楼下。

丁鹏没有回酒店也没去饭店，单手拎着包，让双肩可以得到暂时的放松。他沿着人行道漫无目的地走着，湿透的衬衣已经紧紧附着在后背，从额头倾泻的汗水如柱，淋漓尽致地挥洒着南方桑拿天的闷热。他完全没有注意到身旁偶尔经过的路人投来的异样眼光，任凭汗渍模糊了镜片，只顾前方，但思绪却被酷暑禁锢了双翅，无法飞翔，只能在原地暴躁。这次拜访仍然没有取得实质性的进展，仍然无法判断黄启明是在搪塞还是团队确有困难，他希望自己的真诚和老乡的这层缘分可以拉近两人的关系，就像他和黄启明所讲的那样，即使现在没有生意，但仍然可以存下这份交情。

除了黄启明，和郑修睿的关系也让他犯了难。虽然每次电话沟通和实地拜访，郑修睿都表现得非常客气，但正是这份客气拒他于千里之外。直至现在，他仍然没有在郑修睿公司开过一单，郑修睿给的理由非常坚定，他自己做不了主，这是公司的决定，丁鹏甚至怀疑自己是否真的找对了人。但无奈的是，对于这个客户，丁鹏目前只有这一个窗口可以接触，为了生意，他只能坚持。但这次来拜访，又能聊些什么呢？怎么突破呢？丁鹏仍旧没有思路。

在路口拐弯的地方，丁鹏找到一处阴凉，体感温度的强烈反差使狂躁的思绪突然安静下来。他点上一根烟，看着人行道上零零散散的行人和马路中央正在静静等待绿灯的汽车发呆，努力不让自己再去想这些烦心事，烦躁在此刻无济于事。

他于6点一刻到达饭店，黄启明预订的是一套四人的小包间。趁着两人还没到，丁鹏去洗手间把汗渍和酷暑仔细冲洗，他手捧凉水不停地拍打脸颊好让思绪再次起飞。刚坐定，包间的门就被服务员推开，进来的是黄启明，手里拎着一个袋子，丁鹏赶忙起身，给黄启明让座。当看到袋子里的两瓶红酒时，他顿感羞愧，自己怎么没有想到提前买两瓶酒呢！每一处细节都体现出一个人为人处世的能力，与这些优秀者相比，自己的人生经历还是太过浅薄，有太多需要学习和提高的地方。

"启明兄，怎么能让您破费！怪我考虑不周，没有提前买酒。"丁鹏像是在给自己开脱，态度极其诚恳。

说话的同时，服务员已经拿着菜单走了过来。在互相谦让之后，点菜的主动权还是交给了黄启明。

"没事儿的，公司里放的有，我就顺道带过来了，也不是多好的酒，我们就随意喝点。"黄启明看出了丁鹏的窘态，对于已经摆在桌子上的酒便只言片语地简单带过，点完菜，他让服务员先开瓶醒酒，然后继续说道："我来的路上没接到修睿兄，他有点事情，估计要 7 点才能到，我们先吃不用等他。"

一旁的服务员表现得很精明，便主动建议可以缓慢上菜。

两盘凉菜上桌，黄启明便让服务员倒酒，丁鹏此时赶忙双手接过醒酒器，给黄启明面前的高脚杯倒入了 1/3 的红酒。

"来，我们先吃吧，不等他了。"黄启明手掌向上示意丁鹏动筷。

丁鹏当然明白这是黄启明谦卑的表现，自己也需要回敬对方，故而双手手掌向上一前一后形成一个锐角，示意尊者为先。黄启明也不再客气，便拿起了筷子。

"启明兄，我敬您一杯，为了您的拳拳爱国之心。"丁鹏双手捧起酒杯。

"对对，为了我们的老乡之情。"黄启明也举起酒杯。

在和黄启明的交谈中，丁鹏得知郑修睿最近异常苦恼，倒不是因为工作，而是因为孩子的接送问题，具体情况黄启明也不太了解。丁鹏的思绪信马由缰、漫天飞舞，他开始思索这是否会是一个拉近两人关系的机会，正在此时，郑修睿推门而入。

"抱歉了，丁鹏，来晚了，事情太多了。"门被推开的同时，郑修睿的声音也传了进来，丁鹏随即起身和他握手。

郑修睿在黄启明左手边的位子坐下。

"修睿兄，你平时也这么忙吗?"丁鹏一边给郑修睿倒酒一边问。

虽然已经从黄启明那里得知郑修睿今天晚到的原因，但丁鹏依然表现出未知和关心的样子，一来避免让郑修睿对丁鹏产生反感，觉得他从别人口中打听自己的事情，二来他想知道郑修睿最近因为孩子接送问题而苦恼的具体原因，或许这正是打破僵局的一件神兵利器。

"没有了，最近是特殊情况，忙得焦头烂额。"郑修睿话说到一半便举起了酒杯，三人一饮而尽。

"之前不都是嫂子接送孩子的吗，怎么突然轮到你了？"黄启明也对表哥最近的忙碌产生了好奇。

郑修睿长叹一口气，利用咀嚼食物的时间在组织语言。

"你嫂子的爸爸重病住院了，她是独生女得回去照顾。之前从未体验过照顾孩子的烦琐，现在我才明白你嫂子平时的抱怨了。"郑修睿本不想当着丁鹏的面说自己的家事，毕竟和他的关系还没那么亲近，但奈何黄启明追问，一杯酒下肚，郑修睿就把它当作是对生活的吐槽，宣泄了出来。

自从有了孩子之后，郑修睿的妻子就辞掉工作，做起了全职妈妈，而郑修睿的大部分时间都扑在工作上，对女儿的疼爱更多地体现在口头关心上。他几乎没有参与过女儿日常的看护，跟女儿的互动也就是每天下班回来之后短暂的拥抱和玩耍以及周末偶尔的陪伴。上幼儿园之后，妻子经常劝他，女儿已经有自己的想法了，要多花时间陪陪女儿，别让她童年的记忆中缺少爸爸的存在。郑修睿每次都是欢喜答应，可行动却迟迟无法兑现。去年，女儿上了小学，妻子的劝告慢慢变成了唠叨，唠叨女儿的学习态度不好，唠叨郑修睿仍然缺少生活陪伴，更别提学习陪伴了。

为了不输在起跑线上，尽管郑修睿一万个不同意，但妻子依然为女儿报了各种兴趣班，从周一到周五，从不间断。女儿每天放学之后赶忙写作业，然后再马不停蹄地去上兴趣班。郑修睿也一直抱怨，这才小学一年级，干吗拼得像打了鸡血一般，女儿脸上纯粹甜美的笑容已渐渐消失不见。

妻子回老家之前，特意把照顾女儿的注意事项列成清单贴在了冰箱门上，郑修睿让她安心回去，家里的一切都会安排妥当。可接手的第一天，他就犯了难，起个大早做早餐，然后帮女儿洗漱，发现自己不会帮她扎头发，好不容易绑成一个马尾，来到厨房，竟然发现煮鸡蛋时忘了开火，一锅凉水浮生蛋。因为放的水太多，面包从微波炉里取出时都快变成了粥，女儿抬头看看他，说了句："爸爸，我想妈妈！"他打开冰箱倒了两杯牛奶，望着那张清单，回了一句："我也想！"下午4点半，他还需要赶到学校接女儿放学，然后直接送到当天的兴趣班，即使时间未到。为此，他每次去都会笑盈盈地给兴趣班的老师送上几杯咖啡或者奶茶作为临时照看的酬谢。

上周五，公司一个本该3点就结束的重要会议延误了太长时间，导致女儿放学时，郑修睿正在会议上讲着一篇报告，无法离开。老师不见学生的家长，便通知了孩子的妈妈，会议结束后，郑修睿打开手机发现有十几个来自妻子的未接电话，等他回过去便挨了一顿臭骂。女儿还在学校被老师照看着，等他赶到学校时，连连跟老师道歉，女儿眼含委屈的泪水，甩开他的手，自己开门上车。当天晚上，女儿跟他没有一句交谈。

讲完这些生活的趣事，郑修睿自己端起酒杯，留下两个单身汉想象那些精彩画面。

"难为修睿兄了，家庭的琐事难倒一位钢铁汉！小朋友现在还在兴趣班那边吧？那嫂子啥时候回来哦？你这样也不是个办法，小朋友也受不了。"丁鹏已经有了想法，他需要更多的信息来完善这个计划。

"还不确定，再有两周就放暑假了，到时如果还没回来，只能先送回湖北了。下班之后我先去了趟兴趣班，跟女儿赔了不是，今天不能在现场看她跳舞了，所以我一会儿得提前走，不能再耽误兴趣班的下课时间了，先说声抱歉了哈。"郑修睿抱拳示意，他正准备给自己倒酒，丁鹏赶忙起身，给三个杯子添完酒，醒酒器已空。

"启明兄，修睿兄，另外一瓶也开了？"丁鹏在征求两位的意见。

"开了，带来了就喝完。"郑修睿爽朗地回应着，得到黄启明首肯的眼神之后，丁鹏借故出去叫服务员的同时，下楼买单。

就在上下楼梯的间隙里，丁鹏给自己的计划做了各种推演，最终他放弃了在酒桌上表明该计划的想法，他选择去郑修睿公司寻找更合适的时机。

黄启明不胜酒力，而且有意克制，郑修睿却恰恰相反，酒量差却好酒。当另外一瓶酒喝完时，他和两人告辞准备离开，丁鹏和黄启明表示要送他回去，顺便接小朋友，但他婉拒了两人的好意。

给郑修睿关上出租车门的那一刻，丁鹏笑嘻嘻地向他表示，自己这几天都会待在他的公司。

黄启明客气地向丁鹏表达了对这顿饭的谢意，握手之后，两人也随即各自离开。

第二天上午 10 点半，丁鹏到了公司的门口，打过电话后，郑修睿让秘书下来接他。

"郑总最近太忙了，估计上班都经常迟到吧?"从大门口到办公室这短短的不到一百米的路程上，丁鹏都不放过，他想从秘书那里得到一些郑修睿的近况。他的话向秘书表明自己和郑总已经很熟，自己只是随意和她聊天，以消除她的警惕。

"迟到倒没有，就是比之前晚了，以前他都是 8 点之前到公司的，最近一段时间都是快 8 点半才到。"秘书不知道她无意中的一句话给丁鹏传递了一个重要信息。

"那岂不是要影响周会吗?"丁鹏依然在试探。

"我们部门的周会倒还好，时间可以自由把控，就是老板跟他老板的例会就有点尴尬了，都是每周一的 8 点准时开始。"秘书讲完，丁鹏在心里又完善了一下自己的计划。

由于郑修睿还在开会，秘书帮忙倒了一杯水，丁鹏就坐在办公室里无聊地等着，将近中午 12 点时，郑修睿才回来。

"哎呀，丁鹏，真不好意思，让你等这么久，你应该跟他们先去吃饭的。"透过玻璃看到丁鹏仍然端坐在沙发上，还没进门，郑修睿的声音就传进了办公室。

"没事儿的，早饭在酒店吃得晚，还是你忙啊，修睿兄。"看到郑修睿进来，丁鹏也赶忙起身。

"我这都是瞎忙，走走，我请你尝尝我们公司的小食堂。"郑修睿放下电脑，两人朝着一楼西南角的方向走去。

"我昨天没有失态吧，我就是这个臭毛病，酒量不好还喜欢喝点。"下楼梯时郑修睿自嘲道。

"哪里，修睿兄，我看你昨天一点事情没有，反倒是我有点迷迷糊糊。"这样恭维的话，丁鹏张口就来。

跟员工餐厅相比，小食堂的菜品和环境都有明显提升，一顿便饭两人吃了将近一个小时。郑修睿热情奔放，俨然一副好朋友的待客之道，两人聊到了天南海北，郑修睿却唯独不提生意的事情，不提丁鹏来找他的目的，而丁鹏也故作镇定，不向他打听任何关于公司产品和采购的事情，两人端坐于桌子的两端，在别人看来，犹如一对朋友在叙旧。从食堂出来，两人又沿着小道向公司划定的抽烟处走去。

"修睿兄，有个事情得麻烦您，下午能不能帮忙介绍两位PCB（印刷电路板）的设计人员，我想去跟他们聊聊，学习一下。"丁鹏帮郑修睿点烟时，终于实施了计划的第一步。

"啊，你要找设计啊！"郑修睿用惊讶的表情看着丁鹏。他本以为丁鹏会再次向他提及产能规划、产品种类、采购计划等，再次向他争取订单，他都已经准备好了回应的说辞。但没想到丁鹏来是想学习技术的，这让郑修睿有点措手不及，不知这小子葫芦里卖的什么药。

"是啊，修睿兄，估计您忘了我之前给您提过的，我大学专业是电子信息，在学校时也画过板图。"为了让自己的这个请求更加合理，丁鹏尽量让自己的解释符合逻辑。

"哈哈，那我真是忘了，没关系，你要是真想找他们聊，那一会儿我带你过去。"郑修睿话刚说完，丁鹏又给他递上了一根烟。

郑修睿给丁鹏介绍的几名设计人员坐在二楼拐角处的办公区域，丁鹏坐在里面，透过玻璃可以看到郑修睿的办公室。他手拿着记事本，努力回忆着当初学习过的所有关于 PCB 和专业课的知识，可苦思冥想之后，能够书写的记忆不过一页纸而已。即便如此，丁鹏还是鼓起勇气向专业人员讨教专业知识，翻过那一页记忆，本子上已经被记录得密密麻麻。但他的注意力并非在此，他一直观察着郑修睿办公室的动静，时不时抬头看一下挂在墙上的时钟。

3 点半时，丁鹏停止了他的请教，跟设计人员打趣道，自己先消化一下今天的知识，明天继续。当分针指向 55 时，他借故上厕所离开了设计人员的办公区域，慢悠悠地在走廊上踱着脚步，缓慢地向郑修睿办公室的方向走去。办公室的门仍然关着，他只好原路折返，由于距离太近，他就这样来来回回折返了几趟。终于在他第六次经过办公室门口时，郑修睿推门而出。

"哟，丁鹏，你怎么在这里，找我？"郑修睿用惊愕的表情看着丁鹏。

"没事，耽误了人家设计一个多小时，要休息下，我去趟厕所。"丁鹏故作轻松。

"哈哈，那行，我先出去一趟。"郑修睿说着就朝丁鹏的反方向走去。

"修睿兄！"当两人隔开有两米的距离时，丁鹏突然转身叫住了郑修睿："您是去接小朋友吗？您要是忙的话，我去替您接得了，我这刚好中场休息。"

"不用了，我现在有空的，谢谢了。"郑修睿挥了挥手，继续往前走。

丁鹏也继续朝着厕所的方向走去，不能回头，他要让郑修睿觉得刚才的碰面只是巧合。半个小时之后，他给郑修睿发了一条信息，说自己耽误了设计人员太长时间，今天就先回去了，明天会继续来向他们学习。

　　第二天，丁鹏仍旧是 10 点半到公司门口，仍旧是郑修睿的秘书接他进厂。午饭时，郑修睿仍然在办公室里忙碌着，丁鹏便叫上秘书一起，要请她吃小食堂，以感谢她这两天的帮忙，而秘书也愉快应允。到此刻，丁鹏才知道她的全名叫张曼琼，而她也并不是郑修睿的专职秘书，郑修睿的级别还不能配备秘书。张曼琼是郑修睿的下属，是生产管理部门的一员，只是郑修睿经常让她帮忙处理一些待人接物、会议组织的事项，慢慢地，她也就自嘲为秘书了，而大家都尊称她为部门的大内总管。

　　"那还是你厉害，说明郑总器重你。"说完恭维的话，丁鹏紧接着用不知从哪里学来的对女生的溢美之词将张曼琼全方位地夸奖了一遍。

　　"你们做销售的都这么能说嘛，我要是有你讲的一成好，我就要半夜笑醒了。我就是大大咧咧，脾气好点儿，不会拒绝，所以大家都让我帮忙。"张曼琼的确大大咧咧，同时也展现着自己的自知之明。

　　"你这就是过谦了啊，不管什么样的性格，受大家的欢迎才是最好的体现。"丁鹏及时收住了恭维之词，过分的赞美就变成了奉承。

　　"对了，我听郑总说又要 team building（"团建"）了，你们一般去哪?"这个 team building 是完全出自丁鹏的臆测，他希望会有惊喜的收获。

　　"9 月份吧，不是现在，之前也就是找近一点的景点吃吃喝喝。"张曼琼似乎对团建没有多大兴趣。

　　"那是，团建基本都这样，郑总没请你们去他的大别墅烧烤啊?"丁鹏之所以会问出这个问题，是因为之前廖仲祥跟他讲过，郑修睿的投资很成功，在中山买了几套房子，现在住的是一套别墅。

　　"这你都知道啊！我们就去过一次，是他刚搬进去那会，我们一起去给他祝贺。"张曼琼的回答让丁鹏离自己想要知道的答案越来越近了。

"我也是听他提过一次，好像那个别墅在火炬区这边很出名的，名字还挺霸气的。"丁鹏正在一步步地引导张曼琼沿着自己布置的阵列前行。

"是的，君临天下，听着就霸气！哎，咱是没机会住进那样的房子了。"张曼琼在唉声叹气，可丁鹏想要的答案已经沉甸甸地落入口袋。

"别气馁，有钱的男朋友在等你呢。哦，不好意思，还不知道你有没有男朋友呢。"丁鹏抑扬顿挫，似乎幻想即将照进现实。

"我还是单身呢，借你吉言啊。"张曼琼讲完，咽下了最后一口米饭。

吃完饭，丁鹏又带着张曼琼去咖啡屋买了两杯咖啡和两杯奶茶，让她带给同事们。有些事情不方便直接向郑修睿打听，但却可以从张曼琼这里获知，而且后面还要经常来，仍需要她的帮忙，关系要提前处好，以免用时方恨少。

下午，像昨天一样，丁鹏和设计人员待在一起，请教学习，他仍然时刻注意着郑修睿办公室的动静。同样在3点半，他端着被记录得密密麻麻的记事本，望着一个固定的方向，聚精会神地思考。3点55时，他敲开了郑修睿办公室的门。

"修睿兄，还在忙啊，没打扰你吧？"进门的同时，丁鹏向郑修睿打了招呼。

"哟，丁鹏，坐，稍微等我一下。"郑修睿听到声音，抬头看了一眼丁鹏，手指依旧在键盘上飞舞。又看了一眼电脑屏幕右下角，在发出了一句带着湖北口音的经典叹词后，他对丁鹏说道："不好意思啊，已经4点了，我还得赶时间出去一趟，你要是有啥事等我回来说哦，或者直接电话也行。"郑修睿一边说着一边合上了笔记本。

"没事，我那边今天的学习结束了，过来跟您打个招呼，您这是去接小朋友吗？要是忙的话，交给我去接她吧。"丁鹏仍然表现得很随意，尽量涂抹掉任何刻意的嫌疑。

郑修睿也明白了丁鹏的用意，他竟下意识地抬手看了一眼手表，停顿了几秒。

"不用麻烦你了，我今天时间还好，谢谢啊，你要不在这边先坐着，等我回来再聊。"郑修睿说话的同时抬手向丁鹏示意了一下手腕上的手表，一只脚已经迈出了办公室。

"那修睿兄，您先忙，不用管我，您今天够忙的，我明天再过来。"丁鹏也站起身来往外走。

郑修睿那几秒钟的停顿让丁鹏印象深刻，或许这正是他对自己的建议产生了犹豫的表现。如果是这样，那计划已经有了突破，明天就是周五，希望可以得到幸运女神的眷顾。但如果不是这样呢？丁鹏不敢想。

第三天，丁鹏重复着相同的步骤，只是他今天特意向张曼琼打听了郑修睿的日程安排，不过因为她不是专职秘书，并不知道这些细节。他邀请郑修睿一起吃的午饭，他像汇报工作一样向郑修睿讲述了这两天的学习情况，之后又把话题切换到郑修睿的日常工作中。当得知他下午工作繁忙而又没有时间接孩子之后，丁鹏再次以诚恳的态度向郑修睿建议由他去接小朋友，而郑修睿这次居然没有明确拒绝，只说下午先给老师打一个电话，然后再确定是否麻烦他。丁鹏竟然在心里第一次祈祷老师不要那么善解人意。

下午，丁鹏完全心不在焉，他没有再去和设计人员交谈，而是坐在靠近过道的一个空闲工位上，摊开记事本，眼睛盯着密密麻麻的知识点，脑海却一片空白。他目光凝视的方向在墙上的时钟、郑修睿的办公室和桌上的记事本之间来回切换，苦苦地等待幸运女神的降临。3点一刻时，他看到郑修睿推开办公室的门，向自己的方向走来。

"丁鹏，真的要麻烦你了，我3点半有个会，估计一两个小时无法结束，就拜托你去接一下我女儿。"郑修睿把丁鹏叫到自己的办公室，先向他表达谢意。

"修睿兄，您客气了，我也闲着没事，不过您要先跟老师打个招呼吧，要不然陌生人不能接孩子吧。"丁鹏的内心无比激动，却要故作镇定。

"我已经跟老师讲过了，对了，你带身份证了吧，你一会儿把身份证拍一下发给我，我再转发给老师。你到了之后先给老师看身份证再给我打个电话，老师要确认一下，他们是真的负责哦。"郑修睿跟丁鹏交代了接孩子的细节，然后又递过了一张纸条，说道："这个是学校的地址，这是今天绘画课的地址，我也跟绘画老师讲过了，到时候你接完我女儿直接送过去就行。"

"好的，修睿兄，我身份证在门口保安室压着，我一会出去发你。另外，我接到小朋友之后看她的反应，如果她同意的话我就带她在某个咖啡厅或者面包店坐一会儿，吃点东西顺带把作业给完成，然后再去兴趣班；如果她不同意的话，那就跟之前一样，直接去兴趣班。"丁鹏把之前想好的环节描述给郑修睿，并征求他的意见。

"也行，那太麻烦你了，你到了打电话时我跟她讲一下，估计没有抗拒心理。"郑修睿拍了拍丁鹏的肩膀，说了几句感谢的话。

4点钟的骄阳依然炙烤如烈焰，虽然提前半个小时到达学校，但丁鹏发现学校门口两侧的马路上已经停了几辆接孩子的汽车，左边人行道的一片空地上也稀稀拉拉地停着几辆电瓶车，几位接孩子的爷爷奶奶已经到了，分别躲在合适的树荫下乘凉，几乎每个人手中都拿着一把印有各种培训机构宣传语的塑料扇子。丁鹏站在学校门口右边的一棵榕树下，虽然树荫遮蔽了烈日，但闷热裹挟着潮湿的空气将他的衬衣紧紧黏在后背，像被水洗过一般。

"小伙子，来挺早啊，这么积极啊，你看上去没多大啊，孩子可上小学了啊！"旁边的阿姨操着一腔东北口音跟丁鹏唠起了家常。

"我来帮我哥哥接孩子。阿姨，听口音，您是东北的吧？"丁鹏也闲聊了起来。

"是的，我是黑龙江绥化的，来中山都快五年了，我孙子在一八班，你哥哥孩子在几班？"东北阿姨的自来熟让身为一名销售的丁鹏都自愧不如。

"巧了阿姨，也在一八班，我第一次来接孩子，一会儿跟您后边啊。"丁鹏正在发愁那么多孩子一起放学，怎么区分班级呢，帮助就来了。原来幸运女神来了之后，不想走啊。

4点半时，在左右两侧两名手持防爆棍的保安的护卫下，学校的电动门缓缓打开，并由围栏列成了两条通道。从一年级开始，每次有两个班级同时从两条通道走出，班主任在最前面拿着本班级的牌子，在门口短暂集合，每名家长各自带回自家的孩子，如果有家长没有及时赶到，班主任会领着本班的学生在左边的空地上等待家长。

"一八班出来了，小伙子，你跟着我吧。"那位东北阿姨热情地拍了丁鹏一下。

他跟在阿姨后面，略显尴尬。因为他没见过郑修睿的孩子，孩子也不认识他，他只能等到其他孩子都被领走之后才能去找班主任。

就在丁鹏拿出身份证给班主任，同时拨通了郑修睿的电话时，那位东北阿姨带着宝贝孙子从他的身边经过，友善的目光已然消失，取而代之的是诧异懊悔和不可思议。

在丁鹏的建议下，郑修睿的女儿选择了一家面包店，待了一个小时之后，两人才去兴趣班。郑修睿下班赶到时，丁鹏仍旧在那里等着。

"丁鹏，你还在啊，真是太感谢了！"郑修睿推门看到丁鹏，心里充满了愧疚和感激。

"修睿兄，刚下班啊，我这儿也没事，就在这儿等着了。"丁鹏简单带过，他能够明显感觉到郑修睿谢意的真诚。

"你吃饭了没？走，咱俩去吃点，还得一个小时才下课呢。"不容丁鹏拒绝，郑修睿拉着他便往外走。

郑修睿找了一家之前经常去的有台湾风味的小吃店，两人就像认识许久的老朋友，坐在路边叙旧情。

"修睿兄，小茹放假前，你要是觉得方便的话，我就替你接送孩子得了，公司最近也没什么事，我回上海也是闲着，倒是我看你每天都忙得不可开交。"两人以冰镇饮料代酒，碰了一杯之后，丁鹏把自己的计划又往前推进了一步。

"谢谢了，丁鹏，这会耽误你两周时间的，我周末先理一下后面的日程安排，如果我时间实在不够用的话再来麻烦你。"郑修睿举杯做出向丁鹏敬酒的姿态，丁鹏也赶忙回敬。

"小茹，今天丁鹏叔叔待你如何啊？"回到家后，郑修睿才想起来对女儿的关心。

"比你好，他带我去了面包店，给我买了好吃的，还有酸酸的饮料，我在面包店里不到半个小时就把作业做完了。爸爸，下次你啥时候带我去啊？"女儿的话让郑修睿哭笑不得，顿生愧疚之感。他也在心里把丁鹏重新打量了一番，一些记忆片段浮现在眼前，比他小一轮的丁鹏开始令他刮目相看。

周六一整天，丁鹏都待在酒店里。作为一个北方人，他实在无法忍受华南的夏天，不管是早上 8 点还是晚上 8 点，出门一趟就需要重新洗澡。他推演了接下来可能发生的几种预案：第一种方案，郑修睿同意让我替他接送孩子，那么通过两周时间的生活和家庭的密切接触，跟郑修睿的关系将会有一个突飞猛进的变化，也就意味着阻隔生意的那道铁门被打开了一道缝隙，铁门后面也有了接应的人。第二种方案，周末两天郑修睿没有明确回复，那么我就会在周一一大早赶到君临天下的别墅小区门口，期待能与郑修睿偶遇，同时也祈祷他时间紧，很可能会错过一早的例会，这样自己就有了送孩子上学的机会，那道铁门依然会被打开。这也是为什么要向张曼琼打听郑修睿住处的原因。这个方案有太多的不确定性，幸运之神将会决定这个方案的成败。第三种方案，郑修睿明确回绝我的好意，那么自己将会完全处于被动的局面，很可能昨天的帮忙会适得其反，再进厂找他就变得愈加困难，那道铁门就此将会被紧紧关闭。

丁鹏拉上了所有的窗帘，房间里唯一的光亮是电视机闪动的画面，人造的一个黑夜仍然可以让他冷静思考。电视机的声音被调到只剩下一格，空调设置为 22 度，丁鹏裹着整床被子斜靠在床头，浑浑噩噩已经分不清现实与梦境。

他沿着漫无天际的海岸线疯狂奔跑，已经多日没有进食喝水，他在拼命挣扎，想要找到路的尽头，突然前方出现了一座巍峨的山川，完全切断了前行的脚步，而回头望，来路也被海水淹没。正在他绝望之时，一条绳索穿云而下，落在他的手边，同时整片天空都在响彻着那首苍劲激昂的音乐——*Conquest of Paradise*，他环顾四周，却找不到声音的来源。此时，天空突然变得黑暗，他用手在沙滩上疯狂搜寻，直至摸到一块震动的石块，天空终于又有了颜色。

丁鹏睁开眼，手机还在震动，看了一眼名字，他赶紧按下了接听键。

"喂，修睿兄。"丁鹏还没从刚才的恍惚中清醒过来，还是似梦似真。

"丁鹏，在干吗呢？"听到郑修睿的声音，丁鹏把手机拿到眼前再次确认了一遍，看了看电视里播放的《士兵突击》，他确认了这是现实而非梦境。

"哦，刚睡了一会儿，修睿兄，您今天没上班吧？"丁鹏犹豫了一下，竟然不知道要说什么。

"在家陪孩子呢，你明天下午有空吧？来我家喝茶。"郑修睿的话让丁鹏倍加精神，犹如一座灯塔照亮了这片狭小的夜空。

幸运之神来了之后果真没走。

第二天下午 2 点，在小区门口保安和郑修睿确认了访客信息之后，丁鹏拎着满满两袋水果踏入了这座犹如园林的别墅群，进了郑修睿的家门。来之前，他一直在思考带什么拜访礼物为好，太贵的自己承担不起，在这位成功人士面前自己没有打肿脸充胖子的必要；太便宜的，又拿不出手。最后，他决定只带这些水果——不论富贵都会享用的礼品。

　　进门时，郑修睿接过了他手里的水果袋，他快速地将客厅扫视一遍。看到小茹在沙发上看电视，他走过去摸摸小脸蛋，打过招呼。别墅内部的装修是简明纯朴的风格，并没有他想象中的奢华，更无法与影视节目中的极奢豪宅相比。即使这样，望着楼梯下那两袋极不和谐的水果，丁鹏还是感到了些许的尴尬。但面对成功人士，丁鹏并不感到自卑，这也是他性格中优势的一面。随着客户的开拓和业绩的增长，见识和阅历也在一步步扩张，而他最初设定的人生目标也在一点点地被拔高。

　　"丁鹏，后面两周估计真的要麻烦你了。"郑修睿给丁鹏斟上一盏茶，进一步解释道："我后面两周事情实在太多了，估计按时接小茹放学有点困难，你看这样好不好，周一早上你来帮我送一下小茹，其他时间我来送，但周一到周五的放学都需要麻烦你来接一下了，你酒店到这边远不？"

　　"修睿兄，没事的，酒店过来20分钟，我在这边闲着也是闲着，你要是忙的话，这两周都由我来接送，也不用分周二到周五了。"丁鹏端起茶，抿了两口。

　　"那等于完全占用你时间了。先这么定，周二到周五我来送，到时候如果我临时有事，再来麻烦你。"郑修睿说着，把小茹从电视机前叫了过来，跟她讲后面两周的安排，小茹甜甜地向丁鹏道谢，又快速跑回到沙发上坐下。

　　由于晚上还有应酬，所以郑修睿并没有留丁鹏在家吃饭。在回去的路上，丁鹏一直在斟酌，为什么郑修睿聊了孩子，聊了生活，甚至聊到了妻子的老家湖北恩施，就是不提工作和生意的事情？是有意而避之，让自己帮忙接送孩子也仅仅是索求帮助而已？甚至是恰巧利用了自己想要跟他拉拢关系的急切心理？若是如此，那只能证明自己还是太天真，真诚被城府所吞噬。或者是郑修睿利用这两周时间来考验自己？他所接触的供应商中提供高端礼品、出入高端会所的数不胜数，暗带灰色交易的也大有人在，而这些都是自己所无法提供的，所以只能攻心为上，以诚易物。丁鹏只能在心里再次祈祷，希望如此。但不管怎样，到目前为止，所有的进展都符合预期，先把计划完成，结果由天意来定。

两周的时间很快就过去了，郑修睿只在十个工作日中的三天送了孩子上学，其他时间都由丁鹏来帮忙。在每天放学和上兴趣班之间的一个半小时内，丁鹏带着小茹去了面包店、咖啡馆、小孩子的游乐场所，还带着她逛了玩具店买了一堆玩具。周五晚上，郑修睿一定要请丁鹏吃饭，犒劳他这段时间的帮忙和付出，黄启明作陪。当得知丁鹏明天就要回上海时，小茹竟嘟着嘴，两眼泛起了清澈的泪花。

"小茹，乖哦，不哭，叔叔过两周会再来看你的哦。"丁鹏坐在小茹身边，赶忙拿起纸巾，抹去了她两眼挂起的不舍。

"丁鹏，你这魅力不小啊！她对我都是爱答不理的，我在她面前只有被使唤的份儿。"郑修睿开启了丁鹏的玩笑。

"修睿兄，你花点时间哦，小茹很乖的，这几天写作业都很主动的，是不是，小茹！"丁鹏扭头看了看小茹，可惜小茹依然沉浸在离别的悲伤之中，手里捧着塑料杯，牙齿咬着杯子的边沿，久久没有松开。

"你这可得努力了。来，丁鹏，我们敬你一杯。小茹，你也跟丁鹏叔叔碰一杯吧，谢谢他这两周来对你的照顾。"黄启明和郑修睿一起举起了酒杯，小茹也缓缓将手中的杯子举到丁鹏面前，要与他碰杯。

"谢谢小茹。"丁鹏把酒杯放到桌面上与小茹碰杯，然后又把酒杯举起，继续说："修睿兄，启明兄，你们这太客气了，都是分内之事，来，我们一起干杯，祝小茹好好学习，身体棒棒。"

郑修睿这次似乎没有了之前跟丁鹏喝酒时的芥蒂，不论是生活还是工作的话题都聊得更加随意，没有刻意隐瞒和做作的成分在，喝酒也变得更加豪爽，有几次空杯之后他坚持要给丁鹏斟酒，使得丁鹏赶忙起身劝阻，好不自在。

当第一瓶红酒将要见底，丁鹏正准备借故叫服务员开酒的机会去结账时，郑修睿赶忙起身将他拦在屋内。郑修睿表示这次是他做东来感谢丁鹏，必须由他来买单，而丁鹏表示他要去买单，两个人争了个你来我往，最后还是黄启明拉住了丁鹏，郑修睿这才抽身去了服务台买单。

"丁鹏，你坐吧，这次无论如何不能再让你买单了。你跟其他销售不一样，没有过多的花言巧语和急功近利，办事也更加实在。"郑修睿走之后，黄启明突然对丁鹏讲了几句夸赞之词，两人碰杯之后，他继续说："这些都是修睿兄和我对你一致的评价，他昨天跟我讲了一下，这一批 NPI（"新产品导入"）上个月刚完成，新一批可能要等到 9 月底、10 月初，到时候他会提前跟你联系，准备相应的资料，毕竟你有多个竞争对手虎视眈眈。"

"谢谢启明兄和修睿兄。"颤抖的谢意滴入那仅剩的一点红酒中，被丁鹏一饮而尽。

将近三周的努力终于拨开了重重迷雾，霞彩初现，斗志已被点燃，真诚换取真心，真心也将浇灌真友谊。丁鹏在努力抑制内心的激动，但激动却一览无余。

在黄启明讲完郑修睿的计划之后，丁鹏也在期待着他后面如何帮助自己，毕竟他的工厂是 ODM 模式，拥有对原材料更多的决定权。可两人聊了一会儿，话题仍然在郑修睿身上转圈。正当丁鹏准备向黄启明发出试探时，郑修睿推门而入，右手拿着醒酒器，左手拎着一瓶红酒。

"这家饭店不行，外带酒水一定要开瓶费，除非在本店买一瓶酒，那我直接就买一瓶得了。"郑修睿说着把左手的红酒放在桌上，托着醒酒器开始给三个高脚杯倒酒，继续说道："启明酒量差，这瓶喝完你先歇歇，最后一瓶，丁鹏咱俩喝完啊。"

"爸爸，丁鹏叔叔酒量也不好，他也不能多喝。"小茹听完在一旁插嘴道。

"你这倒好，我怎么没见你对我这么关心过啊！"郑修睿哭笑不得。

"谢谢小茹！你劝劝你爸爸，让我们都少喝点。"丁鹏摸了摸小茹的头，又对郑修睿说道："修睿兄，我酒量也不行，咱都少喝点，你晚上还要照顾小茹呢。"

"没事的，敞开了喝，我酒量不行，你要多喝点啊。"话音未落，郑修睿已经举起了杯子。

第三瓶红酒果真被郑修睿和丁鹏喝完，喝醉之后的郑修睿跟丁鹏说了一长串的闽南语，黄启明只得在中间充当翻译，而迷迷糊糊的丁鹏也只有哼哼哈哈和一些卯不对榫的回应。郑修睿在黄启明的搀扶下坐上了出租车，小茹坐在黄启明的旁边。丁鹏努力保持着清醒，再次摸了摸小茹的丸子头，与黄启明挥手告别，自己打车回到了酒店。

一路上，丁鹏强忍着胃的翻滚和混沌宇宙的旋转，到了房间之后，抱着马桶，各种不适倾泻而下。靠着马桶蹲坐在地板上，丁鹏看到了镜子里飘来晃去的自己，他想对那个独孤的自己说些什么，在这个同样孤独的夜里，可夜已慢慢睡去。

第二天，丁鹏带着惺忪的酒意登上了返回上海的飞机，起飞前，他给黄启明和郑修睿发了一段真切的感谢信。虽然这段简短的旅程坎坷不平、跌宕起伏，甚至还留有些许的遗憾，但它却开启了丁鹏的新征程，使他在烦冗杂乱的人生选择中，抽剥出了闪耀的金丝银线。

由于华南地区的夏季雨水反复无常，再加上大风的影响，经常会造成飞机的延误，甚至航班取消。丁鹏所乘坐的航班原定于9点45分起飞，最终却延误至下午1点半才飞离深圳，到家时已将近5点。推门进入时，刚好撞到站在门口的徐留意，惹得他立刻叫出了那句带着徐州口音的经典叹词。

"我以为谁呢。丁鹏，你咋突然回来了？还以为你在外面有家室了呢！"

"回来得正好，丁鹏，收拾一下，我们去打球了。"正在换鞋的陈松涛听到徐留意的喊叫，也赶忙抬头看了一眼。

可丁鹏并不想去，浑浑噩噩的意识已经接到了疲惫身躯的指令，要在属于自己的狭小空间内得一息短暂的休憩。

"走了，不要墨迹，连刘景羽都从浦西赶了过来，今天好好驰骋球场。"徐留意把丁鹏的行李箱和背包拉到了他的屋里，催促他快点换衣服，陈松涛也在一旁煽风点火。

丁鹏无奈，只得进屋换了一身打球的装备。

可在球场上，丁鹏却六神无主、力不从心，经常接不住球，还把球错传给对手，三番倒的比赛中他完全无心恋战，两轮之后，他就坐在了场边休息，倒腾着新买的 iphone 手机。

晚上 7 点半，他们继续进行打球之后的固定项目，这次王丹谊、Lisa 和李欣妍也都一同参加，在盛夏路上那家灯火阑珊的烧烤店二楼，美味已经开始在七个人之间传递。一条方形桌子的两侧分别坐着三位女生和他们各自的男友，而丁鹏坐在桌子的前端，像一盏硕大的指路灯，照亮了三对神仙眷侣的柔情似水。他手里拿着一根肉串，不知以何种姿势下咽，独饮一杯啤酒，浇灭这苦情的愁。

"别一个人喝啊！来来来，大家碰一杯！"大家跟着徐留意一起举杯，年轻的激情在疯狂跳跃，盘成了啤酒花的形状。

"鹏哥，看这里。"徐留意从不让聚会冷场，他开始变着法地调戏丁鹏。

他把两片鱼豆腐从烤串上夹到盘子里，放自己嘴里一片，然后弓起身夹起另外一片就往 Lisa 嘴边送，同时还抑扬顿挫地说着："哎哟，真香！"

羞涩的 Lisa 并没有让徐留意的炫耀得逞，她催促着徐留意赶紧坐下，只用筷子把另外一片豆腐夹到了自己盘子里。徐留意的举动惹得几个人哈哈大笑，刘景羽悄悄给李欣妍倒了一杯饮料。

"留意，你这就有点过分了啊！"陈松涛假装埋怨着徐留意，手里却拿起了另外一串烤豆腐，伸到了丁鹏面前，说道："还是我对你好。来，丁鹏，吃豆腐。"

徐留意还没来得及低下头，一口酒便喷射而出，溅了陈松涛一身。王丹谊一手捂着嘴，一手拿起桌上的纸巾朝陈松涛扔了过去。刘景羽和李欣妍也笑得合不拢嘴。

"这顿饭吃得我胃疼，瞧瞧，这哪里是烤串啊，明明是你们洒出的狗粮！"丁鹏接过陈松涛递来的烤串，又拿起桌子上的另外一根，在空中挥舞着，自我调侃了起来。

"好了，好了，讲点正经的。"徐留意的序曲刚奏完，还没来得及步入正题，再次被陈松涛抢了过去："你这一正经，我们就知道开始不正经了。"

陈松涛横插的这一杠子使得徐留意措手不及。他抬起右手，手腕向后翻，手掌与手臂几乎成90°，只见他手掌突然前倾，呈180°的翻转，轻轻地落在陈松涛的肩膀上，同时发出娇柔的声音："别闹！"那妩媚的神态写满了"腌臜"二字。陈松涛赶紧把椅子往后移了几步，使劲拍了拍肩膀，对面的 Lisa 也毫不留情地对着徐留意骂道："你太恶心了！"

"刚才那是狗粮，这会儿成一坨了，胃都被你给刺激坏了！"丁鹏也趁机调侃了一番。

"好了，好了，不开玩笑了，都严肃一点儿。"徐留意强装镇定，对着丁鹏讲道："鹏哥，你这也单身蛮久了，没打算再找一个？"

徐留意这一句看似仍然在开玩笑的话，瞬间凝固了现场的笑意，这时大家才突然意识到每次聚会丁鹏都是一人。他的冷静深沉与大家的欢声笑语总有一种悲凉的不和谐，但每次聚会，他依旧参加，不知是他真正享受孑然一身的孤寂，还是用一群人的狂欢来粉饰和掩盖自己的孤独。

笑声已经停止，大家都静静地看着丁鹏，似乎在期盼他宣告一个重要的决定。

"也想找啊，可一直没有机会哦。"虽然丁鹏的回答很爽快，但每个人都看出了他的无奈和心不在焉。

"这个任务交给我们三个美女啦，你们的同学、同事、同学的同事、同事的同学，反正有合适的都给鹏哥介绍呗！鹏哥的情况，你们也都了解。"徐留意俨然成了这次聚会的主角，而丁鹏变成了被扶贫帮困的对象。

聚餐结束后，徐留意提议继续去 K 歌，但丁鹏推辞得很坚决，他要回去睡觉，疲倦的身体已经无法再支撑夜的放纵，而刘景羽还要赶回浦西，也无法前往，大家的兴趣平平，唱歌的提议被无奈取消。大家在十字路口分别，前往各自夜的归宿的方向。

"今天徐留意提醒得对，你看看你身边有没有合适的女生给丁鹏介绍一下，这单身也有两年多了！"陈松涛躺在床上跟王丹谊闲聊时，突然想到了丁鹏。

"徐留意问这个问题时，你有没有注意到丁鹏的异样？"王丹谊反问陈松涛。

"看出来了啊，他不在状态，不会真的不想找女朋友吧？"陈松涛刚说完，王丹谊用手捂着他的嘴说道："你小声点儿，我感觉他心里还在想着雨珊。"

"不是吧，你怎么知道的？这都过去多久了！"陈松涛用惊愕的表情看着王丹谊。

"女人的直觉。"王丹谊的回答让陈松涛哭笑不得，于是他就追问道："你跟幕雨珊还有联系吗？"

王丹谊陷入了短暂的回忆中，她剥离出这两年多来与幕雨珊有关的片段，似乎除了逢年过节的问候短信，两人再也没有其他交流，更别提见面了，而每次的问候，都由幕雨珊主动发起。王丹谊在努力回想着与幕雨珊的过往，只有零碎的片段在眼前闪过，过往已经在记忆中抹去了她娇美的模样。

上周，领导 Tamara 通知王丹谊，下个月会有一个财务审计的项目，准备让她来带队负责。王丹谊很兴奋，这将是她第一次独立带队负责一个项目，同时也代表了公司对自己的认可。她相信这其中必定有陈恺宏的暗中相助。

果不出王丹谊所料，上个月陈恺宏和父母一起飞往英国时，在上海与公司的总经理碰了面。在饭桌上，陈恺宏倾其所能，把所有自己知晓的赞美之词毫无保留地用在了王丹谊身上，让总经理对自己这位同事刮目相看。王丹谊感谢徒弟的善意和诚心，也

194

庆幸自己当初的决定。

Tamara 告诉王丹谊，这家客户有她的老熟人，但她追问是谁时，Tamara 却又笑而不语，使得王丹谊无所适从、毫无头绪。依然是凭借女人的第六感，王丹谊觉得这个老熟人就是幕雨珊，但她没有主动向幕雨珊求证，也没有把自己的猜想告诉陈松涛，就让时间揭晓答案吧。

就在王丹谊期盼老熟人的信息而不得时，瑜涛却送来了八百公里外的喜悦声波。

昨天中考成绩公布，还没等瑜涛自己查，班主任就已经打来电话向她宣告了喜讯。

乡镇初中的好苗子本来就不多，所以学校对那些有希望考上高中的学生分外照顾，也丝毫不会掩饰对于好学生的特殊优待。中考成绩公布的前一天晚上，几位班主任就聚集在校务处办公室，凌晨刚过，他们便迫不及待地打开网站，查询各个班优秀学生的成绩，紧张程度丝毫不亚于高考成绩的查询。汇总了 16 名学生的成绩，发现其中两名学生考得不太理想，而陈瑜涛的成绩却高得出乎所有在场老师的预料。虽然全县的排名还没公布，但依据往年的经验，瑜涛这个成绩肯定非常靠前。班主任也异常兴奋，为自己，更为自己的学生感到高兴。昨天傍晚，班主任亲自上门道喜，带来一个更加欢欣鼓舞的消息，瑜涛的中考成绩全市排名第六，如果扣除体育分，文化课成绩全市第四名。班主任还特意跟瑜涛和母亲强调，把家里简单收拾一下，第二天会有高中老师来提前家访。

市一高的教导主任和实验班的班主任，在陈瑜涛班主任和副校长的陪同下，于上午 10 点半，到达了陈瑜涛家里。一行四人在简陋的堂屋刚一落座，瑜涛就赶忙从自家的水井里捞上来一个西瓜，切好后，双手奉上，献给了各位老师。班主任向大家一一做了介绍，随后一高的教导主任夸赞了瑜涛一番，也向瑜涛母亲表示了祝贺，并介绍了一高的情况，最后他表达了此次家访的目的，他们想直接录取瑜涛到一高的实验班，并且免除她三年的学杂费。母亲不懂得实验班的意义，但从教导主任的谈话语气中能够猜到它的重要性，况且还免除了三年的学杂费。旁边的瑜涛早已乐开了花，一高是哥哥的母校，一高的实验班更是兄妹二人共同向往的学习圣殿。还没等母亲征询她的意见，瑜涛便直接向高中的两位老师表达了谢意。

　　一辆面包车穿村而过，拐过村口的那棵老槐树，向西北方向驶去，高中老师带瑜涛去一高办理相关手续。汽车的飞驰扬起路旁被遗落的麦穗，刚好落在牵牛花旁，车尾甩出的尘土随风飘扬，在空中盘旋，竟勾勒出了一副笑脸的模样。

　　这是一件轰动的大事，刚过午饭时间就迅速传遍了这个小小的村落。有人说瑜涛被几个高中争抢，将来肯定是北大清华的料；有人说瑜涛父亲的墓地选得好，他在天有灵保佑这两个孩子都能考上大学；有人说瑜涛母亲的苦日子熬到头了，后面的生活会比蜜甜；还有人拎着礼物亲自登门道贺。整个下午，这座破败的农家小院落都成了全村舆论的焦点。

　　傍晚时分，瑜涛回来了。她没让送她的车子进村，在老槐树那里就直接下了车，自己从村口走回家。一路上，她突然感受到了全村人的热情和友善。刚一进屋，她就翻出手机，拨通了哥哥的电话给他报喜。

　　"瑜涛，太优秀了！你这真给哥哥长脸啊，一高的实验班啊！好好努力，三年后我跟你嫂子在复旦等你！"陈松涛以最懒散的姿态躺在铺着凉席的床上，他难掩自己的兴奋，右手在空中挥舞，仿佛在指挥着千军万马向前冲。

　　"哥，我想趁着暑假去上海找你们玩儿，你要不要跟嫂子商量一下？"瑜涛说完，冲着母亲做了一个鬼脸。

　　"我怎么把这茬儿给忘了！你嫂子肯定会同意的，咱妈恁俩一起来吧，我一会儿去买票，下周五晚上的火车，周六一早就到。"讲话的同时，陈松涛已经打开了电脑，准备登录12306网站。

　　母亲夺过手机，说什么也不去上海，原因无他，兄妹二人自然明白。母亲心疼钱，心疼儿子在外辛苦工作赚来的钱，她对这一双儿女还有更多的期待，她要把省下来的每一分都用来装点这些期待。两个人拗不过母亲，最后陈松涛只好买了妹妹一人的火车票。

挂完电话，陈松涛冲到厨房，从身后将王丹谊紧紧拥抱，并开始疯狂地亲吻她的香肩玉颈。他的兴奋变得肆无忌惮，害臊、羞涩统统被他扔进了锅里，化作一包秘制酱料，为锅里的佳肴增色添香。王丹谊被这猛然一抱吓得魂不守舍，转身赶紧推开他，并用手比画着，指向丁鹏的房间。陈松涛嬉皮笑脸，向她传递了这个激动的消息，并冲着丁鹏那屋叫喊："丁鹏，晚上不醉不睡啊！我下去再买点酒。"还没等丁鹏反应过来，陈松涛已经推门而去。

不用丁鹏劝酒，陈松涛自己是一罐接着一罐，喝酒的速度超过了冰箱冰镇啤酒的速度，所谓酒不醉人人自醉。

在迷离朦胧间，他拉着妹妹一起去地里捡麦穗，放学后，他用爸爸特制的独轮车推着妹妹下地放养割草，身后还跟着那条忠实可爱的小黑狗；他爬上两米多高的桐树为了给妹妹捉住那只淘气的知了，下来时不小心被树杈割伤了皮肤，至今胳膊肘外侧还留着伤疤……那些说不清的小时候带妹妹一起玩耍的场景仿佛都一一重现，一转眼，婷婷玉立的妹妹便自信端庄地走在复旦大学的校园里，而爸妈坐在不远处的草坪上，笑颜比花灿烂。

王丹谊从网上购买了多款家居用品，为了迎接瑜涛，她用一周时间重新布置和装点了这间租住的小屋。周五一早，丁鹏起床后打包了床上的铺盖并放入了柜子中，他腾出了房间，让陈松涛稍微收拾一下，就可以给瑜涛住。而他自己，借故出差拎着行李出门而去。陈松涛明白丁鹏的善意，也不会在他面前刻意表达谢意，或许这就是兄弟之间的情谊。

周六一早，东方隐现鱼肚白，陈松涛便起床赶最早的一班地铁去上海火车站。

黎明时分的上海火车站已经从睡梦中醒来，取票大厅里分散着稀稀落落的几个人，肩挎背包，手提行李箱，他们是赶最早的一班火车去跟客户开会，还是去处理棘手的技术问题，陈松涛只能从自己的专业去度量这些跟自己一样都在为生活奔波的追梦人。售票大厅里唯一开放的窗口前已经有几位携带着大包小袋的旅客排起了队伍，他们不懂什么是互联网，更不用讲在网上购票，他们只用最简单的方式过着最朴实的生活，他们是谁的儿女？又是谁的父母？他们是要辗转去别的城市打工？还是要回到淳朴的家乡？几位拉客司机也停止了吆喝，出站的旅客已经身披霞光，他们更愿意选择地铁。站前广场已被环卫工人们打扫完毕，将再次迎接川流不息、人来人往。

陈松涛在东南出站口接到了妹妹。妹妹像一只飞出笼子的家雀，飞到了这座新鲜的城市，见到了哥哥之后就开始不停地叽叽喳喳。

与妹妹的欢呼雀跃不同，陈松涛竟感到了莫名的心酸和伤感。

妹妹从来没有出过远门，老家的县城是她去过最繁华的地方。她对大城市的想象基本都来自电视上那些美妙绝伦的场景。这是她第一次坐火车，陈松涛看得出，瑜涛为了这次远行还特意打扮了自己，身上穿着心爱的碎花裙，脚上穿着一双新买的带后绊带的平底凉鞋。这是一个农家小妹让自己变得更加漂亮的尝试，可她给自己定义的美丽却与大都市的流行背道而驰，陈松涛对妹妹的疼爱和自责同时涌上了心头。他接过瑜涛手里拎着的一只被塞得满满当当的破旧旅行包，两人往地铁口的方向走去。看到这只旅行包，陈松涛便想起了故去的父亲，它是父亲以前在南方打工，过年回家时特意买的，里面也塞满了给家人带的各种礼物。

"你这一路睡了没有？"看着妹妹蓬松的头发，陈松涛关心地问道。

"嘿嘿，就睡了一会儿，第一次坐火车睡不着，就那样躺着，听着火车咔嚓咔嚓的声音，外面还一片漆黑。"瑜涛难掩自己的兴奋之情地说道。

到家时，王丹谊已经做好了早饭，听到开门声，她赶紧迎了上去。

"瑜涛！"门还没开呢，王丹谊就在屋内打招呼。

"嫂子！"门开后，瑜涛站在哥哥身后，倒显得有些腼腆。

王丹谊赶忙拉着她进屋，问东问西，了解了家里的情况、考试的情况、一路坐车的感受，比陈松涛还要热情。

吃完早饭，瑜涛睡了两个多小时，11点半左右，虽然外面烈焰当空，三人还是出了门。

陈松涛带着妹妹重新走了一遍自己刚来上海时走过的路，而瑜涛也终于见到了书本里多次介绍过、电视剧里无数次播放过的南京路和外滩。喧嚣过后，瑜涛心里却异常平静，她忽然间明白了学习的意义。王丹谊拉着她连续逛了多个商场，逛街是女人的天性，即使她们口干舌燥、脚上起泡，即使她们只是简单地看看，却仍然乐在其中。陈松涛只能跟在后面，手里拎着王丹谊给瑜涛买的衣服和鞋子。

晚上9点半到家时，已经没有合适的形容词来修饰三人的疲倦。瑜涛躺在床上，努力回味着昨夜今朝时空的转变和自己的所见所闻，但一天的困倦使她快速入眠。在梦中，她再也没有在火车上失眠，火车的尽头是复旦大学的校园。

在周一和周三，陈松涛和王丹谊分别请了假，带瑜涛参观了复旦大学、上海交通大学、同济大学和华东师范大学这四所沪上名校，每一座巍巍学府都让瑜涛心生向往。广阔无边、娟秀俊美、绿树成荫的校园风光，窗明几净的多媒体阶梯教室，巍峨且造型奇特的教学楼，大学生哥哥姐姐的自信洒脱甚至连走路都带着风，每一处人文和自然的结合都深深激励着陈瑜涛——这位刚满15岁的农村姑娘。这是她渴望且为之拼搏的地方，这是她愿意挥洒汗水和热血的理想，三年，只需三年，这里的梦想和向往在静静等待。

其他大部分时间，瑜涛都待在屋里，用哥哥的电脑消遣无聊。周四下午，她竟一个人坐地铁跑到了陆家嘴，并给嫂子打了个电话。王丹谊把她带到公司，她安静地坐着，仔细观察着嫂子和同事们在电脑前和电话中处理的工作。在这里，妩媚和知性并存，香水的馥郁和咖啡的浓香穿插弥漫，原来工作也可以这样轻松自在、洋洋洒洒。

下班后，王丹谊带瑜涛坐地铁来到开迅公司楼下，哥哥从众多像大学生模样的同事中走出，给妹妹解释了何为半导体、何为芯片。在这里，瑜涛感受到了另外一种不同的工作环境，也真真切切地触摸到了高科技的具象雏形，知识改变命运再一次触及了她信念的最底层。

列车从上海站缓缓驶出，来时的旅行包换成了一个崭新硕大的行李箱，里面装满了嫂子给自己和母亲购买的衣服和礼物。瑜涛困倦全无，脑海中回放着一周来发生的点点滴滴。这是一趟触摸梦想的旅程，梦想是什么？梦想是指引你奋斗的启明灯，是需要你持之以恒且会让你感到幸福的向往。它如和煦的暖风，抚平了奔跑中跌倒的创伤；它如珍贵的春雨，浇灌出奋斗孤寂荒漠中的一片绿洲。梦想的种子已经破土而出，向阳的拼搏和坚持，只待三年后的花开果熟。

7月底，王丹谊拿到了客户的资料，她总觉得客户公司的名字似曾相识，却又想不起在何时何地见到过，而那个老熟人也仍然毫无头绪，直至8月的第一个周五。

"哟，还是这么认真啊。"王丹谊正在和同事讨论问题，突然传来一句熟悉的声音，但又想不起是谁。一边思索一边抬头，王丹谊惊讶地看到 Louisa 站在自己面前。

"咦，Louisa，你怎么在这儿?"王丹谊赶忙起身，一时竟忘了如何向这位老领导传递问候，她转身对旁边的同事说："你先自己看下，我们一会儿再讨论。"

"咋，不欢迎我啦?"Louisa 的玩笑略显尴尬。

"哪敢哪敢!"王丹谊很想知道 Louisa 为何会出现在公司，心里的疑惑已经全部显现于脸部表情。

她把腾出的椅子推到了 Louisa 跟前，给自己争取思考的时间。正当她准备开口时，Tamara 也走了过来。

"你们都是老熟人了，我就不用再介绍了吧。丹谊，Louisa 就是我给你讲的老熟人。"Tamara 的一句话惊醒梦中人，王丹谊心中的疑惑迎刃而解。

Louisa 现在是客户公司的财务总监，这次来是作为甲方代表与王丹谊讨论合作事宜。由于大家都是老熟人以及 Louisa 对前东家的了解，关于此次合作的细节和流程的讨论，进展非常顺利，临近下班时，就已经达成了初步的合作协议，只待双方公司领导的批准。下班后，王丹谊拉着 Louisa，一定要请她吃饭，以徒弟和乙方的双重身份。

"Louisa，你咋不早点告诉我啊！也让我好有个准备。"王丹谊对 Louisa 多了一份敬佩之情，她能够不计前嫌依然推荐老东家作为公司财务审计的委托机构，这种豁达包容的胸襟值得钦佩和学习。

王丹谊给 Louisa 倒了一杯饮料，无论以何种身份，这都是她应该尽的礼数。Louisa 倒也没客气，饮料在她口中一直没有下咽，像是在酝酿某种情绪。

"丹谊，跟你说实话，其实我是不想来的。你知道，作为子公司，我们要被总部收购，就肯定要进行财务审计，我一开始推荐的是别的公司，不瞒你说，主要就是因为个人恩怨。但我们老板却指名道姓要用你们，没办法，既然老板讲话了，我照做就是了。"Louisa 所讲的内容理应搭配义愤填膺的神情，但她却神态自若，没有任何愁容，也看不出她心里有一丝抱怨。

刚才升起的钦佩之情悬在空中，不知是要收回还是继续仰望。

"你老板是谁哦？她怎么对我们如此情有独钟！"王丹谊已经顾不上对 Louisa 心理的揣测，她只对背后的老板感兴趣。

"哈哈，你猜，这个人你比我熟悉啊！"Louisa 故弄玄虚、欲言又止，吊足了王丹谊的胃口。

"我的姐姐哦，你就快点说吧，别卖关子了。"王丹谊的好奇心已经膨胀至极点，她继续献殷勤，给 Louisa 又续上了一杯饮料。

"哈哈，不逗你了，是幕雨珊。"Louisa 像一名打了胜仗的将军，洋洋自得。

王丹谊却不敢相信自己的耳朵，从 Louisa 到幕雨珊，她们带来的刺激和惊喜太过激烈。

"那雨珊怎么都不联系我哦？"王丹谊问着 Louisa，又像是在自言自语。

她突然明白了为什么 Tamara 会把这个案子交给自己，是幕雨珊，她想通过这种方式来默默帮助自己。对自己过去冷落幕雨珊以及从不主动联系她，王丹谊感到了内疚；对自己用片面的爱情观去衡量甚至诋毁幕雨珊，王丹谊感到了自责；而对于幕雨珊不计前嫌、始终如一的关怀，王丹谊感到了深深的羞愧。

"那我就不知道了，估计是她想给你个惊喜吧。"Louisa 并不了解真实情况，所以就不便发表评论。

王丹谊还想打听幕雨珊更多的消息，想知道她的近况，想知道她是如何成为老板的，可思考之后，却没有继续追问。她不想让 Louisa 知道自己和幕雨珊的真实关系，同时她准备把这份关心和尊重当面向幕雨珊表达。

晚上，王丹谊跟陈松涛讲述了这一天的惊喜之旅，陈松涛也是感慨万千，时隔两年多，刮目相看。

"你知道她是如何做到老板的吗？"陈松涛也想到了同一个问题。

"我没问，大概率还是借助于她那个男朋友吧，这个还是我主动跟雨珊联系吧。"王丹谊显得有些无奈。

"是的，不管怎样，她这么做也是想帮你，而且还是默默的，估计他们关系很好，要不然不会这么快就做上了老板。哎，可惜了丁鹏啊！"陈松涛此时替丁鹏遗憾，王丹谊从他的话里听出了一丝醋意和讽刺。

　　自从上次聚餐之后，李欣妍和 Lisa 都把自己身边单身的女同学介绍给了丁鹏，可丁鹏连面都没见，直接拒绝。有次在家，只有两人喝酒的时候，陈松涛趁着酒意再次劝说丁鹏，果然不出王丹谊所料，丁鹏的确对初恋幕雨珊旧情难舍，到现在还没有准备好迎接下一份感情。这位痴情汉，在蓝桥下怆然抱守梁柱，可桥上却没有行人过。

　　第二天一早，王丹谊就给幕雨珊发去了一条真挚的短信，委婉地表达了再聚首的渴望。

　　三伏天的上海闷热潮湿，虽然还不到 9 点，外面已经热浪滚滚，向阳欢腾的绿叶仍然萎靡不振，片片私语，卷起的叶边挂满了对春雨秋风的思念，只有知了在鸣唱对酷热的喜爱，声声烦躁惊落枯叶，入窗坠地。

　　"丹谊，能收到你的短信，我太高兴了！你千万不要说什么对不起和谢谢之类的话，我们还是好姐妹，对吧？至于公司的事情，我没有提前告诉你，是怕你拒绝我，还请你原谅。我在希腊度假，刚睡醒，准备下周回去，到时候我提前跟你讲，我们好好聚聚啊！"下午，幕雨珊回复了信息。

　　希腊，幕雨珊在希腊，她现在的生活状态这么好啊！我啥时候也可以去趟希腊，在浪漫的爱琴海边漫步，欣赏那天堂色的蓝。透过房间的门缝，王丹谊看到了客厅里正在嗑瓜子的陈松涛，听到了电视里传来的 NBA 的呐喊声。这是她第一次对别人的爱情产生了羡慕，也是第一次对自己和陈松涛的未来产生了忧虑。我们会走向何处？将会过着怎样的生活？王丹谊没有答案，也不忍心向陈松涛提出自己的期许，她还是深爱着他，她不想给他过多压力，可未来又在何方呢？无法想象也就不再想象，先过好当前这一道关卡。

　　一周后，幕雨珊和王丹谊相约于淮海路的一家西餐厅。

　　三年来，这对曾经的同窗好友第一次见面，之前所有的不愉快已烟消云散。王丹谊讲述了自己这几年的工作经历，她女强人的形象又在幕雨珊心中增加了几分，幕雨珊也跟她分享了自己的生活和工作，着实让王丹谊狠狠地羡慕了一把。

在交往的第二年，郑若文就带着幕雨珊见过了父母，去年他被父亲调回了总部，为接班提前锻炼。在郑若文的建议和坚持下，上海这边的贸易公司就交给了幕雨珊打理，当然，鉴于她资历尚浅，总部也派了一名资深骨干来辅佐她。今年上半年，总部启动了回购上海贸易公司的计划，为总公司三年之后的上市提前做准备。幕雨珊力排众议坚持用王丹谊的公司作为财务审计的委托机构，并通过 Louisa 点名要王丹谊负责该项目。她想以此来弥合与王丹谊的关系，毕竟她是自己最亲密的朋友。

"丹谊，我怀孕了！"幕雨珊这份没有任何铺垫的喜悦重重地冲击着王丹谊，能够重拾这份珍贵的友情，她今天异常高兴，还没等王丹谊向她表示祝贺，她便继续分享第二重喜悦道："这次去希腊，他向我求婚了，我们准备十一在杭州举行婚礼，你一定得来啊，丽娜和慧慧都来的，到时候你得把陈松涛也叫上。"

幕雨珊的喜讯像一串鞭炮，在王丹谊面前噼里啪啦响个不停，不由得让她心生羡慕甚至妒忌，但她立马调整了心态，向幕雨珊表示祝贺，高兴之余又点了一杯饮料。

丽娜和慧慧是她们的大学同学。王丹谊此刻才意识到，不仅仅是幕雨珊，她跟太多的同学都断了联系，忍不住在心中感叹自己的工作和生活怎会变成现在这种状态。大学四年的同窗，曾经的好友，怎么会断了联系呢?! 不联系，也就不再联系了。不知是受到了幕雨珊亲和乐观状态的影响，还是回忆起了自己当初自信洒脱的模样，王丹谊竟突然讨厌起自己当前的生活状态，她想向面前这位曾经的挚友倾诉，可自尊心使她退却。

"丽娜还单着啊，那要不介绍给丁……"当得知同学丽娜还是单身时，王丹谊下意识地想给丁鹏介绍，可话说到一半，"丁"字的音还没发完，王丹谊就觉察自己这句话有多么不合时宜。

"你是说丁鹏吧?"看着她极度尴尬的表情，幕雨珊反倒主动提出了这个名字，显得很坦然。

王丹谊点点头，用惊愕的表情看着幕雨珊。

"他怎么样了，如果你觉得合适的话，就给他们介绍呗！"三年没见，幕雨珊再也不是之前那个在爱情面前极度羞涩的女孩。

王丹谊跟幕雨珊讲述了丁鹏的工作和创业的艰辛，至于感情生活，她只用单身简单概括。而幕雨珊并没有过多理会丁鹏的事情，等王丹谊讲完，她把话题转移到了工作上，她郑重向王丹谊抛去了橄榄枝。这份盛情让王丹谊猝不及防，她思绪万千、感慨万端，并没有当场表态，此刻的心境宛如流沙堆砌的城堡，清风吹过，化成一片荒漠。她需要重新整理这被重重惊喜、层层震撼冲击成支离破碎的思绪，为了生活，为了工作。

看到王丹谊左右为难的尴尬神情，幕雨珊没有强人所难，她让王丹谊好好考虑一下，她永远是受欢迎的那个。同时，幕雨珊也向王丹谊承诺，即使她最后没有答应，自己仍然会尽全力帮助她，不论是工作还是生活。

临分别时，幕雨珊送给了王丹谊一瓶从欧洲带回的香水，虽然她百般推辞，还是拗不过幕雨珊的坚持，最后只好收下。

地铁一号线已经驶过几列，可王丹谊依然坐在衡山路地铁站的候车座椅上，她在想些什么，却又不知该想些什么。

爱情专列已经行驶了六年，时间消磨了对美好的大部分期许，缠绵悱恻、耳鬓厮磨也失去了原有的芳香，困倦渐生。六年后的今天，这趟列车变更了轨道，增加了生活和工作的负重，沿途风景的缤纷多彩扰乱了充满诗意温存的二人空间，在面对姹紫嫣红的璀璨诱惑时，怎能无动于衷，尤其是在与身边好友横向对比的强烈刺激下，又有谁能做到八风吹不动，端坐紫金莲。

在大学时，幕雨珊总是一副低眉垂眼、含羞带怯的娇柔模样，虽然在所有的同学中，她与王丹谊的关系最好，但大部分时间，她更像一个跟班，带着莫名的崇拜和安全感跟在王丹谊这个大姐大身后。

谁知时光好轮回，苍天又会戏弄谁。现如今，两人的身份和地位发生巨大变化乃至颠倒了过来，面对幕雨珊向自己提出的帮助，王丹谊的内心却在抗拒，抗拒这时空的转变，抗拒这造化的捉弄。

她开始抱怨命运的不公，对自己的选择也产生了怀疑，这趟列车的负重只会越来越多，它能否承受。她不知道这趟列车会开向何方，也不知道自己是否有能力改变它的行驶轨道。而自己是否会卸下包袱中途下车，又会在哪一站下车，王丹谊在心里埋下了一个深深的问号。

从广兰路地铁站出来后，王丹谊没有搭乘公交车，而是步行至开迅研发大楼。她没有给陈松涛打电话，只是在路口站了一会儿，看着车来车往，然后穿过战象广场，朝着那间被称为家的临时居所的方向走去。

路边的栾树叶七零八落地低垂，风儿不知躲在何处休憩。面对横穿马路的行人，烦躁的司机按下了冷漠的笛声。伞下的王丹谊已经汗流满面，后背的连衣裙上沾染了一片不和谐的褐色。人行道旁的翠竹也探出调皮的叶片，轻轻划过她洁白玉润的肌肤。悠然间，所有的纠缠被释放，在这个仍旧陌生的城市里，王丹谊竟然惬意地享受起了这一路短暂的孤独。

"你们聊得怎么样？"陈松涛加班回来就迫不及待地想知道她们今天见面的情况。

王丹谊省去了幕雨珊个人生活的大部分片段，也没有讲她和男朋友的事业情况。只简单描述了她们两人见面的亲密、友谊失而复得，讲了后面合作的事宜和其他同学的情况，连幕雨珊送给她的香水也只是静悄悄地摆在角落那张小小梳妆台的抽屉里。陈松涛没有给她买过香水，也从未留意她是否拥有过香水。

"对了，雨珊要结婚了，她还怀孕了。"王丹谊的话让陈松涛大吃一惊。

"这么快啊！哎，就可怜了丁鹏，要不要跟他说一下？"陈松涛征求王丹谊的建议。

"无所谓吧，你看着办呗，他总要过去这个坎的，他得自己调节。"此时的王丹谊只想过好自己的生活，已经顾不得别人如何，她甚至觉得丁鹏的痴情，孤独得有点矫揉造作。

陈松涛并没有立刻告诉丁鹏，他在等一个合适的时机。

9 月下旬，丁鹏又跑到了中山。黄启明的设计团队提供的一套以 M 公司的 MCU 为主控芯片的解决方案通过了客户的评估，最近客户下了一批新订单，并且明确告知，不限制用哪家的主控芯片。黄启明主动给丁鹏打电话告知了这一消息。丁鹏连夜跟周晨商讨了销售策略，并搭乘第二天最早的航班飞抵深圳，于中午时分赶到了黄启明的办公室。

"丁鹏，你来得这么早啊，这是刚从上海赶过来的吧?"丁鹏能这么快赶来，着实让黄启明感到惊讶，毕竟昨天晚上打电话时他还在上海，黄启明以为他最快下午才能到。

"哈哈，听到您的电话，我立马订了今天最早的航班。"丁鹏倒也坦然，并不避讳对这份生意的渴望。

"走走，咱先去吃饭，下午再聊工作上的事情。"黄启明想给下午真金白银的严肃谈判腾出一点缓冲时间。

与周晨确定的方案已经烂熟于心，在吃饭时，丁鹏有意把话题往生意上引导，以便对一些信息进行预判，好为下午的正式谈判做准备。但精明的黄启明又怎么可能不明白丁鹏的用意，他有多种方法回弹丁鹏的试探。

由于之前没有太多生意往来，黄启明并没在意菲特普公司的具体信息。但这次是真刀实枪的拼杀，他开始谨慎起来。回到办公室，他向丁鹏打听了菲特普一年的销售额，主要的客户群以及每个客户贡献的业绩和对应的产品种类，菲特普与原厂的关系如何，菲特普的技术支持能力如何等。虽然数据有夸大的成分，但丁鹏的大部分回答都以事实为依据。

"启明兄，这次的采购量有多少?"铺垫已经完成，丁鹏首先在核心问题的边缘试探。

"这次大概有 50 万颗，不仅仅是那一家客户，我准备把 Q4 和明年 Q1 的量一起打包。"老谋深算的黄启明上来就画了一个大饼，就看丁鹏的吃相了。

丁鹏自然将信将疑，但他的表情却仍然要展现出惊喜。他在心里快速盘算着黄启明的真实想法。

"启明兄，这次量不少啊。虽然感谢的话说了很多，但这次还要继续，多谢您之前给我们 demo（样品）的机会，更感谢您帮忙推荐给客户，我现在才有机会坐在这里，非常感谢启明兄您第一时间就通知了我，不管结果如何，我都心存感激。"丁鹏双手合十做出感激的动作，继续说道："启明兄，希望这次我们可以愉快合作，不知我该如何配合您？"

"哈哈，丁鹏，你小子上来就给塞糖衣炮弹啊，把我举得这么高，万一最后你没拿到单子，那我岂不是没脸见你了。"黄启明给丁鹏续上了一盏茶，继续说道："不瞒你说，我跟 S 家也打了电话，他们明天会过来，我想你也理解。除了重新谈价格之外，更重要的是这次在客户那边只做了小批量的试产，我们也是通过各种方法才说服客户通过了评估。你也知道大规模量产时可能会出现的问题，那赔偿金额可不是小数目，最主要是怕耽误客户的出货时间。所以，为了保证交付的质量和时效，我不敢贸然把鸡蛋放一个篮子里。当然了，如果你这边的价格足够优惠，你小子也真诚，我愿意冒这个险。"

姜还是老的辣，黄启明以退为进，打了一套太极拳，夺回了谈判主动权的同时又把成败的关键因素抛给了丁鹏。

昨天夜里，丁鹏和周晨探讨方案时，两人都想到了要通过黄启明的客户打听更多、更具体的信息，可惜的是他们对那家客户都不熟悉，没有直接联络人，通过别的渠道打听需要时间，而且得到的信息可能还会存在巨大误差。丁鹏懊悔自己阅历的浅薄和人脉关系的缺失，每一次的不如意都是成长路上的友善提醒。

他对黄启明关于小批量评估的说法产生了质疑，其实很可能已经完全通过了客户的评估，或许这只是他谈判压价的伎俩而已，毕竟客户已经不再限制使用哪家的主控芯片。即使如此，他也不能当面质问，仍需笑脸相迎，重新组织语言进行战略回击。

　　"谢谢启明兄的信任，太感谢您在客户那边的推荐，不瞒您说，昨天晚上接到您的电话，我连夜跟同事一起做了一套方案，希望真诚和价格都能打动您！"丁鹏的攻击软绵绵，并没有击中黄启明的要害。

　　战场上的两个人开始你来我往，以各种招式试探对方的底线。由于已经买过少量的样片，黄启明知道丁鹏的价格上限，虽然当时的价格比已有的采购渠道的价格要高，但差距很小，可以忽略不计，况且那只是少量的样片。而这次是大规模采购，黄启明有信心同时拉下 S 和 M 两家的价格，至于最后单子花落谁家，那就要看谁更有诚意了。

　　丁鹏当然也不会上来就直接亮出底牌，他通过各种直接或者委婉的方式向黄启明强调，为了赢得他的信任和评估的机会，菲特普上次给出的少量样片的单价已经跟规模销售的价格一致了，并没有玩欲抑先扬的假把戏。几轮交战下来，丁鹏一直在坚持之前的报价，没有任何让步，黄启明开始变得有些不耐烦。

　　"丁鹏，我相信你是带着诚意来的，上次你帮修睿兄的忙让我很感动，我也的确想跟你合作，可你这个价格真的高得无法接受，之前我都给你讲过，你的价格比我另外两个采购渠道都要高。奈何当时仲祥一直推荐，我也不好意思拒绝，所以才有了你 demo 的机会。但如果你一直坚持这个价格，我真的要怀疑你的诚意了！"黄启明恩威并施，虽然没有直接挑明，但他相信丁鹏已经完全领会了其中之义。

　　不管黄启明言语中威胁的成分占多少，丁鹏明白，他必须要认真对待，对价格的坚持已经发挥了作用，第二波的攻击正在酝酿之中。

　　"启明兄，很抱歉，让您为难了，这样，请给我 20 分钟左右的时间，我需要跟同事和财务开个电话会议，核算一下我们还能让多少利。"丁鹏的神情中夹杂着严肃和无奈。

　　"好的，那用我这个办公室吧。"黄启明脸上又恢复了笑容，说着就要起身离开。

"不用，不用，启明兄，您坐着，我下楼打电话。"说完，丁鹏推门而出。

走出办公楼后，丁鹏掏出手机，在屏幕上滑动了几下，之后就把手机放在了耳边。他舍近求远，绕着水池走了大半圈，在左边的一片树荫下坐下，而这一切都是演给六楼的黄启明看，虽然丁鹏一直没有回头，但他笃定黄启明此刻正站在窗户前向外观望。

大约一分钟之后，手机上的10086几个数字变得暗淡，手机界面也恢复到通话记录一栏，丁鹏用左手中指快速按按了一下电源键，手机瞬间恢复了黑屏。他的左手依然握着手机放在耳边，时而起身在两棵小树之间踱步，右手还时不时上下左右挥舞几下，时而坐在水池边，右手不停地向后捋着头发。当看到旁边有人经过时，他会故意错开几步，但声音却隐隐约约、似有若无。

25分钟之后，丁鹏摁下了笔记本电脑的电源键，他用左肩头和脸部夹着手机，打开了桌面上的一个EXCEL文件，这是他和周晨准备的第一波榴弹炮攻击。两只手飞快地在键盘上跳跃，复制粘贴了几行单元格，同时修改了对应表格中的数字，接着删除了刚才输入的所有文字乱码，然后保存。

"谈得怎么样?"丁鹏推门刚一进入，黄启明便直接问道。

"启明兄，我很庆幸合伙人的支持，财务也重新算了一下账，我把具体的方案列出来了。"丁鹏说着，就顺手打开了电脑，挪动了一下凳子，坐在黄启明身边，当着他的面，打开了刚才保存的EXCEL文件。

黄启明也注意到文件的修改日期是三分钟前。

丁鹏激情满满，结合着刚才在楼下假装打电话时想好的思路，他对着文件讲了五分多钟，但总结起来就一句话，采用阶梯报价。以上次报价为基准，每10万颗单价优惠2%，如果50万颗全部下单，则单价较之前下降10%。

看完表格，黄启明没有立即表态，他在心里盘算着如何进一步还击。由于自己使用的是S公司销量最好的一款主控芯片，即使已经合作多年，但毕竟自己的体量不大，因此，黄启明估计这次从另外两个采购渠道拿到的最大折扣也就在 3% 左右，对比而言，丁鹏诚意满满。但尴尬的是这次的采购量不过 25 万颗左右，给丁鹏画的饼整整大了一圈。

黄启明原本计划以 50 万颗的采购量压低单价，最后只采购一半，但没想到丁鹏会采用阶梯报价，而阶梯顶端的价格又极具诱惑力。他准备以这 25 万颗的采购量拿到丁鹏 10% 的折扣，但此刻却没有想到合适的说辞。

"丁鹏，你小子真够滑头的，想出来了阶梯报价这招，不过也的确能看出你们的诚意。但我得实话跟你讲，另外两个采购渠道的供应商明天会过来，虽然我还不知道他们会不会也像你这样，想出这么奇特的招数，但我相信，面对这 50 万的订单，他们给的折扣应该不比你这个差。这样，你再跟你的合伙人商量一下，我觉得你们的价格还有折扣的空间，你后天再过来一趟，带来一个新的价格，让我可以毫不犹豫地选择你们，要不然我也很难办！"黄启明欲擒故纵、声东击西，把心理战玩得炉火纯青。

丁鹏即使再优秀，但毕竟阅历有限，面对黄启明的笑里藏刀，他还是有些惊慌失措。回到酒店后，打开电脑，掀开了第二波加强榴弹炮的外衣，额外 5 个点的折扣要不要给，如何给，丁鹏陷入了困惑之中。他拉上了窗帘，准备与困惑在梦里和解。

醒来时已经晚上 8 点半，丁鹏下楼吃了一碗云吞面。9 月底、10 月初拥有南方最适宜的天气，丁鹏却并没有心思领略这惬意舒心，吃完面直接上楼，拨通了周晨的电话。他把这边的情况跟周晨详细描述了一遍，两人反反复复讨论了一个小时也没有任何结论。最后还是在周晨的建议下，两人同时去打听黄启明客户那边订单的真实情况和另外两个供应商的报价，明天晚上再定最终方案。

整整一天，两人收集到的信息非常有限，仅仅了解到黄启明的新方案确实通过了客户的评估，并没有订单数量、交货时间等信息，至于另外两个供应商那边，更是一无所获。

"丁鹏，你准备怎么出牌？"周晨首先问。

"再让 2.5，至于这 2.5 是通过阶梯平分还是只放在 50 万颗上，我们再讨论一下。"丁鹏并没有更好的对策，这是他从昨天晚上开始就一直在思考的策略。

"丁鹏，你有没有想过黄启明根本就没有那么多订单，他只是拿这 50 万颗来压价而已。有没有一种可能，在他给你打电话之前，就已经跟另外两家供应商谈过了，只是折扣不满意，甚至是根本没有折扣，所以才叫你去的，他知道我们是新玩家，价格必须要更有竞争力才可以入局。当然了，他叫你过去肯定有你跟他交情的成分在，我相信到最后，即使我们价格高，他多少也会分给我们点单子的。但现在我怀疑的是，他有没有可能明修栈道暗度陈仓。如果我刚才的假设成立，那么我们昨天出价之后，他很有可能转回头又去找了另外两家，他留出来今天这一天时间就是要重新跟他们谈价，但谈判的结果很难预料，所以他才会让你明天继续过去，以比较最终的价格。如果有其中一家供应商就范，那么我们就是白白给人抬了轿子。"周晨一口气讲完了他的分析。

这些话让丁鹏瞠目结舌，他觉得周晨小题大做，甚至有点以小人之心度君子之腹。但转念一想，在这个玩尽各种心理战的沙场上，又有谁会以真面目示人呢！毕竟周晨经历得多，或许他的想法是正确的。

"我倒没这么深层次地想过，如果那样的话，他的城府就太深了。如果你的假设成立，那么他今天必定会跟另外两家重新谈判，结果无非两种：一、有供应商就范，他拿到了更优惠的价格；二、供应商不理他。如果是第二种，那我们就咬定青山不放松，如果是第一种，你觉得我们该怎样出牌呢？"丁鹏没有更好的方法，也只能按照周晨的思路进行推理。

"说实话，这两种情况五五开。而且第一种情况的概率会更大，就看我们的竞争对手让利多少了。我们的底线仍然是 15 个点，再低就没有多少利润了，而且这 15 个点必须是以 50 万颗为基准，主动权要掌握在我们手里。我的想法是，你明天上午就去，依然坚守昨天的方案，只能通过察言观色来判断他的真实想法。不到万不得已，我们不能亮底牌，这个万不得已只能你现场把握了！"虽然周晨分析得很透彻，但最终也没有一个万全之策，只能守着底线随机应变。

第二天早上 9 点，丁鹏推开了黄启明办公室的门。两人寒暄之后又简单聊了一会儿，丁鹏找不出黄启明的任何破绽，但他也平心静气，并不急于讨论价格，他要等对方首先开口。终于在喝了几盏茶之后，黄启明率先出击。

"丁鹏，我们也聊这么多了，你再谈谈你们的方案吧。"黄启明的和善慈祥全写在了脸上。

按照昨天晚上的讨论，丁鹏以极其为难的神情向黄启明表述了他们是如何克服重重困难才给出的优惠方案，任凭黄启明恩威并重、软磨硬泡，他依然坚持昨天的方案不放松。两人谈到最后，场面极度尴尬，中间竟有大约一分钟的停顿，整间办公室安静得只有茶壶里水蒸气翻滚的声音。

"你先坐会儿，我去跟采购和销售聊一下。"说完，黄启明便起身离开。

由于办公室的门关着，丁鹏看不到黄启明在外面找了谁，去了哪间会议室，也听不到外面交谈的声音。他想借故上厕所去观察一下情况，但又太过明显，只好作罢，他在茶桌前干坐着，约莫等了有半个小时。

"抱歉啊，久等了！"黄启明推门而入，手里拿着一张表格。没等丁鹏答话，他继续说道："我刚跟采购和销售开了个会，重新算了一下两个季度的需求。不瞒你说，不到 50 万颗，但我本来想着如果你价格足够优惠，我可以提前把明年 Q2 的需求打包一起采购，可现在你这个阶梯价格不好操作，而且我刚才也说了，只有 10 个点的折扣才能和另外两家的价格相抗衡。所以，我想了一个折中的方法，以 10 个点的折扣，我先订购 25 万颗的量，另外 25 万颗我明年给你下单。这是我今年 Q4 和明年 Q1 的需求量和具体型号。"黄启明说完把表格递给了丁鹏，正襟危坐面带浅笑，然后继续说道："你看下，也可以跟你的合伙人再商量一下，如果你们觉得我提的这个方案可以，那我们今天就可以签一个预备合同。如果实在不行，也不能太过勉强，那这个单子就交给别人了，不过你放心，我们的友情还在，我们的合作肯定也会继续。"

丁鹏在心里臭骂了一句老狐狸，同时也给周晨竖起了大拇指，还是他经验丰富。黄启明又恢复到了平常谦和温顺的语气，这是一个明确且危险的信号，丁鹏意识到他不会再有试探，这已经是最后的决定了。

"好，启明兄，您也等我一会儿，我再去打个电话。"丁鹏再一次下楼。

刚出电梯，丁鹏就拨通了周晨的电话，他依然坐在前天那个位置。

"晨哥，我的判断是黄启明这次是认真的。他不像前天那样，当听到我报的价格高时面挂凶相、一脸严肃，这次是谦卑温和、笑里藏刀，像是给我们下了最后通牒一般！"讲了黄启明的方案后，丁鹏又从面部表情的细节入手，分析了自己的判断。

"人家还是老江湖，跟我分析的差不多，不过我觉得他这个方案也行，但你要加上两条限制条款。"周晨又给丁鹏详细讲述了这个合同的限制条件。

当双方都已经亮出底牌，且互有吸引力时，合作也就顺理成章了。在午饭前，合同签署完毕，限制条件的内容大致如下：

第一，此次合同的货款须在 2012 年 4 月 1 日前结清。
第二，黄启明公司须在 2012 年 4 月 1 日前给菲特普公司追加另外 25 万颗芯片的订单，最迟不得晚于 6 月 1 日。

当然，这两个限制条件肯定有对应的惩罚条款，但至于惩罚条款的具体实施，签字双方都明白其真实的约束力。

"丁鹏，晚上我把修睿兄叫上，庆祝一下！"黄启明的喜悦由心而发，丁鹏也自然应约，刚好可以趁着饭局先跟郑修睿了解一下新产品的情况。

从办公楼出来，丁鹏终于可以领略这南方十月天的舒心惬意，连空气中都弥漫着金黄色的甘甜。路上的车辆三三两两，懒散地在马路上移动着，在两个红绿灯之间，有大把的时间可以挥霍。稀疏的行人寥若晨星，悠闲自得的丁鹏走走停停，或极目远眺，或驻足端详，远处的闳宇崇楼鳞次栉比、高耸入云，路边的绿叶青翠欲滴，被栅栏包裹着的虞美人浓艳娇羞。

"丁鹏，恭喜你了，今天一定得多喝点。"郑修睿还是最后一个到，刚进门就给丁鹏赞了一个满面桃花开。

"多谢启明兄的信任，我相信我们的合作才刚开始。"丁鹏很自觉地打开了酒瓶，并均匀地倒在三个分酒器中。由于征询过两位的意见，他提前买了两瓶高端白酒。

"丁鹏，我们下周会开新产品的供应链评估大会，你材料都准备好了吧？"酒意渐浓，郑修睿主动引出了有关生意的话题。

"都准备好了，就等您一声令下呢。"丁鹏赶忙起身，又将两位的空杯倒满。他对生意的渴望如这琼液一般，灼热强烈。

"不过，我得提前给你预警，我看了一下这次申报的供应商名单，里面有原厂，还有很多合作多年的、规模比较大的代理商，你这边可能没多少优势，我说话比较直接，你别介意啊！"郑修睿的真性情被酒精挥洒得一览无余。

"修睿兄，您说这话就见外了，您这是在帮我呢。谢谢您的提醒，胖子都是一口一口吃出来的，我们尽最大努力，再加上修睿兄您的帮衬，我相信即使这次不成功，后面总会有成功的机会的。"丁鹏举杯，一饮而尽。

虽然他已经预料到竞争的激烈程度，并且也做好了失败的心理准备，但失败只适合自己在黑暗的角落里慢慢消化，当遮羞布被别人扯开后，伤痛便在所难免，羞耻也无处躲藏。

丁鹏在中山又待了一周，像当初在鑫达集团那样。他几乎每天都耗在郑修睿的公司，想尽各种办法与评审委员会的各个成员建立联系，争取机会介绍菲特普公司的情况。可丁鹏明白，自己的目的性太强，在一周时间内跟他们的关系不可能有质的飞跃，况且，委员会的成员除了郑修睿之外还有 10 人之多，不可能顾及所有人。所以，这是临时抱佛脚，只求他们对菲特普公司有个初步了解，剩下的就交给命运吧。

可惜命运这次并没有眷顾丁鹏，周五上午公布的供应商名单中没有菲特普的名字。郑修睿在第一时间给他通了电话，送去了几句安慰，而丁鹏倒也坦然，失败的消息不过是在预期的心理上增加了几颗尘埃的重量，抖擞精神，弹落负担，重新出发。

由于第二天就是十一，飞往上海的机票贵到惨无人道，丁鹏只能选择晚上 11 点多的飞机，到家时已经凌晨 3 点，他已顾不得洗漱，把困倦摊开，直接交给了床垫。

再次醒来已上午 11 点，丁鹏睡眼惺忪，拖着仍旧疲惫的身躯往卫生间走去。打开房门，陈松涛正在客厅观看 NBA 直播，两人几乎同时发出带有河南口音的经典感叹词。

"我中午做面条儿，将就一下？"陈松涛问道。

"中啊！"还在卫生间蹲马桶的丁鹏发出了泡沫破灭的声响。

一个人在厨房里叮叮咣咣，炒锅里的菜乒乒乓乓地乱舞；一个人在卫生间稀里哗啦，洗着澡，哼着自我陶醉的曲调。

十分钟后，陈松涛盛了两碗蒜苗鸡蛋捞面条放在桌子上。丁鹏主动分享了最近生意上的奇闻趣事，看得出来，他心情不错，或许可以趁此机会把幕雨珊结婚的消息告诉他，陈松涛在心里合计着。

"对了，王丹谊呢，你咋不跟她一起出去哦？"丁鹏像如梦初醒般突然一问。

"她去杭州玩了。"陈松涛随口一答，他正斟酌着故事该怎么讲，又该如何劝慰丁鹏那对感情近乎变态的执着。

"你咋不去啊？"丁鹏的语气中含有些许的不可思议。

"我跟你讲个事情，你先有个思想准备啊！"陈松涛放下了碗筷，表情严肃。

丁鹏脸上的惬意被内心的冰冷瞬间凝固，只有嘴角还强拧着一抹微笑。可陈松涛顾不了这么多，情绪已经被点燃，组织好的语言从大脑奔涌而下，如决了堤的洪水，滔滔不绝，道尽了丁鹏的痴情孤独。或许他只是对幕雨珊迷恋执着，但这与爱情无关；又或者他只是陷入对初恋的忘情回味中，无法自拔，但这与初恋的对象无关。

"丁鹏，我也劝过你多次，这事情都过去这么久了，既然她都已经结婚又要马上生子，咱就忘了吧，咱得往前看……"陈松涛像大话西游里的唐僧一样，絮叨个不停。

丁鹏耐心地听着，不忍心打断，他明白这是兄弟真挚的关怀。

"好，我听你的话。"一直等到陈松涛讲完，丁鹏才做出回应，声音铿锵有力，他打开冰箱拿了两瓶啤酒。

"来，干!"丁鹏仰起头，孤独被他一口一口吞下，能够掀起绿色酒瓶里的浪花，除了痴情还能有什么。

陈松涛知道，自己的劝说无效，他一言不发，也默默仰起了头，只为让丁鹏的孤独明白，旁边还有兄弟在。

此刻，在杭州的某一家豪华酒店里，王丹谊一手紧握着幕雨珊抛出的那束粉红色的玫瑰花，一手擦拭着眼泪。她为幕雨珊的婚礼和幸福感动，可感动过后，寂静无声。她想到了自己的父母，想到了陈松涛，这两根系在自己身上的感情绳索互相缠绕、不可开交。她也渴望拥有浪漫幸福的婚礼，渴望得到父母的祝福，可现实让她如何是好。她丢掉纸巾，任凭眼泪肆意流淌，滑至唇沿，王丹谊尝到了苦涩的味道。

她把玫瑰花轻轻放在椅子旁，就像无意中丢失了一样，不带走一片浪漫，也把陈松涛的负担留在杭州。

十一假期的前几天，除了吃饭，剩下时间，丁鹏都把自己关在房间内。陈松涛已经放弃了对他的劝说，面对他的颓废和消沉，陈松涛想尽了各种办法，可房间的门却仍旧关着。好在假期的最后一天，徐留意从南通回来，他和陈松涛两人苦口婆心、撕拉硬扯，终于把丁鹏拽到了球场。没有技巧，只靠蛮力，即使他们二人已经下场休息了两轮，可丁鹏依旧不知疲倦，所有的不如意都随着汗水肆意挥发。

打完球，三个人还是默契地走进了那家常去的烧烤店。刚一坐下，徐留意就拍着胸脯说这顿饭他买单。

"你是不是好事将近了啊，今天这么主动！"放下酒杯，陈松涛开起了徐留意的玩笑。

"嘿嘿，你猜对了！"徐留意嘴里的毛豆和黄瓜还没咀嚼透彻，便迫不及待地宣告了他的喜悦。

十一假期，他在 Lisa 家待了五天。3 日时，他父母驱车五百多公里，带着满满一后备箱的礼物，赶到了 Lisa 家。双方家长相谈甚欢，满心欢喜地认下了彼此这个亲家。经过商议，最终决定腊月二十六在徐留意老家举行婚礼，初六在南通举行回门宴。

"这必须要恭喜恭喜，直接干了啊！"三人举杯，一滴不剩。

"你小子是不是已经上车了啊，后买票的？"

徐留意用满嘴的激情问候，招待了丁鹏这个难得的玩笑。

"对了，你们啥时候领的证哦，够迅速，够神秘的哦。"陈松涛继续问道。

"还没领证呢，我们准备明年 521 那天去领。"徐留意得意扬扬地说道。

"你看，是不是，肯定是先上车后买票的，还不承认。"丁鹏似乎已经从失落的情绪中走出，变得兴奋起来。

"滚滚滚，赶紧喝酒啦！"徐留意举起杯，刚喝了一口，又把杯子放下，郑重其事地对陈松涛说道："你听说没有，今年我们公司的绩效评审准备换一种玩法，老板没有生杀大权了。"

"那换成啥了，你听谁说的？"陈松涛对年底的绩效评审并没有多大兴趣，他坚信工作不能偷奸耍滑，收益和付出成正比。

"那还有谁？！"徐留意用欲盖弥彰的神情把答案告诉了陈松涛，但具体的方案他并未透露，原因有二：第一，Lisa 再三强调不能泄密；第二，方案可能还有变化。

　　到家后，陈松涛把徐留意要结婚的事情分享给了王丹谊，还特别强调了两次他们会在明年 5 月 21 日登记领证。王丹谊当然明白陈松涛所想要表达的意思，她又何尝不想结婚呢，可横亘在现实与理想之间的沟壑又该如何填平呢？每当看到马路上气派豪华的迎亲车队，她总是向心发问，何时才能轮到我自己。

　　"我要不把户口本偷出来，咱俩直接登记？"王丹谊在征求陈松涛的意见，但更像是在问自己，还没等陈松涛回答，她就已经明确了答案："不行，那样只会把关系越弄越僵，得不到爸爸祝福的婚姻是失败的。"

　　王丹谊的自问自答完全扰乱了陈松涛对两人婚姻的甜蜜构思，他再想说些什么似乎已经变得毫无意义。他理解王丹谊的顾虑和难处，也晓得自己在这份爱情里所处的被动境地，他想改变，但又要如何改变呢？

　　"你有没有想过换一份工作，我也在考虑。"王丹谊话锋一转，把话题切换到了他们之前很少谈论的章节。

　　陈松涛先是一愣，随后陷入了深深的思考之中。在一道来上海的四个同学当中，抛去已经回家的邵文勇，无论是薪水还是职位，陈松涛都是垫底的。他羡慕丁鹏和文杰取得的成就，但他明白，自己终究没有丁鹏的成熟睿智，做不到销售的忍辱负重；没有文杰的八面玲珑，在公司只能通过踏实肯干才能赢得老板的赏识。即使换工作，又能换到哪里去呢？薪水又能高多少呢？而且当前这份工作换过来才一年多，刚刚稳定下来，为何不能继续坚持呢？在一家公司同样可以加薪升职。

　　虽然把事情想得很具体，也分析得很透彻，但陈松涛对王丹谊的讲述却轻描淡写，只简单地回复现在比较忙，等明年再看情况。王丹谊不知陈松涛是没有看透问题的本质还是在故意回避，她没有再去争论，轻轻关掉床头灯，把困惑带入到梦中。

　　这是两人情感中第一次出现猜忌和隐瞒，而抱着心上人的陈松涛已想不起刚才准备的问题，困惑被他甩向窗外的黑夜之中。

进入 11 月之后，徐留意突然变得积极主动起来。不仅开始奉承领导，对同事也是关怀备至，尤其对秋季校招进来的应届毕业生，他更是各种嘘寒问暖，只要有空就会主动帮他们答疑解惑，乐于助人的姿态被他表现得淋漓尽致。

用了一个多月时间，徐留意渐渐改变了他在同事心中玩世不恭的印象和得过且过的工作态度，他现在带给同事的是满满的进取心和正能量。这一切陈松涛都看在眼里，感到高兴和惊喜之余，总想知道徐留意的改变为哪般。终于在 12 月的一次打球时，徐留意透露了缘由。

"你现在是公司的老好人了，难道没有啥想说的？"在场边休息时，陈松涛又在暗示徐留意。

"我跟你说个事，下周，公司应该就会公布这次绩效评估的新方法，叫什么 360 度同事互评，就是几个同事给你打分。"徐留意这次没再隐瞒。

"咋个评法？"陈松涛心中的疑惑坠地，他想知道更多细节。

"到时候会有链接，点进去，你会给随机的几个同事评分，同样的也会有不同的同事给你评分，形成一个很大的网络……"反正下周就公布方案了，徐留意索性把自己知道的细节全都透露给了陈松涛。

这种评选方法的改变对陈松涛来讲没有多大意义，平常为人处事的风格和积极的工作态度使他在同事心中早已留下了非常正面的形象。只管做好自己，不必过分取悦他人，剩下的就交给人心。

元旦过后，公司正式公布了新的绩效评审方法，与徐留意描述的分毫不差。大部分同事面对新的评选方法都是平静如常，工作照旧，而少部分同事却一反常态地积极踊跃，这种临时抱佛脚的活跃不仅得不到正面的评价，还给工作氛围的不和谐因素又增加了一种讨人厌的色调。

当徐留意在为年终考核做着最后冲刺时，菲特普公司的会议室里热火朝天，年度总结会正在举行。

每个人都进行了简短的年度工作汇报，之后周晨又以公司老板的身份回顾了这一年团队取得的成绩。

"今年我们能取得这样优异的成绩，真的要感谢各位的付出。虽然这话在我们几个老爷们之间显得有些矫情，但我还是要真心地谢谢大家。你看丁鹏过去这一年，不是在出差就是在出差的路上，待在上海的大部分时间还被我们开会给占据了，连谈女朋友的时间都给压榨了！"周晨停顿了一下，几个人不约而同地以笑颜回应他的风趣，看了一眼丁鹏，他继续说道："永辉经过这一年也掌握了不少新技术，现在全面扛起了我们技术服务的大旗，我们还得努力，争取培养一支属于我们自己的独立的服务团队。"周晨微笑着向祁永辉颔首称赞，转头看向文杰说道："鑫达集团还是我们最重要的客户之一，这一年给我们贡献了33%的销售额，这里面文杰起到了至关重要的作用，我们默契配合才能取得这样的成绩，来年继续加油，再创辉煌。"

"一会儿多喝点啊，今天我们不醉不归。"周晨讲完，文杰以为会议结束了，开始收拾东西，迫不及待地想赶到年会现场。

虽然公司只有12个人，但前台小姑娘仍然把年会现场布置得精妙绝伦，所有的奖品已经摆放在包厢的四个角落，大小件错落有致。

"别急，等会哈，我还没说完呢。"周晨摆手让文杰坐下。

按照之前制定的公司章程，年底除了现金分红之外，还会根据每人的贡献来决定是否赠予其股票以及赠予股票的数量。2010年底，经过大家的讨论，最后决定从股票池中分别拿出1%、0.5%、0.4%赠予了周晨、文杰和丁鹏，祁永辉不享受股票赠予。

而随着销售额的翻倍，虽然今年的股票赠予方案还没确定，但大家的现金分红必定增加，可周晨不知出于何种目的，改变了今年的分红和股票赠予模式。具体来讲，就是在保证明年充足现金流的情况下，赠予的股票也可以直接折现，当然，仍旧可以选择保留股票。

"举个例子，我们今年的销售额是 4 600 万，如果我的股票赠予是 1%，我可以选择保留这份股票，也可以按照这 4 600 万的 1% 拿走现金而放弃股票。我大致算过，即使我们四个今年都采用股票折现的方式，明年的现金流依旧充足。"讲完之后见几人没有反应，周晨继续说道："我觉得明后年是买房的好时机，房价会有一段时间的平稳发展，不会再像前年那样变态了，我们赚钱无非就是房子、车子、孩子，我希望我们兄弟几个都可以在这两三年内解决掉第一个子。"

周晨是天生的演说家，煽情鼓动是他的专长。

"今天大家不必急着做决定，都回去想想，春节前确定就行。"欲速则不达，最后周晨把时间和自由的选择权都释放给了大家。

文杰已然心动，他确有买房的打算，这是女朋友开出的硬性条件。正当他为筹集更多的首付款而为难时，周晨的这个方案如雪中送炭，文杰心中已经有了选项。而丁鹏却并不为所动，心思缜密的他对周晨任何一个不按常理出牌的举动都会产生怀疑，尤其是最近两次跟他一起打单的经历，让丁鹏感到周晨的阅历和城府深不可测。他不会无缘无故地改变游戏规则，此次分红方案的改动，除了他所说的让大家买房的这个动情的原因之外，背后一定还有更深次的缘由，只是丁鹏仍然未知。

年会现场，奖品被悉数抽走，人均一件，只是奖品的价格不一。酒到深处情自嗨，当最后一个大奖被抽取后，大家意犹未尽，在文杰的起哄下，一致要求再来一个。

"这样啊，我有个提议，我把身上所有的现金都拿出来，我们继续抽奖，如果抽到了我自己、丁鹏、文杰和永辉我们四人中的任何一个，不管是谁，都要拿出同样的钱，把奖金 double（加倍）一下继续抽！"周晨说着，从钱包和背包里摸出来 1 800 的现金，在手里晃了晃，兴奋地说道："我可要抽了啊，如果抽到我们四个其中一个，奖金就翻到 3 600 啊，如果继续抽到我们四个那就要翻到 7 200 了啊，万众期待吧。"

大家的情绪已经被点燃，所有人都不希望抽到自己，文杰他们四个是不想出钱，而剩下的八个人是期盼着他们四个把奖金翻番、再翻番。

周晨从抽奖盒里拿出了一颗乒乓球，两手捂着故作神秘，然后一脸邪魅坏笑地望着文杰说道："让我们热烈欢迎文财主，大家鼓掌。"

文杰猛然一惊，然后情不自禁地摸了摸口袋，真是怕什么来什么，他故作镇定，调动了身体的每一个部位，展现出一副欣喜若狂的姿态。

他走向抽奖盒，饭桌上的八个人已经摩拳擦掌，随时准备跳起庆贺，仿佛每个人都是那个幸运儿。而另外三人虽表面上稳如泰山，内心却慌作一团，都在默默祈祷。当文杰念出名字的那一刻，三个人紧绷的神经才缓缓舒展，严肃的表情也瞬间转换成了笑脸。祁永辉还挪动了一下椅子，二郎腿重新换了一个姿势。

大家完全沉浸在年会欢乐的气氛中，丁鹏一手拿着分酒器一手拿着酒杯，与每一位同事庆贺，没有人能料到他那正在剧烈翻滚的内心活动。

周二，大家再一次开会，准备就新的分红方式做最终决定。由于在昨天的例会上大家就股票赠予方案已经达成了一致，所以今天开会只需要决定是选择保留股票还是转换成现金。

没等周晨询问，文杰首先表态。他今年的股票赠予数额较去年降了0.1个百分点，为0.4%，虽然心里不服气，但他有自知之明。由于菲特普在鑫达集团的业务已经成熟，自己起到的作用在逐步降低，这点股票的价值已经超过他过去一年的付出。在昨天的会议上，虽然他一直在争取，但终究是拗不过周晨，而且，另外两人保持缄默，没有为他争取，最后只好作罢。既然斗天不过，那就坐享其成，这点股票折合成现金超过18万，是一笔不小的数额。

就在文杰讲出自己决定的那一刻，他感觉自己的工作热情和进取心发生了骤然改变，仿佛菲特普的兴衰从此与自己无关。他迅速起身，借倒水的机会走出会议室，以防其他人看到异样的神色出现在他发烫的脸上。

"丁鹏，你呢，准备怎么选择？"文杰刚关上门，周晨就转向了丁鹏。

从上周五周晨提出这个新的建议后，丁鹏心中的阴谋论就一直挥之不去。他总觉得周晨是想通过这种方式来达到什么目的，但绞尽脑汁，周末两天他也没有想出个所以然来。在昨天的例会上，周晨提议给丁鹏0.8%的股票配额，仅仅比他自己少0.2个百分点，这让丁鹏倍感意外，周晨的目的也越发变得扑朔迷离，而阴谋论似乎要不攻自破。在股票和现金之间，丁鹏已经开始趋向于现金，毕竟有37万之多，像周晨讲的那样，自己再加一点钱，完全可以凑够买房的首付款了。

刚才文杰表态时，丁鹏一直在观察着周晨面部表情的变化，可除了专注的聆听之外，他没有任何异样。直到文杰关门时，周晨左边的嘴角微微上扬，眼睛斜视，一副轻蔑狡猾的神态，但立刻又恢复了微笑的模样。虽然这一表情的变化在瞬间完成，却仍然被机敏的丁鹏给捕捉到，答案也不再摇摆，变得清晰无比。

"考虑了两三天，我现在还没女朋友，暂时也没买房的打算，我决定还是选择股票，给公司多补充点现金流。"丁鹏的理由简单明了，至于真或假，全交给听者自己判断。

听到丁鹏的决定，周晨的第一反应是不可思议，匪夷所思的神情完全暴露了他复杂的内心活动，但毕竟在心理战场上久经考验，他迅速调整了状态。

"你就这么决定了，不再考虑一下？"周晨微笑着，像一位年长的哥哥，语重心长地给丁鹏摆事实讲道理，道尽了折现的理由和益处。

可一向精明的周晨却临时乱了阵脚，聪明反被聪明误，他越是这样劝说，丁鹏越是坚定选择股票的决心。

"咦，丁鹏，你选股票了啊，不考虑房子了？"文杰推门而入，刚好听到丁鹏最后的选择。

"我又没有女朋友，暂时先不买房了。"说话的同时，丁鹏也注意到周晨脸上冰冷的表情，他的疑惑不减反增。

最终，其他三人都选择了股票。文杰一片茫然，后悔、自责、被戏弄等负面情绪侵袭而来。他呆呆地靠在椅子上，端着水杯的手毫无规律地上下移动，每一次都只有极少量的水入口。

当火车的汽笛惊扰第一片顽皮的雪花，当雪花铺满铁轨。

当南归断桥的大雁舔舐伤口眺望北方，当北方寒风凛冽。

第五章

  刚下车，一片浓雾迎面而来，这是琼池瑶台洒下的潺潺甘醴，氤氲人间。远处那绿油油的麦田和隐逸仙林消失不见，雾锁山头山锁雾，天连麦田麦连天，所有的尘埃幻化一色，白茫茫朦胧一片，不知是雾的晨吻还是霜的凝视。村口大户人家的狗吠惊醒了在门外白杨树上休憩的燕雀，燕雀挥舞翅膀隐入雾霭，惊落了一片枯叶，连袅袅炊烟也改变了升起的方向。那棵老槐树也已胡须花白、两鬓染霜，隐约可见一副老态龙钟的模样。

  陈松涛沉浸在清新芳香且略带泥土味的空气中，他看到妹妹从老槐树那边走过来。

  到家时，母亲还在灶火旁忙碌着。连背包都没来得及放下，陈松涛便直接跑到了灶火旁，拿起刚出锅的肉丸子和裹着红薯粉的油炸萝卜酥，就往嘴里放。这是母亲的温暖，这是在八百公里外就热切期盼的味道。他四处环顾，感受这一年来家的变化。

  家，那个小时候一直想逃离却始终无法逃离、长大后一直想回去却再也回不去的地方，只是一座由灰白砖墙围起来的矮小院落，房脊上的一棵枯草在风中摇摆，屋檐上残缺的两片瓦片不知是被雨打落还是被风吹了去。厕所旁的那只小黄狗望着陈松涛，它闻到了熟悉的气味，尾巴纵情地摇摆，晃动得像只拨浪鼓，它肆意地狂奔却只能在原地打转，无法挣脱颈上的项圈。陈松涛扔了一块骨头过去，忙碌起来的小黄狗停止了哀叫。

家，即使再破旧，只要父母在，它永远是游子心中能避风遮雨的港湾。在这里，你可以撕掉所有自我厌恶的伪善面具，把被霓虹璀璨和物欲横流涂抹成五颜六色的灵魂拿出来晾晒，使它重新恢复成最本质的纯洁；在这里，你可以扔掉所有的城府和包袱，躺在那张熟悉的床上继续徜徉儿时未了的梦；在这里，你可以不再坚强也可以不用勇敢，换上最舒适的衣服，即使你再邋遢懒惰，仍然可以端起母亲为你做的那一碗热腾腾的饭。

"慢点吃，别烫着，没人跟你抢！"母亲的关心唤醒了沉浸在万千思绪中的陈松涛。

整个春节期间，除了走亲戚，剩下的时间里，陈松涛都待在家里陪着母亲。离家的时间越近，心里越发难舍。

小时候渴望远方，可长大后家却变成了远方。它像一座只为你敞开大门的旅馆，静静地矗立在远方，你来了它喜，你走了它悲，你在远方眺望，它在远方期待。

明天陈松涛就要出发了，母亲把儿子喜欢吃的特产塞满了他的行李箱。晚上一家三口又围坐在炭火旁，再吃上一顿团圆的饺子。

"松涛，跟妈说说，你现在跟丹谊到哪一步了，你们准备啥时候结婚？"面对母亲的关心，陈松涛竟一时语塞不知如何回答。

他曾无数次幻想与王丹谊交换戒指、花入洞房的美好瞬间。可现实是他们不仅没有洞房，自己连基本的定情信物都不曾置办给心爱的姑娘。而王丹谊的爸爸又是两人恋爱路上冷若冰霜的一道屏障，两人至今仍然没有找到暖化他的方法。这一切又如何能告知母亲呢，除了徒增担忧，又能给她带去什么呢。

"哥，你咋了，妈问你话呢！"陈松涛盯着火苗愣神发呆，被妹妹这一喊叫惊醒，手里的碗近乎掉落。

"哦，没啥，在想工作呢！"陈松涛赶忙夹了一个饺子放到嘴里，借着夜色掩盖自己的彷徨与紧张。

"你想啥工作啊，妈问你啥时候跟嫂子结婚，我都盼着呢!"提到结婚，瑜涛比哥哥还要激动。

"妈，我们再等等，丹谊想在公司的职位提升一下，我这边也是，等我们钱赚够了，就结婚，到时候接你去上海。"言不由衷的话使陈松涛的脸滚烫发热。

"钱啥时候都能赚，趁着妈现在身子骨还硬朗，能给你们带带孩子，再过几年，妈这一堆骨头散架了，谁来照顾你们啊!"母亲用欢笑表达了伤感，让陈松涛猝不及防。

"妈，你这说啥呢，你身体好着呢，瞎想啥啊。"陈松涛知道母亲的担忧，瑜涛也在一旁劝慰道："妈，说哥哥结婚呢，你这想到哪儿去了啊。"

母亲笑了笑，赶忙自责起来。火盆里的柴火又添了几笼，这一顿饺子由吃到凉，母亲和妹妹的期盼如这火苗越烧越旺，而陈松涛的沮丧恰巧绕过这一堆炭火，来到火光照耀不到的地方，冷若冰霜。

陈松涛带着全家人的期盼再度上路。这一去又是一年，一年何曾有变。

年后上班的第一天，每个人进公司的第一件事情几乎都是打开内网，查看自己的年终绩效。

最右边一栏的优秀二字是如此醒目、那般耀眼，加入公司五年来第一次加冕桂冠，徐留意的喜悦超出所有语言可以表达的边界。

他手舞足蹈，跑到刘景羽的座位上，剥开了一包山楂片放进嘴里，甜味四溢。

"怎么样，今年还满意吗?"徐留意的脸上写满了春风得意。

"我还行，德位相配。"刘景羽从徐留意眉飞色舞的面相上已经猜出了他的绩效结果。

"你怎么样，还满意不?"徐留意拍了拍李欣妍的椅子，他要跟所有人分享自己的喜悦。

"我们俩都是良，说好的，优秀请客的。"刘景羽抢先替李欣妍做了回复。

"那必须的!"徐留意比画了一个 OK 的手势，起身准备转移到下一个阵地。

陈松涛正在浏览某个购物网站，满屏都是五彩斑斓、新颖别致的女式项链。下周日是王丹谊的生日，又临近情人节，在这个特殊的日子里，除了鲜花和吃饭之外，他要送给心爱的女人一个额外的惊喜。

"哟，这刚过完年就开始浪漫起来了啊!"徐留意拍了一下陈松涛的肩膀，拉了旁边的一把空闲椅子坐下，继续说道，"这是准备送给王丹谊的情人节礼物吗?"

"是啊，难得一次。"陈松涛关掉了浏览器，他转动了一下椅子，对徐留意说道："我刚才都听到了，今年终于优秀了，准备啥时候请客啊?!"

"靠，你顺风耳啊，anytime（随时）!"徐留意想要炫耀一个不经意，可惜每次都是暴露无遗，大家也都喜闻乐见他一本正经地假装失意。

陈松涛还要继续挑选项链，徐留意只能一人去抽烟，在七楼外侧的抽烟处碰到了老大时明瑞，他赶忙抽出一根递了过去。在老大面前，徐留意平日里的英姿飒爽退却了不少成色，局促紧张慢慢占领了高地。两人闲聊了一会儿过年的趣事，以一问一答的形式。

"你这次得了优秀吧!"时明瑞把话题拉回到工作中，徐留意点头示意。

"不要骄傲啊，这次是集体主义给了你荣誉，明年如果变更方式，你自己觉得能卫冕吗?"时明瑞把烟蒂扔进了垃圾桶，顺便说了一句"先过去了"，便右拐，进了办公室。

在口中酝酿了许久的烟雾，与空气深深拥吻，自然缭绕，在一米外变幻成一个问号的形状。徐留意不明白老大的话有几层含义，但似乎疑惑和轻蔑远远超过信任和鼓励。他不解为什么时明瑞对自己会持如此的态度，难道自我争取妄称豪杰，只有臣服于你才算冠军？你对我不屑，我视如敝屣。

周日，陈松涛起个大早，为了不吵醒王丹谊，他蹑手蹑脚，洗漱完毕之后便轻轻关上门出去了。半梦半醒的王丹谊翻了个身，知道陈松涛已经起床，正要开口时便听到了关门声，迷迷糊糊中又睡了过去。

广场沿街店铺的一家花店已经开门，老板也住在玉兰香苑，陈松涛昨天下午预付了订金，并且约定好了今天早上取花的时间。来到花店，老板已经把整束花装饰完毕，花的中央嵌着一个大大的爱字。谢过老板付过钱，陈松涛小心翼翼地捧着这一束红玫瑰往家走去。

到门口时，他从口袋里掏出一个精美的首饰盒，把对王丹谊深深的情感寄托在这条溢彩典雅的项链上，沿着那个爱字铺开，合成一个心形的浪漫。轻轻开门，看到心爱女孩侧脸的香甜，他静静地坐在床边，手捧着鲜花，准备把浪漫温情定格于王丹谊睁开眼睛的那一瞬间。可惜坚持了不到五分钟，陈松涛就脱了鞋，蜷缩在另一边的床头，眼神也开始迷离起来，那束鲜花被他放在了床下。

"咦，咋躺那头了，你刚才是不是出去了？"王丹谊翻了个身，刚好踢到陈松涛，两人同时从梦中惊醒。

"嗯，刚下去买了点东西。"陈松涛迅速捧起鲜花，挪到了被窝的另一头，深情却带羞涩地说："亲爱的，生日快乐！"

王丹谊立即折起身来接过鲜花，当看到精美的项链时，她惊喜若狂，女人在美的修饰面前毫无抵抗力，她赶忙把花放到桌子上，两人紧紧相拥。但惊喜过后，冷静了的王丹谊温情脉脉地望着陈松涛问道："亲爱的，谢谢你，这条项链你花了多少钱啊?!"

"管它多少钱干吗啊，只要你喜欢就行！"陈松涛的羞涩还未退却，又增添了新的慌张。

"嗯，我很喜欢，你得告诉我多少钱，我更要倍加珍惜！"

"我一个月工资吧。"

"你太傻了亲爱的，我们留着钱还有更大的用处……"

所有言语的告白都在此刻都显得微不足道，王丹谊用浓情亲吻代替。卫生间的水流哗啦啦，小心翼翼的激情缠绵正在被窝下。

喘着粗气的陈松涛推开门，正在客厅观看 NBA 节目的丁鹏向他竖起了大拇指，同时说出了那句至高无上的赞语"牛!"

"滚犊子，下午打球啊，晚上徐留意请客。"陈松涛一边提着裤子一边往卫生间走。

"你确定可以? 别透支了啊!"客厅里传来了丁鹏的笑声和球场上的呐喊声，王丹谊躲在被窝里咯咯自乐。

"照样打爆你!"卫生间里再次响起哗啦啦的声音，明显盖过了陈松涛的说话声。

打完球，不到 5 点，几个人收拾好东西很自觉地往玉兰香苑的方向走。在丁字路口等红绿灯时，徐留意回头看了一眼。

"哥几个，要不今天咱们换个口味，来这里!"他指了指斜后方的一家饭店。

"那就恭敬不如从命了，今天要请徐大公子破费了!"陈松涛带头，第一个转身往回走。

"那我去开车，把那三个女生带过来吧。"刘景羽说着往车库的方向走去。

他们选的饭店就在公司的对面，几个人上电梯来到饭店门口，竟然没见一名服务员，很难想象在工作日，门口这一片狭小的空间密密麻麻站满了人，手里都拿着手写的号码牌等候服务员叫号。虽然他们不常来，但谁都体验过那种焦急的等待。徐留意吼了一嗓子，从屏风后面走出一位清秀的服务员，睡眼惺忪的模样。

"你们几位?"服务员清了清嗓子，把几个人往里相迎。

徐留意比画了一个"七"的手势。

"随便坐。"服务员甩手挥舞，指点这空旷的江山。

环顾了四周，三个人往右后方的圆桌走去，待他们坐定，服务员也送上了水壶和菜单。

"我们仨喝酒?"徐留意指了指菜单的右下角,丁鹏和陈松涛都摇了摇头,春节的酒意还没散去。

"我们4月份要不要去自驾游?"徐留意把点好的单子递给了服务员,转头对两人讲。

"看来你是要买车了!"丁鹏说道。

"你真聪明,我爸昨天提的车,我下周末回去开过来,再练两个月,4月份我们就可以出去了。"徐留意并不想炫耀,只是简单带过买车的过程。

话刚说完,刘景羽和另外三位女生也到了,徐留意把自驾游的提议也跟他们讲了一下,刘景羽第一个赞成。去年秋季他就有这个想法,但那时候碍于车辆不够,只能无奈打消了这个念头,现在好了,万事俱备,只候天气。

周一,丁鹏直接把行李箱带到了公司。上午,公司会举办全体员工参加的动员大会,下午,有四个人参加的例会。会议结束之后,他要乘火车去武汉,开辟新的战场。

上午10点,本就不宽敞的会议室里挤满了人。周晨坐在会议桌的一角,屏幕上投影着他用心准备的PPT。他介绍了过去一年大家取得的成绩,激情澎湃地描绘着公司未来的发展前景,说到动情处,他更是站起身来,意气风发地指点江山。最后,他又当场宣布,每名员工都会获得1 000元的红包,作为开工利是。看得出,除了PPT之外,周晨今天的演讲也经过了精心策划,这是他的强项和过人之处,他的每一次演讲都极具煽动性和感染力,今天当然也不例外。他一直强调和灌输的理念已经深入人心,在场的每一名员工都深受鼓舞,进了公司的门,就是一家人,工作为自己更为家人。

中午,公司全体员工赶到三公里外的一家高档饭店用餐。他对人性的揣测和公司的管理在每一处细节上都体现得淋漓尽致。

直到下午两点半,四个人的例会才开始,每个人都展望了自己新一年的工作计划和目标。尤其对几个重要大客户,大家都坦诚布公地讨论,明确了各自的具体任务。

　　"有一件事情本来想年前就跟大家讲的，但为了戒骄戒躁，我还是忍住了，现在准备告诉大家。"当所有的议题讨论完毕后，在另外三人准备结束这一天的会议时，周晨在会议室里投放了一枚深水炸弹。

　　大家的表情各不相同，都在期待着周晨带来的惊喜。

　　"大家也都知道，这几年我们和海美创格集团一直保持着良好的合作关系。从七年前我刚接触海美创格开始，到去年他们成为我们菲特普最重要的客户，没有之一，我们与海美创格之间的合作是一年一个台阶地提升。现在，我们准备把合作向前再推进一大步，海美创格和菲特普要合资成立一家芯片公司，研发销售自己的芯片，这也是我们菲特普跨越式发展的重要一步！"周晨激情澎湃地给大家讲述了两家公司合作的过程，也描绘了新公司的美好前景。

　　海美创格集团是国内领先的家电和消费类电子厂商，每年芯片的采购金额高达 80 亿元，他们有足够的实力和筹码去跟供应商谈判议价。但即便如此，对于一些把控主要芯片的国外厂商，他们仍然无能为力，因为找不到替代品，而且有些芯片的价格波动如期货一般，飘忽不定。从需求端来讲，MCU、功率和电源芯片占据了 7 成以上的采购份额。随着物联网概念的兴起，后续一些 IOT 的芯片需求也会增加，但不论是从单价还是采购金额抑或是被国外供应商垄断的程度来分析，MCU 在其中的占比都是最大的。

　　国内主要的家电和消费类电子企业已纷纷投入资金和人力研发自己的芯片，力求摆脱主要芯片受制于人的困境。但每家企业对于自研芯片的态度和重视程度各不相同，有些还停留在基础概念阶段，有些雷声大雨点小。虽然自家的芯片已经试量产，但性能、安全乃至功能等方面仍旧存在各种各样的瑕疵。无奈，他们只好沿用以前的供应链，而失败又带来了负反馈，在成熟供应链的驱动和诱惑下，自研芯片项目往往会无疾而终，毕竟投入巨额成本带来无效的收益将会与公司的主营业务线发生剧烈冲突，在二选一的情况下，往往都会保大弃小，保熟弃生。纵然如此，仍然有少部分具有战略眼光的企业家和职业经理人克服了重重困难，通过多种方式，从主营业务线输血以支持芯片自研项目，他们的魄力和睿智也将在未来大放光彩。

三年前，海美创格就已经开始布局自己的芯片版图。他们从外围辅助芯片入手，采用"农村包围城市"的路线，由易到难，逐步深入。据说这些芯片已经成功量产，并且业已应用到自家的产品上。自研辅助芯片的成功应用夯实了领导层对于芯片研发项目的决心，他们也变得更有信心，想要研发那些需求量更大且受制于人的芯片，最终他们的目标定在了 MCU 和电源管理芯片上，但采取稳扎稳打的方式。第一步先吃透和成功研发 MCU 芯片，在此基础上再扩张电源管理芯片。可通过调研，他们发现 MCU 芯片的研发难度远超那几款已经成功量产的外围芯片，而且，海美创格目前的技术储备也支撑不了他们对 MCU 芯片的自研。经过讨论，他们最终决定采用与其他团队合作的方式。多家公司和科研院所都明确表示有合作的意愿，但海美创格最终选择了菲特普，确切地讲，是选择了周晨。

周晨讲述的合作过程到此戛然，他并没有继续阐述海美创格与菲特普合作的原因，这变成了另外三人觉得匪夷所思的关键要素。每个人都在心里权衡着，难道海美创格看上了菲特普的公司实力？但和周晨刚才讲到的那几家有意愿合作的公司相比，菲特普的实力可以忽略不计；难道海美创格看上了菲特普的技术？和那几家科研院所相比，菲特普的技术也可以忽略不计，整个公司除了祁永辉之外，其他所有人的技术都在一个水平线上，而且他的强项还只在于应用端而非研发。那海美创格究竟图啥呢？还有其他吗？思来想去，三人心有灵犀地达成了共识，海美创格和菲特普的合作，原因只有一个，即周晨的个人关系，这也与他不愿意阐述合作的原因相吻合。

三人对周晨的人脉关系产生了敬畏之心。

"新公司在浦东集电港那边，现在正在装修，预计 3 月底 4

月初可以完工。"周晨停顿了一下，留给三人提问的机会。虽然菲特普自己说了算，但终究还有他们的股份，对于一些事情理应做出合理解释。

"那菲特普公司还在吗？除了菲特普，我们还要支持新公司吗？我们的职能怎么分？要在新公司任职吗？"祁永辉首先发言。

"永辉，你这是不问则已，一问就收不住啊！"周晨向祁永辉投去会意一笑，然后看了看丁鹏和文杰继续说道，"是这样，菲特普肯定还会继续存在，要不然合资公司跟谁合啊，还有，哥几个的股权利益摆哪里啊。今年我们菲特普肯定还是以代理为主营业务，等明年新公司产品成熟，我们的侧重点就会发生转移，销售和支持的主要产品就会变成我们自己的芯片，所有你说的支持新公司本身就是支持我们菲特普。我会负责新公司的业务，你们三位暂时还是各司其职，那边目前主要还是以研发为主，但我相信随着队伍的壮大，我们几个都将会在那边发挥更大的作用，职位和薪水，那更不在话下！"周晨一口气回答完祁永辉的所有问题，中间没有任何停顿，像是提前准备好的一样。

"那我们以后的办公地点是不是要移到浦东了？干了两份工作会不会拿双份工资啊?!"讲完之后，文杰自己挤出了尴尬的笑容。

周晨心中一阵冷笑和鄙夷，心里想着：文杰你何时才能摆脱思想肤浅、目光短视的稚嫩，有时我竟不忍心伤害你的可爱，可计划在实施，伤痕划过，你却一无所知。

"文杰，你的问题永远都是这么刁钻。我们浦西这间办公室将一直存在，但确实像你讲的那样，我们后面待在浦东的时间会比较长，丁鹏和永辉会更加方便，到时候就得辛苦你了，不过，除了开会，其他时间你也可以不用到公司的。至于双份工资，这不是我一个人说了算的，毕竟人家是大股东，等后面业务发展好了，可以申请奖金之类的额外补贴。"周晨满脸真诚的笑容，完全看不出假装的成分，鄙夷付诸实践，尊重浮于表面。

文杰的问题被完美解答，但似乎又找不出答案。

"晨哥，这就是你之前说的分两步走中的第二步吧？我们这一步真的是大跨越！那边的技术团队来自哪里哦？应该不是海美创格现有的技术团队吧，据我了解，他们应该没有这个技术能力吧！"在大概五秒钟的真空期之后，丁鹏提出了两个令周晨颇为惊讶的问题，这也是他竭力想回避的问题。

周晨脸上的笑容微微颤颤，思路也在同步狂奔。

"是啊，这第二步我们刚开始，还得努力加油。至于技术主力，他们都是从外面成熟的 MCU 公司挖的，海美创格舍得花钱。"周晨的回答依然避重就轻，绕开了关键信息，他觉得丁鹏的敏感超乎想象。为了进一步消除他的疑虑，末了，周晨又补充了一句，"不过，现有技术团队的能力还是相对比较薄弱，有些岗位还在招聘中，给的薪水也很诱人，优秀者还有股权，我都有点后悔没坚持做技术呢！"

周晨今天传递的信息量巨大，每一条都值得仔细推敲，可短时间内又无法快速消化。但直觉告诉丁鹏，周晨一定有所隐瞒。左思右想之后，丁鹏有了自己的想法，既然自己无法在新公司任职，那就安排一个自己的人进去，防患于未然。

听完他们的对话，文杰这才猛然记起周晨之前所讲过的分两步走的计划。但从刚才他回答几个人问题的答案可以判断，他已经把他们排除在了第二步计划之外。

文杰不甘，他正要发问，却被丁鹏抢了去。

"晨哥，正好，我有个朋友就是 MCU 研发出身，四五年的工作经验了，要不要把他拉过来？"丁鹏脑海中快速闪过陈松涛和徐留意两人。

虽然还没跟他们商量，虽然他们也未必同意，但机不可失，必须抓住这个契机，必须给自己争取一张入场门票。至于那二位，就等出差回来再慢慢劝说，丁鹏在心里盘算着。

丁鹏的建议过于突然，周晨的紧张瞬间显现。他先是一愣，茫无头绪，丁鹏为何会提出这个想法，三个人的目光没有给他多余的时间去思考答案。他定了定神，刹那间又恢复了笑脸，但这极其短暂的反映内心活动的面部表情变化，已被丁鹏收入眼底。

"好啊！那边正缺研发呢，你把简历给我，那边的研发总监还得面试一下。"周晨满脸欢喜，假装镇定。

"好的，等我出差回来再当面跟他聊聊，一定把他挖过来！他就在张江，到时候等那边装修好，他就可以直接过去上班了。"丁鹏的进攻很温柔，却没给周晨任何回旋的余地。

"好啊！"周晨被丁鹏将了一军，懊悔自己刚才那该死的一句补充。

直到会议结束，文杰也没有表达内心的不甘。第一，他知道这是周晨早已决定好的事情，凭借自己一己之力无法与之抗衡。况且，连丁鹏这么聪明的人都不动声色，那么自己的反抗只能是自讨无趣。第二，他知道自己在公司的分量和价值，即使到了新公司，自己又能胜任何种职务呢？守着现在这一亩三分地，赢取双份收获，何乐而不为呢？况且，等新公司将来上市了，在菲特普的股份又会给自己带来一笔不菲的财富。最后，他的不甘竟转化成了窃喜。

走出公司，文杰拨通了丁鹏的电话。他想跟丁鹏探讨周晨合作新公司的意图，以及如何共同在新公司里谋取利益，并以此来窥探丁鹏的真实想法。地铁的玻璃映射出丁鹏轻蔑的笑容，他没有提供任何有效的建议，只是沿着文杰的思路去反推敲他的内心活动。最后的表态是等出差回来再想想。最终的结论是文杰很天真。

"你说的那个做 MCU 的朋友是不是陈松涛？"将要挂电话时，文杰又突然提出了另外一个问题，让丁鹏始料未及，他不带任何迟疑，直接予以否认。

这个问题给丁鹏提了个醒。既然已经猜到了陈松涛，那文杰会不会直接联系他，也以同样的方式，抢在自己之前把他介绍到新公司。虽然文杰未必真正想过这么做的意义，但他却可以完整抄袭自己的做法。既然丁鹏能做，文杰也可以做，陈松涛涨了薪水还有可能获得股权，他必然对文杰心存感激，百利而无一害。丁鹏揣摩着文杰的心思，走出地铁口，一阵寒风袭来，后背发凉。

从取票、进站、候车再到检票，丁鹏的思考不曾停歇，但嘈杂的环境并没有给他带来多少灵感。要不要现在就给陈松涛打一个电话，先让他稳住阵脚？如果文杰先于自己把他介绍到新公司会发生什么情况？如果没有说服他们二人？如果周晨认真问起那个做 MCU 的朋友？想到这一系列的可能，丁鹏心乱如麻，大脑在飞速转动，却没有任何产出，一团糨糊搅得头晕目眩。他拖着行李，刷票过闸机，下扶梯，确认了车票和车次，找到自己的卧铺躺下。

由于春运已过，从上海始发的火车上已经不再拥挤，旅客数量较节前明显变少。丁鹏所在的卧铺隔间只有他一个人，他双手拖着后脑勺斜靠在棉被和枕头上，过道里不时走过一两名拉着行李的旅客，轻盈地走过，整个世界都变得安静了。纷繁的思绪也停止了无效的狂奔，穿过了隧道，趟过了人群，在清澈的泉水里洗涤了污泥，在蔚蓝的天空中吹散了凝云，最终回到了这个小小的隔间，恬雅地躺在丁鹏身边。

不管是徐留意还是陈松涛，把他们介绍到新公司的主要目的就是安插自己的人，获取有用的信息，防患于未然。既然陈松涛是自己人，那么就不必在乎他是被谁引荐加入的，陈松涛跟自己的关系远比跟文杰的好，他有这个信心。如果陈松涛被文杰引荐，那他也就无须再征求徐留意的意见，不能同时把两人都拉进来，这势必会引起周晨的怀疑。根据自己的判断，如果非要引荐人选，周晨更希望是通过文杰，原因不言自明，而且他也会顺势借着这个台阶主动退出，留一个人情在周晨那边。由文杰引荐的另外一层意义在于，如果周晨对引荐这件事情本身有所怀疑，那么主战场上的厮杀双方将会变成文杰和周晨，文杰会吸引敌方的主要火力，而他则可以抽身置事外，谋新略。

逻辑变得异常清晰，思绪业已安然入眠。丁鹏脸上露出了一丝惬意，此刻，他把希望都寄托给了文杰。

身子向后微微倾斜，随即传来了火车与铁轨哐当哐当的撞击声和车厢连接处咯吱咯吱的摩擦声，窗外也闪过柔和的忽明忽暗，睡意全无。当撞击声变得越来越有节奏，当火车在铁轨上弹奏繁忙的乐曲，丁鹏的思绪飞跃车窗，穿过黑夜，徜徉在与铁轨平行的世界。

周晨为什么在此刻公布与海美创格合作的消息？为什么不让我们几个在新公司任职？为什么他在回答一些问题时恍恍惚惚顾左右而言他？为什么回答祁永辉时那么顺畅？为什么……

丁鹏像是在做一份高考试卷的阅读理解，每一道题都是那么隐晦、那么费解，题目读了一遍又一遍，可仍未剖析出正确答案。

思绪拍打了车窗，它要重新回到隔间。

把时间拨回到两个月前，周晨主动提出现金换股票的分红方式。丁鹏依然清晰记得他语重心长、不厌其烦地讲述股票折现的益处，面对丁鹏对股票的坚持时，他的情绪和肢体动作都发生了微妙的变化，为了这加起来不到区区一个点的股权煞费苦心，而理由却又那么冠冕堂皇。

把时间拨回到一年前，周晨提出在驱动芯片基础之上扩大 MCU 芯片的销售范围和目标。丁鹏当时也有计划扩展客户群，增加芯片的销售种类，两人一拍即合。在合作过程中，他也不断给丁鹏提供力所能及的帮助，MCU 芯片的销量也慢慢有了起色。周晨果真深谋远虑，现在想来，祁永辉提前学习 MCU 芯片的应用可能都是他计划的一部分。

再往更远的地方想，祁永辉加入公司会不会也是周晨计划的一部分，甚至丁鹏和文杰的加入都只是在为新公司做铺垫。鑫达集团的业务给他提供了充足的项目启动资金，同时，有丁鹏和文杰支撑鑫达集团，他可以抽出时间来处理自己的项目，而这三年来他的所作所为也完全符合这一判断。自从丁鹏加入公司之后，他就再也没有拜访过鑫达集团，只是通过丁鹏和文杰侧面了解他们的情况。与此同时，周晨却对自己的客户遮遮掩掩，除了销售业绩再也没有共享其他信息，丁鹏问过多次，但他始终不愿明确说明。现在想来，这一切都是他的特意安排，缘由毋庸赘述。

细思极恐，他们都是周晨计划中的一部分，在他的商业版图中，他们只不过是被蒙在鼓里、一无所知的棋子而已。想到此，不让他们在新公司任职也就顺理成章了。但为什么当丁鹏问到技术团队时，他却显得异常紧张呢？难道这里面也有与他们利益相冲突的地方？

车厢内回荡着多种雷鸣般的鼻息声，丁鹏看了看手机，已经11点半。他似乎想通了很多事情，解决了心中的诸多疑惑，但思绪却似乎仍在原地打转。事实果真如此吗？这是自己想要的结果吗？而自己又该如何应对呢？每一个问题都是一张颜色不同的便利贴，牢牢地粘在丁鹏的脑海中，便利贴上的内容组成了一套循环播放的纪录片，眼前是连绵不断的五彩斑斓。

夜已深，困倦袭来，思绪又躺回到了丁鹏身边，车厢里也添了新的鼾声。

一周时间内，丁鹏的出差轨迹跨越了五个城市，上海、武汉、中山、深圳、昆山，结交了新朋，温故了旧交。拖着疲惫的身躯再次回到上海时已是周六的傍晚，陈松涛在家等着他一起去面馆吃面。

"这几天文杰有没有联系过你？"刚一见面，丁鹏就迫不及待地问陈松涛，他希望所有的进展都符合预期。

"没啊，咋了？"可陈松涛的回答直接掐断了希望的萌芽。

连续不断的忙碌根本没有给丁鹏腾出任何空闲来准备第二方案。既然文杰没有主动引荐，那他只能重新考虑如何说服这两位候选人了。这两位之中该推荐谁呢？如果两人都答应了该怎么办？如果两人都不想去又该怎么处理呢？在去面馆的路上，丁鹏千思万虑，却始终没有找到一个稳妥的方法。

"有个机会，你要不要考虑？"点完面，丁鹏直接问陈松涛，两人的关系不需要旁敲侧击。

"啥机会?"陈松涛一边剥蒜一边问。

于是,丁鹏便把新公司、新工作详细地向陈松涛描述了一遍,当然也包含了他自己润色添彩的那一部分。听完之后,陈松涛没有直接回答,只有筷子在手里空转,丁鹏也不催促,留给他足够的思考时间。

服务员端上两碗面条,陈松涛没有着急吃,他把筷子放在碗的边沿,向丁鹏提出了一连串的问题,所有的问题都围绕一个核心——稳定。陈松涛跳槽考虑的第一要素居然是工作的稳定度,这有点出乎意料,而他提出的那些问题,不仅是丁鹏,纵然是周晨也无法给出明确答复。

"我觉得你太保守了,创业公司肯定有风险,这谁也无法否认,但高收益总归会带有一定的风险,低风险的收益也自然低,况且这家公司还有海美创格背书,风险已经降低了不少,你确定不考虑一下?"丁鹏在做最后一次尝试,为自己,更为兄弟。

"算了,不考虑了,这边工资其实还可以,一动不如一静。"陈松涛的自圆其说以一句哲理收尾。

丁鹏也不再争取,只是为兄弟感到惋惜,留给他的选项就只剩下了徐留意。

"留意回来没?"丁鹏问。

"回来了。"

"那明天中午一起吃火锅吧,我一会儿跟他讲下。"

陈松涛的失落只作短暂停留,走出面馆,便立即被中心广场的喧嚣冲淡。到家后,他思索了片刻,并没有把这个机会告诉王丹谊,明天她自然会知道。

上午10点半,徐留意驾车,一行五人,说说笑笑,往世纪大道的方向驶去。

"丁鹏,今个儿是刮的哪股妖风,怎么突然想起来请我们吃火锅了啊?"握着方向盘的徐留意调侃着后座的丁鹏。

"这不是为了庆贺你喜提新车嘛!你要是觉得我钱包太瘪的话,要不咱掉头吧,玉兰香苑的烧烤也不错的。"丁鹏的回呛惹得一车人哈哈大笑。

"别介啊！你这好不容易主动一次，一定不会放过你的！"

停好车上楼，直奔那家著名的连锁火锅店。虽然才 11 点，门口却已经排起了长队，等了将近半个小时，五个人的号码才被叫到。进门时，徐留意讲了一句令在场所有人包括服务员都捧腹的玩笑："零食吃饱了，走吧。"

虽然零食吃了很多，但胃里依然给接下来的美食保留了足够的空间。片刻之间，餐桌上、架子上已经摆满了琳琅满目的食材。几两涮肉下肚，有人已经停筷，靠在椅背上玩起了手机。

"留意，你有换工作的打算吗？"尝鲜过后，乏味便会随即抬头，工作也一样，在这恰当的时刻，丁鹏抛出了适宜的问题。

"有合适的机会，我肯定换啊！"徐留意的回答斩钉截铁，即使嘴里的虾滑影响了他的发音。

他把上次时明瑞对他说过的话又给大家讲述了一遍，添枝加叶的效果使他把自己带入了悲愤的情绪之中，无法自拔。

"那有点过分了，按他这样讲，如果明年换一种方式，你肯定得不到优秀，可能连良好都悬。"丁鹏煽风点火，觉得时机已经成熟，于是抛出了第二个问题："我这边有个机会，你要不要考虑一下？"

于是，丁鹏把昨天跟陈松涛讲的话又重新讲了一遍，陈松涛在一旁默默地听着。

"你们公司现在搞这么大了，如果真像你说的这样，干吗不去啊?!"徐留意的回答干净利落，他又看向对面的陈松涛说道："你不考虑一下，咱俩一起去呗！"

"我暂时不动了，你去吧！"旁边的王丹谊放下了手中的筷子，静静地注视着陈松涛，可没想到他的回答这么轻描淡写。

"你不要老想着稳定，我们这边是稳定，但就这点工资而已，如果真像丁鹏说的那样，去那边薪水涨 50%，两年抵这边三年，最坏的情况也就是两年之后再找工作，但要是好的话，还有股票呢，你得往好的方向想。"徐留意怒其不争，他的劝说近乎喊叫。

王丹谊注视的目光中饱含期望，她希望陈松涛的激进能够匹配他的进取心，虽然他从不缺少进取心，但却少了冒险精神。

丁鹏倒开始紧张了起来，只怪徐留意的热情，万一陈松涛回了心转了意，该如何是好？

"算了，我还是稳妥一点，你去吧。"陈松涛端起水杯，杯子上映照着他青色的脸庞，和饮料一起下肚的还有众目睽睽的落寞和沮丧。

虚惊一场，丁鹏只能在心里默默唏嘘，敬佩徐留意果敢的同时再次为陈松涛感到惋惜。到此刻，丁鹏才发现自己这位兄弟如此谨慎，希望他的坚持换回的收获能够匹配现在的选择，行其所知，莫留一声空嗟叹。

丁鹏开始让徐留意准备简历，商量薪水如何谈、何时上班等具体事宜，仿佛明天就要踏入新公司，后天就会实现财富的增速。聊得那么投入，谈得如此融洽，他们完全没有注意到王丹谊铁青的脸色。

在回去的路上，徐留意又问了很多细节，整辆车子里都弥漫着他跳槽的喜悦和决心。坐在后排的王丹谊靠着车窗，两眼暗淡无光，她努力抗拒，抗拒对别人喜悦的分享。

整个下午，两人都是零交流，陈松涛发现了王丹谊的异常，也能揣测出她愁眉不展的缘由。他以为爱在两人之间完全透明，王丹谊接受了爱就等于接受了全部；他认为王丹谊的异常是任性和撒娇，有效时长只有一个下午。

陈松涛躺在床上，不知在被窝里尝试了多少个翻来覆去，最终还是选择了左侧睡姿，用右手的指尖在拥抱的边缘来回试探，但除了无声的冷漠，并无其他回应。

"早点睡吧，明天还要上班呢。"王丹谊再一次推开了陈松涛的手。

"你干吗啊这是！一个下午了，不就是因为我没有去丁鹏那边吗！你至于这样吗！"王丹谊持续的冷漠让陈松涛的忍耐突破了极限，爆发就在一瞬间。

王丹谊本想着等自己消化完负面情绪后，再找个机会心平气和地跟陈松涛好好谈一谈，但此时火药桶就摆在油罐车的旁边，一爆即刻引燃另一爆。

"那你告诉我，你为什么不去？徐留意能去，你为什么就不能去？而且，丁鹏是不是早就问过你了，你就不能跟我商量一下吗？"王丹谊坐起，靠在床头，声音里也不再有往日的温柔。

"他昨天晚上的确跟我讲过。我为什么不去，你有没有想过，万一他那边没有成功，该怎么办？我想这两年就跟你一起买房的，跟你一起结婚的，我不希望有不确定因素存在！"陈松涛坦诚布公，完全倾诉了自己的真实想法。

王丹谊的爸爸本来就反对两人交往，原因不言自明。如果这个时候工作上再出现什么纰漏，来自她爸爸的阻力将会呈数量级增加，陈松涛宁愿这几年稳妥发展，用真情暖化坚冰，也不愿冒这个险。

爱，承载了所有的负担。

陈松涛在自己的世界里画上了一幅爱的拼图，他的所有努力都是为了将这份爱拼得圆满。他陶醉于此，他乐在其中，他自我感动，他只在自己定义的爱情里手舞足蹈、激情澎湃。

"对，我们一直这样安定地打工，的确能够满足你的稳定，但我们拿什么买？拿什么结婚？你有没有想过？你知道这两年的春节我是怎么度过的吗？别人家都是欢天喜地，只有我们家闹得不可开交，为了谁？我跟你讲过吗？我敢跟你讲吗？"眼泪的决堤在情绪的洪峰过后，王丹谊久久才平复了心情，继续说道，"我希望你更有进取心，你老是想着万一失败、万一失败，那要是万一成功了呢！退一万步讲，即使失败了，也会像徐留意讲的那样，大不了就再换一份工作了。你难道这点魄力都没有吗？"

陈松涛不再说话。他明白王丹谊对这份爱的付出远超自己，也终于知道自己和王丹谊的爱并没有那么清澈，他们都有对爱的不同理解。

王丹谊不再说话，她理解陈松涛对这份爱的坚持和努力，她也终于承认浪漫是天真的，理想须向现实妥协，诗情画意往往只是字面意义。

调皮的月光只在窗外逗留，无意冒犯，初春的寒霜在初上柳梢的嫩芽上冷凝。万千灯火映红净月下的一片安详，又有何处，莺散花折，泪痕斑斑，意阑珊。

面试比想象中顺利，周晨并没有从中作梗。经过丁鹏的帮忙和争取，徐留意在3月中旬收到了offer，薪水增长50%，两年后公司会进行股改，那到时，股权会根据员工的表现统一授予。虽然股权的描述模棱两可、等同虚设，但薪水的涨幅着实让徐留意心动，考虑了两天后，他跟新公司约定5月第一个工作日报到。

收到offer之后，徐留意彻底放飞了自己。在公司，他的大大咧咧变得更加肆无忌惮，上班期间经常在不同的工位间溜达，每个人都成了他闲聊的对象。工作满九个小时之后立刻下班，不多留哪怕一分一秒的时间。他完全收起了对时明瑞的唯唯诺诺，取而代之的是七尺男儿的气宇轩昂。

他于3月的最后一个工作日向公司提交了辞呈。时明瑞找他谈过两次话，也挽留了两次，言语间的虔诚和眼神传递的真挚让徐留意一度动容，甚至懊悔当初对他的误解，质疑自己离职这个决定的正确性。但最终还是理性战胜了蜿蜒辗转的感性，决定已下，只待执行。

徐留意也一直在撺掇几个人的自驾游。历经方案的几轮商议和大家时间的反复协调，最终决定避开清明假期，在4月的第一个周末成团出发。

陈松涛和王丹谊业已和好。那是在两人冷战的第三天，陈松涛主动认错赔罪，他给王丹谊支起了一座滑梯，从滑梯滑下后，王丹谊拍了拍身上的尘土，再次牵起了陈松涛的手，两人都没注意到滑梯旁多了纷纷落叶。

自驾游回来后，刘景羽写了一篇游记，投稿后直接被编辑采纳，准备刊登在当月的公司期刊上。验证部门的同事纷纷赞许，徐留意更是像迷弟一般，在一旁放声歌唱。

我们相约在春花烂漫时

春风如梦，风吹倩影，绿了江河两岸繁华了人世间。

春雨如酒，雨打芭蕉，醉了烟幕芳菲倾城到白云边。

伴着黄浦江畔的潺潺细雨，听从四明山谷深切的召唤，2012 年 4 月 7 日我们出发。

7 点半的晨雾还没散去，跨越江浙沪的高速公路上已有披挂着青春靓丽色的两辆车子在驰骋。随着仪表盘上速度的跳动，渐渐地，我们进入了浙江省内，在余姚收费站下高速后，一路蜿蜒曲折，我们来到四明山下。

陡峭山坡上的瓦砾和偶尔惊起的狗吠似乎印证着古老村落的存在，或许也在欢迎远方客人的到来。晨雾散去，路边的柳烟初现，披着柔媚的霞光。摇下车窗，让略带甜意的风从身边掠过。曲折蜿蜒的山路犹如蛟龙盘山，俯瞰谷底的湖水，倒映着明媚的春光。

经过两个多小时的车程，我们到达了白鹿村。稍作休整，带着对蓝天白云和新鲜空气的渴望，大家沿着登山小道徒步爬行。同道的游客络绎不绝，小朋友的欢呼雀跃映着初春的鸟语花香。曲折的小道犹如过往的青春轨迹，过往已在脚下，前行还有哪一座山峰？登至高点，眺望远方，满山的翠竹随风摇曳，绿波荡漾，宛如娇娘舞袖，安抚失意的新郎。山底的浅湖泛着一叶孤舟，休闲惬意，点缀着满山的翠绿，却独自享受着一叶浮萍的孤寂。向着对面的大山放声呐喊，回声在山与山之间徘徊，却不让我们倾听。

我们挥别白鹿村，继续前行。

山路愈发崎岖，景色亦愈发秀丽。还在赞叹大自然的鬼斧神工造就这山与水的优美画卷之际，成片的参天大树如遮天蔽日一般映入眼帘，茅镬古村，我们到了。一棵盘根错节的百年古树周围萦绕着比它年轻的树林，郁郁葱葱，枝繁叶茂。恍若一位老人从古代走来，带着孩子在山边歇息，给他们讲述古老的传说。当森林醒来，他们忙着梳理，抬头仰望，把玫瑰红的春光涂抹在脸上。他们簇拥着老人，在慢慢成长。脚下的湖水清澈如镜，照耀着晨光、夕阳和每个路人内心的渴望。我采撷一片树叶，感受整片森林。树叶随风起舞，我们恋恋不舍，森林却向我们挥手道别。

　　沿路的崇山峻岭和同车同事的叽叽喳喳会让你忘掉路途的疲倦，经过了几个 V 形转弯和 360° 大回环，我们到了幕天山庄。这是一座在悬崖边上修建的连体错峰建筑，悬崖下有一座小型水坝，跟周围的山林交相辉映。办过入住手续，有人把疲倦放在床上、摆在枕边，有人洗去疲倦欣赏这山那水的优美画卷，也有人不知疲倦，找伴玩扑克麻将。初春的阳光还是有点羞涩，早早地就把夕阳召唤，夕阳倒也不迟疑，没带月光，就朝我们走来了。晚饭过后，忙着的和歇着的都各自进行。黑色的夜夹杂着略带寒意的风向你讲述着山间流淌着的故事，你接受也好，拒绝也罢，故事告诉你的都会在美丽的梦中出现，那梦里都有谁呢？黑夜在美梦中睡去。次日醒来，漫天的大雾萦绕着山庄，远处的山、脚下的水似乎都还在梦中没有醒来。山庄的林间小屋像是通向仙境的道路，爱丽丝或许就从这里走过，而我却迷失在了这美丽的雾梦中，在找寻哪位神仙指引我找回童真，我愿在这雾梦中长睡不醒。

　　匆匆吃过早饭，抖擞精神，我们重新上路。来时的景色在雾朦中显得斑驳陆离，我们成了这幽幽山谷中回荡着的精灵。伸手默默感受着山谷的静幽，它不染一尘路土的清澈足以廓清我们从钢筋混凝土的丛林中带来的喧嚣和浮躁。我们把回忆留下，把热爱带走。

　　随着海拔的降低，我们到了山底，穿过奉化城区，我们到了雪窦山景区。坐大巴爬至景区最高峰，即景区入口。初入景区的景色也非莫过于昨日的回忆，羊肠小道穿梭于花草树木之中，摇曳的枝头也仿佛在嘲笑我的无知。当湍急的流水声告诉我飞流直下三千尺的壮阔之际，我的傲慢被击得粉碎，只剩下瞪目的眼神和夸张的嘴型。流水倾泻而下，泛着金黄色的光坠入深潭，两边崖壁上的翠绿是岁月与流水谱写的乐曲，吟唱着游人对它们的赞歌。我们沿水陡峭而下，清澈的潭水向每一位路过的陌生人倾诉着美丽的传说，也在指引着我们，前方的景色将更加优美。人工修建的走道和对山水的点缀，给这美丽风景又增添了浓墨重彩的一笔。所谓上山容易下山难，连续陡峭的阶梯让人有点力不从心，此时，幸福快车的到来，会让你感到原来坐下来是一件多么幸福的事情啊。从幸福快车下来，可以直接看到千丈岩瀑布，它犹如一位巨人一般站在你面前，倾泻的流水如谆谆教导般滔滔不绝，落在岩石上溅起似玉如银的水花，在阳光的照耀下晶莹得如此别透。放慢脚步仔细端详，每一粒水珠都是那么可爱，跳动着如银链一般向你扑来。这梦一般的宁静被同事的喊声打破，走过一段阶梯，坐缆车登至瀑布入口。驻足于瀑布上方，感叹于一览众山小的壮阔，而那源头落下的流水带走了谁的忧伤，又洗去了谁的铅华。走过瀑布就到了景区出口，出口一扇门隔绝了两个世界，留下的和带走的都是岁月年轮碾过的痕迹。

无需回眸，待到秋桂飘香层林尽染时，我们依然相约。

期刊发出的当天，除了刘景羽的文章，还有靓丽风景和几人仪态万千的照片。

"你这深藏不露啊，不鸣则已，一鸣就英气逼人啊！请收下我的膝盖！"徐留意第一时间跑到刘景羽的座位前献上了他的崇拜，又拍了拍李欣妍的座椅说道，"你找了个宝啊！武能敲代码，文能写文章。"然后又扭头向刘景羽埋怨道，"这篇文章唯一的缺憾就是我的靓照，你看看你们一个个争奇斗艳的，就我照了个歪瓜裂枣。"

验证部门的笑声此起彼伏，惹得七楼的其他同事纷纷侧目。

"我离职那天你要不要再写一首送别诗给我？"徐留意的逗趣好似恳求，惹得刘景羽哭笑不得。

"现在就可以送给你，八个大字：送你离开，千里之外。"刘景羽说完，徐留意骂出了一个动词，然后移动脚步，把欢乐带去了另一个地方。

4月的最后一个周五，验证部门聚餐，给徐留意饯行，俗称散伙饭，就像之前送别尹正钦一样。不同的是这次时明瑞讲了很多，饭桌上的气氛也活跃了很多。

"来来来，都举杯，祝徐留意同志前程似锦！"同事们和时明瑞一起纷纷举杯向徐留意传达了多样的祝福。大家落座后，时明瑞却还站着，他看了一眼徐留意，继续说道："留意同志是我们验证部门成立之后的第一位应届生，是开迅没有做好，是我做得不够周到，没有留住这位元老。"

时明瑞开启了回忆模式，重温了许多有关徐留意的往事。他是如何连续加班，赶在最后期限之前完成了别人以为不可能完成的任务；他是如何代表部门据理力争，把别的部门推卸的责任给踢了回去。在场的新同事纷纷感叹，他们对这位即将离职的前辈有了新的认识，嘻嘻哈哈只是表象，认真负责才是他赢得同事认可的关键。

徐留意在一旁静静地听着，感同身受，思绪在记忆和现实之间来回穿梭，仿佛每一件事都恍如昨日。他已分不清记忆中和现实里的时明瑞，孰真孰假。

"留意，我单独敬你，感谢你为团队做出的贡献。"说到动情处，时明瑞又满上了一杯酒。

徐留意赶忙站起，在两人碰杯的那一刹那，心中寄存的所有关于时明瑞的不愉快全部释怀，无关轻重，不论真假。

这一杯酒过后，无人接话，现场充满了沉重的离别低气压。徐留意不善伤感，离别理应喧嚣，为快乐提供灵感，快乐是为了日后更好相见。

"好了，大家都收，听我说两句啊!"徐留意拍了拍桌子，驱散了部分伤感。

他将刚才从记忆的长河中成功捞起的许多与同事相处的往日趣事一一道来，现场顿时炸开了锅，多样的笑声此起彼伏，不同的坐姿前仰后合。不过他的记忆还是出现了残缺，陈松涛和刘景羽做了许多补充，就连平日里不苟言笑的老大哥樊斌也加入了调侃的大军。欢乐的气氛全面压制，伤感自动退场。

由于五一调休，周六大家仍然上班，徐留意也没有缺席。他在每一个座位前逗留，和每一位同事挥手。离开，在与时明瑞抽完了烟盒里的最后一根烟后。

从研发大楼出来，穿过停车场，经过便利店，走在战象广场的每一步都是那么沉重、那么缓慢。他在每一个路口驻足，回望的每一眼都饱含深情。他在这里挥洒了职场的第一滴汗水，他在这里收获了浪漫的爱情。这里有他的牵挂和兄弟般的友情，这里也埋藏了他有关青春的五年回忆。

晚上，陈松涛下班赶到烧烤店时，丁鹏和徐留意早已到场，桌上的两只空瓶代表了他们的嘲笑。三人已经约好，今天一醉方休，哪怕明天睡他个天昏地暗。

酒桌少了那些客套虚假，闲言碎语就更不用讲，每一杯都有真情在，每一瓶都有真意留。酒到意，情渐浓，一箱啤酒只剩下最后一瓶，陈松涛吩咐服务员再上一箱，丁鹏想要阻止，被徐留意直接拦下。

"来，这杯我敬你，敬你的气魄和胆量，敬我的懦弱和彷徨，真心的!"还没等徐留意举杯，陈松涛已经咽下了所有的忧愁。

酒不醉人人自醉，借酒浇愁愁更愁。丁鹏看出了陈松涛的苦闷，并一直在劝他少喝。可愁向酒，酒催愁，他又能如何劝得了呢。

"你不用这么自暴自弃，我先去打个样，给你铺个路，等那边都稳定了，你再过来也不迟。"这杯酒下肚，陈松涛和徐留意的意识连同言语一起开始变得模糊。喝到此程度，所有的悲欢离合已抛却脑后，喝酒便只剩下喝酒，它只是纯粹地在不断刷新醉的标尺。

众人皆醉我独醒是狂欢之后孤独的另一个写照，丁鹏的清醒竟然陶醉于陈松涛和徐留意在玩"老虎、棒子、鸡"时爆发出的没心没肺的欢笑声。快乐其实很简单，撕掉多愁善感的标签，世间本无忧，庸人自扰之。明天酒醒，不知是否还记得今日自己给自己许下的诺言。5月2日，徐留意和丁鹏一起，到新公司报到。由于之前办公室一直在装修，所以当时面试的地点选在了附近的一家咖啡厅，这是他第一次进公司。

出了六楼电梯，向左步行25米左右，两人在第二间办公室门前站住。公司前台的灯没有打开，缺少灯光的映照，屏风上面的四个蓝色大字"海格创新"显得有些暗淡。再往里走便能看到办公室的全貌，屏风后面是一间狭小的会议室，会议室的旁边是一个实验室，透过玻璃能看到里面摆放着示波器、电源等测量测试仪器，办公室的中央两列并排呈L形状，分布着三十几个工位，但稀稀拉拉地只坐着十几个人，右后方是一间宽大的会议室，会议室的旁边是一个小房间，里面坐着行政和财务，角落里还有另外一个小房间专门用来存放服务器，这便是公司的全部配置。徐留意环视了一周，又扭头看了一眼前台，前后不过三秒，这三秒内百味杂陈、思绪万千。上周那嬉嬉闹闹的工作环境突然变得冷清，这里所有人加一块再乘以二都没有原来一个部门的人数多。来这里干吗?! 为了那50%的工资涨幅? 为了摆脱鄙夷的嘴脸? 还是为了证明自己? 可在上周，他已经跟时明瑞和解，他的真诚还在耳边环绕，而他又能证明什么呢? 徐留意的自我怀疑冲破了极限，脸上写满了失落。他想回去，可当初面对时明瑞的挽留，他的拒绝那么彻底，不留任何余地。此刻他别无他法，自己选择了荆棘之路，就该承受颠簸的苦，自己种下的树，只能百般呵护。

"黄总!"丁鹏向最里面靠窗的一个工位招手。

丁鹏口中的黄总名叫黄俊，是公司的研发负责人，也是当时徐留意的面试官。虽然丁鹏没有在这里任职，但他几乎每周都会来办公室一趟，每一次都是卡点和黄俊一起吃午饭，关系也就自然熟络起来。他曾假装无意间问起公司的关键信息，可黄俊守口如瓶，以抱歉回应之。自此，丁鹏便不再提及，以待合适时机。

在负责 PR 兼 IT 的同事帮助下，徐留意开通了服务器、VNC、邮箱等账号，并安装了必要的软件。黄俊跟徐留意和另外一位负责验证的同事开会分配了任务，下午，这位同事一丝不苟、不厌其烦地给徐留意介绍项目资料。在这个陌生的环境里，工作搭档的不厌其烦正是雪中送炭。

临近下班，杯子里的水还没有见底，不是他不想喝，而是想喝却不得。第一天的工作以无比充实的忙碌结束。

一周下来，徐留意对公司有了初步了解。公司的总经理是海美创格的一位副总，黄俊负责研发，周晨负责市场和运营，公司完全扁平化管理。但由于平时总经理基本不来，公司便由周晨代为管理。公司的第一个目标是力争在 7 月流片第一款 MCU 芯片。

一个月下来，徐留意对加班有了新的定义。之前在开迅，加班更像是公司摊派到员工手里的一只气球，每个人都拥有，并且完全可以根据个人喜好来决定气球的大小，但形式大于内容。而现在，加班是在上坡路上绑在身后的一块石板，同时所有人还齐心协力推着一块巨大的石球。虽然每块石板的大小、重量各不相同，但每个人都必须克服身后的困难，大家的目标是向前，必须向前。万籁俱寂的凌晨一两点，讨论依然激烈。

以为自己会中途逃跑的徐留意竟然坚持了下来，他也终于发现自己放荡不羁的性格背后也有倔强坚韧的那一部分，遇水则柔，遇刚则强。

徐留意被自己感动。

在他主动要求下，儿童节当天晚上，Lisa 被迫邀请了他共进烛光晚餐，宝宝辛苦，他躺在了老婆怀里撒娇。第二天周六，上午加班，下午打球，徐留意邀请了新同事韩宇飞一起参加。

　　韩宇飞比徐留意大三岁，负责芯片设计，住在玉兰香苑附近的张江镇上，两人还是老乡。当得知徐留意经常在周末打球时，韩宇飞便和他相约一起。在球场上大家互相认识后，丁鹏便有了新的想法。

　　从球场出来，暮色已沉，丁鹏提议一起去吃大排档，陈松涛和徐留意自然应允，而韩宇飞却不愿前往，表示家里已经做好了饭等他回去。丁鹏当然不能放他回去，跟徐留意使了一个眼色，两人一起，左右相劝。盛情难却之下，韩宇飞只好和家里人通了个电话。

　　由于之前只顾着跟黄俊打交道了，虽然在办公室里见过多次，但丁鹏和韩宇飞并不熟悉。通过这一路上的闲聊，丁鹏才对他有了初步了解。

　　"宇飞兄，你是我们的榜样和奋斗的标杆啊！30岁不到，就在上海买了房，还结了婚、有了娃，向你学习！希望我们也可以早日实现这一人生目标，敬你！"奉承的话丁鹏随口而出。

　　"我这毕竟比你们大三岁呢，稍微捡了一点时间的红利。还得感谢我媳妇，是她一直坚持，我们才在2008年底买了房子，结果翻过年，就是一波暴涨。搁现在，首付都凑不齐。"韩宇飞倒也健谈，一个话题讲了一瓶啤酒的时间。

　　有了这个轻松的开篇做铺垫，大家的话匣子也顺势打开。丁鹏开始循序引导徐留意讲述新工作的感触以及与之前公司的对比。徐留意果然不负所托，话题一展开便刹不住车，两瓶啤酒过后依然滔滔不绝。

　　"哦，对了，宇飞兄，你之前在哪家公司哦？"丁鹏开了一瓶酒，递给了韩宇飞。

　　"哈哈，一家不出名的公司，不讲也罢！"韩宇飞笑笑，立马举杯，以酒代之。

　　丁鹏之前也问过黄俊同样的问题，他和韩宇飞的反应如出一辙，像是提前商量好的一样，可为什么不能说呢，这又无关公司的机密。徐留意和他不止一次议论过新公司的寒酸，既然海美创格控股，依照它的实力，新公司的选址、规模、人数，甚至办公室的装修都应该是另一番模样，可为什么是现在这种状况呢？背后的原因不得而知。再加上黄俊和韩宇飞在面对一个极其普通问题时的反应，丁鹏的好奇心进一步加深，究竟故事何等精彩，只待进一步挖掘。

又经过一个多月夜以继日的奋战，第一款芯片终于在 7 月中旬顺利 tape out，采用的是与其他公司的产品一起 MPW 的形式。7 月是 Fab 厂给出的最近的 MPW 流片时间点，错过了就要等到 10 月。

芯片回片时间的乐观估计是十一假期前后，新招聘的嵌入式开发和应用工程师已经就位，在他们准备测试和应用开发环境的同时，黄俊的团队又开始了下一颗芯片的研发，他们把 pipeline 的效率用到了极致。他们会在第一款芯片的基础上进行功能的增减更替，同时对功耗和性能进行优化，对标市场上某一款主流的消费级 MCU 芯片。他们在期待，期待早日拿到样片，期待芯片测试顺利通过，如此这般，在 11 月份 full mask 流片第二款芯片的目标也会顺利实现。

丁鹏原本以为在芯片流片之后，周晨便会找他商量后续的销售策略，毕竟海格创新不是海美创格的全资子公司，它除了有特殊的优先级供货海美创格外，还需要开拓其他客户，周晨的志向绝不仅仅只是海美创格一家客户。可一个月过去了，直到 8 月底，周晨都没有任何消息，两人在办公室碰面多次，聊的还是代理的产品，至于海格创新的芯片，他只字不提。难道是第一款芯片出现了什么问题？但从公司研发部门的状态来看，一切正常，大家的战斗激情丝毫未减，也没有听谁讲过公司出现了什么问题。难道第一款芯片是团队的练手芯片？毕竟这是团队的第一次合作，而且是在这么短的时间内完成了芯片的研发，难免有不成熟的地方，所以才会马不停蹄继续第二款芯片的研发。丁鹏不懂技术的细节，而他的猜测也只能暂时埋在心里，等出差回来再向徐留意求证。

丁鹏在 8 月 27 日晚飞抵深圳，他已经与黄启明和郑修睿约好，一起参加明天开幕的 2012 年 NEPCON 华南展。

丁鹏早早就到了会展现场，像一个门童，站在约定好的入口，静静等待从中山赶来的两位贵宾。8 月底的深圳，虽然气温有所回落，但潮湿依然裹挟着闷热，外面的世界叶正茂、花正艳，却无人观赏。

入口处车来车往，卷起的热浪袭扰着每一寸肌肤和每一个毛孔，下车的乘客不敢在门口逗留片刻，汗水一直在酝酿，流淌只需半分钟。左顾右盼、汗流浃背的丁鹏终于看到不远处的榕树下正在朝自己走来的两个熟悉的身姿，其中一人摘下了眼镜，用手背拭去了额头的汗珠。

"丁鹏，让你久等了，不好意思，这地方太难停车了。"郑修睿首先打招呼，身后的黄启明也戴上了眼镜。

"今天太热了，这都 8 月底了，还跟蒸笼一样，走，赶紧进去吧。"丁鹏和两位握了手，每个人都对这闷热的天气抱怨了一番。

在参观的过程中，三个人在某些展台前驻足停留，对某一款设备、某一项解决方案提出不同的看法，碰到生意上的合作伙伴时，郑修睿和黄启明也会介绍给丁鹏认识。直到走出会场，丁鹏才交换了六张名片，远低于预期，可能是会展第一天而且还是上午，并不是参观高峰期的缘故吧，但聊胜于无，下午继续。

三人吃午饭时已是下午 1 点半，吃饭的地点就选在会展中心附近的一家粤菜馆。

"两位老兄，今年的 NEPCON 有啥收获没？"正式的探讨都从闲聊开始，丁鹏帮郑修睿和黄启明烫过了碗筷，又斟上一杯苦荞茶。

"也就来看看凑凑热闹，其实每年的展会都没有什么大的收获！"郑修睿的语气完全反映了他的心态。

"早知道这样，就不来了，热的一身汗，还不如你直接去我那喝茶呢，对不？！"黄启明补充道。

"你来了，我也会去找你喝茶的啊！"三个人的笑声同时爆发。

丁鹏紧接着透露了后面两天的安排，除了拜访两位之外，他去中山还要进郑修睿公司，凡是业务线上接触的人员，他都会想办法跟他们喝上一杯咖啡，抽上一根烟，实在没空的，也会把咖啡送到他们的工位上，这是丁鹏每个月的例行功课。

"启明兄，修睿兄，你们有没有想过投资一家芯片公司？"当两人正在全神贯注享受美食时，丁鹏在平静的湖面上抛出了一块瓦片，连续打出了多个水漂。

黄启明和郑修睿不约而同地抬起头，同时脑海中浮现出水漂捎带的疑惑。

"你怎么忽然问这个？"郑修睿满脸的不解，眼神中还带着一丝警惕。

"芯片种类那么多，投资哪个方向呢？"黄启明补充道，目光炯炯有神。

"我一直都有一个芯片梦，只可惜现在还是在做代理，我最近一直在思考如何能做到实现自己梦想的同时还能帮助客户解决实际问题，实现双赢，不论是从实力还是实际的应用需求，我第一个想到的就是两位老兄。至于芯片的种类，肯定是自己终端产品的供应链中份额最重的那一款。"丁鹏侃侃而谈，真诚中不乏吹嘘的成分在。

"我就喜欢你这无与伦比的大脑和精妙绝伦的双唇，我信你个鬼！快点老实交代，怎么就突然产生了这个想法？"郑修睿知道，在此之前丁鹏所有的话都是铺垫，核心内容还没开始，便催促他早点进入正题。而黄启明倒显得沉稳，他并不着急，只在一旁静静地聆听，默默地观察。

"修睿兄，请你相信我的真诚，或者姑且抛开我的诚意，我们先算一笔账。以启明兄的公司举例，我相信 MCU 芯片是整个采购链条中比重最大的那个吧？"丁鹏说话的同时看了一眼黄启明，继续说道："虽然我不知道启明兄你一年的具体采购金额，但我相信数量级肯定是百万，而且可能不会低于五百万，而一家MCU 芯片设计公司的前期投入也就在五六百万左右，当然我是以那款最常见的 MCU 芯片为基准。"

很显然，把量化的指标带入话题更容易赢得对方的信任，郑修睿脸上的笑容逐渐消失，开始变得严肃，黄启明还是在聚精会神地听着。丁鹏又把这个量化的指标一一分解，尽量清楚地介绍每一个细节。

黄启明公司终端产品的芯片供应链中 MCU 芯片占比最大，而在 MCU 芯片中又以 S 公司的那一款主流芯片为主。该芯片采用的工艺是 130 纳米，该生产工艺和对应的片内 IP 核已经非常成熟，丁鹏从多个维度描述了芯片成本的具体分布，包括人力成本、购买 EDA 工具和片内 IP 核的费用、流片和封装测试成本、办公场所费用等多个方面。

"这是我最近打听到的，可能某些细节会有出入，但应该不会差距太大，这个价格包含一年两次流片。而且公司的产品除了满足启明兄这边的需求之外，当然也会发展其他客户，这就是也要拉修睿兄投资的原因。如果产品在这两家都能站稳脚跟，我们完全有信心去开拓更广阔的市场，而且随着业务的发展，公司的产品种类只会越来越多，市场也会越来越大。你们要相信，未来五年、十年，中国大陆的半导体市场绝非现在所能比拟！"说到最后，丁鹏显得有些激动，仿佛他描绘的场景第二天就能实现。

黄启明一直没有言语，丁鹏讲的所有数字在他脑海中重新排列组合，形成了一张简单的投资回报图表。虽然目前 MCU 芯片的采购金额还没有达到丁鹏所讲的那个数字，但随着业务的拓展，达到和超越只是时间长短的问题。如果真像丁鹏描述的那样顺利，以自己的资源和人脉，拓展市场不在话下，芯片公司的市值很可能会在几年内超过现在的这家工厂，因为自带高科技的属性，融资也会变得相对容易，上市也未必不可能。

黄启明完全被丁鹏带入到了刚才所描绘的宏伟蓝图中，他想了很多，包括怎么整合上下游供应链，如何投资，发展壮大后如何再融资，甚至还想到了如何利用两家公司的关系合理避税。他再次在心里给丁鹏竖起了大拇指，这个小伙子拥有超越他年龄的气魄和胆识，以及对市场的洞察力。

"当然了，这是我个人的一厢情愿，如果两位兄长不愿意，就当我小屁孩不懂事做了一个白日梦，或者你们要是去找其他合作伙伴成立了公司，那我只能哭长城了，但也请告诉我，让我断了这个念想！"自己讲了一大堆，却不见两人的反应，丁鹏心里便起了波澜，他把自己的顾虑通过这种自嘲和卑微的方式委婉地表达了出来。

"丁鹏，这不是你的风格啊，说得好像你要跟我们谈恋爱，我们一直拿你当备胎一样。放心，我们很专一的，如果谈就肯定跟你谈！"郑修睿的幽默永远都是适逢其时、恰到好处。

"但我有个问题，即使现在所有的工艺和 IP 核都已成熟，流片、封测费用业已到位，其他的办公场所更不在话下，技术仍然是关键，换句话说人才是关键，如果要做到功能完全替代，包括嵌入式的开发，这不是一两个人能够完成的吧。所以在合作之前，这个问题一定要解决，你觉得呢？"黄启明终于发表了意见，而且一语中的。

"是的，启明兄，你说的非常正确，这个问题交给我，这也是我所能在合作里面发挥作用的关键所在！"丁鹏非常自信，就差拍着胸脯立军令状了。

吃完饭，三人就地告别，黄启明和郑修睿到车库取车直接回中山，丁鹏继续下午的参观。虽然两人没有当场表态，虽然还不知道黄启明的所思所想，但从他神态表情的变化和提出的问题便能看出这个提议已经激发了他再创业的兴趣，如果黄启明愿意，那郑修睿一定跟投。在伟人 20 年前视察过的原野上，希望再一次燃起。

丁鹏的激情没有一丝一毫的减退，澎湃依旧，会场内狂躁的音乐渗透进他的灵魂，仿佛那是全世界在与他一起庆贺、一起舞蹈。

回到上海时已是周五晚上，丁鹏本来打算和徐留意一起吃饭，可惜名副其实的加班让徐留意残忍地拒绝了他的好意。只能明天相约。

周六打完球，韩宇飞还是要回家吃饭，这次丁鹏并没有挽留。三个人也就随便在路边找了一家大排档落座。

"我们新开发的芯片是参考哪家的？"丁鹏直接问，并没有兜圈子。

"肯定是 S 家那颗啊，你忘了 datasheet* 都是参考人家写的，你咋突然问这个？"听到徐留意的回答，丁鹏恍然大悟，这才想起他之前给自己看过芯片的 datasheet。

"你觉得他们会不会是 S 公司过来的？"丁鹏已经有了初步判断，想通过徐留意了解更多的线索。

"很有可能，现在跟韩宇飞已经混熟了嘛，上次就我们两个一起吃晚饭的时候，我特意问过他，他笑了笑说了句：'这是你猜的，我可没告诉你'，这不就是承认了吗！"徐留意知无不言。

一切都在朝着自己预期的方向发展，既然老天爷恩赐，他定当牢牢抓住这次飞黄腾达的机会。丁鹏的野心已经被点燃，他借用徐留意的键盘敲下了自己商业版图的第一道横线，变，当在不知不觉中实现。现在一切远未成熟，韬光养晦是当下最合适的权宜之计。

他又向徐留意打听第一款芯片的情况，是不是哪个环节出了问题。

"没有啊，没听到什么异常情况，大家还是热火朝天啊，你今天咋了，神经兮兮的。"徐留意觉察出了一点异样，便当面问询。

"有啥异样啊，之前周晨说这款芯片要我一起卖的，但眼看

---

* 所谓 "datasheet"，是指芯片的规格说明书，也叫数据手册，由芯片厂商编写，通过文字、图表、特性曲线等形式精确描述芯片的功能、各种参数、结构组成、设计方法、封装尺寸、引脚布局、系统框图或等效电路图、制造材料、使用建议等，是用户了解和使用该芯片最直观的参考依据。

就要回片了，他也没找过我，所以我担心是不是哪里出现了问题，但又不好意思直接问他。"丁鹏这次没有任何隐瞒，直接讲述了实情，内心的疑虑却并没有任何消退。

"你们做销售的就是爱琢磨，瞎操心。"徐留意重新定义了丁鹏的疑虑。

虽然目的不同，但丁鹏和海格创新的所有同事一样，都在期盼着第一个芯片早日回片。终于，在10月16日，他们收到了从封测厂寄回的芯片。由于所有的硬件配套已经准备完毕，当天下午，应用工程师就开始了调试和测试工作，与此同时，黄俊他们也在加班加点赶第二款芯片的进度。

经过半个月的测试，第一款芯片的功能完全正常，虽然某些性能指标存在一定的缺陷，但仍符合预期。在流片之前，这些指标已经做过仿真，但为了赶7月底的MPW时间节点，有些缺陷来不及修改，只能保留，因为第一款芯片的侧重点是功能而非性能，当然在第二款芯片中所有关乎性能的设计都得到了修正和完善。

周晨买了各种饮料和零食，大家只在办公室里做了简短的庆贺。当天晚上，办公室里灯火通明，四位同事挑灯夜战，第二款芯片到了最后的冲刺阶段，这又将是一个不眠之夜。除了黄俊，另外三位都是负责PR的同事，其中有一位是来自第三方的设计外包公司，名叫包寒冰，比徐留意小一岁。虽然来自外包公司，但包寒冰的拼劲一点不比海格创新自己的员工差，而且工作完成的质量甚至还要更胜一筹，根据项目需要，无论是加班还是通宵达旦，他都任劳任怨。这位来自西北的年轻人，身上雕刻着从黄土地里成长起来的艰苦朴素和脚踏实地，经过三个月的合作，他赢得了黄俊的认可，黄俊准备在合适时机向领导申请新的PR岗位，将他纳入麾下。

会议室成了临时的卧室，里面摆满了折叠床和洗漱用品，他们已经三天没有回家，除了抽烟和断断续续的睡眠，剩下的所有时间都扑在电脑屏幕前，就连一日三餐也是同事带的外卖。这种拼搏拥有无穷的感染力，每位同事都对自己负责的工作精雕细琢，仿佛那不是芯片而是一件上乘的艺术品。

千淘万漉虽辛苦，吹尽黄沙始到金。10 月 26 日上午，黄俊终于把最终版本的 GDS 文件发给了 Fab 厂，full mask 流片，志得意满的同时也终于如释重负。

GDS 文件是芯片设计的最后一个环节产生的设计版图，Fab工厂会根据 GDS 文件进行芯片的制造，通俗来讲，GDS 文件就是芯片这座存在于微观世界的高楼大厦的建造图纸。

黄俊和三位同事一起，拖着已经不知疲倦为何物的身躯，回家睡觉。

第二天周六，几乎每个人都睡到了大中午，四个人也渐渐恢复了状态，收拾利索，下午早早就赶到了聚餐地点，这是昨天周晨的提议，庆祝芯片顺利 Tape Out。

大部分工程师都自带一种天然的羞涩和闷骚，但徐留意是一个例外，没有他讲不了的笑话，没有他接不住的调侃，他成了聚会现场的气氛担当。当某位同事以某种借口推辞不能喝酒时，他总能找到合适的理由反推辞，让不喝酒者乖乖就范，自觉端起酒杯，脸上还泛着难为情的神色。气氛烘托之下，没有人再扭捏做作，在酒精的作用下，最近一段时间的工作压力得到了短暂的释放，即使它像梦一样，今朝的松弛就今朝的醉，莫管明日的负担愁苦。

周晨和每个人碰杯，两圈下来已渐入佳境，丁鹏今天特意控制了酒量，他端着酒杯向周晨的座位走去。

"晨哥！"丁鹏拍了一下周晨的肩膀。

"哟，丁鹏，来，坐！"周晨扭头看到丁鹏，赶忙腾出了旁边一把椅子，举起了杯子，"来，咱哥俩再喝点。"

"晨哥，你今天异常凶猛啊！我看你状态贼好啊！"丁鹏开始为后续的试探做铺垫。

"那肯定啊！第一颗设计完全符合预期，第二颗又顺利投片，起步这么顺利，能不高兴嘛！不过也的确辛苦兄弟们了！我感觉马不停蹄就是为我们量身定做的成语。"周晨毫不掩饰自己的兴奋。

"是啊，这几位兄弟都太拼了，成功只是时间问题。对了，晨哥，应该年后就可以回片吧！你觉得要不要提前跟客户打个招呼，做个铺垫？"丁鹏先入为主，直接把第二颗芯片纳入自己的销售范围。

"那肯定要提前布局的，这次是 full mask，时间要比之前快，预计 1 月中旬就能收到样片，我们争取年前拿到实际的测试数据，整理出来后再去跟客户介绍，数据最客观，比销售的嘴更有说服力，过段时间，咱们再对一下方案。"虽然已经微醺，但周晨的思路依然清晰。

看来他已经提前制订好了销售方案，并没有把自己排除在外，丁鹏悬着的心终于放下。

"晨哥，第一颗咋没有动静了，难道我们只是练手？"丁鹏终于问出了这个困扰他多日的问题。

"兄弟啊！"周晨重重地拍了一下丁鹏的肩膀，语重心长地说道，"创业不好弄啊，本来不想透露给大家的，怕打击大家的士气，但现在不一样了，既然你问了，我就告诉你。"

在第一颗芯片投片一个月后，周晨突然接到总经理的电话，海美创格取消了第一批订单。他们通过多方渠道了解到，竞争对手会在 10 月份推出一款全新的多功能家用扫地机器人，为的是要赶上双十一的促销活动。为了稳定自己的市场地位，海美创格被迫重新调整了自己扫地机器人产品的规划，原定于明年初推出的更新换代产品也必须提前到 10 月份。这样一来，他们必须紧急采购其他成熟的芯片，给予海格创新的第一批订单只能被迫取消。原因有二：第一，第一款芯片的功能已经无法满足扫地机器人的更新换代；第二，即使芯片改版升级，时间也来不及。不过，好在第二款芯片的功能完全满足需求，而且海美创格的更新换代产品前期都是小批量生产，后续的订单仍然会优先考虑海格创新。

"兄弟，你知道吗！他们一开始是仅仅通知了取消订单，直到三天之后才告知了原因，那三天之内我都急疯了，不知道怎么跟兄弟们交代，真的是每天像热锅上的蚂蚁一样。我也不停地骚扰总经理，但是你也知道，他在海美创格内部只管供应链，很多细节他也需要去打听，一开始他跟我说了原因，我持怀疑态度，必须让他们通过正式的邮件通知，等收到邮件之后，我心里那块石头才落了下来。"周晨的讲述抑扬顿挫，好像这场关乎生死的战争就发生在昨天。

从周晨刚才的讲话和他最近半年来的工作状态能够看得出，他对这边寄予了厚望，不论是物质还是精神，他对海格创新的投入已经超过菲特普，而菲特普被边缘化也无法避免。谋而不动还是谋定而行，丁鹏陷入了犹豫不决的困境之中。

丁鹏仍然会定期拜访黄启明和郑修睿，但最近两次他已不再提创业的事情，而另外两位也三缄其口，不知是在背后谋略或是已经忘却营营。谋定而后动似乎占了上风。

12月下旬，陈恺宏回国，约王丹谊在上海见了一面。

"英国的硕士是两年吧，你明年就可以回来了。"

"对的，两年，但毕业之后我不想回国，准备继续去美国读书，我想去华尔街闯闯！"

没想到一年多的时间陈恺宏变化这么大，或许根本没有变化，只是在环境的影响和刺激下，潜能和斗志被激发。

"你真是让我刮目相看，来，师父以茶代酒，祝你策马扬鞭，早日实现宏图大志。"王丹谊肃然起敬，她的祝福有感而发，没有任何掺假。

"师父，你可别笑话我啊！"面对师父的祝愿，陈恺宏倒显得有些羞涩。

"怎么会呢！你咋想的，我还盼着你成功之后回国，能带师父一把呢！"王丹谊的这句话一半真一半假。

陈恺宏并没有立即接话，目光凝视着水杯似乎在思考什么，思绪已经飘向未来的某个地方，他和王丹谊再次成了同事，只不过这次他变成了上级。

"师父，你有没有想过出国深造，在我们这个行业，学历有时比资历更重要，到了某个关键节点，它可能还是一块硬性敲门砖，这点你应该比我体会更深。而且我记得你之前讲过，你现在本科学历，在上海申请户口比较麻烦，但如果你出国读书回来，再申请户口就容易得多了。"陈恺宏一脸严肃，很明显，这不是浮想联翩。

陈恺宏的建议像一艘快艇，带着荣耀和希望疾驰而过，在水晶般的湖面上洒下了多彩的遐想，波光粼粼，涟漪泛泛。

出国读书，这个曾经用来弥补高考失利的梦想，在大二时就已经消散褪尽。那些所谓的斗志昂扬在甜美的爱情面前势单力孤，一触即破。工作的烦恼和生活的琐碎很自私、很霸道，从不给这个梦想腾出任何站稳脚跟的地方。

可现在，这个早已被忘却的梦想再一次被善意提及，王丹谊竟茫然不知所措，那个曾经意气风发、斗志昂扬，为了梦想奋不顾身的青葱岁月是否可以重新来过？这到底是对梦想的再次追逐，还是对现实的无奈逃避？她想到了正在加班、近乎墨守成规的陈松涛，想到了在上海拥有一个温馨家庭的向往，想到了爸爸对他们感情的反对，复杂的情感和烦琐的思绪互相交织，一团乱麻，不知如何安放这不合时宜的梦想。甚至，上周徐留意和 Lisa 拿到新房钥匙时的眉飞色舞、喜气洋洋也映入眼帘，顿生羡慕，给梦想的坚持增加了一粒尘埃的重量。这份坚持刚开始酝酿，还很脆弱，还很单薄，苦涩的微风稍稍吹过，它便可能幻作云烟，只付从前。

王丹谊并没有把这个想法跟陈松涛分享，当她还在梦想的门外犹豫徘徊、顾虑重重时，孟凡晓给她带来了对梦想追逐的催化剂。

元旦时，孟凡晓给王丹谊发来了信息，1月底会到上海，约她见面，并让她春节提前回家，给自己当伴娘。

1月26日，周六，王丹谊一大早就赶到了浦东机场，在接机口等了一个多小时，终于看到人群中有人向她挥手。

王丹谊冲上去和孟凡晓热情拥抱，两人一顿嘘寒问暖过后，孟凡晓才想起介绍伫立在旁边插不上话的男朋友。由于下午还要转机飞往郑州，三个人只能前往龙阳路附近的商场小聚一场。

"丹谊，你男朋友了，他咋没来？"在磁悬浮列车上刚坐下，孟凡晓就问王丹谊。

"哦，他今天加班，最近项目太紧了。"虽然此刻陈松涛的确在办公室，王丹谊也只是轻轻带过，并不愿过多描述。

昨天晚上，陈松涛加班到10点多，王丹谊一直等到他回家才睡觉。她问了陈松涛是否要跟她一起去接机，语气很平缓，不像是在征求意见，也没有强制要求，对她来讲，陈松涛去或不去无关紧要，但不知为何，王丹谊更希望他选择拒绝。在自尊心和自卑感的驱使下，陈松涛当然也会选择拒绝，加班是最合适的借口。

孟凡晓拉着王丹谊在商场里逛了一会儿，最后找了一家心心念念的火锅店。时差的煎熬都被这盼望已久的味道征服，她狼吞虎咽，全然不顾减肥的任重道远。

"你最晚腊月二十五上午到家，中午我们一起去郑州。"孟凡晓捞起了锅里的最后一片毛肚，规划着王丹谊回家的时间。

孟凡晓男朋友的家在郑州，由于到南阳的路程较远，再加上临近春节路上车辆增多，最终决定是孟凡晓和父母，还有部分亲戚朋友，在腊月二十五当天入住郑州的酒店，二十六当天去酒店接亲，年后初六再在南阳举行回门宴。

"中，你最大，都听你的，还要不要毛肚，再来一盘？"王丹谊说着，准备叫服务员。

"不吃了，不吃了！"孟凡晓用手在肚子上画了一个圈。

王丹谊紧接着又问她男朋友还需要点什么，她要尽好地主之谊，对方连忙摆手谢过。

"你们后面什么打算，就一直留在美国了？"

"还不确定，反正我们先在那边工作着，过个两三年再看情况。"

孟凡晓和王丹谊从怀旧又聊到了工作、生活以及未来的打算，一个踌躇满志，一个彷徨不决，两人形成了鲜明的对比。

孟凡晓不再讲自己的事情，她了解王丹谊内心的不甘，也替她感到委屈，却又不知如何劝慰。

"丹谊，你有没有想过再出国镀一层金？"孟凡晓突然来了灵感，她身边的确有工作之后再继续出国深造的例子。

王丹谊一脸惊讶地望着孟凡晓，她又想起了陈恺宏。一个月内，两位朋友竟然给自己提出了同样一个建议，难道这是上天通过他们给自己传递的指示？！

"晓晓，不瞒你说，上个月也有人问过我同样的问题。"王丹谊就把陈恺宏的故事给她讲述了一遍。

"你看，连你徒弟都在劝你，我想这真有可能是上天给你的旨意哦！是不是很押韵，你真的要认真考虑一下，到时候美国那边的大学我也帮你联系。"孟凡晓已经停筷，开始认真地耍着她的俏皮。见王丹谊没有回答，她继续补充道："你现在所在公司不是美国公司吗，你看你们公司有没有那种 relocation（工作迁移）的机会，咋说呢，就是看你有没有可能去你们美国本部工作，然后还可以边工作边读书，这是最完美的方式，有些大公司是允许员工这样操作的。"

如果说陈恺宏的建议是一艘快艇，只是撒播了希望的种子，那孟凡晓直接开来了豪华游轮，希望的藤蔓已经参天。

湖面再也无法平静，汹涌的波涛肆意狂奔，正在努力冲开梦想的大门。

地铁在隧道里飞驰而过，但黑暗却放慢了它行进的速度，王丹谊坐在靠窗的位置，挂在隧道侧墙上的各种线路管道牵着她的千思万虑，绵延不绝。该如何跟陈松涛开口？如果他不愿意她出国，她是否还会继续坚持？那她出去之后，他们的感情怎么办？就这样结束了吗？或者他们两个一起出国深造？那他会同意吗？一连串的拷问令她窒息，她尝试在黑暗里探寻，可除了一个模糊的影子，黑暗没有给她任何答案。

陈松涛还没回来，她关上房门，把愁绪托付给了暖暖的幽梦。

"你怎么在睡觉，打你电话一直没接。"王丹谊隐约听到陈松涛的声音，睁开眼，看到他正坐在床边，"你哪里不舒服吗？"陈松涛伸手摸了摸王丹谊的额头。

"没有，早上起太早了，补个觉，几点了？"王丹谊撩开被子，准备穿衣服。

"那你继续睡吧，我做饭了，一会儿丁鹏回来一起吃。"说完，陈松涛就去了厨房。

王丹谊靠在床头，双目无神，盯着天花板发呆，厨房里传来陈松涛支离破碎的歌声，虽然五音之中缺四音，但他依然陶醉于此，那是他最喜欢的一首歌《爱情转移》。弹指一挥间，匆匆已过六年。

那时候陈奕迅的代表作还是《十年》，他还没有像现在这样人气爆棚。当时，电影《爱情呼叫转移》刚刚上映，两人是听了主题曲才去的电影院，电影的最后，画面切到了陈奕迅的演唱会，男主邂逅了作为前女友的大学同学，两人不约而同地丢掉了手中的魔幻手机，此时，《爱情转移》响起，王丹谊的眼角悄悄滑落两滴感动的泪水，黑暗中，陈松涛也轻轻揉了揉眼眶。

王丹谊嘴角上扬，她看到镜子里的微笑恰似一弯明月，拂去了多少黑暗中的忧伤，这不正是陈松涛喜欢的模样。这个深爱自己的男人，不也正是她的深深依恋，若不然，自己为何而笑，而她又如何忍心独自离开。此刻，爱情在狂奔，它战胜了一切。

"你跟同学今天见面聊得怎么样？"睡觉前，陈松涛才想起来问王丹谊。

"挺好啊，他们春节结婚，我得提早回去，当伴娘！"王丹谊一脸轻松地回答。

陈松涛只回应了一个"哦"字，便不再说话。这两年，结婚二字变成了一处久久未愈的伤疤，每一次发作都痛彻心扉。

"你是不是又觉得自卑了，别那样想了，有我在，你就放宽心吧!"王丹谊当然知道他的突然低落为哪般。

陈松涛没有说话，只是用情地抱着她。

"对了，今天晓晓给我说了件事，我也想听听你的意见。"王丹谊说完，陈松涛睁大了眼睛看着她。

王丹谊觉得情在此刻渐浓，正适合畅想未来。她想真诚地跟陈松涛探讨，再结合他的想法做最后的决定。于是她把陈恺宏和孟凡晓的建议糅合在一起，描述给了陈松涛。末了，她还加了一句，要不要两个人一起出去。

"亲爱的，如果你想出去，我支持你，但我不能去。"听完王丹谊的描述，陈松涛的第一反应是抗拒，但他知道，王丹谊却向往之。如果这即将成事实，只能祝福和支持，但他仍然相信两人的爱情经得起时空变迁的考验。

"为啥啊?"或许拒绝已经在王丹谊的预期范围内，所以她显得很平静。

"明年瑜涛就要高考了，我不希望因为这件事情而影响她。另外，我跟妈已经说好了，她的上学费用由我负担，我也不想这时候像逃兵一样走掉，让他们失望。还有，我妈身体这样，我实在放心不下，自从我爸走之后，她的衰老非常明显，这两年每次回去都感觉她像变了个人。前几天瑜涛回家跟我打电话说她又晕倒了，驼背更明显了，我都没跟你讲，我真怕这一出去两三年，万一她有个什么闪失，我哭天抢地也已经晚了，没来得及孝敬我爸，我不希望再错过我妈……"陈松涛没有说完，声音有些哽咽，王丹谊紧紧攥着他的手，传递着爱的力量。

"但你不要管我，如果你真的想去，我支持你，我会在这里继续等你，你去几年，我就等你几年!"黑暗中，王丹谊看不到陈松涛眼中的泪花，但听出了他沙哑语气中的坚定，甚至还有些许的悲壮。

王丹谊只是紧紧地抱着陈松涛，没有任何言语。她并不完全认同陈松涛的理由，甚至觉得出国影响瑜涛的高考未免太过牵强，但她又理解陈松涛这偏激的借口。他是农村的孩子，他对那个破败的院落有着深深的眷恋，当父亲已经远去，成长起来的他理应挑起这个家的重担。他对家的爱既淳朴又厚重，就像对待她一样，这不正是他吸引她的地方嘛！他选择了家，即选择了担当，而她怎能如此自私地强迫他改变呢！又怎能如此愚蠢地为难他在两者之间进行选择呢！不爱便不爱，所爱即深沉。

她没有抱怨陈松涛，反而想给予他爱的怜悯；她没有觉得命运不公，心甘情愿地接受对爱的挑战。把烦恼甩向一旁，她只想静静地享受此刻被爱的感动。

到达南阳火车站时已经上午 10 点半，出站后，王丹谊急忙打车回家，她需要重新洗漱打扮一番，时间以秒来计算。

跟妈妈拥抱了一下，王丹谊便急匆匆地找了件心仪的衣服往卫生间跑，完全没听清妈妈说了什么。水流声持续了 20 多分钟，随后响起了吹风机的声音，再开门时半个小时过去了。

"你这急匆匆干吗啊？"妈妈站在王丹谊的背后，给她拍打着略显褶皱的衣服。

"你忘了啊，晓晓结婚，我得去给她当伴娘，她一会儿就来接我了，今天晚上得赶到郑州，昨天打电话时不还跟你说了吗！"王丹谊急忙翻开箱子找到化妆包，又跑回到卫生间，她探出头望了一圈问道："我爸呢，还没放假吗？"

"你爸还在上班呢，你说我这会不会得老年痴呆，还没到 60 呢！老是忘东忘西的。"刚见面的新鲜感让母亲在女儿面前撒娇道。

"妈，你放心，你肯定不会的，爱打麻将的人是不会得老年痴呆的。"王丹谊刚说完，背上就挨了一拳。

电话铃声响起，是孟凡晓打来的，她已经在小区门口等候，王丹谊和妈妈再次拥抱，又是一个匆匆忙忙。

"早知道你从郑州转车，昨天晚上就直接住在郑州得了，省得这样来回折腾！"

"就是，你咋不早说啊，把我累个半死！"

　　由南往北的方向，五辆汽车在兰南高速上疾驰，其中一辆车内的欢笑打岔响彻一路，连天空的云朵都被这份欢愉所感染，它们翩翩起舞、婀娜多姿。

　　再次到家时已是第二天的晚上8点，王丹谊搭乘孟凡晓亲戚的车。一路上，她脑海中都在回放着婚礼现场的精彩画面，同时她也想到了幕雨珊，一位是高中挚友，一位是大学挚友，两人都已结婚。她抬头仰望璀璨星空，寄情相思的明月，她何时才能拥有这幸福的浪漫。

　　初四当天，孟凡晓和老公回门，来到王丹谊家拜年，一家人热情招待，问寒问暖。

　　"你爸妈有福气啊，不知道我们家丹谊啥时候能结婚?"看到这对新婚宴尔，王丹谊的爸爸终于还是没有忍住，触景生情，王丹谊的妈妈狠狠地瞪了他一眼。

　　王丹谊没有说话，脸色开始变得低沉，孟凡晓注意到了她的变化。

　　"叔叔，你不要着急，丹谊都跟我讲好了，她准备这两年出国留学，回来后再结婚，对了，她男朋友也一起去的。"讲完后，孟凡晓向王丹谊眨了一下眼。

　　"丹谊，真的吗?你咋都不跟我们讲呢!"爸爸焦急地问道，迫切地想得到肯定的答案。如果女儿和陈松涛都能出国留学，他再也不会阻拦两人的交往，同时，在亲戚朋友面前失去的颜面和尊严也将统统挽回。

　　"还没最终决定呢!"王丹谊没有过多解释，她太了解爸爸了，不想在外人面前谈论家事。

　　在接下来的几天里，爸爸一直围着王丹谊转悠，想打听更多的细节，去哪所学校，啥时候去，去几年。一点眉目还没有的事情被爸爸当了真，可王丹谊又不想让他失望，只能说还在准备中。可这却是一个强烈的暗示信号，除了带给爸爸无比的自信和期待之外，王丹谊自己也陷入了进退维谷的泥潭之中。她感觉自己被爸爸高高地架在空中，攀爬的梯子也被孟凡晓扯了去，她只能向前向上奔跑，可桥下的陈松涛一直在仰望，虽然远隔万米，却仍能看到他绝望无助的眼神、扩张到极致的嘴巴和额头暴起的青筋，他在呐喊，他在哭泣，但却听不到他的任何声音，也无法给予他哪怕一个拥抱的安慰。

王丹谊打开手机，滑到陈松涛的微信头像，昨天情人节的问候看上去是那么刺眼，屏幕上的删除键不知被敲击了几次，最终输入框中还是没有任何内容。

陈松涛的微信是去年在王丹谊的强迫下才安装的。他是一个传统且保守的人，毕业时的诺基亚手机用了四年，若不是去年十一假期期间不小心摔坏了，他是不会愿意换智能手机的。王丹谊还经常开玩笑，说他这是拖时代的后腿，如何能站在高科技的前沿。王丹谊盯着当初自己给他选择的这张卡通头像，竟不自觉地笑了起来。

正在这时，她收到了一张陈松涛发来的照片，在冬日的暖阳下，在炭火旁，披着棉袄的瑜涛，正聚精会神地趴在椅子上写着模拟考卷。

"妈，你别忙了，我明天不带那么多。"陈松涛扭头朝灶火的方向喊。

妹妹起身，趁哥哥不注意，把冰凉的手塞到了他的衣领内，陈松涛浑身一激灵，赶紧后撤小板凳，同时去拉妹妹的手，结果两人一起摔倒，瑜涛的脚还踢到了火盆，小黄狗也在一旁欢腾地叫着。

陈松涛赶忙扶起妹妹。

"哥，你就放心吧！你跟嫂子在上海等着我，我明年就去找你们！"瑜涛踌躇满志，自带一股不服输的精气神，陈松涛自愧不如。

第二天，瑜涛把哥哥送到村口，在老槐树旁等车时，陈松涛再一次叮嘱妹妹。

"一定要心无旁骛，克服所有的负面情绪，再努力一年半……"陈松涛一开口就说个没完。

　　"知道了哥，你怎么突然变得这么啰唆了啊，车来了，赶紧上车！"瑜涛拉着哥哥的行李箱往前走。

　　陈松涛和妹妹挥手，车开出后，他探出头，妹妹已经转身，往家的方向走去，双手插在嫂子给她买的羽绒服的口袋里，偶尔俏皮地踢一下路边还未融化的雪，惹得田里的麦苗纷纷仰起头，欣赏路边这位姑娘的娉婷玉立，只是她的背影，有些孤独。

第六章

中午时，王丹谊在郑州火车站见到了陈松涛，两人一起坐下午两点的动车去上海。

"我怎么感觉这次离家心里怪怪的，有种说不出的滋味。"陈松涛对旁边的王丹谊讲。

"咋了，心里不舍吗？"

"不知道啊，就是感觉怪怪的。"

"别多想了，五一或者十一再回来一趟。"王丹谊心烦意乱，根本没有心思再去排解别人的忧愁，即使他是陈松涛。

火车开出没多久，她就睡着了，斜靠着旁边的窗户。

陈松涛终于用他的认真踏实赢得了优的绩效成绩，但他内心没有任何波澜，表情依旧平静，一如既往的加班也没有停歇。每个人的工作都在按部就班地进行，就像每天日出日落一般，但一则流言却开始甚嚣尘上。

"听说公司要被顾阳集团收购？"又一次晚饭后遛弯时，刘景羽问陈松涛，带着不可思议的语气。

"我也听说了，传的很邪乎，不知道真假，我觉得不太现实吧，这属于蛇吞象啊！"关于这则谣言，陈松涛也将信将疑，他折了河边的一根柳枝，继续说道："不过那天徐留意信誓旦旦地跟我讲，这件事情千真万确，不差毫厘！"

"那估计是 Lisa 告诉他的，应该差不了，那你后面什么打算？"刘景羽继续问。

"没啥打算啊，还是这样呗，你怎么突然问这个？"陈松涛有些不解。

刘景羽讲了一下自己的分析。

如果谣言属实，收购之后，顾阳集团肯定会替换掉开迅现在的管理团队，虽然表面上工程师级别的员工没有直接影响，但一朝天子一朝臣，新来的领导必定有自己的一套行事作风，会直接影响到那些中层领导。如果有些人无法适应新来的领导，那么离职便是唯一的选择，而他们往往也会带走一批心腹，毕竟现在市场一直在膨胀，总有下一个更好的去处。

"如果……我只是举个例子，如果时明瑞离职，并且拉你一起，你会不会跟他走？"分析完，刘景羽继续问陈松涛。

"我应该不会，要不然当初就去丁鹏那里了，你呢？"陈松涛的回答和他的想法一样简单。

"我不确定，到时候再看情况呗，不过我觉得，如果时明瑞走了，你可以接替他的位置。"刘景羽的话又让陈松涛眼前一亮。

陈松涛从未想过时明瑞会离职，更不敢奢想取代他的位置，但如果真像刘景羽分析的那样，当时明瑞离职后，空缺的位置由谁来接任呢？陈松涛开始在心里认真分析起来。

论资历，整个验证部门可以和自己争夺这个职位的只有樊斌和另外一位同事。樊斌的性格是与世无争，独善其身，缺少撑起一个团队的担当，另外一位同事是最大的也可能是唯一的威胁，需要特别注意。当然还有另外一种可能，时明瑞会把两人都带走。想到此，陈松涛为之一振，仿佛之前未敢想过的事情即将发生。

扭头正要回复刘景羽，却突然又想到了什么。

"别光说我啊，你也可以的！"陈松涛有些警惕地说道。

"涛哥，你是不是觉得我在试探你啊？你多虑了，我才工作几年啊，我有自知之明，我是真的希望你能上去，才跟你讲的，你要是不信，就当我啥也没说。"陈松涛听得出来刘景羽有些气愤，顿时觉得有些后悔。

"这是你误会我了啊，虽然你工作时间只有两年多，但你是硕士，海归的硕士！你也知道这在我们公司是很吃香的，而我只是一个普通本科，这个是硬伤！如果上面在资历和学历之间做个平衡，我觉得你的机会更大！你觉得我说的对不？"陈松涛把语气拉满，信誓旦旦。

男人之间的过节犹如小桃酥，一捏就碎，变成了粉末，还带着甜味。两人你推我让，互相吹捧，最后还是在刘景羽的坚持下，两人达成了共识，全力支持陈松涛接任空缺。好像这已是既成事实，任由两人可以决定的一样。

被收购的谣言越传越远，并开始见诸行业的各大论坛和专业的报道，有人旁观看热闹，有人身在其中关心自己的切身利益。虽然这已经成了一个公开的秘密，但两家公司却一直没有官方公告。好像除了等，别无他法。

5月的第一个周六，大家都赶到徐留意的新家聚会，庆贺他乔迁。

刘景羽开车绕道玉兰香苑接上了四个人，大伙一起买了果篮、鲜花等齐刷刷一后备箱的礼品。由于交房没多久，小区入住率还比较低，整个小区异常安静。三个男生拿着果篮、盆栽、两瓶红酒，王丹谊和李欣妍捧着两束鲜花，徐留意赶忙迎上去，笑得合不拢嘴，比花还要灿烂。

王丹谊对徐留意的新家充满了好奇，从进门开始，她就仔细打量着整套房子的装饰，并和自己理想中的家做着对比。

进门的左手边放着一个长方形的鞋柜，鞋柜上方的墙上挂着一只雄鹰造型的钟表，两边点缀着雄鹰张开的翅膀，惟妙惟肖。右手边半面墙的上下两侧都做成了收纳柜，中间镂空，以一面玻璃作为背景。推开右手边的一扇门，里面是一间小书房，靠窗的位置做了一张榻榻米样式的床，床头上方的墙体内嵌入了两排阶梯形状的书架，靠门的位置摆着一个衣柜。出书房，目光所至的尽头是一道半屏风，屏风的作用是为了阻隔进门和卫生间之间的视线。往里走，右边是厨房和餐厅，左边是客厅。厨房呈 U 形状，里面摆放了一套简易的厨具，橱柜为青色，搭配简易的拉丝花纹。厨房和餐厅由一扇推拉门隔开，餐厅的左边是一个由玻璃制成的酒柜，右边放着冰箱，中间摆放着一张实木餐桌，上方悬挂着三盏高度不同的圆筒状吊灯，投射出富有层次感的亮光。客厅摆着一套灰色沙发，配一张简易茶几，沙发上方的墙上悬挂着三幅色彩迥异的风景画，在顶部蓝色灯光的照射下，空间在发生跳转，山水也变得活灵活现。正面电视墙以水晶色的大理石铺开，只是还没安装电视，显得有些空荡荡。阳台和客厅打通，整个空间向外延伸，被瞬间放大，阳台的一侧安装了洗手池，洗手池的左边刚好预留了洗衣机的空间，上方还打了吊柜，另外一侧立着一个花架，上面已经摆满了各种各样的花盆。

　　王丹谊在屋内转了一圈，整个装修以简约风格为主，剔除了一切烦琐的元素，没有过多的装饰，居家的氛围清新自然、随意轻松。她站在 11 楼的阳台上举目远眺，目光所及之处皆是工地的繁忙景象，虽然现在交通不便，但仍然无法阻挡它的发展，用不了多久，这里也将楼房林立，车来人往。而她，何时才能拥有属于自己的房？

　　"丹谊，外面都是工地，别看了，过来吃水果了。"王丹谊的愁绪被 Lisa 打断。

　　"你们家打的柜子好多啊！"王丹谊走到餐桌旁问道。

　　"我妈和婆婆都坚持要打，她们说将来有了孩子肯定用得到，都是老人的经验。"Lisa 洗了一盘水果放在餐桌。

　　"你这个房间咋没有放床啊？"李欣妍刚从次卧出来，好奇地问。

　　"那这得问徐留意了，我的意思是买一张普通的床就行了，他非要坚持买个上下铺，人家时不时还要睡上铺玩。"Lisa 笑嘻嘻地说道。

"人家这是高瞻远瞩，提早为二胎做准备呢！"刘景羽打趣道。

他和陈松涛坐在沙发上翻着手机，丁鹏在厨房帮徐留意。中午大家一起涮火锅，两人忙了半个多小时，餐桌上终于摆满了各式各样的配菜，荤的、素的、生的、熟的，琳琅满目。作为主人的徐留意忙得不亦乐乎，他的热情好客酣畅淋漓地体现在每一杯酒和每一道菜里。

饭桌上的聊天内容五花八门、千奇百怪，但必定少不了房子这个话题。利率多少、上海每个板块的房价多少、如果是毛坯房装修预算要多少等，跟房子相关的话题比桌上的菜都要多，表面上其乐融融，但每个人的心态却各不相同，欢喜、失望、徘徊、迷惘，赋予了同样一道菜不同的口味。

刘景羽也准备买房，只是还在浦东和浦西之间摇摆。他爸妈是想让他买在现在浦西那个家附近，方便照顾，而刘景羽想买在浦东，这边的工作机会要比浦西多，最重要的是他不想跟父母住得太近。

"不过，我听到一个消息，说是后面会推出一个新政策，必须结婚才能购房，你跟李欣妍领证没有？得抓紧了，要不然连买房资格都没有。"徐留意给刘景羽一个友善的提醒。

这是一个尴尬的问题，一个考验真爱的问题，李欣妍端起杯子看了看旁边的刘景羽。

"你听谁说的？"刘景羽气定神闲，不慌不忙地问道。

"门口的中介，交房的时候售楼小姐也这样传，如果是真的，那上海可不欢迎单身狗了哦！"徐留意望着丁鹏诡秘一笑。

"真要那样，那我们两个就先登记再买房了！"刘景羽一边说一边揽着李欣妍的肩膀。

丁鹏在一旁尴尬地举起杯子，酒在口中徘徊，久久不肯下咽。可尴尬的怎能只有他一人，陈松涛做了跟他一样的动作，王丹谊也挪动了一下身体重新坐正，两人心照不宣，纵使内心无限渴望，可现实却驻足不前，他们只能通过肢体的变化来缓解尴尬。

　　徐留意也注意到了他们三人的窘态，意识到自己的玩笑过了线，变成了炫耀。他思索了片刻，赶紧转移话题。

　　"对了，你们收购的事情有定论没有？传了这么久了！"他夹了一片青菜放盘子里，遮蔽自己的刻意。

　　"谁知道呢！Lisa，你应该清楚哦，对了，你那边有了解到哪些高管或者中层领导离职吗？"刘景羽想从 Lisa 那边打听关键信息。

　　"没有啊，我也不清楚！那些高管的离职流程不会到我这里，我能接触的最高级别就是 director，你咋突然问这个了？"Lisa 好奇地问。

　　刘景羽又把他之前的判断给大家分析了一遍，徐留意提出了不同的意见。

　　时明瑞是公司的老员工，现在的职位是从工程师一步步升上来的，他应该很珍惜目前的工作状态。外面的机会很多，但大部分都还是工程师的岗位，他会放弃现在的管理岗跳槽去重新写代码吗？当然，肯定不乏创业公司搭建验证团队的机会，或者其他成熟公司对等的岗位空缺，甚至他都有可能不做技术重新换个方向，前提是别的公司认可他，包括会有新领导空降，还恰好时明瑞跟这位新领导性格不合，然后负气出走，这些全都是概率问题，当所有的概率相乘，便变成了一个小概率事件。

　　"我们都学过《概率论》，小概率事件不可能发生原理告诉我们，不要期望这件事情在当前的情况下发生，除非发生其他意外情况。至于樊斌，我觉得更不可能，他在公司的时间比时明瑞还要长，要走他早走了！"徐留意洋洋洒洒地以科学论断。

　　陈松涛心中燃烧的希望火苗被徐留意泼来的一盆冷水瞬间浇灭。对比刘景羽，他更愿意相信徐留意，毕竟他跟时明瑞接触的时间更长，而且他的分析也更加合理。陈松涛端起酒杯自己喝了起来，失落写在脸上，一览无余。

　　"不过，松涛，你也别气馁啊，凡事都有万一，你这段时间多跟时明瑞联络联络，总没坏处。得之我幸，不得，那就不得呗，谁也没损失啥，还是原样！"看到陈松涛的失落，徐留意讲了一些宽慰的话。

两瓶红酒已经见底，徐留意又从冰箱里拿出一提啤酒，三个人彻底尽兴。徐留意被 Lisa 挽到主卧的床上呼呼大睡，丁鹏和陈松涛则躺在榻榻米上，谁也不嫌弃谁的脚臭。而开车不喝酒的刘景羽则陪着三位女生打起了扑克牌，以待三人酒醒。

到家时，落日的余晖还在脚下。开门的一刹那，王丹谊心中的落差油然而生，对这间已经居住了两年多的屋子再也没有了家的感觉，即使枕边人还在，但心却已挪了位置，爱也渐渐学会了躲藏。

刘景羽把丁鹏扶进房间，跟王丹谊说了声再见，便匆匆离开。

"我们啥时候结婚？我们啥时候结婚？"陈松涛躺在床上，迷迷糊糊地念叨着，手还在空中不停地划来划去。

王丹谊走到床边，握起了陈松涛的手，他便不再说话，慢慢睡了过去。

她安静地端详着陈松涛沉睡的模样，又侧目扫视了一眼整个房间。

春节过后，菲特普的例会时断时续，而且再也没有在晚上开过，周晨的重点已完全向海格创新倾斜。周日，他发了信息，准备周一下午 2 点开例会，文杰还在上班，要是不方便的话可以不参加。这是一种再明显不过的暗示，可文杰假装糊涂，依旧前行。他已经很久没有参加过公司的例会，对于很多消息，他几乎是处于被隔绝的状态，所以他特意请假来参加今天的会议。

"哟，文杰，你咋来了！"周晨看到他不免有些惊讶。

"再不来，你们就要忘了我长啥样了！"文杰只能无奈自嘲。

由于文杰不常来，办公室的很多人都不认识他，有几个好奇的同事还在交头接耳议论着。其实，他的确没必要来，因为讨论的很多议题已经与鑫达集团无关。

　　第二颗芯片已经顺利量产，而且良率也符合预期，虽然在海美创格的销量已经很大，但周晨并不满足于此。依托海美创格是公司当前的一大优势，也是海格创新能够存活下去的基础。但优势和劣势从来都是辩证的，两者可能随时发生转变。如果想要更上一层楼，那这个依托于单一客户的优势可能会变成劣势，从而束缚公司的发展。所以周晨需要新的更多的客户支撑，而菲特普便是现成的销售渠道。

　　虽然是四个人的例会，但基本都是周晨、丁鹏和祁永辉在讨论，文杰只能在一旁默默听着，也插不上嘴。

　　"我这边几个客户的反馈都不太理想，他们对于供应链的转变还是太谨慎了，有几个连 demo 的机会都不愿意给，你那边怎么样？"周晨先自报战况。

　　丁鹏无法判断周晨客户状况的真实性，但也想不出他为何要有所隐瞒。于是，丁鹏就把自己这边的真实情况和盘托出。

　　"我这边也没有几家客户愿意 demo，即使有，也是替代一些即将被淘汰的产品。我这周会再跑一圈，看看他们的具体情况。"丁鹏也只说了大概，并没有特指某个客户。

　　"都有哪些客户？"周晨继续问。

　　丁鹏本不想把具体的客户名字告诉他，但他既然问了，只好列举了几个名字。

　　"永辉，我们对这几个客户的技术支持怎么样？他们有主动问我们问题吗？"周晨还要从技术层面再对这些客户加一层判断。

　　现在技术支持团队已经增加到六人，祁永辉的工作量主要集中在海美创格，其他客户的技术诉求基本都交给了团队的其他人。因此他并没有其他客户的过多信息，只是从团队的周报里了解一下基本情况。目前其他客户都是发邮件要了一下参考资料，只有黄启明的公司一直在打电话询问更多的技术细节。

　　拿到海格创新的芯片之后，黄启明让团队立即开始技术评估，这其中除了对丁鹏的支持之外，他还有自己更深层次的考虑。

周晨没想到丁鹏和黄启明接触才两年多，竟然可以得到他这么大的支持。他想去了解一下这位黄启明何许人也，为何会跟丁鹏有如此深的交情。而自己这边经营多年的众多客户中，能够达到如此紧密合作关系的也并不多见。

"丁鹏，你这周去中山吗？要不要我跟你一起去？"周晨直接问道。

丁鹏当然能猜到他的意图，心里想到：既然你不要我接触你的客户，那我的客户也请你不要染指。丁鹏更担心的是周晨这一去会给黄启明传递一个错误信号，无意中破坏两人之前谈过的合作事项。虽然黄启明还没有明确表态，但也没有明确拒绝，希望还在。

"不用了，那边事情也不多，我一个人就行。"丁鹏镇定自若，回答得很随意。

周晨也不好再坚持，只说让他加油，争取一个新的突破。

"都不聊聊鑫达集团了？现在都这么被边缘化了啊！"文杰的声音很小，更像是在喃喃自语。

这是他对自己的不满，也是对周晨的抗议，边缘化的不仅仅是鑫达集团，还有文杰自己，可又能有什么办法呢？他曾想过从鑫达集团离职，加入菲特普或者海格创新，可来之后能做啥呢？他跟周晨提过一次，可周晨以菲特普还需要他在鑫达集团做内应为由拒绝了他。他在菲特普已经没有任何存在感，更别提海格创新了。他想为自己争取，却找不到合适的理由和正确的方式。

周二到周四的这三天，丁鹏拜访了上海、昆山、武汉和深圳四个城市的多家客户，这些客户之前都承诺会对海格创新提供的芯片进行非量产的功能评估。但一圈拜访下来，除了深圳一家客户正在进行 demo 板的设计之外，其他无一例外，所有的评估还都还停留在产品规格书上面，而且近期也没有更一步的计划。

丁鹏的失落可想而知。晶莹的雨滴被风吹散了娇柔，在车窗上纵情狂欢，给车内的愁绪涂抹了一个不规则几何体的边框。

元旦后，平均每隔两周，丁鹏就要到中山一趟，除了现有的业务往来外，主要的目的还是介绍海格创新的芯片。一开始黄启明是拒绝的，直到丁鹏展示了实际的测试数据，他才有了信心。可三个月过去了，黄启明依然没给出结论，每次的反馈都是仍在评估中。

已经跟他约好了晚上的时间，可酒局上会谈些什么呢？从祁永辉的信息来看，他们已经开始了更一步的测试，或许这是一个积极信号，那合作的事宜又该如何进行呢？

到了中山后，丁鹏就在预订饭店的旁边找了一家酒店，他已经做好了晚上烂醉如泥的准备。

丁鹏步行到饭店，跟服务员确认了包厢之后，就在门口等候。过了一会儿，郑修睿开车载着黄启明一起到来。三人在一楼点完餐后，丁鹏正要点酒时被黄启明拉住，只要了一壶金菊梅。

"启明兄，今天不喝酒了？"丁鹏有些诧异，说完又看了一眼郑修睿。

"不喝了，今天换个口味，咱就喝茶。"黄启明说着，示意大家一起上楼。

刚坐下没多久，服务员就端上来了一壶茶。坐立不安的丁鹏接过了茶壶，他要给两位潜在的合作伙伴斟茶。从上楼到此刻这短短几分钟时间，丁鹏在心里做了各种假设，但没有一种可以解释清楚为什么黄启明今天突然喝茶。他变得有些局促，也不像之前那样侃侃而谈，只能通过倒茶这种方式来遮蔽自己的紧张。

"丁鹏，今天怎么感觉有点害羞哦，不太像你啊！"黄启明看出了他的异样，便主动开篇说道。

"不会是因为没有喝酒，你小子就不开心吧！"郑修睿也在一旁起哄。

"别别，两位大哥，小弟哪敢啊，只是心里有两件事都还没着落，心情也就跟着低落了！"丁鹏庆幸自己临危不乱，急中生智想出了这一精妙的措辞，既缓解了尴尬，也把问题抛给了黄启明，一箭双雕。

黄启明哈哈大笑，竖起大拇指，在丁鹏和郑修睿之间画了一个 90°的扇形，直夸丁鹏聪明。三个人又继续闲聊了一会儿，直到点的菜基本上齐。

"丁鹏，你觉得我们今天为啥不喝酒啊？"黄启明的语气很轻松，却重重挑拨了丁鹏的神经。

"启明兄，不瞒你说，刚才在楼下你点了这壶茶之后，我就一直在想这个问题，但又不敢直接问，恕小弟愚钝，猜不出。"既然自己的心思已被猜透，就没必要再隐瞒，丁鹏坦诚布公地说道。

"我是准备把你心里那两件事情合二为一，一并解决，喝了酒我怕给解歪了！"黄启明说完，端起茶杯，作喝酒状，一饮而尽。

丁鹏赶忙起身添茶，嘴里还念道，老板请喝茶。这时，服务员推门，端进来了最后一道菜。

黄启明技术团队的评估已经接近尾声，以海格创新的 MCU 为主控芯片的解决方案基本可以满足现有几款主打产品的需求，而且有些指标还超出了预期。虽然有一些功能点可能会出现偏差，但完全可以通过软件规避掉。

"他们本来要叫你们的 FAE（"现场应用工程师"）过来现场支持的，被我叫停了，能打电话就打电话，能发邮件就发邮件，不到万不得已，不要让你们的人来现场！"黄启明的话没有挑明原因，但丁鹏已明白了他的用意。

在评估过程中，技术人员发现这颗芯片不仅在功能上和 S 公司那颗主流芯片保持一致，指令代码也是呈现有规律的移位，指令的时序也基本保持一致，连管脚的定义都是一样，同时，datasheet（"数据手册"）上很多功能描述的句子也和 S 家的一模一样。虽然结构框图做了修改，但也仅仅是调整了几个模块的布局而已，曲线图的修改更为夸张，更改了特征曲线的形状和坐标轴的刻度单位，但在曲线上呈现的特性参数值却是一样的。还有很多性能参数的指标都是进行了等比例的优化调整。因此，黄启明的技术团队做了一个大胆的假设，这颗芯片的设计很可能就是参考S公司的那颗主流芯片，更甚者，只是在原来的代码基础上做了一些调整而已，但前提是他们得有源代码。

"丁鹏，你之前讲过，他们都对你有所保留，连老东家都不愿意透露，你觉得原因是你没在那边任职，我觉得这个理由太牵强了，甚至是有些荒谬。一个人不告诉你可以，但所有人都对你隐瞒，这必有内情，你有没有想过这颗芯片为什么那么快就可以流片，而且功能还几乎接近完美。"黄启明并没有直接把他们的发现告诉丁鹏，而是想再试探一下。

"启明兄，实不相瞒，我也通过别的渠道打听过，基本上可以确定这个研发团队来自S公司，经你这么一说，难道他们对我保留的原因是有一些隐秘的东西不想让外人知道！比如这颗芯片的源代码？"丁鹏说话的同时，所有关于海格创新的记忆在脑海中快速闪过。如果按照这个逻辑推断，之前所有的不可思议都变得合理了。

黄启明对丁鹏的回答做了判断，觉得他所言不虚，也随即把自己团队的分析告诉他。丁鹏听完之后，无数个惊叹号和问号在心头萦绕，久久不能散去。他没想到周晨能有这么大的能量，可以从S公司挖到一个成熟的研发团队，更重要的是他们竟然还拿到了源代码。是谁在冒这个险？又付出了怎样的代价?!

丁鹏的思考将这个狭小的包间渲染成了一个极度安静的空间，他在里面策马扬鞭，在每一个路口停留，仔细观察，回望身后的一路尘土，然后继续赶往下一个路口。黄启明和郑修睿没有说话，更不会打搅，留给他足够的时间在这个纷繁复杂的思绪中�}出一条前行之路。

"启明兄，您刚才提到的那个合二为一是什么意思？"丁鹏放下了右手一直紧握着的筷子，脸上挂着严肃。

在丁鹏说话的同时，黄启明一直凝视着他的眼睛，丁鹏没有闪躲，双方的瞳孔中都映射着彼此的真诚。黄启明也不再隐瞒，向丁鹏透露了自己的计划。

自从去年丁鹏提出合作研发芯片的愿景后，黄启明就认真思考了这个大胆的想法，并通过别的渠道了解了一家芯片设计公司的合理人员配置、成本投入、回报周期以及风险预判等，虽然得到的数据和丁鹏所讲的有一定出入，但仍然在可接受的范围内。自己公司再加上几个合作伙伴的实际需求，可以把前期的投资风险压缩到极致，当然前提是必须有合格的芯片供应，产品的质量是首要考虑的因素。所以研发人员便成了重中之重，也占据了主要的成本支出。起初，他想把这个芯片设计公司设立在台湾，但最终还是放弃了这个念头：第一，自己的工作重心已经在大陆，而且芯片面向的主要市场也在大陆，没必要再另辟蹊径；第二，由于自己不是芯片行业出身，所以必须要跨行业找一名负责人，这个负责人人选可能会存在很多不确定性。

所以，投资的目光又重新回到大陆，但同时，黄启明却感到左右为难、力不从心，研发人员从何而来？他通过朋友咨询了几位在那几家头部芯片公司工作的研发人员，这些人要么不愿意离职，要么就漫天要价、毫无诚意。他也考虑过通过猎头的渠道来挖人，但研发负责人是关键，这又回到了之前的顾虑，这位负责人是否可靠，能否带一个团队出来，如若不然，东拼西凑起来的团队，战斗力和凝聚力都会大打折扣。四个月时间过去了，黄启明却始终没有找到合适人选。

这是黄启明最初的计划，这个计划并没有考虑与丁鹏的合作，而是自己乘风破浪。当然在公司成立后，他会向丁鹏发出橄榄枝，但到那时，他只是自己的一名员工而已。但扬帆碧波上，风不眷残行，黄启明的激情澎湃航行了没多久便触礁搁浅。正当他手足无措之时，一名在台湾某家 Fab 厂任职的同学给他指出了一条灰暗的捷径。这名同学告诉黄启明，可以通过一些非官方的暗道获取竞品的源代码，这样不仅可以缩短开发周期，还可以实现快速迭代，同时对于研发团队的要求也不会那么苛刻，当然了，如果有熟悉这套代码的技术人员做支撑，那将是站在巨人的肩膀上飞跃，事半功倍。但同时他也提醒，这可能会涉及侵权问题，一定要慎重。黄启明第一个想到的就是从这位同学那里购买源代码，可惜这位同学只有建议，别无其他。在尝试了几次通过中间人购买源代码无果后，黄启明只能把目光再次转向丁鹏，毕竟他当初曾胸有成竹地保证可以召集一个研发团队，或许这个胸有成竹也包含了对源代码的承诺。

元旦后，丁鹏来中山介绍了海格创新这家公司，并带了量产芯片，在反复确认了他在这家公司扮演的角色之后，黄启明发觉了异常。他以为丁鹏已经在暗中执行自己的计划，只是时机未成熟，所以不便透露。可几次接触下来，黄启明发现事实并非如此，丁鹏还在原地踏步，只是把理想描摹得更加丰满了而已。黄启明当然明白，丁鹏这么做的目的就是消除他的疑虑、增强他的信心，毕竟半年多过去了，自己还没有给他任何明确回复。正当黄启明准备与丁鹏讨论具体的合作方案时，技术团队向他报告了芯片的初步分析结果，于是他便暂缓了和丁鹏的讨论。他让团队继续测试，要拿到更多的数据来支撑这份分析报告。所以春节后，丁鹏每次拜访时，黄启明都热情款待，虽然对合作的事宜闭口不谈，但却会主动透露项目评估的进展，使他不至于灰心丧气。

得到的数据越来越多，分析报告也就变得更有说服力了。

黄启明和郑修睿用了一周时间提前讨论合作方案。为了规避风险，他们决定采用间接方式来合作。简单概括为：

一、黄启明和郑修睿在台湾共同成立一家科技公司，两人的出资比例分别为51%和49%，但两人都不在该公司任职，法定代表人也会另选他人。

二、两人以该科技公司的名义与丁鹏合作在大陆成立公司，并在公司成立之初至少占股80%，另外20%合理配置给丁鹏和其他骨干成员。

三、丁鹏作为新公司的法定代表人。

四、第二年或者产品成熟后引入战略投资。

　　五、同时继续购买海格创新的芯片，为丁鹏争取足够的时间。

　　黄启明把他计划的后半部分经过重新修饰之后，告诉了丁鹏，同时也暂时隐藏了他们对合作公司的占股诉求。或许丁鹏的胃口并没有那么大，所以他们不能提前暴露底牌。

　　"丁鹏，我和修睿兄是资本入股，你和团队是技术入股，这里面源代码是关键，研发人员是锦上添花。如果没有源代码，那我们这个公司的基础就变得相对薄弱了。"黄启明给他们的合作方案做了一个简单的总结。

　　这个总结看似寻常，却绵里藏针。丁鹏明白，他们让自己作为合作公司法定代表人的目的就是规避风险，黄启明看中的是源代码，而这也是最棘手的难题。第一，如何拿到源代码？第二，当分享了源代码之后，黄启明会不会过河拆桥？虽然这两年多来大家的合作非常融洽，丁鹏也相信他和黄启明的关系已经超过了一般的供应商和客户的关系，但彼此是否真的足够信任呢？黄启明刚才的话里存在多少虚假成分呢？又是一连串的问号拍打他的前额。可合作是自己首先提出的，而且自己不也是一直期盼着黄启明的答复嘛！现在人家已经提出了合作方案，自己却退缩了。丁鹏的右手中指用力掰着左手中指关节，困惑和担忧涌上心头，彷徨的思绪也绕到了十指之间。满腔热血等待机会的来临，可机会真的到来时，才发现自己并没有准备好，他无法回答，在解忧之前。

　　"丁鹏，事发突然，这需要时间思考，你不必现在回答。我想跟你说的是，新公司成立后，作为法定代表人的同时，你也会负责整个公司的运营，我和修睿兄并不干涉。"黄启明又增加了一句极具分量的承诺来消除丁鹏的疑虑。

　　"台湾的公司已经在注册了，这个月就能完成，我们的诚心已经提前晒出了啊！"郑修睿也在一旁补充道。

　　即使没有准备好，丁鹏此刻也必须表态了，沉默将会拒人以千里之外。

"谢谢两位兄长！就像启明兄讲的，事发突然，你们不说则已，一说就是一个重磅炸弹，我需要时间去消化一下。而且，还得跟兄弟们私底下沟通，可能不是短时间就能完成的。"丁鹏向两位额首低眉，又问了一句："人员的招聘都是我负责的吧？"

"是的，前期所有的研发人员都是你负责，这个我们也不懂，不过财务人员需要我这边安排，这个毕竟涉及的面比较广，我想你也肯定理解。"黄启明倒也干脆，没有给丁鹏的心理预期设置屏障。

只要掌握了研发团队，丁鹏就消除了一个主要顾虑。至于财务人员，根本就不在他的考虑范围内。

"谢谢两位兄长的信任，让我们以茶代酒提前祝贺合作成功！"丁鹏举起杯，杯中倒映着他鲜红的笑颜。

黄启明也满面春风，同茶水一起饮下的还有挂在嘴边的那句话："希望我们彼此都真诚合作，但如果你觉得实在有困难，那也没关系，我们还是朋友，我这边再去找其他合作伙伴。"

对于丁鹏来讲，喝酒和喝茶有两种截然相反的副作用，一个让人酣然入梦，一个让人异常亢奋。回到酒店，睡意全无。酒桌上最后时刻的欢快已经消退，茶多酚让此刻的丁鹏异常冷静。与当初加入菲特普不同，这次是自己独挑大梁，虽然黄启明和郑修睿口头上表态说只是资本入股，但他们必定会在股东合作协议、股东退出协议和投票权协议上加入约束条件。甚至当股权的分配意见不一致时，他们会逼迫自己签署对赌协议。在利益面前，所有的规则必须一清二楚。既然如此，关切自身利益的方方面面必须要想清楚。

丁鹏拿出纸和笔，把自己需要付出的和理应收获的，一一列举。

一、研发团队的招募。丁鹏首先想到了陈松涛和徐留意，这两人也是自己的信心支撑。但他们两个都是验证的行家里手，需要劝导徐留意短期内尽快适应设计的角色，但设计的主角会是谁呢？又有谁能来担当整个研发团队的负责人呢？丁鹏暂时未解，涂下了第一个问号。

二、如何获得源代码？丁鹏自然又想到了徐留意，如果被周晨发现，该如何交代？更甚者，是否会直接撕破脸对簿公堂？这里不仅涂下了问号，还有一个惊叹号。

三、自己和团队的股份到底要多少？如何分配？自己20%？团队5%？这合理吗？黄启明和郑修睿会同意吗？丁鹏在这里涂下了数个问号。

四、除了芯片设计之外的其他生产、封装、测试环节，由谁来负责？是否还需要招募一名产品运营？又是数个问号。

五、办公地点。这个肯定是上海，在具体的选址上打了一个问号。

六、黄启明可能提出的对赌协议。

七、……

洋洋洒洒写了一页，纸上布满了数不清的问号。丁鹏看了一眼时间，晚上11点，重新抖擞了精神，从第一个问号开始。

回到上海时已是下午3点，到家后，丁鹏躺在床上竟不知不觉睡了过去，一觉醒来窗外已拉上了黑色的幕布，看了一眼时间，竟睡了四个多小时。走到客厅，陈松涛和王丹谊都没在家，丁鹏以为两人还在加班，便一人下去吃饭。可吃饭回来后又过了一个多小时，还不见两人回来，丁鹏觉得不对劲，就给陈松涛发了个微信，这才知道王丹谊住院了。

第二天上午，徐留意开车到玉兰香苑，丁鹏本来打算自己坐公交去医院的，奈何拗不过徐留意的热情。

"啥时候住院的，是急性阑尾炎吗？"丁鹏刚一上车，坐在副驾驶的李欣妍就急切地问道。

"听松涛讲有一周了，具体情况我也不清楚，去了再问吧！"

丁鹏也不知道更多细节。

"那岂不是上周六从我家回去之后就去医院了，罪过啊！希望不是那顿饭的缘故！"徐留意一边开车一边自责。

三人停好车，绕着医院走了大半圈才找到住院部，上六楼找到 606 病房。通过门窗，丁鹏一眼就看到了坐在最里面那张病床边的陈松涛。正当他准备推门时，突然发现陈松涛的对面坐着一个长发女人，背影是那么熟悉，她像是在说着什么，陈松涛和王丹谊都在仔细聆听，脸上没有任何表情。

"愣着干吗啊？进去啊！"徐留意提着果篮在后面催促。

是她，没错！在进门的一刹那，丁鹏就听到了那个熟悉的声音。在过去将近五年时间里，朝行云，暮行雨，他曾无数次在梦中与这个声音对话，在酒后的孤独世界里与这个倩影相拥。如果爱情有形状，那它一定是记忆中幕雨珊的轮廓；如果记忆有重量，那它一定塞满了沉甸甸的思念。激动、慌张……所有把记忆搅动得凌乱不堪的思绪奔涌而出，那些零落的碎片再也拼不出一副完整的恋人模样。

她，已经嫁为人妇，已经成为人母，他和她之间已经横亘着一座无法翻越的高山。他的激动为哪般？他的慌张又为哪般？

"又咋了？往里走啊！"站在门后的徐留意又推了丁鹏一把。

丁鹏侧身让徐留意先走，他不知道幕雨珊在聊些什么，只听出她的声音里带着哭腔。

"啊！你们咋来了？不跟你们说就是怕麻烦你们！"陈松涛看到三人，赶紧站起身来，躺在床上的王丹谊也向他们招手，幕雨珊停止了哭泣。

徐留意和李欣妍已经走到床尾，幕雨珊以为陈松涛口中的你们指的就是他们两位，便点头示意。陈松涛接过果篮放到床头，并给大家做了介绍，李欣妍也坐在床边询问王丹谊的病情。

这时，丁鹏才缓缓走过来，站在徐留意旁边，他终于看清了幕雨珊的妆容。五年的时光完全没有在她脸上留下任何痕迹，相反，还多了几分娇柔和妩媚。他朝陈松涛和王丹谊简单挥了下手，便站在原地静静注视着幕雨珊。陈松涛和王丹谊看着他，却不知如何是好。幕雨珊注意到了他们的异样，也觉察到了左后方有一双眼睛在盯着自己，蓦然回首，正好与丁鹏四目相对。顷刻间，羞涩、愧疚涌上心头，飘逸的长发中也夹杂着几丝从发梢流下的悔意。她赶紧转回头，拭去的泪光中仍然闪烁着丁鹏眼中的真诚和渴望。

幕雨珊又拉了一下王丹谊的手，便起身离开，在关门时看到丁鹏伸出的右臂停在半空中。

"不是，这啥意思啊？我们没有耽误你们聊天吧？这妹子就这样哭着走了！"徐留意一脸茫然，觉得自己的到来才让他们不欢而散。

"留意，你误会了，我这个同学心里有事儿，跟你们没关系。"王丹谊赶忙解释。

三个人又待了一会儿，就离开了。临走时，陈松涛让徐留意明天开车过来，帮忙接王丹谊出院。

"你状态不对啊！自从进了病房，就一直发呆，一句话都没说。"徐留意心生好奇，觉得丁鹏的变化太过突然。

"没啥，就是不习惯来医院。"丁鹏心不在焉地回答。

"那明天我一个人来，你就在家吧！"

到家后，丁鹏收到陈松涛的微信，今天在病房不方便，明天回来再跟他讲幕雨珊的近况。

第二天，丁鹏起个大早，依照陈松涛的嘱托，去菜市场买了小米、豆腐、菠菜，还有一条鲫鱼。上午 11 点，他们到家，徐留意没停留直接赶去公司加班。把王丹谊安顿好，陈松涛就开始在厨房里忙活起来，在吃了五天的稀粥之后，今天他要为虚弱的病人改改花样。

躺在床上的王丹谊再次掀开衣服，看了看肚脐和左右两侧的伤疤，这是她每天都要重复无数次的动作。手术当天，她醒来的第一件事情就是查看这三个疤痕，可惜不能低头，只能让陈松涛用手机拍照。看到照片的那一刻，她的眼泪倾泻而出，每一滴都是对丑陋的叱责和抗议，对残缺美的惋惜。好不容易挪动了一下身子，伤口也随即传来了切肤的疼痛。她终于有了理由，可以尽情撒娇。陈松涛在病床边使尽了浑身解数来转移她的疼痛，吸纳她的撒娇。陈松涛建议她把病情告诉父母，王丹谊直接拒绝，除了不想让他们担心之外，她还要避免爸妈来之后彼此见面的尴尬。

半个小时后，陈松涛端来了一碗鲫鱼豆腐汤和一小盘菠菜炒豆腐。王丹谊靠在床头，每一勺汤都细细品，每一口菜都慢慢嚼，她从来没有如此认真地吃过饭。陈松涛和丁鹏在客厅，每人端了一碗捞面条。

吃面条的呲溜声一浪盖过一浪，丁鹏本打算向陈松涛透露一下他的创业计划，但他还是忍住没有讲。一方面，自己还没准备好，时机并未成熟；另一方面，今天的心思并不在创业上面，讲起来也是毫无头绪。从早上起床到现在，他一直期盼着陈松涛讲述幕雨珊的故事，可陈松涛只顾着狼吞虎咽，完全忘记了还有这一茬。

"你这是逃荒回来的啊！至于这么饿？慢点吃！你不是说要给我讲讲她的近况吗？!"见他一直未开口，丁鹏主动追问。

陈松涛并没有忘记。昨天在医院，他看到了丁鹏的怅然若失，也明白其中的缘由，所以他才发了那条信息。可信息发出后，他却后悔了。不知道事情的真相，丁鹏可能只会难过一阵子，等过段时间，当这段插曲已然退却，或许他的感情生活会慢慢步入正轨。可如果告诉了他真相，依照他的性格，他只会在这条不知是否有归期的道路上渐行渐远。

所以陈松涛并没有主动提起，他希望丁鹏怅然若失的状态只停留在昨天。但很显然，事与愿违，丁鹏一直在坚持，陈松涛无奈，只得把真相告诉他。

原来幕雨珊过得并不快乐，她一直在假装幸福。郑若文在婚后多次出轨，在女儿出生之后，郑若文的父母置若罔闻，仅仅来上海看望过一次，仿佛这个孙女与他们无关。现在，除了女儿，郑若文仿佛对这个家别无他恋，他们成了名义上的夫妻。不论是爱情还是亲情，幕雨珊已心若死灰。

"周五时，幕雨珊想约丹谊吃饭诉苦，可丹谊这样，只能婉拒。当得知丹谊做手术住院后，她第二天便赶到了医院，恰好碰到你们！"陈松涛把经过讲述了一遍。

丁鹏只是静静地听着，没有任何言语。一碗面条吃完，客厅里万籁俱寂。

"你有她现在的联系方式吗？给我一下。"一分钟后，丁鹏打破了沉默。这是他此刻最迫切的想法，也正是陈松涛的担忧所在。

"有必要吗？你确定要这么做？"陈松涛尝试把兄弟拦在这条归期未知的道路的起点。

"嗯！"丁鹏点头。

房间里的王丹谊听到了他们的对话，也想劝阻丁鹏，但听到他刚才肯定的回复之后，便打消了这个念头，好良言难劝这个痴情汉。

当天下午，丁鹏就加了幕雨珊的微信，可直到深夜也没有收到好友通过的消息。是她不愿意？还是没有看到？丁鹏辗转反侧，比等待客户的PO（Purchase Order，即"采购订单"）还要焦虑。手机摆在枕边，声音调到最大，急切地期盼着那清脆的嘀声，可惜等待被无限拉长，他竟昏昏沉沉睡了过去。

第二天醒来，赶紧打开手机，可仍旧没有消息。丁鹏心灰意冷，有些烦躁不安，他想让王丹谊去提醒一下。可如果对方心已成灰，即使通过了又有什么用呢？徒生伤悲。看了看镜子里颓废的身影，一捧凉水扑在脸上。

例会上，丁鹏汇报了过去一周客户对于海格创新产品的反馈情况，面对只有两家客户有意向继续推进的尴尬境地，周晨显得有些惊慌。这不是丁鹏做得不够好。一家新公司的新产品需要包括人力和物力在内的大量投入，才能挤进原有的技术生态圈，获得市场和客户的认可。这才半年时间，不能苛求太多，况且自己这边的情况也不容乐观,并不比他强多少。但作为老板,周晨不可能对公司业务存在自我麻痹的心态,对业务的心软带来的将是对自己、对公司的残忍。因此,他还是直接表达了对新产品销售的担忧和对丁鹏的不满,并强调了这款芯片在市场开拓中的关键作用,以及它对后续迭代和新产品研发的影响。面对周晨这副盛气凌人的姿态,丁鹏本想质问他自己客户的跟进情况,但转念一想,他毕竟是老板,而且祁永辉也在场,没有必要把场面搞得太尴尬,只好窝着火气,悻悻作罢。

走出办公室,打开手机,丁鹏眼前一亮,幕雨珊通过了他的好友申请,喜悦开始在眉目之间荡漾,无处安放的右手不停地向后捋着头发。他打开微信,翻看幕雨珊的每一条朋友圈,女儿那么可爱,红彤彤的小脸上点缀着和妈妈一样明媚的双眸,笑容天真灿烂,可旁边妈妈的笑容却显得有些苍凉。

"最近好吗?"在斟酌思量后,丁鹏只在输入框内拼出了这简短的四个字。

紧张地盯着手机屏幕,等待幕雨珊的回复,丁鹏能够感受到自己那如鼓点般的心跳。微信页面顶端一直显示着"对方正在输入……"的字样,30秒过去了,一分钟过去了,可聊天界面仍旧没有弹出新消息。对方是在书写过去五年的全部过往,还是在纠结?那这个省略号里面又能包含多少个纠结呢?

"我还好,你呢?"屏幕上终于出现了新消息。丁鹏仿佛看到了幕雨珊内心的徘徊和反反复复输入又删除的文字。

两人宛若又回到了刚认识的状态,但谁也不再拥有当初的年少。他们只是简单聊了一下工作和生活,都在刻意回避感情。

"我明天准备去外地出差,等周末或者下周啥时候一起见见吧?!"丁鹏恋恋不舍地结束了对话,他只盼一个肯定的答复。

"好!"省略号重现,只是这次时间很短,回复也更加简单。

在外面跑了三天,依然毫无收获,不仅仅海格创新的芯片推进困难,连菲特普的业务也受到了影响。人的精力必定有限,顾此失彼。丁鹏简单算了下,今年上半年菲特普的销售额与去年同期相比，减少了将近两成，当然，海格创新的收入足以弥补这一缺失，虽然它目前只有一家主力客户。但海格创新与自己无关，甚至，它的繁荣昌盛是榨取了本应属于菲特普的那部分荣光。但此刻，丁鹏已无暇顾及，他周五中午便回到了上海，为了奔赴五年来的朝思暮想。

幕雨珊提议约会地点定在浦东，丁鹏就特意选择了龙阳路附近的一家充满浪漫情调的咖啡馆。这家咖啡馆偏安于闹市的一隅，门口有约莫10平方米左右的空地，两侧盘绕着大片的绿植花卉，阻隔了外界传来的熙熙攘攘的噪声。暗黄色的灯光照在贴着旧报纸的墙壁上，渲染出一幅具有年代感的油画，浪漫典雅的轻音乐撷一份矜持为每一杯浓郁的芳香伴奏。丁鹏在靠近橱窗的一个位子坐下，点了一杯柠檬水，从书架上拿了一本书，在夕阳的霞光中悠懒地翻着，静静地等着。

"看什么书呢？这么认真！"熟悉的声音将徜徉在书海中的思绪唤醒。

丁鹏抬起头，看到幕雨珊已经站在了自己面前。脚穿一双黑色高跟鞋，一袭抹茶色连衣裙搭配白色方包，飘逸长发下还是那一张未曾改变的精致脸庞，即使没有其他饰品，一凝眸间仍然散发着青春少女的魅力，完全看不出已是妈妈的模样。

"随便翻翻。"丁鹏赶忙合上书，招呼服务员点餐。

"《穆斯林的葬礼》，大学时看过，很虐人的爱……"只说了爱情的一半，幕雨珊便停止了这个不合时宜的词汇。

她的豁达超出了丁鹏的想象，与微信聊天时完全两个状态。可丁鹏不知，有一种坚强叫假装，有一种无奈不愿让人看见。

"哈哈，我也是大学时看的，好多年了。"两人都想尽量避免尴尬，可谈话却从尴尬开始。

丁鹏身上的话题很少，除了这几年依然单身之外，就是那些枯燥的工作，只是潦草带过。

"四年多了，你怎么都不找一个？"说话的同时，幕雨珊却低头盯着桌上的甜点，畏惧丁鹏的凝视。她在心里懊悔，为什么会提出这样一个愚蠢的问题？难道自己只是想得到一个肯定的答复吗？得到之后又会怎样呢？

"哈哈，都忙着工作了，你呢？我听松涛说你过得不太好?!"丁鹏略显羞涩，同时赶忙解释道："都是我追问他的，你别怪他！"

"没事的！那天在医院碰到你，我想你肯定会问他的。"幕雨珊的假定仿佛已经洞穿丁鹏的心思。

她把自己的遭遇重新讲了一遍，眼泪淌过脸颊滴落在苦涩的咖啡中。她不是为自己疼痛的伤疤哭泣，而是为曾经的错付流泪。丁鹏递过去一张纸巾，他见不得幕雨珊的伤心。那一滴滴泪珠浸湿了他心底久旱枯竭的荒漠，开出了一朵朵苦涩的花瓣。

"别哭，有我呢！"丁鹏不知从何而来的勇气，他已经挣脱了理智的束缚。

"谢谢！"幕雨珊望着丁鹏，秋水剪瞳。她没想到丁鹏会突然讲出五年前常对自己说的话，深情的双眸中满含感动。

两人第一次见面也就到此为止。在接下来的两个月里，两人就像回到了五年前，重新认识、不断约会，但谁也没有越雷池一步。幕雨珊越来越懂得，在成年人的世界里，感情和责任之间只有一个等号。

丁鹏的笑容逐渐增多，越发灿烂。正当他在初恋的感觉里流连忘返之际，周晨却给他出了一道棘手的难题。

由于海格创新上半年的主要销售对象是海美创格，其他客户贡献的业绩几乎可以忽略不计。而且按照目前的形势，下半年也很难有改观，如此这般，到年底财务结算时，公司的营收数据将极其不乐观。

看着不断增加的库存，周晨急得焦头烂额。他的出差频率越来越高，有时两周都进不了公司一趟，所有的公司会议都是通过电话的方式进行。虽然他使尽了浑身解数，很多客户还是只买单其他常规品牌的芯片，对海格创新的产品仅仅停留在口头承诺阶段。他的努力只在菲特普的销售额上得到了正反馈，而海格创新几乎颗粒无收。他开始尝试用其他手段来取长补短、互通有无。

黄启明按照之前的约定，在 7 月底从菲特普购买了一批海格创新的芯片和其他常规品牌的芯片，后者的采购量和交易额都要远超前者。

周晨便想在这两批采购订单上做手脚，但前提是丁鹏愿意配合他的操作。在周一例会结束后，他把丁鹏单独叫到会议室，讲述了自己的想法。

他让丁鹏说服黄启明进行暗箱操作，把两批订单的 PO 合二为一，并且采购清单上只显示海格创新的产品，但发货仍然按照实际清单。

"只要他同意，我们还可以在价格上让步。"周晨把第二步的策略已经想好，他以为丁鹏会严格按照自己的方案执行。

周晨想通过这种方式强制让菲特普消耗海格创新的库存，拿菲特普的现金流去补海格创新的销售额，到最后，菲特普承担了不属于它的那部分重担。更具体来讲，这会直接影响年底的分红，关乎自己的切身利益。丁鹏对海格创新没有丝毫感情，他只把自己当作是菲特普的合伙人。他不愿意为周晨的自私买单。又联想到周晨之前那些匪夷所思的举动，丁鹏突然明白了许多。他不仅仅把兄弟们当作是他攀爬的阶梯和商业版图布局中的棋子，危急时刻，他竟牺牲兄弟们的利益去支撑他的野心，可他追求上市的野心却与自己无关！更何况，自己明年可能要单飞，那自己干吗在此时为他的攀升抬轿子？

"晨哥，这样不妥吧！这是弄虚作假，我怕说服不了黄启明。"丁鹏的回答让周晨愕然，他没想到丁鹏会直接回绝。

但他没有放弃，虽然丁鹏拒绝的理由有很多，但利益肯定是其中一条。于是，周晨循序善诱、因势利导，把丁鹏的切身利益和海格创新的价值捆绑，并吹嘘海格创新的三年计划、五年规划。可他不曾想，这些劝诱不仅没有帮上忙，恰恰相反，更刺激了丁鹏的抵触心理，坚定了他单飞的信念。

"晨哥，你说的我都明白，但我们这样做会有很大风险。后面海格创新想要上市，肯定会追溯前几年的营业状况，如果到时候有什么纰漏，就会得不偿失。而且你这么做，太为难菲特普了，太为难兄弟们了，厚此薄彼，我看就算了吧!"丁鹏不仅再次回绝，而且也委婉地表达了对周晨的不满，并且暗示他不能从菲特普划拨利润到海格创新。

周晨没想到丁鹏会有这么大的抵触，这是自菲特普成立以来两人在合作过程中产生的最大分歧，而且谁也不愿妥协。外面的同事都能听到会议室里发生了激烈争吵。两人不欢而散，丁鹏推门而出，带着愤怒离开，同时离开的还有单飞的愧疚感。

晚上他特意叫了徐留意一起吃饭，开始实施第二步计划。

"你们下午咋回事? 全公司的人都听到了!"坐下后，徐留意首先表达他的好奇。

即使他不问，丁鹏也会主动把事情的经过告诉他，而且会添枝加叶。徐留意听完之后拍了一下桌子，狠狠地骂了一句。

"气不过啊，这有点太自私了!"丁鹏讲完之后仍要火上浇油，而且要把这团气火烧到徐留意身上，"不给我们海格创新的股份就算了，还要从菲特普身上割肉吃。哎! 对了，他承诺给你们的股权兑现了没? 这已经过去一年多了。"

"还没有。我问过韩宇飞和另外一位同事，他们也没有，都对周晨感到不满了。按照他这种做法，估计即使我有，也应该很少!"徐留意所言不假。

当初这个研发团队过来时，除了薪水将近翻倍之外，周晨还向他们承诺，只要产品得到海美创格的认可，每个人都会获得写在 offer 上的股权份额。一年多过去了，虽然第一款产品吹了西北风，但后面的两款芯片都已经在海美创格大卖，可周晨却没有兑现股权的承诺，所以引起了大家的不满。至于他为何秘而不发，无人知晓。

"三个月前我劝你转设计，现在学得怎么样了?"前面的铺垫已经完成，丁鹏开始进入正题。

"哪有那么快! 你看这边的项目一个接一个，都是满负荷运转。不过，我跟韩宇飞学到了不少。"徐留意说完放下筷子，盯着丁鹏问："当时你不告诉我原因，现在可以讲了吧。"

"如果我出去创业你会跟我一起吧？"丁鹏用一句反问回答了徐留意的问题。

"咳！我早就应该想到你有这份雄心壮志的，当然去了！"徐留意拍着桌子，显得很激动。

丁鹏简要阐述了创业计划的来龙去脉，重点讲了需要徐留意配合的部分。

"关于股权，我也不跟你说假话，我还在跟资方争取更多的份额，我能保证的就是不管多少，有我的就有大家的。我希望我们是技术加团队，他们只出资金，这样我们就能独立运行。只要团队在，不愁没有资方！"丁鹏把利益的核心点放在最后，讲完之后看着徐留意，眼神中充满了真诚。

"咳，有你这句话就行了！我相信你的为人，涛子更不用讲了，至于其他人，我们再慢慢捞！"好一个真性情的徐留意，说话从不拖泥带水。

最后，丁鹏再次叮嘱了保密的重要性，并说了句："代码就靠你了。"

跟徐留意沟通完，当天晚上丁鹏也跟陈松涛透露了自己的创业计划，当时王丹谊也在家，在两人的极力劝说和刺激下，陈松涛终于答应一起创业，尽管他心里仍有顾虑。

自此，徐留意除了加紧学习芯片设计之外，还要想方设法拉近与韩宇飞和包寒冰的关系。为了与他们越走越近，即使上下班路线不在一个方向，徐留意仍然会绕路几公里去接送他们。同时也会通过业界新闻、坊间传闻来旁敲侧击，激化韩宇飞对周晨的不满。只要有空，徐留意就会召集两人再加上陈松涛和丁鹏一起活动，让五个人的默契和团队意识在潜移默化中形成。每次活动，丁鹏也会带来一些商业和生意上的趣闻乐事，并把某些桥段提升到个人价值的高度，与徐留意的旁敲侧击形成一个闭环，先后呼应。每一次活动、每一段故事都是将来一起乘风破浪的一个伏笔。

当然，五个人的团队远远不够撑起一家创业公司。丁鹏让徐留意和陈松涛帮忙，在之前的同事里继续物色人才，尤其是做模拟设计的同事。

三个多月前，就在庆贺徐留意乔迁之喜的第二周，顾阳集团发布了公告，并在一个多月后完成了对开迅科技的收购。接下来的故事基本按照刘景羽勾勒的剧本在发展。公司的高层领导发生了变动，时明瑞也找到了新工作，他会坚持到 9 月的最后一个工作日。樊斌倒比他还早，已于 8 月底离职，至于两人是否去同一家公司，便不得而知。高层领导找时明瑞谈过话，为了工作的顺利衔接，便让他在现有同事里推举一位继任者，陈松涛果真成为了那个幸运儿。

"涛哥，恭喜你啦!"刘景羽发来真诚的祝贺。

"以后团队里，我得仰仗你了!"陈松涛也开诚相见，彼此心领神会。

给时明瑞的送行宴上，不仅部门的全体同仁参加，陈松涛还叫来了已经离职的徐留意和樊斌。时明瑞甚是感动，作为主角的他，和每一位兄弟姐妹碰杯，酩酊大醉，每一杯酒都代表了他的不舍和祝愿。陈松涛揽着他的臂膀，感谢的话语只说了一句，剩下的全在酒里。

从 9 月中旬和时明瑞交接工作开始，陈松涛的忙碌就上升到了一个新的高度。从之前专心敲代码的状态，到现在管理整个团队并且要对直属领导负责，还需要处理跨部门之间的各种纠纷，应接不暇。妹妹打电话问十一是否回家，他只能以工作繁忙为由拒绝。假期七天，他加班五天，愣是把国庆节过成了劳动节。

忙碌使陈松涛感到了前所未有的充实，不论是薪水还是职位，他都感到满足，这难道不是上进和奋斗的体现吗？难道必须创业，干出一番轰轰烈烈的事业，才配得上这两个正能量的词汇吗？他没有跟王丹谊争辩，也没跟丁鹏探讨，只把思索埋在心里，从长计议。

　　徐留意的羡慕毫不掩饰，陈松涛也在他的鼓动下宴请了兄弟几个，小范围再次庆贺。在酒桌上，丁鹏正式向刘景羽发出了邀请，徐留意也在一旁怂恿。刘景羽并没有当场同意，表示要考虑之后再做决定。当天晚上四个人都丢弃了矜持，觥筹交错，疏狂一醉。醉梦中的丁鹏不曾想到，他又要与周晨发生一次激烈争吵，而他也终于涂抹掉了最后一分羞耻和罪恶感，与周晨分道扬镳。

　　十一假期过后，丁鹏找到财务人员查看第三季度的公司营收情况，这是他每个季度开始时的常规操作，财务人员会把整理好的表格发给他看，可这次，他却被告知还没整理好，需要再等几天时间。一周后，还是同样的说辞，丁鹏便起了疑心，直接质问是不是周晨不让看，财务人员支支吾吾，变相回答了他的疑问，担心的事情最终还是发生了。他又找到负责采购的同事，以提前准备好的说辞博得了信任，查看了整个季度的采购订单。丁鹏怒火中烧，他没想到周晨不仅没有收手，而且变本加厉。他跟文杰打了电话，告知他一定要参加下周的例会，并且要提前到，有重要的事情商谈。

　　周晨没想到文杰会再一次请假来参会，他的出现用"多余"二字形容毫不为过，但即便如此，仍然要装作欢迎的姿态。

　　"文杰，没想到你能来哦！"周晨的虚情假意越来越明显，语气中还带着嘲讽。

　　"总得一个月来一趟吧！要不然你们真会忘了还有我这个同事的。"对文杰无奈地回答，周晨报以尴尬的笑声。

　　"丁鹏，还是从你开始吧。"依照惯例，周晨让丁鹏先讲。

　　"我这边没啥特别的，我们直接对一下上个季度公司的营收情况吧！"丁鹏开门见山，连个招呼也没打。

　　周晨愕然失色，没想到丁鹏会突然提出这个问题，看来他已经知道了内情，文杰也自然是被他叫来的。既然他已经挑明，就没必要欲盖弥彰。周晨要瞧瞧丁鹏接下来会如何出招。

　　"好啊！"周晨坦然自若地说道。

　　丁鹏义愤填膺，他早已看不惯周晨这种故弄玄虚、盛气凌人的姿态，如果矛盾已经不可调和，今天的争吵必不可少，那也无需拐弯抹角，索性直接开战。于是，他把自己的发现摊在桌面上，当面责问。

　　不顾丁鹏的劝说，而且在丁鹏毫不知情的情况下，周晨通过菲特普与海格创新签订了一批采购合同，金额与黄启明公司采购订单的金额相同。不仅如此，丁鹏还发现两家公司之前的多个采购订单都存在类似的问题，只不过其他订单的金额对标的都是周晨自己的客户。通过这种方式，菲特普向海格创新转移了将近两千万的销售额。

　　"我不知道你签的是阴阳合同还是实际的采购订单，这是两千万的额度，你为什么一个人就做了决定？总该要征求一下我们的意见吧！"当着几个人的面，丁鹏毫不留情。

　　"我这么做的也是为了哥儿几个好！我们的目标是将海格创新做大，做上市，作为股东的菲特普也会跟着一起吃肉喝酒，到时候大家的收入可不止现在这么一点！这种关联公司之间利益互动的事情在行业内经常发生，尤其在公司成立初期，屡见不鲜，大家不要大惊小怪！"周晨压制着怒火，情绪平缓地讲出了已经想好的脚本。

　　"海格创新里面你个人占多少股份？菲特普占多少股份？"丁鹏完全漠视他的解释，继续追问。

　　对于周晨来讲，这是一个触及神经的敏感问题，这是一个暂时必须保守的秘密，这对于他刚才的解释是致命一击，他没想到丁鹏的问题会这么刁钻。还没等他想好如何辩解，文杰踏着丁鹏的肩膀又凌空一剑。

　　"这两千万被划走，我们年底的分红怎么处理？是不是也可以像前年那种模式一样折合成这家公司的股份？"文杰说完，甩手指向大家办公的地方。

　　文杰和丁鹏轮番攻击，没给周晨任何喘息机会。周晨明白，在来之前两人已经碰过头，并且提前商量好了刚才提出的这些问题。祁永辉坐在一旁默不作声，周晨不指望他替自己出头，他的沉默其实就是对自己的一种支持，毕竟这件事情他也被蒙在鼓里。周晨绞尽脑汁却仍旧想不出有效的反击方法，现在还不是撕破脸的时候，矛盾不能再被激化，他在心里反复默念"小不忍则乱大谋"。但面对他们咄咄逼人的姿态，周晨再也控制不住自己，满腔怒火必须要适当发泄。

"问完了没有？这些问题我现在没有答案，但过段时间肯定会给你们一个交代，但你们要记住，我是菲特普的绝对控股股东，很多事情我一个人就能说了算！"周晨此刻面色铁青，眼神如利剑，寒气逼人。

现场的气氛已经紧张到极点！如果丁鹏和文杰继续进击，周晨也会随之完全失去理智。祁永辉再也坐不住了，如果此时他再不说话，撕破脸也就在今天了。

"好了，都消消气，大家还是兄弟，我们能聚集到一起不容易，而且已经合作了这么久，不能因为这一件事情就闹掰吧！"祁永辉暂停了一下，见双方都没有继续进攻的姿态，便继续说道："既然我们认为周晨做得不妥，那就给他一点时间，我相信他一定会处理好这件事情。"

周晨明白，祁永辉这是给他搬来了一架梯子，他必须顺梯而下。自己不可能妥协，这个问题无解，只能暂时休战，争取更多时间，另想办法逐一击破。

"行，今天就先到这里吧！容我想想，再给你们答案。"周晨讲完，不等其他人反应，直接摔门而出。

祁永辉又劝了几句也离开了，会议室里只剩下丁鹏和文杰二人。

冷静下来的文杰突然觉得刚才提出的问题过于犀利，他感到了后怕。毕竟周晨是公司的负责人，而当前自己在菲特普已经被边缘化，属于一个无关紧要的角色，没做多少贡献却仍旧可以获得不菲的分红收益，自己偏安一隅不好吗？干吗非要直接顶撞周晨？他开始后悔自己一时冲动，毫无保留地听从了丁鹏的安排。

"丁鹏，你准备后面怎么办？我们是不是做得有点过了？"文杰完全失去了判断，不知所措起来。

没想到他会这么快认怂，丁鹏在心里暗暗鄙视。周晨这是缓兵之计，既然两千万已经转走，是不可能再原路返还，他必定在酝酿一个更大的阴谋，撕破脸可能就在他阴谋得逞时，不得不防！丁鹏重新梳理了原来的方案，现在已经到了关键时刻，必须要提前执行。

文杰还在同一条战线上，目前还需要继续拉拢而不是拱手相送，但他也只能被安排到与周晨对抗的最前沿——对不起了兄弟。

"有什么过的？他当初划掉那两千万的时候有没有想过我们?！想想你那几十万的分红，我们要硬抗到底！"丁鹏只能用这种激将法来重新唤醒文杰已经退缩的战斗力。

在会议室里发生激烈争吵的时候，外面所有人都停下了手中的工作，竖起耳朵，好奇和不安一并充溢在整个办公室。上次是两人，这次换作四人。他们为何而吵？是因为利益分配不均？还是另有隐情？公司是否遇到了困难？我们的股权协议一直未签是不是跟这个也有关系？大家的表情不一，但思想活动却保持了一致。韩宇飞转身看向徐留意，深色略显紧张，徐留意头歪向左边，两手一摊，虽未言语，但所思所想已被韩宇飞领会。

文杰坐地铁回了浦西，丁鹏一人在楼下抽烟。他掏出手机，在微信的输入框内拼出了三个字——"要加速"。

自从上次自告奋勇承担了代码的责任后，徐留意首先想到的是从服务器上直接下载数据，但这种方式会在服务器上留下记录，如果被查到，后果的严重性就要看周晨和丁鹏的关系了。另外，这种方式还需要管理员权限，整个公司只有周晨和那位负责PR的同事知道账户和密码，周晨是万万不能接触的！于是，火力都集中到了另外一名同事身上。可这位同事异常谨慎，而且徐留意发现他与周晨的关系非同一般，如果再继续刻意接触，恐要打草惊蛇，无奈之下，只好放弃。他又想到通过拍照的方式先把代码拍下来，然后通过软件把图片转成文字或者一行行敲出来，但公司没有 VPN，不能远程登录服务器，在公司频繁拍照必然会引起怀疑，这个方法也只好作罢。最后徐留意只能尝试最笨的方法，代码一行行敲，文件一个个写。与此同时，他还间歇地在 Linux 和 Window 之间进行某些代码段落的复制粘贴。由于这种方式依然会在服务器上留下记录，所以徐留意每天也只能偶尔用一下这种方式，并且一个文件最多用一次，而且只能对某一小部分进行复制，这样即使被记录下来，却发现不了任何规律。

　　按照平均每天三个小时的有效代码敲击时间，徐留意计算了一下所有代码重写一遍所需的时间，将近六个月，任务完成要到明年 3 月份。丁鹏对照了一下计划表，觉得这个时间点符合预期，于是两人决定就采用这种最稳妥的方法。

　　但收到要加速的指令后，徐留意却犯了难。毕竟现在还在海格创新，主要工作仍然是要完成公司的项目，黄俊一直盯着项目的进展，每周都要开会讨论。但每天的时间终归有限，此消彼长，如果挪用了太多时间去重写代码，项目的进度必然会受影响，从而引起怀疑。而且现在已经两点一线了，除了公司就是回家睡觉，每天都是满负荷运转，这三个小时基本上都是从中午休息和晚上加班挤出的时间，很难再额外挪出两个小时，即使有，也仍然无法满足在元旦前完成代码重写的要求。他只好找到丁鹏，讨论更激进的方式。

　　"必须要在元旦前完成吗？"徐留意一直好奇为什么要这么着急。

　　"可能元旦都已经来不及了！能不能在 12 月初就搞定？"丁鹏再次压缩时间，并进一步解释了原因："资方那边一直在催，希望在元旦前我们双方达成具体的合作方案。但如果没有源代码，我们将会非常被动，源代码是我们谈判的筹码。"

　　黄启明的确询问过进展，但并没有像丁鹏所讲的那样，把元旦作为一个谈判的节点。丁鹏之所以这样讲，是为了再次激发徐留意的斗志，当然，他也把对周晨缓兵之计的分析告诉了徐留意，使他对周晨增加新的憎恶。更深层次的原因是丁鹏担心周晨在元旦前就会做出一些意想不到的事情，对自己不利，所以他必须在此之前拿到源代码，这是一个基础保障。当然，他并没有坦白这个更深层次的原因。

徐留意果真义愤填膺，各种打抱不平地臭骂，然后又与丁鹏商量如何继续在韩宇飞和包寒冰耳边吹风，让他们的离开不带任何留恋，这个艰巨的任务也自然落在了徐留意的肩上。

"如果一定要在 12 月初搞定，那我们就得冒险了！之前只是偶尔在 Windows 和 Linux 之间复制、粘贴，现在就需要大篇幅地使用这种方式了，要不然时间肯定来不及！"徐留意停顿了一下，片刻思考之后他开始讲重点："但之前我也讲过，这些操作都会有记录保存，他们可以很容易通过这些大篇幅的复制、粘贴发现规律，我怕到时候如果他们调查起来……"

后面的话只讲了一半，徐留意便停了下来，丁鹏当然明白他省略掉的那部分内容，也理解他的担心。但事已至此，退路已断，箭在弦上不得不发。况且，海格创新的源代码也未必干净，既然周晨可以那样做，自己为何不可。事到万难须放胆，舍得一身剐，敢把皇帝拉下马。

"你只管做，真出啥事有我担着，与你们无关！"丁鹏拍着胸脯，正颜厉色，宛如一位即将奔赴沙场的骁勇将军。

徐留意被他的豪情雄风所感染，自己何时变得这么畏首畏尾了！既然选择了一同出发，就必须共同承担路途中的风吹雨打。于是，他重新抖擞了精神，向丁鹏表达了决心。两人还一起计算了如何合理分配这两种方式，既能满足时间要求又能最大限度地降低被发现的风险。

包寒冰目前还在第三方外包公司，黄俊对他的承诺也一直未兑现，所以，在丁鹏真诚的感召和糖衣炮弹的火力攻击下，他已同意加入新团队。由于韩宇飞是周晨从 S 公司挖过来的人，在没有十足把握的情况下，是万不能提早透露给他过多信息的，所以丁鹏尚未向他发出正式邀请。但通过最近频繁的接触以及徐留意的煽风点火，韩宇飞已经明显表现出对周晨的不信任，还经常听到他的抱怨，徐留意也尝试问过他是否会考虑换一份工作，得到的是肯定的答案。丁鹏觉得火候越来越近，等到代码拿到手便向他发出正式邀请。

与此同时，徐留意和陈松涛在开迅公司内部也物色到了合适人选，一名模拟设计工程师和一名嵌入式软件开发工程师。

丁鹏踌躇满志，万事俱备只欠代码。

徐留意的加班变得更加疯狂，不论是工作日还是周末，在整个公司，他几乎都是第一个来，最后一个走，黄俊据此还戏称他为劳模。他自己也开玩笑，房贷、车贷压得喘不过来气，只能通过这种劳动来锻炼身体。

当丁鹏部署完，一切正按照预定计划往前推进时，周晨却突然服软了。他连续两次把例会的地点改到了浦西菲特普的办公室，同时也邀请了文杰参加。他声情并茂地回顾了菲特普成立以来大家一起奋斗的激情岁月，对于在这间办公室里发生的点点滴滴，他也如数家珍。晚上，他给大家订了盒饭，会议室里复现了一起吃饭、一起开会的场景，只是这次没有了欢声笑语、慷慨激昂。

周晨再次发挥了他能言善辩的特长，又给大家带来了激情澎湃的演讲。他把海格创新比作第二个菲特普，把现在的困境看作是再创业的磨炼，没有哪个成功是水到渠成，哪位成功者没饱经风霜？哪位创业者没历经坎坷？讲到动情处，他的眼角竟泛起了泪花。他向大家保证，这两千万是暂借，届时会连本带利高额反馈，一定不会让兄弟们寒心。

他的演讲极具感染力，经过两次例会的熏陶，文杰已经彻底沦陷，他选择了完全相信周晨，并且还劝说丁鹏也服个软，都给彼此留一个台阶，大家仍会并肩作战。周晨果真提出了具体的解决方案，虽然只是口头承诺，但这至少证明他的态度在发生转变，难道这不是他的缓兵之计？丁鹏内心发生了动摇。

丁鹏思来想去，最终还是没有去找徐留意讨论代码重写的进度，他甚至希望徐留意暂时遇到了困难，整个进度需要延期。如果周晨诚心改过，那自己的这种行为将会被视为一种叛逃，变得异常卑劣，而自己也将被扣上一顶不仁不义的帽子。一边是合作了多年，情谊或许还能恢复如初的兄弟；一边是新的极具诱惑的合作伙伴和激情的创业梦想。丁鹏辗转反侧，极度纠结。

星期天，周晨发了信息，明天的例会还选在浦西，还是老时间，老哥四个。丁鹏发现微信群的名字已经被改成了"兄弟齐心再起飞"。

"哎哟，我还是最后一个啊！"推开会议室的门，文杰看到桌上已经摆好了四个盒饭，恍惚间，仿佛踏进了四年前大家第一次开会的场景。

"你要习惯啊！"周晨赶忙回答，带着真诚的幽默。

会议还是由丁鹏首先开场，待他介绍完，文杰介绍了鑫达集团的近况，随后祁永辉介绍了上周重点客户的技术支持情况，最后周晨也分享了自己的周报。对于重点客户，不管是不是自己负责的领域，大家都各抒己见，会议现场终于迎来了一片久违的和谐。

"丁鹏，有个事情得麻烦你下！刚才讲到的那个客户江圣科技公司，他们下周要进行一次批量采购的内部招标，金额有七百万左右，这是我的老客户，里面的关系我已经打通好了，这两周还得麻烦你去盯一下，主要是防止有其他竞争对手恶意出牌。海格创新那边最近事情太多了，我实在走不开！"周晨真诚地望着丁鹏。

"你看看，厚此薄彼嘛！菲特普心寒啊！"还没等丁鹏回答，文杰先开腔，调侃周晨道。

"冤枉啊！刚才也讲了，这两周投资方和两个重要的客户接连来参观，实在是走不开啊！"周晨连连摆手，装作一副委屈的模样，然后又向文杰说道："这样，等这单结束，我请大家好好happy一把！"

"好，就这么愉快地决定了！"文杰敲着桌子，像是在回应周晨的盟约，然后又冲着丁鹏说道："丁鹏，我们能不能浪一把，就看你的了！"

"你那是浪，我们叫享受！晨哥，你跟那边提前讲一下，把联系方式也发我一下，我明天就出发！"虽然心里仍有疑惑，但丁鹏还是爽快地答应了。

回家的路上，丁鹏给徐留意发信息，确认了周晨所说不假，这周总经理确实要来，客户的参观还没确定，但已经让相关负责人准备必要的资料了。丁鹏的疑虑这才稍稍减轻，但却没有完全消除，"鸿门宴"三个字一直在他脑海中回旋，客户的情况是否真的像他说的那样乐观？毕竟是七百万的销售额，他怎么会如此慷慨地交给自己？难道这是他主动抛来的橄榄枝？丁鹏猜不出答案，但最坏的情况也就是单子丢了，自己向大家赔罪道歉。

第二天，丁鹏搭乘早班飞机，上午 11 点便到了北京。把行李放到酒店后在路边吃了一碗老北京炸酱面，下午两点赶到了位于北四环的江圣科技公司。由于已经提前打过招呼，丁鹏到公司楼下时，接待的人已经在等候了。

"您好！您是柳总吧！幸会幸会！还麻烦您亲自下楼接我。"离接待人还有两米时，丁鹏就已经做出了握手的姿态。

他口中的柳总名叫柳如峰，是江圣科技公司的一名采购，但并非管理人员，柳总是对他的尊称，就好比把节目主持人称呼为老师一样。昨天开完会，周晨把他的联系方式告诉了丁鹏，两人加了微信。

对于添加到微信的新朋友，丁鹏都有一个习惯，首先翻看他们的朋友圈，这是了解这位新朋友的一种客观渠道。

"您好！您是丁总吧！欢迎欢迎！"两人在楼下简单寒暄了几句，随后，柳如峰把丁鹏带到了一间会议室。

话题从天气开始，进而转到了第一次见面的常规聊天内容，包括老家哪里、哪所大学毕业、工作经历、来北京几年等。

"柳总，您经常打球吧？我在这边待三天，你们要是有活动缺人的时候叫我一下，我去当个替补！"柳如峰的朋友圈偶尔会晒出球场上热闹的照片和视频，还时常转发 NBA 的一些新闻，所以丁鹏才这么笃定他经常打球。

"哈哈，好啊！我们基本上是周五晚上或者周末，随便打着玩呢，你在的话到时候叫你。"柳如峰爽快应道。

为了能快速拉近与柳如峰的关系，为了这场篮球，丁鹏只好重新安排了时间，原本计划周五回上海，现在只能延迟一天了。随后两人又围绕着篮球闲聊了一会儿。

最后丁鹏才详细询问了这七百万订单的业务，包括订单的构成、交货时间，招标时间等，柳如峰的回答与周晨的表述相差无几。

"丁总，你放心吧！我跟晨哥都这么熟了，有啥信息也不会瞒你的！我们已经合作了多次，这次也不会例外，放心吧！到时候在庆功宴上别忘了请我喝杯酒就行！"柳如峰信心满满，仿佛他比丁鹏更希望菲特普赢下这批订单。

"太感谢柳总了，有您这句话，我晚上就不用失眠了。"丁鹏的自我调侃和对柳如峰的恭维恰到好处。他原计划周四再邀请柳如峰一起吃饭，以避免第一次见面就发出宴请的冒险行为。奈何柳如峰刚才直接传递了信号，于是丁鹏便接着问道："柳总，那择日不如撞日，撞日不如今日，晚上咱喝点?"

"老弟，抱歉啊！晚上有约了，后面两天咱再说。"柳如峰笑了笑，丁鹏已明白他的暗示。

从会议室出来，丁鹏又让柳如峰帮忙介绍了几名产品研发工程师，他需要从多个渠道汇总信息，从而判断决策的正确性，避免盲目自信，同时也顺道了解一下这几款芯片更多的应用场景。

丁鹏在北京待了五天，柳如峰一再表示，这个单子已经稳操胜券，让他不要有任何顾虑。丁鹏信心满满，于周六中午回到了上海。

周日，他在微信群里发了信息，明天下午的飞机赶往北京，要错过晚上的例会，但周晨却让他改签到周二早上，一定要参加例会，无奈他只得改签。

会议的重点自然围绕江圣公司这批七百万的单子展开，等丁鹏把客户和竞争对手的最新情况介绍完之后，每个人都对该订单充满了信心，成功近在咫尺。

"久违的欢乐时光终于要来了！"一串邪淫的笑容划过文杰那张错落有致的脸庞。

每个人都知道他所说的欢乐时光为何物，但都没有正面回复，只有参差不齐的笑声在会议室里飘荡。

"他们周三招标结束，当场应该就会公布结果吧？"等笑声零落，周晨问道。

"是的，我明天去再摸一摸情况，周三就在现场候着！"丁鹏的回复铿锵有力，充满了希望。

"好啊，这单就全靠你了！后天等你的捷报，回来给你庆功！"周晨讲完又看了看文杰和祁永辉，大家都给丁鹏送上了充满期待的祝福。

周二下午，几乎还是在同样的时间，丁鹏赶到了江圣科技公司，拜访了柳如峰和研发经理。所有的状况都和上周一致，没有任何变化，柳如峰甚至已经开始提前向丁鹏表示祝贺，丁鹏也放松了心态，觉得胜券在握。

他已经预定了明天晚上的机票，不管招标的结果如何，他都会在周四赶到中山，与黄启明和郑修睿进一步商议合作方案。希望能顺利赢下这单，作为离别前的一个礼单，但如果最终失败，也无需觉得有任何亏欠，这是丁鹏对自己的劝说。

晚上他沿着酒店附近的小路闲逛，在每一座红砖灰墙的建筑前驻足。一个已经适应了上海阴柔冷的北方人，在冬日里感受着专属于北京的庄重寒。在一棵白杨树下，他收到了徐留意发来的两个字的信息：搞定。

他一直期盼着徐留意能早日完成任务，在任务完成的这一刻，终于如释重负，可内心却泛起了波澜。树影在灯光下婆娑，天使和恶魔同时在他耳边呢喃，复杂的心情如这白杨的枝干一般，涂抹了黑与白的斑驳。

第二天上午丁鹏直接退了房，赶在中午前到达了江圣科技公司所在的园区，并和柳如峰一起共进了午餐。内部招标评审会2点开始，预计3点结束。午饭后，丁鹏就坐在另外一栋楼的咖啡厅里，点了一杯咖啡，静候佳音。

"兄弟，出了点变故，这批订单给了别人！"3点一刻，丁鹏接到了柳如峰的电话，衣领像被人扯开了一样，背后发凉。

"怎么会这样？您现在方便吗？我过去找您！"慌乱过后，丁鹏恢复了冷静，他要了解清楚这次丢单的原因。

"我过去找你吧，你还在咖啡厅吧？"柳如峰的语气中充满了愧疚感。

挂断电话，还在困惑和郁闷的情绪中逗留的丁鹏看到了周晨发在微信群里的消息，询问招标的进展。

"单子丢了，还在打听具体原因。"思索了片刻，丁鹏在群里回复。

"啊！怎么回事？"隔着手机屏幕都能看到文杰失望的神情。

祁永辉只回复了一个惊讶的表情，而周晨却不再讲话。

柳如峰见到丁鹏之后再次表达了遗憾和歉意，他简单描述了招标的经过。

在菲特普和竞争对手都满足招标要求且双方价格持平的情况下，招标评审委员会的成员们议论纷纷、莫衷一是。

"既然两家都满足要求，那就给新人一个机会，引入竞争才能更利于供应链的健康发展。"面对现场举棋不定的状况，总经理终于表态。这好似一声集结号，所有的注意力瞬间朝同一个方向聚集，所有的分歧也随即被终结。

柳如峰讲完，再次表示了惊讶，却并没有对总经理的表态进行过多评论。即使丁鹏主动询问他的看法，柳如峰仍然三缄其口。

木已成舟，再多的努力也将徒劳。挥别了一周前的期待，带着失望，快快离开。

在去机场的路上，丁鹏又单独给周晨发了条微信，但直到飞机起飞也没有收到回复。飞机落地后，丁鹏打开手机，和周晨的聊天对话框中还是没有更新的消息，一种莫可名状的担忧涌上心头。

但中山已容不下菲特普的焦虑，必须调整心态，谈判的理智不允许优柔寡断和对别人的愧疚之感。

由于已经提前做过多轮沟通，双方对彼此的试探也忽明忽暗，但都有了初步了解。双方也都做了充足准备，来迎接这次商谈。

在谈判开始没多久后，双方已就大部分议题达成了一致，内容大致如下：

一、公司成立时间暂定为 2 月初。

二、团队八名初创人员的薪资构成。

三、在上海办公，具体地点由丁鹏选择。

四、前期职责分工，丁鹏团队负责芯片研发和技术支持，黄启明负责 Fab 和封测工厂的资源。后期职责根据需要再进行调整。

五、黄启明会委派一名全权代表，兼任财务职责，直接向自己汇报。该代表不参与公司的日程运营，但在重大决策上拥有一票否决权。

六、自公司成立一年内，如果丁鹏团队不能交付合格的量产芯片，黄启明有权解散公司，并且没有任何附带赔偿。

七、规定了双方的退出机制。

八、具体的操作细节。

黄启明的办公室里一片和谐，玻璃茶壶里茶水的颜色依然鲜艳光泽，谁也没想到谈判会如此顺利。最核心的部分即将开始，双方也都做好了艰难曲折的准备。

"丁鹏，咱们前面谈得都很顺利，继续努力，希望后面也如此！"虽然都知道接下来的谈判异常艰难，但黄启明还是预设了一个乐观的基调。

"感谢两位兄长，以茶代酒！"丁鹏举起茶杯，做出敬酒的姿势。

三人又是一顿互相吹捧，黄启明让丁鹏先说，丁鹏让老大哥先表态，两个人你来我往，一壶茶喝完了，还在继续谦让。

"你们真墨迹，两个大男人一点都不阔气，丁鹏，你先说！"郑修睿终于看不下去了，直接拍着丁鹏的肩膀催促。

"得得，我听修睿兄的吧，要不然就要急眼了！"丁鹏放下了茶杯，把提前准备好的表格递给了黄启明和郑修睿。

针对表格上所列出的股权分配方案，丁鹏做了详细的解释，尤其强调了因为源代码自己可能要承担的风险，整个方案可以总结为：

一、黄启明和郑修睿的公司占股70%。

二、丁鹏团队占股30%，其中丁鹏个人15%，团队初创人员12%，留下3%作为股票池。

"启明兄，修睿兄，你们肯定以为我仍然按照之前做生意的思路，先出一版初始报价，预留了一部分砍价空间。但这次可能会让你们失望，我们也都谈了这么多轮，彼此的诚心就不用再怀疑了，我就直接给出了最终报价，希望两位兄长体谅。我跟团队几名关键成员谈过，这也是拉拢他们的关键筹码……"在介绍完具体的方案之后，丁鹏又进一步表述了他的诚心和重视程度。

精明的黄启明又怎会这么轻易地相信丁鹏的表述呢！即使丁鹏已经完全裸露了底线，他仍然要进一步试探，并尝试冲破那条线。

"丁鹏，你说得很对！从去年你提出这个想法开始，到现在已经将近一年半了，我也是经过了大半年的思考和调查，才最终决定我们一起合作。既然要合作，大家就必须完全真诚，虚情假意不会成功。你想想看，从今年5月份开始，你陆续给我提的这些要求，我有没有讨价还价，是不是真心合作，我想你心里自然明白！"黄启明说到此停顿了一下，给丁鹏斟了一盏茶，然后继续说道："但是，丁鹏，你这个要价的确太高了！我也不瞒你，我们的底线是85%。但如果将来你把公司的规模做大了，我们愿意让出部分股权！"黄启明也进一步解释了他自己方案的来由。

谈判终于陷入了僵局，会议室里持续了一分钟左右的静默，三个人像提前商量好的一样，轮流端起茶杯，房间里间歇地响起清晰的喝水声。

"丁鹏，我看这样，你回去再想一想，我和启明也再考虑一下，百步我们已经走了九十九步，就差这临门一脚了，不能前功尽弃。离元旦还有两周时间，我们争取元旦前签署合作协议！"在整个谈判过程中，郑修睿很少发言，但他这个在关键时刻的建议却有效地打破了僵局。

在去机场的路上，丁鹏反复回忆着今天谈判的每一处细节，85和30这两个数字在他脑海中挥之不去。老谋深算的黄启明必定不会一开始就亮出底牌，就像自己有所隐瞒一样。如果85不是底线，那底线又在哪里呢？回上海之后要不要跟陈松涛和徐留意商量一下？向来行事果敢的丁鹏一时间竟没了主意。

飞机落地后，丁鹏掏出手机，在微信页面滑动屏幕寻找徐留意时，目光突然锁定在周晨这一栏。点开之后，聊天记录还是停留在前天。

之前丢单时，周晨都会第一时间打来电话问明情况，再一起分析原因，而这次不管是微信群还是私信，他都没有回复，更别提电话沟通。难道是因为这次输掉的是他跟的单子，所以才愤愤不平地不愿意搭理？还是另有隐情？

正在困惑之时，徐留意发来了信息，他又在开迅公司拉拢了一名模拟设计工程师和一名版图（Layout）工程师，丁鹏的思绪又重新跳回到了股权的困境中。他给徐留意和陈松涛发了信息，晚上一起聚餐。

"韩宇飞没有什么变动吧?"丁鹏先问徐留意。

"没有啊!上次他还问我你那边啥时候准备好,只等你一声令下,他这边就提离职的。怎么突然问这个?你听到了啥消息吗?"徐留意变得谨慎起来。

"没事,我只是确认一下,他没有变化就行,我们的公司快要启动了!"丁鹏没有过多解释,他把在中山谈判确定的事项逐一告诉了两人。

徐留意拍着桌子兴奋不已,但听到丁鹏关于股权僵局的消息时,他又陷入沮丧之中。当然丁鹏在表述里面重新修改了他自己的股权占比,把贪婪隐藏了起来。

丁鹏征求两人的意见,可一番讨论下来,谁也没有提供有效的建议,或者谁也不愿意退让自己的利益。

"如果到最后资方坚持不让步,我准备只保留你们两个和韩宇飞的股权份额不变,每个人还是两个点,其他几个人的份额我会做相应的微调,最后我会砍掉我部分的股权。"丁鹏说出了自己的方案,这也是他一路上认真思考后的结果。

对于其他几个人,丁鹏只答应了给他们股权,但具体的份额并没有透露,所以他才可以做出这样的决定。但他们所占的股权份额本来就比较少,丁鹏能腾挪的空间非常有限。因此,如果到最后必须要向黄启明妥协,妥协的那部分只能从自己的股权份额里面删减。之所以跟徐留意和陈松涛讲这些,首先,丁鹏判断黄启明和郑修睿的底线应该在80%左右,在此基础上,他仍可以保证自己对股权份额的最低诉求,即12%,同时也在两位好友兼创业伙伴面前树立了慷慨大度、不拘小节的高贵形象。当然,丁鹏相信徐留意也必然会传递给韩宇飞,他将通过这种方式来增强三人对自己的信任和忠心。

陈松涛和徐留意没想到丁鹏会做出这样的决定,于是纷纷表示也愿意牺牲自己的部分份额,不能让他一人承担。丁鹏挥挥手,露出灿烂的笑容。

周六打完球一起吃饭时,丁鹏向韩宇飞透露了合作的最新情况，徐留意果然不负精神所托，把丁鹏牺牲自我、成全大家的决定也告诉了韩宇飞。除了感谢，韩宇飞也说了很多表达忠心的话，丁鹏依旧挥挥手，笑容变得更加灿烂。

丁鹏又在浦东约会了幕雨珊，虽然双方都重新找回了恋爱的感觉，但他们都明白这是一种不伦不类的爱情。他们不常见面，但每一次见面都异常谨慎，幕雨珊只能趁郑若文不在家，并且孩子在姥姥跟前不哭不闹时才可以出来。在这段荫蔽的爱情中，王子温柔地揽公主入怀，并真诚地承诺要给她富足的幸福生活，公主深情地凝视着王子的眼睛，纤纤玉手从胡须间滑落，经历了情感的挫折之后，她终于懂得了真正的爱情需要什么。

"给我三年时间，我一定不会让你失望！"

"多久我都愿意等，只要和你在一起！"

情至深处，爱到浓时，在这个童话的爱情世界里，王子和公主同时落下了晶莹的泪滴，闪烁着他们对爱的誓约。

周日，周晨在微信群里通知大家，例会因故推迟到周三晚上。丁鹏觉得有些蹊跷，但并没有多想。

推开会议室的门，丁鹏发现另外三人已经到齐。听到开门声，文杰的身子一颤，丁鹏在他旁边坐下。

"你今天怎么来得这么早?!"丁鹏扭头问文杰，发现他脸色涨得通红。

"今天下班早。"文杰轻声细语，低着头没敢看丁鹏。

"好了，我们还是边吃边聊吧，饭都有些凉了。"周晨拯救了文杰的尴尬。

整个会议室里安静得只剩下了饭菜的咀嚼声，没有人说话，丁鹏觉察到了异样。从刚才文杰脸色的变化中，丁鹏推断可能是他出了什么事。如果今天开会讨论的是这个议题，不管他犯了什么错，等会儿都要尽全力帮他，以同窗的名义，丁鹏一边吃一边在思考着可能的对策。可当友善的关切被打断，丁鹏发现，自己才是那个被众人遗弃的木偶。

"丁鹏，我们这次开会不讨论公司业务，只是有件事情要跟你宣布。"周晨已经盖上了饭盒。

听到他的话，丁鹏嘴巴半张，握着筷子的右手搭在桌子边沿，他的第一反应是自己单飞的计划已经败露，会议推迟的这几天应该是在搜集证据。

"什么事情？"丁鹏颤颤巍巍，贼人胆虚，面露惊恐之色。

"丁鹏，大家都是兄弟，自从你加入菲特普以来，一直兢兢业业，公司将近一半的销售额都由你贡献，我们都看在眼里、记在心里。但我们觉得你现在已经不适应这个团队的发展，希望你可以另谋高就、自行离开，这也是我和文杰还有永辉一起商量的结果。"周晨泰然自若，没有丁点不舍。

丁鹏固然明白这是一种委婉的说辞，看来计划暴露已经无疑，看来周晨也给足了面子，不希望兄弟之间完全撕破脸，留给了自己一个体面离开的机会，但自己的权益怎么处理，必须要争取。

"为什么？"丁鹏揣着明白装糊涂。

"你把江圣科技公司七百多万的单子弄丢了，给公司造成了重大损失，根据我们之前签署过的合作协议，经过我们三个一致同意并签字，决定请你离开，这是我们签过字的决议文件。"周晨递给丁鹏两张纸，没等他反应过来，继续说道："根据协议，在你离开公司时，你在公司所有的权益也将会被同步收回，包括你的股权和分红，不仅如此，你还需要赔偿公司的损失。但我们兄弟之间毕竟合作了这么久，也为了感谢你今年给公司做出的贡献，经过我们三个商议，决定免去你的赔偿，同时你仍然可以享受今年的年底分红，你的分红、奖金，还有之前所出的合伙资金会在下个月一并打入你的银行卡，这也算是我们的一点情谊，祝你前程似锦！"最后一句是周晨的真诚祝福还是额外嘲讽，无人知晓。

丁鹏目瞪口呆，脸上的表情也从开始的茫然变成了愤怒，没想到自己会以这种方式离开。他此刻才真正领略到周晨的阴险狡诈，仅仅因为一个单子的丢失就彻底抛弃一起创业的合作伙伴，全然不顾曾经的风雨同舟，不！不可能！事情肯定没这么简单，只是现在完全没有头绪去理清背后的逻辑。他转头看了看身旁的文杰，这位曾经的大学同学，拉自己加盟并一起奋斗的战友，此刻，他低头不语，周晨许诺他多少好处，竟然可以让他如此见利忘义、卖友求荣。

火从心中起，怒向胆边生。愤怒的丁鹏完全失去了理智，他和周晨发生了激烈争吵，猛烈地奚落了文杰一番，同时也附带着叱责了想做和事佬的祁永辉。所谓的兄弟情谊在此刻已经荡然无存。丁鹏没有再做任何徒劳的争取，他记下了每个人丑恶的嘴脸，之前因为单飞而心生的愧疚和不安已不复存在。你对我不仁，就莫怪我不义。

直至丁鹏摔门而出，文杰都没敢和他对视一眼。

丁鹏点上一根烟，拎着一只手提袋，里面装着他在菲特普的所有物品。他准备步行走向地铁站，让沿路的寒风吹散毫无意义的焦躁，让他恢复理性的思考。

把自己赶出菲特普或许早就在周晨的计划之列，或许这次在江圣科技公司的丢单早已被他知晓，于是他便挖下了深坑，并借此上演了一场借刀杀人的精彩好戏。再联想到上次和周晨发生争吵之后，他在接下去三周内态度的转变，所有的逻辑一下子就变得通顺起来，好一个缓兵之计。在痛恨周晨的同时，丁鹏也不得不佩服他的谋略。

周晨的深谋远虑远超丁鹏的想象。在第一次创业失败后，急需东山再起的周晨找到了文杰，想借他之手帮助自己快速积累资金，他的最终目的是成立自己的芯片公司，最快、最便捷的途径便是通过金钱暗箱操作。正如丁鹏分析的那样，他和文杰的确都只是周晨商业版图上的棋子而已。早在菲特普成立时，他就已经预谋好了移除这两枚棋子的计划，在合作协议里面设置合伙人除名条款就是为了今天所用，包括引入祁永辉也是为了制衡二人。随着合作的深入，周晨逐渐发觉丁鹏的不可替代性，这使他产生了动摇，于是他改变了原来的计划，准备先除名文杰一人。可谁曾想，丁鹏锋芒太过显露，完全不可控，最近一年来，两人常常意见相左，还发生了多次争吵，使周晨又回到了原计划中，尤其是上次从菲特普转移资产到海格创新，丁鹏联合文杰一起逼宫后，他下定决心一定要赶走二人。于是，他准备采取各个击破的策略，先赶走硬茬丁鹏，之后文杰就将变成一枚孤零零的软柿子，可以任由自己拿捏了。

正当周晨苦于寻觅合适的除名理由而不得时，江圣科技公司恰巧给周晨提供了一件明晃晃的利刃。江圣科技是周晨的老客户，正如柳如峰所讲，二人已经合作多次。早在四个月前，周晨就已经接洽这个七百万的单子，柳如峰拍着胸部向他保证，这个单子已是囊中之物，别无他家。但作为资深销售的周晨怎么可能在客户里面只有单线联系呢！他同步也在通过别的渠道打听这个订单的情况。不是他不相信柳如峰，而是担心他得到的信息已经经过过滤，是高层故意公布的。好在从不同渠道得到的信息基本一致，这才让周晨胸有成竹、志在必得。

但两个月前，他从总经理助理那里得到最新消息，公司会引进新的供应商，而这个供应商和总经理存在某种关联，这位助理一再强调这属于公司机密，公司只有几个人知道内情，一定要严守秘密，并让他做好陪标的准备。果不其然，一周后柳如峰便通知了周晨有新的供应商加入竞争行列，但他仍然信心满满，让周晨放心，花不落别家。周晨并没有向他打听更多的消息，如果那位助理所说为真，柳如峰得到的必定是假消息，他只能通过自己的人脉去打听竞争对手与江圣科技总经理的个人关系。四天之后，业界的一条花边新闻印证了助理的话。恰在此时，丁鹏和文杰逼宫，周晨故作屈服，私底下和柳如峰一直保持着联系，并且继续假装胸有成竹的样子，意在通过他来麻痹即将跳入陷阱的丁鹏。

周晨用了三周时间来消除丁鹏对自己的警惕，每一条信息、每一次会议的内容都是他精心准备的，隐忍不发和强颜欢笑被他发挥到了极致，也终于重新赢得了文杰和丁鹏的信任。在招标前的最后一周，他才让丁鹏接手，不仅如此，他也只给丁鹏介绍了柳如峰一人，为的就是挤压他多余的时间和人脉关系，防止他探听到真实信息。虽然丁鹏也和研发经理建立了联系，但显然，这层关系和研发经理的级别得到的依然是故意放出的假消息。

招标结束的第一时刻，柳如峰就给周晨打了电话，在电话那头，周晨展现了他精湛的表演才能，声音里充满了惊讶、不解，还有愤怒。挂断电话，他便在微信群里询问战况如何，为的就是让文杰和祁永辉第一时间知道结果，至于丁鹏的信息，他的回复已显得多余。

第二天，当丁鹏正在中山与黄启明、郑修睿商谈合作方案时，周晨已经找到了文杰，在他的威逼利诱下，文杰只能乖乖就范。

"你想想这一单价值七百多万，是菲特普成立以来最大的单笔交易，在我都布局好的情况下就这样被他给弄丢了……"周晨把提前准备好的丁鹏的罪状逐一描述给文杰。

"你回忆一下，他有什么好事想到过你？反而是要跟我吵架的时候蛊惑你，让你冲到最前面……"周晨开始挑拨两人的关系。

"你想想看，他看我不爽就可以直接和我翻脸。如果他某一天想要针对你，会采取什么方法？会不会直接去鑫达公司告发你？"除了继续挑拨之外，周晨也在暗示文杰，告发的人可能不是丁鹏而是他自己。

"如果丁鹏走了，我是准备把他留下的那部分股权全部转给你，这样你就有16%的股权了，你算一下一年的分红有多少。你可以继续待在鑫达集团，也可以全职过来，顶替他的职位，跑销售。"这是周晨向文杰发出的诱惑。

"我知道你跟丁鹏的关系很好，你不忍心赶他走，这个恶人我来做，只需要你点头签字即可。"周晨想尽可能地利用每一个点，消除文杰的每一处顾虑。

即使再傻，文杰也明白周晨的用意。对于挑拨离间，他可以置之不理，但面对胁迫，他只能屈从，面对诱惑，他却无法拒绝。

但他的良知尚存，践踏着道德的底线，他从周晨那里为丁鹏争取到了年底的分红，算是对这位同窗好友的一种补偿，对自己良知缺失的一种慰藉。

冬日的夜晚漫长且凄凉，缺少星月的陪伴，街上的路灯都显得憔悴惨然，在寂静中散发着暗黄色的忧伤。不知今年上海是否下雪，何时下雪，路边光秃秃的枝干正在期盼银白色的盛装。黑暗中，那根烟燃烧着微光，抽烟的人一直在路上。

丁鹏搭乘第二天一早的飞机辗转深圳赶往中山，他已经没有了退路。他在中山待了三天，直到周六下午才返回上海。这三天内，他们进行了三次谈判。丁鹏彻底亮出了自己的底牌，黄启明也不再怀疑，双方互相让步，最终就股权协议达成了共识，大致如下：

一、丁鹏团队占股20%，其中丁鹏个人11%，团队其他成员9%。

二、黄启明团队占股77%。

三、预留3%的股权作为股票池，奖励后续加入的优秀员工，黄启明团队拥有对股票池的优先支配权。

四、年销售额每增加八千万，黄启明团队需要向丁鹏团队转让2%的股权，直至丁鹏团队的股权达到封顶30%为止。

回上海后，丁鹏立马着手准备新公司的相关事宜，包括公司注册、选址、必备的硬软件配套设施等。当然，跟技术相关的事项，他必须借助于其他几个人的帮忙。

元旦期间，丁鹏召集了团队的几名核心成员一起聚餐，举行了公司成立前的动员大会。他向大家宣布公司地址已经选在了张江科技创新园，是上家退租的一间办公室，布局很完整，稍作装修即可。之所以选在这里，除了节省装修时间外，更重要的是避开海格创新所在的区域，避免不必要的麻烦。几个人摩拳擦掌，只待公司成立。徐留意已经表态，不管年前公司是否注册完成，他都会向黄俊提交辞呈，以保证 3 月 1 日可以正式入职。韩宇飞也开始整理资料，为第一颗芯片的研发做准备，他会在 3 月份提出离职，与徐留意错开一段时间，以免引起周晨的怀疑。其他人也会根据芯片研发流程中的时间节点陆续入职。

陈松涛计划于 3 月底离职，与韩宇飞错开两到三周时间，这是芯片验证衔接设计的合理时间差。此时，他已向刘景羽透露了自己的计划，如果公司高层也让他推荐接任者，那非刘景羽莫属。面对丁鹏的邀请，刘景羽选择了婉拒。另外，他和陈松涛的岗位职责完全重叠，同时徐留意也可以继续兼任一部分验证的工作，公司在初始阶段对他的需求没那么迫切，所以丁鹏也就没再勉强。

陈松涛能做出这样的选择，王丹谊感到非常欣慰，她已把办公桌上厚重的留学辅导书籍丢进了最下层的抽屉里。可接下来的一场厄运彻底打碎了她刚刚建立起来的梦想，也改变了她和陈松涛的人生轨迹。

2014 年 1 月 23 日，农历腊月二十三是北方的小年，高三在这一天放寒假。瑜涛终于考进了全校前三，如果去掉前两名的复读生，这次是高三年级第一，她兴奋至极，迫不及待想赶到家给哥哥打电话报告这个好消息，炫耀她的好成绩。上午放学时已经 11 点多，她顾不得吃饭，也没有在县城逗留，与同村的一名同学一道直接赶往了公交车站。路两边厚厚的积雪还未融化，挂在马路两侧行道树上的大红灯笼装点了银白色图案，公交车在繁忙且湿滑的道路上缓慢前行。瑜涛靠着车窗，欣赏着沿路喜气洋洋的过年氛围，脑海中憧憬着她在复旦大学外语学院报到的场景，这是无数次从梦中笑醒的场景。不！这不是梦境！这是半年后就能实现的愿望，仿佛这辆公交车也将完成一趟开往上海、开往盛夏的旅途。岁月静好，浅笑嫣然。

每年的腊月二十三，邻村都会举办盛大的庙会。庙会是农村集市贸易最重要的一种形式，体现着当地的风俗和民情。虽然现在农村生活水平已经大幅改善，所需的大部分生活物资基本在当地当天就能置办，但庙会仍然是一种信仰般的存在。每到这天，十里八村的乡亲仍然会结伴而行，欢天喜地逛庙会。除了普通的集市买卖之外，乡亲们更喜欢的是庙会的娱乐活动。这里有太多平常在电视荧幕上无法观赏到的民间艺术和民俗文化，唱大戏、舞龙狮、木偶戏、踩高跷、吹糖人等，来自各地的手艺人、民间艺人云集于此，给已经富裕起来的劳苦大众奉献了一场别样风格的视觉和味觉盛宴。

邻村早已人山人海，穿村而过的道路也被围得水泄不通，公交无法通行，瑜涛和同学只好下车步行回村。为了避开拥挤的庙会，她们选择了田间地头的一条小路。在北方的冬季，农村的大部分河流都会出现干枯断流的现象，但作为两村分界线的这条沙颍河是淮河最大的支流，虽然冬季河床明显下降，却依然流水潺潺，河道中间最深处仍然有两米左右。在这三九寒冷天，幽静的沙颍河只能无奈暂停它妖娆的舞姿，厚厚的冰层遮盖了它妙曼的身姿。

"要不咱直接走冰上过去吧，不用再绕到桥上了！"在小路口左拐时，同学突然说道。

瑜涛抬头望了望，桥在白茫茫的尽头，约莫有一公里远。母亲一直教导兄妹二人要远离河边、水边，两兄妹谨记于心，以至于他们至今都不会游泳，但现在河面已结冰，走过去也无妨。于是瑜涛和同学一起踏着被雪覆盖着的松软麦田，向河边走去。

突然，前方传来了一阵急促的哭喊声，她们对视了一眼，赶忙跑步前行。刚到河边，便看到离岸边三米远的冰面已经裂开，一名小男孩在水中挣扎，在岸上的另外一名十岁左右的男孩拼命哭喊，他找到了一根树枝，正在尝试递给落水的儿童，无奈树枝太短，根本够不着。瑜涛和同学急速跑下河滩，把书包扔到一边，他们在岸边来回搜寻并没有发现其他可用的辅助物。于是，瑜涛和同学把两人的外套绑在一起，朝冰面扔了过去，可长度依然不够，此时，落水男孩的两只手碰到了冰面，却已经没有了力气向上爬。

"你快回去叫你家人，跑步！"瑜涛对着旁边的小孩子喊到，然后对身后的同学说："你拉好我！"

小男孩快步往家的方向跑去，回头看到刚才那位说话的姐姐正在冰面上往落水的同伴走去。

岸边的薄冰已经被踩碎，同学的两只鞋子也被完全浸湿，她顾不得刺骨的寒冰，两只手紧紧抓着衣服的袖子。另外一只袖子被瑜涛牢牢抓着，她不知道不会游泳的自己哪来的勇气，此刻才真正体会到如履薄冰的含义。她小心翼翼地往前挪动，每一步都是如履薄冰。她弯下腰，刚要抓住小男孩手的那一刻，脚下的冰突然破裂，她和小男孩一同掉进了冰冷的河里，精神高度紧绷地站在岸边的同学也有半个身子掉进了水里，等她爬上岸，发现只有空空的袖子浮在水面。她在岸边大声呼喊，她后悔刚才提出的那个建议，看着瑜涛在水里奋力挣扎，她心如刀绞，却无能为力。

意识尚存的瑜涛紧闭着嘴巴，听到岸边同学的呼喊，她想回应，可冷冽的河水瞬间灌入口中，大脑一片空白，意识也被寒冷凝结。窒息，还是窒息，她已经感受到了死亡的恐惧，可理智告诉她，要活下去！她想到了家里正在包饺子的妈妈！想到了过几天就要见面的哥哥！想到了心驰神往的复旦大学！想到了憧憬过无数遍的大学生活！青春还没开始，不能就这么死去！她拼命抗争，可冰冷的河水已使她的身体变得麻木，臂膀挥动的幅度越来越小，岸上同学的声音也越来越弱、越来越远，可一句"孩子，睡吧！"却变得异常清晰，那是父亲的声音。终于，她放弃了抗争，不再挣扎，她用最后一滴眼泪与这个热爱的世界告别，与未曾实现的五彩斑斓的梦想告别。

等村民把两个孩子的尸体打捞上岸，小男孩的妈妈已经泣不成声，同学用几乎被冻僵的手与瑜涛告别，她借用村民的手机给家人打了电话。瑜涛的母亲赶到现场，看到女儿冰冷僵硬的尸体，当场昏厥了过去。

　　陈松涛接到电话时已经是下午 5 点多，电话是叔叔打来的，噩耗的悲痛使他直接瘫坐在椅子上。他盯着购票网站，泪水早已模糊了双眼。由于临近春节，当天回郑州的火车票早已售罄，他依次输入同趟列车的沿途各个车站，只要能上车，站一路又何妨，他的心早已守候在妹妹身旁。最终他买到了一张晚上 8 点多上海到苏州的短程车票，只能上车之后再补票。在内网上提交了请假申请，便急匆匆回到家，收拾了衣服就往火车站赶。他拒绝了王丹谊同他一起回家的要求，到家之后必定是一片忙碌，无暇顾及她，也没有必要再多一份伤心悲痛。

　　当回家的列车缓缓驶出上海站，当暗黄的灯火在黑夜里摇摇欲坠，当悲伤穿过车窗被这无情的黑夜吞噬，陈松涛才猛然想起，母亲如何面对这剧烈的哀痛?! 于是，他赶紧拨打了母亲的电话，可一直未接听，悲伤裹挟着不祥的预感再次爬向了车窗。他又拨通了叔叔的电话，这才得知母亲下午突发脑溢血，现在已经住院了，二姨在医院照顾着。不知母亲是否会有后遗症，村里已经有好几位老人在冬季因为突发脑溢血而导致了偏瘫，如果母亲得了偏瘫，自己该如何面对! 妹妹已经走了，不能再失去母亲! 陈松涛感到所有的内脏都在抽搐，宛如刀绞，悲痛从每一处伤口流出。他张大嘴巴，让疼痛默默释放，车窗里的影子变得模糊，热泪滚烫，没有任何声响。他的心已经麻木，也将忘记如何悲伤。

　　下了大巴车，陈松涛先赶到医院，母亲仍然在昏迷当中，他趴在床头，拉着母亲的手泣不成声。

　　"松涛，别哭了，现在哭也没有用，医生说了，只要明天能醒，就没有什么大事。我在这边看着，你赶紧回家去，家里还有一摊子事需要你料理呢! 你叔和你舅都在家里呢。"二姨的劝说让陈松涛稍稍恢复了理智。是啊，家里还有妹妹呢! 他究竟做错了什么? 老天爷要这么惩罚他!

　　他要咒骂上苍，可泪水再次吞没了哭喊。

　　默默矗立在村口的老槐树，枝干早已萧条干枯，一阵风吹过，几根枝条蜷缩在一起，像是在互相倾诉着日薄夕暮的哀伤。

瑜涛的遗体被安置在堂屋的一张小床上，身体也已经被婶婶擦拭干净，换上了一套崭新的衣服。她静静地躺着，躺在这个即将告别的老屋，一息无存。她没有死，只是想偷懒，学习累了想要安静地睡一觉。她安睡的样子像一个天使，比以往任何时刻都要优雅动人。一抹冬日的微光照进堂屋，她沉睡的脸庞竟泛起了红晕；精致的嘴唇微张，仿佛在向亲人诉说着牵挂和不舍；一袭长发蓬松，仍然俏皮地搭在双肩；只是眼睛再也无法张开，无法看到这似锦的繁华和未曾拥有过的青春模样。

坠落凡间的天使还未飞翔，翅膀却被折断，她梦断此时，又将魂归何处？

陈松涛跪在床边，早已不知泪水为何物。

按照本地的风俗，未出嫁女儿的葬礼一切从简，并且不能与父母葬在一起。昨天下午，舅舅和叔叔经过商量，请风水师在离陈松涛父亲坟墓一公里外的一块田地里为瑜涛选了一块墓地，同时也请当地操办白事的师傅开始挖墓穴。当陈松涛知道后，当即叫停了这一荒唐的做法。一个诅咒过上苍的人还在乎什么风俗！他顾不得两位长辈的劝说，坚持让妹妹和父亲葬在一起！生前未曾陪伴，难道死后还要分离吗？最终，他的倔强战胜了世俗，也挽救了妹妹在人世间的最后一点尊严。

第二天下午，瑜涛下葬时，小男孩的父母也赶了过来。良知和感恩让他们跪在地上痛哭，为了自己离去的孩子，也为了这位英勇的天使！他们接过铁锹，和瑜涛的亲人一样，用一铲铲的泥土送别这位善良勇敢的姑娘。

陈松涛蹲在地上，从妹妹的书包里拿出了所有的学习用品，每一件都被点着，送给折断翅膀的天使。他知道，即使到了天堂，妹妹仍然是一位热爱学习的姑娘。当翻开英语书，抖落夹在第一页的那张妹妹站在复旦大学校门前的照片时，陈松涛再也无法抑制自己的悲伤和愤怒。那是妹妹向往的复旦大学！那是妹妹热爱的外语专业！他放声痛哭！他向天怒吼！悲天悯人的上苍，为何如此冷血残酷！难道旷达的人世间竟容不下一位 17 岁的姑娘?！还是因为她的勇敢善良揭穿了上苍的虚伪，上苍竟如此残暴地夺去了她的生命?！悲怆的哭喊响彻整片麦田。

从此，父亲的墓旁隆起了一座新坟；从此，生死两茫茫，天各一方。

到家之后，陈松涛再次感谢了邻里乡亲，换了身衣服便直接赶往医院，那里还有另外一位亲人在等他。

"姨，我妈今天醒了没?"刚踏进病房，陈松涛就迫不及待地想知道母亲的病情。

"上午醒了一会儿，但支支吾吾说不出话，手一直指着窗外，没过一会儿又睡了。我知道她想的是瑜涛，下午医生又检查了一下，让继续观察。"二姨也看了看窗外，问道："瑜涛埋哪里了?"

"跟我爸挨着。"提到妹妹，陈松涛依然哽咽。

"那也好!"二姨偷偷抹了抹眼泪。

看到二姨打哈欠，陈松涛这才意识到该让她回家休息了，昨天晚上必定没睡好。二姨也没有谦让，毕竟家里也在等着她置办年货，准备过年的吃吃喝喝。临走时，她跟陈松涛交代了看护的注意事项，并说安顿好家里过两天就来。

本就瘦小的母亲此刻躺在病床上，显得更加虚弱，懊悔、愧疚、悲伤，所有的情绪顷刻间随着眼泪奔涌而出。为什么十一没有回来? 当亲人逝去，工作又有什么意义? 陈松涛攥着母亲那双饱经风霜因拉扯一双儿女长大已变得愈加消瘦的手，他在心里默默祈祷母亲早日醒来。这个家只剩下了他们母子二人，儿子没有了父亲，没有了妹妹，不能再失去母亲了! 可母亲现在的身体，即使病好了，也无法恢复成原来的模样。如果再落下偏瘫，后面的生活该如何继续? 不可能把她一人丢在老家! 陈松涛千愁万绪、一筹莫展。

此时，王丹谊再次发来了微信。她今天给陈松涛发了许多信息，但只收到了两条回复。她理解忙碌的陈松涛无暇顾及，但她仍然坚持每过一个小时就发一条微信，只希望来自远方的微不足道的关心可以给悲伤提供哪怕丁点的安抚。陈松涛走到窗前，拨通了电话。

"你现在怎么样了？"王丹谊小心翼翼地问道，她不知道自己的关心是否切合时宜。

陈松涛很感激王丹谊的关心，她也是现在唯一关心自己的人。他要把所有的悲伤全部化成语言向心爱的人倾诉，可话到嘴边又重新咽下，悲伤无法描述。电话那头的王丹谊听出了他的哽咽，他只简单介绍了今天所发生的事情，便匆匆挂掉了电话。

他望向窗外的北关河，不知谁在桥头燃放了烟花。他看到了黑夜中自己孤独的身影，绚烂划过，夜空中只剩下一串凄凉。

天微微亮，趴在床头的陈松涛已经醒来，他接了盆热水给母亲轻轻擦拭了脸庞。去医院外打包了一份水煎包和胡辣汤，又急匆匆赶回了病房，他的视线不能离开母亲太长时间。今天已经是母亲昏迷的第三天，担忧一直在头顶盘旋。医生有过交代，如果今天还不能苏醒，情况将变得不容乐观，他急切地期盼着奇迹能早点发生。

吃过早饭，浑浑噩噩的陈松涛趴在床边又不知不觉睡了过去。

睡梦中，忽然听到一阵清脆的开门声，身穿一件崭新唐装的父亲推门而进，他比十年前更加英俊。陈松涛赶忙起身，满心欢喜，像个孩童一般在父亲的怀中撒娇。

"爸，瑜涛呢，她怎么没来？"陈松涛朝着门口的方向观察了很久，并没有看到妹妹的身影。

"她还在上课呢，等放学了就过来。"父亲抚摸着儿子的头说道。

陈松涛拉了两个凳子，和父亲挨着坐在床边。他看到父亲的口型不停地发生着变化，却听不到任何声音。他尝试打断，可父亲并没有停，而且仍听不到声音。陈松涛慌了神，使劲摇着父亲的臂膀，可仍然没有任何反应。他竟号啕大哭起来，整个房间都回荡着他的哭声。等哭声停止，父亲再次抚摸了儿子的头，终于听到了他的声音。

"松涛，你再睡会儿，过一会儿，你妈也会醒的，这个家以后就交给你了，我走了！"父亲说完就已经走到了门口。

陈松涛慌忙抬起头，看向门口，梦醒了。当他再次转身，看到母亲已经醒来，眼角挂着泪，左手一直向前伸，想要握住儿子的手。陈松涛赶紧扑上前，一边叫着妈妈一边擦拭着她的泪水，将她的手放在自己的脸颊，那温暖从儿时穿梭到现在，从那间老屋穿梭到这间病房。儿子热泪盈眶，泪水滴落在母亲的手上。

"小伙子，别哭了，赶紧去叫医生吧！"隔壁床铺叔叔的好心提醒才让陈松涛猛然想起二姨走时的交代。谢过之后，他急忙奔向了门外。

母亲苏醒了，身体也在慢慢恢复。除夕当天，二姨带来了热腾腾的饺子，陈松涛这才得以回家，贴了春联并简单收拾了一下破旧的院落。母亲在医院住了三周，很庆幸没有留下后遗症，但她的情绪异常低落，儿子自然明白其中的原因。出院当天刚到家，母亲便让陈松涛推着架子车带她去女儿的坟前，不论怎么劝说，她都要执意前往。倔强的母亲已经找来了一根长棒，一瘸一拐地准备出门。陈松涛只能暂时安抚，又赶忙打电话叫来了二姨和舅舅。在多位亲人的陪伴和相劝之下，母亲终于放下了她的倔强，可泪水早已婆娑，看着女儿的照片，泣不成声。

陈松涛又向公司请了两周的假，也跟领导打电话讲明了原因，领导表达了慰问，同时还表示，如果两周的假不够，他可以向公司申请特批延长，陈松涛感激不尽。

大年初四，王丹谊发来信息说要到医院来看望，却仍然被陈松涛拒绝，可他自己却不知为何要拒绝。明明是希望相见，却无理由地选择退却。爱情的甜蜜远远无法中和亲人离去带来的悲痛，况且这份甜蜜已经经过了长时间的挥发，爱人的善意和疼爱很甜，但却变成了一种情感上的负担。他惦记着病床上羸弱的母亲，又怕负了远方的爱人。

除了问他几号回上海，王丹谊再也没有发过信息。

这期间，同学、朋友和同事也都陆续知道了他的遭遇，纷纷打来电话问候。丁鹏和徐留意还问到他工作的安排，陈松涛无法回答，因为他已分不清自己的选择。

当初是在兄弟情和爱情的双重压力下，才做出加入丁鹏创业团队的决定，情不甘心不愿自在其中。而现在，身处这座破败的院落，看着脸上展开微弱笑容的母亲，陈松涛陷入了对工作选择的彷徨之中，发出了对人生意义的叩问。

或许多年以后，青涩褪去，铅华洗尽，沉淀下来的才是对人生最本质的体验。但这个年轻的农村小伙，此刻，却极其厌恶那些思考人生的高谈阔论，他只懂得孝思不匮、反哺之恩。难道一定要去创业才算上进？在公司里稳步提升就不叫奋斗吗？难道人生除了金钱没有别的衡量尺度吗？我愿用亲情去和所有的功名利禄交换。

正月二十八，陈松涛终于陪着母亲来到瑜涛的坟前，今天要为妹妹烧五七。刚到地头，母亲已经号啕大哭。旷野之中飘荡着白发人送黑发人的悲痛，这悲痛感染了每一颗麦苗，渗进了每一寸土壤。母亲趴在坟头，撕心裂肺，恸哭这短命的女儿，思念阴阳相隔的亲人。

母亲的喉咙已沙哑，蹲在坟前，打开饭盒，给女儿夹了她爱吃的酥肉丸子、油炸豆腐，给她送去了漂亮的花裙子、朝思暮想却从未穿过的高跟鞋。陈松涛在一旁点着纸钱，嘴里念叨着让爷爷奶奶和父亲在那边多照顾妹妹。

纸灰化为黑蝴蝶，泪血染成红杜鹃。

待纸灰燃尽，陈松涛赶忙搀扶起母亲，她大病初愈，不能再这样过度悲伤。一步一回头，母子二人抹着眼泪告别了这埋葬亲人的地方。

3月的第一天，陈松涛背上行囊，再次出发。临行前，他向母亲万般叮嘱医生交代的注意事项，又到妹妹的房间坐了一会儿。母亲站在门口，眼含热泪，那眼泪满含牵挂。陈松涛不敢回头，他怕看到母亲消瘦的身影，拐过邻居家的院墙，悄悄抬起了左手。

第七章

到上海已经一周了，工作也在慢慢恢复当中，可陈松涛却始终找不到状态。知道他心情不好，趁着周六，徐留意特意赶过来和丁鹏一起劝导，并顺便再介绍一下新公司的情况。

作为公司的第二号员工，徐留意已经正式入职。当他提交辞呈时，黄俊曾找他谈话想要挽留，并单独找周晨要给他加薪。周晨知道徐留意和丁鹏的关系，他认为徐留意的离职是为丁鹏打抱不平，那正合他意。因此，不仅没有挽留，相反，他甚至想让徐留意第二天就离开公司。但周晨还是立马打消了这个荒唐的想法，除了徒增黄俊的怀疑之外，起不到其他任何作用，更何况其他人还需要时间去交接徐留意手中的工作。从提出辞呈到正式离职，徐留意用了两周时间，他把手头的工作列成详细的表格转交给交接的同事，他自认为做到了仁至义尽。在离职当天，黄俊听到他给周晨留下了耐人寻味的一句话：好自为之。

"都是大老爷们，我也不知道怎么安慰你，反正你要是有事就直接说话，咱能帮的绝不含糊，你也不要想那么多，都在酒里！"放荡不羁的徐留意并不擅长细腻情感的表达，他把对兄弟的关心全洒在了酒里。

"人都走了，再难过也没有用，不为过去，只活当下，就像留意说的，你还有兄弟几个呢，你还有丹谊呢，想开点！"丁鹏说完也举起了酒杯，并看了看旁边的王丹谊。

王丹谊也想说一些开导的话，但话到嘴边又重新咽下。她知道，此刻的开导起不到任何作用，不合时宜的话反而会再次勾起陈松涛的悲伤，而悲伤只有他自己可以抚慰。

几个人都认为陈松涛的状态不佳是源于妹妹的过世，可他们不知道，除了思念故去的亲人，陈松涛更挂牵的是家里的母亲。

"我知道，谢谢了，都在酒里！"三个人一饮而尽。

几杯酒下肚，徐留意首先找到了状态。他掏出手机，打开公司的几张照片，逐一给陈松涛和王丹谊介绍。其中一张是他和丁鹏站在公司前台的合照，后面墙上嵌着五个天蓝色的大字：磐鼎半导体。

"目前就丁鹏和我，办公室显得有些寒酸，明天一起过去瞧瞧。韩宇飞已经提了离职，下月1号报到，其他人也会在下个月到齐，就等你了，我们团队就齐活了！"徐留意的兴奋溢于言表。

对于周晨来说，如果徐留意的离职是事出有因，那么韩宇飞的离职则显得有些不可思议。尽管黄俊和周晨一再挽留，动之以情诱之以利，但韩宇飞去意坚决，并且即使在周晨的一再追问下，他也仍然没有透露自己的去向。一个月时间内，两位研发主将先后离职，这不能不引起周晨的怀疑，可他没有任何线索，也找不到怀疑的对象。一颗警惕的种子开始萌芽，为后面事态的恶化埋下了伏笔。

"我不去了，对不住了！"片刻的寂静后，陈松涛的回答冻结了徐留意的兴奋，也让另外两人瞠目结舌。

"为什么"？丁鹏和徐留意几乎同时发声。

"什么意思?!"王丹谊的语气更像是质问，没想到等了两个月，他竟然再次退缩。

陈松涛没有说话，双手捂着脸，他无法面对自己对兄弟和爱人承诺的背叛，他要逃避友情和爱情的审判。他讨厌别人对自己意志的支配，只想还生活一个质朴的模样。

"你说话啊!"王丹谊已经气急败坏,嗓门很高,她把陈松涛的沉默视为了懦弱堕落。徐留意没想到她的反应这么大,赶忙在一旁劝道:"没事,你别急,他还是没过那个坎,心里难受,让他缓缓。"

"有什么难受的!就像刚才丁鹏讲的,你为过去活吗?!你为死去的人活吗?!已经过去两个多月了,你不准备走出来了吗?!你的坚强去哪了?!"王丹谊感到头皮发麻,春节期间积攒的怒火、之前对陈松涛所有的失望一股脑全部迸发。

"我不知道,你们不要说了,我已经决定了。"陈松涛精疲力竭,不做任何争辩。

王丹谊的情绪已经到了愤怒的边沿,可理智尚存,当着外人的面,她没有爆发。她起身走进自己的房间,整个屋内回响着重重的摔门声。三个男人安静地坐着,谁也没有说话,桌上的杯中酒满,却没有一个人端起,屋内的气氛又恢复了死气沉沉。

"你再想想,我们都尊重你的决定。但不管怎样,你都要尽快振作起来,工作是小,别影响你跟丹谊的感情。"丁鹏站起身来拍了拍陈松涛的肩膀,并向徐留意递了一个眼色。

徐留意跟陈松涛打过招呼便推开了门,丁鹏跟了出去。

"我看他是铁了心了,再劝也没有用,这完全打乱了我们原来的计划。"徐留意的言语中带着一丝抱怨。

"是啊!我也没想到他会这么执拗,他只能靠自己慢慢恢复了。刚才王丹谊的反应也超出了想象。这样,你再去看看开迅公司的同事,有合适的赶紧挖过来,暂时先不用跟松涛讲,等都谈妥之后再告诉他。"虽然陈松涛的决定出乎意料,但面对他现在的状态,丁鹏也只能暂时放弃,他思考更多的还是公司的发展。

徐留意走后,丁鹏并没有立即回家。他料定两人走之后,王丹谊必定会和陈松涛爆发激烈争吵,而在那样的场景下,自己又不知如何劝架。因而,他选择了回避,找了一家咖啡店,消磨懒散的午后时光。

果不出丁鹏所料,他们刚下楼,王丹谊也推开了房间的门。

"为什么?"王丹谊在尽量压制自己的怒火。

她仍然期盼着陈松涛可以回心转意,虽然她知道那可能只是一个幻想。她期待一个合理解释,或许她已经不关心陈松涛的理由,她需要的是给自己的期待一个交代、一丝慰藉。

陈松涛沉默不语,他知道自己的决定使王丹谊感到了失望乃至于绝望,说什么都已经于事无补,任何解释都会显得苍白无力,都无法消除她心中的怒火,况且,此刻自己并不想说话。

"你说话啊!"王丹谊声嘶力竭,她不知道陈松涛究竟在逃避什么。

"你让我说什么啊?!"陈松涛显得有些有气无力。

"你为什么不去了?!还要在这里待多久?!意义在哪里?!你就那么求稳吗?!身边那么多人都在尝试改变,难道你做一次改变就这么难吗?!上学时你的那种雄心壮志去哪了?!"王丹谊的言语中夹带着不能自已的嘲讽。

"我待在这里怎么了?!给你丢人了吗?!我没有了雄心壮志,我只想打工,怎么了?!"陈松涛的隐忍被彻底刺穿,他的反抗也毫不留情。

"行!你待着吧,你好好待着,我走!"她知道陈松涛讲的是气话,可愤怒驱赶了理智,她拿上自己的包,摔门而出,失望也渐渐变成了痛恨。

陈松涛没有完全听清王丹谊的怒吼,并不知道她口中的"走"意味着什么。他静静地待在原地,各自疗各自的伤。

坐在地铁上,王丹谊点开了微信里和幕雨珊的聊天记录,在输入框里拼出了几行文字后又逐一删除,没必要让朋友来分担自己的痛苦,何况现在的她也并不幸福,不打扰也是对朋友的一种祝福。她无聊地翻着手机,又重新看到了被记录下来的甜蜜瞬间。分手的念头一闪而过,幸福的点点滴滴依然让她恋恋不舍,或许不舍的还有自己的璀璨青春和浪漫付出。可她不知接下来如何面对陈松涛,面对这个相恋了九年之久的枕边人。既然不愿去创业,那出国留学会是他考虑的另外一种选择吗?王丹谊只能消极应对。

　　周六的写字楼门可罗雀，除了保安，一楼大厅鲜有人员走动，很难想象在工作日这里会排成两条等待电梯的长龙。王丹谊刷卡进入办公室，重新拿出放在最底层抽屉里的留学辅导书籍，同时，给此刻在美国已经进入梦乡的孟凡晓发了一条信息。

　　进入5月，团队成员已全部就位，包括黄启明指派的一名财务代表。徐留意也从开迅公司挖了一名同事来填补陈松涛的职位，另外一名验证工程师的候选人也会在5月底报到。徐留意和韩宇飞根据终端的应用要求对代码进行了修改，并正在添加新的逻辑控制单元，模拟设计和数字验证工作已同步展开。为了实现在9月份成功流片的目标，大家一德一心，铆足了干劲。

　　丁鹏会定期向黄启明汇报项目的进度，同时他还联系了几家客户中关系密切的关键角色，在带去了创业的信息之外，还介绍了第一款芯片相关的技术参数，为将来的销售打前哨。这些人都是他认为可以信得过的朋友，也是他认为可以从菲特普带走的个人关系，与他们的生意只跟交情相干，与平台无关。人走茶不凉，物尽谊还在。所以，基于这层信得过的关系，丁鹏才可以放心地向他们介绍芯片的资料。尽管如此，他还是跟每个人强调要暂时保密。

　　丁鹏忙，他设定的潜在竞争对手周晨也没闲着。没有了丁鹏的阻挠，他在菲特普和海格创新之间的辗转腾挪如鱼得水，虽然文杰偶尔仍然会有不满的暗示，但周晨根本没当回事。当然，他也不可能仅仅依靠这一种见不得光的手段来运营企业，作为江湖老手，正常的销售渠道必不可少。经过去年一年的运作，终于有多家客户通过了海格创新芯片的评估，在多个技术参数上面得到了认可。所以今年春节过后，周晨一直在不同城市之间奔波，在不同客户之间穿梭。截至6月底，上半年的销售额已经接近去年全年，这极大地提振了团队的信心，对于周晨的磅礴宏愿来讲，如虎添翼。但一个人的时间、精力必定有限，所有新增的销售额都来自周晨自己的老客户，对于丁鹏之前的客户群，他根本没有时间涉及。但他一直惦记着这块巨大的蛋糕，这种既有的客户群，尤其是那些显著带有丁鹏个人关系色彩的客户，如果不加以维护，很容易就会丢失。

周晨已经通过别的渠道了解到丁鹏在外面创业的情况，对于韩宇飞的背叛也耿耿于怀。虽然他对三个人的离去和创业产生了怀疑，但他的精力主要在拓展客户群和提升销售额上，短时间内无暇去调查三人。为了维护和争抢另一方市场，周晨在 6 月新招了一名销售人员，主要负责丁鹏之前的客户群。

这位新来的销售兢兢业业，按照周晨列出的客户名单逐一拜访，可三个月下来颗粒无收，在很多客户那里还碰了一鼻子灰。而且，当他拜访黄启明时，还被黄启明套取了很多有价值的信息，并转送给了丁鹏。当他沮丧地汇报这一个季度的战果时，周晨着实感到了吃惊。芯片代理商与客户的生意往来非常仰仗销售人员的个人关系，虽然丁鹏走了，但也不至于这么多客户当中竟然没有一家回单，而新的销售人员重新拜访时颗粒无收，甚至连一些客户基本的产品规划都无法得知。除了怀疑这个销售人员的能力之外，周晨感到匪夷所思的是丁鹏的个人能力，他居然可以凭借一己之力影响这么多客户。更令他始料未及的是，丁鹏的公司竟在 9 月份成功 Tape Out 了第一款芯片。当得知这一消息时，他的怀疑进一步加深，他也不得不重新评估和定位丁鹏对于自己的潜在威胁，同时，也开始了秘密调查。

9 月 19 日，在整个团队和两名设计外包人员的共同努力下，磐鼎半导体的第一款芯片顺利流片，当天晚上丁鹏就设宴犒劳大家。

"非常激动，真的感谢各位。从我们团队真正搭建完成到今天芯片流片不过区区半年时间，但就是在这半年时间内，我们完成了别的大公司一年甚至两年才能完成的任务，今天我们胜利了！虽然我们现在是小米加步枪，但我相信，只要大家众志成城、迎难而上，用不了多久，我们就会改枪换炮，重新定义芯片的成功，让整个行业都记住我们的名字！"丁鹏激情澎湃，环视了一圈自己的初创团队，举起酒杯兴奋地说道："我先敬各位兄弟！"

大家也站起身来，互相鼓舞，酒桌上斗志昂扬。

丁鹏并没有坐下，而是再次斟满了酒杯，继续说道："接下来这一杯，敬我们自己，敬不甘平凡、勇于奋斗的自己！"他从周晨那里学会了这种极具煽动性的演讲，大家的情绪已经被点燃，也都纷纷再次举杯。

"这第三杯，敬我们这个战无不胜、攻无不克的优秀团队。就像我刚才讲的，别的我不敢保证，只要有我丁鹏的肉吃，大家绝不会只喝汤！"丁鹏的真性情彻底感染了团队的每一名成员，甚至有人借着酒意当场表了忠心，连黄启明的财务代表也深受感动。

"我们大家好好干啊，跟着丁总有肉吃，等年底让丁总再发个大红包！"徐留意继续鼓舞着团队的士气。

韩宇飞坐在一旁，他不善于在这样的场合展现自己，表面的兴高采烈遮盖了内心的嫉妒彷徨。

虽然名义上韩宇飞是研发负责人，职位仅次于丁鹏，但徐留意却成了公司实际的二把手，倒不是他争强好胜、有意抢人风采，而是他雷厉风行、不拘小节的个人魅力赢得了大家的信任和好感。

相比之下，韩宇飞的表现就只能算差强人意。当初之所以决定加入磐鼎，除了股票之外，就是丁鹏许诺他的研发总监职位。他也勤勤恳恳、认真负责，甚至比每一位团队成员都要更加热爱这份工作，因为这是他第一次作为研发负责人主持整个芯片的研发，这里有他亲手敲下的每一行代码，这里有他为了优化架构和方案而绞尽脑汁的日日夜夜。但他只注重技术和项目的进度，却忽视了团队的建设，还没有做好成为一名合格团队负责人的准备。同时，他性格中刚愎自用的一面也慢慢凸显了出来。除了徐留意，他几乎听不进其他研发同事的任何意见，还经常以上级命令下级的方式强制改变其他同事已经制订好的方案和写好的代码。他把自己负责的芯片当作一件艺术品，想把自己的极致和完美主义渲染到艺术品的每一处细节。他一心向工作，但方法欠妥，虽然几个同事没有明讲，但心里已经对他产生了不满。

徐留意注意到了这种微妙的变化，他绝不能放任不管，于是主动承担起了团队润滑调和的作用，同事的问题一般都会先汇总到他这里，然后他再与韩宇飞讨论。办公室的氛围慢慢得到了改观，大家的斗志也并未受到影响。

看着研发团队的成员都围绕着徐留意虎跃龙腾，看着徐留意渐渐取代了自己的位子，虽然不知道他是否有意而为之，但韩宇飞的心态却在慢慢发生着变化。他对徐留意产生了一丝嫉恨，对于觊觎许久才得到的职位，也不可能就这样拱手让人。他知道大家远离自己而亲近徐留意的原因，于是，他尝试改变，主动与同事讨论问题，在项目进度会议上，让同事发表不同的意见。但性格使然的东西，无论你如何改变，无论你的改变坚持了多久，它最终都会在不经意间再度复现，而且这种改变是一个极度痛苦的过程。尽管如此，韩宇飞仍然在坚持。他与同事的关系的确得到了改善，但却无法与大家打成一片，性格使然，嫉妒丝毫未减。

酒桌上热闹了起来，大家心旷神怡、侃天论地，好酒的同事甚至已经开始了划拳。而韩宇飞安静地坐在一旁，显得有些落落寡合。正当他心神不宁，无法缓解心里的压抑时，丁鹏端着酒杯走了过来。作为公司负责人的他要逐一感谢团队的每一位成员，打圈的第一杯就从研发总监开始。

"飞哥，真的谢谢你，不仅仅是这次流片成功，更要感谢的是你对我的信任！"丁鹏给韩宇飞斟满了酒。

"丁总，你这话就见外了，也谢谢你，我们要一起努力！"不善言辞的韩宇飞赶忙起身，端起了酒杯。

"飞哥，我后面还得仰仗你，还需要你带领整个研发团队攻坚克难，你是我们公司的基石，没有你的产品，纵使我有三头六臂也只能干瞪眼！"丁鹏此时揽着韩宇飞的肩膀，压低了声音说道："等到我们第二款产品成功回片，并打入到其他客户，我就会跟资方申请再额外配股，飞哥，我们一起大块吃肉、大口喝酒，来，加油！"

除了慷慨激昂的动人演讲之外，丁鹏还从周晨那里学会了如何礼贤下士、笼络人心。虽然知道韩宇飞在团队中的尴尬处境，但丁鹏依然对他毕恭毕敬，他是团队的技术核心，是研发总监，个人的性格缺陷只要不影响公司的大局，就没有必要当面指出。成年人的世界中谁还没有一点脾气，当意识到自己的弱势之后，周遭环境会自然而然地驱使他去改变。于是，他给韩宇飞戴了高帽，恭维之中并无谄媚，赞赏也恰到好处。讲第二句话时，丁鹏故意压低了声音，给韩宇飞营造一种神秘氛围，从心理上和潜意识当中让他自觉地感受到这些话的分量以及自己对他的信任和器重。当然，所谓的跟资方申请配额外股只是一个幌子，丁鹏与黄启明签订的协议当中早已包含重新配股的内容，只是他从未向团队提及，这是他驭人的另一把利器。

当天晚上，丁鹏异常兴奋，他用酒精宣泄了大半年来的屈辱，挥戈返日，期待指日可待的扬眉吐气。

一直到日上三竿，丁鹏才从醉梦中醒来。睡眼虚眬，从床头摸出手机，看到幕雨珊的三条微信和一个未接电话，他这才猛然想起今天的约会，连懒腰都没顾得伸，直接穿衣爬了起来，给幕雨珊回了电话。

从卫生间洗漱出来，丁鹏刚好看到正要去加班的陈松涛，他对着镜子简单捯饬了一下，两人便一起出了门。

"整得这么利索，准备干吗去？"整个楼梯过道都回荡着陈松涛调侃的笑声。

"明知故问！"丁鹏回呛了一句，随手推开了一楼的门，然后关切地问道，"上次你说跟丹谊之间有了隔阂，现在怎么样了？"

"还是那样！已经有半年了。自从那次我没跟你一起去创业，吵架之后虽然我们关系和好了，但她却像变了个人似的，突然变得特别独立，没有了之前那种偶尔的撒娇黏人，对我也变得特别客气，客气到让人不寒而栗。我也不知道怎么讲，但就是感觉异样，我试过很多办法，她还是那样。可能我那次的决定真的伤了她的心吧！我也不知道该怎么办，有点害怕。"陈松涛垂头丧气，在丁鹏面前丝毫没有掩饰自己对感情的恐惧，而丁鹏也当然明白他害怕的是什么。

"我跟雨珊讲讲吧，下周让她约一下丹谊，我们一起聚聚，看有没有机会开导她。"看着兄弟沮丧的表情，丁鹏暂时也只能想到这一个办法。

幕雨珊已经在约会地点等了将近一个小时，拂面的江风已略含凉意，她点了一杯咖啡，安静地坐在江边，悠闲地享受着夏末秋初的惬意。经历了爱情的蹉跎和婚姻的背叛之后，她倍加珍惜现在这份失而复得、比当初更加炙热的情感。虽然和丁鹏的关系仍处畸形、违背伦常，但她会主动改变现状，旧梦可以重温，破镜也可以重圆。

郑若文还是跟以前一样，每隔两周回一趟上海的家，或者他中间有回来过，但未必让幕雨珊知道。三个多月前，当他回家看望女儿时，幕雨珊再一次发现他有出轨的迹象，而这次幕雨珊并没有当面揭穿，只是悄悄搜集了证据，同时也在努力演绎一孕傻三年的精彩脚本，为的是让郑若文彻底放松警惕。不仅祥和的家庭氛围背后早已暗流涌动，幕雨珊也在公司内部安插了自己的眼线。两个月前，她以全身心照顾女儿为由退出了公司的管理，把自己的那部分工作交还给了郑若文。现在她不仅不厌恶那些攀龙附凤、爱慕虚荣的女孩，恰恰相反，她倒希望郑若文身边多一些搔首弄姿的祸水红颜。她要为自己未来的幸福争取物质保证，她要弥补过去的缺憾，弥补那个对自己不离不弃的恋人。

"你等了很久吧？我昨天晚上喝多了，早上你打电话时我都没听到。"见面后，丁鹏还是第一时间解释道。

"这边风景不错，我来了一会儿了，你看这一杯咖啡都快喝完了。昨天去哪里鬼混了？玩那么嗨！"幕雨珊故作娇嗔，绯红的娇羞滴落于咖啡中。

"我都是跟谦谦君子交友，不鬼混的！"丁鹏回以羞涩，他招呼服务员，两人点了餐。

以昨天晚上的庆功宴为开端，丁鹏回顾了半年多来的创业经历和感悟。当描述对未来的展望时，他极目远眺，豪情万丈，言语之间透露着坚定的信念，眼神中充满了睿智和渴望。这些年，他究竟经历了多少磨难，才能发生如此蜕变，幕雨珊感慨万千。她很庆幸丁鹏能再次走进自己的生活，或许这就是命运的故意安排，失而复得的缘分更加美好，重修的姻缘愈加牢靠。她也再次坚定了自己的信念，幸福要主动争取，不能再错过这一次的擦肩。

眼角挂起了两滴幸福的泪珠，心潮澎湃的幕雨珊竟毫无察觉。

"你怎么哭了？是我哪里说得不好吗？惹你生气了？"激情澎湃的丁鹏突然安静了下来，默默地攥着她的手。

幕雨珊这才意识到自己的幸福已经甜蜜到外溢。她深情地望着丁鹏，他的担心顺着两行泪痕缓缓落下。

"我这是高兴，高兴能再次遇到你！"幕雨珊并没有擦拭眼泪，她任凭甜蜜洒满了整个脸颊。

情到浓时爱自深，爱到深处情更浓。两人紧紧地拥抱在一起，让彼此最真切的温度穿过皮肤，浸润每一处柔和温存。

"你跟那边离婚吧，我要娶你！"丁鹏双手捧着幕雨珊温润如玉的脸庞，深情款款地凝视着她明媚的双眸，时间仿佛在此刻停格。

"嗯！"幸福和感动的泪水奔涌而出，幕雨珊用烈焰红唇让丁鹏感受着她最炙热的回应。清风徐来，吹起奶茶的香甜，附着至他们浓情的唇沿。

又过了一周，幕雨珊果真把王丹谊约了出来，四个人再次聚在一起，时光瞬间倒流，勾起了他们太多的回忆。

"这有六年了吧！我们四个第一次聚会。"陈松涛感慨万千。

"都怨我！年少不懂事犯了错。"幕雨珊在一旁回应道，像是在给过去的岁月郑重道歉。

"你说啥呢！这是命运故意开的玩笑。这不，你们两个又在一起了。对了，你们后面准备怎么办？这样耗着也不是办法。"王丹谊握着她的手臂，给予她友情的理解。

幕雨珊抬头，刚好与丁鹏四目相交，那个充满爱意的眼神让她备感欣慰。

"我准备和郑若文离婚，嫁给丁鹏！"幕雨珊坚定地回答道，目光甜蜜地注视着丁鹏，一刻都不曾离开。

虽然陈松涛和王丹谊都知道这是两人复合后的必然结果，但瓜熟蒂落时，这幸福的闪电还是让他们激动万分。背道而驰的思绪在两人脑海中快速闪过，他们同时看向了丁鹏。

"嗯，明年我们就结婚！"隔着桌子，丁鹏攥起了幕雨珊的手。

结婚，这个幸福恒久的代名词、这个恋爱的甜美归宿，曾经离自己那么近，可现在却渐行渐远。陈松涛看着坐在对面的王丹谊，心里别是一番滋味，思绪在理想与现实、过往与未来之间来回穿梭。

丁鹏用食指在幕雨珊的手背上往左边的方向滑动了两下，随后便松开了紧握着的手，以提示她别忘了这次聚会的主要目的。

"对了，丹谊，你们后面什么打算？"幕雨珊的话像一剂强心剂，让陈松涛立刻从纷繁芜杂的思绪中抽离出来，满怀期待地看着对面的恋人。

王丹谊摆弄着手里的茶杯，所有人都知道她在思考，也在耐心地等待着她的答案。

"我可能会出国念书。"王丹谊不善伪装，所有的真情实意全写在了脸上。

"啊！啥时候做的这个决定？准备啥时候走？"还没等陈松涛反应过来，幕雨珊倒急切地想知道第二个答案。

王丹谊还没来得及找合适的机会向陈松涛吐露心声，幕雨珊却火急火燎地扯开了她想要暂时遮盖的难为情。王丹谊面露窘态，脑海中在小心翼翼地组织着语言。在回答之前，她看了一眼对面的陈松涛，看到了冷凝如霜的脸，看到了充满惊恐和不解的眼神。

"上个月。主要是我这个学历在我们行业完全没有竞争力，提升几乎不可能。我还在复习，明年肯定来不及，最早也得后年了。"王丹谊终究还是撒了谎，虽然饱含善意。

她面向幕雨珊，避开了陈松涛哀哀欲绝的目光，所说的话更像是对他的一种解释。

可她这种解释苍白无力，陈松涛呆呆地坐着，面如土色，他无法呼吸，感知不到身体的任何温度，连周围的空气也停止了流动，他肝肠寸断，万念俱灰。

"涛子，你呢?"丁鹏扭头问了问旁边的陈松涛。

所有人都看出了陈松涛的异常。虽然王丹谊的出国计划出乎意料，但此刻丁鹏并不想知道更多细节，他关心的只是兄弟的状态和将来的打算。

可陈松涛像没有听到一样，目光呆滞，身体僵硬。

"他还没定呢，可能也会一起出国。"王丹谊赶忙解围。

没想到陈松涛会有这么大的反应，看着他此刻的痛苦和不舍，王丹谊不免心生怜悯。她甚至怀疑自己是否太过绝情，没留给彷徨爱情任何缓冲的空间。

"涛子，真的吗?"丁鹏看出了王丹谊的紧张，他拍着陈松涛的胳膊，想从他那里得到真实的答案。

"哦，怎么了?"陈松涛有气无力，像是刚从生命的荒原归来一般。

"你也要出国留学吗? 别发愣了!"丁鹏的催促让陈松涛稍稍缓了神。

看着王丹谊真切且略带哀求的眼神，陈松涛明白了她的用意。爱让他心软，爱使他不忍看到自己的恋人在朋友面前难堪。

"哦，还不确定，我还在考虑。"任凭内心山呼海啸，表情却平静如水。

　　陈松涛的体贴让王丹谊的羞愧溢于言表，她低着头，想隐藏所有的悔恨。丁鹏虽不相信陈松涛的回答，但作为外人，他也不便再继续追问，尤其是在王丹谊在场的情况下，没必要让所有人都感到尴尬。

　　一场本意为修复裂痕的聚会草草结束，聚会的目的不仅没有达到，甚至还适得其反，两人感情的裂痕可能会进一步扩大。

　　四个人在地铁站分别，丁鹏送幕雨珊回浦西，陈松涛和王丹谊坐上了开往张江的2号线。

　　一路上两人都低头玩着手机，没有任何交流。出了广兰路地铁站，两人谁也没有搭乘公交，而是选择了步行，陈松涛在前，王丹谊在后，前后间隔两米。直至到家，这一路上两人都没有任何交流。

　　简单洗漱后，陈松涛便直接躺在了床上。不论是否有困意，他只想让自己早点睡去，幻想着明早醒来，今日的痛楚不过是一场幽梦而已。

　　面对他的冷淡，王丹谊并没有生气，毕竟是自己有错在先，而且他还宽宏大量，没让自己在朋友面前出丑，其实自己应该向他说声谢谢。

　　"你在他们两个面前说会考虑一起出国，是真的吗？"虽然王丹谊知道那是一句挽救狼狈的场面话，但她仍心存幻想，希望陈松涛可以明白她的良苦用心，希望奇迹可以发生。王丹谊也想通过这句话主动示弱，坦诚面对他心底的爱，消除他心中的怨气。

　　"你为什么要出国？啥时候决定的？是那次跟我商量之后？既然你决定了，为什么都没跟我讲过……"陈松涛突然折起身来，一阵歇斯底里的咆哮，没有任何的铺垫和缓冲，心中的怒火彻底爆发。

　　王丹谊猝不及防，没有任何思想准备。惊闻咆哮第一声，魂魄被震离躯体，幻想也同时被震碎。

　　"你干吗啊！你觉得我为啥要出国？但凡能在你身上看到一

丝希望，我也不至于这么折腾！"王丹谊丝毫不客气地说道，人生路上的负重使她活成了自己厌恶的样子。

"都怨我了，对不起，我耽误你发展了，耽误你飞黄腾达了！"

"是的，没错！如果你也能像别人那样有魄力，敢去拼，即使失败，我也认了！可你就是不敢，守着那一份工作过一辈子啊！"

"是的！我没本事，我只会老老实实打工……"

两人你来我往，用自嘲和挖苦对彼此的缺陷指指点点，用阴狠的语言在两人的情感长河里投下了剧毒。爱的裂痕在不断扩大，谁都没有收手，但谁也没有完全扯断，理智和眷恋微存。

他们陷入了冷战状态。30号晚上，陈松涛就踏上了拥挤的列车，回家看望他时刻惦念着的母亲，只是手里空空，没有了那爱意深浓的礼物。王丹谊在上海待了两天，然后背起包，一个人游玩于周边的山水密林间。整个假期，两人没有任何信息来往。孤独，变成了一个人的消遣，原来也可以这么美好。直至假期归来，当怒火消退，平和回归，在陈松涛的主动示弱下，两人才重修旧好，只是离如初的状态相距甚远。

当假期的惬意舒心铺天盖地时，总有少部分人坚守在忙碌的一线，或为自己，或为他人，周晨当列其中。

假期的前几天，他和公司的IT工程师一起在办公室里调查徐留意和韩宇飞在Linux留下的线索，希望可以找到蛛丝马迹。周晨不相信丁鹏团队可以在这么短时间内成功流片，除非他们已经提前获取了芯片的源代码，并且只是在此基础之上做了优化升级。基于此判断，这两人成了他的重点怀疑对象。他忌惮丁鹏这位对手，也绝不允许丁鹏通过这种卑劣的手段来与自己竞争。IT给他解释了多种盗取源代码的手段，包括徐留意所采用的在Linux和Windows之间切换复制几行代码的笨拙操作。但很可惜，由于公司没有安装高级别的客户端信息监控软件，他们忙活了两天，也只能查看到两人过往的操作日志，而从日志上面看不出两人有任何异样，都是正常的 Linux 操作指令。周晨不甘心，想查看两人用过的电脑，但很可惜，这两台电脑不仅被格式化过，而且已经被新来的员工占用了，只好作罢。

10 月 4 日当天，他又通过黄俊把韩宇飞约了出来。在他看来，韩宇飞的出走完全出于个人利益，与徐留意不同，这将是另外一个突破口。韩宇飞虽然离开了公司，但他和黄俊一直保持着联系，毕竟从 S 公司开始两人就是同事关系，而这次之所以应约，除了黄俊的个人关系外，他还想给自己争取一条退路。在他看来，职场中的身在曹营心在汉是一种自我保护的手段而已，并无羞耻感可言。

周晨特意选了一家高档餐厅，见面后，三人首先简单寒暄了一番。

"难得一聚，今天高兴，咱喝这个!"周晨说着，从袋子里拿出了一瓶高端白酒。

"晨哥，这太客气了，让你破费了!"韩宇飞倒显得有些不自然，无利不起早，周晨如此款待必定有事求于自己，可又会是何事呢? 他在心里犯着嘀咕。

周晨讲完，就开始斟酌如何为接下来精心准备的一段话开篇，而韩宇飞的这句客套话直接解决了他的困惑，完美地扮演了承上启下的角色。

"破费啥! 公司赚到钱了，兄弟们必须吃好喝好。你知道吗，咱公司……"周晨故意讲错，然后立刻停顿。这看似随机的口误，却是他的特意安排，目的就是要让韩宇飞在毫无防备的情况下突然接收到这一误导信息，这是一个强烈的暗示信号，也为他后续的发言做了铺垫。他赶忙挥了挥手继续说道:"不好意思! 讲错了，飞哥，你知道吗? 海格创新上半年的销售额已经接近去年全年，今年很可能会翻番。我们熬过了前两年低谷的阵痛，终于踏上了发展的快车道。我已经跟总经理申请过，今年公司的年终奖平均为五个月，同时，在年底前，也会把当时承诺的股权兑现给大家，签署正式的持股协议!"讲完，周晨看了看黄俊。

此时，桌上已经摆好了几道菜，只等黄俊把气氛烘托起来。

"这么刺激吗?! 幸福来得有点突然！"通过眼神的交流，黄俊已经领会周晨的用意，他故意拉长了声调，做出不可思议的表情。

"那太厉害了，恭喜了！"韩宇飞的语气低微，他脸上也露出难以名状的尴尬表情。

"来来来，别光顾着说，先吃点菜！"周晨伸出手掌，做出让筷的动作。

把菜放到了自己盘子之后，周晨又连忙给韩宇飞和黄俊斟酒，在这个饭局上，他把韩宇飞当作客户来应酬。

"来，我们走一个，难得这么高兴！"三人碰杯，一饮而尽。

"飞哥，要不要考虑再回来？"周晨的动作很密集，绝不拖泥带水，一杯酒下肚，对着韩宇飞继续微笑说道，"你只要在年底前回来，薪水跟你现在的一样，之前承诺的股权依然有效，同时也享有五个月的年终奖。你仔细想一下，我们海格创新和你现在的公司哪个团队更强，哪个更有发展前景。刚才忘了跟你提了，我们的目标是在 2018 年前后上市，到那时，我们每个人都有好几千万的身家！"周晨还想再继续贬低丁鹏，但在这个场合，尊己卑人只会引起韩宇飞的反感，适得其反，他很快便打消了这一念头。

"对啊！宇飞，你真的要好好考虑一下！你也知道我们团队的班底、我们的后台，你也知道周晨的能力，上市是早晚的事情，你干吗放着几千万不要而误投他家呢！"黄俊也在一旁煽风点火。

两人这一唱一和让韩宇飞完全失去了自我判断，迷失在现实与两人勾勒的美好蓝图之间。他在思考，他想到了无功不受禄。他们究竟想要从我这里得到什么，才会给予这些美好的承诺？而我要接受他们的承诺吗？既然想如此，又何必要当初呢？他没有答案，也无法抉择，即使尴尬，也只能沉默面对。

"飞哥，你不用现在回答，咱不着急这一时半会，你先考虑考虑，反正有啥想法了随时跟我或者俊哥讲都行，我们随时欢迎！"周晨赶忙打圆场，避免长时间的冷场。

韩宇飞的沉默间接传递了他内心的彷徨摇摆，计划的第一步已经顺利完成。紧接着，周晨把话题引到了技术层面，黄俊开始唱戏，他在一旁敲鼓助威，斟酒劝酒，伺机而动。

"我听说 S 公司新出的那款 MCU 贼高端，不过好像这个项目在内部也一波三折，用了一年多时间呢！"两人聊的技术话题自然离不开前东家，这也是韩宇飞所期望的，可以让他回避海格创新与磐鼎之间的矛盾。于是，技术探讨没多久，韩宇飞便主动谈起了他听到的一则关于前东家的消息。

"我也听说呢。不过这颗芯片的架构跟之前完全不一样，一年多我觉得也正常，哪像我们那样啊……"黄俊狞笑了一阵，然后补全了未表之意，"我们都是有特技加持的，所向披靡。"

黄俊这一句不经意间的打岔，给周晨制造了一个合适的切入点。此时，一瓶酒已经剩之三成，他无精打采地翻看着手机，脑海中却在思索着接下来要讲的言语。周晨找准时机，又给韩宇飞劝进两杯酒。

"我们那是站在了巨人的肩膀上，不管怎么着，还是得感谢巨人！"虽然韩宇飞的表达很委婉，但大家都明白其中之意，三人不约而同地笑了起来。

"对了，飞哥，我听说你们那边前两周也刚 tape out 了第一款芯片，你们这速度也够快的！是不是也傍上了哪个巨人？"周晨的话也很含蓄，但谁都明白他的用意。讲完之后，他紧紧盯着韩宇飞，观察他面部表情的每一处细微变化。

听到他的问题，已渐入佳境的黄俊吃惊不已，他没想到周晨会这么直接，这很有可能让韩宇飞这位红脸汉子直接下不来台。而韩宇飞的忐忑紧张显露无遗，虽然也已上头，但理智尚存。他看向门口服务员所站的地方，极力避开与周晨的目光交锋，腮帮子鼓起，脸上的肌肉也在轻微颤动，红到发紫的脸色很显然不仅仅是酒精的作用。所有人都选择了沉默，房间内安静到令人窒息。

"飞哥，你跟我说句实话，丁鹏他们是不是从我们这里盗取了代码?"片刻之后，周晨又发起了第二波攻势，让韩宇飞那根紧绷的弦瞬间崩裂。言语之中有意把他与丁鹏分开，就是为了传递对他的信任，相信他与此事无关，希望他可以知无不言、言无不尽。

"晨哥，你别问了，我不知道啊!"可韩宇飞并未领会周晨的用意，他像一只被激怒的羚羊，几近咆哮。但鲁莽的冲撞过后，迅速败下阵来。在绝对的劣势面前，反抗得越激烈，缺点暴露得越彻底。他低着头，像一个被俘获的囚犯，在听候敌人最后的审判。

周晨已经得到了答案，他万分确信丁鹏的第一款芯片纯属剽窃，他要开始谋划第二步方案。

"飞哥，你别误会，我们兄弟之间没有分歧，我也完全信任你，我们是属于一个团队的……"周晨揽着韩宇飞的肩膀，把带着酒意的良言暖语送到他的耳畔，然后又满上一杯酒，"我们是兄弟，我们在等你回来!"没等韩宇飞举杯，他便一饮而尽。

三人在门口分别时，韩宇飞拍着周晨的肩膀给他留下了一句意味深长的话:"你如果早这样，我何必离开呢!"

第二天，周晨便开始通过各种渠道联系律师，咨询关于芯片侵权的问题，包括如何举证、如何取证、如何量刑、如何和解等。他做最坏的准备，但仍希望可以和平处理。

自从确认代码被盗后，周晨已经让 IT 安装了更高级别的信息监控和防盗系统，从多维度防止信息泄露。与此同时，周晨决定对文杰下手，即使他与这件事情毫无关联。在周晨看来，一方面由于与丁鹏的关系以及对丁鹏的愧疚，文杰在公司的存在是一个隐形炸弹，必须赶在爆炸前将他清理掉。另外一方面，经过了几年的紧密合作，与鑫达集团各层级的关系已经完全摆脱了对文杰的依赖，他已经发挥不了任何作用，在菲特普的存在已毫无价值。兔死狗烹、鸟尽弓藏受到的道德谴责在利益面前不过尔尔。

　　周晨并没有像当初赶走丁鹏那样煞费苦心，他从最近与鑫达集团的一份合同中找出了一处漏洞，并把责任归咎于文杰。欲加之罪，何患无辞，与祁永辉简单商定过后，便开始了过河拆桥。

　　10月的最后一个工作日，三人约定下班之后在菲特普的办公室碰面。文杰依旧是最后一个到，他原本以为周晨还会像往常那样定好盒饭，开一个便餐会议。可等他进到会议室，却发现桌上除了一盒纸巾，再无别物。他觉察到了两人的异样，但并未多想，笑呵呵地坐在了祁永辉身旁。

　　"晨哥，怎么突然想起来开会了？还把时间调到了周五，是不是有啥好消息要宣布了哈？"刚一坐定，文杰就幽默开腔。

　　另外两人都明白他所说的好消息为何物，可惜他再也无法获得，菲特普的一切即将与他无关。

　　"呵呵，你说对了，但很不幸文杰，这个消息可能会让你失望。我和永辉商量了一下，觉得你目前不再适合公司的发展，决定请你离开！"周晨那一声讥讽的笑声过后，没有过多解释，全程冷若冰霜。

　　这的确是不幸的消息，不幸到宛如晴天霹雳，在毫无思想防备的情况下，霎时间炸碎了文杰不劳而获、坐享其成的美梦。他明白自己对于海格创新并无任何功劳，甚至对于菲特普来讲，他的价值也所剩无几。但即便如此，大家都是有言在先，协议在前，如果当时没有自己的里应外合，鑫达集团的业务能发展起来吗？周晨能走到今天这一步吗？更何况，自己不顾同学情分，昧着良心帮周晨赶走了丁鹏，他的承诺全是虚情假意，他们全都是他的棋子吗？没有价值时就卸磨杀驴吗？他不甘，他要抗争，不能这么任人宰割。

　　"为什么?!"文杰疾言厉色，扭头看了看旁边的祁永辉，歇斯底里的声调将内心的怒火展露无遗。

　　周晨冷漠如故，并无多言，只是把提前准备好的资料扔给了文杰。

"你这是污蔑！你们两个摸着良心说，这里面哪一条跟我有关？我之前做了那么多，你们都忘了吗？"文杰突然站起身来，细说着自己对公司的贡献，激动之处，怒骂和哭泣交织在一起，悲悯和祈求混合在一起。不知不觉中，他把尊严抛向了茫茫黑夜，手捧着脆弱摆在了强者面前。

周晨和祁永辉相看无言，只是静静地听着文杰的哭诉。可怜之人必有可恨之处，他的祈求不仅没有得到任何施舍，反倒再次引起了两人的鄙弃。他对丁鹏的见利忘义和他此刻的奴颜婢膝令人作呕。

"文杰，你不用再讲了，我们好聚好散，你现在离开，我把今年剩余的两个月薪水一块发给你，作为补偿。"周晨不胜其烦、厌恶至极，无法再忍受他那毫无逻辑的卖惨。

可文杰怎能接受如此卑微的补偿呢！既然求饶不行，那只能强硬争夺。

"你这是打发叫花子吗？跟我应得的补偿差距十万八千里。别把我逼急了！要不然，以后鑫达的单子你们一个也别想得到，大家鱼死网破！"他再次怒吼，以为两败俱伤的威胁可以恐吓到周晨。

可强者又怎会如此轻易被吓退呢。周晨在谋划这个方案时早已想好了应对他强硬反扑的对策。

"不要太高估自己的能力，你可以试试，到时候你丢掉的将不仅仅是菲特普这一份工作！"周晨一阵狞笑，他的威胁阴冷且含蓄，但却轻而易举地击破了文杰的外强中干。

文杰怒不可遏、败兴而归。当初在除名丁鹏的文件上签字时，他未曾想过自己也将会以同样的方式离开，而且败得体无完肤、毫无尊严。令他始料未及的是，另一场厄运接踵而至。

在谋划除名方案时，周晨的确预设过文杰可能会做出过激行为，但他并未放在心上，更没有准备应对方案。在周晨看来，怯懦的文杰根本无法与丁鹏相比，面对除名，他只能乖乖就范，根本没有抗争的勇气。如果他顺利离开，中间不发生任何差池，周晨愿意给他提供体面的补偿，也不枉大家共事一场。

可令周晨感到吃惊和失望的是，他竟然真的以鑫达的业务来威胁自己，虽然他逞口舌之快的概率很大，但周晨却不得不防。既然刀已出鞘，那就斩草除根，不留后患。

又经过一个多月的酝酿，周晨和鑫达集团内部一名与文杰有矛盾的员工合唱了一段双簧。在这段时间内，周晨频繁与该员工接触，并在潜移默化中，让他了解到了一些有关文杰的黑料。这段黑料完全由周晨编纂，半真半假，大致内容如下：

当初文杰了解到菲特普公司在招聘一名销售人员时，便主动向周晨推荐了他的同学丁鹏。而周晨碍于客户的面子，同时考虑到两人同学的关系对于开展业务的便利性，便接纳了丁鹏。后来菲特普在鑫达的业务越来越多，也越来越顺利，这层同学关系功不可没。可令人感到意外的是，在菲特普公司发展如日中天之际，丁鹏却主动离职，跳槽去了别家。两个月后，当财务人员核算季度收支报表时，发现有20多万的账目对不上，经过数据的仔细比对，疑点最终落在了丁鹏身上。此时，周晨才明白他突然离职的原因。随后周晨便质问丁鹏。一开始丁鹏矢口否认，但在证据面前，当周晨威胁要报警时，他终于承认，但只同意退还15万的不义之财。在周晨的一再追问下，丁鹏才交代另外一部分已经给了文杰，这是两人之间提前沟通好的一笔交易。周晨怀疑两人之间的暗箱操作肯定不止这一笔交易，但奈何找不到其他证据。当丁鹏归还了15万之后，周晨也便不再追究。但对于文杰拿到的这笔钱，周晨却无法追回，主要还是考虑到客户这层关系，只要菲特普的业务不受影响，他也认了。可文杰却过河拆桥，当丁鹏走之后，菲特普与他负责的产品有关的业务已经不如从前，周晨怀疑文杰有意把业务偏袒给了丁鹏的新公司，但这只是猜测，没有任何证据。

在这段编纂的黑料中，周晨之所以把文杰贪婪的数额控制在5万左右，原因有二：其一，这点钱不至于让鑫达集团兴师动众，更不会报警处理，开除文杰是最合适的惩罚手段；其二，文杰理亏，即使他需要补还，这部分钱也在可承受范围之内，不至于让他恼羞成怒，做出鱼死网破的行为。

"我其实挺无奈的，但凡我们的业务跟之前一样，我也就忍了。可现在他不仅不帮我们，还很有可能倒打一耙，做人不能这么极端！"周晨在该员工面前伪装成一副弱者的姿态。

说者有心，听者更有意。针对该员工想要了解的细节，周晨知无不言言无不尽。

终于，鑫达集团的高层接到了一封关于文杰的匿名举报信。当周晨被叫去问话时，他俨然也成了一名受害者，并且声情并茂地进行了自我检讨，也谴责了前员工的劣迹，但并未埋怨文杰半点。

面对法务的质问，文杰哑口无言，即使猜到了这是周晨设的局，故意栽赃陷害，他也无处申辩，不敢申辩。事已至此，只能束手就擒。除了补还举报信上列举的 5 万多块钱外，别无他法，真是哑巴吃黄连，有苦难言。

第二天，文杰离开了鑫达集团。

文杰被辞退的消息不胫而走，公司内部传得沸沸扬扬，丁鹏也从鑫达集团一名员工那里得到了这一消息。他的心态有点复杂。一方面，他幸灾乐祸，觉得这是文杰见利忘义的报应；另一方面，他对周晨的愤恨倍增，没想到周晨会如此绝情，为了对文杰赶尽杀绝，他无所不用其极。

和你的仇恨已无法泯灭，我将用一切合法的手段攻击你，直到你身败名裂。这是丁鹏在心里给自己许下的誓言。

一周后，陈松涛突然接到文杰的电话，这也是自从丁鹏离开菲特普之后，文杰打来的第一个电话，说要叙旧，但他并未透露自己的真实状况。陈松涛对文杰极其鄙视，从未想过他会做出如此卑鄙之事，本想直接拒绝，但毕竟同学一场，他准备把决定权交给丁鹏。

"文杰今天联系我了，说明天元旦要请我们吃饭，给你赔罪。他不敢直接联系你，让我先跟你说一声。"下班回家后，陈

354

松涛向丁鹏转达了文杰的恳求，末了，又补充了一句："我先说啊，我不想去，你可千万别勉强！"

"你觉得我会去吗？他以为自己是谁啊！叫吃饭，我们就得应吗？不要轻易去原谅一个曾经伤害过你的人！我不是耶稣，我的大度与他无关。你问问他，如果他能原谅周晨，我就能原谅他！"提起文杰，丁鹏仍然满腔怒火。

看着一脸茫然的陈松涛，丁鹏把文杰的遭遇告诉了他。

"这真是天道好轮回，苍天饶过谁啊！那他找你是准备干吗，还想去你那儿吗？"陈松涛惊讶不已，额头上宛然写了四个大字：皆大欢喜。

"不用管他了，不值得为他操心。"丁鹏轻轻挥手，拂了旧尘。

"等下，差点忘了，留意让我们明天去他家做客的，到时候都一块去吧！"丁鹏突然想起徐留意的嘱托，他说话的同时还用手指了指隔壁房间。

第二天出门时，陈松涛满脸阴沉，王丹谊并没有随他一起赴宴。

"又吵架了？"刚下楼梯，丁鹏便问道。

"哎！不知道怎么会这样！她还是一心想出国，怎么劝都不行。你说她出国跟我们分手有啥区别啊！"陈松涛黯然无神地说道。

"不至于！你想开点，你们好好谈谈，先把误会解除。"丁鹏想劝，可又不知如何相劝。

见到徐留意之后，被问起王丹谊的情况，陈松涛只能尴尬地以加班为由搪塞了过去。

"看来婚姻真能改变一个人啊！风流倜傥、放荡不羁的徐大帅哥，现在也变得这么勤俭持家了！"丁鹏靠在厨房门口，看着正在颠勺的徐留意调侃道。

"没办法，好男人就是得要上得了厅堂，下得了厨房，后面还得学会冲奶粉、换尿片。"徐留意朝着丁鹏挤眉弄眼，脸上一副得意扬扬的表情。

"哎哟，有喜事啊，恭喜了啊！怪不得这么骄傲。那你今天得多喝点啊，几个月了?"丁鹏真诚地道贺，陈松涛也从沙发站起，走了过来。

"两个多月，下周我妈就要过来了。"徐留意关上火，盛下了最后一盘菜，催着两人，"走走，上桌。"

Lisa从卧室中被请出，像一位尊贵的王妃被一旁的徐留意侍奉着。丁鹏和陈松涛没忍住，直接笑出声来。

"笑啥！到时候你们说不定还不如我呢！"徐留意乐呵呵地说道，满脸的幸福。

"是是，我们可不能跟你徐大帅哥比哈，你这属于绝种好男人啦！"丁鹏讲完，Lisa在一旁偷偷乐。

Lisa吃的很少，不一会便退出了饭桌，又回到了卧室。侃天论地之后，三人的聊天话题又转回到了工作上。

"前天寒冰跟我讲，他听说周晨在跟韩宇飞接触，我们得提防点！"徐留意的表情突然严肃，他对韩宇飞的立场产生了质疑，周晨跟他绝非简单的接触，背后必定有更深层的原因，他不希望大家殚精竭虑地筑起的辉煌梦想刚有起色却毁于一旦。

丁鹏自然明白徐留意所讲的提防为何意，但他却举棋若定、了然于胸。

实际上，在经过深思熟虑之后，韩宇飞已经把周晨对他的拉拢告诉了丁鹏。他在周晨和丁鹏之间，选择了后者。同时，也通过这种方式间接地表达了他对丁鹏的信任和对磐鼎的赤心。

韩宇飞之所以会这么做，主要还是基于他对丁鹏和周晨两人人品的判断和对自己职业的规划。十一那次见面之后，周晨或独自或与黄俊一起又约见了韩宇飞多次。除了真实目的之外，周晨用了多种方法来劝说他重返海格创新，包括持续画大饼、贬损磐鼎、诋毁丁鹏，可韩宇飞仍迟迟没有表态。他与周晨的关系其实很普通，两人起初并不认识，若没有海格创新公司，若周晨没有委托黄俊招揽研发团队，他们永远只是两条平行线上的陌生人。

即使到了海格创新，韩宇飞和其他同事也能感受得到，周晨的心腹只有黄俊和那位负责 PR 又兼顾 IT 的同事，其他人对于他来讲，只不过是普通员工，泛泛之交而已。

尤其在得知丁鹏被迫离职的原因之后，韩宇飞对周晨更加敬而远之。所以当周晨最近频繁联系，不计成本地挖他回去时，他不得不提高警惕。

对于周晨提出的那些优渥条件，韩宇飞半信半疑。他无法直接从周晨那里得到答案。韩宇飞心里明白，虽然两人年龄相仿，但在驭人之术和用人之道方面，自己却跟他存在着数量级的差异，他对人情世故的把控能力更让人望尘莫及。然而，圣人千虑也必有一失，即使再机敏圆滑，周晨的虚与委蛇仍然会穷形尽相。这是他从海格创新的其他同事那里求证过的结果。大家都明白，自己只不过是他出云入泥不同阶段的阶梯罢了。只不过有人逆来顺受，有人也想顺梯而上。

相比之下，丁鹏对人则真情实意、表里如一。员工进公司的第一周，便签署了股权协议。同事们都知道徐留意与他的关系好，但他对大家一视同仁，并没有对徐留意有任何偏袒，任命韩宇飞为研发总监便是一个佐证。他会和同事们打成一片，不像周晨那样一副盛气凌人的管理者姿态。同时，他还会定期与每一位同事谈心，不管是工作还是生活上的困难，他都尽全力帮忙解决。他不轻诺，诺必果。在私底下与同事们的沟通中，韩宇飞发现没有一人对丁鹏有意见，这与周晨形成了鲜明的对比。

另外一方面，虽然当前海格创新的实力和销售额遥遥领先，但磐鼎的发展势头迅猛，迎头赶上只是时间问题。尽管研发团队中的某些同事对自己有意见，但归根到底那毕竟源于自己个人性格的欠缺，这正是自己需要提升和改进的地方。困难哪里都有，只看你如何克服，而不是一味逃避。

所以，韩宇飞已经在心中做出了选择，在正式回复周晨之前，他和丁鹏做了简单的沟通。

听完他的描述，丁鹏为之愕然的同时也备受感动。虽然内心已经把周晨咒骂了千百遍，但丁鹏却不曾在韩宇飞面前有任何表现，他不想让仇恨暴露在外。丁鹏很感激韩宇飞的主动告知，这已经表明了他真实的态度，你投之以桃，我必报之以李。除了真诚表达感谢之外，丁鹏还承诺，只要公司的销售额满足与资方约定的标准，他就会给韩宇飞额外申请 0.5% 的股权。而韩宇飞也欣然接受，这是两人的君子约定。

"哈哈，放心！韩宇飞是我们的人，周晨撬不动！"丁鹏一脸轻松，把事情的始末做了简单描述。当然，他有意隐瞒了承诺股权的那一部分。

"看来我误会他了，下次我找他喝酒。"徐留意如释重负，又恢复了爽朗的笑声。

"别！你就当什么事情都没发生过，工作中也别表现出任何异常，他与我的沟通除了你一人之外，千万别让其他人知道，这对他影响不好。如果寒冰再跟你讲，你直接说那是谣言就得了，让他也别乱说！"丁鹏连连摆手，他要让这件事情到此为止。

陈松涛在一旁默不作声，独自享受着碗里的美味和内心的孤寂。

元旦过后，韩宇飞正式拒绝了周晨的邀请。这令周晨极度失望，让韩宇飞作证指控磐鼎侵权的计划落空，只能另谋他法。同时，为了防止年后员工离职，周晨提前公布了年终奖方案，并在 1 月底和大家签订了股权协议。心意满满，诚意却打了折扣。

年终奖的确为五个月薪水，但分四次发放，在 3 月、6 月和 9 月，分别发放一个月年终奖，在 12 月发放剩下的两个月奖金。在签订的股权协议里，每个人的股权份额相较于最初的承诺都有不同程度的缩减，而且额外增加了多个限制条件。但聊胜于无，尽管部分员工对周晨、对公司心怀不满，可他们仍旧乐此不疲地加班至深夜。毕竟，对于普通的码农工程师来讲，这仍然是一份触手可及的梦想，一条快速获取远大于正常薪水财富的捷径。而这也正是周晨深谙驭人之道的真实写照。

解决了内部主要矛盾，周晨便开始集中火力攻击磐鼎。虽然临近春节，可他的忙碌丝毫未减。除了年底拜访重要客户之外，他的主要精力都集中在证据搜集上。他咨询了行业前辈、专业律师，甚至还托人结识了检察院和法院的朋友。他誓要让丁鹏伏地认输。

两人的明争暗斗，彼此心知肚明，只是丁鹏还未真正领略周晨的狠毒，还未察觉一场厄运正向他袭来。

第一款芯片拖延了两周时间，要到春节后才能回片，在没有第一款芯片的实际应用测试数据的支撑下，第二款优化版本的流片也只能顺延。丁鹏给大家提前放了两天假，他带着对未知的焦虑回家过年。

陈松涛早于丁鹏一天回家，他想让王丹谊一同回去，在妹妹过世后的第一个春节，她的到来会抚慰母亲的悲伤。可王丹谊拒绝了他的请求，只是买了过年的礼物让他带回去。在郑州站分别时，她向陈松涛说了声抱歉。这声抱歉究竟是为了不能一同前往，还是另有他意，陈松涛不明白，王丹谊自己也未可知。

在县城坐上回家公交车的那一刻开始，陈松涛的内心便久久不能平静。如果妹妹健在，这会是她考上大学后的第一个春节，提早回家的她仍然会站在村口迎接哥哥的归来；或许懂事的她并没有提早回家，而是寒假后留在上海短暂打工，跟着哥哥一起回。车窗上起了一层薄雾，陈松涛轻轻擦拭，露出外面清晰的世界。妹妹考上高中那年，带她吃过的毓秀路上的那家状元米线店还在营业，只是亲人已去，此地空余回忆。

下了公交车，村口空无一人，远处的鸟鸣异常凄惨。陈松涛站在老槐树下，左右眺望，他在等一个亲人，等一个接他回家的亲人，可雾蒙蒙的原野中，他却找不到一个身影。

一进门，陈松涛刚好看到母亲弓着腰，从院子里往堂屋走，步履蹒跚。

"妈!"陈松涛赶忙跑上前搀扶，待母亲坐下，他又问道，"你腿咋了?"

"没啥事。前两天下雪，在大门口扫雪时摔了一跤。"母亲不想让儿子担心，她对自己的伤轻描淡写，然后迅速转移了话题，看着堆在门口的礼物问道："丹谊咋又没跟你回来？你跟我讲实话，你们是不是吵架了？人家姑娘长得好看，家里比咱富裕，还知书达理，你看看每次回来都是大包小包，从来没有空过手，咱打着灯笼都找不到这么好的媳妇，你要多担待、多让着她点……"母亲对这位只见过一面的准儿媳的夸赞滔滔不绝，对儿子的教诲孜孜不倦。

陈松涛看得出母亲对王丹谊有多么喜爱，可母亲并不知道，她的儿子和这位准儿媳的关系现在大不如前。可陈松涛却不敢把实情告诉母亲，他只能继续撒谎，让母亲继续等待。

他把礼物拿给了母亲，然后推开了妹妹房间的门。墙上贴着妹妹喜欢的明星海报，旁边挂着一串风铃，书桌被擦得一尘不染，桌子的一角摆着一个简易书架，书架的第二层立着一个相框，站在复旦大学门口的妹妹，笑容是那么甜美。

每次这一双儿女回来前，母亲都会重新打扫一遍房间，今年仍旧如此，仿佛女儿未曾离开。只是，那书本再也没有被翻开，那风铃从此也不再悦耳。

这个房间再也没有妹妹的身影，这个院落再也无法响起妹妹的笑声。陈松涛坐在冰冷的床沿，睹物思人，然物是人非。

这个春节，陈松涛没有再让母亲操劳。他忙前忙后，负责了所有的饭菜和家务，虽然整个家只有母子二人，倒也过得舒心。他跟王丹谊的爱意已没有之前的柔情似蜜，两人的情话更像是朋友间的祝福。

王丹谊的春节过得很平静。除了走亲访友，剩下的时间，她更像一名高三学生，趁着假期躲在屋里安静地复习资料，迎接即将到来的大考。休假回国的孟凡晓也给她提了很多建议。当得知女儿出国的进度稳步向前时，爸爸乐开了花，也恢复了慈父的模样。

第八章

到上海返工之后，王丹谊先向公司 HR 咨询了内部调岗的政策，随后便联系了陈恺宏。

虽然两人见面的机会不多，却一直保持着联系，起初的师徒、暗恋关系已然变成了纯粹的朋友来往。陈恺宏此刻正在美国，他去年考入了加州大学伯克利分校，攻读金融学博士学位，繁忙的学业使他无暇回国。当初那个略显稚嫩的实习生，早已蜕变成博学多识、器宇轩昂的翩翩君子，不久的将来也将成为一名成功的职场新贵。只听声音，王丹谊都能感受到他的成熟。

简短的寒暄拜年过后，王丹谊开始支支吾吾，在如今的陈恺宏面前，她已失去了当初的优越感。恰恰相反，不论在哪个方面，她都感到了自卑。她不知如何开口，又怕开口之后被拒绝。

"师父，你找我是有啥事吧？你说，只要我能办到的，一定竭尽所能！"陈恺宏听出了她的窘态，他用一句师父消除了王丹谊内心的顾虑。

"嗯，谢谢你了，恺宏！那我就不跟你客气了。我真的有件事情麻烦你……"王丹谊脸上露出灿烂的笑容，她向陈恺宏讲述了自己的请求。

原来，在春节期间，孟凡晓再次向王丹谊提出了两条重要的建议：第一，是否可以从公司内部申请调岗到美国本部工作；第二，争取让公司的高级别管理人员帮忙写入学推荐信。这两条建议的目的都是提高入学申请成功的概率。所以，返工的第一天王丹谊就去找了 HR，得到的反馈喜忧参半。喜的是公司的确有内部调岗的制度，包括申请去美国总部工作的机会，忧的是目前还无一人提交过申请，具体的操作流程、注意事项以及难易程度也就很难知晓。一片愁云挥之不去，王丹谊毫无心思工作，愁容满面的她用魂不守舍消磨了节后的第一个工作日。

在嘈杂的下班高峰期地铁上，王丹谊的愁思也随着拥挤的人群左右摇摆、前后碰撞。列车在隧道里疾驰，看着车窗里参差不齐的人影，跳跃的思绪不知从哪片记忆里翻出了陈恺宏这个名字，王丹谊仿佛在迷失的黑夜中看到了一丝光亮。

第二天，还在早高峰地铁上的王丹谊给陈恺宏发了信息，两人约定中午语音电话。

"师父，你放心。听我妈讲，下周刘阿姨会来美国出差，我妈托她给我带了点东西，我会去机场接她。到时候，我会跟她讲的，这件事情包在我身上！"陈恺宏提到的刘阿姨正是王丹谊公司的总经理刘伊婷。他信心满满地向王丹谊做出承诺之后，又关心地问道："对了，那你准备申请哪个学校？应该是明年秋季入学吧？"

"暂定加州大学洛杉矶分校，我高中同学在那里毕业，她帮我推荐的。她现在就在硅谷那边，到时候好有个照应。"王丹谊的声音很小，显得有些底气不足。

陈恺宏对她进行了一番鼓励。王丹谊备受感动，没想到曾经分内工作的用心和不经意的善举，竟收获了如此真诚的朋友和可能改变人生命运的一次机遇。

一周后，陈恺宏给王丹谊发了信息，委托之事都已办妥，让她安心复习，静候佳音。于是，王丹谊开始了焦急的等待，她总是假装不经意地向同事打听总经理的消息。又过了两周，总经理终于出现在了办公室，并且王丹谊已经与她碰面了几次，可每次她都是一如既往地露出礼貌性的微笑，打过招呼后再无其他反应，似乎她并不知道自己的诉求。难道陈恺宏欺骗了她？他并没有跟总经理讲？又或者，总经理根本不关心她这个底层员工，选择了忽略？王丹谊坐在自己的位子上，望着总经理办公室的方向，心神不宁。

又过去了两周时间，总经理仍然没有任何反应，王丹谊已经决定放弃公司这条捷径，也不再麻烦陈恺宏，她准备全靠自己的努力，得或失将皆由命决定。

正当她心灰意冷时，直属领导 Tamara 突然通知她去总经理办公室。一阵和煦的暖风吹过，吹散了萦绕在身旁许久的愁云。王丹谊笑逐颜开，连忙道谢，走廊里响起了她欢呼雀跃的步伐。

王丹谊平时和总经理直接面对面沟通的机会很少，虽然这次召见她日思夜盼，但当梦想照进现实，她还是有些局促不安。她站在门口，抖擞了精神，轻轻敲门，得到应答后才推门而入。

"刘总，您找我！"王丹谊站在办公桌对面的椅子旁，脸上挂着紧张。

"来，丹谊，你先坐，等我几分钟。"总经理看出了她的紧张，指了指椅子，招呼她落座。

王丹谊小心翼翼地坐下。她不敢四处张望，只是低着头，左手绊着右手，整个办公室里安静得只剩下总经理敲击键盘的清脆声响。

"你很有上进心嘛！恺宏把你的请求都跟我讲了。"刘伊婷终于忙完手头上的工作，合上了笔记本。

王丹谊无法判断领导这句话是褒奖还是贬责，更无法预测领导对自己请求的处理方法。即便如此，也不能垂头丧气，更何况希望或许已经摆在眼前，近在咫尺，不能在临门一脚时功败垂成。她迅速调整了心态，准备主动争取。

"也不是啥上进心，只是有点自卑。如果想在我们这个行业有所成就，以我当前这个学历很难办到，所以我才想出国读书，提升自己。我本来想直接跟您汇报的，但又怕被您当面拒绝，所以我才请恺宏帮忙先跟您讲一下，希望您不要介意！"王丹谊泰然自若，诚恳地表达了自己的真实想法。

"这的确不能叫上进心，应该叫豪情壮志，还是有策略的豪情壮志啊，开玩笑啦!"办公室里回荡着刘伊婷爽朗的笑声。

王丹谊能够感受到这一句玩笑是总经理对她的认可，她期待着总经理接下来的话语。

"好了，说正事。我们公司确实有调岗的政策，包括去总部，但之前从来没人申请过，所以很多细节并不清楚。这一周多时间，HR一直在和总部那边沟通，直到昨天才确定了具体的申请标准和操作流程。你符合这个标准，只要总部有合适的空缺，你完全可以申请调岗。"讲到这里，刘伊婷停顿了一下，就像所有跌宕起伏的故事情节，必须要在曲折处停顿一下，这样才能凸显故事的饱满，满脸悦色的王丹谊正要表达谢意，刘伊婷却挥了挥手，继续说道，"但是，你现在的情况比较特殊，你要仔细考虑清楚，现在申请调岗去总部的目的是什么，是纯粹为了去美国工作？还是作为留学的一个过渡？恕我冒犯，举一个不恰当的例子，假如现在总部批准了你的申请，你到了美国之后，却没有收到大学的offer，你会怎么办？坚持下去还是打道回府？公司可以接受你把这次调岗作为出国留学的一个缓冲，但如果是打道回府，我劝你现在就打消这个念头。这不论对你、对我还是对我们团队，造成的影响都是credit lost（"很大的损失"）!"

王丹谊陷入了沉思，她从未考虑过这个问题，也没有想到事情会变得这么复杂，竟然涉及公司团队在总部那边的信用，这是作为总经理的刘伊婷必须要深思熟虑的一件事情。

刘伊婷看出王丹谊犯了难，便让她先回去想想，下周再来回复。

"刘总，我冒昧地问下，从申请调岗到公司批准大概需要多久？"王丹谊现在的确无法回答，但她想了解更多细节，再做判断。

"这个不好说，得根据空缺职位的类型来判断。同时，你还有可能面临其他区域同事的竞争，当然，如果你申请我肯定会帮你争取。"没有十足的把握，刘伊婷也只能模糊应对。

"好的，谢谢刘总！我回去先考虑一下。另外，那个推荐信……"王丹谊故作羞怯，既然已经主动争取，那就索性争取到每一处细节。

"你呀！心思真是缜密，我差点忘了，推荐信我会让总部的高层帮你写的，放心好了！"刘伊婷用手指了指王丹谊，露出带有责备的笑容。

"谢谢刘总！"王丹谊起身告辞。

下班高峰期的地铁站人流如潮，驶过了两班列车，王丹谊才被蜂拥的人群挤进了地铁，喧嚣和拥挤被车窗外的昏暗无限放大，难道这就是生活本来的样子？难道这就是工作的最终目标？人生不应有固定的轨道，也不能为驶向前方的列车设置终点站，精彩永远在千变万化中绽放，墨守成规终将变成一潭死水。在地铁门打开的一刹那，王丹谊找到了答案。

走出地铁站，王丹谊伸开双臂，这是她第一次真正领悟到人生的意义，她用尽全力拥抱自己的梦想，连空气中也充满了香甜。

兴奋和喜悦使她忘记了所有的烦扰，连理智也被腐蚀，她把喜悦分享给了陈松涛。可陈松涛的阴沉愁容又让她瞬间恢复了理智。他们没有争吵，连心平气和的交谈也逐渐暗淡。强颜欢笑和言不由衷的祝福让两人都备受煎熬。逃避终究无法挽留倔强。

回忆很甜，可现实苦涩。分手，这个撕碎曾经海誓山盟的词汇，这个摧毁雪月美梦的恶魔，终于成了王丹谊的一种选项。当她向远在万里之外的孟凡晓倾诉自己的痛苦时，梨花带雨。

"我觉得你们还没有到分手的地步。你没错，从某种程度上讲，他也没错，只是在当前这个时间点上，你们的理念发生了冲突。但这个冲突完全不可调和吗？你想想看，当初你对他那么死心塌地，究竟爱他什么呢？如果说他愿意等你，等你回国，你还要分手吗？"孟凡晓在手机的另一头苦口婆心地相劝，宁拆一座庙，不毁一桩婚。

是啊！他们的矛盾发展至此究竟为何？分手又为何？如果他愿意等她回国，她还要分手吗？王丹谊没有答案。

幽静的窗外，一轮上弦月显得有些暗淡，不知谁在上面挂了一丝哀怨。

风和日丽，春暖花开，磐鼎公司全体员工在周五、周六两天自驾游去千岛湖，庆祝第二款改良芯片成功流片，以及第一款芯片被客户顺利验收，这第一个客户自然是黄启明。当然，这次游玩也是这位背后老板出资，犒劳大家。

短暂放松之后，丁鹏重新披甲上阵。磐鼎公司成立的目的不仅仅是填补黄启明公司的供应链这么简单，他们怀揣宏图大志，要在国内数字芯片的乱局中划出属于自己的一片领地。

丁鹏于周日下午赶到了中山，他此行的目的是攻克另一座堡垒。当天晚上，他和黄启明、郑修睿三人相聚在某一处海鲜酒楼。

"哎哟，丁总，恭喜恭喜啊！"刚一进门，郑修睿就左手压右手，送上了他笑呵呵的祝贺。

"哎呀，郑总，同喜啊同喜！"丁鹏也同样调侃道。

黄启明招呼郑修睿落座。由于现在三人的合作伙伴关系，他们之间省去了之前冗余的客套，以调侃、吹捧开篇，然后直奔主题。

"第一款芯片已经通过了样品验收，磐鼎也已进入我们公司的供应商名单，我在微信上跟你讲过。但现在遇到个棘手问题，设计那边还是坚持用之前的那颗主控芯片，他们不想改方案，另外一个也是怕担责，万一出问题，殃及自身。"郑修睿简单概述了问题所在。

春节后，丁鹏已经拜访过四次郑修睿的公司，每次都有收获。在郑修睿这位生产运营总监的配合下，磐鼎很容易就获得了样品评估的机会。但他终究不能代替丁鹏，在公司内部对于磐鼎的帮衬不能太过于明显，所以丁鹏仍要定期拜访，与每一位业务相关者沟通。作为磐鼎的创始人，丁鹏也在郑修睿的引荐下认识了公司的高层，包括运营副总、供应链副总、产品线副总等。但和这些高层领导的初识并不会对业务带来多少益处，他们的阅历、知识、人脉远在丁鹏之上，他们手中的权力又不知被多少人惦记。所以，这些关系的耕耘难度要远甚于其他人，丁鹏只能从长计议。

当万事俱备，正当要擂鼓鸣锣、驰骋疆场之际，半路却杀出个程咬金，阻断了去路。难道就此勒马止行？丁鹏不甘，战斗迫在眉睫，不能这般轻言放弃。

"设计可以直接拍板？他们有这么大权力吗？"根据在其他客户那里总结的经验，丁鹏在寻找突破点。

"据我了解，公司并没有明确的规章制度禁止设计部门的这种操作。一般情况下，如果设计选定了某家的芯片，只要价格合适，通常不会有其他人反对。"郑修睿的回答令他自己都感到了失望。

"如果我们的性价比更高，那么会不会有其他部门站出来反对，比如采购？"丁鹏没有放弃，继续挖掘。

"你这倒提醒我了。新来的那个管供应链的副总，就上次介绍你认识那个，他对设计部门挺不满的，看不惯他们平常的颐指气使，有几次采购评估大会上，设计部门的几个经理几乎都要对他发号施令，更别说采购部门其他人。估计也是忍气吞声惯了，谁叫他们属于服务部门呢！"郑修睿的一番话突然给这昏暗的房间开了一扇明亮的窗。

"所以，如果采购愿意站出来，这件事情仍有希望，对吧？"丁鹏勒紧了缰绳，做好了冲刺的准备。

"这里有两个问题：第一，如何说服采购站出来，像刚才修睿兄讲的那样，毕竟他们已经习惯了这种被使唤的角色；第二，即使他们站了出来与设计部门抗衡，又如何能保证采购一定支持我们呢？"在一旁静静聆听的黄启明突然开口，他的分析切中要害。

"启明兄，你分析得很到位，这是关键的两步，暂时还没有答案。我的想法是，明天我先去找采购聊聊，修睿兄继续在内部打听消息，明天晚上我们再碰头。"三人都没有更好的方案，只能如此。

周一，丁鹏在郑修睿公司待了一天。他先拜访了设计部门的几个人，得到的反馈与郑修睿的描述如出一辙。设计部门铁板一块，很难攻破，进攻点只能放在采购身上。下午跟采购见面时，丁鹏本来想用激将法挑起他和设计部门之间的矛盾，结果，丁鹏刚抱怨完设计人员的独断专行，采购自己却开始了对设计部门的吐槽，滔滔不绝，这足以证明他平时被设计人员欺压得有多惨。最后，他跟丁鹏保证，只要磐鼎给出的价格合适，他就会去说服采购部门的老大，把订单转给磐鼎，要挫一挫设计部门的威风。借着他的承诺，丁鹏立马询问了当前的价格，采购闪烁其词，故意避开丁鹏，眼睛向右上方翻，过了好一会儿，他才说出了一个数字。他这点说谎的小伎俩如何能骗过精于人情世故的丁鹏，但丁鹏并没有当场拆穿，也没有对这个数字进行评判，只说自己要回去重新算一版价格再进行比较。他的收获不是采购报出的虚假价格，而是采购与设计部门之间不可调和的矛盾。

下班后，三人如约在黄启明的办公室会面，丁鹏首先讲述了他今天得到的信息。

"采购讲的价格是多少？"黄启明听完他的讲述，首先发问。

"是这个数！"丁鹏用右手比画了一个数字，然后继续说道，"当然，他不可能告诉我们竞争对手的真实价格，他的目的无非是压价。据我估计，真实的价格至少要比这个高出 10 个百分点。另外，我也不太相信他能说服采购副总，但是他加上我们就可以！"

"什么意思？"郑修睿不太明白丁鹏最后这个故弄玄虚。

"修睿兄，你那边都有啥发现？我一会儿再讲我的分析。"丁鹏仍然在卖关子。

"我主要跟另外两家供应商聊了聊，他们都觉得如果设计部门还是这样坚持，那他们只好退场。"郑修睿垂头丧气地说道，仿佛磐鼎也要跟着一起退场。

"他们最好退场,我们要登场!"丁鹏的言语中充满着自信。他开始讲述自己的计划,郑修睿瞪大了眼睛,仔细听着。

在下周二采购大会召开之前,磐鼎会放出风去,和其他几家供应商一样,退场。与此同时,郑修睿要继续向外界传递这批订单由设计部门内定的信息,以确保其他竞争对手真正退场。接下来是计划中的重点,打听真实的报价,越接近越好。紧接着,便要想发设法约见供应链副总,丁鹏会带去让他足以杀掉设计部门锐气的一套报价方案和精心准备的挑拨离间的语言。

"那如果其他竞争对手也有这种想法怎么办?"郑修睿还是觉得有些冒险。

"但他们没有修睿兄你啊!你的主要任务就是努力让他们退场!"丁鹏看出了郑修睿的退缩,又说了一些鼓励的话。

"我觉得丁鹏这个计划不错!如果真有竞争对手想到了同样的方法,甚至最后胜出,那只能说明我们的竞争对手技高一筹,并不是我们不优秀。"黄启明的话同时鼓励了郑修睿和丁鹏两人。

"另外一个,约见副总的时间也挺关键,最好是周一下午。这样既给采购预留了少量的准备时间,又可以防止竞争对手窃取我们的报价方案。修睿兄,我先约,实在不行,还得你出马!"丁鹏缜密的心思给计划上了一道新保险。

接下来几天,丁鹏撕下了那张尊贵的脸皮,把它塞到裤兜里,使出了浑身解数,对采购软磨硬泡,诱之以利,动之以情。最终,采购透露了另外一个报价,比上次的数字高了 6 个百分点。虽然丁鹏仍觉得他有所保留,但当前这个报价已经在可接受范围内,并且可以作为参考依据。郑修睿也打听到了几个竞争对手的报价,普遍比采购给出的新价格高出 10 个百分点,同时也确认了他们已经退场。

"竞争对手的价格肯定不可信,要打折扣,所以综合一下,我觉得当前真实的报价应该比采购给出的新数字还要高出 3 到 5

个点。"丁鹏根据自己的经验和收集到的情报，对当前的价格乱局进行了分析，然后又讲出了自己的策略，"根据这个判断，我的想法是就按照采购给出的这个价格报价，带着我们的诚意给足他面子，这将是一个助力采购部门翻盘的重要筹码，他们不得不慎重考虑。"

"那如果采购给出的是真实报价呢？那我们的价格就跟他们一样了，这样做会不会有风险？"郑修睿平日的乐观全换作了愁容。

"我觉得这个可能性不大。采购永远不会向供应商透露竞争对手的真实报价，说出的价格永远要低于他们的预期值，这是作为采购第一天就被培训过的。退一万步讲，即使他跟我讲的是真实价格，那也无妨，既然有两家供应商的价格一样，他们仍然可以去跟设计部门理论。"丁鹏讲完看了看黄启明。

"你和供应链副总约好没？"黄启明问丁鹏。

"约到了周一上午 11 点，时间不是最好，但也不是最差！"丁鹏回答道，他不知黄启明突然问这个问题是何意。

"上午 11 点正好！你跟他会面时那个采购应该也会在场吧？把我们的价格方案报出来之后仔细观察他们的言语举动，这点你应该比我强。在你挑拨离间语言的攻击下，如果觉得这个筹码不够，他们肯定会当场提出异议。否则，那就代表我们的报价已经打动了他们，足以让他们去抗衡设计部门的趾高气扬，他们的满意肯定在面部表情上有所体现，到时候注意观察。如果他们提出异议，你当场就表示，我们下午会重新给他一份报价，我们就是要连环攻击，给足他们给养去冲锋向前！"黄启明讲到最后显得有些兴奋，然后又问道："你们觉得怎样？"

丁鹏和郑修睿连连点头，随后他们又讨论并优化了准备展示给供应链副总的资料。蓄势待发，准备迎接即将到来的大考。

回到酒店，在三分醉意之中，丁鹏想到了幕雨珊。他在无数个类似的场景下想到的第一人便是幕雨珊，尤其在两人断了联系的五年之中。他打开手机，看着两人拥抱在一起的合影，喜悦油然而生，他爱的人也爱他，幸福原来可以如此简单。他翻开幕雨珊的朋友圈，看着她可爱的女儿，虽未谋面，但从照片就能看出小丫头的恬静乖巧。丁鹏喜欢这个小丫头，会待她如亲生，因为他喜欢小丫头的妈妈，对他而言，幕雨珊的亲人便是自己的亲人。这是丁鹏对幕雨珊爱的承诺，这是幕雨珊对他爱的嘱托。

丁鹏靠在床头，翻看着两人甜蜜的聊天记录，但并没有给她发微信。最近几个月，幕雨珊的主要精力都花在搜集郑若文出轨的证据上，二人早已貌合神离，等到时机成熟，她会主动提出离婚。在这关键时间节点，本方不能乱了方寸，被对方抓到把柄。所以丁鹏用自己的身份证又办了两个手机号，一个给幕雨珊，一个留给自己。两人还约定，只能幕雨珊主动联系丁鹏，反之不行。

怀里的手机屏幕上还显示着这对恋人甜蜜的照片，思念已经困倦，思念的人也一同进入了梦乡。

周一早上 10 点半，丁鹏就已经坐在了一楼的访客休息区，直到 10 点 50，采购才下来接他。在去副总办公室这简短的两分钟路程里，他还不忘向采购打听其他竞争对手的消息。

丁鹏本想在简短的寒暄过后，先分享一下自己精心准备的一些行业前沿科技与新闻，以便快速拉近本次会面的融洽氛围。奈何他刚讲了两句，就被副总打断，直接进入主题，足见副总的果敢与雷厉风行。

于是，丁鹏打开了PPT，慷慨激昂地讲着前面几页关于磐鼎的公司介绍、产品规划等，可副总并不感兴趣，只是斜靠在椅子上静静地盯着电脑屏幕。直至丁鹏把PPT翻到第五页，也是这份材料最核心的部分。当看到针对这次订单的具体报价方案时，副总的坐姿终于从斜靠变成了前倾。他关心表格里的每一个数字，对表格下方的每一项条款都感兴趣。前面四页材料的讲解，丁鹏花费了不过五分钟，而单单这一页，就足足讲解了十分钟，而这讲解更确切的定义应该是回答副总的问题。

当合上笔记本电脑时，丁鹏看到坐在旁边一直没有言语的采购嘴角上扬，露出了窃喜的模样。这是一个让人感到舒心的积极信号。

"侯总，您这么忙，感谢您抽空接见，让我有机会介绍我们磐鼎的方案。不过我上周跟设计部门那边聊了聊，他们坚持用之前的方案，一点机会都不给我们，即使我们的价格有优势。太蛮横了，如果他们一直这么做，不管是我们磐鼎还是其他供应商都会变得很被动，到最后损失最多的可能还是你们，我觉得他们缺少大局观。但不管怎样，还是感谢侯总您今天能赏光，如果这次没有机会，希望我们后面可以合作!"丁鹏的脸上写满了委屈和不甘。

他淋漓尽致地诠释了那句对销售既褒又贬的经典评语：每一名成功的销售也是一名出色的演员。

"他们没这个权力，公司不是他一个部门说了算的!"副总说着站起身来，与丁鹏握手谢客。

出了办公室，丁鹏本想拉着采购去食堂吃午饭，可被他拒绝了。

"如果明天你们拿到了订单，记着请我吃大餐就行，今天这顿免了啊!"采购的玩笑半真半假。

"那肯定不止大餐那么简单了哈!"丁鹏送去一个会意的微笑。

整个下午，丁鹏几乎都坐在一楼的访客休息区，紧盯着可能出现的竞争对手，以备随时出击。虽然并不是所有的竞争对手他都认识，但可以通过是否被同一个采购接待来进行判断。庆幸的是，一直到下班，也没有竞争对手出现。

周二，丁鹏在11点赶到了公司食堂，和采购一起吃了便饭，他想在下午的采购大会之前再了解一些细节，以便及时修改方案中可能存在的不妥之处。可无论丁鹏如何死皮赖脸、拐弯抹角，采购都是守口如瓶，只让他静待下午的结果。

下午3点半，丁鹏收到了郑修睿的微信，只有短短四个字：会上，赢。又过了半个小时，采购也发来了信息，让丁鹏在休息区等他。

"丁总，恭喜了啊，这次订单三七开，你们七。会上的激烈程度你无法想象，侯总和我跟设计部门吵得不可开交，抢回这次订单用虎口里夺食来形容，一点都不夸张。虽然没有拿到全部，但我觉得已经是很大的胜利了，不管是对你还是对我们!"采购的邀功很委婉，但丁鹏又怎能不明白呢。虽然对丢失了三成的订单感到不甘，但他仍面呈悦色，用惊喜的表情向采购表达感激。

正在此时，郑修睿也从电梯口出来，正要往休息区这边走，他和丁鹏两人刚好互相看到对方。丁鹏迅速转移了视线，郑修睿心领神会，径直往门口走去。

"真是感激涕零，那我们今天晚上老地方?"除了口头的真诚，丁鹏还要奉上闻得到摸得着的谢意。

"周五吧，这几天上班不太方便。"面对丁鹏的邀约，采购没有委婉拒绝，只在日期上做了调整。

晚上，在黄启明的办公室里，三个人各抒己见，对打单的整个过程进行了复盘，对暴露出的缺点和优势分别做了总结，对该客户未来的策略进行了讨论。

"修睿兄，你在会上，采购部门真的跟设计部门吵得不可开交吗?你觉得这三成的分单是不是他们两个部门之间互相妥协的结果?"虽然赢了七成订单，但终究还是丢了一部分。作为一名合格的销售，丁鹏必须搞清楚其中的原因。

"你猜得没错，这三成的确是他们互相妥协的结果。"郑修睿竖起了大拇指，然后继续解释道，"会上不止我们这一个单子，还有很多其他采购需求。设计部门这次刚好做了代罪羔羊，侯总要杀鸡儆猴。当采购部门把我们和竞争对手的报价方案亮出来的那一刻，其实侯总就已经赢了。虽然设计部门有千百个理由据理力争，可侯总只拿数据说话，以公司的效益作为唯一评判标尺。但最后他还是做了妥协，灭一灭他们的威风就行，彻底得罪不是最终目的。所以侯总又以不耽误项目进度这些莫须有的理由，划出了那三成的份额。"

　　"我应该早想到这种结果，当时的阶梯报价方案还是不够细致，要不然可以全部拿下的。"丁鹏多少有点自责。

　　"没用的！除非我们的价格真低到让他们无法拒绝，要不然订单的拆分避免不了。换作是你，也不会为了一个订单彻底得罪其他部门，也会采用这种均衡的做法，毕竟后面还需要继续合作。不管怎样，我们开张了，这就是胜利！"作为磐鼎的实际控制人，黄启明对丁鹏取得的成绩已经很满意，他送上了自己的劝慰和鼓励。

　　周五晚上，丁鹏和采购的娱乐活动直到第二天凌晨2点才结束。浓浓的醉意加上胜利后的喜悦让最近一直处于紧绷状态的身躯得到了彻底放松，一觉睡到了中午。起床后赶紧收拾往机场赶，回到浦东时已临近傍晚。刚到家，陈松涛就给他带去了一个新消息：刘景羽和李欣妍下周末办婚宴。

　　"估计这两天他就会跟你说，你去不去？"陈松涛问丁鹏，得到肯定的回答后，他便开起了玩笑："一个人去？"

　　"那肯定啊！低调低调。"丁鹏嘴上这么说，可心里却是另外一种想法。他希望可以光明正大地带着幕雨珊出现在众人面前，让所有人都看到自己的真爱。他就是要炫耀，炫耀爱情的苦尽甘来。

　　拖着沉重的行李箱，丁鹏推开自己房间的门，一缕淡淡的惆怅洇染了眉间心上。幕雨珊已经一周多没有联系自己，难道她出了什么事情，难道……丁鹏不敢想。现在，他随时都把两部手机带在身边，时刻准备着。躺在床上望着天花板时，坐在桌子前发呆时，甚至在厕所蹲马桶时，他都无时无刻不拿着手机，把微信铃声调到最大外加震动模式。

　　周一下午，拜访完客户，丁鹏终于收到了那条望眼欲穿的微信。两人约定明天趁着王丹谊和陈松涛上班的时间，就在丁鹏的房间见面。幕雨珊的最后一条信息是一个深情拥抱的卡通表情。

　　"你谈得怎么样了？郑若文那边什么态度？"恢复了平缓呼吸的丁鹏终于讲出了两人见面后的第一句话。

幕雨珊已经把搜集到的证据和离婚协议书摊给了郑若文，即使郑若文再三挽留，幕雨珊并不言善，只是让他考虑，择时签字。

为了安全起见，幕雨珊并没有随丁鹏一起参加刘景羽和李欣妍的婚宴。

他们已于五一期间在宁波举办了盛大的婚礼，在上海这个婚宴更像是一场答谢宴，感谢同学和同事的祝福。

因为 Lisa 有孕在身，而且再有两个月即将分娩，她给一对新人发了微信祝福，徐留意只身前往。陈松涛并非孤身，王丹谊随他一同前往。

上周末，当他询问王丹谊是否一起参加时，已经做好了被拒绝的准备，可令人感到意外的是收到了肯定的答复。陈松涛欣喜若狂，以为王丹谊已经回心转意，想借此机会改善两人的关系，然而，事实恰恰相反。

上次和总经理会面之后，王丹谊反复挣扎和思考了几天，并于第二周答复了总经理，意志坚决地申请调岗去美国总部工作，不论留学成功与否。之后又与总部通过邮件以及视频电话的方式来回沟通，于上周正式提交了转岗申请，只待总部有合适的职位空缺并通过面试之后，她便可以直接前往。她还没想好怎么对陈松涛讲，怎么向这段感情告别，却在上周末收到了陈松涛共同赴宴的邀约。或许离别前的温柔才是对这段感情最真挚的告别，分手也可以快乐。于是，王丹谊决定在收到公司的转岗确认邮件或者学校的 offer 之前，收起自己的刻薄寡思和铁石心肠，重新以倾心恋人的身份给予陈松涛短暂的陪伴，回到最初的模样跟最甜蜜的时光说再见。

既已愧对了爱情，却不可再负了韶华。

7 月底，徐留意迎来了心爱的宝贝女儿，丁鹏和陈松涛在第一时间送上了祝福，外带红包。在家陪伴了 15 天之后才重新返岗，徐留意给同事们准备的喜蛋也别具一格，脸上无时无刻不挂着笑容，手机的背景图也换成了女儿的照片，喜悦溢于言表。

随着业务的拓展和客户的增多，丁鹏已经有些力不从心。一周七天，几乎每天都在路上，疲惫自不必说，精力的分散也不利于业务的拓展。经过深思熟虑，他决定招募一名销售人员来帮自己分担部分业务压力。但优秀的销售人员怎能轻易被发掘呢！通过多种渠道，他联系并面试了几位候选人，但最终都无缘合作。要么他看上的要价太高，要么要价合理的他看不上，结果两个月下来没有找到一位志同道合的战友。

2015 年 9 月 21 日，星期一。研发团队刚开完周会，便快速进入到了工作状态，大家各司其职，办公室里又响起了声调不一、旋律斑驳的键盘敲击声。丁鹏在办公室里打着忙碌的电话。

上午 11 点，磐鼎公司门口突然喧闹起来，还没等大家反应过来，身着公安和特勤制服的一群人迅速涌入公司，并且一对一地站在每一个工位旁边，同时还有四名警察进入到丁鹏和财务的办公室。

"所有人都听好，全部起立，手要离开键盘，手机全部放在桌子上！"有一名警察大声命令道。

已经就位的特警人员不容分说，把呆坐在椅子上的员工全部拽起，用一个透明袋子将员工的手机包裹起来并标注对应者的姓名。他们目光犀利、面无表情，紧紧盯着自己看护的对象。

磐鼎的所有同事面面相觑、胆战心惊。谁能预料到，这种只在影视作品里面才会出现的场景竟然毫无征兆地发生在自己身上，究竟发生了何事，无人知晓。

与此同时，两名带着特殊装备的警察进入服务器机房，片刻，所有电脑上的 VNC 软件自动退出。

VNC 全称"Virtual Network Console"，即"虚拟网络控制台"，是一款基于 Linux 和 UNIX 操作系统开发的开源远程控制软件。它由两部分组成：一部分是客户端的应用程序（vncviewer），另外一部分是服务器端的应用程序（vncserver）。绝大多数芯片设计公司的源代码和其他重要资料都保存和运行在服务器上，每名工程师的电脑只是一个客户端，他们只能通过此客户端上安装的 VNC 去访问服务器上的信息，所以只要警察控制了服务器，客户端的应用程序便随之失效。

在 VNC 闪退的那一刻，徐留意仿佛明白了警察突袭的原因。他转身，刚好与韩宇飞的目光碰撞，通过眼神的交流，两人确定了各自心中的答案。

徐留意心慌意乱、胆裂魂飞，他额头冒汗、脊背发麻，再也没有了往日的潇洒狂妄。他开始胡思乱想，自己是否会被抓？被抓之后会判几年？如果判刑了，老婆孩子怎么办？……他给自己设定了一连串的假设，在悲观的高速公路上疾速行驶，直到路的尽头，在万丈悬崖前，面对极限的危险时，他却突然冷静了下来。既然危险已无法避免，那就坦然面对，过了这道坎仍旧是豪杰一名。当恐惧退却，理智恢复，周晨这个名字也终于再次出现在徐留意的思路中。他没想到周晨会如此心狠手辣，完全不顾曾经的同事情谊、伙伴关系，而且事先没有任何沟通，他的目的很明确，就是要直接击垮丁鹏，不留任何余地。商场果真如战场，而且你往往会在敌暗我明、毫不知情的情况下遭受沉重打击。如果换作是他，他会做出同样的决策吗？徐留意用良知叩问自己的灵魂，可他没有答案。

他不会做出同样的选择，虽然表面放荡不羁，但内心却充满了仗义和良善，这也是他成为商人不可逾越的屏障。商人重利轻别离，他们的最终目的是利用一切可能的手段追求利益最大化。所谓的友谊、情感在利益面前统统让位，面对市场的残酷竞争，不进则退，心狠手辣往往也是他们一种无奈的选择。

面对客户的丢失，周晨心急如焚。当得知抢夺自己客户的竞争对手是曾经的合作伙伴丁鹏时，他怒上心头；当自己胸有成竹地重新招募曾经的员工韩宇飞却被漠视和拒绝后，内心仅存的那点友善化为乌有。他只能祭出最后一个选项。

进入 4 月，得知磐鼎的芯片已经正式对外销售后，周晨通过多种渠道，在一个月后获取了小批量的该款芯片。随后，他便委托第三方公司对这批芯片进行各层电路版图的破解，反向提取

GDS 文件。拿到该文件之后，经过与负责 PR 的同事商议，他们开始收集磐鼎公司侵权的证据，多项举措并施：第一，在公司内部秘密进行磐鼎和海格创新两家公司芯片 GDS 文件的比对，由 PR 同事负责，比对的重点放在徐留意和韩宇飞离职前的芯片设计上；第二，继续委托第三方公司通过做各种实验收集更多的产品量测数据；第三，通过其他方式继续打听该款芯片以及磐鼎公司背后隐藏的信息。

经过将近两个月的努力，在数据的支撑下，磐鼎公司侵权的证据链条逐渐清晰：

一、两款芯片模拟部分的版图结构相似度几乎100%。

二、两款芯片的 mem floorplan 和某些关键数字模块的区域布局相似度几乎100%。

三、通过热成像分析，两款芯片在多种同样的工作模式下，热点分布曲线图相似度几乎100%。

四、两款芯片的裸片尺寸大小非常接近，在相同的工作场景下，两款芯片的功耗、数据延迟、工作频率几乎保持一致。

五、两款芯片采用的是同一家 Fab 的同一款工艺，周晨甚至怀疑里面的 IP 也原封未动、照搬照抄。

六、根据多方渠道获得的数据，经过估算，海格创新因为这次侵权遭受的经济损失约为人民币 400 万元。

带着这些数据和证据，周晨走进了公安局。由于涉及的侵权金额较大，而且是不常见的芯片领域，所以办案民警极为重视。为了不打草惊蛇，防止磐鼎公司得到消息后删除相关数据，在周晨的建议下，同时也征询了某些专业人士的意见，公安机关直接从 Fab 工厂调取了磐鼎公司第一款芯片的 GDS 文件，进行秘密取证工作。经过专业检验机构的提取和比对，得到的数据与周晨提供的证据基本一致。于是，在取得了检察机关的批捕手续之后，警察突袭了磐鼎公司。

两名带着专业装备的警察走出了机房，关上门并贴上了封条。他们又继续在不同的房间搜索着什么。

在丁鹏的办公室里，警察向他出示了一张纸，那可能就是逮捕令，这是徐留意根据影视剧的情节产生的猜想。丁鹏神情慌张、气弱声颤，外面的同事完全听不清他在讲些什么，看守他的警察同样面无表情。

这个时候，有同事向旁边的警察请求去卫生间，话刚说出口便遭到严厉的呵斥："不准讲话，内急憋着。"

那两名专业的警察检查了公司的每一处角落，翻遍了每一个柜子抽屉，然后向站在屏风后的一名警察做了报告。很显然，这名警察应该就是这次行动的指挥官，徐留意隐约听到报告的内容，简短四字而已："检查完毕。"

又过了一会儿，那名严厉的警察走出丁鹏的办公室，同样向指挥官做了汇报。随后，该指挥官的左手在空中划了半个圈，旁边得到授意的警察，拿着一个箱子收走了所有人的手机。

"所有人都听好，一会儿出去的时候严禁互相交谈，保持安静，如果有人想上厕所，现在举手。"指挥官威风赫赫，他的话音刚落，徐留意看到几乎所有的同事都举起了手，包括他自己。

此时，丁鹏也在旁边警察严密的看护下，走出了办公室。他朝向徐留意的方向看去，目光坚定，微微点头。徐留意明白，他这是在向自己传递信号，传递一个他会兑现诺言的信号。

当警察在宣读逮捕令时，丁鹏也就明白了整件事情的缘由。恐惧、愤恨、牵挂、忧虑，各种复杂的思绪交织在一起，不知顾及哪一个。他想到了影视剧里那些有关监狱的骇人情节，不知自己将会被判多久，恐惧不由自主地产生；他未曾想到周晨会如此不念丁点旧情，瞬间怒火中烧；他想到了自己的父母，挂念着幕雨珊，她应该不会那么痴情地等待，上天，你为何要如此捉弄！他看到了所有同事的沮丧，难道刚刚起步的事业就此戛然而止？自己还会有从头来过的机会吗？

　　所有的思绪猛烈碰撞，丁鹏头昏脑涨。他手扶着桌沿，身体仿佛被绑了巨石，正从悬崖边快速坠落。直到逮捕令被宣读完毕，警察疾言厉色的问题才让他重新站回到了悬崖边。

　　他在记忆里快速收集有关法律的常识，可惜只记得在面对警察的盘问时，不能轻易作答，每一个答案都必须经过深思熟虑。此时此刻，必须谨言慎行。他手掐胳膊，让自己快速清醒。

　　在小心翼翼回答警察问题的同时，丁鹏注意到了徐留意一直凝望着自己，仿佛从他哀怨的眼神中看到了渴望与祈求。

　　当初为了赶进度，是丁鹏催促他用更激进、更冒险的方式，也是他亲口向徐留意承诺会承担一切后果。然而，当祸难真正降临之时，丁鹏要履行承诺、承担责任，还是弃卒保帅、明哲保身？若是后者，丁鹏会因为把责任推给徐留意而免受牵连吗？这是一个极度考验人性的时刻。

　　感性怯场，只有理性在剧烈斗争。

　　良知又让丁鹏想起了徐留意对自己的仗义和几乎毫无保留的支持。是的，他对自己有情，更何况他的女儿刚刚满月，他不能无义。事情发展到这种地步，全是自己膨胀的野心导致的，那后果就由他一人来承担。可幕雨珊怎么办？他们的感情该去往何处？她会等他吗？难道他们注定无缘？感情和事业、爱情和友情，他该何去何从？

　　在走出办公室的那一刻，丁鹏拭去了眼角的泪水，他用坚定的目光向徐留意传递了自己的选择。

　　所有人被带到了公安局做笔录，到晚上下班时，除了徐留意、韩宇飞和丁鹏，其他人已全部离开，并拿回了自己的物品。

　　拿到手机之后，财务第一时间通知了黄启明，电话那头的黄启明毫无思想准备，惊讶之余并没有完全乱了阵脚。挂完电话，他立即预订了第二天最早飞往上海的航班，并联系了公司的法务，开始聘请律师。他这么做的目的，除了为丁鹏辩护之外，也为了提前准备，在万不得已的情况下保全自己和公司。

　　徐留意和韩宇飞在将近午夜时才离开公安局。由于已经收到了丁鹏坚定的承诺，在面对警察的盘问时，徐留意讲了很多专业的东西，而对于自己涉嫌侵权的误导性暗示，他全部否定。韩宇飞更是如此，坐在警察对面，虽然有些怯懦，但他行得端、做得正，所以回答也更加理直气壮。同时他也庆幸自己内敛的性格，平时不会主动向丁鹏打听公司的事情。当警察向他盘问一些关于丁鹏和公司的情况时，他只能无奈且真诚地回答不知道。周晨报案时明确的侵权嫌疑人为丁鹏，徐留意和韩宇飞虽是公司的两名高管，但他们只是被传唤来协助调查，并没有直接证据证明他们参与了本案，所以在被传唤了将近12小时后，警察将他们释放。

他们拿到手机的第一件事情便是给家里人报平安。

站在公安局门口，两人感受到了上海初秋凌晨的凉意。

徐留意脊背发麻，那是身体对恐惧的真实反应；他的内心在颤抖，那是恐惧和感动的双重反应。丁鹏果真坚守了诺言，他不能凉了丁鹏的情、负了丁鹏的义，徐留意开始在心里盘算着能为丁鹏做些什么，如何才能保住磐鼎。

"飞哥，现在事情已经发生了，我先表个态，我不会离开，希望你也是。我是这样想的，明天我们两个厚着脸皮去找周晨，求他网开一面，看在曾经同事一场的份上可以撤案，放过丁鹏！"徐留意直接讲出了自己的方案，可他的想法太过简单。

"我也不会离开，但我觉得周晨不会轻易撤案，你想想他的为人，不达目的他不会罢休。明天我们先跟黄俊联系一下，看看能不能从他那边了解一下周晨的真实想法。是真的要置丁鹏于死地，还是只想惩罚他一下，可以通过赔偿或其他方式和解。明天我们还得跟财务商量一下如何跟黄总沟通。"韩宇飞的分析更切合实际。

"我觉得财务肯定已经跟黄总讲过了！"徐留意信誓旦旦，不知从哪里来的自信。

"没关系，我们明天先到公司问问他。"韩宇飞从未和徐留意有过如此真诚的沟通，面对同样的困境，他们都没有逃避，而是选择了一起面对。

　　半个多小时后，两辆网约车在公安局门口稍作停留，便急匆匆地消失在困倦的夜色中。

　　第二天一大早，徐留意便拨通了陈松涛的手机。听到丁鹏被捕的消息后，陈松涛无比震惊，他的第一反应也是先去找周晨求情，甚至还想到了让文杰帮忙。但他立刻打消了这个念头，曾经的冷眉冷眼如何能换回而今的鼎力相助！况且，文杰与周晨的关系早已降至冰点。陈松涛束手无策，只能寄希望于徐留意他们的方法。

　　走到公司门口，徐留意傻了眼，玻璃门上被贴了呈叉号形状的封条，他从来没觉得白底黑色可以这么刺眼扎心，跳跃的倔强灵魂瞬间被宣判了死刑。他打开微信，正准备发信息时，韩宇飞也赶到了。看着冷峭的封条，两人心灰意冷。正当他们一筹莫展之际，财务给徐留意打来了电话。

　　"黄总的飞机刚起飞，他约我们 11 点在公司见面。"电话里的声音颤颤巍巍，听得出，财务惊慌未消。

　　"别来公司，办公室门都被封了！"徐留意一脸无奈。

　　"那你们在楼下的咖啡厅先坐会儿，我一会儿也赶过去，我们在那里等黄总吧。"电话那头的财务发出了一句惊叹，停顿了几秒，才缓缓回过神来。

　　徐留意在公司的微信群里通知大家，休息一天。

　　飞机着陆后，看到财务发来的信息，黄启明就把见面地点改在了自己入住酒店的餐厅。

　　"昨天大家都受了不小惊吓吧！我已经通知公司法务聘请了律师。律师一方面是为丁鹏辩护，另一方面是维护我们公司的利益。公司被临时查封是公安局办案搜集证据所需，大家不用过分担心。律师会时刻盯着进展，他会帮我们争取早日解封。"黄启明的到来本身就是对徐留意和韩宇飞的鼓舞，他用实际行动安抚着公司这两位骨干。

　　"黄总，你觉得丁鹏会被判刑吗？"徐留意还是关心这位仗义的兄弟，他多么希望资历、阅历都远胜于自己的黄启明可以神通广大到能够直接救出丁鹏。

"我不知道，这个还得看原告那边和检方提供的证据以及我们律师的努力。但不论怎样，我这边都不会轻易放弃丁鹏，更不会丢掉大家不管。我们磐鼎仍要继续发展，而且要比之前更好地发展。我希望你们也不要放弃，大家聚到一起就是缘分，这个坎儿我们一定可以迈过去，为丁鹏、为磐鼎、更为我们自己！"黄启明的确不知道丁鹏的结局将会如何，但他自己必须充满信心，如此这般，才能向员工传递希望。

他坚定的信念和铿锵有力的表达深深激励着徐留意和韩宇飞，两人备受感动。

"黄总，你放心，丁鹏是我们的兄弟！昨天晚上我跟飞哥已经商量过了，我们要坚守在磐鼎，不会轻易放弃，像你说的那样，为丁鹏、为磐鼎、更为我们自己！"徐留意也表达了自己坚定的态度。

激动之余，他忘了分寸，跟大家分享了丁鹏对自己的承诺。

韩宇飞惊讶不已，他没想到丁鹏竟会如此义薄云天、一诺千金，随后也做了同样的表态。

黄启明拍着两人的肩膀，他们的决心和信任使自己感同身受。他敬佩丁鹏身上这种充满侠义的人格魅力，即使他可能面临牢狱之灾、前途未卜，却仍有兄弟朋友愿意追随，为他坚持。黄启明对丁鹏的好感呈数量级地增加，他也在心里认下了这位兄弟。不管因为这件事情丁鹏的结局如何，只要将来他愿意从头来过，自己必助他东山再起。

晚上，黄启明又召集了公司的全体员工聚餐。席上，他更加慷慨激昂，每一句话都掷地有声，大家深受鼓舞，士气高涨。

"我已经咨询过律师，这种临时的查封一般不超过三个月，待侦查阶段结束，会立即解封。在这三个月时间里，大家的工资一分不会少，这是我向你们做出的承诺。同时，我也希望大家不要放弃，一起努力，我们一定会度过这道难关。磐鼎不散，我们继续勇往直前！"黄启明停顿了一下，举起了自己的杯子继续说道，"大家不要沮丧，来！我们以茶代酒，敬我们自己，也祝愿丁总可以化险为夷！"

徐留意先行举杯，大家互相加油鼓劲。

丁鹏被捕后的第三天，幕雨珊通过王丹谊知道了这一消息。这噩梦般的打击让她猝不及防，她疯狂地给陈松涛、徐留意打电话，想要知道丁鹏的结局如何，可谁也无法准确回答。她开始上网查询类似的案例，通过朋友咨询律师。悲观的答案遮蔽了整片幻想，她陷入了绝望，对未来所有的美好设想全部崩塌。

她向天控诉，她对地呐喊。

她已经对曾经的过错忏悔，并正在努力弥补，苍天为何不依不饶！难道他们的破镜重圆是苍天的痛楚，情疏缘浅才是大地的喜闻乐见？难道她不足以负载这幸福的重量？如果苍天和大地看我不顺意，大可惩罚我一人，为何要伤及丁鹏！难道只有她支离破碎的爱情和千疮百孔的思念才能让苍天和大地心满意足？

宣泄过悲愤的情绪后，幕雨珊渐渐恢复了理性。通过咨询律师得知，如果证据确凿，丁鹏面临的将会是三到七年的牢狱之灾，具体以涉案金额和犯罪情节而定。七年，她要等他七年吗？她会等他七年吗？幕雨珊在叩问自己的灵魂。

而家庭这边，离婚已箭在弦上，难道在这关键时刻，她要松掉那拉满的弓？郑若文会改过自新吗？她还会爱他吗？他们真的能回到从前吗？幕雨珊望着空旷的房间，手脚冰凉，隐隐作痛。郑若文的多次背叛和他父母的疏远，像玫瑰的锐刺，划破了那张粉饰着家庭梦想的画布，点缀的浪漫、和睦早已遍体鳞伤。他们再也无法回到从前了。

幕雨珊幡然醒悟，灵魂告知了她最真实的答案。她无法再承受"若是前生未有缘，待重结、来生愿"的悲壮，也不想再拥有"还君明珠双泪垂，恨不相逢未嫁时"的遗憾。她会在原地等待丁鹏，哪怕耗费七年光景；她要继续追求梦想中的幸福，即使时光的频率变慢，它被放在很远的地方。

依据我国《刑事诉讼法》第八十三条的规定，犯罪嫌疑人被拘留后，除有碍侦查或者无法通知的情形外，应当把拘留的原因和羁押处所，在 24 小时内通知被拘留人的家属或者其所在单位。公安机关会按照犯罪嫌疑人所讲的住址通过快递的方式通知家属。但为了不让父母担心，丁鹏想把拘留通知书寄给陈松涛。当他讲出浦东张江时，警察厉声斥责，他只好清清楚楚地讲出了自己的户籍所在地。当讲出爸爸的名字和电话号码时，泪水喷涌而出，满是自责，他无法想象父母打开挂号信时的反应，这对于他们来讲是一场劫难。他想先给父母打个电话让他们有个思想准备，可警察并不给他机会，理由是在刑拘期间除了律师之外，不允许跟其他人见面通信，包括父母。可律师在哪里呢？谁给我请律师呢？他想跟警察打听徐留意的情况，得到的回复却是冰冷的无可奉告。他感觉如同掉进了暗无天日的洞穴中，不知道时间，分不清方向，叫天天不应叫地地不灵，他大声呼救却无任何回应，安静的连回声都没有，他伸出双臂，摸索前行，却触碰不到任何东西。压抑、孤寂正在一步步吞噬他的意志，他不知还能坚持多久。即便如此，面对警察关于公司的审问，他也只回答了一些基础信息，其他的要等见到律师之后再谈，这也是他从影视剧里学到的桥段。至于律师何时到，是否会有律师，他只能拿人生作为赌注。

第四天，公司委托的律师已经就位，并开始介入此次案情。

第五天，律师在看守所见到了身心俱疲的丁鹏，并受黄启明的委托给他在看守所存了点钱。除了详细了解案情之外，他也带回了丁鹏的嘱托。通过两层传递，这份嘱托最终由黄启明交到了徐留意手中。内容大致如下：

一、让陈松涛帮忙打电话安抚丁鹏的父母，并且劝阻他们，不要来上海，并附带上了爸爸的手机号码。

二、请黄启明主持大局，并请他帮忙向大家致歉。

三、如果着实困难，要解散磐鼎团队，他恳求黄启明给予大家合理的赔偿，这份债务和人情全记在丁鹏自己身上。

　　四、让王丹谊帮忙劝阻幕雨珊，让她不要离婚。

　　第六天，陈松涛把幕雨珊和徐留意叫到了家里，具体商议怎么给丁鹏的父母打这个电话。徐留意对于第二条和第三条耿耿于怀，他没想到身在囹圄之中的丁鹏竟还惦记着公司、惦记着这帮兄弟！情到深处不禁潸然泪下，幕雨珊也早已泪如泉涌。她当然明白丁鹏不让自己离婚的原因，也正是因此，在此刻，幕雨珊才真正领悟到爱为何物。如果爱，那就互相成全，她在坚持，他也不许逃避。

　　"雨珊，先不要哭了，现在还不是难受的时候，先想想怎么安抚住丁鹏的爸妈。我估计律师说的那个挂号信这两天就能送到，我们得赶在挂号信之前打这个电话。"看着梨花带雨的幕雨珊，陈松涛不知如何相劝，只能先回到正题，转移她的注意力。

　　几个人议论纷纷、莫衷一是。最后还是陈松涛的意见占了上风，与其让他们恐慌地猜忌，不如实事求是地告知，谎言无法持续，即使它是善意的。

　　"叔叔您好，我是……"陈松涛拨通了电话，他讲的是方言，尽力使自己的语气平和，摆出了聊家常的姿态。

　　丁鹏的爸爸全程很少说话，只问了现在关在哪里，要判多久。陈松涛并不知道答案，他只能按照最乐观的数据回答。

　　"叔叔，有一个挂号信估计这两天您就会收到，里面的内容您不要太当真。丁鹏这边有我们几个同学和朋友，您和阿姨放心吧！一有消息就会通知您，你们就不用特意跑来上海了。"末了，陈松涛还是委婉地传达了丁鹏的叮嘱。

　　听着电话里丁鹏爸爸的反应，大家以为这件事情就暂时告一段落，等过段时间丁鹏或释放或被宣判后，再告知他们最新的消息。

　　可他们哪里知道，为人父母者，怎会这么轻易放弃自己的儿女！疼在儿身痛在母心！巧合的是，刚挂完电话，敲门声便响了起来，推开门，邮递员递上了一封挂号信。看完拘捕通知书，丁鹏的妈妈泣不成声，爸爸直接去火车站购买了当天晚上开往上海的火车票。

第二周，丁鹏的父母赶到了上海。

下了火车，他们根据拘捕通知书上的地址，直接赶往了看守所。可冰冷的铁门紧闭，任凭他们跟门卫如何求情，一墙之隔，却始终不能与儿子得见。妈妈拍打着厚重的墙壁，放声痛哭，爸爸蹲在路边，脚下的水泥地已经湿漉漉一片。

接到电话时，陈松涛正在开会，看到是丁鹏爸爸的号码，他立即预感到了事情正在朝相反的方向发展。此时，丁鹏的父母已经走到了看守所一公里外的马路上，无助、彷徨正在一步步击垮他们的心理防线。

由于最近项目紧，陈松涛实在走不开，他只能让暂时赋闲在家的徐留意帮忙接待。幕雨珊知道后，也赶了过来。她给丁鹏的父母订了酒店，和徐留意一起安抚他们。晚上下班后，陈松涛赶了过来。

悲伤过后，丁鹏父母的情绪也渐渐恢复了，既然木已成舟，那只能痛苦接受。不过令他们感到欣慰的是，自己的儿子有这么几个交心的朋友，患难见真情。丁鹏的爸爸竟站起身来，要替自己的儿子向三人致谢，徐留意和陈松涛赶忙站起身，搀扶他坐下。

"叔叔，您不用跟我们客气，丁鹏是我们的好兄弟，他的事就是我们的事！"徐留意首先表态，言语中满满的江湖侠义。

"叔叔，我跟丁鹏四年大学同学，来上海之后，我们又一直合租在一起。说句过分的话，我们两个人待在一起的时间，比跟父母的时间多。所以，请你们放心，丁鹏的事情，我们会尽全力！"陈松涛也动情地表达。

丁鹏的爸爸连忙道谢，妈妈眼角挂起了感激的泪花。

"阿姨，叔叔，你们不要太担心，一定要照顾好自己的身体！"幕雨珊的关心显得有些羞涩，内心在进行着激烈的思想斗争。当看到陈松涛和徐留意两人准备起身离开时，她终于不再彷徨，鼓起勇气继续说道："叔叔，阿姨，不知道丁鹏有没有跟你们提起过，我是他女朋友，我们是计划明年结婚的。我跟你们一样，都盼望着他没事。但不论结果怎样，我都会一直等他的！"

可能由于紧张的缘故，幕雨珊的表述多少有点无序，讲完之后，她转头，看向黑屏的电视。

"丁鹏跟我们讲过，我要替他谢谢你……"丁鹏的妈妈说话也有些语无伦次。她没想到眼前这位漂亮的姑娘就是儿子提过的女朋友，更没想到在这艰难的时刻，她不仅没有放弃，还毅然决然地表达了风雨同舟的决心。仅凭这一点，妈妈就在心里认下了这位儿媳妇。只是在对女朋友的描述中，儿子有意省去了最重要的章节，幕雨珊也做了善意的隐瞒。

第二天上午，丁鹏的父母便踏上了回家的列车，他们把所有的期待和祝愿全都留在了上海。

一周过去了，徐留意和韩宇飞也没等到黄俊的回复。期间，两人还分别以不同的方式加以追问，只可惜一腔热情和期盼都付诸东流。从此他们便断了联系，幻想也被随之丢弃。

在审问丁鹏的同时，公安机关也在紧锣密鼓地对磐鼎公司封存的数据、文档进行筛查取证。虽然从 Fab 工厂调取的 GDS 文件已经足以证明了磐鼎公司的侵权，但他们仍然坚持继续搜查每一份物证，他们检查设计文档的每一处细节、比对 RTL 的每一行代码。两个月下来，他们的确在代码里发现了很多相似之处，但这并不能作为磐鼎公司侵权的证据。对于功能相近的芯片，设计本身的诸多雷同在所难免，更何况，这里面还有徐留意和韩宇飞两名常量，两边代码的雷同之处完全可以解释得过去。他们唯一的收获仍在模拟部分，两者模拟电路的原理图保持了一致，这也进一步解释了 GDS 文件中模拟部分相同的原因。

12 月底，公安机关的侦查工作结束，磐鼎公司也终于得以解封。重新回到阔别三个多月的办公室，物是人非的苍凉感油然而生。三个月恍如隔世，公司的门被打开了，桌面上沉积的尘土却似乎仍然在封印着三个月前那一场灰色的惊愕。大家在各自的工位上忙碌着，仿佛在打扫败北的战场，每个人的脸上都沾染了大小不一的沮丧。

当沉闷的键盘敲击声此起彼伏，大家这才发现那位负责版图的工程师今天没来。是的，他离职了。虽然一名员工的离职无可厚非，但这在徐留意看来却无法接受，他久久不能释怀。这名工程师在 10 月下旬就提交了辞呈，徐留意没想到自己从开迅公司挖来的同事意志如此不坚定，在这种困难时刻，竟然做了逃兵。韩宇飞本想再挽留他，而徐留意直接拒绝，在接到辞呈的当天就开具了离职证明，让他直接走，不用等到月底，坚决不浪费公司的一分钱。

随后有同事向徐留意和韩宇飞打听丁鹏的情况，只可惜两人并没有最新信息，他们只能寄希望于明天到来的黄启明，徐留意也好给一直在他身后追问的幕雨珊一个交代。

黄启明在第二天赶到了公司，再次给大家鼓劲加油。

"兄弟们！这三个月我们挺过来了，磐鼎还在！我们要重拾信心，把失去的夺回来！不瞒你们，我已经联系了多位合作伙伴，都是在某个细分领域具有一定规模的玩家。他们已答应我，只要我们的芯片符合他们的产品需求，他们同款芯片的采购会完全向我们倾斜。所以，兄弟们，忘掉前面那短暂的暗黑时刻，迈开步向前看，明年我们将会是极其丰收的一年！"黄启明豪情万丈，他想以此去感染每一位同事。

徐留意随声附和，并讲了简短的两句话鼓舞大家，只可惜这次并不是所有人都与他俩同频共振。黄启明有意省去了关于丁鹏的章节，但还是有同事主动提起。虽然黄启明早已准备好了答案，但他还是在心里重新温习了一遍，小心翼翼地回答。

"感谢大家对丁鹏的关心！是这样，公安机关搜集的证据目前对丁鹏不太有利，竞争对手也已经正式向法院起诉，律师还在努力。兄弟们，不论结果如何，我们都要更加坚强，把磐鼎做得更加强大，等丁总回来！"黄启明的回答多少显得有些无奈，即使他想努力保持乐观。

　　现场的同事立马炸开了锅，大家议论纷纷。有些人在讨论丁鹏可能会被判刑多久，有些人在痛骂、指责竞争对手的阴险。黄启明心中也波翻浪涌，他不知道鼓舞的话还能讲几次，他不知道为了鼓舞员工还要继续撒下多少善意的谎言，他不知道磐鼎还能坚持多久。

　　听到关于丁鹏的悲观消息，徐留意比谁都更加难过，他甚至都不知如何向幕雨珊交代。可伤心无用、难过无益，同事们的众说纷纭除了破坏团队的凝聚力外别无他用，把磐鼎运营下去，才是对丁鹏最好的抚慰。

　　"好了，不要再吵了！即使鹏哥被判刑了，我们还要继续，磐鼎离开了他仍然要运转下去！大家别议论了，都各自干活吧。黄总已经把销路找好了，只等我们的产品了，加油啊！"徐留意用激励驱散同事们的种种猜忌。

　　在同事心中，徐留意俨然已成了丁鹏的替代者，就连韩宇飞也不得不佩服他在关键时刻的临危不惧，黄启明也已把他当作磐鼎团队的领头人，虽然没有正面予以承认，但已向他明确授予了诸多之前专属于丁鹏的权力。

　　元旦三天，在徐留意和韩宇飞的感召下，大部分同事都没有休息，照常上班，挤压每一分钟时间，把失去的三个月补回来。在加班加点的忙碌中，徐留意又萌生了一个想法，再次邀请陈松涛加入。原因有二：其一，当前项目多、时间紧，确实需要新的力量加入；其二，为了帮丁鹏，为了弥补当初的遗憾，徐留意认为陈松涛这次应该不会拒绝。于是，经过与韩宇飞商量，徐留意再次向陈松涛发出了邀请，可令他感到失望甚至些许愤怒的是，陈松涛这次仍然选择拒绝，不论他如何相劝。

　　王丹谊知道后，她那半年来积攒的温柔全部化为泡影，内心的愤怒獠牙再起，与陈松涛发生了激烈争吵，争吵的重点无非还是那一套陈词滥调。而随着陈松涛的理穷词尽，争吵逐渐演变成了王丹谊一人的独角戏，仅剩下她酣畅淋漓的挖苦讽刺。

　　接下来的两周，陈松涛搬到了丁鹏的房间里，虽然二人依然生活在同一屋檐下，却已形如路人。爱情中的冷战，就像一场蓄谋已久的暴风雨，趁你毫无防备之时，倾盆而下。陈松涛几度站在门外，抬起抠门的手犹犹豫豫，他想开口问问屋内的主人能否暂时借避，但最终还是选择放弃，只能一直站在雨里。他倔强地认为暴风雨终会过去，晴空万里只是时间的问题。

直到那个感伤断魂的雪夜，憔悴的月光坠落在窗前，洒下凄美的分别。

"回来了？"这是两周来王丹谊对自己说的第一句话，陈松涛惊喜交加，拎着盒饭的手都在颤抖。

"嗯！"他也是简单地回了一个字，但内心波澜起，"你吃过了？我这边带的饭有点多，要不一起吃吧？"

"我吃过了，你先吃吧！一会儿给你说个事情。"

"没事儿，你说吧！"陈松涛尽量让自己显得平静。

"我的签证已经下来了，公司同意我先工作签，春节后就走！"

"非要这么急吗？而且你的入学 offer 不是还没有下来呢?！"陈松涛没有经过任何思考，便不由自主地问出了这个问题。

"我先去公司总部工作一段时间，那边也有同学接应我，总得提前适应一下。我不想给自己后退的机会，不想给自己的甘于平凡找借口！"王丹谊的情绪有些激动。

陈松涛久久没有回音。可能王丹谊这句破釜沉舟的话只是在鞭策她自己，但对于陈松涛来讲，这句话却是对他的嘲笑和蔑视。

争吵和不解与镌刻于照片和视频中的浪漫时刻形成了强烈的对比，已经将他们曾经的海誓山盟夷为平地。争吵从来不是感情生活的调味剂，恰恰相反，它就像无法触及的冽风，在疾风骤雨过后，吹落每一片飘香的花瓣，翻起数不清的雨恨云愁，空剩枯枝孤独摇曳。闲愁万种，凭谁问，不怨东风？

陈松涛有太多的疑惑需要解答，有纠缠的情绪需要宣泄，但面对眼前这位深爱着的、静若止水的女人，他迟疑了。

"那我们这算什么？或者叫我算什么？这意味着分手吗？"陈松涛卑微地问，虽然他已经知晓了答案。

"我不知道！"王丹谊没有任何迟疑便说出了这句话，然后起身进了卧室。

陈松涛握着筷子的手僵在了半空中，两眼呆滞地望着窗外，他不知道接下来会发什么，或许会歇斯底里地怒吼，抑或是平静地接受这个现实。

窗外的雪已经停了，只剩下孤独的风在傲娇地吹着。红叶石楠球被包裹成了一个雪人，像一个孤独的老者蜷缩在寒风中，显得那么苍凉无助。他不知道这个深爱着的女人为什么这么决绝，而传递这个决绝决定的对话又如此简短。难道过去的美好誓言早已烟消云散？难道曾经的甜美回忆早已被时间洪流无声地卷走？一轮雪后明月散发着瑞气祥光，驱散愁容，带来安详。月华如练，斜照入窗，却照不进他内心任何一块柔软的地方。一扇门隔着两个世界，哪怕一丝丝残影，无双。

他咽下最后一口米饭，异常的咸，镜子中模糊的身影告诉他，那是眼泪的味道。陈松涛走进自己的房间——一个除了一张床、一个桌子和一个衣柜之外，没有其他任何装饰的房间。

他没有开灯，点上一根烟静静地坐在床边，黑暗中隐约可见一缕青烟从一闪一闪的星光处悄悄升起而又一晃而过。房间内很快烟雾缭绕，烟丝在安静地燃烧，它渗透进每一丝愁苦，却并未打扰抽烟者无边无际的思考。直到最后的火光熄灭，灼痛留在指缝间的温存，陈松涛灭掉烟蒂，吐出最后一个烟圈，隐约听见自己哽咽地说：带我回到从前。

第九章

　　春节假期归来，陈松涛发现房间内王丹谊的物品已经被清空，不知她何时搬离的。桌子上放着一张纸条：我走了，谢谢你，保重！对十年爱情的告别极其简短，甚至看不出告别者情绪的变化。

　　陈松涛赶忙掏出手机，但电话一直未通。他像一个木偶，迷失在这区区 60 平方米的屋子。他在两个房间里徘徊，似乎在寻找着什么。他打开每一扇柜门、抽出每一个抽屉，甚至连卫生间的花洒也打开了，可两手依旧空空，丢失的东西再也无法找回，就连水流落下的声响也变得陌生。

　　此刻的王丹谊已经在飞往大洋彼岸的飞机上，她故意隐瞒了自己的航班信息，拒绝了陈松涛的相送。为了学业，她要忘却过往与爱情的所有牵绊，她狠心地把不舍全部扼杀。她要通过自己的努力破茧成蝶，三年后，变成理想中的模样。

　　陈松涛孤独地坐在客厅，拥挤的烟灰缸里已经塞不下新的孤独。燃烧至最后一丝灰烬的烟煴仍在努力挣脱烟蒂的束缚，跃跃欲试，想要遁至窗外，被更广阔世界的风吹至远方。

　　春节后的第一次探监，律师给丁鹏带去了一个重要消息。幕雨珊已经离婚，她从郑若文那里得到了自己设定的预期，为自己和孩子争取到了坚实的物质保障，她会一直等待，直到丁鹏平安归来。丁鹏泪眼婆娑，他不知如何才能承受这份沉重的爱和恩情，律师带回的除了他泪人的模样，还有他对幕雨珊最深情的告白。

随着审判的临近，相关方都在紧盯着整个案件的进展。徐留意和韩宇飞又联系了黄俊，想通过他再次试探周晨是否愿意和解，因为从律师那里得到的判断，审判的结果可能对丁鹏不利，让他们早做打算。可这次依然没得到回复，两人的怒火虽已燃至顶点，却也只能自己默默忍受这份灼伤。他们把燃烧的灰烬埋进心里，化成一股股动力释放到工作中，用更加优质的产品抢占海格创新的市场将是他们奋力的复仇手段。

最终，经过将近三个月的审理，2016 年 4 月，丁鹏以侵犯著作权罪被判处有期徒刑三年，并处罚金 10 万元，磐鼎公司被判处罚金 180 万元。

当尘埃落定，悬浮于空中的猜测和期盼被碾压揉碎，所有人复杂的情感和思绪也终于释怀。丁鹏还是为最初犯下的罪，得到了法律惩罚。

宣判之后，丁鹏的父母也终于在看守所里见到了日思夜念的儿子。妈妈早已泣不成声，爸爸说了几句宽慰的话也转向一边抹起了眼泪。隔着玻璃，丁鹏看到了妈妈红肿的眼眶，消瘦淤青的脸上没有一点光泽，满脸的悲戚使她显得愈加颓靡衰老，爸爸的双鬓也染上了白霜，肩膀不再挺拔，背对着自己的身影已略显驼背。从去年春节到现在，丁鹏已有一年多未与父母相见，这七个月来，他们该是经历了多少痛苦，受了多少煎熬。丁鹏隔着冰冷的玻璃紧紧贴着妈妈的前额，泪水的温暖使玻璃朦胧了一片，和着哽咽的关心和问候，散落在台面，嘀嗒嘀嗒……

根据我国《监狱法》第 48 条的规定，只有罪犯的亲属和监护人可以行使探监权。所以，尽管幕雨珊在看守所外说尽了良言善语，却仍然无法入内。她站在高墙外默默祈祷，许下了关于爱情的三年约定。

陈松涛挂出了合租的信息，虽然他已经开始习惯孤独，但仍需有人来分担部分房租。可谈了几名租客之后，他最终还是放弃了与陌生人合租的念想。

这里有幽静的思念，他不愿与人分享；这里有沉寂的孤独，他只愿一人静静消受。他在每一个月圆的夜晚对窗凝望，皎白的月色丝丝绕绕，纺着他的惆怅和遐思。

推开门，放下雨伞，陈松涛急忙把打包的炒面盛在了碗里。东方电影频道播放着金凯瑞的经典喜剧片，可他却笑不出来，手里的筷子在碗里拨弄了两下，没有一口面下咽。他反复琢磨着加班时刘景羽对他说的话以及两人关于部门和公司发展现状的分析。

由于被收购后，公司在产品、市场、营收等方面都不及预期，总部对开迅公司的高层做出了新的调整。新上任的CEO对公司领导架构进行了肢解式的拆分和重组，并带来了自己的管理团队。一朝天子一朝臣，铁打的营盘流水的兵，开迅公司迎来了新一波的离职潮。有传言称，原本独立的验证部门也将被拆解，分别并入不同的研发部门，这也就意味着验证将作为一个二级的职能存在，要完全受控于所在的研发部门。陈松涛特意去找直属主管求证，奈何该主管也做了一名弄潮儿，下个月就会离职，关于公司的八卦新闻，他不清楚也毫无兴趣再去打听，只让陈松涛好自为之、自求多福。但早已甚嚣尘上，验证部门的同事们已开始想方设法做起了各种准备。

"涛哥，你怎么打算的?"刘景羽问。

"没啥打算。再说这个谣言也不一定成真，你会不会太过多虑了!"陈松涛心直口快，他的确没有进一步的打算，也更希望谣言可以尽早破灭。如果谣言成真，他的损失将超过任何一位同事。

"我觉得大概率是真的。你仔细想想，之前关于公司的谣传到最后哪一个没有变现! 我觉得你还是要仔细考虑一下。其实，整个部门，可能就你一人还在坚守这份信念，其他人都在各谋出路了，大家基本都在联系自己中意的研发部门，提前做好铺垫，还有几个人已经在外面找工作了。"刘景羽的劝导很真诚。

"你呢?"陈松涛意味深长地问道。

"涛哥,我先跟你汇报下,也征求下你的同意。你知道我一直都有一个做设计的愿望,趁着这次机会,我已经和 SOC 部门的老大谈好了,下个月我转过去做设计,希望涛哥你不要介意!"

陈松涛似乎明白了为什么刘景羽一直在强调谣言,并散布同事各奔前程的消息,那只不过是他为自己的离开修饰的铺垫。其实大可不必,优秀的人总是向高处攀登,如果兄弟有这样一个登高望远的机会,自己高兴还来不及呢,又怎会拖之后腿呢。

"兄弟,你多虑了。如果那边有合适的职位,你干吗不去啊! 君子成人之美,我当然希望你越来越好了!"陈松涛的由衷之言掷地有声。

"涛哥,谢谢你。不过你也要认真考虑一下了,未雨绸缪总归没有坏处。"刘景羽知道陈松涛不会阻拦自己的发展,他只是为这位固执的兄弟感到了些许的忧虑。

陈松涛笑着答应了一声,口中吐出的最后一个烟圈也随风消失在漆黑的夜色中,不知被细雨滴落在何处。

看着电影里被金凯瑞丢掉的面具重新回到房间,陈松涛看了看窗外,也拉扯了一个双鱼座的幻想。如果他也有这样一副神奇的面具,也有这样神奇的魔力,幻想越出窗户,开始无边无沿地翱翔。直至电影中场广告的插入,幻想才再次回到座位,房间里除了自己,空无他人。

陈松涛双目呆滞,紧紧盯着电视屏幕,却听不到任何声响。难道他错了? 之前的坚持只是自己在感动自己? 碗里的面已经坨在一起,然而吃面的人却不知神往何处。

当变化成为必然,坚守将堕落为一种愚昧的逃避,谣言成真的速度不给你任何准备迎接它的时间。

一个月后,验证部门被完全肢解,同事们七零八落去往了各个研发部门。陈松涛去了 SOC 部门,虽然职级得以保留,但他的汇报对象却变成了之前一名同级别的研发经理。

虽然工作的内容没有变化，每天面对的仍然是写不完的代码、不断优化的程序，但这突如其来的落差还是让陈松涛心生抵触，抗拒最底层的逆来顺受。更让他感到心寒失落的是，自从混编入研发部门后，几位之前对自己一向彬彬有礼的研发工程师、项目负责人纷纷撕掉了伪善的面具，取而代之的是优等生高人一等的漠视和趾高气扬的傲慢。整个 SOC 部门只有刘景羽还对他善待如初，其他人态度的转变或多或少都让他感受到了人情冷暖的变化。

"陈总，这几个 Case 你自己先跑下呗，有问题先汇总，到时候一块看，我手头还有其他事情，现在没空。"每当发现问题并向对应的设计人员反映时，陈松涛得到的基本都是类似的反馈。虽然这种问题汇总的处理方式无可厚非，但这是对同样一个人在职位发生变化后的区别对待。之前，每当陈松涛提出问题时，相关设计人员即使有其他项目在手，第一反应也是："陈总，你稍等，我一会儿就看，有问题等会跟你讲。"而如今，陈总的称谓依然被叫着，只是多了几分嘲讽，而陈总再也不是当初那个陈总！

没有了爱情，生活就变成了工作之后的独处。人静心闲，关闭世界的喧嚣，独享一个人的清欢；岁月斑驳，在留云烟处，放下世俗，温暖一个人的心间。

对工作的热情也在随遇而安的独处中被层层消磨，工作中不再有紧迫感，即使刻不容缓也只能被安排在第二天。终于，陈松涛不再加班，不再留恋只有工作才能带来的心灵充实感。他看淡了付出，也不再期盼收获。他每天准点下班，在回家的路上思索一会儿的晚饭，并顺道在超市买好食材，到家之后，花上半个小时仔细打磨一碗精致的捞面，然后和着满足的呲溜声，静静地欣赏之前因为工作而错过的精彩电影或电视剧。当面无碗空，他会赶在口中的香味消失前，点上一支烟，在某个炫美的瞬间对着电脑屏幕吐出烟圈，孤独的浪漫在此刻定格，然后弥漫整个房间。

这是一个淡泊寡欲的孤独者平淡的一天。

没有了丁鹏这样一位朋友圈熠熠生辉的聚光灯，大家的联系开始慢慢衰减，不打扰也是对友情的一种尊重和爱惜。陈松涛也不再联系徐留意，他的生活已全然沉浸在海子的世界，孤单成了一种常态，它陪伴左右。

每天上下班的街道依然车水马龙，只是在盛夏路益江路路口，左寻右觅极目远眺，陈松涛却寻不到一个熟悉的身影。喧嚣的玉兰香苑不知何时也开始变得孤独，孤独到只剩下了残存的回忆。

周末，陈松涛逛了几个商场，置办了回家的年货，给母亲购买了过年的礼物。他已经提前请好了年假，腊月二十四就回家。可就当他满心欢喜地期待归途时，腊月十九，接到了叔叔的加急电话。

第二天赶到老家的医院时，母亲还在重症监护室观察，脸部带着呼吸面罩。

"幸亏当时邻居在平房上收拾东西，你妈晕倒时，他刚好看到，发现得及时，要不然……"叔叔的话说了一半，陈松涛自然明白发现不及时的严重后果。他到外面买了一条烟，让叔叔带回，自己一人在医院照顾母亲。

坐在走廊的椅子上，三年前的情景历历在目。看着手机里妹妹的照片和玻璃窗后面昏迷的母亲，悲痛挑拨了每一根神经，撕裂和窒息将他吞没。可悲伤静默，无处宣泄，连眼泪也学会了隐藏。他哭干了所有的哀思，祈求了所有的神明，为何生活总挑同一个人捉弄。他送走了父亲、埋葬了妹妹，悲天悯人的上苍却觉得悲惨远远不够，究竟前世造了怎样的孽，要让他在而立之年经历今世所有亲人的生死离别。

他走出病房，来到医院后面的北关河沿，思绪飘荡随烟，坠落在冰冷的河面，一起凝冻。

母亲终于还是醒了，眼泪就着热腾腾的饺子一起下咽，她一直在自责，对自己的儿子抱歉。陈松涛不知说了多少宽慰的话，让她调整心态，听从医生的安排，安心养病。可经过一个多月的治疗，母亲终究还是落下了偏瘫。

出院那天，陈松涛雇了一辆车，带回家的除了衣物和生活用品外，还多了一辆轮椅和一副拐杖。

"松涛，我没事的，你收拾一下，明天就走吧。你上班耽误了太长时间，领导肯定已经对你有意见了，不要因为我再耽误工作了。"刚到家，朴素慈祥的母亲就开始劝说儿子去上海上班，全然不顾自己的身体。要强的她还让儿子在院子的两棵树中间绑了两条绳子，从明天起就要开始康复锻炼，她不忍拖累儿子半步。

陈松涛如何忍心在此时离开母亲，又怎能安心苟且于上海。工作离了自己不会坍塌，而医生交代过，在这几个月时间内，如果照顾不周，母亲的病随时可能有复发的危险。所以，不管母亲如何相劝，即使她苦苦哀求，陈松涛还是毅然决然地选择留在母亲身边。

陈松涛的孝心感动了母亲，或许也感动了上天，但孝心不能赌明天，现实需要他对自己的选择做出一个真切的解释，工作也已到了不得不考虑的迫切阶段。回来这一个多月，陈松涛请完了公司赋予员工的所有假期，并且已经通过电话向主管申请了几天的扣薪事假，如果再这样持续下去，公司是否以旷工开除自己也未可知。

"老大，我家里的事情还没处理好，暂时还不能返岗，还得麻烦你再帮我请两个月假吧……"陈松涛自知理亏，在跟主管打电话时，满言谦卑。

"要两个月啊！现在项目很紧啊！你看能不能少请点？上次HR还找我问你的事情。我先去试试，如果不行，你得另想办法了。"主管的为难在意料之中，只是他所讲的另想办法让陈松涛一时不知所措。

好在主管这次仍然帮忙，两个月的假期被顺利批准。在这两个月时间内，遵照医生的嘱托，陈松涛帮助母亲进行康复训练。

在母亲服药的同时，他还在饮食上进行调节，变着花样给母亲做了很多易消化、高维生素的饭菜。

陈松涛的孝心宽慰了母亲，也赢得了全村人的赞许。孝心很长，可两个月的时间却很快过去了。

临行前，陈松涛几乎把家里所有的设施都重新修整了一遍，灶台被架高，使母亲即使坐着也可以生火做饭，柴火也重新堆放了一个位置，院子到堂屋的台阶也被修平，并在旁边架起了一个栏杆，厕所、洗手池也安装了辅助的设施，他把贴心装置在每一处细节。出发前一天，陈松涛拿了一万块钱给叔叔，把家里的事情暂时拜托给他。

返回上海之后，陈松涛养成了一个习惯，每天晚上 8 点，准时跟母亲通电话，询问她一天的康复情况。要强的母亲永远都是报喜不报忧，陈松涛当然知道母亲的性格，所以他每隔两三天也会和叔叔通电话，间接了解母亲的情况。

一开始，叔叔传递的都是正向的消息，母亲按时吃药，有规律地进行康复运动。可过了没多久，母亲就又恢复了骨子里那种简朴的生活习惯，药一天只吃一顿，剩下的饭菜不舍得倒掉，有时候隔夜留到第二天，热一热继续吃，水果不舍得买，放了很久已经坏掉的水果也不舍得扔，把烂掉的部分削去，剩下的继续吃。母亲还加强了康复运动的强度和频率，这造成的结果就是她经常摔倒。即便如此，她仍然在坚持，有几次摔倒，恰好有好心的邻居路过将她扶起，而更多的时候，她是倔强地自己爬起，哪怕身体已经瘀青流血。母亲这么做是让自己尽早康复，她不想成为儿子的负担。可康复哪能一蹴而就，欲速则不达，甚至会往与预期相反的方向发展。

面对儿子的劝说，母亲虽然口头欣然答应，但实际上依然我行我素，终于，病情再次恶化。

"松涛，你还是回来吧！你妈不听劝，摔了不知多少次了，她现在说话都不利索了，脑子反应感觉也有点迟钝，再这样下去，就不好说了。"陈松涛听得出叔叔的无奈，可母亲就是这样的性格，自己又何尝不着急呢。

陈松涛陷入了两难的选择。如果这次要回家，公司不可能再给予自己这么长的假期，也就意味着自己要主动放弃这份工作，一切可能要重新来过；如果不回家，母亲的病情将会越来越严重，甚至生死两隔。

鸟有反哺情，羊有跪乳恩。陈松涛用了一整天思考，他最终决定辞职，回家照顾母亲。

周五，他在公司办理了离职手续。当同事们纷纷投来异样的目光并询问他的去处时，陈松涛只是笑笑，并不作回答。

周六，他邀请了刘景羽和徐留意聚会，作为临行前的告别。听到他的决定，两人无不惊讶万分。

"真要走到辞职这一步吗？没有其他办法了吗？"徐留意为陈松涛感到惋惜，他替兄弟感叹命运的不公，干着急却毫无办法。

"你这一回去，可能不是一年两年的事情，你有其他打算吗？有合适的工作没？"感到惋惜之余，刘景羽更关心陈松涛回家之后的现实生活问题。

"没想那么多，先回去再说吧！车到山前必有路，我不能看着老妈一人在家遭罪啊！我就剩这一位亲人了……"陈松涛的声音已经哽咽，没再说下去。刘景羽拍了拍他的肩膀，以示安慰。

"来，喝酒，不想这些不开心的事情！"徐留意说着便举起了酒杯，三人一饮而尽，没有半点扭捏。这喝下的不是醇香的琼汁玉液，而是幽苦的分别。

"矫情的话咱也不会说，反正你那边要是有啥困难就直接言语，能帮的咱绝不含糊！"徐留意自己倒了一杯酒，还没等陈松涛拉劝，酒已下肚，放下酒杯，他继续说道，"等阿姨的病情好转，如果到时候你要回来，也是直接言语，我们这边永远给你留着位置……"

率性豪放的徐留意借着醉意抒发着他的真性情，他没有撒谎也不掺任何虚假。自从丁鹏被抓之后，磐鼎公司经历了将近半年的阵痛期，期间也有三名员工离职，但大部分人都怀着不甘留了下来。黄启明也兑现了承诺，他把一半的时间和精力都花在了磐鼎公司，通过他的人脉以及合作伙伴的帮衬，磐鼎不仅没有倒下，反而2016年的销售额同比增加了近五成。与此同时，黄启明根据客户和市场的反馈，在与徐留意和韩宇飞商量过后，磐鼎公司又开辟了新的产品线，即电源管理芯片。公司的团队规模也在一年多时间内从不到20人扩展到了超过50人，他们今年的目标是销售额同比翻番。而作为团队管理者的徐留意，自然有向陈松涛许下诺言的豪气和资本。

这一夜，谁也没有劝酒，但三人都是酩酊大醉。他们互相搀扶，在玉兰香苑休闲广场的一张长椅上坐下，陈松涛掏出了三根烟一起点上，每人一支。初夏的夜风，柔和淡雅，宁静地聆听着兄弟分别时的衷肠诉说，徐留意趴在陈松涛的肩膀上，泪水搅动了他的真性情，刘景羽歪在椅子的另一端，空气中响起了离别的伤感："我怕我，没有机会，跟你说一声再见……"

周末的地铁依然拥挤，熙熙攘攘的人群中不知有几位正在经历暴风骤雨般的离愁别绪。陈松涛故意放慢脚步，和所有凋零的过往告别，他走在自己的行李前，把悲伤留在身后，怀念。

这是一座充满回忆的城市，他在这里沉淀了友谊，却丢失了爱情，还有那一去不复返的青春。从未想过自己的青春会以悲剧收场，他在站台伫立许久，直至乘务员催促，才拖着厚重的行李上了火车，才在最后一刻与不舍的青春说了声再见。

2017年6月，在拼搏了9年之后，陈松涛带着遗憾，告别了这座承载了他青春和梦想的城市。

留恋挽不住要吹走的风，也无法拥抱一整片天空，只愿此去无悔，每一位故人都前程似锦。

第十章

　　到家之后的陈松涛，在照顾母亲之余，也没让自己闲着。他尝试开网店，售卖乡村的土特产和大娘、大爷的手工艺品，收入不多，但总归保持了忙碌的状态。日子平淡，却也过得充实。

　　知道他目前状态的朋友不多，他也很少主动对外联系。每当看到同事或同学在朋友圈发布新的工作或生活状态、分享前沿的技术动态，他内心还是会泛起波澜，感叹命运的不公。但母亲的病情在一天天好转，所有的付出终究没有被辜负，所有的委屈和不甘业已放下。

　　如果这是上天的特意安排，他便要拼尽全力，在平淡的生活中彩绘出一道别样的风景。他终其一生只为寻找而非留遗憾。陈松涛合上书，关了灯，一轮圆月透过窗，照进了他的梦乡。

　　一场秋雨送一场寒。

　　风拨琴弦亲吻湖面，涟漪泛泛；波光微舞笑影云裳，天高水长。

　　枫落叶，红了泥道，携露护霜，手挥萧瑟眸含雾窗。

　　桂折枝，黄了路壤，寻彩觅香，不谈悲喜不诉薄凉。

　　那湖那林谈秋风，此花此木锁秋香。

　　在中秋节当天，陈松涛一人来到村东头的那片被重新修缮过的湖水，静静地坐至夕阳西陲，粼粼波纹中倒映着绯红的晚霞。

他滑动手机屏幕，一遍一遍地看着与刘景羽的聊天记录，脑海中也在反复回想着今天两人的通话内容。

在 9 月的最后一天，刘景羽也从开迅离职，开启了自己的创业之路。他与自己的高中同学一起，创立了一家芯片公司，主攻以比特币和莱特币为代表的虚拟货币的专用 ASIC 矿机芯片。刘景羽负责技术开发，他同学负责成品的应用和销售以及未来矿池的开发。其实早在三个月前，刘景羽就已经和同学商定好了具体的合作方案和公司规划，并开始研究区块链和两种虚拟货币的算法实现。他本想拉拢陈松涛一起加入，奈何陈松涛要离职回家，所以，当时他就没有提及此事。

今天上午，陈松涛主动给远在上海的朋友发送了中秋祝福。当得知他母亲的病情逐渐好转时，刘景羽这才跟他分享了自己创业的故事，并向他抛出了橄榄枝。

"涛哥，你真的可以考虑一下，趁着现在行情好，我们一起赚大钱，你可以打听一下北京那家做矿机芯片的公司，看看他们的收益怎么样。我们正处在入局的关键时刻，到时候赚的将不仅仅是工资那点钱，是一次实现财富自由的机会。如果成功，你完全可以带阿姨来上海，常伴左右都行!"刘景羽无比激动，他不仅仅是在劝说陈松涛，更是在激励自己。随后，他又向陈松涛介绍了自己同学的实力，以及在虚拟货币领域的经验和建树。

陈松涛并没有立即答应，母亲仍是他最大的挂牵。虽说病情逐渐好转，但离完全康复还有很长的距离，况且以母亲的性格，但凡自己离开，她又要恢复至当初的状态，那岂不完全辜负了自己从开迅离职、离开上海的初衷。

喜鹊从头顶飞过，晚霞已消失在晴朗的夜空，一阵凉意从湖面袭来，扰醒了陈松涛漫无边际的愁绪，他给刘景羽发去了谢绝的微信。起身，拍了拍尘土，回家给母亲做晚饭。

尽管谢绝了刘景羽的邀请，但陈松涛并没有拒绝他发来的技术资料。虽然之前也通过网站或者论坛浏览过区块链和比特币的新闻，但并没有真正去研究过，这是第一次系统地学习这些新概念、新技术。

对技术的钻研完全丰富了陈松涛的业余生活，也为他不甘于平凡的信念提供了一个有力的支撑。

时光总在忙碌中快速流逝，转眼已到深冬。由于农村没有暖气，而冬天又是母亲病情的一个高危期，所以陈松涛特别留意，几乎无时无刻不陪在母亲身边，每天都会给母亲量血压，哪怕晚上睡觉，他也会半夜起床，检查母亲的状况。进入腊月之后，母亲的左半边身体又出现了麻木的情况，并伴有头晕的现象。陈松涛不敢有半点耽搁，当天就带着母亲去医院做了全面的检查。对于这种持久又容易在冬天复发的疾病，预防是最有效的方法。医生又重新开了药，并叮嘱了一些注意事项。回家之后，陈松涛更加谨慎，他小心翼翼地照顾着母亲，期盼着这个冬天可以早些顺利地过去。

腊月二十三是北方的小年，吃过早饭后，陈松涛点了一笼炭火，并把炉子拎到了母亲的房间，和她交代了几句，然后骑着摩托车到镇上置办年货。

陈松涛从头到脚全副武装，仍然能感受到刺骨的寒冷。摩托车的速度越快，寒冷的感受越深刻。纵然户外气温零下八度，可仍然无法阻挡乡亲们迎接新年的热情。小轿车、电动三轮车、摩托车、自行车穿梭在乡村公路上，时髦打扮的年轻人、节俭朴素的老年人，还有吵闹的孩童，穿梭于琳琅满目的货摊和商店间，把镇中心围得水泄不通。

可买的年货实在太多，奈何摩托车的后座和行李架已经被塞得满满当当，再也装不下多余的东西。母亲一人在家，陈松涛也不放心，再加上还要赶回去做午饭，所以，他不得不提早结束了今天的采购。即使这样，加上来回路上的时间，他已耗去了将近三个小时，到家时已经 11 点半。

刚进院子，摩托车还未停稳，陈松涛却看到了躺在厕所旁的母亲。当跪倒在母亲身旁，把她揽入怀中，陈松涛发现母亲的呼吸已经变得微弱，身体也在不停地抽搐。任凭他如何呼喊，母亲都没有回应。为什么不把那个简易的坐便器放到屋里？陈松涛一遍遍地诘责着自己，可现在他只能把懊悔暂时抛向一边，急忙拨通了叔叔的电话，并央求邻居帮忙开车，迅速往医院赶。

在去医院的路上，陈松涛强忍着悲伤，他不能在别人的车里哭泣，即使母亲的身体已经开始变得僵硬。到了医院，医生已经回天乏术。陈松涛用颤抖的手掀开那块冰冷的白布，他再也无法抑制内心的悲痛，趴在母亲的遗体旁，悔恨随着眼泪撕心裂肺地宣泄。他疯狂地挥动着自己的手掌，脸已经变成了紫色，叔叔在一旁哽咽地劝说。此时，天空也变成了悲恸的灰色。

上天不怜苦命人，从此阴阳两隔，陈松涛失去了最后一位至亲。邻里乡亲都纷纷自发前来帮忙，送别这位苦命人最后一程，每个人都替陈松涛感叹命运的不公，每个人都祈祷祸殃从此与他无关。

在母亲下葬的第二天，天空飘起了凄凉的雪花，陈松涛用滚烫的热泪和面，包了两碗寄托哀思的饺子。

雪花静静地落在肩膀，那是母亲无声的挂牵。走在苍茫的田间地头，往事历历在目。每一段关于雪的回忆都变得异常清晰，陈松涛用泪水缅怀每一段回忆，直至前方的视线变得模糊。

他在每一座坟前静坐，和每一位亲人交谈，已经冰凉的饺子入口，化成了温暖的思念。河边的荒草丛中突然蹿出一只野兔，它俏皮地眺望，惊讶地看到远处不知何时矗立了一个新的雪人。

飘零的雪花，在亲人的坟前，冰冻了一处肝肠寸断。

整个春节，除了祭奠头七之外，陈松涛再也没有出过院子。家门紧闭，他谢绝了所有亲朋的关心，退却了所有外在的叨扰，把自己关在一个封闭的世界，身披那件母亲为他缝制的棉袄，他忘记了刷牙洗脸，任凭颓废滑落，他只想用孤独来化解悲伤，直到正月初二那个寒冷的早晨。

雪，总有回忆。我想念雪，孤独的雪！

时间：2018 年 2 月 17 日，农历正月初二。

406

地点：家。

事件：下雪。

睁开眼，透过窗，不见昨日的阳光，只有滴滴答答的声响，又是一个雨雾朦胧的清晨，悲伤在偷懒，悲伤也不知躲在何处，一切都已改变，在前行的路上，过往只能留恋。

突然间的兴奋、刹那间的迸发，在视线停留在雪花的那一瞬间，心莫名酸楚，似乎是一位久违的老友远方而来，带来的惊喜却让我难以接受。为什么你这么久才来？为什么日夜的呼唤，你却总是躲避？一个轮回，你总是无休止地调皮，明知道你到来我欢乐、你的离去我难过，却还是这样悄无声息地让我反反复复地纠结。但是我依然爱着你，亲爱的朋友，让我们热情拥抱吧！短暂的相逢过后，我依然是一叶浮萍，回归大海的孤寂！你的沉默，我静静地守候，一点点的脆弱让你感受到自我展现的强大背后，只有你才能拥有的那份冷漠。

历经感性的曲折，才能获取理性最彻底的收获。

那些过往的人或事在时间的碾轮里终将渐渐失去痕迹，只有你才会给我无尽的回忆！屋檐上，你的到来却总是那么清晰。我走过了马路、趟过了河流，折断树枝却找不到一处可以让我静静观详你的地方！眼前的一亮总是那么遥远。你来了，为什么又不让我接近，接近你的内心。你终究还是要走的，就如你的到来一样，让我莫名的酸楚。

雪，你是亲切的，你不染一尘的纯洁足以廓清染尘世俗的一切罪恶。只有孤傲，才是你冷漠的最真挚表现。

……

孤独的雪，愿世间你最孤独！

……

既然孤独是人生常态，那就在这常态里向前迈出一步，驱赶所有的不愉快。陈松涛终于拿起手机，拨通了刘景羽的电话。

元宵节，祭奠了三七之后的第二天，在离开八个月之后，陈松涛再一次踏上了驶向那座充满梦想城市的列车。这一次，他抖落了肩膀上所有的负担，了却了心头所有的挂牵；这一次，他满怀渴望，点燃了每一份激情，誓把丢失的青春重新找回。

第二天刚好是周六，到达上海时将近早上7点，刘景羽已在出站口等候。他开车接上陈松涛直奔玉兰香苑，两人用了几乎一整天时间，在拨打了无数个二房东的电话之后，终于在太阳落山前，找到了一间合适的、被隔开且带独立卫生间的一居室。刚把行李安置好，徐留意也从公司赶了过来。

磐鼎公司的2017年目标顺利实现，同时第一颗电源管理芯片也顺利 Tape Out。为了补强团队实力，在去年下半年，公司又陆续招聘了十几名负责模拟设计和产品应用的工程师，现在团队规模已超过70人。最新的一颗芯片准备于3月底流片，所以最近一段时间，为了赶进度，徐留意异常忙碌。当得知陈松涛要回来时，他也很兴奋，奈何太忙不能去现场接，为了表达歉意，晚上他请客，给陈松涛接风。

"你这是厚此薄彼啊，我都提前跟你预约好了，结果你竟然去景羽那儿，心寒，做人真失败！"徐留意自嘲的同时还不忘挖苦陈松涛，当然大家都知道他这只是在开玩笑。

"那可不是，涛哥是香饽饽，得抢的哦！你是只讲了一次，我这可是好几顾茅庐呢！"刘景羽在一帮继续补刀道。

"别别，我这个地摊货让徐总为难了，为了表达歉意，我干了啊，你随意！"陈松涛举杯，以此来表达自己的谢意和歉意。

气氛逐渐活跃，陈松涛的情绪也不再消沉，当被两人问到家里的情况时，他也不再回避和抵触，而是平和地讲述事情的经过，即使有间歇的低落，他也会平静地举杯，以酒诉说思念。

之后，大家又聊起了公司的情况，徐留意和刘景羽互相吹捧，都把彼此捧上了梦想中的高度。

"徐总，你们财大气粗，产品线越来越丰富了，上市也指日可待，你的财富自由更不在话下，到时候你们直接把我们收购得了，大家又在一家公司了。"刘景羽的言语中满含虔诚，但讲完之后自己都忍不住笑出声来。

"你可拉倒吧！不带这样嘲讽的啊。你看看现在比特币的价格，都知道你们做矿机的赚得盆满钵满的，毛利高到离谱，我们老眼馋了，搞得我们都想入场了。如果说收购，也只有你们收购我们的份儿。老实说，去年你们赚了多少钱？"徐留意真诚回复道，眼神中满是羡慕。

当然，刘景羽不可能讲出他们的真实收益，但陈松涛从自己的薪水却能判断出他们真的是赚到了大钱。他的薪水直接比在开迅时翻了一番，同时还有期权。当然，刘景羽必定从中帮衬，但如果公司没有足够的财力，关系再好，也不可能提供如此丰厚的待遇。

"我们这是靠天吃饭的，你看现在价格又往下掉了，万一哪天比特币的价格跌破矿机的成本价，那我们就歇菜了！你们才属于真正的芯片、半导体，到时候去投奔你可别拒收啊！"刘景羽依旧谦虚道。

"得得，你就得了便宜还卖乖吧，下次你请客啊，请大客！"徐留意竟然有些垂头丧气。他说完，刘景羽立马应承着。

"对了，丁鹏再有半年就出来了！"可能是突然的伤感才让徐留意想起了丁鹏，他的这句话让三人同时陷入了沉默。

是啊，时光荏苒！每个人都在自己的忙碌中寻找稳定的存在感，无暇顾及旁物。当丁鹏被再次提及，对他的想念顿时复现，半年后的期盼也愈加强烈。

在这两年半时间里，幕雨珊来往河南与上海无数次，每次她都会给丁鹏的父母带去礼物，她也真诚地向他们说明了自己的情况。起初，当得知幕雨珊离过婚并带一个孩子后，丁鹏的父母坚决反对两人的交往，并开始拒绝她的看望。但幕雨珊并没有放弃，她明白，如果要与丁鹏走下去，必须克服父母这一难关。所以，她仍然定期拎着礼物上门，即使一次次地被拒绝，一次次地含泪离开。渐渐地，丁鹏父母坚硬的心开始软化，尤其是在一次去监狱看望丁鹏，被儿子的一番话劝说后，他们彻底接受了幕雨珊。

"爸、妈，你们觉得我出去后，还能找到一个什么样的媳妇？有哪个女的会看上一个蹲过三年牢的人？再反过来看，雨珊是在明知道我会被判刑的情况下，毅然决然离婚，要跟我交往。你们再想想，我在里面这段时间，她对你们如何？！有多少媳妇能够做到这样！更何况我们还没有结婚呢！再进一步讲，甚至有多少媳妇因为丈夫进监狱离婚的，而雨珊呢？爸、妈，咱都得讲良心。你们仔细想想，雨珊这个人怎么样。我也说句不孝顺的话，不管你们同意与否，我出去之后就会立马跟她结婚，我不能辜负人家！"这是丁鹏在狱中对父母的劝导，而听完儿子的话，父母双双陷入了沉思。

经过了几天的思考和商量后，丁鹏的妈妈主动给幕雨珊打去了电话，哭着对她表达了感谢和愧疚。自此，丁鹏的父母认下了这位儿媳。

"那他出来后，你们公司还接纳他吗？"一想到半年后丁鹏就要出狱，陈松涛担心起了他的前程。

"那肯定的！这是黄总通过律师向他承诺的，也跟我亲口讲过。他还是这边的总经理，股权啥的都不会变。"徐留意信誓旦旦地说道，仿佛明天就能见到丁鹏一般。

陈松涛喝下一口酒，把时间的钟摆向前拨动了半年，另一个思念在脑海一闪而过。躺在这张陌生的新床上，仿佛从未来过，却又似旧梦一场。朦朦胧胧中，他看到了黄浦江畔那六张似曾相识的青涩脸庞。

工作和生活又恢复如初，像过往一样，过往还要继续。每个人都在忙碌，每个人都在期盼，在未来的某个时间，答案自现。

当雁落断桥，流水潺潺叩问这南来的繁花似锦；当露坠玉盘，清秋梧桐撑起那北往的思念长廊。蝴蝶微舞，依旧顾盼于眷恋的绿意盎然时，转回身，惊叹于满眼的橙黄橘绿，陶醉于用颜料洗过的秋。它在每一片被风亲吻过的孤花只叶间跳跃，与倒影挥手，与丹桂吻别。夕阳下，蝶与雁在私语，山黛远，月波长，待到杨柳桃花绕薇蔷。

今夜月明人尽望，皓月当空往北方。

2018 年 9 月 21 日，陈松涛特地请了假，徐留意开车过来接他。在监狱门口，他们见到幕雨珊和丁鹏的父母，大家互相问候，有人已经落下了激动的泪水。上午 10 点半，监狱的大门打开，走出了一个熟悉的身影。

当陈松涛准备和大家一起向前迎接时，电话铃声突然响起，打开手机，他看到了一个两年半来从未出现却一直挂念的名字。

"喂……"